W0252696

mtb

Zum Buch:

Einmal ganz neu anfangen! Wenn sie ehrlich ist, ganz so hat Cat sich das nicht vorgestellt. Sie hatte nur einer Freundin helfen wollen und deren quirligen Welpen mit zur Arbeit genommen. Dass sie deshalb ihren Job verlieren würde, hatte sie nicht erwartet. Na ja, dann kann sie jetzt wenigstens in ihrer freien Zeit auf die Hunde ihrer Freunde aufpassen, während die ihrer Arbeit nachgehen. Und schon ist Cats neue Geschäftsidee entstanden: Sie wird „Leinen los" gründen, ein Hundebetreuungs- und Gassi-geh-Unternehmen. Ehe Cat sich versieht, ist auch sie ein Teil des wunderbar turbulenten Lebens in Fairview, mit all seinen Problemen, Hoffnungen und Glücksmomenten ...

„Herzerwärmend und wundervoll ... überschäumend mit Charakteren, die Sie lieben werden."

Miranda Dickinson

Zur Autorin:

Cressy wurde im Südosten Londons geboren – umgeben von Büchern und mit einem Kater als Spielgefährten, der nach Lawrenz von Arabien benannt worden war. Sie studierte Englisch an der Universität von East Anglia und lebt inzwischen gemeinsam mit ihrem Ehemann David in Norwich.
Noch hat Cressy keinen eigenen Hund, und bis es so weit ist, schmust sie noch mit den flauschigen Vierbeinern ihrer Freunde.
Wenn sie gerade einmal nicht schreibt, dann liest sie oder macht Urlaub in ihrer Heimat London und an der wunderschönen Küste Norfolks.

Alle Rechte, einschließlich das des vollständigen oder auszugsweisen Nachdrucks in jeglicher Form, sind vorbehalten.

Alle handelnden Personen in dieser Ausgabe sind frei erfunden. Ähnlichkeiten mit lebenden oder verstorbenen Personen wären rein zufällig.

Der Preis dieses Bandes versteht sich einschließlich der gesetzlichen Mehrwertsteuer.

Umwelthinweis:
Dieses Buch wurde auf chlor- und säurefreiem Papier gedruckt.

Cressida McLaughlin

Leinen los –
Ein Jahr voller Hundeglück

Roman

Aus dem Englischen von
Holger Hanowell

mtb

MIRA® TASCHENBUCH
Band 25995
1. Auflage: Februar 2017

MIRA® TASCHENBÜCHER
erscheinen in der HarperCollins Germany GmbH,
Valentinskamp 24, 20354 Hamburg
Geschäftsführer: Thomas Beckmann

Copyright © 2017 by MIRA Taschenbuch
in der HarperCollins Germany GmbH
Deutsche Erstveröffentlichung

Titel der englischen Originalausgabe:
A Christmas Tail
Copyright © 2015 by HarperCollins Publishers
erschienen bei: Harper
An imprint of HarperCollins Publishers

Konzeption/Reihengestaltung: fredebold&partner GmbH, Köln
Umschlaggestaltung: Büropecher, Köln
Redaktion: Christiane Branscheid
Titelabbildung: Arcangel / Alexis Ziemski
Satz: GGP Media GmbH, Pößneck
Druck und Bindearbeiten: GGP Media GmbH, Pößneck
Printed in Germany
Dieses Buch wurde auf FSC®-zertifiziertem Papier gedruckt.
ISBN 978-3-95649-608-6

www.mira-taschenbuch.de

Werden Sie Fan von MIRA Taschenbuch auf Facebook!

Danksagung

Ein herzlicher Dank an meine fantastische Verlegerin, Kate Bradley, die mit mir zusammen das Risiko auf sich nahm und mich ganz wunderbar unterstützt hat und die mir von Anfang an eine Hilfe und Freundin gewesen ist.

Ein Dankeschön an Mary Chamberlain und Juliet Von Oss, meine Lektorinnen, die mit Geduld und Präzision dafür gesorgt haben, dass meine Worte Sinn ergeben.

Dank an das ganze HarperCollins-Team: an Charlotte Brabbin, Amy Winchester, Kim Young, Katie Moss, Martha Ashby, Ann Bissell und Charlotte Ledger.

Mein Dank geht auch an Alexandra Allden, die Gestalterin des wunderbaren Einbands.

Für das, was gemeinhin als ein einsames Unterfangen angesehen wird, hatte ich während der Arbeit eine Fülle von Ratschlägen, Ermutigung und so manche brillante Idee von zahlreichen Autorinnen und Autoren. Erwähnen muss ich Alexandra Brown, Lucy Robinson, Miranda Dickinson, Holly Martin, Lisa Dickenson, Belinda Jones, Hannah Beckerman, Sarah Perry, Ali McNamara, RJ Ellory und Edith Griffiths. Ich bewundere euch alle.

Dank an das Team *Novelicious* – ich bin ziemlich sicher, dass ich ohne euch heute nicht hier wäre. Besonders Kirsty

Greenwood und Cesca Major, die auch in dem vorhergehenden Absatz hätten Erwähnung finden sollen und bessere Cheerleader waren als Kirsten Dunst.

Dank an alle Blogger, mit denen ich über Bücher geplaudert und gepiepst und getwittert habe, danke dafür, dass Ihr über mein Buch geplaudert und getwittert habt.

Bedanken möchte ich mich bei Katy Jones, die die Weichen für mich gestellt hat.

Ein herzliches Dankeschön an meine Familie und meine Freunde – an Emily und Joe für ihre guten Ratschläge, an Tina, Debbie, Judy und Cousine Rachel, die meine Geschichte mit Begeisterung begleitet haben, und an Tom, Sandra, Jon, Lisa, Tim und Suzanne. An Lynsey, die mich als großartige Freundin sehr unterstützt hat! An Kate und Tim für all die Gründe zum Lachen, für Kreta und den Hibiskus. An Kate Gaustad, meine beste Freundin seit über zwanzig Jahren.

Dank an die besten Teamkameraden – Chris „The Rottweiler" Williams, Well Done Ben Dunne und Anne Tansley Thomas – die sich alle täglich abfinden mussten mit meinen im Werden begriffenen Geschichten und nun zurechtkommen müssen mit den jetzt veröffentlichten. Das ist einfach VERRÜCKT.

Dank an Katy Chilvers, die vielleicht aufgeregter als ich war und die mir bei der romantischen Heldensuche geholfen hat. Aramis muss für vieles geradestehen.

Ich bedanke mich bei allen, die mein Buch lesen – ihr helft, dass mein Traum wahr wird. Danke, und ich hoffe, ihr habt Freude daran!

Dank an Lucy, meine Schwester, die (mit zwölf) die beste Detektivgeschichte geschrieben und mich damit angespornt hat. Mein Dank geht auch an Mama und Papa für eure beständige Unterstützung und Inspiration; dafür, dass ihr alles gelesen habt und mir euer unparteiisches, konstruktives Feedback sowie eure ganz parteiische Ermutigung habt zuteilwerden lassen. Ich habe wirklich Glück, dass ich eure Tochter bin.

Dank gebührt David, der vom ersten Wort an mich geglaubt hat – durch all die schwierigen Perioden, die lustigen Perioden und die mit Champagner – und der der großartigste Mensch ist, den ich je kennengelernt habe. Ohne dich hätte ich diese Danksagung überhaupt nicht schreiben können.

Zu guter Letzt bedanke ich mich bei den Hunden, die ich kenne und liebe: bei Max und Timmy, die mich in ihr Körbchen ließen; bei Huey und Ella und Humph; bei dem schönen, durchtriebenen Wags und auch bei Pete (dem schlimmsten Hund), der so viel Angst vor dem hölzernen Nilpferd hat. Natürlich könnt ihr das hier nicht lesen, aber irgendwo spielt ihr alle in der Geschichte mit.

GUMMISTIEFEL UND WESTIES

TEIL 1

1. Kapitel

„Bleib einfach in der Tasche, bis ich es sage, *okay*? Du hast zwei Möglichkeiten, und das ist die eine."

Cat drückte den wuscheligen Kopf des Tieres zurück in ihre geräumige türkisfarbene Handtasche und hievte sie dann über die Schulter. Dabei strich sie sich eine Strähne ihres kurz geschnittenen kastanienbraunen Haares aus der Stirn. Die Sonne kam nur zögerlich hervor, und der Frühmärztag war zu kalt, als dass man ihn hätte mild nennen können, aber immerhin strengte er sich an. Und der Gedanke, nun endlich den Winter hinter sich zu haben, beflügelte ihre Schritte. Sie ging auf die Eingangstür des Fairway-Kindergartens zu, während sie den Eltern lächelnd zunickte, die ihre Kinder an diesem Morgen brachten. Die meisten schoben die Kleinen im Buggy, manche begleitet von älteren Kindern, die auf dem Weg in die Grundschule waren. Cat hoffte, dass niemand die ungewöhnliche Wölbung ihrer Handtasche bemerken würde. Alison war schon im Büro und gerade damit beschäftigt, die Liste mit dem Tagesprogramm auszudrucken; dabei hörte sie aufmerksam die Nachrichten auf dem Anrufbeantworter ab. Einige Eltern hatten angerufen, um ihre Kinder wegen Krankheit zu entschuldigen, andere, um sich nach den Öffnungszeiten über Ostern zu erkundigen.

Cat nahm die Tasche von der Schulter und stellte sie vorsichtig auf den Stuhl an der Garderobe. Die Tasche bewegte sich ein bisschen, und die Schlüssel darin klimperten vernehmlich. Alison warf ihr einen fragenden Blick zu, wobei sich ihre feinen dunklen Augenbrauen unter dem matt glänzenden Pony zusammenzogen. Betont gelassen legte Cat Schal und Mantel ab, hängte beides an den Haken und setzte den Wasserkessel auf.

„Guten Morgen“, sagte Alison, als sie die Nachrichten zu Ende abgehört hatte. „Hattest du ein schönes Wochenende?“

„Ja, danke. Ich war spazieren, habe ausgeschlafen und bin mit einer Freundin essen gegangen.“

„Mit Polly?“

„Ja.“

„Die, mit der du zusammenwohnst?“

„Ja, und mit ihrem Bruder.“ Cat goss Milch in ihren Tee und tat ein Stück Würfelzucker in Alisons Kaffee. „Ich kenne sie seit Jahren, und als ich dieses Jobangebot bekam …“, sie geriet ein wenig ins Stottern, „sie hatten Platz, und so …“ Ihre Worte verloren sich, und sie fragte sich, wie ihre Chefin – sie war ein paar Jahre älter und knapp zehn Zentimeter kleiner als sie – es anstellte, dass Cat ständig das Gefühl hatte, ein schlechtes Gewissen haben zu müssen. Vielleicht war es heute aber auch besonders stark; denn während sie zu Alison hinüberblickte und auf die gedämpften Geräusche lauschte, die aus ihrer Handtasche drangen, wurde Cat klar, dass sie die schlechteste Entscheidung seit ihrem Umzug nach Fairview getroffen hatte.

Sie pustete in ihren Tee und versuchte, entspannt zu wirken. „Und wie war dein Wochenende so?“

„Gut.“ Dabei nickte Alison einmal kurz. „Kannst du mir helfen, den Kindern die Jacken auszuziehen? Ich will die Kleinen gleich hereinlassen.“

Cat verdrehte die Augen. Wieder einmal war es ihr nicht gelungen, auch nur den kleinsten Einblick in das Privatleben ihrer Chefin zu bekommen, irgendeine Information, die Cat hätte verraten können, warum eine Frau Anfang dreißig so völlig ohne Wärme war und trotzdem einen Kindergarten leitete. Cat war schon immer stolz auf ihre Fähigkeit gewesen, Leute richtig einzuschätzen, aber an Alison biss sie sich die Zähne aus.

Sie folgte ihr in den Gruppenraum. Kleine Stühle und Tische standen vor einer Tafel, und auf einem weichen roten Teppich lagen Sitzkissen für die Märchenstunde. In der gegenüberliegenden Ecke war der Bastelbereich mit einem Spülbecken, Farbtuben und einem Haufen grellbunter Schürzen.

„Wir nehmen die Liste mit auf den Teppich, dann beginnen wir mit dem ersten Programmpunkt und stellen verschiedene Geräusche vor."

„Machen wir." Cat wusste das alles längst. Alison bereitete ihren Unterricht immer bis ins kleinste Detail vor und besprach mit Cat jeden Freitagnachmittag den Plan für die folgende Woche. Dabei stellte sie sicher, dass es keinen Spielraum für Abweichungen oder spontane Änderungen gab. Cat hätte gern noch mehr gesagt, aber da sie den Job als Assistentin erst seit zwei Monaten hatte, hatte sie sich das immer verkniffen und sich stattdessen bemüht, Alisons Vorgaben genau zu folgen. Jedenfalls bis zu diesem Tag.

Draußen vor der Tür standen Peter und Tom und drückten ihre Nasen an der Glasscheibe platt. Cat winkte ihnen zu, und sie winkten zurück mit ihren kleinen Händen, die in wollenen Fäustlingen steckten. Hinter ihnen wartete Emma, die für ihre vier Jahre schon recht erwachsen war, während ihre Mutter den Kinderwagen des kleinen Bruders hin- und herschob. Emma hielt Olaf an der Leine, einen Cockerspanielwelpen, der an allen Schuhen herumschnupperte und mit dem Schwanz wedelte.

„Ich lasse sie jetzt herein", sagte Alison.

Cats Winken erstarrte plötzlich, und ihr drehte sich der Magen um. Der kleine Hund hatte ihre Gedanken zurück zu ihrer Handtasche und deren Inhalt gelenkt.

„Bin gleich zurück", rief sie, als sie aus dem Raum eilte. Alison seufzte vernehmlich und stieß die Doppeltür auf.

Cats Handtasche war auf den Fußboden bis zur Mitte des Büros gerobbt und bewegte sich auf die Tür zu.

Was, wenn Alison das gesehen hätte? Hätte sie die Polizei gerufen? Hätte sie die Tasche hinausgeworfen? Cat begann zu ahnen, dass ihr Plan nicht einfach dumm war, sondern vollkommen irre. Sie nahm die Tasche hoch, öffnete den Reißverschluss weiter und sah eine schwarze Knopfnase, die an der Öffnung schnüffelte, gefolgt von flauschigem grauem Fell. Schließlich schauten zwei dunkle Augen zu ihr auf. Cats Herz setzte einen Schlag aus und schmolz gleichzeitig dahin, wie immer, wenn sie Disco sah, den kleinen Schnauzerwelpen ihrer Nachbarin Elsie.

„Psst, Disco“, flüsterte sie. „Wir gehen nun in das andere Zimmer. Du musst jetzt also *wirklich* ganz still sein.“ Cat verlieh dieser Anweisung mit einem Leckerchen aus ihrer Tasche Nachdruck, doch natürlich war ihr trotzdem klar, wie nutzlos sie war. Man musste kein Hundeexperte sein, um zu wissen, dass „ganz still sein“ nichts war, was man einem Welpen verordnen konnte. Sie hängte sich die Handtasche über die Schulter und ging möglichst gelassen zurück in den Gruppenraum. Alison war unterdessen dabei, die Jacken und Mützen der Kinder wegzuhängen. Die Eltern halfen ihr, auch wenn ihnen anzumerken war, dass sie ihre Kleinen nur widerstrebend gehen ließen, selbst für wenige Stunden. Alison warf Cat einen vielsagenden Blick zu. Cat stellte ihre Tasche so weit wie möglich vom Teppich entfernt im hinteren Bastelbereich ab. Aus der Tasche kam ein schwaches Jaulen, und Cat griff mit der Hand hinein, kraulte Discos dickes warmes Fell und zog den Reißverschluss dann etwas weiter zu.

„Cat?“, rief Alison mit hoher und gepresster Stimme. „Könntest du mir wohl helfen?“

Cat eilte zur Tür, begrüßte die nächsten Kinder und ließ sie herein. Sie nahm ihnen die Jacken ab und half ihnen, sie an die bunten Garderobenhaken zu hängen. Emma beugte sich zu Olaf herunter, um sich von ihm zu verabschieden. Alison erschien neben ihr, und trotz ihrer zierlichen Gestalt bot sie einer Vierjährigen einen recht imposanten Anblick.

„Komm jetzt, Emma", sagte sie, „lass den Hund in Ruhe. Es ist Zeit, hineinzugehen."

Emmas Mutter legte ihre Hand auf die Schulter ihrer Tochter. „Er heißt Olaf."

„Ah ja", antwortete Alison, „wir können aber keine Hunde mit reinnehmen. Einige Kinder sind allergisch dagegen."

„Du meinst wohl eher, *du* bist allergisch gegen ein bisschen Spaß", murmelte Cat leise. Hinter ihr prustete der dreijährige Peter vor Lachen, und seine Augen blitzten schelmisch auf.

„Psst", sagte sie, „verrat mich nicht." Augenzwinkernd lächelte sie Peter zu und schickte ihn dann auf den flauschigen Teppich. Emma zog ihre Jacke aus, und Cat sah, dass das Mädchen wütend dreinblickte und die Tränen nur mit Mühe zurückhalten konnte. Gern hätte sie sie in den Arm genommen, aber sie wusste, dass Emma das nicht recht gewesen wäre. Noch viel lieber hätte Cat zur Freude aller Kinder Disco aus der Tasche gelassen und Alison damit in einen Nervenzusammenbruch getrieben. Sie sah, wie die Leiterin des Kindergartens die letzten der ihr anvertrauten Kleinen hereinließ, die Tür schloss und sich mit ihren schlanken Händen über das Haar und den Rock strich, ehe sie sich den Kindern zuwandte und in die Hände klatschte.

Alle versammelten sich auf dem Teppich, Alison vorn auf einem der Sitzkissen, Cat mit übereinandergeschlagenen Beinen in der Mitte, die Kinder um sie herum. Sie trug ein Kleid mit rot-weißem Blumenmuster, dazu Leggings und Stiefel. Ihre Fingernägel hatte sie bunt wie Smarties lackiert, weil sie wusste, dass das den Kindern gefiel. Bestimmt griffen sie bald nach ihren Händen, um die glatten farbenfrohen Nägel zu berühren.

Alison nahm die Liste und erklärte den ersten Programmpunkt, der da hieß: „Was für ein Geräusch ist das?" Sie schüttelte zwei rosafarbene Plastikrasseln. Die Kinder quiekten und kicherten und langten nach der Kiste mit den Instrumenten.

„Nein, Kinder“, wehrte Alison ab und hielt einen Finger hoch. „Ich gebe nachher jedem von euch ein Instrument, aber zuerst müsst ihr mir sagen, was für ein Geräusch es macht.“ Sie schüttelte die Rassel erneut. „Was ist das?“

„Schlangen!“, rief Andrew.

„Es klingt etwas wie das Klappern einer Schlange, nicht wahr? Ausgezeichnet.“

Einige Kinder machten das Geräusch nach: „Ww-whhssssshhhhh.“

„Gut.“ Sie verteilte Rasseln an einige der Kinder.

„Es hört sich an wie Sand“, sagte Emma.

„Ausgezeichnet, Emma“, lobte Alison. „Und was hat noch etwas größere Körner als Sand?“

Emma dachte einen Moment nach. „Steine?“

Alison nickte. „Kleine Steinchen oder Samen von Pflanzen.“ Sie gab Emma eine Rassel. „Gut gemacht. Die Rasseln sind mit Samen gefüllt, manchmal auch mit kleinen Steinchen. Wenn man sie schüttelt, machen sie so ein Geräusch. Jetzt alle, was ist das?“

Die Kinder riefen wie im Chor „Trommeln!“, als Alison eine kleine Bongotrommel herauszog und darauf zu klopfen anfing. „Und was macht man mit einer Trommel?“

„Man schlägt sie! Man haut drauf!“

Es war Cat, als hörte sie ein leises Jaulen vom anderen Ende des Raums, aber ein kurzer Blick sagte ihr, dass ihre Handtasche sich eigentlich nicht bewegt haben konnte. Sie entspannte sich wieder und beteiligte sich am Trommeln und dem Austeilen der Instrumente.

Alison zog das nächste Objekt aus ihrer Kiste, und Cat erstarrte.

„Weiß jemand, was das ist?“, fragte Alison. Sie hielt einen kleinen Metallgegenstand hoch.

Die Kinder sahen etwas verdutzt aus. Dann nahm Emma einen tiefen Atemzug, und ihr Finger schnellte in die Höhe, als ob sie die Decke berühren wollte.

„Ja, Emma?"

„Eine Pfeife?"

Alison lächelte. „Das stimmt, es ist eine Pfeife. Und was für ein Geräusch macht sie?"

Emma spitzte die Lippen zu einem gespannten „O", drauf und dran, einen Ton von sich zu geben, da sprang Cat vom Teppich auf und hüpfte geschickt zwischen den Kindern hindurch, um zu ihrer Handtasche zu gelangen.

„Cat? Wo gehst du hin?" Alisons Ton war freundlich, aber Cat hörte dennoch die Schärfe darin.

„Ich – ich muss nur eben …" Sie stahl sich weg in Richtung ihrer Handtasche.

„Bitte setz dich wieder hin", sagte Alison mit gespielter Herzlichkeit. „Wir haben doch *so viel* Spaß."

Verzweifelt schielte Cat nach der Tasche, kam dann aber zurück und setzte sich langsam wieder auf den Teppich; dabei fragte sie sich, ob sie das Unvermeidliche irgendwie hinauszögern könnte. Sie zwang sich zu einem Lächeln.

Alison fuhr fort. „Welches Geräusch macht die Pfeife, Emma?"

Emma spitzte wieder die Lippen und blies, so stark sie konnte. Was dabei herauskam, war ein schwaches Prusten. Emma guckte überrascht. „Meine Mama kann das aber", sagte sie.

Alison nickte. „Man braucht ein bisschen Übung, aber du bist nah dran. Das hier", sie hielt die Pfeife hoch, „macht es für dich." Sie presste die Pfeife an ihre Lippen und blies.

Die Kinder kreischten, einige hielten sich die Ohren zu, und Tom rief: „Hund!"

Alison runzelte die Stirn und versuchte, die Kinder per Handzeichen zur Ruhe zu bringen. „Hund?"

Cat wagte einen kurzen Blick auf ihre Handtasche. Sie war noch immer an derselben Stelle.

„Hund!", rief Tom wieder, wobei er mit dem Hintern auf dem Teppich auf und ab hüpfte. „Hund!"

„Nun ja", sagte Alison langsam, „viele Leute benutzen das, um Hunde zu trainieren, aber …" Plötzlich wurde sie durch ein zwar leises, aber entschlossenes Jaulen unterbrochen.

„Hund!", kreischte Tom wieder, und die anderen Kinder machten mit. „Hund, Hund, Hund!"

Cat sank auf die Knie. Wenn sie schnell auf allen Vieren krabbelte, würde sie vielleicht noch rechtzeitig ankommen. Kinder waren fantasievoll; man könnte das Ganze als übermäßige Begeisterung abtun. Aber da kamen auch schon die kleine schwarze Nase, das graue Fell und schließlich der ganze flaumige Hundekopf zum Vorschein. Neugierig guckte Disco aus der Handtasche, machte mit Druck den Reißverschluss auf, und schwups war sie ganz draußen. Das kleine Tierchen rannte auf seinen kurzen Beinchen auf Cat zu, stieß dabei drei Farbeimerchen um und lief dann mitten unter die Kinder, die begeistert quiekten.

Disco sprang auf und ab, jaulte kurz, schnüffelte und erkundete die Geräusche, Gerüche und die warmen Körper um sich herum. Ihre kleinen Pfoten tapsten an Knien hoch, und die Kinder streckten ihre Patschehändchen aus, um das Tier zu streicheln und zu knuddeln. Cat versuchte, den Welpen zu sich zu ziehen, aber Disco und die Kinder hatten viel zu viel Spaß zusammen. Und so drehte Cat sich um, um die Reaktion ihrer Chefin zu prüfen. Dabei kam ihr kurz der Gedanke, ob Alison nicht vielleicht sogar davon angetan sein könnte, dass Cat den Kindern eine solche Freude bereitet hatte. Doch ein Blick in ihre Richtung genügte, um Cat schlagartig klarzumachen, dass sie verloren war. Alison stand mit verschränkten Armen da und starrte Cat wutentbrannt an. Sie machte nur eine Handbewegung in Richtung des Hundes – Worte waren nicht nötig.

Disco stand mit ihren Vorderpfoten auf Peters Knie, und Cat sah mit Schrecken, wie sich der Teppich um die Hinterbeine des Tieres mehr und mehr dunkel färbte.

„Pipi!", quiekte Peter.

Cat nahm den Welpen hoch und drückte den zappelnden Körper eng an sich. Die Kinder streckten ihre Hände nach dem Tierchen aus, und als Cat den Teppich verließ, fiel ihr Blick auf Emma. Das kleine Mädchen grinste spitzbübisch mit unverhohlener Befriedigung.

„So, Kinder", sagte Alison mit kalter Stimme, „das sind genug Geräusche für heute. Ihr setzt euch jetzt schön auf eure Stühle, und dann können wir bis zur Obstpause ein bisschen malen. Cat, du wartest im Büro auf mich."

„Alison ..." Cat machte einen zaghaften Versuch. „Soll ich das nicht eben wegmachen?"

„Ich kümmere mich darum, sobald ich kann." Alison wandte sich wieder den Kindern zu. Peter zog an Cats Rock, er strahlte über das ganze Gesicht. „Ja", sagte sie, „was ist, Peter?"

„Allergisch gegen Spaß", sagte Peter und zeigte mit dem Finger auf Alison. „Hatschi!"

„Wie konntest du mir das nur antun, Catherine? Nach allem, was wir besprochen haben? Nach all den Regeln, die wir durchgegangen sind."

„Es tut mir leid, ich habe nicht nachgedacht." Cat lehnte sich gegen den Tisch im Büro. Disco war an einer Bank draußen neben der Hintertür angebunden, weil Alison *es keinen Moment länger aushalten konnte, „es" anzugucken, nicht nach dem Unheil, das „es" angerichtet hatte.* Cat bezweifelte, dass es ihrer Sache mehr Gewicht verleihen würde, wenn sie Alison darauf hinwies, dass Disco eine „Sie" und kein „Es" war.

„Du denkst einfach nicht mit, schon gar nicht an die Sicherheit des Kindergartens. Du hast zwar Fantasie und gute Ideen, aber du machst dir nicht einen Moment Gedanken über deren

Folgen." Alison lief in dem winzigen fensterlosen Raum auf und ab, wobei ihr langer Zopf hin und her wippte und ihre Arme und Beine vor Wut ganz angespannt waren. „Wie konntest du nur glauben, dass ein Hund in meinem Kindergarten irgendjemandem guttun würde? Die Kinder hätten verletzt werden können, sich anstecken – irgendwas!"

„Ich habe nur einer Freundin helfen wollen", sagte Cat leise. „Aber jetzt weiß ich, dass ich das nicht hätte tun dürfen." Sie scharrte mit der Fußspitze über den Boden und sah zur Tür.

„Ach ja?", schoss Alison zurück. „Wirklich? *Ich* denke nämlich, dass du genau dasselbe noch einmal tun würdest, wenn du die Gelegenheit dazu hättest. Du führst keine Sache richtig zu Ende, Cat. Und das täte die Assistentin, die ich brauche. Es klappt nicht mit uns beiden, aber das hast du dir wohl schon gedacht."

Cat bekam ein flaues Gefühl in der Magengegend. „Wenn du mir noch *eine* Cha…"

„Nein!" Alison schüttelte energisch den Kopf. „Die Chance hast du vertan. Ich bin überrascht, dass du dich auf deiner letzten Stelle so lange halten konntest. Man kann sich nicht auf dich verlassen, du bist keine Hilfe, ehrlich gesagt störst du nur den Betrieb. Deine Zeit hier im Fairway-Kindergarten ist vorbei, und wenn ich nicht so wütend auf dich wäre, würde ich dich regelrecht bedauern. Ich kann mir nicht vorstellen, dass du mit diesem Verhalten irgendwo anders Erfolg haben wirst. Geh jetzt zur Hintertür raus, und nimm *das Ding* mit."

„Darf ich mich denn wenigstens verabschieden?"

„Nein. Du bekommst in einem Schreiben meine Entscheidung noch einmal offiziell mitgeteilt, und dein restliches Gehalt wird dir überwiesen."

Cat starrte auf den Fußboden, unfähig zu irgendeiner Reaktion, während Alison den Raum verließ und die Tür hinter sich zuschlug. Dann stieß sie sich vom Tisch ab, unterdrückte das Schluchzen, das in ihrer Kehle hochstieg, und nahm ihren

Mantel vom Haken. Draußen hatte Disco die Leine ganz um ein Bein der Bank gewickelt und saß da, die Nase an das Holz gepresst, als ob sie zur Strafe in der Ecke stehen müsste. Genau so fühlte sich Cat.

Als Cat den Kindergarten verließ, schien die Sonne vom klaren Himmel und ließ den Raureif zu kristallenen Tropfen schmelzen. Cat würde nicht wiederkommen, es sei denn, Alison bekäme mithilfe einer Transplantation etwas Sinn für Humor eingepflanzt. Sie war hier nicht mehr willkommen – das hieß auch, sie hatte keinen Job mehr.

„Na gut", sagte sie zu der kleinen Hündin, die zu Cats Füßen den Bürgersteig entlangsprang, an den Grasrändern schnüffelte und kräftig an ihrer kurzen Leine zog. „Zumindest sind wir mit dem Leben davongekommen. Zwischenzeitlich war ich mir da nicht so sicher, du?"

Als Antwort ließ Disco ein leises Jaulen vernehmen, und Cat schlug eine andere Richtung ein, ging am Rand des Fairview-Parks entlang und ließ die Hände über das schwarze Geländer eines Zauns gleiten. Von der Idylle ihrer neuen Heimat war sie immer noch begeistert. Hier gab es den Strand, den Park und breite ruhige Straßen, die eher zum Schlendern einluden, als zur Eile anzutreiben. Fairview war nicht groß. Der Ort lag an der Seeseite der Südküstenstadt Fairhaven, und Cat hatte schon einige besonders reizvolle Stellen der Gegend kennengelernt. Im Fairview-Park war es schön und friedlich, dort fühlte sie sich besonders wohl. Die weiten Grasflächen wurden von kleinen Wegen durchzogen; der ovale Teich und der Pavillon mit dem Café lagen etwas zurück hinter hohen immergrünen Gehölzen, die den Park von den umliegenden georgianischen Reihenhäusern trennten; auch das Rauschen des Meeres, nur zwei Straßen weiter, wurde durch die Hecken und Büsche gedämpft.

Zu dieser frühen Stunde war der Park voller Leben: Hundebesitzer führten ihre Lieblinge aus, und Paare gingen in der

Frühlingssonne spazieren. Disco war noch nicht alt genug für lange Spaziergänge; ihre kurzen Beinchen wurden schnell müde, obwohl sie ansonsten über eine grenzenlose Energie zu verfügen schien. Die kleine Hündin blieb stehen und schnüffelte begeistert an einem der Geländerstäbe; Cat wartete ab und ließ sie gewähren – sie musste ja nirgendwohin.

Einige der regelmäßigen Besucher des Parks kannte Cat bereits. So sah sie etwa Mr. Jasper in der Nähe einer Baumgruppe hin und her laufen; er hatte den Kopf gesenkt, als hätte er soeben wieder eines seiner Protestschilder aufgestellt und wollte von keinem der Hundebesitzer, die er allesamt verachtete, erkannt werden. Cat spürte plötzlich eine Anspannung in den Schultern; an diesem Tag hatte sie wirklich die Nase voll von Hundehassern. Alison mochte ja noch das Recht haben, gegen Hunde in ihrem Kindergarten zu sein, doch Cat war es ein Rätsel, wie Mr. Jasper glauben konnte, dass die Möglichkeit bestand, sämtliche Hunde aus dem Park zu verbannen.

Ein Tennisball landete mit Wucht diesseits des Zaunes, und Disco jaulte laut auf, als ein Bordercollie mit glattem Fell heranraste und nach dem Ball suchte. Der große Hund steckte seine glänzende Nase durch die Gitterstäbe, um Disco zu begrüßen. Cat kauerte sich hin und streichelte die Schnauze des Hundes. Als sie wieder aufblickte, sah sie, dass jemand sie beobachtete. Der Mann war groß und breitschultrig; ein wilder Schopf von dichtem dunkelbraunem Haar umrahmte sein Gesicht, das scharf geschnittene attraktive Züge hatte. Selbst aus der Entfernung spürte Cat die starke Wirkung seines Blickes. Der Mann hatte beide Hände tief in die Taschen seiner Lederjacke geschoben und den Kragen gegen die Kälte hochgeschlagen.

Immer noch sah der Fremde unverwandt herüber. Kein Zweifel, sein Blick galt nicht dem Hund, von dem Cat annahm, dass er ihm gehörte. Cat wurde plötzlich bewusst, dass sie den Atem anhielt.

Dann bellte Disco, biss in den Ärmel ihrer purpurfarbenen Jacke und zog daran. „Tut mir leid, Disco", flüsterte sie. Vorsichtig zog sie den Kiefer des Tieres auseinander. Als sie wieder aufsah, war der Mann im Begriff, sich mit langen Schritten zu entfernen. Er pfiff kurz, der Collie nahm den Tennisball ins Maul und rannte ihm hinterher. Cat sah ihm nach. „War das wirklich seltsam, Kleines, oder habe ich mir das bloß eingebildet?" Disco wedelte mit dem Schwanz. „Genau das habe ich mir gedacht."

Als sie in ihre Straße einbogen, dachte Cat noch immer über das seltsame Beinahe-Zusammentreffen nach.

Primrose Terrace war eine elegante halbmondförmige Straße mit hohen, herrschaftlich wirkenden Stadthäusern. Einige waren in einem besseren Zustand als andere, doch alle besaßen ihren eigenen Charme. Jedes der Häuser war in einem anderen Pastellton gestrichen, zu den hohen Eingangstüren führten vom Bürgersteig aus jeweils drei breite Stufen. Die Rasenstreifen davor waren im Frühling gesprenkelt mit Primeln, und die auf alt gemachten Straßenlaternen gaben Cat das Gefühl, dass sie in die Zeit von Charles Dickens gereist war, wann immer auch nur der leiseste Nebelschwaden aufstieg.

Kurz nach Weihnachten war sie von dem nicht weit entfernten Brighton hierhergezogen, um in der Nähe ihrer Freundin Polly und weiter weg von ihren wohlmeinenden, aber neugierigen Eltern zu sein, und außerdem, um als Assistentin in dem Kindergarten anzufangen. Das war zugegebenermaßen ein recht kurzes Vergnügen gewesen – wobei der Ausdruck Vergnügen hier wohl nicht ganz passte. Nun war Cat plötzlich arbeitslos und hatte keinen blassen Schimmer, wie es für sie weitergehen sollte. Doch so verzweifelt sie auch war, sie wollte Joe so kurz nach ihrem Einzug nicht um eine Stundung der Miete bitten. Daher versuchte sie, keine Panik in sich aufsteigen zu lassen. Sie wohnte mit Polly und Joe in Nr. 9, Elsie Willows, Chalky und Disco in Nr. 10. Die Hausnummern waren aufsteigend auf einer Seite angeordnet und nicht nach gerade und ungerade getrennt. Obwohl Primrose Terrace Nr. 10 kleiner war als viele der anderen Häuser, galt das Haus als eines der schönsten. Es war in zartem Blau gestrichen mit glänzend weißen Fensterrahmen, die die großen Sprossenfenster besonders betonten. Die Eingangstür war so rot wie die Briefkästen, und neben die Stufen hatte Elsie Töpfe mit knospenden Hortensien gestellt.

Cat ließ Disco vor sich herspringen und klingelte. Es dauerte ziemlich lange, bis die Tür geöffnet wurde und Elsie im Eingang erschien, auf eine Krücke gestützt. Mit dem kurz geschnittenen weißen Pagenkopf, der Strickjacke und dem langen Rock sah sie so nett und adrett aus wie ihr Haus, und Cat fühlte, dass sie rot wurde.

„Es ging dann doch wohl nicht so gut, wie du gehofft hattest?“, fragte Elsie mit Blick auf Cats Gesicht, ehe sie die Tür weit öffnete und diese hereinbat. Dann humpelte sie hinter ihr her in das gut gelüftete Wohnzimmer.

Cat ließ Disco von der Leine, und der Welpe sprang zu dem Körbchen unter dem Fenster, wo Chalky, Elsies älterer Zwergschnauzer, sein Vormittagsschläfchen hielt. Disco rieb ihre Nase an Chalkys Gesicht, jaulte, nahm dann ein angeknabbertes Knuddelschweinchen ins Maul und baute sich erwartungsvoll vor dem älteren Hund auf.

„Nein“, seufzte Cat, und das Lächeln wich aus ihrem Gesicht. „Es war noch schlimmer als alle meine Worst-Case-Szenarien.“

„Ich habe dir ja gesagt, dass Alison nicht damit einverstanden sein würde.“

„Ich hatte gehofft, sie würde ihre Meinung ändern.“

„Das, Catherine, ist ein Triumph des Optimismus über den gesunden Menschenverstand, und das ist noch freundlich ausgedrückt.“

Cat streichelte Chalky und kraulte Discos Fell. Elsie ließ sich langsam in einen Sessel sinken.

„Ich wollte Disco nicht allein zu Hause lassen, während du

bei deiner Untersuchung warst“, sagte Cat. „Welpen fühlen sich schnell einsam und machen dann irgendeinen Unsinn.“ Genau wie ich, dachte sie. „Mein Plan war, erst herauszufinden, in welcher Stimmung Alison ist, und Disco dann in der Pause hervorzuholen und zu den Kindern zu bringen.“

„Aber so weit ist es wohl nicht gekommen?“

Cat schüttelte den Kopf.

„Du weißt doch, wie Alison ist“, sagte Elsie, „und dass sie Hunde hasst. Sie hat sich vermutlich noch mehr darüber geärgert, dass du dich nicht an ihre Prinzipien gehalten hast, als über den Unsinn, den du – oder eben auch mein Hund – hättest anrichten können. Aber es tut mir wirklich leid, weil du mir damit einen Gefallen tun wolltest.“

„Wie war die Untersuchung überhaupt? Ich bin überrascht, dass du schon zurück bist.“

„Oh, alles in Ordnung.“ Elsie machte eine abfällige Handbewegung. „Das Knie heilt, aber recht langsam. Ich soll es möglichst noch ein paar Wochen schonen. Das wusste ich aber sowieso. Und, welche Nachteile hast du jetzt von der Episode? Suspendiert? Gehaltskürzung?“

„Gefeuert“, erwiderte Cat. „Keine zweite Chance, kein Verhandlungsspielraum. Möchtest du eine Tasse Tee?“

Elsie starrte sie fassungslos an, doch Cat stand auf und ging in die Küche, um Tee zu kochen und nach Schokoladenplätzchen zu suchen. Sie spürte immer noch ein leichtes Gefühl von Panik, aber jetzt, wo sie Elsie alles erzählt hatte, ging es ihr langsam besser. Als sie in die Primrose Terrace gezogen war, hatte sie nur vier Tage gebraucht, um sich mit ihren Nachbarn anzufreunden. Und was Elsie nicht über Fairview wusste, brauchte man auch nicht zu wissen. Die ältere Frau hatte gerade eine Knieoperation hinter sich, auf die sie lange gewartet hatte, und Cat half ihr und ging mit Disco und Chalky raus, wann immer sie konnte; manchmal kochte sie auch für Elsie oder leistete ihr einfach nur Gesellschaft.

„Es tut mir so leid", sagte Elsie, als Cat mit dem Tablett zurückkam. „Ich hätte nicht gedacht, dass sie so weit gehen würde."

Disco wuselte auf dem Sofa herum und suchte nach irgendwelchen Schätzen, die zwischen den Kissen verborgen zu sein schienen. Cat schenkte Tee ein und nahm den Welpen auf den Schoß. Disco zappelte, leckte Cats Hand und legte sich dann ruhig hin: eine atmende warme Kuscheldecke.

„Sie war unheimlich wütend", antwortete Cat. „Es war eine verrückte Idee, das weiß ich. Aber ich habe wohl gedacht, dass sie begreifen würde, wie wunderbar Hunde sein können, wenn sie Disco erst einmal gesehen hätte. Ich meine, wie kann sich denn *irgendjemand* über so ein niedliches Tier ärgern?"

„Nicht jeder hat Hunde gern, und manche Menschen mögen sie eben gar nicht. Sie stinken manchmal, sind oft schmutzig und womöglich auch noch schlecht erzogen."

„Ja, aber sieh doch bloß!" Disco atmete ruhig, ihre kleinen Ohren bedeckten ihre Augen, und ihr Köpfchen ruhte auf den Vorderpfoten.

„Mir brauchst du das nicht zu sagen", sagte Elsie voller Wärme, „aber ich glaube nicht, dass du Alison wirst überzeugen können. Ärgere dich nicht mehr über sie – was geschehen ist, ist geschehen. Du musst jetzt an dich denken und an das, was du tun willst."

Cat blickte starr aus dem Fenster und sah einen Mann vorbeigehen, der einige Häuser weiter wohnte. Er hatte einen Neoprenanzug an und hielt ein Surfbrett unter dem Arm. Cat dachte, dass es heute trotz der Sonne recht kalt im Wasser sein musste. Sie rührte ihren Tee um.

„Cat?", Elsie schaute sie erwartungsvoll an.

„Entschuldige, was?"

„Was willst du jetzt machen, wo du keinen Job mehr hast?"

Cat sah die Aufforderung in den Augen der älteren Frau und wusste, dass sie mit Selbstmitleid nicht davonkommen würde.

„Ich habe keine Ahnung", antwortete sie. Sie starrte auf ihre Hände und bemerkte, dass sich der Lack an einem ihrer Nägel zu lösen begann – auf dem, der orange wie eine Mandarine war.

„Wie wäre es mit deinem früheren Kindergarten? Würden die dich zurückhaben wollen?" Elsie ließ nicht locker; das war eine ihrer hervorstechenden Eigenschaften. Man musste – in diesem Fall noch vor Sonnenuntergang – Lösungen finden und sich auf sie einigen.

Cat dachte an den kleinen Kindergarten auf einer Anhöhe nahe der Strandpromenade in Brighton. Dort war es sehr lebhaft und spontan zugegangen, ihr Exfreund Daniel, ein Lehrer, hatte sie ihrer Kreativität wegen den Leitern der Einrichtung empfohlen. Alles war hier so, wie es bei Alison nicht war, und mit seiner Hippie-Einstellung fiel der Kindergarten in Brighton wohl in keine der üblichen Kategorien. Aber Cat wollte trotzdem nicht dorthin zurück.

„Ja, das würden sie schon", antwortete sie, „aber ich bin hierhergezogen, weil ich eine neue Sicht auf das Leben, eine neue Umgebung und neue Menschen kennenlernen wollte. Mir gefällt Primrose Terrace, und ich wohne gern mit Polly zusammen. Ich muss hier etwas finden."

„Verstehe." Elsie streichelte Discos Fell. Die kleine Hündin war von Cat auf Elsies Schoß gesprungen und dann eingeschlummert. „Du bist begeisterungsfähig und mutig", antwortete Elsie, „du könntest selbst etwas auf die Beine stellen. Vielleicht ist diese Idee verlockender, als dir jetzt schnell einen Job als Verkäuferin oder Kellnerin zu suchen."

Cat strich sich mit der Hand über ihr kurzes Haar. „Fürs Kellnern habe ich eh nicht die nötige Geduld. Und ich habe nicht das künstlerische Talent meiner Mutter, um zum Beispiel Grußkarten zu gestalten, zu stricken oder Hüte zu entwerfen."

„Was *kannst* du denn?" Elsie machte eine wegwerfende Handbewegung, als Cat ihr einen scharfen Blick zuwarf. „So meine ich das nicht – ich weiß, dass du einen Schauspielabschluss hast und als Kindergartenassistentin qualifiziert bist, aber was kannst du *machen*? Was machst du gern? Wie wäre es mit dem Theater in Fairhaven? Die suchen bestimmt Freiwillige, und wenn es auch nur vor der Bühne ist."

Cat drückte ihre Hand gegen das Sofa. „Aber ich muss Miete zahlen, und das Problem mit Theatern ist, dass sie nie Geld haben. Ich könnte mich bewerben, aber es würde Jahre – wenn nicht Jahrzehnte – dauern, bis ich eine bezahlte Arbeit bekäme."

„Was machst du denn noch gern?"

„Lange baden, kochen – aber nur manchmal –, an der frischen Luft sein, am Strand spazieren gehen. Mich interessieren Menschen."

Während sie sprach, schwand ihre Begeisterung dahin. Der anfängliche Schock war inzwischen abgeklungen; jetzt wollte sie nur noch ein ausgedehntes Bad nehmen und sich vor ihrer eigenen Dummheit verstecken.

„Das hört sich an wie ein Profil für Onlinedating, und zwar nicht gerade ein originelles."

„Ich kann nichts dafür, dass ich so langweilige Interessen habe", antwortete Cat. „In den meisten Dingen bin ich okay, nirgendwo außergewöhnlich, gut im ‚so tun als ob', gut auch mit Kindern und Tieren – außer dass Tiere Pollys Domäne sind."

„Nur weil Polly eine Ausbildung zur Tierarzthelferin macht, heißt das noch lange nicht, dass du nicht auch mit Tieren kannst. Kein Selbstmitleid, junge Dame. Und du hast auch keine langweiligen Interessen. Ja, es stimmt, du hast heute ganz schön was abgekriegt – und daran bist du zum großen Teil selbst schuld –, doch du bist intelligent und begeisterungsfähig und könntest fast alles tun, was du anpackst. Was möchtest du aus deinem Leben machen, Cat Palmer? Betrachte die Situation doch als eine Chance."

Elsie lehnte sich nach vorn und schenkte noch mal Tee nach. In diesem Augenblick richtete Disco sich auf – ihre Augen waren ganz wach –, sprang auf die Füße und stieß dabei an Elsies Arm. Elsie konnte nicht verhindern, dass sie den Tee über den Rest der Plätzchen schüttete.

„Du Racker", schalt Elsie sie sanft.

„Aber immer noch ganz allerliebst", sagte Cat mit Wärme. „Lieber als alles andere würde ich Zeit mit Disco verbringen. Ich würde meinen Kopf in ihr gesprenkeltes Fell drücken, würde sie ausführen und mit ihr auf dem Schoß fernsehen. Das kann ich doch hoffentlich die nächsten paar Tage tun, oder?"

„Du weißt, dass du dir Disco jederzeit ausleihen kannst. Aber ich dachte immer, dass Joe keinen Hund im Haus erlaubt?" Dabei runzelte Elsie die Stirn.

„Stimmt", erwiderte Cat leise, und eine nicht zu unterdrückende Gefühlsaufwallung schnürte ihr fast die Kehle zu. „Das würde er nicht erlauben. Er hat eine Katze, also sind Hunde anscheinend nicht gestattet. Wenn wir allerdings den richtigen Hund fänden, dann kämen die beiden bestimmt gut miteinander aus. Aber er ist da unerbittlich."

„Er schien mir immer ein sehr angenehmer junger Mann zu sein, und ich weiß auch, dass Leute sehr sensibel in Bezug auf ihre Haustiere sein können – oft auch zu Recht –, aber ich bin überrascht, dass er dir nicht erlaubt, einen Hund zu halten."

„Manchmal ist er ja ganz nett, doch die meiste Zeit ist er ein knurriger Miesepeter. Aber mit Polly wohne ich gern zusammen, ich bin gern hier in Primrose Terrace und möchte auch hier bleiben."

„Oh, Kopf hoch! Fang nicht an zu weinen."

„Das tue ich auch nicht." Cat schluckte und blinzelte. „Es ist nur, wenn eine Sache schiefgeht, dann scheint das alle anderen kleinen ärgerlichen Dinge in riesige Hindernisse zu verwandeln." Ihre Stimme zitterte leicht.

„Deswegen musst du jetzt selbst die Initiative ergreifen und nach vorn schauen. Geh weiter vorwärts. Und nimm dir noch einen Keks."

Cat blickte auf den Teller, wo die Plätzchen im Tee schwammen. Sie zuckte die Achseln und steckte sich ein Plätzchen in den Mund, ehe die Schokolade ihr die Hand verschmieren konnte. „Ich kann Disco und Chalky wenigstens *sehen*, und ich werde beide zweimal täglich ausführen, bis du wieder auf den Beinen bist."

„Ja, das hört sich doch schon viel besser an!"

„Viel Frühlingssonne und deine beiden allerliebsten Hunde, das ist genau das, was ich brauche, während ich einen Plan ausarbeite." Cat schnippte mit den Fingern, und Disco sprang quer über den Teppich und begann, ihr Handgelenk zu lecken. Cat lachte, als die Schnurrhaare des Tieres ihre Hand kitzelten.

„Damit könntest du recht haben." Elsie trommelte mit den Fingern gegen ihre Lippen, und ihr Blick ruhte auf dem dichten Rasenstreifen vor dem Fenster, wo die Primeln gerade anfingen, durch die Erde zu stoßen. „Ich glaube, Cat, dass du vielleicht gerade deine eigene perfekte Lösung gefunden hast."

2. Kapitel

„Hunde ausführen? Als Job?“

„Ja, Polly. Mit den Hunden anderer Menschen spazieren gehen. Der Markt boomt –, Leute, die den ganzen Tag arbeiten, vielbeschäftigte Familien, Menschen wie Elsie, die zeitweilig nicht in der Lage sind, mit ihren Tieren selbst rauszugehen. Ich möchte wetten, dass es eine ganze Menge von Hundebesitzern gibt, die nicht einmal ahnen, dass es diese Möglichkeit gibt. Jetzt werden sie es erfahren – durch mich.“

Sie saßen auf den weichen hellblauen Sofas im Wohnzimmer der Primrose Terrace Nr. 9 und hatten eine Flasche Wein vor sich. Polly war spät zurückgekommen aus der Tierarztpraxis in Fairview, wo sie ein Praktikum für ihren Abschluss als Tierarzthelferin machte. Sie trug einen blauen Baumwollpyjama und hatte die bloßen Füße auf dem Kaffeetisch ausgestreckt.

„Und du bist sicher, dass Alison dich nicht im Kindergarten zurücknehmen würde, selbst wenn du zu Kreuze kriechst?“

„Ich würde nicht einmal zurückgehen, wenn *sie* zu Kreuze kriechen würde. Ich glaube auch nicht, dass das der richtige Job für mich ist, jedenfalls nicht in einem konventionellen Kindergarten. Elsie hat recht: Was ich vorhabe, ist einfach perfekt. Die Gegend zwischen Strand und Park ist eine ganz hervorragende

Hundegegend, und ich würde nichts lieber tun, als mit den Hunden anderer Leute dort spazieren zu gehen."

Polly sah sie mit ihren großen blauen Augen prüfend an. „Ich bin sicher, dass du das schaffen kannst", sagte sie langsam und bedächtig, „aber man muss eine ganze Menge Sachen bedenken. *Eine ganze Menge.* Wie viel wirst du dafür nehmen? Wie viele Hunde kannst du gleichzeitig ausführen? Geben die Besitzer ihren Tieren Leckerchen? Wenn ja, welche und wie oft? Wirst du sie alle von zu Hause abholen? Werden die Tiere sich untereinander vertragen? Und denk auch mal daran, wie viele Kackhaufen du entsorgen musst. Das wird kein Spaziergang, sage ich dir."

„Oh, sehr witzig!"

Polly grinste schelmisch. „Ist aber wahr. Ich weiß ja, dass du alles durchdenkst, aber du bist oft ..."

„Impulsiv, spontan?"

„Leicht erregbar, ein bisschen wie ein Hund."

Cat warf ein Kissen nach ihr. „Ich weiß, dass ich das alles wie ein Geschäft sehen muss, aber ich bin so aufgeregt, Pol. Ich bin so aufgeregt wie vor dem Umzug hierher. Es ist toll, hier bei dir zu wohnen. Und ich glaube, ich kann das schaffen. Zumindest kann ich es ausprobieren und gucken, ob irgendjemand außer Elsie hier an jemandem interessiert ist, der Hunde ausführt."

„Du berechnest ihr doch nichts, oder?"

„Ich habe ihr gesagt, dass ich ihr nichts berechnen würde, aber sie besteht darauf. Sie wird meine erste Kundin sein. Natürlich werde ich ihr einen besonderen Rentnerrabatt machen." Cat nippte an ihrem Weinglas und strahlte. Sie hatte das erhebende Gefühl, etwas erreicht zu haben, obwohl sie ja streng genommen erst einmal nur über ihre Idee gesprochen hatten.

„Zumindest ist das Ganze ziemlich originell", sagte Polly, „geradezu inspirierend."

„Wirklich?"

„Ja. Du hattest vielleicht nicht vor, deinen Job heute aufzugeben."

„Rausschmiss, meinst du?"

„Aber", fuhr Polly fort und hob den Zeigefinger, „vielleicht war es sogar besser so. Und du hast eine fast fertige Tierarzthelferin zur Hand, wenn etwas schrecklich schiefgehen sollte."

„Was soll schrecklich schiefgehen?" Joe schlurfte ins Zimmer, setzte sich neben Polly und goss sich ein Glas Rotwein ein. Er trug seine übliche Arbeitskleidung, Jeans und Kapuzenpullover, einen von denen, die jetzt modern waren, marineblau mit einem Goldfisch vorne drauf. Sein kurzes Haar stand in wilden Büscheln hoch, als ob er sich den ganzen Tag am Kopf gekratzt hätte.

„Ein Tsunami rast auf den Strand von Fairview zu. Stell dir das Massensterben vor, das er anrichten wird!"

Joe richtete sich blitzartig auf und verschüttete fast seinen Wein. „Was? Wer hat etwas von einem Tsunami gesagt?"

„Komm wieder runter", sagte Polly und gab ihm einen sanften Rippenstoß. „Cat wollte dich nur veräppeln. Kein Tsunami."

„Verstehe." Joe blitzte Cat an, und sie grinste schelmisch. Joe und Polly hätten fast Zwillinge sein können. Beide waren blond und hatten blaue Augen. Polly hatte einen fast so schlanken Körperbau wie ein Junge, nur Joes blondes Haar ging eher ins Rot- als ins Aschblond. Cat war nie von ihm genervt, nur seine permanente schlechte Laune störte sie manchmal. „Also, was soll dann schiefgehen?", fragte er.

„Cats neue Geschäftsidee – wenn die Sache schiefgeht, dann bin ich zur Hand."

„Mit moralischer Unterstützung?" Jetzt bemerkte Joe Pollys Füße auf dem Kaffeetisch und schob sie sanft auf den Fußboden.

„Um medizinische Hilfe zu leisten."

„Sind wir jetzt wieder beim Tsunami? Oder warum sollte sie sonst medizinische Hilfe brauchen? Wirken deine Methoden denn jetzt auch bei Menschen?" Joe fuhr sich mit der Hand über die Stirn.

„Nicht bei Menschen, du Dummkopf", antwortete Polly, „bei Hunden."

„Hunde?" Joe richtete sich wieder auf, und dieses Mal passte er genau auf seinen Wein auf. „Was für Hunde?" Da war eine Spur von Panik in seiner Stimme, was Cat unter anderen Umständen amüsant hätte finden können, aber es war ja gerade Joes Abneigung gegenüber Hunden, die Cat daran hinderte, einen eigenen Hund in der Primrose Terrace zu halten.

„Alle Hunde." Cat reckte die Hände über den Kopf in die Höhe. „Ich will die Hunde von Fairview ausführen. Ich kümmere mich um alle, von Chihuahuas bis zu Dänischen Doggen. Ich sorge dafür, dass sie Auslauf bekommen und die Liebe und Freiheit, die sie verdient haben, und ich bekomme Geld dafür!"

Joe trank bedächtig einen weiteren Schluck Wein. In den zwei Monaten, in denen sie hier wohnte, hatte Cat herausgefunden, dass diese Bewegungen bedeuteten, dass Joe ein Argument formulieren wollte. Doch bevor er es äußerte, prüfte er es genau. Spontaneität war nicht sein Ding. Cat erwartete eine sorgfältig durchdachte Attacke auf alles, was mit Hunden zu tun hatte. Doch sie kam nicht.

„Deine Zeit im Kindergarten", begann er leise, „ist also jetzt ... zu Ende?"

„Woher weißt du das?"

„Ich wusste es nicht. Aber ... es schien mir unvermeidlich zu sein."

„Warum?"

Joe lächelte. „Jedes Mal, wenn ich dich fragte, wie dein Tag war, hast du mir detailliert beschrieben, was du alles gern mit den Kindern gemacht hättest – für einiges davon wärest du nebenbei gesagt verklagt worden –, weil die wirkliche Antwort zu uninteressant war, als dass man darüber reden hätte wollen. Es war nicht schwer, zu erraten, dass du dort nicht glücklich warst. Entschuldige, wenn ich damit etwas Falsches gesagt habe."

„Nein, nein, du hast sicher recht, ich habe mich im Kindergarten nicht wohlgefühlt."

Seit sie bei den beiden wohnte, hatte sich ein Abendritual entwickelt. Cat erzählte Joe immer, was sie mit den Kindern gemacht hätte, wenn es nach ihren Wünschen gegangen wäre. Und Joe, ein freischaffender Illustrator, ließ sich in ironischem Ton darüber aus, wie *wunderbar kooperativ* seine Kunden doch waren. Einen halben Tag saß er an einem Porträt für einen Kunden, mit dem ernüchternden Ergebnis, dass dieser dann meinte, er sehe auf der Zeichnung viel zu verärgert aus oder zu geistlos oder zu fein. Joe gestaltete auch Websites und machte das Marketing für kleine Firmen. Im Augenblick arbeitete er für eine lokale Zeitschrift – ein Job, der aber auch zum Haareraufen war, wie man an seinem zerzausten Schopf sehen konnte.

„Wessen Entscheidung war es?"

„Was?"

„Bist du gesprungen – oder wurdest du gestoßen?"

Es wurde still im Zimmer. Cat überlegte, wie sie am besten erklären sollte, was geschehen war. Doch die Mühe war nicht nötig.

„Cat hat Disco in ihrer Handtasche mit in den Kindergarten genommen, und Disco ist während der Musikstunde rausgeklettert. Das war für die Kinder zu aufregend, als dass ‚Madame Steifes Korsett' damit hätte umgehen können." Polly schenkte allen noch mehr Wein ein und legte die Füße wieder auf den Tisch. Angesichts von Joes vorwurfsvollem Blick nahm sie sie aber sofort wieder herunter.

„Du hast einen Welpen in einer Handtasche mit in den Kindergarten geschmuggelt?" Joes Augen verengten sich zu Schlitzen.

Cat nickte.

„Und du hast wirklich geglaubt, dass die Katastrophe *nicht* über dich hereinbrechen würde?"

„Ich habe es gehofft."

„Da hast du dir aber kräftig was vorgemacht. Kein Wunder, dass sie dich gefeuert hat."

Cat presste die Lippen zusammen und nickte fast unmerklich. „Kann sein. Aber guck, wohin mich das gebracht hat."

„Wohin denn? Zu einer Flasche Wein und zu der Luftschloss-Idee, du könntest der örtliche Dr. Dolittle werden?"

„Hey!"

„Joe", wies Polly ihn zurecht, „das ist nicht fair. Ich bin sicher, wenn Cat sich etwas vorgenommen hat, wird sie es auch durchziehen."

„Na, ich freue mich schon darauf, zu erleben, was daraus wird." Er hob sein Glas, und Polly und Cat taten es auch, obwohl Cat sah, dass hinter Joes ernstem Ausdruck eine gewisse Belustigung aufflackerte. Shed, sein großer rötlich-brauner Kater, ergriff die Gelegenheit, um ins Zimmer zu stolzieren. Dabei schüttelte er abwechselnd seine Hinterläufe, als ob er unangenehmes Schuhwerk loswerden wollte, und setzte sich auf dem Kaffeetisch in Positur. Er kam mit dem Schwanz leicht an die Weinflasche, die ziemlich nah am Rand stand.

„Wieso darf Shed auf den Tisch und meine Füße nicht?", fragte Polly. Der Streit war nicht neu, und Shed guckte sie an mit einem Blick, der genau das ausdrückte: *Ich darf das und du nicht. Finde dich damit ab.*

Joe zuckte die Schultern. „Es ist schwerer, ihm Benehmen beizubringen als dir."

„Deine Kämpfe beruhen also auf der Anstrengung, die benötigt wird, um die gewünschten Resultate zu erreichen? Das ist eine hoffnungslose Art, sein Leben zu leben, Joey."

„Meinetwegen. Ich bin aber älter als du."

„Aber nicht weiser."

„Ich bin der Mieter, also entscheide ich."

„Ich zahle aber die gleiche Miete."

„Musst du eigentlich immer streiten?"

„Nur wenn ich für mein Recht eintrete", erwiderte Polly und verschränkte die Arme.

„Dein Recht, die Füße auf den Tisch zu legen?"

„Ich habe geduscht, als ich nach Hause kam, die Füße sind also vollkommen sauber, sauberer jedenfalls als die von Shed. Und er hat seinen Hintern auf dem Tisch."

Joe warf einen Seitenblick auf seine Schwester. „Eins zu null für dich. Komm da runter, Shed."

Er schob Shed von hinten; der Kater blickte ihn an, sprang auf seine Oberschenkel und drückte seine Tatzen abwechselnd in Joes Jeans.

„Aaaaahhh, nicht da, Shed!" Joe wollte den Kater woanders hinsetzen, aber er rührte sich nicht von der Stelle. Cat verbarg ein Lachen hinter ihrem Glas. Sie machte den Fehler, Polly anzugucken, und beide kicherten unhörbar in sich hinein, während Joe seine Genitalien zu schützen suchte. So eine harmlose Rache war doch etwas Schönes, gerade wenn sie von so unerwarteter Seite kam.

Die Weinflasche war inzwischen leer. Cat blinzelte schläfrig, und Joe war schon lange wieder hinter der Tür zu seinem Büro verschwunden, um weiterzuarbeiten oder eine zu rauchen. Polly schaltete das Fernsehgerät aus und trommelte mit den Fingern auf den Tisch.

Cat richtete sich auf. „Was ist los?"

„Er war nicht immer so, weißt du."

„Wer, Shed?" Der Kater schlief da, wo Joe gesessen hatte; eine große orangefarbene Flaumkugel, das Gesicht unter dem Schwanz verborgen. Cat stellte sich vor, dass der Kater sich heimlich Methoden ausdachte, um sie in Schwierigkeiten zu bringen: zum Beispiel, indem er das perfekte Haustier spielte, im Gegensatz zu ihrer Rolle als nervende neue Mitbewohnerin.

„Joe", sagte Polly, „du erlebst ihn gerade mit extrem schlechter Laune."

„Eine schlechte Laune, die zwei Monate andauert?“ Cat hob eine Augenbraue und grinste schelmisch, als sie die Verärgerung im Gesicht ihrer Freundin sah. „Tut mir leid, ich weiß wohl, dass alles nicht so toll für ihn war, ehe ich einzog, aber ich – ich meine, ich kenne nicht die ganze Geschichte.“ Sie sprach sanft und freundlich und dachte an die vielen Male, in denen sie versucht hatte, die Wahrheit aus Polly herauszubekommen. Sie wusste, dass es sich nicht gehörte, wenn sie so neugierig in Bezug auf ihren neuen Vermieter war, aber sie konnte nichts daran ändern.

„Es ist wohl an der Zeit, dass ich es dir sage. Rosalin hat ihn sehr verletzt. Manchmal ist es leicht, Joe für einen mürrischen, gefühllosen Kotzbrocken zu halten, aber das ist er nicht. Sein Herz ist gebrochen.“

„Sie hat ihn verlassen?“

Polly nickte, zögerte einen Moment und seufzte dann. „Für seinen Geschäftspartner“, fügte sie hinzu. Ihrem Ton konnte man entnehmen, dass sie es immer noch nicht fassen konnte, und Cat konnte das gut verstehen.

„Mit Alex gab es den ersten Bruch. Sie hatten zusammen fünf Jahre lang Magic Mouse Illustrations geführt. Und dann teilte er Joe mit, dass er von einer Firma in London abgeworben worden sei. Es war ein weltweit operierendes Unternehmen, das ihm ein Spitzengehalt und viele Extras versprochen hatte, und er wollte das Angebot annehmen. Das war hart, nicht nur, weil Alex ihn verließ, sondern auch, weil Joe glaubte, dass er ohne Alex das Geschäft nicht allein führen könnte. Alex war stets besser in der grafischen Gestaltung, während Joes Spezialität eher die reine Illustration ist, von der er befürchtet, dass sie eine aussterbende Kunst ist. Der Umstand, dass Alex sich hat abwerben lassen, hat sein Vertrauen untergraben. Ich bin mir aber ziemlich sicher, dass Alex Joe gar nicht die ganze Wahrheit gesagt hat.“

„Was meinst du damit?“ Es war kühler im Zimmer geworden, und Cat legte sich ein Kissen auf die Füße. Sie war zu tief in das Sofa eingesunken, um sich wärmere Kleidung zu holen.

„Ich vermute, Alex wollte einfach aussteigen – schließlich war er dabei, Joe die Freundin auszuspannen –, und so bewarb er sich um den Job und bekam ihn. Bestimmt hat es gar keine Abwerbung gegeben. Wie auch immer, ein paar Tage später eröffnete Rosalin Joe, dass sie ihn verlassen und mit Alex Duhamel, einem höflichen und weltgewandten Franzosen, nach London ziehen würde. Vom einen auf den anderen Tag war sie nicht mehr Joes Freundin. Das hat ihm alles Französische für immer verleidet, Brie, Paris, Frauen und ... manches andere."

„Das ist ja schrecklich!" Cat hatte sofort Schuldgefühle und schämte sich für ihre Neugier.

„Er hatte innerhalb von ein paar Tagen alles verloren", fuhr Polly fort. „Er hat Magic Mouse zwar weitergeführt, aber er kommt nicht so gut damit zurecht, wie er uns glauben machen möchte. Es tut mir leid, dass ich dir das nicht früher gesagt habe, aber ich stelle ihn nicht gern als ‚meinen Bruder mit gebrochenem Herzen' vor. Menschen sollten nicht nach ihrer Vorgeschichte beurteilt werden, deshalb habe ich die Leerstellen nicht ausgefüllt." Polly hatte sich nach vorn gebeugt, die Ellbogen auf die Knie gestützt. „Dazu kommt, dass ich nicht wollte, dass du dir Gedanken machst. Es war hier früher immer so: Joe, Rosalin und ich. Für Joe war es in Ordnung, dass du hier einzogst – zumindest hat er das gesagt –, aber du hast in diesem Hause sozusagen Rosalin ersetzt. Deshalb war er womöglich unfreundlicher zu dir, als das sonst der Fall gewesen wäre."

„Er ist nicht wirklich gemein zu mir."

„Aber er ist unglücklich, sarkastisch und pessimistisch. Ich dachte, dass es jetzt wirklich an der Zeit wäre, dir alles zu erklären. Ich möchte nicht, dass du denkst, ich hätte dir die Primrose-Erfahrung in böser Absicht angedreht."

Cat lachte. „Das hast du nicht, und ich fühle mich hier wirklich wohl, das kannst du mir glauben. Wenn das nicht so wäre, dann wäre ich in Brighton und würde versuchen, meinen alten Job wiederzukriegen. Nein, ich werde das mit dem Hundeausführen wirklich probieren. Ich weiß gar nicht, warum ich nicht schon vorher daran gedacht habe – der Job ist einfach perfekt für mich! Und auch wenn dein Bruder gerade sehr niedergeschlagen ist, macht er manchmal doch den Versuch, nett zu mir zu sein; und er ist definitiv zu etwas zu gebrauchen."

„Zu was? Um halb leere Weinflaschen auszutrinken? Leichtgläubig zu sein in Bezug auf Naturkatastrophen?"

„Ja, das auch", erwiderte Cat. In ihrem Kopf arbeitete es. Das hatte nicht aufgehört, seit Elsie vorgeschlagen hatte, dass sie von sich aus etwas auf die Beine stellen sollte, etwas, woran sie wirklich glaubte. „Mir ist auch zu Ohren gekommen, dass er ganz gut Websites gestalten kann."

„Ah." Ein Zucken lag um Pollys perlmuttfarbene Lippen. „Ja, das kann er, so verunsichert er auch sonst sein mag. Er stürzt sich voll in seine Arbeit, um sich von allem abzulenken."

„Sein Kummer könnte sich also zu meinem Vorteil auswirken?"

„Das wäre möglich. Aber an deiner Stelle würde ich damit nicht in die Verhandlung einsteigen: ‚Hi, Joe, da du ja keine Freundin mehr hast, mit der du Zeit verbringst, könntest du …' Besser wäre es, sein Talent als Designer zu betonen, seinen visionären Geist und seinen Intellekt."

„Ein guter Plan." Cat beugte sich nach vorn und boxte Polly in die Seite. „Wir beide könnten dieses Hundeausführen wirklich hinkriegen!"

„Wir beide?"

„Natürlich. Wenn du mitmachen willst?"

Cat und Polly hatten vor zehn Jahren schon einmal zusammengewohnt, als sie beide auf der Universität York studierten, und die Entdeckung, dass sie nur ein paar Kilometer voneinander entfernt aufgewachsen waren, hatte ihre Freundschaft noch stärker werden lassen. Nach ihrem Uniabschluss kam für jede von ihnen das eigene Leben dazwischen, aber sie blieben eng befreundet und trafen sich regelmäßig. Cat hatte die Gelegenheit ergriffen, von Brighton nach Fairview – die Entfernung war nicht groß – umzuziehen, um bei Polly zu wohnen. Sie in ihre Geschäftsidee einzubinden, war nur der logische nächste Schritt. Polly war ein ruhiger, gelassener und systematischer Typ. Daher war Cat davon überzeugt, dass sie ideal zueinanderpassten.

Polly kaute an ihrer Unterlippe. „Ich – ich würde gern, aber im Augenblick habe ich so wenig Zeit. Die Ausbildung, das Praktikum. Ich stehe jetzt so nah vor dem Abschluss und will ihn mir nicht vermasseln."

„Komm einfach dazu, wann du kannst. Es geht auch nicht nur um das Gassigehen; es gibt ja auch administrative Sachen wie Marketing oder die Buchhaltung. Viele Dinge sind zu beachten – es ist nun mal kein Spaziergang." Cat blickte belustigt an die Decke. „Welche kluge Person hat mir das noch gleich gesagt?"

„In Ordnung", antwortete Polly lachend, „du hast mich überzeugt. Ich beteilige mich. Nun müssen wir als Erstes die wichtigste Entscheidung für jedes neue Geschäft fällen."

„Und die wäre?"

„Wir brauchen einen Namen. Wie soll dein Hundeausführunternehmen heißen?"

„‚*@Leinen los. Ob groß oder klein – wir kümmern uns um das Ausführen Ihrer Hunde in der Fairway-Gegend von Fairhaven.*' Was denkst du?"

„Entschuldigung?" Joe blätterte eine Seite der Zeitung um. Er hatte sich so darüber gebeugt, als wolle er den Rest der Welt draußen lassen. Er saß am Esstisch, der zusammen mit den Sofas in dem riesigen Wohnraum des Hauses stand. Cat vermutete, dass es ursprünglich zwei Zimmer gewesen waren. Vielleicht hatte der Vorbesitzer oder der Mann, von dem Joe das Haus gemietet hatte, einen Durchbruch gemacht.

„Mein Text für ‚Leinen los'. Ich möchte dafür Facebook- und Twitter-Accounts einrichten."

Joe überlegte eine Weile – Cat vermutete, er zählte im Stillen bis drei –, bevor er sie ansah. Sie saß mit übereinandergeschlagenen Beinen auf dem Sofa und balancierte ihren Laptop auf den Knien. „Lies noch mal vor", sagte er.

Sie tat es. „Was denkst du also?"

Er nickte, die Lippen aufeinandergepresst. „Ich bin beeindruckt. Keine Flapsigkeit dabei, etwas Humor, die richtige Balance zwischen freundlich und nüchtern."

Cat grinste schelmisch. „Danke."

„Abgesehen von dem Namen natürlich; der könnte noch verbessert werden."

„Aber deine Vorschläge waren schlechter als unsere!", rief Cat aus. „Dieser Name fühlt sich gut an."

Eine Woche war vergangen, seit die Idee „Leinen los" entstanden war. Es vergingen aber noch weitere vier Tage, bis der Name amtlich war. Von ihrem Arbeitsplatz aus hatte Polly ihre Vorschläge per SMS beigesteuert: „Hundetagesbetreuung, Wunderbare Spaziergänge, Vergünstigung für Welpen". Sie hatten dafür sogar ihre heiß geliebten Fernsehserien verpasst, und Cat war mitten in der Nacht aufgewacht, wenn ihr eine neue Idee kam. Selbst Joe hatte sich daran beteiligt, aber Cat war nicht sicher, ob die Notiz, die er für sie hinterlassen hatte, als er zum Joggen rausgegangen war, ein ernst gemeinter Vorschlag war. Er lautete *Tolle Tölenspaziergänge*; daneben prangte ein großartiger Cartoon, auf dem ein Hund zu sehen war, der seine Leine in der Schnauze hatte und sehr zufrieden dreinblickte. Cat hatte den Zettel an die Wand über ihrer Frisierkommode geheftet.

Schließlich war Polly mit dem Vorschlag „Leinen los" gekommen, während sie sich einen Historienschinken ansahen, in dessen Verlauf die Hauptpersonen mit Sonnenschirmen in den Anlagen eines prächtigen Herrenhauses flanierten.

„Hat Magic Mouse einen Twitter-Account?“, fragte Cat Joe.

„Ja“, antwortete er knapp.

„So hast du wohl eine ganze Reihe von Followern?“

Die Antwort fiel ebenso knapp aus. Er blickte ein wenig nach unten, die Finger um die Kaffeetasse geschlossen. Cat verdrehte die Augen und sah ihn genervt an, ehe sie begann, Magic Mouse im Internet zu suchen.

„Ich hab das gesehen“, meinte Joe.

„Gut so“, murmelte Cat, bis ihre Aufmerksamkeit von den etwa 2.500 Followern, die Joe hatte, in Beschlag genommen wurde. „Wow!“ Sie scrollte die Namen durch und klickte „follow“ auf die, die offensichtlich in Fairview oder Fairhaven zu Hause waren. Dabei erkannte sie einige Namen, meistens Geschäfte: das Spatz-Restaurant, die Bücherei am Ort, Capellos Eisdiele – *nicht nur für Eisbecher*. Sie fand den Kindergarten, zögerte erst beim „Follow“-Button, klickte dann aber darauf. Sollte Alison ruhig sehen, wie aktiv sie gerade war.

Dann scrollte sie weiter durch virtuelle Figuren und einige Cartoons. Magic Mouse Illustrations wurde durch einen einfachen Maus-Cartoon repräsentiert – eine Maus, die am PC arbeitet und Käse isst. Wann immer ihr Blick darauf fiel, musste sie lächeln, und sie fragte sich, ob sie Joe dazu bringen könnte, etwas für „Leinen los“ zu zeichnen. Ihr Geschäft wäre viel besser zu erkennen, wenn sie einen Cartoon mit einem niedlichen Hund als Logo hätte.

„Du kannst Leuten nicht einfach folgen“, sagte Joe, „du musst auch etwas Sinnvolles sagen.“

„Ja, das werde ich auch tun, aber es hat keinen Zweck, etwas zu sagen, wenn niemand zuhört.“

„Sehr philosophisch.“

Cat wollte gerade eine witzige Antwort geben, als ihr Blick auf einen vertrauten Namen fiel: Jessica Heybourne. Woher kannte sie diesen Namen bloß? Sie klickte auf Jessicas Website und fand dort ein Foto von einer schicken Blondine, die vermutlich ein paar Jahre älter als Cat war, freundlich in die Linse lächelte und dabei ein Selbstvertrauen an den Tag legte, das nur den häufig Fotografierten vorbehalten ist. Ihre Haut war blass, die Augen waren stark geschminkt, und ihr blondes, hochtoupiertes Haar schmiegte sich wie eine Wolke aus Zuckerwatte um ihr Gesicht. Sie hatte 22.000 Follower, und in ihrer Biografie hieß es: *Bestsellerautorin von Kochbüchern, absolute Feinschmeckerin, liebt ihre West Highland Terrier und wohnt am Meer. DAS HERZSTÜCK DER ERNÄHRUNG ist jetzt im Buchhandel erhältlich.*

Das war es! West Highland Terrier.

Elsie hatte Cat gesagt, dass Jessica Heybourne oben auf ihrer Liste potenzieller Kunden stehen solle. Sie war eine bekannte Autorin, im Ort und darüber hinaus beliebt. Sie hatte drei West Highland Terrier, und es war sehr wahrscheinlich, dass sie Cat mit intensiver Mundpropaganda mehr helfen könnte als die *Fairhaven Press*. Und wie Elsie ihr fröhlich berichtet hatte, wohnte sie in der Primrose Terrace Nr. 1.

Cat war schon oft an dem Haus vorbeigegangen und hatte den eleganten Anstrich wahrgenommen, die große Veranda und auch den glänzenden Glasanbau, der von einer Seite des Hauses zu sehen war. Cat lehnte sich zurück, nippte an ihrem Tee und überlegte, wie sie sich der Frau nähern konnte. Jessica würde nie einen allgemein gehaltenen Tweet beachten, sie hatte vermutlich nicht viel Zeit, um sich auf Twitter zu tummeln, sondern nutzte das Netzwerk hauptsächlich, um ihre Bücher bekannt zu machen und ihr Publikum an den Haken zu kriegen. Cat müsste ihr also einen persönlichen Tweet schicken. Danach könnte sie sie auch persönlich besuchen.

Sie legte ihren Laptop zur Seite und ging zum Fenster. Es regnete ziemlich heftig, und hinter den Regentropfen, die an der Scheibe zerliefen, war die Häuserreihe gegenüber kaum zu erkennen. Es war ein typischer Märztag. Cat machte das nichts aus – sie würde das Wetter nehmen müssen, wie es war, wenn sie eine erfolgreiche Hundeausführerin werden wollte. Aber sie würde keinen guten Eindruck machen, wenn sie an die Tür von Jessica klopfte und wie eine tropfnasse Dänische Dogge aussah.

Sie ging zu ihrem Computer zurück, „folgte" Jessica und fing an, ihren Tweet zu verfassen. Eine halbe Stunde und zwei abgekaute Fingernägel später klickte sie den Tweet-Button, lehnte sich zurück und wartete.

„Warum guckst du denn so nervös?", fragte Joe und räumte ihre leere Tasse weg.

Cat zuckte mit den Achseln. „Nichts. Ich ... ich suche nur ein paar Kunden."

„In deinem Computer?"

„Ja, da findet man die heutzutage", erwiderte Cat frischfröhlich. Im selben Moment erinnerte sie sich an Joes Unsicherheit in Bezug auf herkömmliche Illustrationen, die zunehmend vom digitalen Design verdrängt wurden. Er verschwand in der Küche, und Cat hörte, wie die Tassen am Boden des Spülbeckens klapperten. „Scheiße", flüsterte sie und rief dann: „Aber wie machst du das denn? Du hast so viele Follower."

Joe erschien und lehnte am Türrahmen. Er zuckte die Achseln und sah Cat mit seinen blauen Augen an. „Ich stelle immer etwas rein – zum Beispiel, woran ich gerade arbeite, Links zu Websites von Kunden und was ich für Kunden gemacht habe; ich chatte mit Leuten, wenn sie Fragen stellen. Du musst einfach offen, freundlich und professionell sein, manchmal auch lustig. Rede über interessante Dinge, erwähne Fairview oft und auch die Hundespaziergänge. Nach und nach werden die Leute darauf aufmerksam und kriegen durchs Suchen oder Antworten auf Tweets immer mehr über dich raus."

„Oh", sagte Cat, überrascht von Joes Offenheit und dem Fehlen von jeglichem Sarkasmus. „Vielen Dank, das ist eine große Hilfe. Lustig?"

„Lustig ist immer gut. Was Lustiges wird eher bemerkt als ein ernsthafter Tweet. Und ich weiß, dass du lustig sein kannst."

„Nun ja … vielleicht kommt das nur dir so vor. Das bin ich ja nicht mit Absicht."

„Ich glaube, du vertraust viel zu wenig auf das, was du kannst. Versuch es einfach, und guck, was passiert. Ich muss wieder an meine Arbeit."

Cat hörte, wie er langsam die Stufen hinauftappte. Sein Büro ging nach vorn hinaus, es lag über dem Wohnzimmer. Der Raum hatte die größten Fenster, die Joe genügend Tageslicht zum Arbeiten gaben.

Nachdem er gegangen war, empfand Cat die Stille als belastend. Sie war nicht daran gewöhnt, während des Vormittags zu Hause zu sein. Und Joe glaubte tatsächlich, sie sei lustig? Sie rieb sich die Stirn, langte nach ihrer Tasse, die nicht mehr da war, und klickte den Button „neue Tweets laden".

Jessica Heybourne war ihr „gefolgt" – und hatte geantwortet! Cat nagte an ihrer Unterlippe. *@Leinen los: Jemand, der in Fairview Hunde ausführt? Sind Sie neu? Ich muss mehr wissen! Senden Sie mir eine Nachricht.* Cats begeistertes Quieken erfüllte den Raum und wurde als Echo von der Decke zurückgeworfen. Ihr war, als würde sich die Tür zu Joes Büro öffnen. Sie wartete einen Augenblick, dann hörte sie sie wieder zugehen.

Zwanzig Minuten später – der Himmel hatte sich weiter zugezogen, und es regnete noch stärker – klingelte es. Es war ein hohes, optimistisches Trillern. Cat ging rasch zur Tür. In einer Reihe von Nachrichten hatte Jessicas Enthusiasmus für Cats neues Unternehmen ihre eigene Begeisterung fast noch übertroffen, und die berühmte Autorin hatte darauf bestanden, sie sofort persönlich kennenzulernen. Cat hatte ihren Morgenmantel gegen eine cremefarbene Bluse mit Rüschenkragen und elegante Jeans getauscht, war sich kurz mit der Bürste durchs Haar gefahren und hatte ihre großen dunklen Augen mit Wimperntusche betont.

Als sie Jessica die Tür öffnete, war diese sogar noch attraktiver als auf dem Foto. Sie hatte die Kapuze ihres Trenchcoats hochgeklappt und lächelte. Zu Jessicas Füßen drängten sich drei triefnasse flauschige Wesen mit weißem Pelz.

Cat warf kurz einen Blick über die Schulter, lauschte einen Moment lang und begrüßte den Besuch dann locker: „Hi, Jessica, vielen Dank, dass Sie gekommen sind. Ich bin Cat."

„Ich freue mich sehr, Sie kennenzulernen." Jessica schlug ihre Kapuze zurück, und das blonde Haar fiel ihr wallend über den Rücken. „Das sind Valentino, Coco und Dior." Sie deutete der Reihe nach auf die West Highland Terrier, die an Cats bloßen Füßen schnüffelten, mit ihrer feuchten Nase ihre Haut kitzelten und enthusiastisch das neue Umfeld erkundeten. Einer der Hunde knöpfte sich gleich Joes Joggingschuh vor. Cat entfernte ihn sachte aus der Schnauze des Hundes, guckte, ob die Zähne Spuren hinterlassen hatten, und legte den Schuh auf die Treppe. Sie betete, dass Shed nicht auftauchte oder Joe auf den Gedanken kam, sich eine Tasse Kaffee zu machen. Wenn er merkte, dass sie drei Hunde ins Haus gelassen hatte ... Cat verdrängte den Gedanken und streichelte abwechselnd die drei Kleinen. Sie waren sehr zutraulich und ganz versessen auf die Extra-Zuwendung.

Die Hunde trugen verschiedenfarbige Samt-Halsbänder, die mit glitzernden Steinen besetzt waren – vermutlich nicht aus Glas. Einer der Hunde – war es Coco? – hatte sein rechtes Ohr ein bisschen vorgeklappt, vielleicht war das eine kleine Schwachstelle von ihm. Cat streichelte das Ohr. Das Fell war unglaublich seidig. Alle drei waren liebenswerte weiße Bündel, und Cat fühlte, wie ihr Herz ihnen zuflog.

„Sie sind wunderschön. Wie oft gehen Sie mit ihnen raus?" Cat hatte sich wieder aufgerichtet und war auf Augenhöhe mit Jessica.

„Nun, wenigstens einmal am Tag. Es ist auch praktisch, dass der Primrose-Park ganz in der Nähe ist, aber manchmal läuft mir die Zeit davon, und dann denke ich, dass die Hunde doch mehr Auslauf bräuchten." Die Stimme der Autorin war leise und etwas atemlos, obwohl Jessica nur ein paar Hundert Meter zu Fuß gegangen war. Cat fragte sich, ob die Frau absichtlich so sprach und ob auch die leichte Verwirrtheit Teil ihrer Marketingstrategie war. Schließlich wohnte sie lange genug in der Gegend, um zu wissen, dass der Park nicht *Primrose-Park* hieß. „Ich lebe allein, wissen Sie“, fügte Jessica hinzu, „und manchmal ist es recht schwer.“

Cat nickte. „Ich weiß, wie das ist. Ist es erst … seit Kurzem so?“ Sie hielt den Atem an und überlegte, ob sie zu weit gegangen war.

Jessica sah ihre Hunde einen Augenblick lang prüfend an. „Ja, seit Kurzem. Ich … ich hatte eine etwas schwierige Zeit, aber langsam tauche ich wieder auf. Jetzt sieht alles viel positiver aus, fast aufregend. Aber ohne meine Hunde hätte ich es nicht geschafft. Sie haben mich geistig gesund gehalten, sie verdienen nur das Beste.“

„Nun, dabei kann ich definitiv helfen“, sagte Cat sanft. „Ich werde sie behandeln, als wären es meine eigenen. Ich … ich bedaure, dass ich Sie nicht richtig hereinbitten kann. Mein Mitbewohner arbeitet.“ Sie deutete mit der Hand auf das Wohnzimmer.

„Oh nein, natürlich nicht. Ich kann sowieso nicht lange bleiben, aber ich wollte Sie unbedingt kennenlernen. Und ich wollte, dass Sie meine Jungs kennenlernen.“ Sie machte eine ausladende Handbewegung und schenkte Cat ein freundliches Lächeln.

„Die drei sind ganz entzückend. Wirklich entzückend. Ich würde mich sehr freuen, mit ihnen spazieren gehen zu können, so oft, wie Sie es brauchen – erst einmal auf Probe und dann regelmäßig, wenn alles gut geht. Wobei ich mir nicht vorstellen kann, warum es nicht gut gehen sollte, aber eine Probezeit sorgt dafür, dass wir alle zufrieden sind, Sie, ich und Ihre Westies.“

„Welche anderen Hunde haben Sie noch?“

„Im Augenblick zwei Zwergschnauzer, aber ich habe gerade erst …“ Sie hielt inne und dachte daran, dass Joe betont hatte, sie müsse professionell wirken. „Wir sind ein ganz neues Unternehmen, daher sind wir noch mit dem Aufbau unseres Kundenstamms beschäftigt.“

„Hört sich perfekt an! Ich liebe Zwergschnauzer.“

„Sie gehören Elsie, die nebenan wohnt.“

„Oh, ich glaube, ich habe sie schon gesehen. Einer ist noch ein Welpe.“

„Das ist Disco“, erläuterte Cat. „Sie ist nur eine Handvoll Hund, aber sie ist jede Mühe wert.“

„Ja, das sind sie alle.“ Auf Jessicas hübschem Gesicht zeigte sich ein schelmisches Lächeln, und Cat fand sie immer sympathischer. „Wie wäre es dann morgen?“

„Morgen?“

„Ich muss nach London, und diese armen Schätzchen wären ganz allein. Ihr Tweet ist gerade zur rechten Zeit gekommen! Könnten Sie die drei etwa um elf abholen? Ich habe einen Zweitschlüssel für Sie.“ Sie nahm einen Schlüssel aus der Tasche und ließ ihn an ihren eleganten Fingern baumeln.

„Selbstverständlich.“ Cat nahm den Schlüssel und war überrascht, dass Jessica sofort so vertrauensvoll war. „Sind Leckerchen in Ordnung?“

„Sie werden überschüttet mit Leckerchen“, bekräftigte Jessica. „Sie wären sehr böse, wenn Sie ihnen keine geben würden. Nicht wahr, ihr Süßen?“

Valentino blickte zu seiner Besitzerin auf, wackelte mit den Hinterläufen und ließ ein kurzes, lautes Jaulen hören.

„Fantastisch!“ Cat quiekte vor Begeisterung und blickte hinter sich. Jessica trat einen Schritt zurück. „Das ist hervorragend. Vielen, vielen Dank, Jessica, dass Sie gekommen sind. Ich hole Valentino, Coco und Dior morgen ab.“ Sie lächelte und hoffte, dass ihre Worte den gewünschten Erfolg haben würden. „Die Bezahlung und weitere Planung können wir später regeln.“

„Perfekt“, sagte Jessica leise. „Es war schön, Sie kennenzulernen, Cat.“

„Und euch alle kennenzulernen.“ Cat beugte sich herab, kraulte jeden Westie hinter den Ohren und spürte dann, dass ihre Schultern sich entspannten, als Jessica ihre Kapuze wieder hochzog und sich zum Gehen wandte. Die Hunde trotteten zufrieden hinaus in den Regen, und Jessica drehte sich noch einmal um und hauchte der verblüfften Cat einen nach schwerem Parfum duftenden Kuss auf die Wange. Sie trat hinaus auf die kleine Veranda und hinterließ eine Duftwolke von Coco Mademoiselle. Vorsichtig stöckelte sie die Eingangsstufen hinunter, und Cat bemerkte, dass die Stiefel der Autorin zehn Zentimeter hohe Absätze hatten. Cat winkte ihr noch mal zu, schloss leise die Tür und lehnte sich mit geschlossenen Augen dagegen. Sie atmete hörbar aus, doch dann stockte ihr der Atem, als die Holzdielen auf dem Treppenabsatz knarrten.

Sie öffnete die Augen.

„Joe.“

Er stand mit verschränkten Armen da, die Stirn gerunzelt. „Waren das Hunde? Hier drin?“

„Joe, es tut mir …“

„Du weißt doch, wie ich dazu stehe, Cat. Und was, glaubst du, wäre geschehen, wenn Shed reingekommen wäre? Um Gottes willen, denkst du eigentlich gar nicht nach? Wie viele waren es? Dem Geschnüffel und dem Geruch nach zu urteilen, mehr als einer.“ Er kam langsam die Treppe herunter, und Cat spürte fast körperlich, wie wütend er war.

„Drei“, sagte sie. „Sie gehören Jessica Heybourne, und sie will, dass … ich die Hunde ausführe. Es tut mir leid, dass sie reinkommen mussten, aber es regnete, und es war doch nur für ein paar Minuten. Sie ist meine erste richtige Kundin.“

Er stand eine Stufe über ihr und blickte auf sie herab, und Cat sah, dass in seinem Gesichtsausdruck mehr als nur Verärgerung lag. Sie spürte, wie ihre Hochstimmung in sich zusammenfiel, dass Joes Enttäuschung sie mehr niederdrückte, als sie es für möglich gehalten hätte. Er nickte, und einen Augenblick lang dachte Cat, dass er einlenken, Verständnis haben und sie zu ihrer neuen Kundin beglückwünschen würde.

„Bring keine Hunde hier rein", sagte er stattdessen. „Ich verlange damit nicht zu viel – ich denke, dass ich recht vernünftig bin –, aber bitte, *bitte*, bring keine Hunde in dieses Haus. Wenn du glaubst, dass das schwierig werden könnte wegen ‚Leinen los', nun dann ..." Er schaute zur Seite, sah Cat dann wieder an und ging an ihr vorbei ins Wohnzimmer, wobei seine Schulter die ihre berührte.

Cat blieb stehen, wo sie war. Sie fühlte sich verletzt, war empört und hatte das Gefühl, ihr sei unrecht getan worden. Außerdem glaubte sie zu wissen, was Joes nicht beendeter Satz gemeint hatte: Such nach einer Möglichkeit, „Leinen los" zum Laufen zu bringen, ohne dass du Hunde hierher bringst, oder suche dir eine andere Wohnung.

3. Kapitel

Cat wagte sich in ein Wetter hinaus, das wie geschaffen war, um ihre Entschlossenheit auf die Probe zu stellen. Sie trug ein schwarzes doppelreihiges Jackett und hautenge Jeans. Beide Kleidungsstücke waren nicht wirklich wasserdicht. Doch nicht einmal der Regen vermochte ihre Hochstimmung zu dämpfen. Sie hatte es geschafft. Außer Elsie hatte sie noch zwei Kunden bekommen, und es war nun „amtlich", dass sie Hunde ausführte. Das war der erste Schritt, aber, wie sie hoffte, der erste von vielen mit ihren vierbeinigen Freunden.

Als sie Disco und Chalky abholte, hatte Elsie ihr einen bedeutungsvollen Blick zugeworfen und ihr eine Hand auf die Schulter gelegt, so als ob Cat in den Kampf ziehen würde. Dann war sie zu den drei Westies rübergegangen. Jessica hatte die Tür geöffnet. Sie trug einen korallfarbigen Morgenmantel, war aber viel weniger mitteilsam als beim ersten Mal. Cat vermutete, dass sie sich gedanklich auf irgendetwas vorbereitete oder vielleicht mit den neuesten Anmerkungen ihres Lektors befasst war. Cat malte sich aus, wie Jessica sich oben auf eine Marmoranrichte lehnte, alle Zutaten vor sich ausgebreitet hatte und etwas in ein schlankes MacBook Air tippte, während sie – die Hunde zu ihren Füßen – ein schmackhaftes, erlesenes Gericht zubereitete. Es war ein bis ins Detail ausgemalter Tagtraum, in den Jessica perfekt hineinpasste; und Cat dachte lieber daran als an die Traurigkeit, die sie in den Augen der Autorin gesehen hatte, als sie etwas über ihre weniger glückliche Vergangenheit angedeutet hatte.

Cat zog den Kopf ein und schlug den Kragen hoch, als sie an einer Frau mit einem Kinderwagen vorbeiging, die das Verdeck ganz heruntergezogen hatte, um das Baby vor dem Regen zu schützen.

Cats zweiter Kunde war ein Mann namens Terry, der in einem der großen Häuser an der Uferpromenade wohnte und einen Rhodesian Ridgeback namens Bertha hatte. Er würde wohl kein regelmäßiger Kunde werden, aber solange seine Mutter im Krankenhaus lag, musste er viel Zeit in Dorset verbringen. Außerdem konnte er nicht einfach nur kurz mit Bertha hin und her laufen, um die Hündin dann doch nur unglücklich und allein draußen vor dem Krankenhaus zu lassen. Cat wusste wohl, dass es ein Risiko war, einen so großen und starken Hund zusammen mit fünf kleineren auszuführen, aber sie hatte den Auftrag keinesfalls ablehnen wollen. Wenn sie erst einmal ein paar mehr Hunde hatte, würde sie ihre Spaziergänge staffeln; sie könnte dann die Tiere wie bei einer Partnervermittlungsagentur aufeinander abstimmen – welcher Hund passte zu welchem am besten?

Mit allen sechs Hunden an der Leine wandte sie sich ab von dem aufgewühlten, schäumenden Meer – der Parkplatz am Strand war fast völlig verlassen – und ging in Richtung des Fairview-Parks. Die Westies benahmen sich vorbildlich und kamen nur selten einem vorübergehenden Passanten in die Quere. Bertha lief hinten, sie glitt auf ihren langen Läufen elegant dahin, während Chalky an Cats Seite trabte. Die meiste Mühe machte Cat Disco, weil die Gesellschaft der fünf anderen Hunde sie so in Aufregung versetzte, dass sie dauernd hin und her sprang. Sie kläffte die ganze Zeit und lief immer in eine andere Richtung, wobei sie Valentino anrempelte und

Cat ständig vor die Füße kam. Die Westies waren gutmütig, aber Cat glaubte nicht, dass sie Disco für immer ignorieren würden.

Der Himmel war bedeckt, und die Frühlingsfarben wirkten gedämpft, als Cat in den Park einbog. Nach wenigen Augenblicken wurde ihr klar, dass sie die Hunde nur kurze Zeit unter Kontrolle haben würde. Alle sechs erkannten nämlich, dass hier ihr Tummelplatz war, und Cat wusste, dass Bertha und Chalky in dem Park oft von der Leine gelassen wurden. Heute aber nicht. Cat hoffte inständig – bei ihrem ersten Spaziergang wenigstens –, dass sie mit derselben Anzahl von Hunden zurückkommen würde, mit der sie losgegangen war.

Plötzlich setzte sich Bertha an die Spitze der Meute, und die anderen Hunde jagten hinterher. Nur Chalky blieb bei Cat, und als sie nach unten sah, schaute er mit seinen dunklen traurigen Augen zu ihr auf. „Guck mich nicht so an“, flüsterte sie und lief jetzt schneller, um mit der Meute mitzuhalten. „Es wird alles gut. Ihr Lieben“, rief sie, „hey, ihr Hunde! Langsamer!“

Die Tiere ignorierten sie.

Cat trabte weiter, vorbei an einer jungen Familie, deren ältester Junge auf einem Fahrrad mit Stützrädern fuhr. Ein älteres Ehepaar ging Hand in Hand, beide trugen die gleichen Wollmützen. Cat sah zwei rotbraune Setter in einiger Entfernung. Das seidig glänzende Fell der Tiere hob sich ab von der trüben Umgebung. Ein munterer Collie jagte einem Tennisball auf dem Rasen hinterher.

Cat holte tief Atem und zog an den Leinen. „Bertha, Valentino, Coco, Dior! Langsam, sage ich!“

Und dann, in der Hoffnung auf etwas Loyalität von dem Hund, den sie am besten kannte: „Disco, Leckerchen!“ Disco änderte ihre Richtung, und plötzlich waren ihre kleinen Pfoten an Cats Schienbeinen, während die Kleine mit dem Schwanz wedelte. Cat kam zum Stehen, lächelte den Welpen liebevoll an und merkte, dass ihr Atem ruhiger wurde. Die anderen Hunde wurden ebenfalls langsamer und blieben stehen, und plötzlich waren sechs Augenpaare auf Cat gerichtet.

„Brav – brav seid ihr“, lobte sie, immer noch etwas außer Atem. „Liebe Hunde. Puuh, Gott sei Dank.“ Sie langte in ihre Tasche und gab jedem Hund ein Leckerchen. Sie schluckten sie runter und sahen Cat dann erwartungsvoll an.

„Alles ein bisschen anstrengend, nicht wahr?“ Cat erstarrte fast bei dieser vermeintlich freundlichen Frage, die in einem so gar nicht freundlichen Ton geäußert worden war.

„Es ist alles in Ordnung, Mr. Jasper.“ Er stand einige Schritte entfernt und hatte die Arme über seinem kleinen, rundlichen Körper verschränkt. Er lächelte, und nur seine dunklen Augen und seine Stimme verrieten, was er von ihr und ihren Hunden hielt.

„Wussten Sie, dass über hundert Leute jährlich durch Unfälle verletzt werden, die direkt von Hunden verursacht werden, und das allein in Fairhaven?“

Cat biss die Zähne zusammen. Die Hunde zogen an den Leinen, und Dior wimmerte leise. „Das wusste ich nicht, aber ich habe wirklich keine Zeit.“

„Leute, die Hunde ausführen, sind eine *Bedrohung*“, flüsterte Mr. Jasper und beugte sich ein wenig vor; seine Gesichtszüge waren entstellt wie die Fratze eines Wasserspeiers. „Sie beherrschen diese vielen Hunde nicht. Sie werden sich losmachen und Leute terrorisieren. *Sie* sind eine Bedrohung, und ich werde dafür sorgen, dass das aufhört.“

„Dass was aufhört? Dass Leute sich ihren Lebensunterhalt verdienen, indem sie Hunden Auslauf verschaffen?“

Mr. Jasper kehrte ihr den Rücken zu und schritt schnell davon. Sie rief ihm nach: „Wollen Sie vielleicht die Menschen ganz daran hindern, den Park zu benutzen? Wollen Sie ihn in eine Art Naturreservat verwandeln?“ Statt sich umzudrehen, beschleunigte er seine Schritte.

„Okay“, sagte sie zu ihrer Meute, „beachtet ihn einfach

nicht. Versuchen wir es noch einmal. Aber ich möchte, dass ihr für einen Moment darüber nachdenkt, wie schwierig das für mich ist und dass ich durchaus zugebe, dass ich mich überschätzt habe. Ihr könnt mich nun entweder behindern oder mir helfen. Und wir wollen Mr. Jasper doch keine Angriffsfläche mehr bieten, oder?“ Die Tiere blieben stehen, wo sie waren. „Das wär's für den Augenblick. Ein Leckerchen jetzt und eins am Ende. So sind die Regeln. Also …“ Sie wartete. Die Hunde standen weiterhin still, außer Disco, die dabei war, Cats linken Stiefel anzuknabbern. „Also … LOS!“

In dem Augenblick, als sie das sagte, wurde ihr klar, dass sie einen Fehler gemacht hatte.

Denn nun ging sie nicht einfach spazieren, sie lief nicht einmal im Trab, sondern sie rannte, um mit den Hunden Schritt zu halten. Die Leinen scheuerten an ihren Handflächen, die ganz wund wurden. Chalky, der seines Alters wegen nicht mehr an das schnelle Laufen gewöhnt war, fing an, leise zu wimmern. Die Westies zu ihren Füßen sahen aus wie Sommerwolken, Bertha glich einem kleinen Pony, das kräftig nach vorn strebte, und Disco konnte sie überhaupt nicht sehen. Und dann änderten die Tiere wie ein Vogelschwarm plötzlich ihre Richtung, und ihr Bellen wurde immer lauter. Die Hunde zogen Cat am Pavillon-Café vorbei, und es war ihr, als ob George – in einer Hand ein Trockentuch – sie anstarrte. Aber sie war nicht sicher, weil sie sich darauf konzentrieren musste, nicht wie eine Blechdose an einem Hochzeitsauto hinterhergezogen zu werden.

Die Hunde zerrten Cat in Richtung einer Baumgruppe am Rande des Parks, und nun sah sie auch den Grund dafür. War es wirklich möglich, dass einem das Herz in die Hose rutscht und gleichzeitig gegen die Rippen hämmert? Cat hielt es für möglich, denn nun sah sie das graue, pelzige Ziel über den Rasen springen wie ein Slinky-Spielzeug. Der Schwanz des Tieres glich einer riesigen Löwenzahn-Pusteblume.

Ein Eichhörnchen.

Von all dem Pech, das es auf der Welt gab, musste sie bei ihrem ersten Ausflug als professionelle Hundeausführerin ausgerechnet einem Eichhörnchen begegnen. „Stopp! Halt!" Mit den Absätzen stemmte sie sich fest ins Gras, rutschte aber auf dem matschigen Untergrund aus und konnte gerade noch vermeiden, auf dem Hintern zu landen. „Nun kommt endlich, ihr Süßen, bitte!"

Sie hatten die Baumgruppe erreicht. Das Eichhörnchen war am Stamm einer hohen Eiche hochgeflitzt, so konnte Cat wenigstens versuchen, wieder zu Atem zu kommen, während alle Hunde – auch Bertha – versuchten, dem Eichhörnchen nachzuklettern. Cat spürte die missbilligenden Blicke der anderen Parkbesucher in ihrem Rücken, ihr war, als würden diese Leute sie mit ihren Blicken regelrecht durchbohren.

„Bitte", versuchte sie mit schmeichelnder Stimme, „bitte hört auf. Das Eichhörnchen wird nicht runterkommen, solange ihr hier seid, und ihr könnt nicht rauf. Ich verspreche euch – ich *verspreche* euch …" Sie hielt die Leinen in der linken Hand und spürte, wie sehr ihre Arme schmerzten. Nun endlich gelang es ihr, den Beutel mit den Leckerchen aus der Tasche zu holen. „Ich verspreche euch, Eichhörnchen schmeckt längst nicht so gut wie dies hier." Dabei schüttelte sie den Beutel. Aber die Hunde nahmen keine Notiz davon.

Cat schluckte ein Aufwallen von Verzweiflung herunter.

„Guck mal, Disco! Chalky! Valentino, Bertha! Eichhörnchenfleisch ist zäh. Es besteht nur aus Knorpeln und hat überhaupt keinen Geschmack. Leckerchen sind *viel besser* als Eichhörnchen."

„Sprechen Sie aus Erfahrung?", fragte eine Stimme. „Ich wüsste ja zu gern, wann Sie mal Eichhörnchen gegessen haben."

Einen Augenblick lang dachte Cat, Mr. Jasper wäre ihr gefolgt, aber diese Stimme klang anders. Die Anspannung in ihrem Arm verschwand, als eine Hand die Leinen ergriff. Mit einem Mal war der ganze Druck weg. Sie wagte es, den Kopf zu drehen, und stellte fest, dass sie in die Augen eines Mannes starrte, der ihr wie aus dem Nichts zu Hilfe gekommen war. Cat durchfuhr es freudig, als sie ihn wiedererkannte. Sie hatte ihn schon einmal gesehen, zusammen mit seinem Hund, der seine Schnauze durch die Gitterstäbe im Park gesteckt hatte. Ja, das war der Mann, dem sie an jenem Tag begegnet war, als sie ihren Job verloren hatte.

„Haben Sie vielleicht eine andere Idee, wie ich sie davon abhalten kann, auf den Baum klettern zu wollen?" Eigentlich sollte sie ihm dankbar sein, aber da sie so nervös geworden war, trieb seine Flapsigkeit sie sofort in die Defensive.

„Glauben Sie denn, dass die Tiere auf Ihre kulinarischen Ratschläge hören?"

Er ging zurück und zwang sie damit, ihm zu folgen. Die Leinen waren immer noch um ihre Hand gewickelt, und die Hunde, die sich anfangs widersetzt hatten, merkten nun, dass das Spielchen zu Ende war, und ließen von ihrem Eroberungsversuch ab. Disco sprang an Cats Retter hoch und krallte ihre Pfoten in seine Jeans. Er ließ die Leinen los und nahm Disco auf den Arm, gerade als sein Collie mit heraushängender Zunge herantrabte und sich ihm zu Füßen setzte.

Cat spürte Verärgerung in sich aufsteigen. Sein Hund versuchte gar nicht, Bertha oder die Westies gegen sich aufzubringen. Und ihre Hunde, erschöpft von der Raserei, schnüffelten nur oberflächlich an dem neuen Hund und legten sich dann ins Gras. Hier waren sie durch die Bäume vor dem Regen geschützt, der immer noch außerhalb ihrer natürlichen Überdachung herabfiel.

„Was sind Sie?", fragte Cat. „So eine Art Hundeflüsterer?"

Er lachte, und während Disco in seinen Armen zappelte, konnte Cat ihn ausgiebiger mustern. Sein schwarzbraunes Haar war zerzaust und lud förmlich dazu ein, es weiter zu verwuscheln. Seine Lederjacke – die, die er schon beim letzten Mal getragen hatte – war an den Ellbogen abgewetzt. Ein Bartschatten deutete sich auf seinen Wangen an, und in seinen Augen lag ein Anflug von Spott. Machte er sich über sie lustig? Sie war sicher, dass er sie schon eine Weile beobachtet hatte, und hier war er wieder und griff ein, um ihr zu helfen.

Ihr Unmut wich rasch aufkeimender Neugier.

„Ich bin Cat", sagte sie und streckte ihm die Hand entgegen. „Vielen Dank für … für das da hinten. Das mit dem Eichhörnchen."

„Gern geschehen." Er lächelte und nahm ihre Hand. „Ich bin Mark. Und das", er nickte zu dem Collie hin, „ist Chips. Wir sind neu hier."

„Chips?"

„Genannt nach Chips in *Morgendämmerung der Toten*. Die Neuverfilmung natürlich."

„Sie haben Ihren Hund nach einem Zombie benannt? Das ist aber nicht sehr nett. Wie lange sind Sie schon in Fairview?"

Mark blinzelte sie an und fuhr sich mit der Hand über das markante Kinn. Es lief ein wenig spitz zu und strahlte Entschlossenheit aus, fand Cat – wenn Kinnpartien überhaupt entschlossen wirken können. „Einige Wochen. Sie haben den Film *Morgendämmerung der Toten* also nicht gesehen?"

Cat schüttelte den Kopf.

„Chips ist – wenig überraschend – der Hund und nicht der Zombie. Sie ist eine Heldin, weil sie die Hauptfiguren vor dem sicheren Tod bewahrt. Ich teile meine Zeit zwischen hier und London auf. Es ist sehr schön hier, sehr … friedlich."

„Bilden Sie Ihre Hündin so aus, dass sie eine Zombie-Apokalypse überlebt? Was passiert mit ihr, wenn Sie in London sind?"

„Chips braucht keine Ausbildung, sie weiß immer, was sie tun muss." Er grinste, und seine weißen, ebenmäßigen Zähne kamen zum Vorschein.

Cat entschied, dass seine Kinnpartie doch nicht unbedingt

Entschlossenheit ausstrahlte, sie wirkte eher selbstgefällig. Aber trotzdem war er ein potenzieller Kunde – eine Gelegenheit, die man nicht ungenutzt lassen durfte. „Das glaube ich Ihnen aufs Wort", sagte sie. „Ich könnte Chips immer abholen, wenn Sie in London sind – könnte sie füttern und ausführen."

„Das ist ein ebenso freundliches wie unerwartetes Angebot. Es geht ihr gut bei mir – sie kann ohne Weiteres ein paar Stunden allein sein, wenn ich arbeiten muss. Gehen Sie immer herum und bieten an, die Haustiere fremder Leute zu versorgen, oder bin ich ein besonderer Fall?"

„Oh nein, ich meine ..." Cat spürte, wie ihr die Röte in die Wangen stieg. „Das ist mein Job. Ich habe das nicht einfach so angeboten." Sie zuckte mit den Achseln.

„Aha." Mark nickte. „All diese Hunde hier sind also gar nicht Ihre?"

Disco kuschelte sich in seine Armbeuge. Sie wedelte mit ihrem Stummelschwänzchen, als ginge es um ihr Leben.

„Nein", antwortete Cat, „ich führe sie nur aus."

„Sind Sie sicher, dass *Sie* das Ausführen übernehmen?"

Cat schluckte und lächelte gezwungen. „Das ist nur ... Ich bin immer noch dabei, die besten Kombinationen zusammenzustellen, um die Sache gut hinzukriegen. Große und kleine Hunde zusammen sind ein bisschen schwierig."

„Das ist richtig", stimmte er ihr zu. „Ich denke, der Primrose-Park weiß gar nicht, wie ihm geschieht. Und wer ist dieses kleine Wesen? Komm mal her, mein Bursche." Er hob Disco in die Luft, und der Welpe begann, an seinem Kinn zu lecken. „Hey." Mark lachte und setzte Disco auf die Erde.

„Es ist ein Mädchen. Disco", sagte Cat. Ihr kam plötzlich ein Gedanke, der sie ein zweites Mal hingucken ließ. Sie sah Mark an, aber er hatte nur Augen für den Welpen und für all die Liebe, die die Kleine zu geben hatte. „Chalky ist der ältere Zwergschnauzer, und die Westies heißen Valentino, Coco und Dior. Und das hier ist Bertha." Dabei deutete sie auf den größten

Hund, der den Blick durch den Park schweifen ließ und dabei sehr edel aussah.

Mark presste die Lippen zusammen und sah nach unten.

„Also, ich habe ihnen diese Namen nicht gegeben“, beeilte sie sich anzumerken. „Du liebe Zeit, ich wünschte, ich hätte jetzt nichts gesagt.“

„Ein eindrucksvoller Spaziergang“, sagte Mark und nickte dabei; er konnte sein spöttisches Grinsen aber nicht ganz verbergen. „Und Sie haben es gut gemacht – den Umständen entsprechend.“

„Den Umständen entsprechend?“, schoss Cat zurück.

„Wenn man berücksichtigt, wie unbändig die Hunde sind.“

„Nun, ich freue mich, dass ich Ihre Billigung habe.“

„Und ich freue mich, dass ich sie geben konnte.“ Er war völlig ruhig, was auf Cat den gegenteiligen Effekt hatte.

„Sind Sie immer so?“

„Wie bin ich denn?“

„Unglaublich herablassend.“

„Es war mir nicht bewusst, dass ich das war. Ich habe bloß gesehen, dass Sie Schwierigkeiten hatten, und bin rübergekommen, um Ihnen zu helfen, und …“

„Ja, vielen Dank dafür! Ich weiß das sehr zu schätzen. Aber jetzt ist ja alles wieder in Ordnung, nun, da die Sache mit dem Eichhörnchen vorbei ist. Es war nett, Sie kennenzulernen.“ Eigentlich hatte sie sich umdrehen und Mark einfach stehen lassen wollen, aber Disco wollte mehr Zeit mit ihrem neuen Freund verbringen, und obendrein hatte sich Valentinos Leine mit der von Bertha verheddert. Ein demonstrativ distanzierter Abgang war also nicht möglich. Mark beugte sich hinunter, um die Leinen zu entwirren. „Danke“, sagte sie knapp. „Nochmals.“

„Gern geschehen … nochmals.“ Sie konnte sein spöttisches Lächeln fast körperlich spüren.

Cat wandte sich dem Parktor zu. Innerhalb weniger Sekunden war Bertha wieder vorne, und Cats wund gescheuerte Hand schmerzte erneut. Der Regen war jetzt stärker und lief in kleinen Rinnsalen von ihrer Jacke herab. Das kurz geschnittene Haar klebte ihr an der Stirn. Sie wagte einen Blick zurück und sah, dass Mark sie immer noch beobachtete. Chips saß ihm zu Füßen und hatte den Tennisball in der Schnauze. Mark machte gerade die Leine an ihrem Halsband fest, hob aber die Hand wie zum Gruß, als Cat sich umdrehte. Schnell sah sie wieder nach vorne und stolperte im nächsten Moment über Disco. Es gelang ihr gerade noch, das Gleichgewicht zu halten und nicht mitten in die Hundemeute zu fallen.

Ihre Wangen glühten, und sie lief jetzt schneller. Sie musste sich eingestehen, dass ihr erster richtiger Ausflug als Hundesitterin trotz aller Bemühungen nicht so richtig glattgegangen war. Aber sie würde aus ihren Fehlern lernen, und beim nächsten Mal im Fairview-Park würde sie mit heiterer Gelassenheit alles unter Kontrolle haben – elegant wie ein Schwan –, selbst wenn das vermaledeite Eichhörnchen sich noch einmal blicken ließ. Sie war hin- und hergerissen zwischen dem Wunsch, den selbstgefälligen Mark und Chips nie wiederzusehen, und der Hoffnung, dass er zur Stelle sein würde, um den Augenblick ihres Triumphes mitzuerleben.

„Denen werde ich es zeigen“, sagte sie zu ihren Hunden, die sich plötzlich anständig benahmen. „Ich werde ihnen beweisen, wie gut ich meine Hunde unter Kontrolle habe. Der Fairview-Park wird gar nicht wissen, wie ihm geschieht. Ich meine“, sagte sie zu Bertha, die neben ihr her trabte und mit ihrem goldbraunen Kurzhaarfell beim Laufen Cats Bein streifte, „er ist so selbstgefällig, dabei weiß er nicht mal, wie der Park heißt. Er heißt nicht *Primrose*-Pa…“ Sie hielt an, und der Funken, der vorhin nicht hatte überspringen wollen, zündete plötzlich und wurde zu einer Art Geistesblitz. „Oh, das ist aber seltsam!“ Sie drehte sich um, aber Mark war nicht mehr da. „Was genau geht da vor? Was meinst du, Bertha? Denkst du, ich sollte versuchen, da etwas rauszukriegen?“ Sie nahm das Schweigen des Hundes als Zustimmung, und während ihr Neugierradar mal wieder auf Empfang gestellt war, machte sie sich auf den Rückweg in die Primrose Terrace.

„Es lief gar nicht so schlecht", sagte Cat. „Sagen wir mal … es war eine Lektion in Hundemanagement." Sie saß auf Elsies Sofa und bürstete Chalkys Fell. Sie hatte jeden der Hunde mit einem Handtuch abgetrocknet, bevor sie ihn zurückgab. Die Zwergschnauzer sahen aus, als hätten sie einen Schleudergang hinter sich. „Sie hatten ein Eichhörnchen gesehen, und ich bin sicher, dass auch der erfahrenste Hundebetreuer große Schwierigkeiten gehabt hätte, eine kläffende Horde wie meine unter diesen Umständen in Schach zu halten." Chalky schaute zu ihr auf und drückte seine kalte Nase gegen Cats Kinn. „Ich habe nicht von dir gesprochen", flüsterte sie. „Du warst ein Gentleman – fast."

„Aber du hast es wenigstens zurückgeschafft, und den Hunden ist nichts passiert."

„Ja, sie haben sich nicht nur nicht gebissen gegenseitig, sondern sie schienen alle gut miteinander auszukommen. Nur gegen mich hatten sie sich verschworen."

Elsie schüttelte den Kopf und streichelte Disco. Sie trug eine himbeerfarbene Strickjacke, und ihr Bubikopf saß perfekt. „Hunde können tatsächlich menschliche Gefühle wahrnehmen, viel mehr, als wir denken, glaube ich. Ich denke, sie wussten, dass du nervös warst, und dachten, sie könnten sich auf deine Kosten einen kleinen Spaß erlauben. Du brauchst etwas mehr Zutrauen zu dir."

„Nein, was ich brauche, ist, dass man mich einfach machen lässt." Cat nahm einen großen Schluck Tee. Er brannte ihr in der Kehle, aber sie genoss die Wärme nach diesem Gang durch die nasse Kälte.

„Ich dachte, dieser Mann hätte dir geholfen."

„Hat er auch. Aber er war so selbstgefällig dabei. Oh, *so* selbstgefällig, Elsie, das glaubst du gar nicht. Alles an ihm ist selbstgefällig, seine poppige abgewetzte Lederjacke, sein Dreitagebart, sogar sein Kinn."

„Er hat ein *selbstgefälliges Kinn*?" Elsie guckte skeptisch.

„Das ist das Selbstgefälligste an ihm. *Aber* ..." Cats Augen verengten sich zu Schlitzen.

„Aber?"

„Was weißt du über Jessica?"

„Die Autorin? Besitzerin deiner Westies?"

Cat nickte. „Ist sie verheiratet?"

„Geschieden, seit einigen Jahren schon. Sie ist offensichtlich etwas unstet, ihr Haus stand seitdem mehrere Male zum Verkauf, das Angebot wurde aber immer wieder zurückgezogen. Ich könnte mir vorstellen, dass sie nicht mehr lange bleibt."

„Ja, sie hat mir auch erzählt, dass sie in letzter Zeit große Schwierigkeiten hatte. Sie war dabei ziemlich offen, wenn man bedenkt, dass wir uns gerade kennengelernt hatten."

Cat dachte an Jessicas traurige Augen und dann an die Westies. An das weiche weiße Fell der Tiere, an ihr offenes, munteres Verhalten. Eigentlich waren sie heute gar nicht *so* ungezogen gewesen, und überhaupt, wer konnte so schönen Hunden schon böse sein? Sie würde sie jetzt schon vermissen, wenn sie nicht mehr da wären. „Wie ist es jetzt mit dem Haus?"

„Es wurde vor zwei Wochen wieder vom Markt genommen", sagte Elsie mit einem Lächeln. Sie war offensichtlich froh, dass sie Cats Fragen allesamt beantworten konnte.

„Das heißt ...?"

„Sie hat einen Grund gefunden, in Fairview zu bleiben?"

„*Genau!*" Cat lehnte sich nach vorn und sprach nun lauter, wodurch Chalky aufsprang. Sie hielt den alten Hund fest, weil sie nicht darauf vorbereitet war, plötzlich seine Wärme nicht mehr zu spüren.

„Was meinst du?", fragte Elsie.

„Mark."

„Der selbstgefällige Mark im Park?"

„Ja, wenn du unbedingt seinen vollen Titel nennen willst. Er sagte, er sei neu hier, und das Schild ‚zu vermieten' vor der Nr. 4 wurde kürzlich entfernt."

„Gute Detektivarbeit", antwortete Elsie. „Aber wieso nimmst du an, dass er es ist, der dort eingezogen ist? Hast du ihn gesehen?"

„Nein, ich habe ihn nur ein paarmal im Park gesehen. Aber er sagte etwas, was mich annehmen lässt, dass er und Jessica sich kennen."

„Und das wäre?"

„Er nannte den Park ‚Primrose-Park'. Hast du je gehört, dass irgendjemand den Park so nennt? Ich meine, er liegt ja nicht einmal neben der Primrose Terrace, sondern eine Straße dahinter. Wieso sollte jemand ihm diesen falschen Namen geben?"

„Keine Ahnung. Und was hat das mit Jessica zu tun?"

„Rate mal, wer ihn auch noch ‚Primrose-Park' genannt hat."

Elsies Augen weiteten sich. Nachdenklich nippte sie an ihrem Tee. „Das ist tatsächlich ein merkwürdiger Zufall. Schön für Jessica. Ich kenne sie nicht sehr gut, aber nach dem, was man so hört, hat sie eine schlimme Zeit hinter sich. In der Presse gab es ziemlich viele Spekulationen über ihren Exmann. Sie hat wirklich etwas Glück verdient."

Cat nickte und kraulte Chalkys Ohren. Er schlief jetzt und schnarchte leise. Ein Hinterlauf zuckte; bestimmt hatte er im Traum das Eichhörnchen gefangen. „Und Jessica hat gesagt, es gehe mit ihr bergauf. Sie deutete an, es gäbe wieder jemanden in ihrem Leben. Aber andererseits schien er ihre Hunde nicht zu erkennen. Oder er tat nur so. Seltsam …", murmelte sie.

„Was ist seltsam?"

„Nun, Mark schien *so* selbstgefällig und flirtwillig zu sein. Es schien, als sei er … ich weiß nicht. Wenn sie sehr unter der Trennung gelitten hat, wenn ihr Herz richtiggehend gebrochen war … Vielleicht sollte … Vielleicht sollte ich etwas mehr über ihn in Erfahrung bringen."

„Cat!“ Elsies Stimme hatte einen warnenden Unterton.

„Sie schien so nett und vertrauensvoll zu sein. Sie hat mir nach nur fünf Minuten einen Zweitschlüssel zu ihrem Haus gegeben. Man würde meinen, dass jemand, der so in der Öffentlichkeit steht, vorsichtiger wäre, und ich will einfach nicht ... ich will nicht, dass sie verletzt wird.“

„Du kennst sie doch kaum.“

„Aber ich werde sie besser kennenlernen, wenn ich weiterhin ihre Hunde ausführe, und ich denke, Mark könnte ...“

„Könnte was? Nicht der Richtige für sie sein? Cat, wie um alles in der Welt kannst du das denken, nachdem du mit beiden nicht mehr als fünf Minuten gesprochen hast? Du spinnst dir da was zusammen.“

„Ich versuche doch nur zu helfen.“

„Willst du dich nicht lieber darauf konzentrieren, deine ‚Leinen los‘ aufzubauen, statt dich in das Privatleben deiner Kunden einzumischen?“

Cat lehnte sich zurück. In ihrem Kopf überschlugen sich die Gedanken. „Aber ich bin genau in der richtigen Situation, um etwas rauszukriegen. Ich kann ganz leicht ein bisschen recherchieren ...“

„Nein, Cat.“

„Warum nicht?“

„Weil – und ich glaube, das weißt du selbst – das kein gutes Ende nehmen wird.“

Die entspannende Wärme eines extralangen Bades hatte in Bezug auf Cats Glieder Wunder gewirkt. Nun saß sie in ihrem Pyjama mit Rosendruck auf dem Sofa und kämpfte gegen den Schlaf an. Den Nachmittag hatte sie damit verbracht, die Website für „Leinen los“ zu entwerfen. Jetzt brauchte sie nur jemanden, der ihre Ideen umsetzte. Nach dem gestrigen Tag war sie allerdings nicht mehr sicher, ob Joe dieser Jemand würde sein wollen.

Inzwischen war es dunkel geworden, und es war richtig gemütlich im Wohnzimmer der Primrose Terrace Nr. 9. Cat liebte diese Jahreszeit: Die frühen Sonnenuntergänge, die kühlen Abende, die dazu einluden, sich einzumummeln, aber eben auch die vor Kraft und Energie strotzenden Pflanzentriebe, die ihre Spitzen durch den Boden trieben – ein Versprechen des herannahenden Sommers. Cats Handgelenke und Schultern schmerzten immer noch, aber ihr anfänglicher Schrecken über den katastrophalen Spaziergang war inzwischen verblasst, und sie konzentrierte sich darauf, wie sie eine Wiederholung vermeiden konnte.

Shed tapste ins Wohnzimmer, beäugte Cat argwöhnisch und ging dann dahin, wo ihre Zehen verführerisch über dem Sofarand hingen. Cat schlug die Beine unter, als die Haustür aufgestoßen wurde. Joe, schwer atmend und in voller Joggingmontur, lief an ihr vorbei in die Küche. Cat tat so, als gucke sie auf ihre Website-Notizen, während sie hörte, wie der Wasserhahn aufgedreht wurde und die Tür der Waschmaschine klappte. Dabei versuchte sie, gegen ein unbehagliches Gefühl anzukämpfen.

„Hey", rief sie. „War der Lauf gut?" Es hörte sich lahm an, aber irgendetwas musste sie ja sagen.

„Kalt", rief er zurück, „aber das war zu erwarten."

„Regnet es noch?"

„Ja."

War ja toll! Sich Pollys Bruder zum Feind zu machen, stand nicht auf ihrer To-do-Liste. Sie atmete tief ein.

„Joe, es tut mir leid, wenn ich …" Sie hielt inne, als er plötzlich mit nacktem Oberkörper und nur in Shorts bekleidet im Türrahmen stand. Es entging Cat nicht, dass er ohne Jeans und Kapuzenpullover ziemlich durchtrainiert aussah. „Ich hätte gestern die Hunde nicht reinlassen dürfen", sagte sie schnell. „Jessica besuchte mich überraschend, und es war mir nicht klar, dass sie ihre Hunde mitbringen würde. Aber ich konnte … ich konnte sie … nicht abweisen." Cat wusste gar nicht, wo sie hingucken sollte; etwas an Joes muskulösem Torso rief einen Anflug von Hitze in ihr hervor. Ungeschickt fingerte sie an ihrem Kragen herum, während Joe nur dastand und sie mit ruhigem Blick fixierte. Sein blondes Haar wirkte dunkler vom Regen, und in seinen blauen Augen lag ein Leuchten nach der körperlichen Anstrengung.

Sie machte einen erneuten Versuch. „Was ich sagen will, ist …"

„Ich weiß, was du sagen willst. Ich weiß, es war eine missliche Situation, und es tut mir leid, wenn ich unangemessen reagiert habe. Aber ich will keine Hunde hier, und ich war eben überrascht, dass du sie reingelassen hast."

„Es tut mir *wirklich* leid."

„Ich weiß", erwiderte er. „Entschuldigung angenommen." Auf seinem Gesicht deutete sich ein Lächeln an. Er holte sein Glas Wasser aus der Küche und setzte sich ihr gegenüber, die Ellbogen auf die Knie gestützt. Sein Atem ging wieder fast normal, aber Cat spürte, wie sie sich ungewollt auf das Heben und Senken seines Brustkorbs, auf seine schlanken, aber straffen Arme und seinen Waschbrettbauch konzentrierte. Schließlich schaute sie weg, dachte an Mark, an seine dunklen, amüsierten Augen und seinen lässigen Charme. Dabei betrachtete sie eingehend einzelne orangefarbene Haare von Sheds Schwanz. Sie sollte jetzt eigentlich nach oben gehen.

„Du sahst recht durchnässt aus, als du vorhin reinkamst", sagte Joe schließlich. „Hast du die Hunde ausgeführt?"

Cat nickte und langte nach ihrer Tasse mit dem kalten Tee. „Mein erster ‚amtlicher' Spaziergang als ‚Leinen los'."

„Und wie ist's gelaufen?" Sie spürte, dass er etwas auftaute und sich ihr vertrauter Umgangston allmählich wieder einstellte.

„Nun", begann sie und versuchte, Joes nackte Brust zu ignorieren. „Es fing ganz gut an. Ich hatte einen Rhodesian Ridgeback, Elsies Zwergschnauzer und die drei Westies von …"

„… von Jessica", ergänzte er. „Weiß ich längst. Erzähl weiter."

„Wir sind ganz zufrieden vor uns hin gelaufen, bis die Hunde ein Eichhörnchen entdeckten. Ab da hätte ich genauso gut eine Stoffpuppe sein können, die einem Rudel Huskys ausgeliefert ist – genauso machtlos war ich." Plötzlich spürte sie wieder etwas von der Panik, von der sie in dem Moment erfasst worden war, und zitterte. „Puuh! Na ja, ein attraktiver Fremder musste mich dann retten."

„Oh, jemand, den du kennst?"

„Nein, es war ja ein *Fremder*."

„Na gut." Er lächelte verlegen. „Er war also dein Ritter in glänzender Rüstung?"

„Komplett, mit Collie."

„Er hat einen Hund? Ach ja, natürlich." Joe kratzte sich am Kinn und schaute aus dem Fenster. Sie hatten beide vergessen, die Gardinen zuzuziehen, und Cat wurde bewusst, dass sie von der Straße aus deutlich zu sehen sein mussten, denn der helle Raum strahlte wie ein Leuchtturm im Dunkeln. „Und hast du seinen Hund schon beschlagnahmt?"

„Nein. Na ja, *noch* nicht. Aber ich glaube, dass er in der Nähe wohnt. Ich werde mal schauen, ob ich noch etwas mehr rauskriege."

„Oh nein!" Joe wandte sich ihr wieder zu. „Was hast du vor?"

„Gar nichts." Sie bemühte sich um einen nonchalanten Ton, wusste aber im gleichen Augenblick, dass Joe sie durchschaute.

Joe setzte das Glas auf den Tisch. „Du hat nur zwei Monate gebraucht, um deinen Job im Kindergarten zu verlieren, und zwar, weil du unbedingt die natürliche Ordnung auf den Kopf stellen wolltest. Du wusstest ja, was nicht erlaubt war, und genau das hast du getan." Er sprach jetzt lauter, und der Ausdruck in seinen blauen Augen wurde hart. „Und nun bist du nicht mal eine Woche in deinem neuen Job – deiner

Firma, darf ich hinzufügen, bei der keiner etwas zu verlieren hat, außer dir –, und schon wieder willst du irgendetwas anzetteln. Du wirst alles verderben, ehe es richtig angefangen hat."

„Ich versuche nur, mehr Kunden zu bekommen, das ist alles."

„Du bist hinter dem Typen her?"

„Er interessiert mich." Das stimmte, aber sie war nicht hinter ihm her, besonders dann nicht, wenn er schon mit Jessica zusammen war.

„Wenn du ihn magst, warum lädst du ihn nicht einfach mal auf einen Drink ein. Dann kannst du mehr rauskriegen, indem du ihn *fragst.*"

„Es ist komplizierter als das. Ich muss erst noch ein paar Dinge wissen."

Joe brachte sein Glas in die Küche. „Nicht alles muss kompliziert sein", rief er ihr zu. „Und manchmal, *oft* sogar, ist ‚einfach' besser." Er wurde nun leiser, und Cat musste sich anstrengen, ihn zu verstehen. Sie hatte den Eindruck, als spräche er gar nicht mehr zu ihr. „Meistens macht ‚einfach' deutlich weniger Probleme."

„Armer Joe", sagte Cat zu Shed, der immer noch zu ihren Füßen saß. „Der ist kein glücklicher Hase, oder?"

„Wer ist ein Hase?"

„Niemand. Ich habe nur zu Shed gesagt, dass er jetzt wohl gerne einen Hasen jagen würde."

Joes Augen verengten sich. „Shed ist viel zu faul, um Hasen zu jagen. Manchmal ist es ihm sogar zu anstrengend, zu seinem gefüllten Fressnapf zu gehen."

„Joe, hättest du es gerne, wenn ich mit Shed spazieren ginge?" Sie lächelte schelmisch. „Mit Katzen Gassi zu gehen ist gar nicht *so* komisch. Ich wette, viele Leute machen das."

„Ja, das hätte ich gern."

Cat runzelte die Stirn. „Im Ernst?"

„Ja, ich würde gern sehen, wie du versuchst, mit einem Rhodesian Sowieso, drei Westies und meiner dicken Katze spazieren zu gehen. Ich würde ein Video davon machen, das ein Riesenerfolg werden würde – in nur drei Stunden, wenn ein Eichhörnchen dazukäme."

Nachdem er duschen gegangen war, setzte Cat den Teekessel auf. Sie spürte ein Gefühl der Befriedigung in sich. Vielleicht hatte sie das Verhältnis zu Joe doch noch nicht vollständig ruiniert. Vielleicht konnte man an ihm arbeiten, ihm Tee kochen, sozusagen an ihm meißeln, bis der eigentliche Joe – der Joe vor der Zeit von Alex Duhamel und Rosalin – zum Vorschein kam und aus den Schichten des Elends, die ihn verschüttet hatten, wieder auftauchte. Vielleicht bekam sie schließlich doch noch ihren Cartoon-Hund und ihre „Leinen los"-Website.

4. Kapitel

Als der April den März ablöste, verwandelte sich der Fairview-Park in einen bunten Teppich aus Narzissen, Tulpen und Schlüsselblumen. Das Meer wurde wieder blau statt grau, und Cat war selbstbewusster geworden, was ihre „Leinen los“ anging, und bekam immer mehr Kunden. Elsie erholte sich nur langsam von ihrer OP. Sie ging mit Chalky und Disco zwar schon wieder um den Häuserblock, aber die Tiere brauchten mehr Auslauf. Neben Bertha und den Westies hatte Cat einige Pudel, die sie zweimal die Woche ausführte, auch einen Border-Terrier, Huey, dessen Besitzer den ganzen Tag arbeiteten. Neue Kunden und neue Hunde bedeuteten, dass Cat andere Wegstrecken kennenlernte, wodurch ihr Fairview immer vertrauter wurde und ihr die fröhliche Stadt an der Küste immer mehr ans Herz wuchs.

An diesem Morgen stand nur ein Spaziergang mit den drei Westies auf dem Programm. Jessica war in Brighton beschäftigt, wo ITV eine regionale Sendung über die angesagten Rezepte dieses Sommers produzierte, und da hatte sie Cat gebeten, ihre kleinen Lieblinge für eine Stunde auszuführen. Cat machte das gern und freute sich für Jessica über diesen schönen Auftrag. Sie wusste, dass Jessica definitiv in Fairview bleiben würde, wollte aber noch herausfinden, was sie zu diesem Meinungsumschwung gebracht hatte – ob es vielleicht irgendetwas zu tun hatte mit einem gewissen dunkelhaarigen Mann. Natürlich ging sie das eigentlich nichts an, aber sie hatte vor, die wenigen Anhaltspunkte zu einem Bild zusammenzufügen.

Kannten sie sich eigentlich richtig? War Mark der Grund für Jessicas neuen Enthusiasmus? Oder war er vielleicht einfach nur ein Flirt-Typ? Cat hatte sich schon häufig anhören müssen, dass ihre Neugier sie in Schwierigkeiten brachte, aber diese Neugier war sozusagen ein Schalter, der dauernd auf „an" stand. Und obwohl sie sich immer wieder sagte, dass es ihr nur um Jessica ging, hatte sie doch lange nicht mehr erlebt, dass ein so attraktiver Mann wie Mark Interesse an ihr zeigte. Falls sie entdeckte, dass Jessica und er nur Freunde waren oder sich überhaupt nicht kannten, welche Möglichkeiten eröffneten sich dann für sie?

Sie verließ die Nr. 9 und trat hinaus in einen hellen, stürmischen Morgen. Sie nahm die elegante Häuserzeile wahr: die Rasenstreifen mit einem Meer von bunten Primeln, die breiten Bürgersteige, die nach dem Regen der Nacht schnell trockneten. Wie gewöhnlich verlangsamte Cat ihre Schritte, als sie die Nr. 4 erreichte. Das Haus war nur gemietet und war deshalb nicht ganz so gepflegt wie Elsies oder Jessicas Haus oder das Bed and Breakfast in Nr. 3. Die Farbe auf den Fensterbänken blätterte ab, und die Eingangsstufen bröckelten an den Rändern weg. Die Haustür aber strahlte in einem hellen Meeresblau mit einer goldenen 4 darauf. Als sie am Haus vorüberging, hielt gerade ein schnittiger Audi davor, und das Objekt ihrer Neugier stieg geschmeidig aus.

Mark öffnete die hintere Tür, und Chips sprang heraus. Cat hielt unwillkürlich an. Wenigstens hatte sie richtig getippt, wo er wohnte.

„Cat", sagte er, verschränkte die Arme vor der Brust und lehnte sich an den Wagen; ein kaum sichtbares Lächeln umspielte seinen Mund. „Die Cat – wie Katze –, die Hunde liebt."

„Eigentlich Catherine. Aber meine Freundin Polly sagte,

dass … dass Cat einfacher ist." Mark brauchte nicht zu wissen, dass ihre beste Freundin ihr den Spitznamen gegeben hatte, weil sie so ungeheuer neugierig war. „Wie geht es Ihnen?"

Er trug dunkle Jeans, derbe Stiefel, seine Lederjacke und hatte einen dunkelgrauen Schal eng um den Hals geschlungen. Der Schal sah unglaublich weich aus. Cat hatte kühn entschieden, es sei Frühling, und ihren königsblauen Bolero aus dem Schrank geholt – mit der Folge, dass sie den Wind nun ganz schön am Hals spürte.

„Gut, danke. Ich habe Chips gerade bei den Klippen oberhalb des Leuchtturms ausgeführt. Es gibt da viel Gras, wo er laufen kann, einen unglaublich schönen Ausblick und klare, frische Luft." Er atmete tief ein. „Gehen Sie mit Ihren Hunden auch dorthin?"

„Nein, ich habe keinen Kleintransporter, und zum Laufen ist es zu weit."

„Außerdem ist es vermutlich schwieriger, von Klippen fallende Hunde zurückzuholen, als wenn sie nur auf Bäume klettern?"

Ihre Augen wurden schmaler. „Im Park gibt es tatsächlich weniger Hindernisse."

„Aber heute sind Sie ohne Hunde."

„Ich bin auf dem Weg, um Jessicas Westies abzuholen und mit ihnen im risikofreien Park zu laufen. Kennen … kennen Sie sie?" Chips bellte vom Eingang her.

„Wen?" Mark runzelte die Stirn. Er trat einen Schritt näher heran, und Cat konnte den Duft seines Aftershave wahrnehmen. Die Note war dezent, das Aftershave gewiss teuer. Cat musste schlucken.

„Jessica Heybourne. Sie wohnt im Haus Nr. 1. Es hätte ja sein können, dass Sie sie mal zufällig getroffen haben."

Er starrte sie an, und auf seinen Lippen erschien ein Lächeln. „Ich muss Chips nur eben reinlassen. Warten Sie einen Moment."

Er stieg die Stufen hinauf, schloss die Tür auf und wartete, bis der Collie ins Haus gelaufen war. Dann wandte er sich ihr wieder zu. „Ich kenne nicht sehr viele Leute in Fairview, weil ich noch nicht so lange hier bin."

„Ja." Cat konnte ihn unmöglich noch einmal fragen, ohne dass es neugierig geklungen hätte. „Aber es gefällt Ihnen hier?"

Mark nickte und kam die Stufen herunter. „Es gibt hier viele Pluspunkte, viele Stellen mit schöner Aussicht. Vieles, was für die Gegend spricht. Die Primrose Terrace scheint eine großartige Wohngegend zu sein. Wohnen Sie hier in der Nähe?"

„Ich wohne in der Nr. 9", erwiderte Cat. „Hier sind die Leute sehr freundlich. Ich kenne Elsie in der Nr. 10, die Besitzer des Bed and Breakfast sind sehr nett, und natürlich ist Jessica hier."

„Natürlich", antwortete Mark. Er fasste Cat am Oberarm und zog sie zu sich. Ihr stockte der Atem, bis sie den Kinderwagen vorbeirumpeln hörte und eine Frau „Danke" sagte. Einen Moment lang war ihr Gesicht nur wenige Zentimeter von seinem entfernt gewesen, und ihr Bauch hatte kurz Purzelbäume geschlagen. Es war völlig egal, ob sie herausfand, dass Mark Jessica jetzt untreu wurde – die Untreue lag auf *ihrer* Seite. „Wir stehen im Weg", sagte er, wobei er seinen Blick nicht von ihrem Gesicht wandte.

„Wir sollten zur Seite gehen." Sie trat einen Schritt zurück, schluckte und bemühte sich um ein frisch-fröhliches Lächeln – zumindest hoffte sie, dass es so aussah. „Ich muss weiter und die Westies abholen."

„Denken Sie eigentlich nie an Dinge, die nichts mit Hunden zu tun haben?"

„Natürlich", antwortete Cat, „oft sogar, aber das hier ist …"

„Woran denken Sie jetzt gerade?" Er hob eine Augenbraue, und Cat schaute unwillkürlich auf seine Lippen. Die Andeutung eines Lächelns, die Kinnpartie. Sie stellte sich vor, wie es wäre, seine Lippen auf ihren zu spüren.

„Ich denke an …"

„An was?"

Ihr Verstand versagte seinen Dienst.

„Diese braunen Augen sind jetzt so groß wie Untertassen", sagte er. „Sie haben Panik."

„Nein, habe ich nicht."

„Sie können wirklich nicht an irgendetwas anderes denken, oder?" Er sah zufrieden aus, als ob sie gerade den Beweis für seine Behauptung geliefert hätte.

Cat verschränkte die Arme. „Ich habe gerade tatsächlich nicht an Hunde gedacht."

Er neigte sich zu ihr herab und flüsterte ihr ins Ohr: „Ich weiß."

Sie starrte ihn mit offenem Mund an, doch Mark guckte weg, als ein Wagen weiter unten startete. Als er sich ihr erneut zuwandte, war sein süffisantes Grinsen wieder da. „Also, das Hundeausführen, läuft das gut?"

Sie merkte, dass er ihr eine Rettungsleine zugeworfen hatte, und Cat war viel zu verwirrt, um etwas anderes zu tun, als diese einfach zu ergreifen. Beim Thema Hunde fühlte sie sich auf sicherem Terrain.

„Ja, es geht – besser. Disco wird größer. Sie macht immer noch viel Freude, ist aber nicht mehr so wild. Und ich habe Zeitpläne gemacht; bei den Ausgängen berücksichtige ich die Größe, die Anzahl und den Typ der Hunde. Das mit dem Eichhörnchen war ein einmaliger Ausrutscher." Das stimmte. Sie hatte sich nämlich mit Polly zusammengesetzt und einen Turnusplan aufgestellt – es waren zwar noch nicht genügend Hunde, um den Plan in allen Einzelheiten zu erfüllen, aber Cat wusste nun, dass sie drei Spaziergänge pro Tag machen konnte, am Wochenende, wenn weniger Bedarf war, zwei. Eigentlich dürfte sie keine Probleme mehr bekommen, sofern sie ihre Kunden gut einteilte.

„Freut mich zu hören. Obwohl ich nicht traurig darüber bin, dass Sie einen schlechten Tag hatten, als ich Sie traf."

„Sie haben also Freude an dem Pech anderer Leute?"

„Nur wenn es bedeutet, dass ich ihnen helfen kann."

„Sind Sie ein Möchtegern-Superman?" Cat wusste, wohin das führen würde, und wollte herausfinden, ob es ihr gefiel oder nicht. Doch sie wusste auch, dass sie sich selbst etwas vormachte – natürlich hatte sie Spaß daran ... aber *sollte* sie auch Spaß daran haben? Noch nie hatte sie sich in andere Beziehungen gedrängt, und falls Mark und Jessica wirklich zusammen waren ...

„Ich denke, Superman war weniger wählerisch in Bezug darauf, wen er rettete. Er war ein echter Allround-Superheld."

„Und Sie?" Sie spürte, wie trocken ihr Mund geworden war.

„Ich bin nicht so blitzsauber wie Clark Kent. Ich rette nur Leute, die ich besser kennenlernen möchte. Um den Rest kümmere ich mich nicht."

„Okay." Sie schluckte.

„Das war eine Andeutung. Eine ziemlich deutliche, denke ich."

„Das ... das wäre schön", beeilte sie sich zu sagen. Wieso hatte er die Fähigkeit, sie in ein stotterndes Schulmädchen zu verwandeln? Konnte man das, was er im Sinn hatte, überhaupt als „schön" bezeichnen? Und nun kam sie auch noch zu spät zu Jessica. Himmel, Jessica! Sie konnte es nicht. „Es tut mir leid, aber ich muss gehen."

Mark nickte und lächelte, unbeeindruckt von ihrer plötzlichen Planänderung. „Natürlich. War schön, Sie zu treffen, Cat."

„Ganz meinerseits."

„Ich freue mich schon auf das nächste Mal."

Sie lächelte kurz und eilte davon, wobei sie ihren Bolero fest um sich zog. Mit Verzögerung merkte sie, dass Mark es geschickt vermieden hatte, ihre Frage wegen Jessica zu beantworten.

„Oh, großartig, Cat!“ Jessica stieß die Tür auf, die Hunde wuselten um ihre Füße herum. „Kommen Sie doch für einen Moment herein. Ich habe Diors Leine verloren, aber die schwarze will er nicht.“

Das war das erste Mal, dass Cat ins Haus gebeten wurde. Sie trat zögerlich über die Schwelle, wobei sie sich fragte, ob ihre Stiefel wohl sauber genug waren. Die Gummistiefel für die Hundespaziergänge waren nicht für glänzendes Parkett gedacht. Jessicas Diele war groß und prächtig. Sie hatte die Wände mit einem cremefarbenen und blassgrünen Blumenmuster tapeziert, und auf einer cremefarbenen Kommode stand eine Vase mit frischen Narzissen neben einem altertümlichen Telefon. Pistazienfarbene Läufer auf dem Fußboden betonten die Details der Tapete.

Cat konnte sich gar nicht vorstellen, wie das in einem Haus mit drei Hunden mit den pistazienfarbenen Läufern gehen sollte, aber der Boden machte – wie alles andere auch – einen makellosen Eindruck. Eine Holztreppe führte in einer eleganten Kurve in den oberen Teil des Hauses, wo Dachfenster viel Sonne hereinließen. Jessica hatte das Haus bei der Sanierung wohl von Grund auf neu gestalten lassen, jedenfalls sah es völlig anders aus als das, in dem Cat wohnte.

„Es dauert nur einen Moment“, sagte Jessica. „Wenn Sie die Hunde hiermit anleinen würden, während ich die Leine von Dior suche?“ Sie gab Cat zwei Leinen aus rotem und blauem Samt, die perfekt zu den mit Glitzersteinen besetzten Halsbändern passten. Cat kauerte sich hin, um Valentino und Coco anzuleinen, wobei sie jeden einmal knuddelte. Die Hunde bellten freudig und schmiegten sich an sie. Coco mit seinem Schlappohr leckte ihr über die Wange. Cat wusste, dass ihr die Tiere nie zu viel würden, nie würde sie auf die Wärme und Freundschaft dieser kleinen Wesen verzichten wollen. Ihr Wunsch nach einem eigenen Hund machte sich stärker als zuvor bemerkbar.

„Stellen Sie sich vor, die Leine war in der Obstschale!" Jessica kam zurück und hielt die Leine hoch. Sie trug ein marineblaues Kostüm und dazu silberne Ohrringe, das blonde Haar hatte sie über der Stirn toupiert. Cat hatte nie auch nur ein einziges Hundehaar an Jessica entdeckt, und sie fragte sich, ob die Autorin durch irgendeine Art von Staubsaugerschleuse hindurchschritt, ehe sie irgendwo hinging.

Als die drei Hunde fertig waren, drückte Cat sich in der Diele herum, während Jessica vor dem Spiegel mit dem Lippenstift beschäftigt war. „Die Veranstaltung, zu der Sie gehen, ist also in einer Bibliothek?"

„Oh nein, überhaupt nicht." Jessica lachte, fluchte dann leise, tupfte ihren Lippenstift ab und begann von vorn. „Die ist in der Silver-Weinbar. Kennen Sie die?"

Cat war schon mal daran vorbeigegangen, aber nicht drin gewesen. Sie nickte. „Ich habe gar nicht gewusst, dass Veranstaltungen mit Autoren in Weinbars stattfinden. Aber das ist dann wohl so, wenn man über Ernährung schreibt."

„Oh, sie können überall stattfinden, aber ich mag diese Orte besonders: nur ein paar ausgewählte Fans und Journalisten, einfach etwas mehr Kultiviertheit. Erst gibt es zum Lunch eines meiner Lieblingsrezepte aus dem letzten Buch, Ziegenkäse und Mandarinensalat, und dann Fragen. Eigentlich müsste das alles irgendwann langweilig werden, aber das ist nicht der Fall. Ich mag es noch immer gern." Sie beugte sich nach unten und gab jedem ihrer Hunde einen Kuss auf die Stirn. Als sie sich wieder aufgerichtet hatte, suchte Cat nach einem einzigen weißen Hundehaar auf dem marineblauen Kostüm ihrer Nachbarin. Nichts.

„Nun, Cat ..." Als sie sich Cat zuwandte und lächelte, spürte Cat die ganze Macht von Jessicas Charme. „In drei Wochen, Ende April, gebe ich hier einen kleinen Empfang. Häppchen, der obligatorische Sekt, Musik. Es ist nett, etwas zu machen, wenn es abends länger hell bleibt, finde ich. Und es ist hier manchmal ... ein wenig still. Sie kommen doch?" Sie drückte

Cat eine glänzende Karte in die Hand. Die Schrift war weiß auf silbernem Untergrund, an einer Ecke prangte ein stilisierter Blütenzweig. Es war eine persönliche Einladung an Cat zu Jessica Heybournes Frühlingsparty. Ein Freitagabend. Abendgarderobe.

„Wirklich?“ Cats Gedanken rasten, sie dachte an all die potenziellen Kunden, mit denen Jessica sie bekannt machen würde. Würde Mark da sein? Was würde sie tragen?

„Natürlich. Und bringen Sie Ihre Freunde mit – es ist Poppy, nicht wahr?“

„Polly. Und ... und ich wohne auch mit ihrem Bruder zusammen.“ Ob eine Party überhaupt Joes Ding war? Sie war nicht sicher, aber sie wollte auch nicht, dass er allein zu Hause säße, während sie und Polly sich vergnügten und mit bekannten Leuten tanzten.

„Bringen Sie beide mit! Je mehr, desto lustiger. Ich glaube, mein Wagen ist jetzt da, ich höre die Hupe. Hier lang, ihr Schätzchen.“ Jessica deutete mit einer Geste an, dass es Zeit sei, aufzubrechen, und Cat wusste, dass damit nicht nur die Westies, sondern auch sie gemeint war. Aber es machte ihr nichts aus, nach draußen komplimentiert zu werden. Jessicas Party versprach einen Abend der grenzenlosen Möglichkeiten. Und falls es stimmte, dass Jessica mit Mark zusammen war, dann würde sie sicher mit ihm angeben wollen. Cat wusste, dass eine Dame mit Jessicas Bekanntheitsgrad einen attraktiven Mann nicht länger vor der Welt verstecken würde als unbedingt notwendig.

Der Fairview-Park wurde immer lebendiger, was Cat allerdings kaum wahrnehmen konnte, weil Sand vom Wind aufgewirbelt wurde und die Haare ihr in die Augen wehten. Der Wind frischte auf, und die Sonne täuschte darüber hinweg, wie kalt und stürmisch es immer noch war. Nach einer halben Stunde machten sogar Dior, Valentino und Coco den Eindruck, als hätten sie genug vom Jagen nach Laub.

Cat ging in Richtung des Pavillon-Cafés. Es war ein kreisrundes Gebäude mit Panoramafenstern, die vom Fußboden bis zur Decke reichten, sodass man von manchen Plätzen aus den größten Teil des Weges rund um den Park im Blick hatte. Ein perfekter Ort, um Leute zu beobachten. Es gab auch Plätze im Freien unter einer großen Markise, die vor Sonne, Regen und Wind schützte. Der griechische Besitzer, George Ambrosia, hatte dort Trinknäpfe für Hunde hingestellt. Cat machte die Leinen an einem Fuß ihres Tisches fest, sodass die Hunde das Wasser erreichen konnten, setzte sich und rieb sich die Hände.

George scharwenzelte sogleich um ihren Tisch herum, mit blütenweißer Schürze und seiner Brille vorn auf der Nasenspitze. Sein Vollbart gab ihm einen Anschein von großer Weisheit oder auch gewollter Schmuddeligkeit. Cat hatte sich noch für keine der beiden Optionen entscheiden können.

„Hi, George", begrüßte sie ihn. „Schöner Tag, um Drachen steigen zu lassen."

„Drachen würden das nicht überstehen", antwortete der Grieche. „Sie würden sich in den Bäumen verfangen." Seine Stimme war tief und barsch; die Worte wurden fast von seinem Bart verschluckt. „Was kann ich Ihnen bringen?" Er hielt seinen Stift bereit und hatte den Daumen gegen die Seiten seines Notizblocks gepresst, damit sie nicht davonflogen.

„Eine große Tasse Tee, bitte."

„Mit Milch, aber ohne Zucker."

„Richtig." Cat lächelte freundlich.

„Ein leckeres Stück Kuchen? Oder ein Muffin? Ein Zitronenbiscuit?"

„Nein danke."

George nickte, las seinen Zettel nochmals durch, als ob Cat statt einer bloßen Tasse Tee ein reichliches Frühstück bestellt hätte, und verschwand dann. Cat guckte nach den Hunden, die abwechselnd aus dem Napf tranken und dabei mit ihrem weißen

Schwanz wedelten. Dann ließ sie den Blick prüfend über den Park schweifen.

Dort war trotz des stürmischen Wetters einiges los. Die Parklandschaft hatte gerade das richtige Verhältnis zwischen offenen und mit Bäumen bestandenen Flächen; die hohen Bäume bildeten einen Schutz gegen die Außenwelt. Cat war noch nicht im Sommer hier gewesen, obwohl sie gelegentlich mit Polly spazieren gegangen war, wenn sie von Brighton zu Besuch kam, aber sie ahnte, dass der Park für Picknicks, Ballspiele und Sonnenbäder genauso geeignet war wie der Strand.

Jetzt aber, da der Frühling noch nicht ganz da war, hatten die Leute sich die Mäntel eng um die Schultern gezogen und die Hände tief in die Taschen vergraben. Eine junge Familie tobte mit einem kleinen Spaniel herum, die Mutter schob einen Kinderwagen hinter den älteren Kindern her. Cat versuchte festzustellen, ob sie die Kinder vom Kindergarten kannte, bis ihr Blick auf eine große, kräftig ausschreitende Gestalt fiel, die von einem Collie begleitet wurde und einen Tennisball in der Hand auf und ab hüpfen ließ.

Cat atmete tief ein und erschrak dann fast, als George an ihren Tisch trat mit dem Tee in der Hand. Er folgte ihrem Blick und nickte bedächtig. „Der Mann, der mit dem Hund. Rettete Sie vor dem Eichhörnchen."

„J… ja. Obwohl es sich aus Ihrem Mund so anhört, als wäre ich angegriffen worden. Von einem gigantischen Eichhörnchen mit riesigen Zähnen und Krallen." Sie fing an zu lachen, aber Georges Blick ruhte immer noch auf Mark.

„Vor dem müssen Sie sich in Acht nehmen."

„Entschuldigung? Vor wem?"

„Vor dem Mann." George nickte in Marks Richtung.

„Warum?" Cats Mund wurde trocken, sie war sicher, George würde ihr jeden Augenblick ein Stück des Puzzles liefern.

„Beobachtet Leute, schreibt alles auf. Sitzt hier bei Kaffee, schwarz, kein Zucker, und einer Makrone."

Er sagte das so, als ob das allein schon verdächtig gewesen wäre. *Diese verräterischen Makronen.* „Und …?“, fragte Cat auffordernd.

„Er beobachtet Leute, schreibt alles in sein ledernes Notizbuch. Großer silberner Füller. Vielleicht spioniert er, macht Notizen und meldet alles. Zu still, grüblerisch. So wie die Sendung *Spookies*. Vielleicht ist er auch ein Spooky?“ Er wandte sich Cat zu und hob eine seiner buschigen Augenbrauen.

Cat verkniff sich ein Lachen und fragte sich, ob sie George darauf hinweisen sollte, dass er genau das machte, was er Mark vorwarf: Leute ausspionieren und seine Beobachtungen anderen melden. „Ja, ich werde mich in Acht nehmen. Danke, George.“

„Keine Eichhörnchen mehr, junge Dame.“ Er sagte das mit überraschendem Nachdruck. „Die Eichhörnchen führen Sie nur zu diesem Mann und in alle möglichen Schwierigkeiten.“

„Das Eichhörnchen war nicht *meine* Entscheidung.“

„Passen Sie besser auf, meiden Sie die Eichhörnchen.“ Er unterstrich seine Worte mit der Bewegung seines erhobenen Zeigefingers und schloss auch die Hunde in die warnend-drohende Geste mit ein, ehe er ins Café zurückging.

„Wow“, murmelte Cat. „Das war heftig, oder?“ Dior guckte sie an und bellte kurz zur Bestätigung. „Was sollen wir denken? Sollen wir denken, dass da was dran ist, was George sagt? Was hat Mark vor? Ist er unheimlich oder nur sexy?“ Cat kaute auf der Unterlippe und weigerte sich zuzugeben, dass sie das gerade laut gesagt hatte. Dann fiel ihr ein, dass Mark erst vor einer Stunde mit Chips bei den Klippen spazieren gegangen war. Sie wusste, dass Collies voller Energie waren, aber brauchten sie wirklich so bald schon wieder Auslauf? Hatte er sie angelogen? Vielleicht hatte George recht, vielleicht musste sie sich etwas zurücknehmen, Jessica und Mark ihr Leben zugestehen und sich auf ihr eigenes Leben konzentrieren. Schließlich hatte sie genug damit zu tun, sich um „Leinen los“ zu kümmern, Joe aus dem Weg zu gehen und sich mit der bevorstehenden Party zu befassen. Cat seufzte, streichelte Cocos Schlappohr und blies in ihren Tee. Derweil war der unheimliche Mark hinter den Bäumen verschwunden.

Cat fand Polly auf der Mauer vor der Tierarztpraxis sitzend. Sie aß ein Käsebrot und versuchte, sich ihr langes Haar aus dem Gesicht zu streichen.

„Kannst du nicht drinnen essen?", fragte Cat.

„Die sind dabei, die Küche zu tapezieren, deshalb sind hier überall kräftige Handwerker, und es riecht nach Farbe. Es macht mir aber nichts aus, hier draußen zu sein, solange keine kleinen Hunde versuchen, mir mein Essen streitig zu machen." Sie brachte die andere Hälfte ihres Brotes vor Dior in Sicherheit und streichelte den Kleinen dann liebevoll, um ihn dafür zu entschädigen. „Das sind also Jessicas Hunde? Die sind ja blütenweiß rein."

„Ja, genau wie die Besitzerin."

„Und benehmen sie sich gut?"

„Meistens. – Hör mal, sie hat uns zu einer Party eingeladen."

Polly hielt im Kauen inne. „Im Ernst?" Es klang etwas undeutlich, vernuschelt. „Warum?"

„Weil ich ihre Hunde ausführe, weil wir in derselben Straße wohnen? Ich weiß es nicht, aber es ist doch aufregend, oder? Ihr Haus ist *fantastisch*. Und denk mal an all die potenziellen Kunden, die womöglich auf uns warten. Eine echte Goldmine. Du kommst doch?"

„Ach, ich weiß nicht ... eine Party ist eigentlich nicht so mein Ding."

„Wie kannst du sagen, dass Partys nicht dein Ding sind?"

„Diese wird richtig vornehm sein, und ich kenne Jessica ja überhaupt nicht."

„Komm doch einfach, dann lernst du sie kennen. Joe ist auch eingeladen."

Polly warf ihr einen skeptischen Blick zu.

„Ach, komm schon. Ich kann doch nicht allein hingehen! Wir können uns beide ein bisschen zurechtmachen – das haben wir noch keinmal gemacht, seit ich eingezogen bin –, und dann gucken wir uns an, wie die Reichen und Berühmten leben. So eine Gelegenheit kommt so schnell nicht wieder."

„Besonders eine Gelegenheit, bei der große, dunkelhaarige Fremde eine Rolle spielen." Ein spitzbübisches Lächeln deutete sich um Pollys Mundwinkel an, und ihre sommersprossige Nase kräuselte sich. Sie stieß Cat mit der Schulter an. Cat hatte Polly alles über Mark erzählt, über seinen Sarkasmus, seine Fahrten nach London und über sein selbstgefälliges Kinn; aber jetzt wünschte sie, sie hätte nichts davon je erwähnt.

„Das ist ohne Bedeutung." Sie zog eine leere Kartoffelchipstüte aus Valentinos Schnauze. „Nun friss doch keinen Müll, Hundchen."

„Nicht? Ich dachte, er ist dein neues Miss-Marple-Projekt."

„Ich muss ihn und Jessica in Ruhe lassen. Ich muss mich darauf konzentrieren, was in *meinem* Leben passiert, okay?"

Cats Worte stießen auf verblüfftes Schweigen.

„Okaaaay", sagte Polly schließlich. „Was ist denn passiert? Hast du was rausgekriegt?"

Cat schüttelte den Kopf. „Ich habe bloß eine Entscheidung getroffen."

„Ah, weil du verstanden hast: Neugierige Katzen verbrennen sich die Tatzen?" Polly grinste wieder, und Cat verdrehte die Augen.

„Es hat sich alles ganz falsch angefühlt. Wenn die beiden zusammen sind, dann sollte ich mich da nicht einmischen. Jessica ist eine erwachsene Frau. Sie braucht meine Hilfe nicht, und bei mir war die Gefahr, dass …" Sie hielt inne, blickte von ihrer Freundin weg und nahm Valentino auf den Schoß.

„Was für eine Gefahr?"

„Es bestand die Gefahr, dass ich alles vermasseln würde. Wie immer."

„Oh Cat, komm schon, ich habe das eben nicht ernst gemeint.“ Polly tätschelte Cats Schulter. „Zu 80 Prozent bin ich sicher, dass du nichts Dummes gemacht hättest. Aber du hast recht, du musst die beiden in Ruhe lassen. Wenn sich herausstellt, dass Mark gar nicht mit ihr zusammen ist, kannst du die Sache noch mal neu bewerten.“

„Genau. Jetzt also zu der Party.“

„Ich muss erst meinen Dienstplan checken.“

„Arbeitest du etwa an einem Freitagabend?“

„Sprechstunden am späten Abend. Wir halten die jetzt dreimal die Woche ab, und Freitag ist immer ziemlich viel los, weil die Leute befürchten, dass sie übers Wochenende den Tierarzt nicht kommen lassen können, ohne eine hohe Anfahrtpauschale zahlen zu müssen. Wir kriegen dann alles Mögliche, Katzen, die Kohle gefressen haben, ‚warum läuft mein Welpe in Kreisen?‘, Papageien, die nicht mehr sprechen.“

„Hört sich nach Stress an. Vergiss mein verkorkstes Leben. Wie kannst du überhaupt ein Leben haben, wenn du deine gesamte Zeit hier oder mit Lernen verbringst?“

„Macht mir eben Spaß! Und wenn wir ein paar verängstigte Tierbesitzer beruhigen können und die tatsächlich kranken Tiere wieder hinkriegen, dann gehen wir alle glücklich nach Hause. Was würdest *du* machen, wenn Valentino krank würde, oder Disco – wenn Disco sich an einem Freitagabend verletzen würde, und die Tierarztpraxis wäre zu?“

„Ich habe ja gar nichts gegen das, was du machst – wieso auch? Aber ich wünschte, dass …“ Cat seufzte und vergrub ihr Gesicht in Valentinos Nacken. „Ich wünschte, wir könnten einen eigenen Hund haben. Wie kommt es nur, dass Joe Katzen gernhat, aber keine Hunde?“

Polly starrte auf ihre Hose und zeichnete die Bügelfalte mit ihrem Finger nach. „Er mag eben keine. Ich weiß, es ist hart … aber lass mal noch ein paar Monate vergehen, dann wird er in besserer Stimmung sein und vielleicht zustimmen. Shed ist übrigens aber auch nicht *so* schlimm."

„Shed ist ein alter Griesgram."

„*Du* bist einer. Ich dachte, du hättest inzwischen die Nase voll von Hunden."

„Das wird nie passieren." Cat hob Dior auf ihre Knie neben Valentino, und er rutschte geschickt auf Pollys Schoß, um mehr Platz zu haben.

„Hey", Polly lachte, „was machst du ...?"

„Entschuldigung – Entschuldigung?"

Ein junger Mann eilte auf sie zu und hielt einen Hund im Arm. Das Tier war grauweiß und sah aus wie eine Art Terrier, aber Cat konnte es nicht deutlich genug erkennen, um sicher zu sein.

„Entschuldigung, aber sind Sie Tierärztinnen?", fragte er gehetzt. „Mein Hund, Rummy, ist krank, und ich weiß nicht, was er hat."

„Oh Gott, bleiben Sie hier." Polly drängte Dior auf den Boden und eilte dem Mann entgegen. Er war größer als Polly und hatte dicht gelocktes schwarzes Haar. Sein Gesicht war von dem Bemühen gezeichnet, sich seine Gefühle nicht anmerken zu lassen. „Wir bringen ihn rein", sagte Polly. „Er heißt Rummy?"

„Ja, ja. Ich habe ihn so in seinem Korb vorgefunden. Sonst ist er immer so voller Energie, und ich mache ... mir solche Sorgen."

„Wir werden uns um ihn kümmern, Mr. ..."

„Capello. Owen Capello."

„Okay, Mr. Capello. Wir wollen sehen, ob der Tierarzt ihn sofort untersuchen kann." Sie ging voraus in das Gebäude, warf Cat einen entschuldigenden Blick zu, und Owen folgte ihr mit seinem angeschlagenen Hund.

„Oh, das ist traurig", murmelte Cat. „Der arme Hund sah gar nicht gut aus, nicht wahr?"

Coco schaute zu ihr hoch – das Sandwich, das Polly hingelegt hatte, steckte in seiner Schnauze.

„Ich wusste, dass du dir Sorgen machen würdest. Jetzt kommt, wir gehen zurück zu Jessica und gucken, wie viele Hundert Bücher sie signiert hat, während wir im Park herumgezogen sind." Sie entwirrte die bunten Leinen und ging in Richtung Primrose Terrace. Die drei Westies trippelten neben ihr her.

Cat war ausnahmsweise mal ohne Hunde unterwegs. Ohne Hunde und ohne Stiefel; ihre schmutzigen Gummistiefel standen zu Hause an der Hintertür. Sie war dabei, Fairhavens Modegeschäfte zu durchkämmen auf der Suche nach etwas, was sie auf Jessicas Party tragen könnte. Nicht, dass sie nichts anzuziehen gehabt hätte, aber sie war nie zuvor zu einer Party eingeladen worden, auf der Prominente anwesend waren. Und da die Möglichkeit bestand, dass sie neue potenzielle Kunden von „Leinen los" kennenlernte, brauchte sie schon etwas Besonderes.

Im Zentrum von Fairhaven waren die meisten Ladenketten vertreten sowie einige Boutiquen. Fairhaven war aber längst nicht so groß wie Brighton. Cat beschlich das Gefühl, als hätte sie die idyllischen Einkaufsstraßen der Fußgängerzone allesamt schon mehrmals durchstreift, doch bis auf ein blassblaues Kleid, das viel zu eng saß, und ein schwarzes Kleid, das recht schick war, ihre Vorstellungen von „besonders" aber nicht erfüllte, hatte sie nichts gefunden. Trotzdem war Cat entschlossen, ihre neue Stadt anzunehmen, wie sie war, und weiter als Fairhaven wollte sie heute nicht fahren.

Sie stöberte in den Regalen einer kleinen Boutique mit klassischer Kleidung. An Rosa und Gelb ging sie vorbei, diese Farben, so frühlingshaft sie waren, passten nicht zu ihr.

„Kann ich Ihnen irgendwie helfen?", fragte die Frau hinter dem Ladentisch. Sie war etwas älter als Cat, trug einen cremefarbenen Pulli und Jeans, war freundlich und setzte einen keineswegs unter Druck.

„Hmm, ich suche etwas für eine Party. Etwas Modisches und dabei Edles."

Im selben Moment ging Cat auf, dass die Verkäuferin wohl kaum in Gegenwart ihrer Kunden zugeben würde, sie führe auch unmoderne Kleidung. Cat widerstand dem Drang, sofort aus dem Laden zu flüchten.

Die Frau blickte Cat amüsiert an. „Haben Sie eine bestimmte Farbe im Sinn oder wissen Sie schon, was überhaupt nicht in Betracht kommt?"

„Schlicht soll es sein … nicht zu grell. Und nicht zu verspielt. Oder …" Cat zuckte verzweifelt die Schultern. „Es ist recht lange her, dass ich mir das letzte Kleid gekauft habe."

„Dann sind Sie bei mir genau richtig. Beginnen wir doch mal hier. Ich glaube, hier ist etwas, das Ihnen stehen könnte. Übrigens, ich heiße Carol."

Eine halbe Stunde später schlenderte Cat zurück zur Primrose Terrace, die Kordelgriffe der modischen Tragetasche in der Hand, in der ihr Partykleid zusammengefaltet lag: ein schwarzes, knielanges Flatterkleid mit Goldperlenstickerei, tiefem V-Ausschnitt und Quasten am Saum. Es war stilvoll und fiel ins Auge, war aber nicht übertrieben. Cat fühlte sich ungewöhnlich beschwingt bei der Aussicht, dieses Kleid zu tragen. Während sie nach Hause ging, warf sie einen kurzen Blick in die Tasche, auf das blassblaue Seidenpapier, in das Carol das zarte Gewebe sorgfältig verpackt hatte, und staunte darüber, welches Glück sie gehabt hatte, dieses Kleid zu finden. Ihr Tagtraum wurde jäh unterbrochen, als jemand sie mit fester Hand an den Oberarmen fasste und ein Stückchen zurückschubste.

Cat schnappte nach Luft und blickte geradewegs in die dunklen, belustigten Augen von Mark. „Ganz ruhig."

„Ent-Entschuldigung", stammelte sie. „Ich habe gar nicht

geguckt, wo ich hingehe."

„Das sah man. Es ist gut, dass Sie mit mir zusammengestoßen sind und nicht mit einer Frau."

„Warum?"

„Sie wären mit der Stirn an ihre gekommen." Er deutete auf seine Brust unter einem grauen T-Shirt; die Lederjacke trug er offen. „Ein ziemlich kräftiger Stoß eines angreifenden Stiers – natürlich eines zierlichen."

„Stier?" Sie spürte, wie ihr die Röte in die Wangen stieg, und erkannte, dass sie auffiel. Offenbar sah es so aus, als wolle sie mit der schicken Tasche aus der Boutique die Innenstadt fluchtartig verlassen. Sie kam sich vor wie ein Teenager.

„Ich habe aber ‚zierlich' gesagt."

„Wie geht's Chips?", wich sie aus.

„Sie ist wütend, dass ich ohne sie in die Stadt gegangen bin. Übrigens habe ich über Ihr Angebot nachgedacht." Dabei hob er eine Augenbraue.

„Mein Angebot?" Cat versuchte, sich zu erinnern, und ihr Herzschlag wurde schneller. Sie hatte doch nicht etwa ihre Gedanken laut ausgesprochen … irgendein unmoralisches Angebot gemacht? Er hielt ihrem Blick stand. Als sie spürte, dass sich sein Blick tief in ihre Augen senkte, wurde sie ganz nervös.

„Ja, Ihr Angebot, Chips auszuführen."

„Oh, *das* Angebot, ja natürlich. Aber ich dachte, dass Sie mich … meine Dienste … meine …" Sie schüttelte den Kopf und hatte das Gefühl, als stünden ihre Wangen regelrecht in Flammen bei all den Gedanken, die ihr durch den Kopf schossen. „… dass Sie ‚Leinen los' nicht brauchten."

Er unterbrach den Blickkontakt. „Es sieht so aus, als müsste ich vielleicht für ein paar Tage zurück nach London. Unerwarteterweise."

Es hörte sich nicht gerade begeistert an, und Cat dachte dabei an George. Vielleicht hatte Mark doch eine unheimliche Seite. „Ich kann mich um sie kümmern."

„Ich weiß. Vielen Dank." Er drückte schnell ihre Hand, und Cat spürte, dass sie bei dieser Berührung von Kopf bis Fuß ein wohliger Schauer durchrieselte. „Es könnte sich herausstellen, dass ich genau das brauche."

„In Ordnung", sagte sie leise. Sie bemerkte die grünen Sprengsel in seinen braunen Augen, sah die einzelnen Bartstoppeln, und einen Augenblick schien es, als sähe er sie genauso prüfend an wie sie ihn. Ihr stockte der Atem.

„Wie auch immer", sagte er und brach damit den Bann, „es ist besser, wenn ich …"

„Natürlich. Klar."

„Das nächste Mal sollten wir die Dinge nicht auf der Straße besprechen. Wir sollten lieber einen Kaffee trinken gehen."

„Das würde ich gern machen. Es war nett, Ihnen … in die Arme zu laufen."

Er grinste, ging an ihr vorbei und kehrte dann wieder um. „Für Freitagabend?" Dabei zeigte er auf ihre Tasche. „Freu mich schon, Sie dort zu sehen. Ich habe gehört, dass Jessicas Partys ganz schön wild sein können." Er schüttelte den Kopf in gespielter Entrüstung, zwinkerte ihr schelmisch zu und wandte sich dann endgültig zum Gehen. Cat war völlig verblüfft. Sie wäre nicht überrascht gewesen, wenn auch Carol zu seinem Spionagenetzwerk gehörte und er gerade unterwegs war, um herauszufinden, welches Kleid sie gekauft hatte.

Er hatte also zugegeben, dass er Jessica gut genug kannte, um zu ihrer Party eingeladen zu werden, aber wie gut kannten sich die beiden genau? Und flirtete er nur deswegen mit Cat, weil sie sich um Chips kümmern sollte, oder steckte mehr dahinter? Musste er unerwartet in offizieller Spionageangelegenheit zurück nach London? Cat schüttelte den Kopf – nein, sie konnte nicht zulassen, sich von Georges abstrusen Verrücktheiten anstecken zu lassen.

Sie hatte nun zwar neue Informationen, aber auch mehr Fragen. Und, was noch wichtiger war: Sie sollte eigentlich gar kein Interesse daran haben. „Neugierige Katzen verbrennen sich die Tatzen. Neugierige Katzen verbrennen sich die Tatzen.“ Immer wieder rief sie sich diesen Spruch in Erinnerung. Sie wünschte, Polly wäre zu Hause, oder dass sie wenigstens einen Hund hätte, mit dem sie das alles besprechen könnte. Sie war sicher, dass Disco ihr genau gesagt hätte, was sie tun sollte.

5. Kapitel

Es waren noch zwei Tage bis zur Party, und Cat hatte stundenlang überlegt, wie sie sich mit ihrem neuen „Unternehmen“, der „Leinen los“, präsentieren sollte. Dabei stellte sie sich vor, die Gäste auf der Party würden ihr unaufgefordert Fotos ihrer zu wenig ausgeführten Labradoodles, Zwergspitze und Dalmatiner zeigen. Da Cat so viel Zeit an der frischen Luft verbracht hatte – ohne E-Mails, die es zu beantworten galt, und nur mit Hunden als Gesellschaft –, war sie eine richtige Tagträumerin geworden. Das bedeutete, dass all ihre Partyszenarien damit endeten, dass sie sich in Jessicas Garten in einer schönen, feenhaft erleuchteten Pagode in Marks Armen wiederfand.

Sie hatte Elsie besucht und wollte sich gerade verabschieden, aber sie war so sehr in ihren Tagträumen, dass sie gar nicht gemerkt hatte, dass die ältere Frau ebenfalls ihren Mantel anzog. „Wo gehst du hin?“

„Ich war heute noch gar nicht draußen, und der Arzt sagt, dass ich mein Knie bewegen muss, wenn es sich richtig erholen soll.“

„Schmerzt es nicht?“

„Es gibt nichts Gutes ohne Schmerzen, Cat. Kommst du, Disco?“ Disco kam herangeschossen, und Elsie machte geschickt die Leine am Halsband fest. „Chalky?“ Chalky hob den

Kopf, legte ihn aber wieder auf die Vorderpfoten, womit er sein Desinteresse bekundete. „Er wird alt."

„Dir fällt das nur deshalb auf, weil du Disco hast. Hey …", sie legte ihren Arm um Elsie, „… was ist los?"

„Oh, nichts", murmelte Elsie vor sich hin und schnaubte vernehmlich. „Er erinnert mich einfach daran, dass auch ich alt werde."

„Nein, wirst du nicht. Du bist die lebendigste Fünfzigjährige, die ich kenne", neckte Cat sie, obwohl Elsie weit über siebzig war.

Elsie lächelte sie an. „Schmeichlerin. Wenn ich zwanzig Jahre von *deinem* Alter wegnehmen würde, dann wärst du elf und würdest überhaupt nicht zu der Party eingeladen werden. Komm, ich begleite dich nach Hause, dann gehe ich bis zum Ende der Straße und kehre wieder um."

Das Zwielicht draußen hüllte alles in Schatten. Die viktorianischen Straßenlampen gingen nacheinander flackernd an und blendeten die Sterne aus, die am Abendhimmel zu blinken begonnen hatten. Die Luft war frisch und klar, und Cat sog sie ein, wobei sie eine plötzliche Regung im Bauch spürte. „Hast du schon rausgesucht, was du am Freitag tragen willst?"

„Ach geh! Menschen, die so alt sind wie ich, machen sich keine Gedanken mehr darüber, was sie anziehen."

„Das glaube ich dir nicht. Ich komme morgen vorbei, dann kannst du es mir zeigen."

„Willst du das nicht mit Polly machen?" Sie hielten bei Haus Nr. 9, und Cat kramte in ihrer Tasche nach dem Schlüssel.

„Polly kommt nicht. Sie muss am Freitagabend arbeiten. Es werden nur du und ich sein." Sie klopfte Elsie leicht auf die Schulter. Disco bellte. Ihr Bellen war jetzt schon lauter und voller als noch ein paar Wochen zuvor. Das Hündchen blickte hinauf zu Cat. „Es tut mir leid, Disco, aber ich glaube nicht, dass Hunde eingeladen sind. Natürlich abgesehen von den Westies."

„Und Joe? Kommt er nicht?"

„Kommen, wohin?“ Joe stand im Eingang und verdeckte das Licht im Windfang. An diesem Tag trug er einen Kapuzenpullover in hellem Terrakotta. Er hatte die Ärmel aufgekrempelt, und lange, schlanke Unterarme wurden sichtbar, die Cat daran erinnerten, wie straff und muskulös sein übriger Körper war.

„Zu Jessicas Party“, sagte Cat. „Ich habe dich gefragt …“

„Ungefähr siebzehnmal“, ergänzte Joe.

„Und bisher war die Antwort ‚nein‘.“

„Die Antwort wird immer noch ‚nein‘ sein, und das bis Samstagmorgen – dann denke ich womöglich noch mal darüber nach.“ Joe blickte nach unten, wo Disco seine bloßen Füße leckte. Sein Gesicht war ausdruckslos, als hätte ihn die Berührung durch den Hund in Stein verwandelt, aber er wich nicht zurück. Cat merkte, dass ihr der Atem stockte. Sie sah, wie seine Kieferpartie sich verspannte. Dann seufzte er und schüttelte den Kopf. „Kommt ihr rein? Ihr lasst die ganze Wärme raus.“

„Die Tür hast *du* doch aufgemacht!“

„Und ich kann sie auch wieder zumachen.“ Er trat einen Schritt zurück, und Cat legte ihre Hand an die Tür.

„Warte mal.“ Sie nahm Elsie kurz in den Arm, Disco etwas länger, und winkte ihnen dann zu, während sie die Stufen nach unten stiegen. Als sie sah, wie sehr Elsie hinkte, schrak sie kurz zusammen. „Ich komme morgen vorbei!“, rief sie ihr nach.

„Wein?“, fragte Joe.

Sie folgte ihm in die Küche. „Ja, bitte. Wie geht's mit der Arbeit voran?“

„Gut. Viel zu tun, kann nicht klagen.“

„Irgendwelche interessanten Projekte?“ Sie lehnte sich gegen die Anrichte und beobachtete ihn, wie er Gläser aus dem Schrank nahm und eine halb offene Flasche Weißwein aus dem Kühlschrank holte.

„Ich arbeite immer noch an den Entwürfen für die regionale Zeitschrift, und ich … ich hatte eine Anfrage von Alison vom Kindergarten, ob ich ihr helfen könne, ihre Website neu zu gestalten." Er blickte sie direkt aus seinen blauen Augen an, und Cat musste sich anstrengen, einen neutralen Gesichtsausdruck zu wahren. Sie war jetzt so glücklich wie lange nicht mehr, aber sie spürte doch einen Stachel in sich, dass er für jene Frau arbeiten sollte, die sie, ohne zu zögern, gefeuert hatte.

„Oh, das ist gut. Du machst bestimmt einen guten Job." Zu ihrem Schrecken stellte Cat fest, dass ihre Stimme zitterte. Sie erinnerte sich an Alisons letzte Worte: *Ich kann mir nicht vorstellen, dass du mit dieser Haltung irgendwo anders Erfolg haben wirst.* Sie musste schlucken.

„Ist ein gutes Projekt", fügte Joe langsam hinzu, wobei er sie immer noch genau beobachtete. „Ich kriege es gerade noch dazwischen, aber ich habe mich gefragt, ob … ob du etwas dagegen haben könntest." Er schenkte den Wein ein und reichte ihr ein Glas. Es fühlte sich kühl an in ihrer Hand.

„Warum sollte ich etwas dagegen haben?", fragte Cat und versuchte, gelassen zu bleiben, doch ihre Stimme war ein wenig zu hoch, fast gequetscht.

Joe fuhr sich mit der Hand durchs Haar. „Du weißt, warum."

„Du meinst, weil ich mich bescheuert benommen habe und sie mich gefeuert hat? Es war ganz allein meine Schuld, Joe, und es geht mir jetzt viel besser. Ich war für die Arbeit dort nicht geeignet. Meinetwegen brauchst du keinen Auftrag abzulehnen." Nachdem sie den ersten kleinen Schock überwunden hatte, hatte sie womöglich sogar überzeugend geklungen.

„Bist du sicher?"

„Klar bin ich sicher. Aber vielen Dank, dass du mich gefragt hast. Das hättest du nicht tun müssen. Aber ich …" Sie seufzte und nahm einen kleinen Schluck Wein.

„Ja, was?"

„Nichts. Vergiss einfach, dass ich irgendetwas gesagt habe."

„Du hast ja noch gar nichts gesagt. Nun komm, Cat, spuck's aus."

Sie lehnten einander gegenüber an der Anrichte der Pantryküche. Cat fror immer noch, weil sie draußen gewesen war, aber sie spürte die Wärme, die von seinem Körper ausging. „Mein kleines Unternehmen“, sagte sie, „ich sammle Ideen für meine Website – alle guten Firmen haben heutzutage eine Website ... und Hunde ... Cartoon-Hunde sind so ... Der Cartoon, den du auf dem Klebezettel gezeichnet hast, als du ‚Tölenspaziergänge‘ vorschlugst, war unglaublich toll. Aber ich weiß, du bist dagegen, also ...“

„Ich bin nicht dagegen.“

„Aber die Hunde ...“

„Ich bewundere, was du tust. Und ich bewundere, dass du nicht zugelassen hast, dass das, was passiert ist, dein Selbstvertrauen erschüttert. So wie es mir nach – nach Rosalin ergangen ist.“ Er zuckte zusammen und mied ihren Blick. Cat nagte an ihrer Unterlippe. „Wir werden nicht immer derselben Meinung sein, aber ich bin nicht dagegen, Cat. Ganz im Gegenteil.“

„Danke“, sagte sie leise.

„Willst du also, dass ich dir einen Hund zeichne?“

„Nur wenn du Zeit hast, und ich kann ...“

„Aber klar.“

„Wirklich?“ Sie hatte das Gefühl, ihr Herz setze einen Schlag aus.

„Sehr gerne. Wenn ich dir damit helfen kann.“

„Wow! Danke. Ich bezahle dir das natürlich.“

Joe machte eine abwehrende Handbewegung. „Auf keinen Fall. Wenn ich mich dafür entscheiden würde, dass Shed jeden Tag Gassi gehen soll, würdest du es ja auch umsonst machen.“ Er lächelte sie schief an und rieb sich die Augen mit Daumen und Zeigefinger. Ganz spontan schlang sie die Arme um seinen Hals und spürte, wie seine Hand sanft gegen ihren Rücken drückte. „Danke, Joe, das bedeutet mir so viel.“

„Ist schon in Ordnung“, antwortete er, den Kopf an ihre Schulter gelehnt. „Nicht der Rede wert.“

Cat atmete den Duft seiner Sandelholzrasiercreme ein, und einen kurzen Moment lang zögerte sie, ihn loszulassen; der Moment verstrich jedoch, und sie löste sich von ihm. Schließlich grinste sie schelmisch über das ganze Gesicht und stieß mit ihrem Glas an das seine. Sie nippten schweigend an ihrem Wein, bis Cat, ermutigt durch seine gute Laune und Hilfsbereitschaft, allen Mut zusammennahm: „Bist du sicher, dass du am Freitagabend nicht mitkommen willst? Ich weiß ja, dass das nicht dein Ding ist, aber alle wichtigen Leute von Fairview werden da sein. Ich wette, eine Menge Leute könnten einen Illustrator und Grafikdesigner gebrauchen, besonders wenn er so gut ist wie du."

Sie gingen ins Wohnzimmer, und Joe ließ sich auf das Sofa fallen. „Es ist eine Party, und die Leute wollen Spaß haben. Es ist keine Veranstaltung, um Geschäftsbeziehungen zu knüpfen."

„Warum kann eine Party nicht beides sein? Und überhaupt, möchtest du nicht auch etwas Spaß haben? Immer hast du so viel Arbeit. Du gehst von deinem Arbeitszimmer in die Küche und dann die Straße runter zum Deli. Du kannst das Joggen unmöglich als *Spaß* bezeichnen, und solche Gelegenheiten kommen nicht so oft. Man weiß nie, was einem da passieren kann."

Vielleicht war es der Wein, vielleicht war es seine aktuell gute Laune, vielleicht auch etwas anderes, was Cat gar nicht bewusst war, aber ihr Mut zahlte sich aus. Joe lächelte. Es war ein etwas zögerndes schiefes Lächeln. „Okay", meinte er. „Ich komme mit, aber das sage ich nur, damit du endlich mit diesem Partygequatsche aufhörst."

Cat lächelte ihn an. Nach einer Weile wurde ihr Lächeln immer breiter, und schließlich musste sie lachen, was Joe ansteckte, sodass sie beide laut lachten – eigentlich über nichts, aber es war laut genug, um Shed aufzuwecken. Der Kater gähnte ausgiebig, guckte sie beide empört an und trabte auf der Suche nach Futter davon.

„Ich kann meine Pumps nicht finden! Ich bin erst vier Monate in diesem Haus, und schon hat es meine besten Schuhe verschluckt.“

„Wenn es deine besten Schuhe sind, wie kommt es dann, dass du sie während der letzten vier Monate nie getragen hast?“

„Jetzt ist nicht die Zeit für Spitzfindigkeiten, ich brauche Hilfe. Hast du die Schuhe gesehen?“

„Habe ich nicht“, antwortete Joe. „Aber ich sehe im letzten Karton nach, der noch draußen bei der Hintertür steht.“ Sie hörte, wie er an ihr vorbeiging, ignorierte die Schärfe in seiner Stimme und durchsuchte weiter die Kammer unter der Treppe. Dort war es staubig und dunkel, und Cat wollte nicht an die Spinnenweben denken, die ihr Gesicht streiften, oder an das, was daran hing. Sie war froh, dass sie mit dem Duschen gewartet hatte.

„Wenn ich einen Hund hätte“, sagte sie, „dann würde der die Schuhe in Sekundenschnelle finden. Natürlich könnte es sein, dass er sie angeknabbert hätte, aber wenigstens würde er sie finden.“

„Was war das?“, rief Joe.

„Nichts!“

Trotz seiner guten Laune hatte Cat immer noch das Gefühl, dass sie sich bei Joe auf dünnem Eis befand und er wie ein Plastikwindrad bei einem einzigen Windstoß die Richtung ändern könnte. Ein falsches Wort, und er würde sein Hemd ausziehen – nicht, dass sie da grundsätzlich etwas dagegen gehabt hätte –, seinen grauen Kapuzenpulli mit den Löchern in den Ärmeln überstreifen und sich aufs Sofa fallen lassen. Sie wollte nicht allein auf der Party erscheinen, und da sie sich das nun einmal in den Kopf gesetzt hatte, konnte sie sich nicht vorstellen, ohne ihn zu gehen.

Sie fand eine Schachtel mit alten CDs und ein paar arg mitgenommene orangefarbene Sportschuhe, die von Polly sein mochten, und dann umfasste ihre Hand etwas Vertrautes, was aber dort überhaupt nicht hingehörte. Sie zog es ans Licht, setzte sich auf den Teppich und sah sich das Halsband genauer an. Es war ein Halsband für einen großen Hund, marineblau, ohne Anhängeschildchen und irgendwelche Glitzersteine. Aber es war definitiv ein Hundehalsband. Stammte es von Polly, die es von einer Schicht beim Tierarzt mit nach Hause gebracht hatte? Sie wühlte weiter an derselben Stelle, und diesmal zog sie einen Tennisball heraus, bei dem die Filzschicht völlig abgenutzt war.

Sie schreckte hoch, als etwas an ihren Oberschenkel stupste, und plötzlich waren Sheds Vordertatzen an ihrem Bein. Er versuchte, sein starkes Gewicht in die Tiefen der Treppenkammer zu wuchten, wobei sich seine Krallen in ihr Fleisch bohrten. „Nein, Shed – aua!" Sie stupste ihn wieder nach unten. „Ich kriege dich ja gar nicht mehr raus, wenn du da reingehst. Und nimm mich *bloß nicht* als Nadelkissen!" Shed blinzelte gelassen.

„Aber wie ist es hiermit?", flüsterte sie. „Gehört der Polly? – Spielst du mit mir? Bällchen holen?" Sie bewegte den Ball vor ihm hin und her, der Kater aber drehte sich abrupt um und setzte sich mit dem Rücken zu ihr auf den Teppich. Cat sah auf die Uhr und schob die Gegenstände wieder in die Kammer, als Joe mit ihren schwarzen Peeptoe-Pumps im Eingang erschien.

„Hast du nach denen gesucht?"

Joe hatte sich selbst übertroffen. Er trug einen dunkelblauen Anzug mit einem frischen weißen Hemd. Das Dunkelblau seines Jacketts ließ seine Augen fast unnatürlich leuchten. Er hatte seinen Dreitagebart rasiert und seine Haare mit irgendeinem Pflegeprodukt gebändigt, das nach tropischen Stränden duftete. Cat nickte anerkennend. „Das ist, hmm – du siehst toll aus, Joe."

„Du auch. Ist das Kleid neu? Ich kann mich nicht erinnern, dass du danach wie nach den Schuhen überall gesucht hättest."

Cat lächelte. „Ich wollte einen guten Eindruck machen." Sie hatte ihren Pony ein wenig mit Gel gestylt und ein Paar Ohrhänger mit Perlen gefunden, die zu ihrem Kleid passten.

Joe räusperte sich. „Oh, du wirst bestimmt …"

Die Tür wurde aufgestoßen, und Polly eilte herein, mit wehendem Haar und geröteten Wangen. „Bin ich zu spät? Schaff ich's noch?"

„Du kommst mit?"

„Leyla sagte, sie würde einspringen – sie wollte eigentlich heute Abend zu einer Wohnungsbesichtigung, aber der Termin ist ausgefallen."

„Das ist ja toll!" Cat und ihre Freundin klatschten sich mit den Händen ab. „Dann können wir ja ganz cool zu spät kommen."

Joe verdrehte die Augen. „*Noch* später, meinst du?"

„Gib mir zehn Minuten. Versprochen."

Polly raste nach oben und schlug die Badezimmertür zu.

Eine halbe Stunde später stiegen sie die Stufen zur Primrose Terrace Nr. 1 hinauf. Goldene Lichterketten umrahmten die Haustür und ließen den gelben Anstrich besonders leuchten. Das Haus schien vor Erwartung regelrecht zu summen, alle Lichter waren an, und hinter den Gazevorhängen waren Silhouetten zu sehen. Polly trug ein kurzes fuchsiafarbenes Kleid, das lange Haar fiel ihr lose über die Schultern. Sie hatten sich dazu entschlossen, ohne Mantel zu kommen, was auf Cats Armen zu einer Gänsehaut führte.

Cat klopfte, und die Tür schwang nach innen auf. „Oh Cat!", rief Jessica voller Freude. „Und Cats Freunde! Ich freue mich sehr, dass Sie kommen konnten. Bitte kommen Sie doch herein." Cat hörte, wie Polly nach Luft schnappte, und stimmte ihr im Stillen sofort zu; bei Jessicas Anblick konnte einem durchaus der Atem stocken. Sie trug ein kurzes ausgeschnittenes Neckholder-Kleid, dessen freie Seiten ihre weiblichen Rundungen betonten. Beide Arme zierten silberne Spangen; ihre Füße stecken in schwarzen Pumps mit atemberaubend hohen Absätzen, und sie hatte so viel Smokey-Eyes-Lidschatten aufgetragen, dass es zu einem Lowry-Gemälde gereicht hätte. Cat schätzte Jessica auf etwa Mitte dreißig. Sie war eine Frau, die ihr Leben Kochrezepten und guter Küche gewidmet hatte, und dennoch sah sie aus wie eine Dame, die jedem auf dem roten Teppich die Schau stehlen würde. „Cat", sagte Jessica, „Sie wissen gar nicht, wie sehr ich mich freue, dass Sie gekommen sind – Sie alle. Kommen Sie! Ich wünsche Ihnen viel Spaß! Fühlen Sie sich wie zu Hause!"

„Das ist Polly, und dies ist Joe." Jessica begrüßte beide enthusiastisch, zog sie an sich und küsste Joe dreimal auf die Wange, wobei ihr Parfum sie alle umhüllte. Sie traten über die Schwelle in die geräumige Diele, wo ihnen gleich ein Kellner entgegenkam, der ein Tablett mit gefüllten Champagnergläsern balancierte.

Cat nahm ein Glas, blickte auf die plaudernden und lachenden Gäste und hatte das Gefühl, von einer namenlosen Beklemmung erfasst zu werden. Sie fragte sich, was sie hier eigentlich machte. Es würde niemanden interessieren, dass sie beruflich Hunde ausführte, niemanden würde es interessieren, wie sie hieß. Sie war kein Erfolgsmensch in Fairhaven und selbst in Fairview nicht. Sie war erst einige Monate hier und verbrachte ihre Tage damit, sich beim Laufen durch den Park schmutzige Schuhe zu holen. Etwas verunsichert nippte sie an ihrem Champagner, doch dann mischte sie sich zusammen mit Polly und Joe ins Gedränge. Gerade wollte sie Joes Ellbogen fassen, als Jessica herbeistürzte, Joe einen bloßen Arm um die Schulter legte und ihn einfach in die entgegengesetzte Richtung entführte.

„Meine Güte", sagte Polly, „das ist unglaublich. Ich wusste wohl, dass sie berühmt und gesellig ist, aber das hier ist ja mondän bis zum Gehtnichtmehr. Da komme ich mit meinen No-Name-Klamotten nicht mit."

„Du siehst wunderbar aus", versicherte Cat ihr, „aber es ist ganz schön unheimlich, nicht?" Sie drehte sich langsam um die eigene Achse, und ihr Blick fiel auf ein Sofa, das durch den

Eingang hindurch gerade noch zu sehen war. „Elsie!“ Sie winkte, nahm Polly bei der Hand und schritt durch den Raum. Ihre Freundin war bereits dabei, Hof zu halten, und sog den neuesten Klatsch von den Partygästen um sie herum in vollen Zügen ein.

„Hallo, ihr Hübschen!“, rief Elsie, hob ihr Glas und trank ihnen zu. „Ich habe eure Kameraden schon kennengelernt.“

Cat ließ sich auf die Knie nieder. Valentino saß neben Elsie, Coco und Dior nahmen die anderen Kissen in Beschlag, die Vorderpfoten neugierig auf den Sofalehnen. Cat streichelte die Kleinen. Dior drückte seine Nase in Cats Nacken, und ein Ohr von Coco war nach unten geklappt wie die Krempe eines keck aufgesetzten Filzhuts. Er schlug mit einem kurzen, fröhlichen Bellen an.

„Die lieben dich wirklich“, sagte Elsie anerkennend.

„Sie sind aber auch *so* schön.“ Cat hob Dior hoch und drückte den Westie eng an sich.

„Ausnahmsweise sage ich das mal“, schalt Elsie sie, „pass auf dein Kleid auf. Es ist exquisit und wird nicht schöner durch Hundehaare oder durch abgegangene Perlen.“

„Nein, stimmt“, seufzte Cat. Sie drückte einen Kuss auf Valentinos Kopf und stand auf. „Ich hole mir noch etwas zu trinken. Möchte noch jemand etwas?“ Elsie und Polly nickten, und Cat suchte einen der livrierten Kellner. Auf der anderen Seite des Zimmers erspähte sie Joe. Er unterhielt sich mit einer Frau in einem Kleid mit Leopardenmuster. Sie berührte ihn andauernd, am Arm und an der Schulter, aber Joe, eine Hand lässig in der Hosentasche, sah ganz entspannt aus und lachte über das, was sie sagte. Cat war etwas befremdet, widerstand aber dem Impuls, die beiden zu unterbrechen. Wie hatte er das geschafft? Er war sozusagen Eremit, und nach eigenem Eingeständnis ein überzeugter dazu. An diesem Abend kam er ihr jedoch eher wie ein heiratswürdiger Bachelor vor.

Cat sprach den Kellner an: „Könnte ich mir hiervon drei für meine Freunde nehmen?“

„Selbstverständlich.“

Cat nahm die Gläser vorsichtig hoch und balancierte sie in den Händen.

„Die Party ist gar nicht übel, oder?“

„Was, ich – nein, sie sind – oh, hallo!“ Sie grinste verlegen, weil das das Einzige war, was sie tun konnte, sobald sie Mark gegenüberstand. Er trug einen modischen schwarzen Anzug mit ebenfalls schwarzem Hemd, und sein Haar besaß einen unglaublichen Glanz.

„Tolles Kleid.“

„D-danke“, stotterte sie. „Ich bringe das nur eben …“

Plötzlich war Polly neben ihr und nahm ihr zwei Gläser ab. Cat sah Polly bedeutungsvoll an und neigte ihren Kopf unmerklich in Richtung Mark. Polly signalisierte, dass sie verstanden hatte, und stellte sich Mark vor.

„Hallo, ich bin Polly. Sie müssen Mark sein.“

„Warum muss ich?“

Polly fühlte sich plötzlich wie auf dem Präsentierteller. „Ent-Entschuldigung?“

„Wieso wissen Sie, dass ich Mark bin? Wir haben uns doch noch gar nicht kennengelernt, oder?“

Mit diesem Gefühl von Präsentierteller blickte Polly von Mark zu Cat und wieder zurück.

Cat schloss die Augen. „Es kann sein, dass ich Polly gegenüber den Zwischenfall mit dem Eichhörnchen erwähnt habe. Polly, das ist Mark. Mark, das ist Polly – Freundin und Mitbewohnerin und die andere Hälfte von ‚Leinen los‘.“

„Ich habe aber eigentlich gar nichts dazu beigetragen“, wandte Polly ein.

„Freut mich, Sie kennenzulernen“, sagte er. „Ich fühle mich geschmeichelt, dass Cat mich so gut beschrieben hat, dass Sie mich erkannt haben.“

„Ich habe ihr gesagt, dass Sie groß, dunkelhaarig und etwas zu selbstsicher sind."

Mark neigte den Kopf zur Seite, überlegte einen Moment und nickte dann zustimmend. „Klingt ziemlich zutreffend. Ist die Party bis jetzt gut?"

„Scheint so. Jessica macht keine halben Sachen, oder?"

Cat konnte nichts daran ändern. Wann immer ihr Mark gegenüberstand, ging ihre Entschlossenheit den Bach runter. Ihr Unbewusstes schien es darauf anzulegen, seinen Beziehungsstatus zu erforschen.

„Nein, sieht nicht so aus." Er sah sich in dem Raum um, dann lächelte er plötzlich. „Da ist jemand, mit dem ich sprechen muss – ich komme später wieder zu Ihnen."

„Oh", sagte Polly, als er außer Hörweite war, „der ist aber schwer in Ordnung."

„Hast du gesehen, wie selbstgefällig sein Kinn ist?"

Polly lachte. „Nun, unsicher ist der bestimmt nicht. Aber ich kann nachvollziehen, warum du so von ihm fasziniert bist – es passiert einem ja nicht jeden Tag, dass man einen Mann trifft, der so … markant ist. Warum fragst du ihn nicht einfach? Frag ihn doch, ob er mit Jessica oder mit jemand anders zusammen ist oder ob er Single ist."

„Aber du hast ja gesehen, wie er ist – er würde es mich nie vergessen lassen, wenn ich ihn ausfragte und dann dabei herauskommen würde, dass er mit Jessica zusammen ist oder verheiratet … oder schwul."

„Nein, das würde er sicher nicht. Er muss aber Gefühle haben wie jeder andere auch. Und wenn er so grausam sein sollte, dann wäre er es sowieso nicht wert."

„Ich habe nur …", sagte Cat mit einem Seufzer. „Ich kann nichts machen, bis ich weiß, dass er nicht mit Jessica zusammen ist. Sie ist eine Kundin von mir, und er wohnt nur fünf Häuser weiter – das wäre zu dumm. Wie du sagtest, Pol, ich muss mein Geschäft an die erste Stelle setzen."

„Ich an deiner Stelle würde aber auch für ihn Platz lassen."

Das klang so gar nicht nach Polly, dass Cat verwirrt losprustete. „Du bist verrückt!"

„Ich komme bloß allmählich dahin, so zu denken wie du", antwortete sie. „Versuche rauszukriegen, ob er mit Jessica zusammen ist, und wenn nicht, dann mach dich an ihn ran. Ehrlich, Cat, ich kann mich nicht erinnern, wann ich das letzte Mal einen so gut aussehenden Mann im wirklichen Leben gesehen habe."

„Er hat ein selbstgefälliges Kinn und eine rasiermesserscharfe Beobachtungsgabe. Da habe ich keine Chance."

„Du unterschätzt dich, Cat Palmer. Ich sage dir, schlage jede Vorsicht in den Wind – schließlich ist es eine Party."

Polly stieß mit ihr an, und Cat hatte das Gefühl, dass sie Zustimmung von genau der Person bekommen hatte, deren Meinung ihr am meisten bedeutete. Leider war sie sich nicht sicher, ob sie den Mumm hatte, das durchzuziehen. Vielleicht würde ja etwas mehr Champagner helfen …

Die Champagnerversorgung riss nicht ab, außerdem gingen die Kellner mit einem Tablett voll kleiner exotischer Kanapees herum: Räucherlachs mit Rettich, Pilze mit Halloumi-Käse, Erdbeeren mit Balsamicoessig. Die Häppchen schmeckten gut, machten aber nicht satt, und Cat wurde allmählich etwas schwindlig. Polly war mit einer älteren Dame in ein Gespräch über Pferde vertieft, und da Cat über *Black Beauty* und *Mein Freund Flicka* hinaus nichts über dieses Thema wusste, verdrückte sie sich heimlich. Bis jetzt hatte sie nur mit einer einzigen fremden Person gesprochen, und das auch nur, weil sie nach der Toilette hatte fragen müssen.

Sie trank aus und ging mit einem Seufzer zu Elsies Dauerplatz auf dem Sofa zurück. Aufgrund der Probleme mit ihrem Knie brachte man die Drinks, Kanapees und Konversation zu ihr hin. Und Cat wusste, dass Elsie die ihr entgegengebrachte

Aufmerksamkeit genoss. Als Cat an dem Gedränge vorbeiging, sah sie, dass Joe Elsies augenblicklicher Gesprächspartner war. Er hatte ein feines Lächeln auf den Lippen, seine Jacke lag zusammengelegt über der Sofalehne, und die weißen Hemdsärmel hatte er aufgekrempelt. Cat hatte ihn noch nie so interessiert und voller Energie gesehen und dachte, er sollte wenigstens einmal im Monat auf eine Party gehen. Vielleicht sollte sie seine Sammlung von Kapuzenpullis vor ihm verstecken.

„Hey!", winkte sie ihm zu.

„Cat! Komm und setz dich zu uns." Joe klopfte auf den Platz neben sich, und Cat setzte sich dankbar zwischen die beiden. „Macht's dir Spaß hier?"

„Nicht so viel wie dir", antwortete sie lächelnd. „Wie machst du das eigentlich?"

„Wie mache ich was?"

„Mit Leuten reden, die du gar nicht kennst. Du sprichst sie an und kommst einfach mit ihnen ins Gespräch. Ich habe dich vorhin mit der Frau gesehen – mit vielen Leuten."

Joe zuckte mit den Schultern und legte einen Arm auf die Rücklehne des Sofas. „Du musst so tun, als ob dies deine einzige Gelegenheit wäre, und dich einen Dreck darum kümmern, was die Leute denken. Sag einfach, was du sagen willst, und wenn ihnen das gefällt, dann unterhalten sie sich weiter mit dir. Wenn nicht, dann werden sie weggehen, und du brauchst sie nie wiederzusehen."

„Aber wie weiß ich das?"

„Gar nicht. Du kannst eine Jessica Heybourne oder einen Mr. Jasper kriegen."

„Brrr", schüttelte sie sich. „Erinnere mich bloß nicht an diesen Jasper."

„Vielleicht kriegst du auch jemanden dazwischen", fuhr Joe fort, und seine Stimme wurde sanfter. „Jemanden wie mich zum Beispiel. Es ist ja nicht immer so schwierig, mit mir auszukommen, oder?" Er hob eine Augenbraue, und Cat dachte dabei –

das würde sie ihm natürlich nie sagen –, dass sein Gesichtsausdruck sie an einen alleingelassenen Welpen erinnerte. An einen Labradorwelpen, um genau zu sein.

„Nein“, antwortete sie lachend, „nicht *immer.*“

„Das war ein guter Rat von deinem Mitbewohner, denkst du nicht?“ Elsie klopfte an ihr Knie. „Wenn es sein soll, dann kommt es auch. Wenn nicht, dann hast du nur ein bisschen Selbstvertrauen verloren, das aber ohnehin wiederkommen wird.“

„Ja, du hast recht.“ Cat blickte auf ihre Knie. „Ausgezeichneter Rat. Danke, Joe, danke, Elsie. Es ist nur ... es ist schwer, den auch umzusetzen. Wie bringt man das Thema Hunde auf einer Party wie dieser an? Ich weiß wohl, dass die Westies hier irgendwo sind, aber ...“

„Dann mach doch einfach deine eigene Veranstaltung“, antwortete Joe. „Organisiere ein Hundetreffen, lade Hundebesitzer dazu ein, und dann guck mal, was aus ‚Leinen los‘ wird. Aber nicht bei uns“, fügte er hastig hinzu. „Irgendwo, wo Platz ist und wo man Hunde mag. Vielleicht im Café im Park. George hat Hunde gern, nicht?“

Cat starrte ihn an.

„Was ist?“, fragte er und zuckte mit den Schultern. „Also, wenn das eine blöde Idee ist ...“

„Es ist eine tolle Idee“, antwortete Cat begeistert, und ihre Augen leuchteten bei dem Gedanken. „Geradezu perfekt.“

„Dann los. Erzähl den Leuten, dass du es hier ganz toll findest und dass du bald auch ein Treffen veranstalten wirst. Das mit den Hunden kommt dann ganz von allein.“

„Du bist ein Genie, Joe!“ Cat drückte seinen Arm.

„Du musst Eindruck schinden!“, sagte Joe und blickte sie aus seinen blauen Augen unverwandt an. „Du machst das ja schon mit diesem Kleid, also ... los!“

Cat nickte, stand auf und mischte sich entschlossen unter die inzwischen warm gewordenen Gäste. Joe hatte recht – sie alle hatten recht. Sie war stolz auf ihren Hundeausführservice, und sie fühlte sich zu Mark hingezogen. *Wenn es sein soll, dann kommt es auch.*

Sie wollte jetzt mit Leuten über „Leinen los“ sprechen, und sie wollte Mark finden.

Eine halbe Stunde später hatte sie sich mit sechs Leuten unterhalten, die sie nicht kannte, und hatte „Leinen los“ einem Paar gegenüber erwähnt, das in der Nähe wohnte und zwei Retriever hatte. Dabei hatte sie festgestellt, dass niemand während der letzten Stunde Jessica oder Mark gesehen hatte.

„Versuchen Sie es mal in Jessicas Arbeitszimmer“, sagte Boris, der gerade eine Olive mit einem Cocktailstick aufspießte. Er war groß und schlank, trug einen grünen dreiteiligen Anzug, und seine Haare waren – den Augenbrauen nach zu urteilen – von Natur aus leuchtend rot. Er führte mit seinem Partner Charles und zwei französischen Bulldoggen das Bed and Breakfast in der Primrose Terrace Nr. 3, und er hatte Cat versprochen, ihr auf Twitter zu folgen und sie Dylan und Bossy vorzustellen. Jetzt war er dabei, ihr unbezahlbar gute Ratschläge zu geben, was sie als Nächstes tun sollte.

„Vielleicht passt ihr das nicht.“

„Klopfen Sie doch einfach. Jessica weiß, wie man eine Party gibt – wenn die Tür nicht verschlossen ist, dann darf man auch eintreten. Erster Stock am Ende des Korridors.“ Er wies mit dem Glas in Richtung der Treppe.

Cat ging langsam hinauf, ihre schweißfeuchte Hand glitt am Handlauf ab. Nein, das konnte sie nicht machen; sie sollte warten, bis die beiden wieder erschienen. Aber wenn sie einen kurzen Blick erhaschen könnte, ein Zeichen, dass sie definitiv zusammen waren, dann könnte sie auch endlich aufhören, an Mark zu denken, und sich die Peinlichkeit ersparen, zurückgewiesen zu werden. Die Treppe verlief in einem Bogen, und als Cat oben ankam, war die Diele unten nicht mehr zu sehen. An der Wand hingen Schwarz-Weiß-Fotos, die meisten von

Jessica selbst, und der dicke Teppich wies dasselbe Blassgrün auf wie die Läufer unten.

Die Tür am Ende des Flur stand halb offen, ein Lichtschein fiel in den Gang. Cat machte einen Schritt auf die Tür zu, dann noch einen. Stimmen und Lachen waren von unten zu hören. Sie machte einen weiteren Schritt, hörte ein vertrautes Schlurfen und sah dann Valentino, der mit dem Schwanz wedelte, so regelmäßig wie ein Metronom, und seine schwarze Nase nach oben zu ihr richtete.

Panik flammte in ihrem Inneren auf. Sie kauerte sich hin und streichelte den Hund hinter den Ohren. „Pst!", flüsterte sie. Valentino hechelte leicht und tänzelte hin und her, überglücklich, seine Freundin gefunden zu haben. „Bleib", sagte Cat und wies mit dem Finger auf den Teppich. Valentino setzte sich. „Braver Hund."

Ganz langsam stand sie auf und machte einen weiteren Schritt auf das Arbeitszimmer zu. Etwas stieß an ihr Bein. Es war Coco, der neben ihr her tippelte, und sobald Valentino seinen Bruder sah, beachtete er Cats Anweisung nicht länger und folgte ihr ebenfalls. Cat wiederholte den Vorgang, sie streichelte und lobte die Kleinen und wies sie an, Sitz zu machen. Mit wachem Blick suchte sie den Korridor ab, aber von Dior keine Spur. „Bleibt hier, ihr Kleinen", flüsterte sie. Die Hunde schauten zu ihr auf und dachten bestimmt, dass das zu einem Spiel gehörte. Nun musste Cat ein Leckerchen für sie finden. Sie fragte sich, ob sie wohl Rettich mochten.

Sie machte die beiden letzten Schritte auf die Tür zu und dankte Jessica im Stillen für die dicken, schallschluckenden Teppiche. Dann spähte sie durch die Türöffnung.

Jessica und Mark saßen nebeneinander auf einem niedrigen cremefarbigen Sofa, waren nach vorn geneigt und sahen in eine Mappe, die offen auf dem Tisch lag. Mark hatte die Ellbogen auf den Knien, und seinem Gesichtsausdruck war zu entnehmen, dass er sehr konzentriert war.

Cat konnte nicht hören, was Jessica gerade sagte, aber die beiden waren nicht aneinandergekuschelt, die Schultern und Knie nicht aneinandergepresst. Ihre Körpersprache schrie nicht „heimliches Treffen". Und wenn sie ein Paar waren, wieso guckten sie sich dann mitten auf einer Party irgendwelche Unterlagen an? Das passte nicht zusammen. Auch wenn das Ganze noch nicht eindeutig war, spürte Cat doch, wie die Besorgnis von ihr abfiel und die Spannung aus ihren Schultern wich. Sie war also nicht dabei, Jessica auf die Füße zu treten. Sie durfte sich zu Mark hingezogen fühlen, und vielleicht, *vielleicht* würde sie den Mut aufbringen, etwas dafür zu tun. Aber nicht jetzt. Jetzt würde sie …

„Valentino!", rief Jessica. „Was machst du hier, Liebling? Musst du mal nach draußen?"

Cat atmete tief ein und machte einen Schritt zurück, gerade als die Tür ganz aufging. Coco rannte in das Arbeitszimmer, um sein Frauchen zu begrüßen, und Mark und Jessica blickten gleichzeitig auf. Cat stand wie angewurzelt im Eingang, sie konnte sich nicht bewegen, selbst dann nicht, als Dior, der den beiden anderen Westies gefolgt war, sich auf ihre Füße setzte und anfing zu jaulen.

Guck mal, wen ich gefunden habe, schien er zu sagen. *Bin ich nicht ein kluger Hund?*

6. Kapitel

„Cat, Liebes“, sagte Jessica, „was tun Sie hier? Ist irgendetwas nicht in Ordnung?“ Sie war halb vom Sofa aufgestanden, Mark aber war im Nu bei ihr.

„Alles in Ordnung bei Ihnen?“, fragte er. „Sie sehen ja ganz erschrocken aus.“ Er legte ihr eine Hand sanft auf den bloßen Arm, und ein wohliger Schauder durchrieselte Cat; seine Anziehungskraft auf sie war so stark, dass der Schrecken der Situation in den Hintergrund trat.

„M-mir geht es gut“, stotterte Cat. „Dior jammerte, er schien sehr durcheinander, und deswegen habe … habe ich Sie gesucht, Jessica. Es tut mir leid, dass ich so eingedrungen bin.“ In diesem Moment erwies sich Dior als unzuverlässiger Gesell. Er rollte sich nämlich auf den Rücken, streckte die Beinchen in die Luft und wartete darauf, dass man ihn am Bauch kraulte.

„Oh, die machen das immer mal, nicht wahr, ihr Schätzchen?“ Jessica machte Nasenreiben mit Valentino und hielt seine Vorderpfoten in den Händen. „Ich glaube nicht, dass man sich Sorgen machen muss. Er wollte bestimmt nur Aufmerksamkeit haben.“

Cat nickte und bemerkte, dass Mark sie immer noch prüfend ansah, während seine Hand weiterhin auf ihrem Arm ruhte. „Oh, in Ordnung. Dann ist ja gut“, sagte sie. „Ich muss jetzt gehen.“ Sie wandte sich um, aber er drückte ihren Arm.

„Aber kommen Sie doch rein! Jessica hat mir gerade mit einigen Kontakten weitergeholfen."

„Tatsächlich?" Cat hoffte, dass ihre Antwort interessiert klang – aber alles, was sie hörte, war das Pochen ihres Herzens.

„Ein Freund, ebenfalls Autor, bearbeitet gerade sein Buch für das Fernsehen", sagte Jessica, ließ sich wieder auf das Sofa nieder und schlug die Beine übereinander. „Es ist noch streng geheim, aber richtig aufregend. Mark sucht einen Produzenten für sein letztes Drehbuch, und so habe ich ein paar Kontakte hergestellt."

„Sie schreiben fürs Fernsehen?"

„Für den Film", erwiderte Mark. „Einen Independent-Film habe ich vorzuweisen – positive Würdigung von der Kritik, aber nur geringe Einschaltquoten –, und einmal hatte ich einen totalen Flop. Ich hoffe, dass es mit Nummer drei wieder aufwärtsgeht, und auch wenn sich mein Agent darum kümmert, ist es doch immer gut, noch andere Wege zu suchen."

„Wow!", sagte Cat anerkennend. „Das ist ja aufregend. Wirklich toll. Ich wusste gar nicht, dass Sie schreiben." Dabei dachte sie an die Befürchtungen von George, dass Mark Leute ausspionieren und sich im Café Notizen machen sollte.

Er lachte. „Wie konnten Sie auch? Ich habe das ja noch gar nicht erwähnt."

„Was für Filme?"

„Horror."

„Ah", fuhr Cat fort. „*Dawn of the Dead.* Der Hund Chips. Sie lieben Horrorfilme."

„Genau." Mark merkte man die Überraschung an, ganz so, als hätte er nicht erwartet, dass Cat sich an den Streifen erinnerte. Vielleicht hätte sie so tun sollen, als ob sie den Film vergessen hätte. „George Romero ist einer meiner Helden." Er lächelte, und zum ersten Mal sah Cat weder Belustigung noch Herausforderung in seinen Augen, sondern nur Wärme und echtes Interesse. Sollte sie ihn jetzt fragen?

„Wir sollten nicht hier oben sein", sagte Jessica, stand auf und scheuchte ihre Hunde mit einer Handbewegung aus dem Zimmer. „Es geht ja gar nicht, dass eine Gastgeberin nicht bei ihrer eigenen Party zugegen ist." Sie deutete auf die Tür, und Cat folgte den Westies in den Korridor. „Amüsieren Sie sich, Cat? Heute Abend brauchen Sie sich wirklich keine Sorgen um die Hunde zu machen – sie sind ausgesprochene Diven. Schließlich haben sie von mir gelernt." Sie legte Cat einen Arm um die Schulter. „Ich wollte Sie immer schon nach Ihrem Mitbewohner – Joe? – fragen."

„Ja, was ist mit ihm?"

„Ist er Single?"

Cat stockte der Atem. Im Moment war sie unfähig zu antworten. Mark ging gerade die Treppe hinunter, drehte sich um und sah sie an. „Hmm, er hat gerade eine schlimme Trennung hinter sich." Während sie das aussprach, hatte sie das Gefühl, Joe zu verraten. Würde er wollen, dass Jessica das erfuhr?

„Ach, der Arme. Er ist richtig aufregend", sagte Jessica. „Und küsst ausgezeichnet." Nachdem Jessica diese Bombe hatte platzen lassen, folgte sie Mark nach unten. Cat blieb wie angewurzelt bei einem Schwarz-Weiß-Foto stehen, auf dem die Gastgeberin mit ihren drei Hunden abgelichtet war. Die Hunde waren in einem der seltenen Augenblicke der Ruhe gut getroffen. Sie lagen mit dem weichen Fell elegant um die sitzende Jessica herum und schauten auf zu ihr, als wäre sie eine Göttin. Vielleicht war sie das auch, dachte Cat. Nach allem, was sie gesehen hatte, war das nicht gänzlich ausgeschlossen.

Es war nach drei Uhr morgens, als sie nach Hause kamen. Cat ließ sich neben Polly aufs Sofa fallen und schleuderte die Schuhe weg, die so viel Panik ausgelöst hatten. Joe setzte derweil den Wasserkessel auf.

„Hach", stöhnte Polly. „Ich muss früh raus zu den Seminaren. Warum bin ich bloß nicht früher gegangen?"

„Weil es eine tolle Party war", sagte Cat, „und man unmöglich eher gehen konnte."

„Aber Elsie konnte es."

„Ja, aber die ist auch älter. Und ich denke, sie hatte genug geplaudert."

„Hast du Mark wiedergefunden?"

„Was? Nach meiner geglückten Flucht?" Cat verbarg ihr Gesicht in den Händen. „Was habe ich mir bloß dabei gedacht?"

„Vielleicht", rief Joe aus der Küche, „wie üblich: gar nichts. Du hättest sie beide als Kunden – und als Freunde – verlieren können, wenn sie gemerkt hätten, was du vorhattest."

„Ich weiß", murmelte Cat, „ich habe mich total peinlich benommen."

„Hast du ihn ausgefragt?", erkundigte sich Polly, und ihre Augenlider flatterten.

„Nein, weil Jessica ja dabei war. Außerdem habe ich ihn nur kurz gesehen, als er ging."

„Aber du wirst ihn doch noch fragen?"

„Ja", antwortete Cat, aber sie war nicht ganz überzeugt davon. Sie fühlte sich überfordert, nun, da sie wusste, dass er auch schrieb. Jessica passte viel besser zu ihm als sie. Sie hatten ähnliche Interessen, sie bewegten sich in denselben Kreisen von Produzenten und Agenten und eleganten Diners, sie waren beide attraktiv und dynamisch. Wie könnte sie damit konkurrieren?

Aber andererseits, als er sich verabschiedete, hatte er ihr seine Hand auf den Rücken gelegt, hatte mit den Lippen ihre Wange berührt und ihr sein Smartphone gereicht. Als sie hinsah, hatte er ihren Namen bereits seinen Kontakten hinzugefügt, und der Cursor blinkte neben dem Eintragsfeld. Verschmitzt lächelnd hatte sie ihre Nummer eingetippt und ihm das Telefon wiedergegeben. Dabei klopfte ihr Herz wie wild, als er ganz bewusst über ihre Finger strich und ihr noch einen Kuss auf die Wange gab.

Joe stellte drei Tassen Tee auf den Tisch und setzte sich auf die Sofalehne. Ein paar Hemdknöpfe waren aufgesprungen, und Cat dachte, dass er auf eine fröhliche Weise zerzaust aussah.

„Hast du dich amüsiert, Joey?", fragte Polly.

Er nickte. „Ja, besser als erwartet. – Danke, Cat, dass du mich gefragt hast, ob ich mitgehen würde."

„Klar doch." Sie lächelte kurz und fügte, weil sie die Spannung nicht länger aushalten konnte, dann hinzu: „Jessica war ja sehr von dir angetan." War es nur Einbildung, oder stieg ihm tatsächlich eine flüchtige Röte in die Wangen?

„Sie ist eine tolle Frau", sagte er.

„Und küsst gut?", wagte Cat zu fragen.

„Cat!", kreischte Polly auf, nun ganz wach. „Joey?"

Er zog sein Jackett aus und ging zu dem gegenüberliegenden Sofa. „Irgendwo im Flur trieb sie mich in eine Ecke, und ich …" Er fuhr sich mit der Hand durchs Haar und runzelte verwirrt die Stirn. „Es war eben eine Party, und Jessica ist sehr attraktiv. Irgendwie wurde ich da in was verwickelt." Er zuckte mit den Schultern, sein Lächeln schwand, und seine Augen suchten Cats Blick.

„Joseph Sinclair", sagte Polly in gespieltem Anklageton, „du Schwerenöter!"

„Es hat nichts zu bedeuten", sagte er. „Es war ein flüchtiger Kuss, kein richtiger … aber mal ehrlich, ich weiß gar nicht, warum ich das mit euch diskutiere. Es wird sich sowieso nicht wiederholen."

„Jessica denkt vielleicht anders darüber", neckte seine Schwester ihn weiter.

„Wirklich?" Er nippte an seinem Tee, und sein Blick schweifte durchs Zimmer.

„Sie hat mich gefragt, ob du Single bist", sagte Cat und grinste. „Genauso gut hätte sie sagen können: ‚Ich mag Ihren Freund Joe, würden Sie ihn bitten, zu mir hinter den Fahrradschuppen zu kommen?'"

Polly kreischte auf. Das machte sie nicht oft, und alle fuhren zusammen, besonders erschrocken war Shed, der vor dem Kamin geschlafen hatte. „Oh mein Gott, Joey, eine gefeierte Autorin ist hinter dir her! Wer hätte das gedacht?"

„Hört auf jetzt", meinte Joe. „Es war eine Party. Auf Partys … passiert so was schon mal. Und ich habe der Gastgeberin wenigstens nicht hinterherspioniert."

„Ich denke", Cat beugte sich nach vorn, „wir sollten eine Regel aufstellen. Das, was in Haus Nr. 1 passiert ist, kann nur – *nur* – innerhalb dieser vier Wände besprochen werden. So wie in *Love Vegas*. Einverstanden?" Sie streckte einen Arm aus, die Hand zur Faust geballt.

„Einverstanden." Polly stieß mit ihrer Faust dagegen, und beide blickten erwartungsvoll auf Joe.

Er starrte sie an. „In Gottes Namen." Er beugte sich auch vor und stieß mit der Faust an die ihren. „Jetzt sind wir aber definitiv wieder im Kindergarten. Ich gehe ins Bett." Er stand auf, nahm sein Jackett und warf es mit einem Finger über die Schulter. „Danke für eine tolle Party, Cat. Ich bin froh, dass ich mitgegangen bin, und nicht wegen dem, was du jetzt denkst. Ich habe nur …" Er zuckte mit den Achseln. „Ich hatte eben Spaß. Vielleicht sollte ich öfter auf dich hören."

„Wow", murmelte Polly, „das ist ja ein großer Moment."

„Halt den Mund, Schwesterherz." Er wandte sich zur Tür, aber Cat sah noch sein Grinsen. „Nacht zusammen."

Polly legte den Kopf auf Cats Schulter. „Es sieht so aus, als ob der Muffelkönig schließlich doch aufgeheitert werden kann."

„Ich glaube, Jessica hat magische Kräfte. Sie hat ihn verhext."

„Er sah aber gar nicht so verhext aus."

„Nein", stimmte Cat ihr zu. „Aber glücklich."

„Das könnte auch am Champagner gelegen haben."

„Stimmt." Cat streckte die Zehen aus, wackelte damit und gähnte. „Vielleicht messen wir morgen Fieber bei ihm und gucken, wie lange es anhält."

Sie spürte, wie Polly gegen ihre Schulter nickte. „Du bist also nicht dazu gekommen, mit Mark zu sprechen, nicht richtig jedenfalls. Hast du denn neue Kunden bekommen?"

„Ja", antwortete Cat und spürte, wie die Schmetterlinge in ihrem Bauch flatterten. „Die Barkers in Nr. 6. Sie haben zwei Retriever und brauchen jemanden, der drei Tage in der Woche mit ihnen ausgeht, wenn Juliette ins Büro muss. Ich gehe am Sonntag hin, um alles festzumachen."

„Du hattest also Spaß *und* hast neue Kontakte geknüpft?"

„Ja, das habe ich hinbekommen. Ich hatte es erst nicht gedacht, aber es hat geklappt. Außerdem habe ich einige sehr gute Ratschläge bekommen", fügte sie hinzu.

„Das freut mich für dich!" Polly legte einen Arm um Cat, und Cat drückte sie ihrerseits. Eine Zufriedenheit überkam sie, als sie sich bewusst machte, dass ihr neues kleines Unternehmen, das seit fast zwei Monaten lief, kein Fehlschlag war. Es lief immer noch langsam an, aber sie hatte es nicht, wie Alison ihr prophezeit hatte, vermasselt. Und dank Joe hatte sie einen Plan. Sie hatte Freunde um sich, sie konnte Zeit an der frischen Luft mit den liebenswertesten Geschöpfen, die es auf der Erde gab, verbringen – und Mark war nicht mit Jessica zusammen. Es fühlte sich an, als ob allmählich alles zusammenpasste.

„Komm jetzt", sagte sie leise, als Polly anfing, ihr sanft ins Ohr zu schnarchen, „gehen wir ins Bett, sonst sind wir immer noch hier, wenn die Sonne aufgeht."

Cat machte die Lampen im Wohnzimmer aus. Ihre schwarzen Peeptoes blieben da liegen, wo sie sie hingeworfen hatte; da die Party vorbei war, wurden sie erst mal nicht mehr gebraucht.

An dem Abend Anfang Mai wirkte der Strand von Fairview wie ein Gefilde aus einem Tagtraum. Sanfte Wellen bedeckten den Sand, und die Sonne, eine glühende bernsteinfarbene Scheibe, verlieh dem Meer einen goldenen Glanz, während sie langsam immer tiefer sank. Die eleganten Häuser an der Strandpromenade schauten ruhig zu, und Cat empfand ein Aufwallen von Befriedigung, dass ihr gemütliches Heim in der Primrose Terrace ganz in der Nähe lag.

Sie schlenderte nahe am Wasser entlang, die Hände in den Taschen ihres Parkas. Valentino und Dior liefen dicht neben ihr, Coco planschte im Wasser und bellte die Gischt an, die ihn besprühte. Cat sog die gesunde salzige Luft ein, sie brannte leicht auf ihren trockenen Lippen. Seit der Party war eine Woche vergangen; Jessica war bei der Markteinführung eines Autors, und Cat hatte das Gefühl, als könnte man den kurz bevorstehenden Sommer schmecken.

Der Strand leerte sich allmählich. Die Wärme der Sonne war noch nicht stark genug, um bis in die Abende anzuhalten, und eine warme Wohnung mit einem Abendessen im Kreise der Familie lockte die Leute nach Hause. Cat ging an der Eisdiele vorbei, die gerade zumachte. Vor ihr auf dem Felsvorsprung erhob sich die Silhouette des Leuchtturms. Es war ein Anblick wie auf einer Kitschpostkarte. Der Ort war ruhiger und friedlicher als Brighton, und man konnte viel besser seinen Gedanken nachgehen. Cat sah sich schon als jemanden, der lange Zeit in Fairview bleiben würde, ganz gleich, was aus „Leinen los" wurde.

Mehrere Hundebesitzer liefen am Strand entlang, und Cat beobachtete, wie ein Airdale-Terrier ins Meer raste und die Wellen jagte. Valentino und Dior waren zufrieden damit, dass ihre Füße trocken blieben, und Coco lief nach wie vor unten am Strand entlang, von dem herannahenden Wasser fasziniert, aber auch verängstigt. Die Hunde waren tatsächlich Diven, aber Cat wollte sie auf keinen Fall anders haben.

Ein Tennisball landete in den Sturzwellen vor ihnen, und ein glatt glänzender Bordercollie raste herbei, schnappte den Ball und rannte zurück zu seinem Herrchen. Cat wusste sofort, wer es war, noch ehe sie ihn erblickte. Sie verbarg ihre Nervosität hinter einem Lächeln, zog sachte an den Leinen und betete, dass die Westies sich wenigstens einmal benehmen würden. Mark änderte seine Richtung, als er sie entdeckt hatte, und warf den Ball den Strand entlang.

Er aß Fish and Chips aus einer Papiertüte. Der Geruch von Essig wehte zu Cat hinüber, was ihrem Magen etwas zusetzte.

„Schöner Abend“, sagte er und hielt vor ihr. „Pommes gefällig?“

„Danke.“ Sie nahm eine. Sie war heiß, fettig und – köstlich. Cat schaute auf zu ihm und nahm noch eine.

„Es gibt nichts Besseres als Fish and Chips am Strand.“

„Das stimmt.“ Die Westies machten es sich zu ihren Füßen bequem, als wüssten sie, dass das eine wichtige Unterhaltung werden würde. Das machte sie noch nervöser. „Tolle Party neulich.“

„Ja, die war super. Jessica hat ein Händchen für Partys, und es war schön, mit noch mehr Leuten von Fairview in Kontakt zu kommen. Man kann ja nicht jeden kennenlernen, wenn man nur im Park spazieren geht.“

Cat nickte zustimmend. „Ich bin ja erst seit Anfang des Jahres hier, aber mit Jessica bin ich schon gut befreundet.“ Es fühlte sich etwas seltsam an, in der Weise über Jessica zu denken, aber Cat sah in ihr mehr als nur eine Kundin.

„Sie ist sehr großzügig und hilfsbereit“, stimmte Mark ihr zu. „Ich habe mich mit dem Produzenten, den sie mir genannt hatte, in Verbindung gesetzt, und wir treffen uns nächste Woche in London.“

„Das ist ja toll! Gratuliere.“

„Und Dior sieht heute besser aus, nachdem er an dem Abend so verängstigt war.“

Cat betrachtete ihre Gummistiefel genau wissend, dass Mark sie prüfend anschaute. „Ja, das stimmt“, murmelte sie.

„Nicht dass irgendetwas je mit ihm nicht in Ordnung gewesen wäre.“ Er nahm noch eine von den Pommes und kaute gedankenversunken.

„Nein“, antwortete Cat und setzte ein gezwungenes Lachen auf. „Wie Jessica schon sagte, eine Diva.“

„Oder ein hilfreicher Komplize.“

„Für was?“ Cat sah auf und blinzelte gegen die untergehende Sonne.

„Um etwas auszuspionieren. Auf diese Weise konnten Sie kommen und Jessica oder mich – oder uns beide – vorfinden, und Sie hatten eine gute Entschuldigung parat für den Fall, dass Sie entdeckt würden. Und das wurden Sie ja auch.“

„Ich … ich weiß nicht, was Sie meinen.“ Ihre Antwort klang recht lahm, sogar in ihren eigenen Ohren. Wie hatte sie sich auch nur einen Moment lang einbilden können, dass Mark sie nicht durchschaut hätte?

„Ich glaube, Sie wissen das sehr gut“, antwortete er. Er nahm noch eine von den Pommes und hielt sie ihr hin. Ohne zu überlegen, machte sie den Mund auf, und er schob ihr die Pommes hinein. „Ich glaube, Sie kamen, um uns zu suchen, und ich glaube auch, obwohl das vielleicht an meinem übersteigerten Selbstvertrauen liegt, dass Sie froh waren, zu entdecken, dass unsere Freundschaft rein platonisch war – oder ist.“ Er lächelte sie an, und Cat spürte, wie ihr die Röte in die Wangen stieg.

„Vielleicht.“

„Vielleicht?“, lachte er. „Okay, ich muss mich also mit einem Vielleicht zufriedengeben, wenn ich gehe.“

„Wovon sprechen Sie?“

Er blickte zum Horizont und blinzelte gegen die Sonne. Cat entschied für sich, dass seine Kinnpartie zwar immer noch selbstgefällig wirkte, aber auch unglaublich attraktiv. Wie überhaupt alles an ihm.

„Ich habe ja mal erwähnt, dass ich nächste Woche nach London muss. Ich bin, wie ich hoffe, zwar nur eine Nacht weg, werde aber in einigen Konferenzen sein, und deshalb …“ Damit wandte er sich Cat wieder zu. „Ich habe überlegt, ob Sie sich vielleicht um Chips kümmern könnten? Ich lasse Ihnen einen

Schlüssel da. Sie könnten sie füttern, mit ihr rausgehen und überhaupt etwas Zeit mit ihr verbringen. Sie können ihr ein wenig von der unbegrenzten Liebe geben, die Sie für alles haben, was vier Beine hat und fröhlich mit dem Schwanz wedelt."

Cat biss sich auf die Unterlippe, um ein Lachen zu unterdrücken. „Natürlich. Ich denke, ich kann Chips mit einplanen."

Mark zerknüllte das leere Fish-and-Chips-Papier zu einem Ball und stopfte es in die Tasche. „Vielen Dank. Das würde mich sehr freuen."

„Bin immer froh, wenn ich einem Bewohner in der Primrose Terrace helfen kann."

„Ich habe mir schon gedacht, dass Sie mein Angebot nur schwerlich ablehnen können." Er ging weiter, und Cat schloss sich ihm an. Die Hunde freuten sich, dass es weiterging, und tollten um ihre Beine herum.

„Sie haben sich das also gedacht, soso."

„Wir hatten ja schon festgestellt, dass ich unwiderstehlich bin."

Cat wandte sich ab, damit er ihr Lächeln nicht sah. „*Sie* waren es, der das vor langer Zeit festgestellt hatte. Ich bin nur für die Hunde da. Aber ich würde gern mehr über Ihre Filme hören, wenn Sie darüber sprechen können."

„Es sind keine Geheimprojekte, obwohl, je weniger über den zweiten gesagt wird, desto besser."

„Den Flop?"

„Genau. Ein ziemlich spektakulärer Flop. Er hat mich sozusagen an einen recht finsteren Ort geführt und mich … gewisse Dinge … überdenken lassen. Ich bin nicht daran gewöhnt, dass mein Selbstvertrauen erschüttert wird. Na ja, bei einem Mittagessen habe ich dann Jessica getroffen, und sie hat mir etwas über diesen Ort hier erzählt. Es sei viel besser, außerhalb von London zu wohnen, wo man Platz, frische Luft und Muße zum Nachdenken habe. Ich habe mir alles in Ruhe angesehen, und dann fiel die Entscheidung leicht. Und natürlich liebt Chips die Freiheit am Strand und den Park. Es ist tatsächlich alles viel besser hier."

„Jessica ist also nur eine Freundin?"

Sie spürte seinen Blick. „Nur eine Freundin. Sie hat mir geholfen, wie ich schon sagte, und es macht Spaß, sie um sich zu haben, aber mehr ist nicht zwischen uns. Was hat Sie eigentlich so sicher gemacht, dass da mehr wäre?"

„Sie haben beide die Bezeichnung ‚Primrose-Park' benutzt, und so war ich davon ausgegangen, dass Sie sich kennen, denn ich kenne niemand sonst, der diesen Fehler macht."

„Ach, er heißt gar nicht ‚Primrose-Park'?"

Cat schüttelte den Kopf. „Er heißt ‚Fairview-Park'. Er liegt ja nicht einmal bei der Primrose Terrace."

„Nun, das weiß ich", antwortete Mark. „Ich habe mich nur auf Jessicas Wort verlassen. Ich frage mich, welche anderen Lügen sie mir noch aufgetischt hat. Vielleicht ist ihr Bekannter überhaupt kein richtiger Produzent. Ihr ganzes Leben könnte ja ein Schwindel sein. Vielleicht hat sie ihr ganzes Geld durch Drogenhandel oder Geldwäsche verdient. Oder sie schickt mich nach London, damit ich da ermordet werde."

Cat lachte. „Sie hat sich ja nur mit dem Namen des Parks vertan. Das ist nicht gerade ein Verbrechen."

„Aber Sie sehen, wohin das geführt hat. Zumindest hat es das Verhältnis zwischen uns behindert, weil Sie dachten, dass ich nicht Single bin."

Cat blieb stehen. Ihr stockte der Atem. Valentino spürte den Wandel der Atmosphäre und fing an zu bellen. Cat ging automatisch in die Knie, um den Hund zu beruhigen. Sie nahm sich Zeit dafür, streichelte der Reihe nach jeden Westie und erhob sich dann wieder. „Sie sind zu haben?"

Mark grinste spitzbübisch. „Das kommt darauf an."

„Worauf?"

„Darauf, ob Sie es sind."

Cats Augen wurden schmal. „Ich möchte Sie gern näher

kennenlernen“, bekannte sie. „Und mich nicht nur um Chips kümmern, obwohl ich das natürlich gern mache. Ich möchte aber mehr. Wenn Sie wollen?“

Er hielt ihrem Blick stand und lächelte in einer Weise, die seine Gesichtszüge sanfter erscheinen ließen. Eine Seite seines Gesichts wurde durch die Sonne orange beleuchtet. „Sie *sind* also zu haben. Gut. Wenn ich aus London zurück bin, dann wollen wir alles so machen, wie es sich gehört. Mittagessen oder Abendessen.“

„Okay“, sagte sie und atmete in einer aufwallenden Hochstimmung tief ein. „Das hört sich toll an.“ Sie gingen weiter, unfähig, auch nur einen Moment länger stillzustehen. Ihre Finger öffneten und schlossen sich vor Erregung in ihren Taschen. Die Sonne stand in feurigem Korallenrot am Horizont, und die Leute, die noch am Strand waren, verblassten zu Silhouetten, während sie spazieren gingen, joggten oder einfach das Meer beobachteten.

Cat, Mark und die vier Hunde gingen zufrieden und schweigend nebeneinander her, Coco rannte durch die Wellen, und Chips raste allem hinterher, was neu zu sehen oder zu riechen war, und lief dann zurück zu ihrem Herrchen. Cat wollte einen Schnappschuss davon machen, ihn aufheben und später in einer Dauerschleife in ihrer Erinnerung laufen lassen. Sie fragte sich, wie lange die Perfektion anhalten mochte, verwarf dann den Gedanken aber wieder.

Sie gingen landeinwärts, wo der Sand in unebenen Kies überging. Mark bot ihr seinen Arm, und sie hakte sich bei ihm ein, wobei ihre Hand das weiche Leder seiner Jacke umfasste. So erreichten sie den Rand des Strands, aber Mark entzog ihr seinen Arm nicht. Stattdessen verlangsamte er seinen Schritt, um den kurzen Weg zurück zur Primrose Terrace zu verlängern. Cat wusste, wie gefährlich es war, zu hoffen, dass auch er wünschte, dass dieser Augenblick ewig dauern würde …

SONNENSCHEIN UND COCKERSPANIEL

TEIL 2

7. Kapitel

Es war Ende Mai, und Cat hatte den Fairview-Park noch nie so schön gesehen. Die Brise, die vom Meer herüberwehte, erinnerte sie an die Zeit, als sie als Kind Sandburgen gebaut hatte. Am leuchtend blauen Himmel zogen Wolken wie zarte Gazegebilde vorüber. Die ausgedehnte Rasenfläche war erfüllt von Stimmen, überall waren Familien, Paare und Freunde, die alle eins gemeinsam hatten: Hunde.

Es waren fast alle Hunderassen vertreten, von Dänischen Doggen bis zu Chihuahuas, von Dackeln bis zu Dalmatinern. Cat war entschlossen, herauszufinden, ob es stimmte, dass die Hunde ihrem jeweiligen Besitzer ähnelten und umgekehrt. Dabei dachte sie an alle die Leute mit Hunden, die sie seit ihrer Ankunft in Primrose Terrace kennengelernt hatte. Elsie mit ihren beiden Zwergschnauzern. Alle drei waren grau, aber darüber hinaus konnte Cat keine Ähnlichkeit feststellen. Aber vielleicht bei Jessica mit ihrem aufwendig gestylten blonden Haar und ihren drei Westies – eine Diva mit ihren Diva-Hündchen. Ja, da gab es einige Ähnlichkeiten. Cat fragte sich, welchen Hund sie sich selbst zulegen würde, wenn er zu ihrem Aussehen passen sollte. Vielleicht einen irischen Setter oder einen Pointer? Aber keiner von beiden gehörte einer der Rassen an, die sie sich aussuchen würde – und sie hatte viel Zeit damit verbracht, über den Tag nachzudenken, an dem sie ihren eigenen Hund haben würde.

Ihre neuesten Kunden, Will und Juliette Barker, das berufstätige Ehepaar aus Haus Nr. 6, hatten sie gebeten, ihre beiden Golden Retriever, Alfie und Effie, auszuführen, während sie arbeiteten. Sie glaubte nicht, dass Will oder Juliette auch nur im Entferntesten ihren Hunden glichen.

Und dann war da noch Chips, die ganz still zu ihren Füßen saß und ihren glatt glänzenden Kopf gegen ihr Knie drückte, gerade unterhalb des Saumes ihres frühlingsgrünen leichten Sommerkleids. Cat würde den Collie immer als bescheiden und elegant beschreiben, mit guten Manieren. Auch Mark konnte man als elegant bezeichnen, auf eine verwegene Art – aber an Bescheidenheit und gute Manieren dachte sie bei ihm nicht als Erstes. Trotzdem musste Cat lächeln bei dem Gedanken an ihn und an das versprochene Abendessen nach seiner Rückkehr aus London.

Cat näherte sich einem Ehepaar mit zwei Labradoodles. Diese Hunde hatte sie immer als die Hippies der Hundewelt betrachtet: locker und entspannt laufend, die Augen hinter einer raffiniert gestylten Ponyfrisur versteckt. „Willkommen zum Picknick der Hunde und Welpen“, begrüßte sie sie. „Ich bin Cat. Ich leite mit meiner Freundin Polly die ‚Leinen los‘. Wenn Sie irgendwelche Fragen haben, beantworte ich sie gern. Es gibt Tee, Kaffee und kalte Getränke im Café, auch Wasser und Leckerchen für die Hunde.“

„Danke“, sagte der Mann. Er war klein, trug ein hellblaues T-Shirt und hatte ein freundliches Gesicht. Die Frau, die bei ihm war, lächelte Cat an; sie hatte große bernsteinfarbene Augen. „Wir sind nicht ganz sicher, ob wir jemanden brauchen, der unsere beiden Hunde ausführt, aber wir wollten doch gerne mal vorbeischauen, als wir davon gehört haben.“

„Wir lieben Hunde“, fügte die Frau hinzu. „Es ist so schön, so viele hier zusammen zu sehen.“

„Das finde ich auch!“, erwiderte Cat und konnte dabei ihre Begeisterung nicht verbergen. „Es ist schön, dass so viele der

Einladung gefolgt sind – ich hätte nicht geglaubt, dass die Idee auf so viel Anklang stoßen würde."

Und nicht nur bei Familien und ihren Begleitern, sondern auch bei Leuten, deren Hunde für sie so etwas wie Fellkinder oder Pelzbabys waren – Tiere, die ihren Besitzern als Kinderersatz dienten. Sie hatte eine junge Frau mit stachelig abstehendem rosa Haar und einer Haut wie Porzellan gesehen, die zwei Shih Tzus in Schottenstoffjacken und mit Sonnenbrillen an der Leine führte. Dann eine ältere Frau, die ihren Pekinesen in einem hellblauen Buggy für Tiere schob. Cat erinnerte sich daran, dass sie diese Buggys auf einer Website mit Artikeln für Hunde gesehen hatte, aber sie hatte sich nicht vorstellen können, dass sie auch wirklich gekauft würden. Und Hunde *wollten* doch laufen, oder? Sie hoffte es wenigstens, denn sonst wäre ihr Unternehmen bald pleite.

„Wenn ich Sie etwas fragen darf", sagte sie zu dem Ehepaar, „wie haben Sie davon erfahren?"

„Auf Twitter", antwortete der Mann. „Ich arbeite für die Lokalzeitung, aber eine Zeitung scheint heutzutage ja fast etwas Antiquiertes zu sein, deshalb bin ich immer auch in den sozialen Netzwerken unterwegs, um mit der Zeit zu gehen. Ich glaube, Ihr Unternehmen wurde von Magic Mouse erwähnt – kennen Sie das?"

Cat lächelte und ließ ihren Blick über den Park schweifen. Sie sah Joe nicht, wusste aber, dass er sich hier irgendwo tummelte. Er hatte ihr gar nicht gesagt, dass er seinen „Followern" auf Twitter von dem Picknick erzählt hatte. „Ja, ich habe davon gehört", antwortete Cat. „Großartige Illustrationen. Haben Sie sich die mal angesehen?"

Der Mann nickte. „Ja. Ich gucke mir die Sachen jetzt schon eine Weile an. Er – Joe, nicht wahr? – scheint sehr talentiert zu sein."

Cat sah sich um, aber sie konnte ihn immer noch nicht entdecken. „Ja, das ist er. Er hat wirklich eine Begabung für Cartoons und Gestaltung – seine Sachen sind sehr vielseitig."

„Wir überlegen, ob wir einen regelmäßigen Comicstrip in die Zeitung aufnehmen. Im Moment ist es erst mal nur ein Gedanke, aber … Sie kennen ihn gut?“

„Er ist ein Freund von mir“, antwortete Cat. Stimmte das? Sie hoffte jedenfalls, dass sie mehr waren als nur Mitbewohner. „Und – Entschuldigung, ich habe Ihren Namen nicht verstanden.“

„Phil.“

„Glauben Sie, Phil, dass Sie bei Gelegenheit vielleicht etwas über dieses Picknick und vielleicht auch, ähm, etwas …“

„Etwas über ‚Leinen los‘ sagen könnten?“ Sein Lächeln war freundlich und offen. War er wirklich Journalist? „Ich denke, das lässt sich machen. Meldungen über etwas Gutes sind für die Zeitung immer toll. Geben Sie mir Ihre Nummer. Ich werde mir das am Montag anschauen und rufe Sie dann wegen eines O-Tons noch mal an.“

Cats Herz machte einen Freudensprung. „Das ist fantastisch!“ Sie gab ihm eine „Leinen los“-Visitenkarte mit ihrer Nummer darauf. „Danke!“

„Und ich danke Ihnen für die Information über Magic Mouse. Wir bleiben in Verbindung.“

Cat lenkte die Hunde in Richtung des Pavillon-Cafés und winkte einer Familie mit einem Schäferhundwelpen zu, der an seiner Leine zog. Der kleine Junge, der dabei war, lachte, weil er von dem Hund gezogen wurde, und sein Vater hielt ihn mit einer Hand auf der Schulter fest.

„Zwanzig Namen“, sagte eine vertraute Stimme ganz dicht an Cats Ohr. Cat drehte sich schnell um und sah Polly, die mit einem Papierklemmbrett hin und her wedelte. „Zwanzig Leute haben sich eingetragen und wollen den ‚Leinen los‘-Newsletter bekommen. Und es ist erst elf Uhr.“ Polly trug ein rosa T-Shirt und weiße Shorts, sie hatte ihr Haar zu einem Pferdeschwanz gebunden, und in der Sonne zeigten sich die ersten Sommersprossen. Ihre blassblauen Augen leuchteten vor Aufregung.

„Das ist ja unglaublich", rief Cat. „Und die Lokalpresse will auch etwas darüber bringen. Wenn das so weitergeht, muss ich ja Leute einstellen."

„Ich werde versuchen, die Hunde auch mal auszuführen", sagte Polly. „Ich habe zwar nicht viel Freizeit, aber ich muss gerade so viel Stoff wiederholen, dass ich zwischendurch unbedingt frische Luft brauche. Sonst bin ich am Ende nur noch ein brabbelndes Wrack, wenn die Prüfungen anfangen. Kann ich aushelfen?"

„Meinst du das ernst?" Cat umarmte ihre Freundin. „Oh Polly, das wäre *wunderbar*. Ich habe das Gefühl, dass ich dich kaum gesehen habe, seit ich eingezogen bin!"

„Ich weiß, und das ist wirklich Mist. Aber es sind nur noch drei Monate bis zu den Prüfungen, und danach bin ich frei!"

„Es sei denn, du musst das anfangen, wofür du die lange Ausbildung gemacht hast."

„Sean, der Tierarzt, sagte, dass er mit meiner Arbeit sehr zufrieden ist und dass die Mittel und auch der Bedarf für eine weitere Helferin da sind."

„Du kannst also weiter dort arbeiten?"

Polly nickte. Sie presste die Lippen zusammen und versuchte, ein breites Grinsen zu verbergen.

„Oh Gott, Polly, das ist einfach toll! Wieso hast du mir das nicht schon früher gesagt? Das müssen wir feiern! Du wirst eine voll qualifizierte Tierarzthelferin sein."

„Und vielleicht habe ich dann auch wirklich ein Leben!"

Sie umarmten einander, und Cat war stolz darauf, dass ihre Freundin so viel gearbeitet und nun genau das erreicht hatte, was sie wollte. Es war beeindruckend, und Cat konnte sich nicht vorstellen, dass sie das auch hätte durchziehen können, jetzt, wo sie ihre Berufstätigkeit im Kindergarten aufgegeben hatte.

Aber „Leinen los" fühlte sich richtig gut an. Sie hatte Hunde immer schon gerngehabt und konnte sich nicht erinnern, wann sie jemals so glücklich gewesen war wie jetzt, da sie mit den Hunden anderer Leute durch den Fairview-Park und am Sandstrand spazieren ging und dabei die Gegend kennenlernte. Da Polly mit ihrer Ausbildung fast fertig war, brauchten sie nur noch ihren Bruder aus seiner Niedergeschlagenheit herauszureißen, die die Trennung in ihm ausgelöst hatte. Bald würde ihre Hausgemeinschaft die glücklichste in der Primrose Terrace sein.

„Wo ist Joe?", fragte Cat. Sie streichelte Chips' Ohren, um festzustellen, ob der Collie neben ihr nicht etwa zu einer Statue geworden war. Der Hund schmiegte seine Schnauze in Cats Hand.

„Er ist auf der Veranda und verteilt Karten mit deinen Preisen und Kontaktdaten. Ich glaube, ich habe Jessica auch da herumstreichen sehen."

„Ah." Die Freundinnen tauschten ein wissendes Lächeln. „Glaubst du, er muss ‚gerettet' werden?"

„Es würde nicht schaden, nachzusehen, wie er zurechtkommt. Ich nehme Chips derweil." Polly begegnete einem großen, stämmigen Mann mit einer Boxerhündin, die etwas in der Schnauze hatte, was wie ein Stück Brot aussah. Sie hob vermutlich wie ein Straßenkehrer jeden Bissen auf, den sie auf ihrem Gang durch den Park finden konnte. „Hallo", begrüßte Polly ihn, „willkommen zum Picknick der Hunde und Welpen. Wenn Sie irgendwelche Fragen haben, beantworte ich sie gern."

Cat gab Polly Chips' Leine und schlängelte sich an Leuten und Hunden vorbei zum Café. Unter der Markise war es kühler, aber nur ein bisschen; Cat erspähte Joe, der mit einem Glas eisgekühltem Wasser an einem Tisch saß. Von Jessica war nichts zu sehen. Er trug ein graues T-Shirt und dunkle Cargo-Shorts, und seine Arme waren ziemlich braun, obwohl er blond war und blaue Augen hatte. Cat hatte gedacht, er wäre so bleich wie ein Gespenst, zumal er doch so viel Zeit in seinem Büro verbrachte, aber er sah keineswegs wie ein Gespenst aus.

„Wie geht's voran?", fragte sie. „Bereust du es nicht, dass du deinen freien Samstag geopfert hast, um ihn mit der Sorte von Tieren zu verbringen, die du am wenigsten magst?"

Joe lehnte sich in seinem Stuhl zurück. „Ich könnte mir schlimmere Arten vorstellen, mein Wochenende zu verbringen." Er grinste, und Cat war überrascht, wie entspannt er wirkte.

„Das ist sehr großmütig von dir. Fangen diese Kontakte an, dich allmählich zu verändern, Joe? Ich meine, guck mal, wie niedlich der da ist!"

Joe richtete sich auf und blickte über den Tisch hinweg in die Richtung, in die Cat deutete.

„Hallo, wie heißt du?" Sie ging in die Hocke, und die kleine Hündin trottete ihr entgegen. Sie war weiß und hellbraun, ihre Augen waren sehr groß für ihr spitzes Gesicht, und die riesigen abstehenden Ohren hatten eigene weiche Troddeln. „Du siehst wie eine Prinzessin aus, nicht wahr? Deine Ohren erinnern an die Hüte, die die tragen." Der Hund blickte zu ihr auf, als ob er eine Erklärung erwartete. „Oh, kennst du diese Hüte, Joe?"

Joe runzelte die Stirn und überlegte einen Augenblick. „Ein *Hennin*, ja, so heißt der. Dieser kegelförmige Hut, den Prinzessinnen trugen."

„Genau. Siehst du, du bist eine Prinzessin. Wem gehörst du denn?"

Die Hündin saß vor ihr und legte ihre Pfote über ihre Nase, gerade als ein weißhaariger Mann mit Halbmondbrille sich einen Weg durch die Menge bahnte. „Gehört der kleine Hund Ihnen?"

Der alte Mann nickte und setzte sich Joe gegenüber. „Ziemlich heiß, nicht? Puh! Ich hätte nicht so viel anziehen sollen. Es ist aber schwer, von seinen Gewohnheiten loszukommen und das Unterhemd wegzulassen."

„Ja, es ist recht warm", sagte Cat und unterdrückte ein Lächeln. „Wie heißt Ihr Hund?"

Joe verschwand ins Innere des Cafés, und Cat konzentrierte sich auf ihren neuen Besucher.

„Paris“, antwortete er. „Sie ist ein Papillon. Marie Antoinettes Lieblingsrasse. In Paris gibt es immer noch ein Papillon-Haus. Der Name schien passend.“

„Sie hat ja gute Manieren.“

„Sie ist ein perfekter kleiner Schmetterling. Aber leider ein unglücklicher.“

„Ein unglücklicher Schmetterling?“

„Papillon. Das Wort bedeutet im Französischen ‚Schmetterling‘. Geht ihr jungen Leute eigentlich gar nicht mehr zur Schule?“

„Dieses Wort muss ich verpasst haben.“

„Aber Sie waren schon mal in Paris?“

„Einmal. Es ist lange her.“ Als sie noch klein war, war sie mal mit ihren Eltern dort gewesen. Sie erinnerte sich kaum noch an etwas, nur noch an den Dauerregen und daran, dass es für ihren Nacken anstrengend gewesen war, am Eiffelturm hochzusehen, der sie wie ein gigantisches Stahlmonster fast niedergedrückt hatte.

Er lächelte. Auf seinem Gesicht lag ein Ausdruck, der von schemenhaften Erinnerungen zeugte. „Die romantischste Stadt in der Welt. Sie sollten Ihren Freund mitnehmen und alle die Sehenswürdigkeiten besuchen – auch das Papillon-Haus.“

„Meinen Freund?“

„Ja, Ihren jungen Begleiter dort“, sagte der Mann.

Joe kam zurück und stellte ihm ein Glas Wasser hin.

„Danke, mein Junge, sehr freundlich. Scheint ja auch gute Manieren zu haben“, sagte er und zwinkerte Cat zu. „Eine Reise nach Paris wäre genau das Richtige.“

„Oh, nein, nein, ich …“ Sie sah Joe kurz an und wandte sich dann dem Mann wieder zu. „Ich bin Cat“, sagte sie. „Ich leite ‚Leinen los‘.“ Sie streckte die Hand aus, und er nahm sie.

„Oh ja, ich weiß alles von Ihnen. Ich bin Arthur, aber die Leute nennen mich Captain."

„Okay", sagte Cat halblaut. „Kann ich Sie fragen, warum –?"

„Warum man mich Captain nennt?"

„Wieso wissen Sie von mir?"

„Elsie hat es mir erzählt. Wir sind Gartennachbarn und unterhalten uns oft über die Mauer hinweg. Sie sagte, alle Leute mit Hunden seien heute hier, und ich solle besser schnurstracks mit Paris hierherkommen. Ich weiß zwar nicht, warum, denn sie muss gar nicht noch öfter ausgeführt werden. Außerdem scheint sie im Moment sowieso nichts anderes zu wollen, als sich unter dem Sofa zu verstecken. Schmetterlinge tun das im Allgemeinen ja nicht."

„Ich frage mich, warum." Cat kauerte sich hin und streichelte die kleine Hundedame, die immer noch versuchte, ihre Nase mit einer größenmäßig nicht ganz passenden Pfote zu bedecken. Dann fing sie an zu zittern. „Sie ist doch nicht krank?" Paris hatte ein schmales rotes Halsband, von dem ein winziges Eiffelturmamulett statt eines Namensschildchens herabhing. Cat musste über die romantischen Gefühle des alten Mannes lächeln.

„Es scheint nicht so. Ich habe sie vor einigen Wochen zum Tierarzt gebracht, aber die waren sich nicht sicher dort. Sie frisst gut, sie ist anhänglich, aber es scheint, als ob sie diese … diese – Arachnophobie hat."

„Sie hat Angst vor Spinnen?" Joe musterte Paris. „Ich denke, sie ist ganz …"

„Nein, nein, nicht das. Rausgehen. Wenn man nicht gern nach draußen geht."

„Oh", sagte Cat lachend, „Agoraphobie."

Joe zuckte mit den Schultern und verschränkte die Arme. „*Arachnophobie* hat mit Spinnen zu tun."

„Ich bin achtundsiebzig, mein Junge", sagte der Captain etwas pikiert. „Man kann mir doch wohl verzeihen, wenn ich mal ein falsches Wort gebrauche."

„Natürlich, ich wollte nicht …“

„Ihr jungen Hengste blamiert euch nicht gern, nicht wahr?“

Er drohte Joe mit dem Finger, und Cat, ein Lächeln unterdrückend, befasste sich wieder mit dem traurig aussehenden Hund.

„Vielleicht kann ich meine Freundin Polly bitten, mal nach ihr zu sehen? Sie ist Tierarzthelferin, und …“ Cat wurde von einem lauten Aufschrei unterbrochen, der von irgendwoher hinter der Veranda herkam. „Tschuldigung“, nuschelte sie und stand auf.

Joe war ihr schon vorausgegangen, und Cat folgte ihm dahin, wo sie Polly und Chips zurückgelassen hatte. Als sie sah, dass ihre Freundin völlig durchnässt war, blieb sie wie angewurzelt stehen. Polly stand da mit offenem Mund und vollkommen entgeistert, das Wasser lief an ihr herab ins Gras. Chips trabte hin und her, ihr Fell glänzte vor Nässe. Cat dachte, dass sie das Nasswerden wohl lieber hatte als Polly.

„Was zum Teufel!?“, flüsterte Joe. „Pol, bist du okay? Was ist passiert?“

Cat ging einen Schritt weiter und hielt dann inne. Mr. Jasper stand am Rand der nach und nach größer werdenden Menge und hielt einen leeren Eimer in der Hand.

„Oh mein Gott“, sagte Cat leise – und dann viel lauter: „Mr. Jasper, darf ich erfahren, was das sollte? Soweit ich weiß, sind es Katzen, die Wasser nicht mögen, und nicht Hunde.“

Mr. Jasper zappelte nervös herum und tanzte vor und zurück wie einer von Jessicas Westies. Sie sah, dass er nichts lieber wollte, als sich schnell aus dem Staub zu machen, aber er wusste, dass das nicht ging. „Wir wollen diese vielen Hunde hier nicht!“, schrie er.

„Wer ist *wir*?“

„Viele von uns. *Eine ganze Menge* Leute. Die sind eine Bedrohung. Kacken rum und beißen und bringen alles durcheinander.“

„Das ist ein Park! Sie tun ja so, als würden wir mit den Tieren durch ein Museum latschen! Wo sollen Hunde denn sonst hingehen, wenn nicht in den Park?"

Ein dünnes selbstgefälliges Lächeln spielte um seine Mundwinkel, die sonst immer nach unten wiesen. „Die sollten bei euch zu Hause sein, in euren Gärten. Lasst die öffentlichen Flächen für die Menschen."

„Selbst wenn das Ihre Meinung ist – und es ist eine ganz schön unrealistische und engstirnige Meinung –, haben Sie wirklich geglaubt, dass Sie sie am besten dadurch äußern, indem Sie einen Eimer Wasser über meine Freundin schütten? Welchen Sinn sollte das haben, außer dass Sie hier eine Szene gemacht haben? Das war eine unverschämte Tätlichkeit und hat auch nichts mit Hunden zu tun, außerdem haben Sie nicht einmal ein Spruchband!"

„Oh doch, das haben wir", sagte eine vertraute Stimme, und Cat lief ein Schauder über den Rücken, als ihr klar wurde, wer dort sprach.

Alison Knappett, ihre frühere Chefin – auch bekannt als „Madame Steifes Korsett". Klein und überkorrekt, der dunkle Pony reichte ihr bis knapp über die strengen Augen, löste sie sich aus Mr. Jaspers Schatten und hielt ein Papp-Plakat in die Höhe. Sie trug ein blaues Kleid, flache, bewusst zweckmäßige Schuhe und sah wie immer viel älter aus als Mitte dreißig. Das Plakat war aus weißer Pappe, versteift durch einen Holzrahmen, mit großer, ordentlicher Schrift. Darauf stand: *„Nein zu Hundeausführern in Fairview"*.

Cat wurde schwindlig. Einem Mr. Jasper konnte sie durchaus die Stirn bieten, nicht aber Alison. Cat wusste, dass sie keine Hunde mochte – zu ihrem eigenen Leidwesen hatte sie erfahren, wie sehr Alison Hunde hasste. Aber so weit zu gehen? Sie erst zu feuern und dann zu versuchen, ihr neues kleines Unternehmen zu sabotieren, das traf sie dann doch persönlich. „Ein … ein einziges Plakat?", stammelte sie. „Das ist kein besonders großer Protest, oder?"

„Aber wir haben die Aufmerksamkeit von allen.“ Alison machte eine ausladende Armbewegung, und Cat sah, dass sie inzwischen im Zentrum einer großen Ansammlung von Menschen und Hunden standen. Alle waren gespannt darauf, was als Nächstes passieren würde. Polly stand am Rand, jemand hatte ihr ein Handtuch gereicht.

„Na, dann los“, erwiderte Cat. „Jetzt, wo du alle Aufmerksamkeit hast, wo ihr das ganze schöne Treffen kaputt gemacht habt – sag, was du zu sagen hast.“

Alison kam einen Schritt auf sie zu, aber Mr. Jasper legte ihr eine Hand auf den Arm.

„Wir glauben“, sagte er, „dass der neue Trend mit den Hundesittern eine wachsende Bedrohung für unsere Gesellschaft darstellt. Hunde gehören zum Leben, das akzeptiere ich, und meine Bekannte tut das auch. Wir mögen das nicht gutheißen, aber wir akzeptieren es.“

„Nein, das tun Sie nicht“, rief jemand, aber Mr. Jasper ignorierte den Zwischenruf.

„Was wir indes nicht akzeptieren können, vor allem nicht auf öffentlichen Flächen, wo sich Kinder und hilfsbedürftige Leute aufhalten, um sich zu erholen, frische Luft und Ruhe zu genießen, ist, wenn viele Hunde in großen und unkontrollierten Meuten ausgeführt werden. Das mündet zwangsläufig in eine Katastrophe. Wenn Sie Ihre Hunde nicht in Schach halten können – und ich behaupte, dass jeder mit mehr als vier Hunden diese nicht mehr kontrollieren kann –, dann machen sie sich los, beißen Leute und verschmutzen die Rasenflächen und Wege, wo kleine Kinder spielen. Und überhaupt stören die Tiere die heitere Ruhe hier.“

„Unsinn“, murmelte jemand.

„Ich habe es schon erlebt, wie diese Frau damit zu kämpfen hatte, eine Hundemeute in Schach zu halten, und zwar hier in diesem Park! Ich habe den Schaden, der angerichtet werden kann, *selbst gesehen*, und wir werden das nicht dulden!“

„Hunde sind dreckig!“, schrie Alison und strengte sich mit ihrer affektierten Stimme an, sich Gehör zu verschaffen. Einige Leute begannen zurückhaltend zu widersprechen, doch Alison fuhr unbeirrt fort: „Sie sind dreckig, bringen alles durcheinander – sie sind die reine Plage!“

„Natürlich sind sie das nicht! Was um Himmels willen reden Sie eigentlich?“ Eine große Frau trat vor. Die Korkenzieherlocken ihres schwarzen Haars umrahmten ihr markantes Gesicht, und Cat erkannte sie als Juliette Barker, ihre neue Kundin. Sie war halb Jamaikanerin und nach Cats begrenzter Erfahrung kein schüchternes Pflänzchen. „Das ist einfach lächerlich“, fügte sie aufgebracht hinzu.

„Ihr seid Idioten“, sagte der Mann mit dem Boxer. „Meine Molly ist sauber und gepflegt und eine wesentlich bessere Gesellschaft als ihr.“ Cat sah, dass Molly gerade eine Magnum-Hülle in der Schnauze hatte.

Mr. Jasper und Alison tauschten Blicke, die erkennen ließen, dass es ihnen allmählich mulmig wurde, daher versuchten sie, wieder in der Menge abzutauchen.

„Wir werden eine Petition einreichen“, sagte Mr. Jasper. „Warten Sie ab.“

„Abwarten, dass die Unterschriften dazu *nicht* eingehen?“, sagte der Mann mit dem Boxer.

Der Captain erschien, Paris im Arm. Ihr Köpfchen war an seine Brust geschmiegt, als ob sie dem ganzen Treiben nicht zuschauen wollte. „Sie haben sich ja wirklich eine schwere Aufgabe gestellt“, sagte er in freundlichem Ton, „zu zweit zu einer Veranstaltung von Hundeliebhabern zu kommen.“ Alison errötete. Cat wusste, dass Alison immer recht haben wollte, und die Worte des Captains machten sie noch wütender.

„Also, ihr kann man jedenfalls nicht trauen“, rief Alison und zeigte dabei auf Cat. „Sie ist unorganisiert, inkompetent und eine Gefahr für kleine Kinder.“ Die letzten Worte fauchte sie geradezu, und Cat schnappte nach Luft. „Vertrauen Sie Ihre

Hunde nicht dieser Frau an. Vertrauen Sie ihr *gar nichts* an."

Cat öffnete den Mund, um etwas zu sagen, aber es kam nichts heraus.

Plötzlich spürte sie eine warme Hand auf ihrer bloßen Schulter, und da stand Joe vor ihr – zwischen ihr und Alison. „Sie haben es zu weit getrieben", sagte er ganz ruhig. „Sie wissen genauso gut wie ich, dass es gelogen ist, was Sie über Cat gesagt haben. Jemand, der nicht kompetent ist, hätte diese Veranstaltung nie organisieren können. Sie hat – abgesehen von Ihnen – nur Lob für ihre Hundebetreuung bekommen, und wenn Sie über Unorganisiertheit sprechen wollen, dann schauen Sie in den Spiegel."

Plötzlich war es still geworden im Park. Jeder strengte sich an, um diese ruhig gesprochenen Worte zu verstehen. Cat machte einen Schritt nach vorn, aber Joe nahm sie an der Hand.

Alison strafte Joe mit einem wütenden Blick, aber Joe hielt dieser Form der Anklage stand. Cat wusste, dass Joe bei solchen Blick-Wettkämpfen immer gewann.

„Das ist noch nicht das Ende!", kreischte Alison. „Und wenn Sie denken, Joseph Sinclair, dass Sie nun noch Geschäfte mit mir machen könnten, dann haben Sie sich geschnitten." Damit drehte sie sich abrupt um und stieß mit ihrem Plakat an Mr. Jaspers Knie. Dann versuchte sie, durch die Menge zu kommen: „Lasst mich *durch*!"

„Bist du okay?", wandte Joe sich an Cat und ließ ihre Hand los. „Es tut mir leid, dass ich dich zurückgehalten habe, aber ich wollte die Situation entschärfen. Nach dem, was sie zu dir gesagt hat, hätte ich dir keinen Vorwurf gemacht, wenn du ihr eine verpasst hättest."

„Nein, du hast genau das Richtige getan. Ich hätte nicht gedacht, dass sie …"

„NEIN!", quiekte Alison. „Hau ab!" Sie drehten sich um und sahen Chips vor den beiden Protestierenden stehen. Der Bordercollie sah zu Alison auf und hatte einen Tennisball vor ihre Füße gelegt. Alison wich zurück in die Menge, Chips trabte vorwärts und legte ihr den Tennisball wieder hin.

„Sie liebt Sie“, sagte jemand lachend. „Aber nur Gott weiß, warum.“

„Dieser Hund belästigt mich!“ Alison wich weiter zurück, und Chips verfolgte sie mit hängender Zunge. Dann hob sie ihre Pfote und sah Alison erwartungsvoll an. Mit rotem Gesicht drehte Alison sich um und zwängte sich durch die lachende Menge. Mr. Jasper stolperte hinter ihr her, das Plakat hatten sie längst verschwinden lassen. Chips legte sich ins Gras, die Nase auf die Pfoten gedrückt.

„Worum ging es hier eigentlich?“ Polly war in der Sonne schnell getrocknet, ihr blondes Haar klebte ihr in dünnen Strähnen im Gesicht. „Ich hätte nie gedacht, dass Alison so gemein sein kann.“

„Ich hatte Elsies Welpen in ihren Kindergarten mitgenommen“, sagte Cat und zuckte mit den Achseln. „Offenbar ist sie mir deswegen böse. Aber es tut mir so leid, Joe, dass du …“ Sie drehte sich um, aber Joe stand nicht mehr neben ihr. „Joe?“

Polly zeigte auf Joe, der sich vor Chips hingekauert hatte. Er lachte und streichelte ihre Ohren. „Braves Mädchen“, sagte er. „Was für ein kluger Hund du bist.“

„Oh mein Gott“, flüsterte Cat, „warum macht er das?“

Polly zuckte mit den Achseln.

„Er mag doch keine Hunde.“

„Ich habe nie gesagt, dass er keine Hunde mag.“

„Aber er will doch keine im Haus haben. Joe?“

Joes Schultern spannten sich an, und er stand schnell auf, lächelte kurz zu ihnen herüber und verschwand im Café.

Cat schüttelte den Kopf und empfand eine Mischung aus Verwirrung und Erleichterung. Vielleicht stimmte ihre Vermutung, dass er, wenn er nur oft genug mit Hunden in Kontakt kam, doch irgendwann merken würde, wie liebenswert sie waren. Er war so locker und ungezwungen mit Chips umgegangen. „Ich verstehe deinen Bruder nicht, Polly. Entweder habe ich irgendetwas nicht mitbekommen, oder der Kuss von Jessica hat ihn in eine Art hundeliebenden Wunderjungen verwandelt, so wie wenn eine moderne Prinzessin einen Frosch küsst."

Polly legte Cat eine Hand auf die Schulter. „Joe ist kein Frosch. Es ist Sommer, und er hat den Sommer einfach gern. Die ganze Angelegenheit mit Rosalin und Alex ist jetzt weit in der Vergangenheit, und ich glaube, er kommt beruflich gut zurecht, obwohl er Alison als Kundin gerade verloren hat."

„Aber Chips ist ein Hund."

„Ja, ich weiß. Aber Cat, es gibt etwas, was ich dir noch nicht ..."

„Joe hasst Hunde."

Polly blickte in Richtung des Cafés und kaute auf ihrer Unterlippe. „Ganz so einfach ist es nicht", sagte sie. „Joe hat eine schwere Zeit hinter sich. Und vielleicht ist ihm klar geworden, dass er sich wie ein Arsch verhalten hat, als du eingezogen bist, und er versucht es gerade wiedergutzumachen."

Cat nickte. „Er hat mir mit Twitter geholfen, er hat mich sehr gut beraten, und die ganze Idee mit dem Hundepicknick stammt auch von ihm. Er ist wirklich sehr hilfsbereit gewesen."

Polly lachte. „Du brauchst gar nicht so überrascht zu sein. Er strengt sich wirklich an. Und egal, welchen Eindruck er auf dich gemacht hat, er *hasst* Hunde nicht. Außerdem erkennt er an, was du da auf die Beine gestellt hast." Dabei zeigte sie auf Chips.

Cat bewegte ihre Hand hin und her, und der Border-Collie rannte sofort auf sie zu. Sie holte einige Leckerchen aus der Tasche. „Chips, das war einfach toll! Vielleicht hat doch etwas von Marks Keckheit auf dich abgefärbt?" Chips ließ ein kurzes fröhliches Bellen vernehmen. „Vermisst du ihn?", fragte sie. Chips drückte ihre feuchte Nase gegen Cats Bein. „Ja, ich auch. Komm, wir gucken mal, ob noch irgendjemand über Hundeausführen reden will oder ob sie nun alle überzeugt sind, dass ich völlig unfähig bin. Kommst du, Pol?"

Sie machten sich auf den Weg über den Rasen und grüßten die wenigen Leute, die noch da waren. Die meisten hatten sich nach Mr. Jaspers Intervention entfernt. Entweder war es ihnen peinlich, länger zu bleiben, oder sie dachten, dass es gerade die richtige Zeit zum Mittagessen war. Die Sonne stand hoch am Himmel und brannte auf alle nieder. Cat hielt es für besser, mit den Hunden reinzugehen, wo es kühler war. Vielleicht würde es den Tieren sogar gefallen, wenn jemand einen Eimer Wasser über sie gießen würde.

Cat sah den Captain und seine Paris mit den kecken Ohren auf der Veranda des Pavillon-Cafés, vertieft in ein Gespräch mit George, dem Besitzer. Und durch die Scheibe hindurch konnte sie Joe sehen, der beim Abräumen half. Cat musste ihm wirklich danken für alles, was er für sie getan hatte. Allmählich wurde ihr klar, dass sie ihre Meinung über ihn als grantigen Kerl wohl revidieren musste. Sie ließ Chips vorausgehen, aber hinter ihr fing ein Hund an zu bellen, und Chips, dadurch angelockt, änderte ihre Richtung.

„Chips!", rief Cat. „Nun komm, wir wollen reingehen." Aber die Bordercollie-Dame hatte Lust auf eine kleine Verfolgungsjagd.

Ein kleiner sandfarbener Hund sauste über den Rasen auf Chips zu; er rannte so schnell, wie seine kleinen Beinchen ihn tragen konnten. Mit fliegenden Schlappohren kam er neben dem Collie zum Stehen.

Er bellte immer noch in einem hohen quiekenden Ton wie eine kaputte Fahrradhupe und rannte dann vorwärts und wieder zurück. Ein klassischer Zoomer-Spielzeughund, dachte Cat.

Sie ging auf den Welpen zu, zuerst vorsichtig, und dann, als er sich ausgetobt zu haben schien, hob sie ihn hoch und streichelte seinen Kopf, was ihn beruhigte. Es war ein Cockerspaniel, und nach Cats Eindruck konnte er höchstens ein halbes Jahr alt sein. Sie drehte das Halsband und fand ein herzförmiges

Namensschildchen. *Olaf* stand darauf, und darunter war eine Telefonnummer.

Cat ließ den Blick prüfend über den Park schweifen. Es war immer noch recht viel Betrieb, auf dem Rasen spielten mehrere Leute Fußball, und einige machten Picknick, aber Cat sah niemanden, der aufgeregt aussah, weil er etwas Wichtiges verloren hatte. Olaf. Den Namen kannte sie irgendwoher – und nicht nur deshalb, weil ein Schneemann so hieß, von dem im Kindergarten andauernd die Rede gewesen war. Der Kindergarten – das war es! Es fiel ihr wieder ein, wie Alison Emma gesagt hatte, sie sollte sich von ihrem Hund verabschieden, und das kleine Mädchen nur mühsam ihre Tränen hatte unterdrücken können.

„Wo ist Emma?“, fragte sie, zu Olaf gewandt. Der Welpe zitterte von der Anstrengung – und weil er sich jetzt ganz allein fühlte. „Wo ist deine Familie?“

„Ich denke, du suchst diese beiden?“ Es war Joe, der zwei kleine Mädchen zu ihr brachte.

„Olaf!“, quiekte die Ältere. Beide weinten laut und sahen trotz ihrer hellen Sommerkleider und Sandalen ein bisschen vernachlässigt aus.

„Gehört er dir?“ Cat hielt dem älteren Mädchen den Welpen hin. Dabei erkannte sie die vierjährige Emma, und irgendwie kam ihr ihre Schwester auch bekannt vor, obwohl sie älter war und nicht mehr in den Kindergarten ging. „Hey“, beruhigte Cat die Mädchen, „ihr braucht nicht zu weinen. Er hat Spaß gehabt und ist jetzt einfach müde, aber es geht ihm gut.“

„Und es war beachtlich, wie ihr mit ihm mitgehalten habt“, fügte Joe hinzu. „Ich habe gesehen, wie schnell er gelaufen ist. Vielleicht könnt ihr beide über eine Karriere in Leichtathletik nachdenken.“

Das ältere Mädchen musste schniefen, um ihre Tränen zurückzuhalten, und nahm ihr Tier in den Arm. Sie drückte es an sich, und Olaf schmiegte sich an ihre Wange. Cat schätzte das Mädchen auf etwa zehn oder elf Jahre; sie war dünn, hatte

Sommersprossen, und ihr langes mattbraunes Haar war schwer zu bändigen. Emma schluchzte immer noch und hielt sich mit einer Hand am Kleid ihrer Schwester fest.

„Du bist doch Emma, nicht?“, fragte Cat.

Das kleine Mädchen nickte, die Augen immer noch voller Tränen.

„Ich bin Cat, vom Kindergarten. Erinnerst du dich an mich?“

Emma nickte wieder, schluckte dann und wischte sich mit den Händen die Augen. „Alison hat gesagt, dass du gehen sollst, weil du zu lustig warst.“

Cat unterdrückte ein Lachen, was nicht gerade einfach war, als Joe die Augen verdrehte.

„Alison und ich waren nicht immer gute Freundinnen, Emma, aber ich habe euch alle gerngehabt, und ich vermisse euch.“

„Wir vermissen dich auch“, antwortete Emma, „und auch deinen kleinen Hund.“

„Aber ihr habt ja selbst einen Hund, Olaf. Ist das deine Schwester?“

Das ältere Mädchen lächelte kurz. „Ich bin Lizzie. Ich bin zehn.“

„Ich freue mich, dich kennenzulernen, Lizzie. Ich bin Cat, und das ist Joe. Hattet ihr Olaf in den Park mitgenommen?“

Beide nickten, aber Lizzie stand da mit gesenktem Blick. „Mama hat gesagt, wir sollen ihn mitnehmen, weil sie mit Henry beschäftigt ist. Das ist unser Bruder.“

„Er ist erst zehn Monate alt“, fügte Emma hinzu, „und anstrengend.“

„Pssst!“, zischte Lizzie. „Mama hat gesagt, wir sollen nichts erzählen.“

„Eure Mama hat gesagt, dass ihr nichts erzählen sollt?“

„Nein, nur nicht, wie … gestresst sie ist“, kam es aus ihr heraus, und dann atmete sie schwer, und ihre Augen füllten sich wieder mit Tränen.

„Das ist okay“, sagte Cat beruhigend. „Ich werde nichts sagen. Möchtet ihr, dass ich mitkomme und eurer Mama das mit Olaf erkläre?“

Lizzie schüttelte den Kopf. „Nein, das ist okay. Wir können ihn selbst zurückbringen. Mama soll nicht wissen, dass er sich von der Leine losgemacht hat.“

„*Du* hast ihn losgemacht!“, kreischte Emma.

„Es ist mir wirklich gleich“, sagte Cat und versuchte, einen Streit zwischen den Mädchen abzuwenden. „Unsere Veranstaltung ist jetzt beendet, und ich würde eurer Mama gern eben Hallo sagen. Wohnt ihr hier in der Nähe?“

„Primrose Terrace 12“, antwortete Emma stolz.

„Natürlich!“, sagte Cat. Daher kannte sie das ältere Mädchen, sie war mehrfach in der Straße an ihr vorbeigegangen.

„Was?“, fragte Lizzie und machte ein finsteres Gesicht.

„Ich wohne auch in der Primrose Terrace. Oh, das ist ja perfekt. Ich will nur eben Chips holen, und dann können wir zusammen zurückgehen.“

„Natürlich“, sagte Joe fröhlich. „Wir können doch nicht weggehen, ohne dass wir einen von unseren Nachbarn kennenlernen, oder?“

Cat warf ihm einen Blick von der Seite zu und ging, um Polly und Chips zu suchen.

8. Kapitel

Als die Gruppe aus drei Erwachsenen, zwei Kindern und zwei Hunden an Jessicas extravagantem Haus vorbeikam, fiel Cat ein, dass sie die Autorin beim Picknick nicht gesehen hatte, weder zusammen mit Joe noch sonst irgendwo. Sie kamen an dem Bed and Breakfast vorbei, wo ein Pärchen gerade Koffer aus einem VW Käfer lud, und danach an Marks etwas unansehnlichem Haus. Chips lief die Stufen hinauf, und Cat wurde bewusst, dass sie wohl keinen fremden Hund in ein anderes Haus mitnehmen sollten, besonders nicht, wenn die Leute dort ein Baby hatten.

„Könntest du aufpassen, dass Chips sich hinlegt, Polly? Ich gucke später nach ihr."

„Selbstverständlich."

Cat gab Polly Marks Schlüssel und Chips' Leine.

Als sie Haus Nr. 9 passierten, löste Joe sich von der Gruppe.

„Ich muss etwas Arbeit nachholen", sagte er. „War nett, euch kennenzulernen, Emma und Lizzie." Behände sprang er die Stufen hinauf, und Cat, die Mädchen und Olaf blieben auf dem Bürgersteig zurück.

„Okay, dann sind nur noch wir Mädchen übrig." Sie gingen die Straße hinunter zu Nr. 12.

„Wir haben es nicht gestrichen“, sagte Lizzie, „aber wir glauben, dass wir das schönste Haus in der Straße haben.“

„Da kann ich nicht widersprechen“, meinte Cat.

Nr. 12 hatte eine zart rosafarbene Fassade, eine weiße Haustür und die gleichen weißen Fensterrahmen wie die anderen Häuser. Es war vermutlich lange her, dass jemand das Muster mit rosa Gänseblümchen um die Kanten der Tür herum gemalt hatte. Inzwischen war das Muster so verblasst, dass Cat nur noch so gerade eben erkennen konnte, was es war. Hinter einem der oberen Fenster waren Kuscheltiere aufgereiht, die auf die Straße guckten. Die Vorhänge an den Erdgeschossfenstern waren zugezogen, obwohl es schon Mittag war. Es war ein sehr hübsches Haus, das, wie Cat dachte, mit ein paar Verschönerungen hier und da wirklich ins Auge fallen würde.

„Ich frage mal eben Mama“, sagte Lizzie. Emma folgte dicht hinter ihr, sodass sie fast mit ihrer Schwester zusammenstieß. Die Tür stand halb offen. Lizzie machte sie ganz auf und schlüpfte ins Haus, ihre Schwester im Schlepptau. Cat wartete und trommelte mit den Fingern auf ihre Arme. Zuerst hatte sie den Eindruck, als ob sie jemanden laut schreien hörte, aber dann öffnete die Tür sich ganz, und eine Frau etwa in Cats Alter erschien.

„Hallo?“ Sie war ganz außer Atem, und ihre Stimme klang nicht gerade freundlich; die Gereiztheit war deutlich zu spüren. „Kann ich Ihnen helfen?“ Das rötlich-braune Haar hatte sie zu einem strähnigen Pferdeschwanz zusammengebunden, ihre Augen waren grün, und sie trug kein Make-up. Über ihrer Lippe blitzte ein silberner Nasenstecker. Ihre Wangen schienen erhitzt, und ihre Augen waren gerötet. „Jetzt passt es nicht.“

Cat glättete ihr Kleid und streckte ihr die Hand entgegen. „Es tut mir leid, dass ich Sie belästige, aber ich bin Cat. Ich habe mal in Emmas Kindergarten gearbeitet, und ich habe die Mädchen heute im Park getroffen.“

„Die beiden sollten gar nicht in den Park gehen", sagte sie hastig. „Sie sollten bis zum Ende der Straße und zurück gehen, das war alles. Und dann – ich konnte nicht weg wegen Henry, oder was wäre gewesen, wenn sie zurückgekommen wären und ich nicht –?" Sie hielt inne, holte tief Luft und schüttelte den Kopf. „Wo ist das Problem?"

„Es gibt kein Problem", antwortete Cat ruhig. „Ich traf nur Emma und Lizzie im Park mit Olaf, und ich dachte ..."

Die Frau verschränkte die Arme. „Sie dachten was? Dass sie nicht ohne ihre Mutter unterwegs sein sollten? Ich habe den beiden gesagt, dass sie die Straße nicht verlassen sollen, aber da war so eine verdammte Hundeveranstaltung im Park. Ich brauche Sie nicht – und auch sonst niemanden –, der mir sagt, was ich zu tun habe."

„Das tue ich auch gar nicht, versprochen." Cat blickte die Straße entlang und hoffte, sie würde Polly sehen, da sie einen mit ihrem freundlichen Gesicht immer sofort für sich einnahm, aber im Augenblick war die Primrose Terrace menschenleer. „Ich wollte mich einfach vorstellen. Anfang des Jahres bin ich hierhergezogen, und ich kann gar nicht glauben, dass wir uns noch nicht kennengelernt haben. Ist auch vielleicht zum Teil meine Schuld. Ich hatte die Veranstaltung im Park organisiert, für Hunde und ihre Besitzer."

„Toll, genial! Danke dafür. Ich habe keine Zeit für Nachbargeplauder, ich muss mich um Henry kümmern." Damit ging sie einen Schritt zurück und wollte die Tür schließen, aber Cat hielt ihre Hand ausgestreckt.

„Bitte – darf ich Ihren Namen erfahren?"

„Ich muss gehen."

„Bitte. Die Kinder waren so besorgt, dass sie Sie vielleicht verärgern könnten. Ich glaube, dass sie nur helfen wollten."

„Was wissen Sie schon? Mädels!", rief sie und wandte sich von Cat ab. „Wascht euch die Hände. *Jetzt.* Kein Meckern." Sie sah Cat wieder an. „Hören Sie, Cat, richtig?"

Cat nickte. „Danke, dass Sie sie zurückgebracht haben. Aber ich muss jetzt weitermachen."

„Es ist nur ..." Cat hielt inne und überlegte, wie sie zum Thema kommen sollte.

Die Mutter der Mädchen sah sie misstrauisch an. „Was?"

„Lizzie und Emma haben erwähnt, dass ... dass Sie möglicherweise etwas Hilfe gebrauchen könnten."

Die Augen der jungen Frau weiteten sich. „*Was* haben sie?"

„Es ist so", beeilte Cat sich zu erklären, „ich bin als Hundeausführerin tätig, und diese Veranstaltung, die Lizzie gesehen hat – nun, sie erwähnte, dass es manchmal, gerade mit dem Baby, nicht leicht für Sie sei rauszugehen. Mit Olaf. Und dass es schwierig sei, für sie alle gemeinsam Zeit zu verbringen." Sie schluckte und verschränkte die Hände hinter ihrem Rücken. Wahrscheinlich war dies wieder einmal eine ihrer schlechten Ideen, denn sie wollte diese Frau gar nicht bevormunden oder ihr das Gefühl geben, dass sie eine schlechte Mutter sei. Und sie wollte auch die Mädchen nicht in Schwierigkeiten bringen.

Die junge Frau sah sie so lange schweigend an, dass Cat fast dachte, sie sei irgendwie unsichtbar geworden, doch dann stieß sie die Tür weiter auf, und Cat konnte in die dahinter liegende Diele sehen. „Das haben sie gesagt? Gemeinsam Zeit zu verbringen?"

Cat nickte.

Die Mutter der Mädchen rieb sich die Augen und schüttelte fast unmerklich den Kopf. „Ich bin Frankie, wir können uns gern duzen", sagte sie leise. „Sie hätten nicht in den Park gehen sollen. Sie kennen die Regeln." Mit einer Handbewegung bat sie Cat herein.

„Sie sind ja nun zurück", sagte Cat, „und es geht ihnen gut."

„Im Moment ist es verdammt hart, mit Henry und mit meinen Arbeitsschichten im Restaurant. Meine beiden Mädchen kümmern sich im Grunde selbst um sich, und ich weiß, dass das nicht richtig ist – sie sind noch so jung."

Sie ging voraus ins Wohnzimmer, das dem von Haus Nr. 9 sehr ähnelte, außer dass es kunterbunt war – ein Überfluss an Farben. Die Sofas waren rot, die armseligen Kaffeetischchen aus Holz violett, und die weißen Wände sah man kaum, weil sie über und über beklebt waren mit Kinderzeichnungen und Ketten aus Muschelschalen – ein lebendes Sammelalbum von Frankie und ihrer Familie. Spielzeug, Zeitschriften und Kleidungsstücke in den verschiedensten Größen bedeckten jede freie Fläche. Ein blassrosa Gazestreifen hing über dem Eingang zur Küche; und der abgewetzte Teppichboden wurde verdeckt von einem runden dicken Teppich mit verschlungenem Regenbogenmuster. Das Haus war gewiss nicht sauber und aufgeräumt, aber es pulsierte vor Leben.

„Es ist unkonventionell“, sagte Frankie, „aber was soll's? Die Kinder lieben es so.“

„Ich mag es auch.“ Cat ging einen Schritt auf die Wand zu und ließ ihre Finger vorsichtig über eine Schnecke aus Salzteig gleiten. Sie spürte einen Kloß im Hals, als ihr klar wurde, wie lange es her war, seit sie mit aufgekrempelten Ärmeln mit Farbe, Klebstoff oder Knete herumgewerkelt hatte. „Ich vermisse die Arbeit im Kindergarten“, sagte sie leise und mit einem Anflug von Wehmut.

Frankie saß auf der Sofalehne und sah Lizzie an, die ihren kleinen Bruder auf dem Arm hielt. Er gluckste leise und streckte seine Händchen zur Decke. Emma hockte in einem Hundekorb in einer Zimmerecke und Olaf kletterte auf ihr herum. Beiden Mädchen liefen Tränen über die Wangen.

„Emma sagt, dass du die Einzige warst, die wirklich Interesse an den Kindern hatte. Sie ist traurig, dass du weg bist. Stimmt's, Emma?“ Frankie stand auf, wuschelte ihrer Tochter durchs Haar und gab ihr einen Kuss auf die Stirn.

„Ich habe deinen kleinen Hund so gerngehabt“, flüsterte Emma. Sie drückte Olaf an sich; und der Cockerspaniel fing an zu bellen.

„Aus, Olaf", zischte Frankie. „Sonst schreit Henry." Der Hund bellte aber weiter, und Frankie sah Cat verzweifelt an, wobei sie ihre zu Fäusten geballten Hände gegen ihre Wangen drückte. „Gib ihn mir, Liebling", sagte sie zu Lizzie, aber das Mädchen schüttelte den Kopf.

„Ich nehme ihn mit nach oben", flüsterte sie und eilte mit Henry auf dem Arm aus dem Zimmer.

Frankie lehnte sich im Sofa zurück. „Sie ist ein liebes Mädchen. Zu gut, in vielerlei Hinsicht. Sie sollte nicht so viel Verantwortung übernehmen, und sie sollte Fremde nicht um Hilfe bitten, aber sie sieht, dass ich es allein nicht schaffe. Es sollte alles leichter sein, als es ist, oder? Möchtest du eine Tasse Tee?"

„Nein danke", antwortete Cat und räumte eine Ecke auf einem Sofa frei. „Weißt du, vielleicht kann ich ja helfen, mit meinem kleinen Hundeausführunternehmen."

„Ach, wie, das ist ein richtiges Geschäft?"

Cat lachte und lehnte sich nach vorn. „Viele Leute haben nicht die Zeit, ihre Hunde so regelmäßig auszuführen, wie sie es eigentlich wollen. Oder sie sind aus irgendwelchen anderen Gründen verhindert. Meine Freundin Elsie zum Beispiel hatte eine Knieoperation und kann mit ihrem Hund deswegen keine langen Strecken gehen. Mark, der die Straße weiter oben wohnt, muss oft kurzfristig nach London, und einige andere Leute arbeiten einfach viel. Wenn du Olaf nicht immer Lizzie und Emma überlassen willst, dann könnte ich ihn ausführen."

„Aber das kostet etwas, nicht wahr? Du bekommst keine Förderung, sondern es ist dein Job?"

Cat nickte. Sie war sich sicher, dass Frankie das Angebot nicht als einen Akt der Nächstenliebe annehmen würde. „Aber was ich berechne, ist verglichen mit der Konkurrenz günstig, und ich … ich denke einfach, dass ich helfen könnte. Du sagtest, dass du auch arbeiten musst?"

„Ja, im Spatz. Dem kleinen Restaurant, wo es nur Fairtrade-Produkte gibt und alles ethisch korrekt zugehen soll. Ich komme zurecht. Na ja, so halbwegs." Sie zeigte dabei auf das bunte und wild zusammengewürfelte Wohnzimmer. „Sie lassen mich nicht weniger Stunden arbeiten, und wenn die Sommerferien kommen ... Ist doch kein so toller Job, wie ich erst gedacht hatte. Ich könnte beim Supermarkt einen Null-Stunden-Vertrag kriegen, flexibel also, auf Abruf. Aber wäre das besser? Ich brauche den Stress nicht und auch keine Ungewissheit. Und womöglich hätte ich dann gar keine Arbeit."

„Ich hoffe, es ist okay, wenn ich frage, ob du allein lebst?" Cat hatte die Frage zögerlich gestellt und sah, wie eine gewisse Anspannung über Frankies Züge huschte, bevor sie sich ein wenig von Cat abwandte.

„Ja, und glaub mir, es ist besser so. Es sieht vielleicht nicht so aus, aber ich versichere dir, dass die Situation ansonsten noch viel schwieriger wäre. Rick, der Vater von Emma und Henry, hat sein Bestes getan, das weiß ich wohl. Olaf war ein Geschenk von einem aus seiner Band, und die Mädchen lieben ihn. Aber Rick hatte keine Ahnung davon, wie teuer es ist, sich einen Hund zu halten. Und welche Mühe man damit hat; man muss ihn erziehen, mit ihm Gassi gehen, und er muss kastriert werden."

„Ja, so ist Rick eben", fuhr sie nach kurzer Pause fort. „Tolle Ideen, aber nichts richtig durchdacht. Er kümmerte sich mehr um seine Band, seine Freunde und um die nächste Tournee. Irgendwann blieb er ganz weg und war nur noch bei den Jungs. Er sagte, er würde zurückkommen und die Mädchen besuchen ..." Frankie sah Emma an und sprach dann leiser weiter: „Aber das war im Februar. Er brachte den Welpen mit und machte sich aus dem Staub. Dabei ist er gar nicht mal so weit weg – bei ein paar Freunden in Brighton. Das war das Letzte, was ich von ihm gehört habe."

„Das tut mir leid", flüsterte Cat. „Und Lizzies Vater?"

Frankie lächelte und schlug die Augen nieder. „Lizzies Vater war der tollste Kerl, den ich je kennengelernt habe, attraktiv und lustig. Und er wäre vermutlich auch ein toller Vater. Aber ich habe ihn auf einem Fest kennengelernt, und nach jener Nacht, nun …" Sie zuckte die Achseln. „Wenn ich ihn wiederfinden könnte – aber ich hätte nie gedacht …" Sie strich mit einer Hand über den Pferdeschwanz. „Nicht ganz einfach, oder? Aber das heißt nicht, dass meine Familie mir egal wäre oder dass ich nicht das Beste für sie wollte." Frankie stand auf und fing an, Spielzeug und Kleidungsstücke aufzuheben, auch Tassen und Bananenschalen. Sie verstaute die Sachen in Kisten oder warf sie in den Mülleimer.

Cat stand auch auf und wusste nicht recht, was sie machen sollte. „Natürlich heißt es das nicht", sagte sie. „Es tut mir leid, was du mir über deinen Partner erzählt hast, und ich weiß, dass das nur eine kleine Hilfe ist, aber lass mich Olaf ausführen. Wir machen ein paar kostenlose Probeläufe, und wenn es klappt und dir hilft, dann können wir etwas Langfristiges vereinbaren. Und Frankie, ich …" Sie hielt inne und wartete, dass die junge Mutter sie ansehen würde. „Ich weiß, dass wir uns nicht richtig kennen, aber wir wohnen in derselben Straße, und wenn ich noch etwas für dich tun kann … Nachbarn helfen sich doch gegenseitig, nicht wahr?" Sie wagte ein Lächeln, obwohl sie sich bewusst war, dass ihr Angebot, alles ein wenig besser zu machen, möglicherweise ein Haufen falscher Versprechungen war.

Frankie nahm ein großes Kuscheltier, einen Seehund, in den Arm, drückte ihn fest gegen ihre Brust und barg ihr Kinn oben in dem weichen Kopf. „Du hilfst all deinen Nachbarn? Nicht nur mir?"

Cat nickte. „Ich habe versucht, Elsie zur Seite zu stehen, als sie ihre Knieoperation hatte. Ich gehe mit Jessicas Hunden aus, und ich kümmere mich um den Hund von Mark. Einiges davon gehört jetzt zu meinem Job, aber nicht alles."

„Fangen wir doch mit Olaf an", sagte Frankie. „Ich weiß es wirklich zu schätzen, dass du dir die Mühe gemacht hast, zu mir zu kommen. Und es wäre schon eine Hilfe, wenn du Olaf für ein paar Stunden nehmen könntest, vielleicht montags, wenn die Mädchen wieder in der Schule und im Kindergarten sind. Aber ich möchte auch etwas für dich tun, ich weiß nur noch nicht, was. Ich werde mir etwas überlegen."

„Okay", sagte Cat und lächelte. „Das klingt doch gut. Und Olaf ist allerliebst. Er wird bestimmt prima mit Disco auskommen."

„Ist das der Welpe?", fragte Emma. Sie lag auf dem Rücken, und Olaf stand auf ihr und leckte ihre Stirn und ihre Ohren.

„Disco ist jetzt schon etwas gewachsen, wie Olaf, sie ist aber noch immer ein bisschen wild."

„Ich möchte mitkommen", sagte Emma ganz sachlich. „Mit allen Hunden."

„Nein, Emma", wandte Frankie ein. „Das ist Cats Job. Sie muss ihn sehr ernst nehmen, genauso wie du dein Ausmalen, weißt du?"

„Ja, weiß ich", sagte Emma. „Aber ich würde das mit den Hunden auch ganz ernst nehmen. Ich würde mich anstrengen."

Frankie atmete hörbar aus. „Ich denke mal darüber nach, und wenn, nach einer Weile", sie suchte Cats Blick, und als Cat nickte, fuhr sie fort, „wenn es gut läuft, kannst du vielleicht mitgehen. Das heißt, an den Wochenenden."

„Mehr will ich doch gar nicht", sagte Emma in hochmütigem Ton, und Cat musste ihr Lachen durch ein Hüsteln überdecken.

„Ja, im Moment", flüsterte Frankie mit einem Lächeln, und nur Cat konnte sie hören. „Nun komm, Emma, komm aus dem Korb raus, wir wollen Olaf sein Fressen geben. Und dann denke ich vielleicht auch darüber nach, dir etwas zu essen zu machen. Sandwich mit Salat, okay?"

Emma rümpfte die Nase.

„Oder doch lieber etwas von Henrys Brei?"

„Nein, Mama!"

„Dann komm und hilf mir. Mal sehen, ob wir etwas Spannendes finden." Sie begleitete Cat zur Tür. „Vielen Dank, dass du gekommen bist."

„Das habe ich gern gemacht", antwortete Cat, „und wir sehen uns am Montag."

Nachdem Frankie die Tür geschlossen hatte, schlenderte Cat nach Hause und hoffte, dass sie nicht nur eine neue Kundin für „Leinen los", sondern auch eine neue Freundin gewonnen hatte.

„Ich konnte das Futter für Chips nicht finden", rief Polly aus dem Wohnzimmer.

Cat steckte den Kopf durch die Tür. „Ich dachte, ich hätte es draußen gelassen?"

Polly sah auf, und ihre Wangen waren ganz rot. „Ich habe wohl nicht gründlich genug gesucht. Es war irgendwie … komisch, da drin zu sein. Zwischen all den Sachen von Mark."

„Warum?", fragte Cat. Sie empfand es als sehr reizvoll, dass er ihr den Schlüssel überlassen und ihr damit sein ganzes Haus anvertraut hatte. Auch wenn sie ihre Neugier gezügelt und ihre Streifzüge auf die Diele und die Küche beschränkt hatte, war allein der Gedanke, dort zu sein und sich um seinen Hund zu kümmern, schon aufregend.

Sie mochte Mark, und sie hoffte, dass sich etwas zwischen ihnen anbahnen würde, und das wollte sie nicht für einen neugierigen Blick in sein Schlafzimmer aufs Spiel setzen. Außerdem, wie sollte sie sich einen Ruf als professionelle Hundesitterin aufbauen und sich während der Abwesenheit der Besitzer um deren Hunde kümmern, wenn sie als Schnüfflerin bekannt wurde? Alison sollte mit ihrem Vorwurf nicht recht behalten, sie, Cat, sei nicht vertrauenswürdig.

„Ich war so in Versuchung, mich dort ein bisschen umzugucken", sagte Polly, offensichtlich selbst erschrocken über ihre menschlichen Instinkte. Cats beste Freundin war keine sehr aufsässige Person. „Daher musste ich einfach weggehen."

Cat grinste schelmisch. „Ich bin stolz auf dich, Polly. Steh doch einfach zu deiner Neugier."

„Nein, das werde ich nicht! Kannst du gehen und Chips füttern, bitte? Sie sah so traurig aus, als ich wegging."

„Wahrscheinlich vor Hunger." Polly gab ihr den Schlüssel, und Cat machte sich auf den kurzen Weg durch die Sonne zu Haus Nr. 4.

Sie trat in die Eingangsdiele, die abgesehen von einem am Haken hängenden Wintermantel leer war, und ließ die Tür ins Schloss fallen. Das Haus hatte über der Eingangstür eine halbrunde Scheibe aus Bleiverglasung, die ein Lichtmuster auf den Teppich warf, das Cat an die bunten Lutschbonbons erinnerte, die sie als Kind geliebt hatte. Chips kam durch den Korridor auf sie zu und schmiegte ihre Nase an Cats Knie, wobei sie leise wimmerte.

„Nun komm, jetzt gibt's was zu fressen."

Chips ging voran in die sparsam eingerichtete Küche. Die Arbeitsflächen waren aus schwarzem Granit, die Küchenschränke schlicht weiß – scharfe Konturen, alles monochrom. Cat wusste nicht, von wem Mark das Haus gemietet hatte, aber es sah alles nach einer Junggesellenbude aus. Sie füllte Chips' Wasserschüssel neu und gab ihr etwas Trockenfutter. Auf einer der Arbeitsflächen waren einige Papiere ausgebreitet. Cat vermied es, einen Blick darauf zu werfen, und ging zur Hintertür.

Die Gärten entlang der Primrose Terrace – ausgenommen vielleicht Jessicas Garten – waren kleine mit Ziegelsteinmauern umgebene Höfe, und Marks Garten sah aus, als ob darin jahrelang nichts gemacht worden war. Unkraut wuchs in den Ritzen zwischen den Bodenplatten, wild wuchernde Efeuranken kamen von der Tür nebenan. Ein einsamer Holztisch machte den Eindruck, als wäre er viel zu viele Winter draußen gelassen worden, daneben stand ein zerbrochenes Vogelhäuschen.

„Das ist nicht so toll, oder?"

Chips sah kurz auf und ging dann zurück zu ihrem Futter.

„Allerdings – wenn man den Park und den Strand hat, was macht das dann aus? Und er ist ja auch noch nicht lange hier. Wir wollen ihm Zeit geben. Willst du raus?“ Sie schloss die Hintertür auf, und Chips folgte ihr in den Hof. Den Tag über war es ziemlich heiß gewesen, im Hof stand die Luft – ein starker Kontrast zur kühlen Küche. Chips trottete am Rand des Hofes entlang, wenig interessiert an dem Schmutz und den hier und da stehenden kümmerlichen Pflanzen. Schließlich ging sie wieder hinein. Cat wollte ihr gerade folgen, da sah sie einen rötlich-braunen dicken Ball oben auf der Mauer entlanglaufen. Shed.

„Hey“, rief sie, aber Shed warf ihr nur einen kurzen Blick zu und lief weiter. Cat konnte kaum glauben, dass er freiwillig nach draußen in die Sonne ging – Shed war die faulste Katze, die sie je gesehen hatte, aber das hieß wohl nicht viel. Katzen hatten ihre Geheimnisse, und vielleicht verbargen sich hinter Sheds trägem Äußeren andere Aktivitäten. Sie würde ihn also genau beobachten müssen.

Sie spülte Chips’ leere Futterschüssel, als ihr Blick auf den Kühlschrank fiel. Auf einem Zettel, der unter einen schwarzen Magneten geklemmt war, stand *H.-Futter hinstellen für Cat.* Sie lächelte, als sie ihren Namen an Marks Kühlschrank sah. Daneben war ein Foto, halb verdeckt von einem weiteren Magneten, der aussah wie eine Filmklappe. Cat verschob ihn ein Stück.

Auf dem Foto kam eine Frau zum Vorschein, die auf einer Mauer vor einem südländisch-blauen Meer saß. Das lange dunkle Haar flog ihr ums Gesicht, und auf ihren feucht-glänzenden Lippen lag ein Lächeln. Sie trug eine Sonnenbrille. Cat war enttäuscht, dass sie dadurch kein Gefühl für die Persönlichkeit der Frau bekommen konnte, aber sie sah bezaubernd aus. Die Frau konnte irgendjemand sein – eine Schwester, eine Freundin, eine Exfrau. Cat hoffte, dass sie nicht mehr war als eine Exfrau.

Sie schob den Magneten wieder an die alte Stelle und war

gerade dabei, Chips' Fressnapf abzutrocknen, als sie hörte, wie die Haustür zuschlug. Sie lächelte und rief ihrer Freundin zu: „Schließlich doch noch reingekommen?"

Chips bellte und raste durch die Eingangsdiele.

„Ich dachte, das sei besser, als im Auto zu bleiben."

Cat ließ den Fressnapf auf das Abtropfbrett fallen und wirbelte herum. Mark lehnte im Türrahmen, in Jeans und einem dunkelgrauen T-Shirt. Die Sonnenbrille hatte er sich auf die Stirn geschoben. Seine Wangen waren gerötet, und in seinen Augen funkelte die bei ihm übliche Belustigung.

„Ich habe Chips gerade ihr Fressen gegeben", beeilte sich Cat zu sagen und strich mit der Hand durch ihr Haar. Das Trockentuch fiel zu Boden, sie bückte sich und hob es auf.

„Ja, das sehe ich. Sie dürfen Hallo sagen, wissen Sie?" Er grinste sie belustigt an, unbeeindruckt von ihrer Verlegenheit.

„Hallo."

„Hi. Ich wollte Sie nicht erschrecken, aber ich bin eher fertig geworden. Das Wetter ist in London nur dann schön, wenn man mit einem kühlen Bier draußen sitzt und an Fairview mit seiner frischen Luft und seinen vielseitigen Attraktionen denkt, und natürlich an Chips …"

Chips schmiegte sich eng an Marks Seite und himmelte ihn an. „Ich konnte einfach nicht widerstehen."

„Ich freue mich, Sie wiederzusehen", sagte Cat. Marks Grinsen wurde breiter, und Cat spürte, wie ihr die Röte in die Wangen stieg. „Ging alles gut in London?"

Mark neigte den Kopf etwas und überlegte. „Gar nicht schlecht. Tatsächlich besser als erwartet. Ich sollte heute Nachmittag zu einer weiteren Konferenz, aber sie wurde abgesagt. Samstagskonferenzen sind nie so produktiv, deshalb bin ich auch nicht sehr traurig darüber."

„Aber Sie haben jemanden gefunden, der Ihren Film machen könnte?"

„Könnte sein. Die Sache ist noch nicht besiegelt, aber …"

„Sie brauchen mir das gar nicht zu erklären. Das Warten muss nervenaufreibend sein."

„Ach, man muss sich nur mit anderen Dingen ablenken." Ein sanftes Lächeln erschien auf seinem Gesicht, das in Cat eine unerwartete Hitze hervorrief. Ihr Mund war ganz trocken. „Alles okay so weit mit Chips? Ich habe sie noch nie über Nacht allein gelassen, aber sie scheint ganz munter zu sein."

„Oh, es geht ihr sehr gut. Ich habe gestern Abend viel Zeit mit ihr verbracht, da war sie ganz ruhig. Heute Morgen hatten wir unser Hunde- und Welpenpicknick. Es war ziemlich … ähm … ereignisreich … und sehr gut besucht."

„Haben Sie noch mehr Hunde bekommen, die Sie ausführen?"

„Ja, einige. Und viele weitere Leute wollen auf die Adressenliste. Es hat sich gelohnt."

„Dann sind Sie ja auf bestem Wege, Fairview zu beherrschen. Es freut mich, dass alles so gut lief. Hören Sie, ich bin am Verdursten. Wie wär's mit einem kühlen Bier in der Sonne?"

Cat befeuchtete ihre Lippen mit der Zunge. Ein kühles Bier. Mit Mark. „Das klingt toll, aber …" Sie drehte sich um zu dem unattraktiven Hof.

„Okay, also vielleicht nicht dort. Kommen Sie." Er nahm zwei Flaschen aus dem Kühlschrank, öffnete sie und ging voran zur Vorderseite des Hauses. Dann öffnete er die Haustür, verschwand im Wohnzimmer und kam zurück mit einer Decke, die er mit einer schwungvollen Bewegung auf die oberste Stufe legte.

Cat lachte. „Eine Picknickdecke? Sie denken aber auch an alles."

„Selbstverständlich."

Sie setzten sich nebeneinander, und Mark reichte ihr eine Flasche. Sie stießen an, und Cat nahm einen Schluck. Das Bier war kühl, schäumend und erfrischend. Es schien die Aufregung, die sich in ihr breitmachte, noch zu steigern. Chips bahnte sich einen Weg zwischen den beiden hindurch und legte sich auf die unterste Stufe, das Kinn auf Marks Fuß.

Die Eingangsstufen waren breit, aber Cat spürte, wie Mark ganz dicht neben sie rückte. Ihre Schultern und Hüften berührten sich. Die Sonne brannte auf sie nieder und verlieh jeder Farbe ein intensives Leuchten – dem Primelteppich, dem Pastellanstrich der Häuser, der hellen Farbe der Haustüren, dem metallischen Glanz der Autos. Cat schloss die Augen und lauschte dem Schrei der Möwen und dem Kreischen und Lachen der Kinder.

„Ein langer Vormittag?", fragte Mark.

Sie öffnete die Augen wieder. „Ja, ein bisschen lang. Die Veranstaltung war wirklich gut besucht. Zum Glück waren Joe und Polly eine große Hilfe. Und George im Café. Ich musste das Ganze also nicht alleine stemmen."

„Ein komischer Kerl, der George. Immer ein bisschen unwillig, wenn er mich bedient."

Cat lächelte, die Flasche am Mund.

„Was? Was wissen Sie?" Mark stupste sie am Arm. Der Duft seines Aftershave stieg Cat in die Nase, eine würzige Note, vielleicht mit einer Spur von Kokosnuss.

„George hält Sie für … einen Spion." Sie gluckste.

„Ich ein Spion?"

„Ja. Sie sind ihm irgendwie unheimlich, sagt er. Sie säßen im Café, machten Notizen und beobachteten Leute. Er gab mir den Rat, mich von Ihnen fernzuhalten."

„Das hat er gesagt? Und was haben Sie ihm geantwortet?"

Er wandte sich ihr zu, und Cat rückte etwas von ihm ab, um ihn direkt anzusehen. „Ich sagte, ich würde bei Ihnen extra vorsichtig sein, ich wolle ja schließlich nicht in Schwierigkeiten kommen."

„Wieso denken Sie, dass Sie in Schwierigkeiten kommen, wenn Sie Zeit mit mir verbringen?" Dabei blickte er Cat unverwandt an. Die Gedanken überschlugen sich in ihrem Kopf.

Wenn sie ihm jetzt sagte, er selbst strahle Schwierigkeiten aus, dann würde ihn das nur ermutigen. Deshalb wandte sie sich ab und nahm noch einen Schluck aus ihrer Bierflasche.

„Bei unserer Veranstaltung kam es zu Protesten."

„Proteste wogegen?" Mark lachte. „Gegen das Meer wedelnder Hundeschwänze? Gegen zu viel Bellen?"

„Gegen Hundeausführer im Park. Sie haben gesagt, das führe unweigerlich in eine Katastrophe."

„Ich hoffe, Sie haben das richtiggestellt."

„Na ja. Die wurden schon ziemlich beleidigend, einige zumindest. Es war eher eine Attacke gegen mein neues kleines Unternehmen, nicht so sehr gegen Hundesitter im Allgemeinen."

„Auf so was dürfen Sie gar nicht hören", meinte Mark, und seine Stimme wurde plötzlich ernst. Er legte eine Hand auf Cats Knie, genau dort, wo das Kleid endete. Cat spürte die Wärme seiner Fingerspitzen auf ihrer Haut. „Sie werden immer auf Leute stoßen, die Ihnen den Erfolg nicht gönnen. Ganz egal, worum es geht – Jobs, Beziehungen, erfüllte Träume. Wenn Sie Erfolg haben, dann wird es neben all den Leuten, die sich darüber freuen, auch immer ein paar geben, die das alles hassen."

„Es gibt immer Hasser", nickte Cat.

„Dann ignorieren Sie sie", erwiderte er. Und dann fuhr er fort, diesmal so nahe an ihrem Ohr, dass ihr ein wohliger Schauen über den Rücken lief: „Konzentrieren Sie sich auf die, die sich über Ihren Erfolg freuen; die Zeit mit Ihnen verbringen möchten und die den Erfolg mit Ihnen feiern."

„Mark?" Sie musste schlucken, drehte sich zu ihm und merkte, dass ihre Lippen nur ein paar Zentimeter von den seinen entfernt waren.

„Ja?" Er umschloss ihr Gesicht mit einer Hand. Seine Handfläche war warm, und mit dem Daumen streichelte er ihre Wange.

Ein Zittern durchrieselte sie, und sie beugte sich leicht vor, um ihn zu küssen. Seine Lippen waren weich, die Bartstoppeln streiften ihre Haut, und es fühlte sich genauso gut an, wie sie es sich vorgestellt hatte. Es war kein langer Kuss, aber er genügte. Mark lehnte sich zurück und zog die Stirn kraus, als wäre Cat nicht die Person, die er erwartet hatte. Aber dann wischte er seine Unsicherheit mit einem schalkhaften Lächeln weg.

„Das war eine Überraschung", sagte sie.

„Nein, war es nicht."

„Du hast mich mit deinem Bier und deiner Picknickdecke verführt."

„Ich glaube eher, du warst für die Verführung bereit."

Cat zuckte mit den Achseln, lächelte ihn an und nahm ihr Bier. „Vielleicht war ich das", antwortete sie. Chips hechelte leise. Sie hatte die Augen geschlossen, aber ihre Ohren waren ganz wach und ließen erkennen, dass sie ihr Herrchen, ohne zu zögern, schützen würde. Allerdings hielt sie Cat ganz bestimmt nicht für eine Bedrohung.

„Vielleicht war das nicht genug." Er legte ihr wieder die Hand aufs Knie und fuhr ihr mit den Fingern sachte über die Haut, wagte sich sogar vor bis unter den Saum ihres Kleids. „Wir müssen ja hier nicht aufhören." Mit diesen Worten hauchte er einen Kuss auf Cats Hals.

Sie schloss die Augen, als ihr ein wohliges Kribbeln über den Rücken lief. „Vielleicht sollten wir nicht vergessen, dass wir auf den Eingangsstufen sitzen", murmelte sie.

„Ich habe ein hervorragendes Wohnzimmer, sogar ein Schlafzimmer ..."

„Ich weiß ja nicht viel über dich."

„Das ist wieder etwas", antwortete Mark, „was man leicht ändern kann." Seine Hand wanderte weiter ihr Bein hinauf, doch Cat gebot ihm Einhalt und rückte ein wenig von ihm ab.

„Deine Persönlichkeit", stellte sie klar, entschlossen, ihre Gedanken trotz der offensichtlichen Ablenkung zu ordnen. „Dich, Mark. Als Person. Als Autor. Worum ging es bei deinen

Konferenzen in London? Was hast du da gemacht?"
„Ich habe an dich gedacht."
Cat verdrehte die Augen. „Du meinst, als du allein in deinem Hotelzimmer warst?"
„Nein, ich habe dort immer noch eine Bleibe."
„Oh? Du hast dich also noch nicht endgültig für Fairview entschieden? Immer noch das Terrain sondieren?"
„Ich habe mich entschieden. Fairview mag ich jeden Tag lieber. Ich habe vieles gefunden, das ich erkunden möchte." Ein vielsagendes Lächeln spielte um seinen Mund. „Doch als ich zuerst hierherkam, hatte ich mein Londoner Leben noch nicht vollständig eingepackt. Langsam aber schaffe ich es."
„Heißt das, dass du auch etwas an dem Hof tun willst?", fragte Cat und wies mit dem Daumen nach hinten. „Er sieht nämlich ziemlich furchtbar aus."
„Frechheit!" Er grinste.
„Bin nur ehrlich."
„Vielleicht mache ich etwas daran", sagte er dann. „Es wäre schon gut, einen Platz zu haben, an dem man in der Sonne sitzen kann, einen Platz, der nicht ..."
„Der nicht nach vorne zur Straße hin liegt?"
„Genau."
„Ich glaube zwar nicht, dass irgendjemand uns gesehen hat."
„Wäre das denn schlimm?" Mark strich Cat eine Strähne aus der Stirn. Selbst die kleinste Geste ließ ihn sexy aussehen, und Cat spürte, wie ihre Entschlusskraft ihr allmählich entglitt.
„Nein, ich – nein, natürlich nicht." Irgendwie war sie davon ausgegangen, er würde vor jedem verbergen wollen, was zwischen ihnen geschehen war. Nun aber war sie erleichtert – und überrascht –, wie sehr er willens war, seine Zuneigung für sie in der Öffentlichkeit zu zeigen.
„Das ist gut", antwortete Mark, „denn Boris von nebenan winkt uns gerade ganz besonders fröhlich zu." Er hob die Hand zum Gruß, und Boris winkte zurück – ein Lächeln auf seinem

schmalen Gesicht. Er war mit seinen beiden Französischen Bulldoggen unterwegs. Mit ihren kräftigen Körpern gingen sie eng nebeneinander und beeilten sich, mit seinen langen Schritten mitzuhalten.

Cat winkte zurück und betete, dass Boris nicht gesehen hatte, wie Mark seine Lippen auf ihren Hals drückte.

„Ich habe es ernst gemeint, als ich sagte, dass ich an dich gedacht habe."

Cat blickte Boris nach, der sich langsam entfernte. „Und ich habe es auch ernst gemeint, als ich sagte, dass ich dich kennenlernen möchte, aber nicht auf diese Weise – noch nicht."

„Dann noch ein Bier?"

„Hört sich für den Anfang gut an."

Mark nahm Cats leere Flasche mit hinein. Cat streifte eine Sandale ab und streichelte mit ihren Zehen Chips' weiches Fell. Der Hund blickte sie träge an und schlummerte wieder ein. Cat schloss die Augen und konzentrierte sich auf die Sonnenstrahlen, die ihr Gesicht wärmten, und nicht darauf, wie gut der Kuss gewesen war oder wie gern sie den vernünftigen Teil ihres Gehirns ignorieren und Mark nach drinnen folgen wollte.

9. Kapitel

Als Cat am Montagmorgen Olaf abgeholt hatte, nachdem Frankie vom Schulweg zurückgekommen war, waren die Augen der jungen Mutter gerötet gewesen, und Cat hatte Henry im Hintergrund schreien hören. Frankie hatte sie sehr eilig zur Tür begleitet, ohne mehr als zwei Worte mit ihr zu wechseln, und Cat war mit Chalky, Disco und Olaf zum Fairview-Park gelaufen.

Der Cockerspaniel war ziemlich wild gewesen, als ob der Park das Tollste wäre, was er je gesehen hatte. Daraus schloss Cat, dass der kleine Hund normalerweise nicht viel Gelegenheit bekam, Dampf abzulassen. Olaf schien noch mehr Energie als Disco zu haben, und das wollte etwas heißen. Cat wollte die Hunde erst nicht von der Leine lassen – besonders in dem Zustand, in dem sie Olaf am Wochenende vorgefunden hatte –, aber dann schlug sie die Vorsicht in den Wind, ignorierte, dass sie keinen Sport-BH trug, und joggte mit ihnen rund um den Park. Selbst Chalky schien durch das Laufen mehr Energie zu bekommen. Er bellte laut, wenn sie langsamer wurden, und rannte Cat mit einem Enthusiasmus hinterher, den er sonst nicht einmal zeigte, wenn es darum ging, ein Leckerchen zu bekommen.

Cat wusste, dass sie Frankie eine Sorge abnahm, wenn sie Olaf regelmäßig ausführte, überlegte aber, ob sie noch mehr tun könnte. Sie sprach mit Polly nach dem Abendessen darüber, als sie vor einem düsteren und trostlos scheinenden Film zusammengekauert auf dem Sofa saß. Den Namen des Filmes hatte sie gar nicht richtig mitbekommen, aber Joe war ganz darauf konzentriert.

„Er ist ein richtig niedlicher Hund, und bestimmt bekommt er eine Menge Zuwendung, aber ich bin sicher, dass er nicht genügend ausgeführt wird. Es würde mir nichts ausmachen, wenn ich das für einen geringeren Preis täte – oder sogar umsonst, wenn ich Frankie damit helfen kann."

„Sie will das aber wohl nicht, oder? Sie wird das als Almosen ansehen." Polly nahm einen kräftigen Schluck Wasser. Im Wohnzimmer war es warm, und alle Fenster waren geöffnet. Die Vorhänge wehten herein, denn plötzlich war eine frische Brise aufgekommen. Sobald Cat in die Nähe der Fenster kam, konnte sie das Rauschen der Wellen hören. Dabei lief ihr immer ein Schauer über den Rücken – es war ein magisches, hypnotisierendes Rauschen, besonders im Dunkeln.

„Aber wenn sie doch verzweifelt ist …", meinte Cat. „Ich habe wirklich Glück, dass ich nicht weiß, wie es einem in der Situation geht. Aber wenn sie sich mit zwei kleinen Mädchen und einem Baby allein durchschlagen muss, kann sie ihre Arbeitsstunden nicht reduzieren, weil sie das Geld braucht. Dann müsste doch so ein kleiner Gefallen eine Erleichterung für sie sein, oder? Zumindest wenn man keine große Sache daraus macht."

„Ich frage mich ja, warum sie sich den Hund überhaupt angeschafft hat", sagte Joe, „wenn es schon mit drei Kindern schwer genug ist."

„Oh, ich weiß nicht, Joey", antwortete Polly, „vielleicht wollte sie einfach nur eine gute Mutter sein? Die Mädchen wollten einen Hund, und deshalb hat sie ihnen einen besorgt."

„Olaf ist ein Geschenk von Frankies Exfreund Rick", erklärte Cat, „er hat ihn ihr und den Kindern geschenkt, bevor sie getrennte Wege gingen. Sie muss sich wirklich durchkämpfen, aber Emma und Lizzie lieben den Hund so sehr, dass sie ihn den Mädchen nicht wegnehmen kann. Und ich will einfach Nachbarschaftshilfe leisten."

„Hast du mit ihr vereinbart, dass du Olaf noch mal ausführst?"

Cat schüttelte den Kopf. „Nein, Frankie war zu durcheinander. Sie hat mir gedankt und die Tür zugemacht. Ich will sie morgen besuchen."

„Und was willst du ihr sagen?"

„Ich werde sie fragen, ob sie mich Olaf nehmen lässt, und ich … nun, ich könnte ihr anbieten, mich um Lizzie und Emma zu kümmern."

„Wirklich?" Polly runzelte die Stirn. „Müsstest du dann nicht auch Henry nehmen?"

„Ich bin qualifiziert, eine staatlich geprüfte Kindergartenassistentin. Ich kann Frankie die Kinder abnehmen, wenn sie zur Arbeit geht oder wenn Schulferien sind."

„Bist du nicht eigentlich jemand, der beruflich *Hunde* ausführt?", fragte Joe. Er stellte das Fernsehgerät lauter und zeigte mit der Fernbedienung auf den Bildschirm für den Fall, dass Cat ihn nicht verstanden hatte. Sie verdrehte die Augen.

„Ich will einfach nicht, dass jemand in Not ist, besonders dann nicht, wenn derjenige in der Nähe wohnt."

„Aber sie hat ja nicht um Hilfe gebeten", sagte Polly leise. „Warum bist du nicht einfach eine gute Bekannte, gehst mit Olaf raus und wartest ab, ob sie auf dich zukommt?"

Das war wie immer ein guter Rat. Cat lehnte sich zurück und versuchte, sich auf den Film zu konzentrieren, auf jemanden in dunkler Kleidung, der geduckt durch ein finsteres baufälliges Gebäude schlich, während unheimliche Musik spielte. Sie glaubte, dass Mark den Film mögen würde, was auch immer das für ein Streifen war. Mark, der sie zum Essen ausführen wollte – etwas Konkretes vereinbart war allerdings noch nicht –, der sie geküsst hatte, dass alle in Primrose Terrace es hätten sehen können. Vielleicht hatte sie *ihn* geküsst, aber er hatte definitiv angefangen. Sie zog die Füße hoch und lächelte gedankenversunken in ihre Tasse Tee.

„Leinen los" hatte ihr in den letzten Monaten viel gegeben, wofür sie dankbar sein musste. Sie war glücklich, und sie wollte anderen helfen, auch glücklich zu sein – was war daran so falsch?

„Warum?", sagte sie unvermittelt.

„Oh, um Gottes willen!" Joe stellte den DVD-Spieler auf Pause und sah sie an. Polly kaute auf ihrem langen blonden Haar, und Cat sah, dass sie versuchte, nicht zu lachen. „Warum was?", fragte er.

„Ach, ich – ich habe gar nicht richtig nachgedacht", gab Cat zu. „Ich habe den Satz einfach angefangen, wusste aber gar nicht, wie er enden sollte. Ich möchte Frankie helfen. Es muss doch *irgendetwas* geben, was wir tun können."

„Nun, entscheide dich schnell, dann kann ich nämlich in Ruhe den Rest von *Blade Runner* angucken."

„Oh, ist das der Film? Ich wollte immer schon *Blade Runner* sehen."

Joe blieb der Mund offen stehen, und Cat konnte die Gereiztheit spüren, die von ihm ausging. Er verschränkte die Arme, starrte Cat mit seinen blauen Augen unverwandt an – was in der düsteren Stimmung, die während des Films im Wohnzimmer herrschte, leicht unheimlich aussah – und wartete. Cat richtete ihren Blick auf seine gebräunten Unterarme und sah auch, wie sich die Konturen seines Oberkörpers unter dem weißen T-Shirt abzeichneten. Seit es draußen wärmer geworden war, trug Joe den Kapuzenpullover seltener, weshalb Cat immer häufiger sah, wie muskulös Joe war. Ein Anblick, der sie zwischenzeitlich ein bisschen durcheinanderbrachte.

„Also, was willst du tun? Wie willst du dich so in das Leben dieser Frau einmischen, dass es so aussieht, als ob du das alles nur für sie tätest?"

„Joey“, sagte Polly, „sei doch nicht so ein Miesepeter. Du weißt doch, dass Cat nur helfen will.“

„Wenn sie ihr so gern helfen will, warum zieht sie dann nicht zu Frankie und lässt mich diesen verdammten Film in Ruhe ansehen?“ Er drückte auf „Play“, setzte sich auf dem Sofa anders hin und kehrte Cat den Rücken zu.

Cat und Polly tauschten vielsagende Blicke. Cat versuchte, sich auf den Film zu konzentrieren, doch dann kamen ihr Joes Worte nochmals in den Sinn.

„Oh mein Gott!“

„Verd…“

„Joe, du bist einfach genial. Vielen Dank!“ Cat lehnte sich hinüber und gab ihm einen Kuss auf die Wange. Er wich erschrocken zurück und starrte sie an, während sie aufstand.

„Wo gehst du hin?“

„Ich will nur ein Stück die Straße entlang.“

„Aber du bist im Pyjama.“

Cat schaute an sich herab. Sie trug eine dünne Schlafanzughose im Schottenmuster und ein schwarzes Top.

Sie zuckte mit den Achseln. „Es ist heiß, und keiner wird sich daran stören.“

„Du gehst jetzt aber nicht zu Frankie, oder?“, fragte Polly vorsichtig.

Cat schüttelte den Kopf. „Ich will nicht an der Tür klopfen. Ich will mir nur etwas Bestimmtes ansehen, und dann erkläre ich euch meine – Joes – geniale Idee. Joe, du musst wirklich damit aufhören, mir in der Weise zu helfen, sonst muss ich dir einen Ganztagsjob geben, und dann hast du keine Zeit mehr für Magic Mouse Designs.“

„Oh, wow“, erwiderte Joe trocken, „dann werden ja alle meine Träume Wirklichkeit.“

Cat eilte lachend aus dem Haus, hinein in den warmen Sommerabend.

„Ihr wollt, dass ich den Dachboden vermiete?“, fragte Frankie und gab Polly und Cat jeweils eine Tasse Tee mit Milch. Sie schob einen Stapel Zeitschriften auf den Fußboden und lud sie ein, sich zu setzen.

„Der Dachboden wird jetzt nicht genutzt, oder?“

Frankie schüttelte den Kopf. „Da liegt allerhand Kram rum. Der Dachboden hat sich in eine Rumpelkammer verwandelt, als Rick und ich eingezogen sind. Mit der Zeit hat sich dort alles Mögliche angesammelt.“

„Aber er ist – ist ausgebaut?“, fragte Cat.

„Oh ja, es ist ein richtiger Raum. Ich hatte seinerzeit die Hoffnung, ich könnte ein Musikzimmer daraus machen – Lizzie lernt Gitarre, und ich spiele auch, aber wie bei so vielem ist nichts daraus geworden.“

„Also, wenn man etwas daran tut, könnte der Dachboden wieder ein richtiges Zimmer werden? In unserem Haus ist der Dachboden Joes Zimmer, und obwohl ich da noch nicht oft gewesen bin, habe ich doch gesehen, dass es recht groß ist. In dieser Straße wohnt es sich so schön, ich bin sicher, dass du leicht einen Mieter finden würdest.“

„Was, mit drei kleinen Kindern und einem Hund?“

„Viele Leute haben Kinder und Tiere gern“, antwortete Polly. „Cat hat recht, das könnte dir ein gutes zusätzliches Einkommen bringen und es dir ermöglichen, die Stunden im Restaurant zu reduzieren oder überhaupt einen anderen Job zu finden.“

Frankie lehnte sich zurück und spielte nervös mit ihrem Haar. Cat bemerkte, dass Frankie sie oft nicht direkt ansah, ihre grünen Augen waren beständig in Bewegung. Vielleicht lag das daran, dass sie immer aufpassen musste, wo ihre drei Kinder gerade spielten oder ob irgendetwas nicht in Ordnung war. „Es würde ziemlich viel Arbeit machen, und ich habe schon jetzt so wenig Zeit.“

„Wir würden dir helfen, den Dachboden auszuräumen, wenn du das möchtest“, bot Cat an.

„Warum?“

„Warum was?“

„Warum würdet ihr mir helfen? Warum tut ihr beide das?“

Cat stellte ihre Tasse auf den Fußboden, und Olaf stieg darüber hinweg, schnüffelte daran und sah dann zu ihr auf. Sie nahm den Hund auf den Schoß. „Wir möchten einfach helfen. Reicht das nicht als Erklärung?“

Frankie kaute auf der Unterlippe. „Hört sich sonderbar an. Niemand macht sich doch solche Mühe, wenn nichts für ihn dabei herausspringt. Ihr scheint zwar nicht von der Sorte zu sein, aber ich verstehe es trotzdem nicht. Und wenn ich es nicht verstehe, dann widerstrebt es mir, das Angebot anzunehmen – so großzügig es auch klingen mag.“

Cat strich mit ihren Händen über Olafs lange Ohren. Es war ein gutes Argument. Warum fühlte sie überhaupt das Bedürfnis, Frankie zu helfen? Sie holte tief Luft und versuchte, eine Erklärung zu geben. „Ich bin vor ein paar Monaten hierhergezogen, und alles lief eine Zeit lang sehr gut, doch dann habe ich meinen Job verloren.“

„Im Kindergarten“, ergänzte Frankie.

„Genau.“ Ihr Blick wanderte zu Polly und dann zurück zu Frankie. „Und viele Menschen waren freundlich zu mir. Elsie passte auf, dass ich nicht in meinem Selbstmitleid unterging. Sie half dabei, dass ich auf die Idee mit dem Hundeausführen kam. Joe und Polly halfen mir bei der Realisierung. Jessica – die Autorin – ließ mich ihre Hunde ausführen und gab mir das Gefühl, dass ich gut darin bin. Jeder hier in der Primrose Terrace war so hilfsbereit. Ich habe wirklich das Gefühl, dass ich … dass ich Glück habe. Und nun möchte ich das gern weitergeben, anderen helfen. Vielleicht klingt es albern, aber so ist es eben.“ Sie lächelte Frankie unsicher an.

Frankie nickte, stand auf und guckte nach Henry, der in seinem Kinderwagen in der Ecke des Zimmers schlief. „Ich will darüber nachdenken“, sagte sie schließlich. „Ich sage nicht

Nein, aber ich will auch nicht einfach Ja sagen. Und ich möchte auch immer noch etwas für dich tun."

„Okay", antwortete Cat und stand ebenfalls auf. „Nimm dir Zeit."

Am nächsten Samstagnachmittag holten Cat und Polly Chalky und Disco bei Elsie ab und gingen dann zu Haus Nr. 12. Lizzie öffnete die Tür. Ihr langes Haar hatte sie zu zwei Pferdeschwänzen zusammengebunden. „Mama geht jetzt zur Arbeit, sie rennt rum und sucht ihre Schuhe."

„Das kenne ich", sagte Cat und lächelte.

„Wir wollten Olaf abholen", fügte Polly hinzu.

„Oh." Lizzie sah traurig aus. „Okay."

„Was machst du gerade?"

Lizzie zuckte mit den Schultern. „Kann ich sie streicheln?" Sie zeigte auf die Zwergschnauzer.

„Natürlich kannst du das."

Lizzie ließ sich auf die Knie nieder und fasste mit jeder Hand einen der Hunde an. Disco tappte ihr zutraulich entgegen, Chalky blieb stehen. Er tat so, als wäre ihm alles gleichgültig, aber Cat wusste, dass er die Aufmerksamkeit liebte.

„Unser Babysitter kommt gleich", sagte Lizzie. Cat dachte, dass die Kleine mit ihrer blassen Haut, den Sommersprossen und den schlanken Beinen in der kurzen Jeans wie die verkleinerte Version von Polly aussah.

„Sie kommt nicht", sagte Frankie, während sie die Stufen herunterrannte. Sie bürstete sich das Haar und hielt mit der anderen Hand ihr Handy ans Ohr. „Sie ist krank. Ich muss also jemand anders finden. Du hast Pippa gern, oder?"

Lizzie verzog das Gesicht. „Die riecht immer so nach Parfum, und sie quatscht die *ganze* Zeit am Handy. Emma und ich könnten auf dem Tisch rumtanzen, und sie würde das nicht mal merken." Lizzie nahm Disco auf den Arm, und der kleine Hund konnte, obwohl er wie in einem Schraubstock festgehalten wurde, immer noch Lizzies Kinn lecken. Sie kicherte in sich hinein.

„Es gibt aber niemand anders. Es muss einfach mit ihr gehen. Hallo, Pippa?“ Frankie wandte sich von ihnen ab.

„Wir werden uns um sie kümmern“, sagte Cat. „Nicht wahr, Pol?“

Polly sah sie mit großen Augen an. „Äh, ja ... natürlich.“

„Bleib am Apparat, Pippa.“ Frankie drückte das Telefon gegen ihre Schulter und drehte sich zu ihnen um. „Ihr wollt das machen?“

Cat nickte. „Wir können sie in den Park mitnehmen.“

„Henry auch?“

Cat musste schlucken und sah ihre Freundin an. Sie hatte mit Babys keine Erfahrung. „Natürlich“, sagte sie dann. „Polly ist Krankenschwester, also ...“

„Wirklich?“

Sie ist Tierarzthelferin. Keine Säuglingsschwester. Pollys Augen wurden immer größer, und Cat befürchtete fast, sie würden aus ihren Höhlen heraustreten, aber sie ignorierte die stumme Mitteilung.

Frankie sah die beiden einen Moment lang an, dann nahm sie das Telefon wieder auf. „Pippa, ich rufe zurück.“ Sie legte auf. „Ich bin erst um elf Uhr fertig.“

„Das ist in Ordnung“, sagte Cat, „wenn du uns nur sagst, was wir zum Abendessen machen sollen und wann gegessen wird. Uns fällt schon was ein, oder?“, sagte sie zu Lizzie gewandt.

Lizzie nickte und blickte misstrauisch abwechselnd zu Cat und zu ihrer Mutter, als ob sie gar nicht recht glauben konnte, dass sie so eine aufregende Planänderung erleben durfte. „Aber wir können nicht lange aufbleiben. Wir müssen Mama immer versprechen, dass wir pünktlich ins Bett gehen und uns gut benehmen und auch nach Henry sehen.“

„Das ist gut so“, sagte Cat. „Deine Mama kann uns alles sagen, was wir machen sollen. Komm, wir helfen dir, deine Schuhe zu finden."

Frankie nickte nachdenklich. Sie blickte immer noch skeptisch, aber Cat lächelte sie an, wobei sie hoffte, dass es ein gewinnendes Lächeln war. Lizzie stellte sich mit bittenden Händen vor ihre Mutter und hielt Disco immer noch im Arm.

„Na gut", sagte Frankie schließlich. „Da drüben ist Henrys Tasche, da sollte alles drin sein, was ihr braucht. Wir können alles durchgehen. Wenn ihr das wirklich machen wollt?!"

„Ja, wir freuen uns darauf!", beeilte sich Cat zu antworten. Als sie Polly ansah, war sie ziemlich sicher, dass ihre Freundin anderer Meinung war.

Der Strand von Fairview war an Samstagnachmittagen recht belebt. Und obwohl sie in der ruhigeren Fairview-Bucht spazieren gingen, wo Hunde das ganze Jahr erlaubt waren, hatte Cat das Gefühl, dass sie mit sechs Hunden, zwei kleinen Mädchen und einem Kinderwagen doch ziemlich auffielen. Polly schien irgendwie unter Schock zu stehen. Sie schob Henry und guckte die ganze Zeit angestrengt nach vorn, wobei sie sanft und leise auf ihn einredete, obwohl er unter dem Kinderwagenverdeck fest schlief. Cat dachte, dass sie wahrscheinlich kontrollieren wollte, ob er noch am Leben war.

„Bleibt hier bei uns", sagte Cat zu den Mädchen.

Lizzie hatte Disco, Emma hatte Olaf, und Cat führte Chalky und Jessicas drei Westies. Die Mädchen rannten auf den Parkwegen voraus und verhedderten die Hundeleinen. Es war offensichtlich, dass sie ganz aufgeregt waren, mit neuen Menschen und so vielen Hunden unterwegs zu sein.

Emma rannte zurück zu Cat und Polly, und Olaf sprintete neben ihr her, wobei seine Ohren an das schwer zu bändigende Haar seiner Besitzerin erinnerten. „Können wir ins Wasser?", fragte sie ganz außer Atem.

„Was, *schwimmen*?", kreischte Polly.

„Nein, nur mit den Füßen rein. Wir bleiben ganz in der Nähe."

„Und ihr haltet die Hunde fest an der Leine, ja?", fragte Cat. „Ich möchte ihnen nicht hinterherrennen müssen. Ich weiß, es ist warm, aber das Wasser ist kalt."

Emma nickte. „Versprochen."

„Und bleib auch bei deiner Schwester. Haltet euch die ganze Zeit an den Händen, okay? Lizzie?"

Das ältere Mädchen nahm Discos Leine, gab ihrer Schwester die Hand, und beide liefen in Richtung Meer. Die Sturzwellen waren nicht hoch, eine geringe, ruhige Brandung glitt sanft über den Sand. Cat glaubte zwar nicht, dass sie sich über irgendetwas Sorgen machen müssten, ging aber dennoch näher ans Wasser heran.

„Wie kannst du nur so entspannt sein?", fragte Polly besorgt. „Wir müssen auf ein Baby und zwei kleine Mädchen aufpassen, von all den Hunden ganz zu schweigen. Was wäre, wenn wir Jessica *und* Frankie verärgern würden? Mit jeder könnten wir schreckliche Unannehmlichkeiten kriegen. Ich bin wirklich *entsetzt*!"

„Ich bin ganz ruhig, weil du bei mir bist", antwortete Cat grinsend.

„Na, toll! Da fühl ich mich ja gleich viel besser! Gott, Cat, was glaubst du denn, was ich tun kann, wenn die alle in den Wellen untergehen oder wenn das Baby zu ersticken droht?"

„Du bist Krankenschwester. Okay, *Tier*krankenschwester, aber das ist prinzipiell dasselbe. Herz, Lunge, Augen, Füße. Nun komm schon, wir sind ja nicht allein. Wir haben Frankies Nummer und die vom Restaurant, und da sind auch noch Elsie und Joe."

„Wenn Joe uns jetzt hier sehen könnte, dann würde er sich totlachen oder vor Schreck weglaufen."

„Joe würde uns keine Probleme machen."

„Joe würde denken, meine beste Freundin sei verrückt geworden“, sagte Polly mit Nachdruck. „Und ich fange allmählich an, das Gleiche zu tun. *Mach das nicht!*“, kreischte sie, als Emma den Kopf vorbeugte und ihr Haar ins Wasser hängen ließ. Emma richtete sich wieder auf, lächelte und hielt eine lange schwarze schleimige Seegrasranke in der Hand. Olaf schnappte danach und sprang dann herum, als Emma sie vor ihm hin und her schwenkte. Cat sah Abenteuerlust in den Augen des kleinen Mädchens aufflackern und erinnerte sich, genau diesen Blick schon einmal gesehen zu haben, als Disco im Kindergarten aus der Tasche gekommen war. Schon jetzt war zu erkennen, dass Emma es faustdick hinter den Ohren hatte. Cat sah sich in ihrer Vermutung bestätigt, als sie beobachtete, wie Emma mit Olaf an der Leine auf Polly zu rannte, die triefnasse Seegrasranke in der Hand.

Polly schrie, ließ den Kinderwagen los und rannte vom Strand weg. Cat lachte, nahm den Kinderwagen, prüfte, ob die Hundeleinen sich nicht zwischen den Rädern verwickelt hatten, und schob dann den Kinderwagen weiter. Chalky sah zu ihr auf und schnüffelte.

„Nun guck mich nicht so an“, sagte Cat. „Ich bin nicht verrückt, ich helfe nur aus.“ Der Zwergschnauzer ließ den Kopf hängen und ging weiter. Cat spürte eine leichte Traurigkeit bei dem Gedanken, dass der Hund ihr Verhalten nicht billigte. Derweil fielen Polly, Emma und Olaf in eine Sanddüne. Lizzie und Disco waren nicht weit dahinter. Cat schob Henry den Sandstrand zu ihnen hinauf und wünschte, die Räder wären etwas breiter.

„Nun kommt“, sagte sie, „jetzt haben wir genug Anstrengung gehabt. Zeit für ein Eis.“ Emma und Lizzie jubelten und halfen Polly auf.

„Das ist“, sagte Polly keuchend, „das ist doch Irrsinn. Warum habe ich mich von euch dazu überreden lassen?“

„Du hast doch auch Spaß, gib’s zu. Ich kaufe dir so viele Kugeln, wie du willst, um dich zu versöhnen.“

„Nun, wenn das so ist“, sagte Polly und rieb sich an ihren Shorts den Sand von den Händen, „ist alles vergeben und vergessen.“

„Capellos Eisdiele“, las Lizzie, *„nicht nur für Eisbecher.“*

„Aber du kannst einen haben, wenn du willst“, sagte Cat. „Was immer du haben willst.“

„Eine Waffel?“, fragte Emma. „Mit Schokoladensoße?“

Cat nickte. „Hört sich gut an.“ Sie griff in ihr Portemonnaie, nahm etwas Geld heraus und gab es Lizzie. „Du gehst rein und bestellst, und ich suche uns einen Tisch hier draußen.“

„Was möchtest du?“, fragte Polly.

„Teilen wir uns ein Bananensplit?“

Polly grinste und öffnete den Mädchen die Tür.

Cat schob den Kinderwagen an die Seite des niedrigen Gebäudes und fand einen großen Tisch in einiger Entfernung von den anderen. Sie band die Hunde fest. Disco und Olaf liefen sofort zu einer silbernen Schüssel und begannen, begierig Wasser zu schlecken. Die Eisdiele lag etwas zurückgesetzt vom Strand, zwischen dem Hauptstrand und der hundefreundlichen Bucht. Der Besitzer war unzweifelhaft ein Hundeliebhaber. Cat schob den Kinderwagen vor und zurück und guckte heimlich nach, ob das Baby noch atmete. Es gluckste leise und öffnete dann die Augen.

Lizzie und Emma kamen mit einer großen Flasche Wasser an den Tisch gerannt, Polly kam mit vier Gläsern hinter ihnen her.

„Kommt das Eis auch gleich?“

„Ein Früchte-Eisbecher“, sagte Emma, und ihre grünen Augen wurden ganz groß. „Die sind toll!“

„Wunderbar. Und meint ihr, dass Henry jetzt gefüttert werden muss?“

Lizzie nickte und ging zu der Tasche. „Ich mache das“, sagte sie. „Ich kann drinnen fragen, ob sie die Milch warm machen.“ Sie ging mit der Flasche in die Eisdiele.

„Sie ist schon recht erwachsen, nicht?“, sagte Cat.

Polly nickte. Sie blickte dabei auf den Tisch und ließ ihre Finger über die grobe Holzmaserung gleiten.

„Sie ist zehn“, sagte Emma. „Sechs Jahre älter als ich.“

„Denkst du, dass das viel ist?“, fragte Cat.

Emma nickte. „Unheimlich viel älter“, sagte sie ganz ernsthaft.

Während Lizzie Henry auf dem Schoß hatte, ihm ganz gekonnt die Flasche gab und Emma Leckerchen an die Hunde verteilte, rückte Cat näher an Polly heran.

„Bist du okay? Ich weiß, das alles ist schon ein bisschen stressig und auch vielleicht nicht so, wie du dir deinen Samstagnachmittag vorgestellt hast. Aber stimmt irgendetwas nicht? Du siehst so ...“

„Nein, mir geht's gut“, antwortete Polly. „Es ist nur recht heiß, und ich bin müde. Ich freue mich auf unser Eis.“ Cat ließ sich aber keinen Moment von ihrem leichten Lächeln täuschen.

Als das Eis an den Tisch gebracht wurde, glaubte Cat, die Antwort zu kennen.

„Eine Waffel mit belgischer Schokoladensoße und Streuseln?“ Emma hob die Hand. „Ein Eisbecher mit Früchten – für dich?“ Lizzie nickte. „Und ein Bananensplit mit zwei Löffeln und extra Sahne – ich habe mir die Freiheit genommen, noch Pistazieneis dazuzunehmen, weil du mal gesagt hast, dass das dein Lieblingseis ist.“

„Danke“, sagte Polly schnell und sah den Mann an, der ihr Eis gebracht hatte. Er hatte volle, fast schwarze Locken und große blaue Augen. Und er hatte auch, wenn Cat sich richtig erinnerte, einen Hund, dem es einen Monat zuvor ziemlich schlecht gegangen war.

„Danke.“ Cat strahlte den Mann an. „Wie geht's deinem Foxterrier? Rummy, nicht?“

„Oh.“ Er sah Polly an, dann wieder Cat und strich mit den Händen über seine Schürze. „Rummy ist wieder in Ordnung, hundertprozentig. Das haben wir Polly zu verdanken. Ganz ehrlich, ich weiß gar nicht, was ich gemacht hätte, wenn …“ Dabei schüttelte er den Kopf. „Das geht alles aufs Haus“, fügte er hinzu. „Als kleines Dankeschön.“

„Es war aber der Tierarzt“, sagte Polly.

„Das glaube ich nicht. Ich meine – natürlich – der Tierarzt. Aber du hast Rummy hingebracht und dafür gesorgt, dass er sofort ins Behandlungszimmer kam. Das habe ich alles dir zu verdanken.“

Cat verbiss sich ein Grinsen. „Ich bin übrigens Cat“, sagte sie und stand auf. „Pollys beste Freundin und die Hundeausführerin von Fairview.“

„Owen.“ Er schüttelte ihr die Hand. „Eishersteller und sehr, sehr dankbarer Hundebesitzer. Da hast du ja eine ganze Meute“, sagte er dann. „Sei vorsichtig.“

Cat drehte sich um und sah, dass Dior mit den Vorderpfoten auf der Bank stand und sein Hinterteil wackelte, als ob er gleich losspringen wollte. „Nein, Dior“, sagte sie. „Kein Eis. Jessica würde mich umbringen.“

Als sie sich wieder umdrehte, schaute Owen immer noch Polly an. Polly tauchte ihren Löffel in die Sahne, die oben auf dem Bananensplit war. Cat verspürte ein Gefühl des Triumphs.

„Wenn du irgendwann mal jemanden brauchst, der mit deinem Hund Gassi geht …“, sagte sie.

Owen schüttelte den Kopf. „Rummy und ich sind unzertrennlich. Er bekommt viel Auslauf.“

„Ach so“, sagte Cat achselzuckend. „Na, du kannst meine Nummer ja trotzdem nehmen, nur für den Fall.“

Polly runzelte die Stirn, als Cat ein Stück Papier und einen Stift aus ihrer Tasche nahm, etwas daraufschrieb und Owen den Zettel gab.

„Danke“, sagte er. Er wedelte damit und ging ein paar Schritte zurück. „Freut mich, dich kennengelernt zu haben, und schön, dich wiederzusehen, Polly.“ Sein Lächeln zauberte winzige Falten um seine durchdringend blickenden Augen, als er das Stück Papier in seiner Hemdtasche verschwinden ließ.

Rummy, ein hübscher Foxterrier mit braunen Ohren und grauen Flecken auf seinem getrimmten Fell, trabte zu seinem Herrchen, der fast über ihn stolperte.

„Vielen Dank für das Eis!“, rief Cat, als Owen sich zu seinem Hund hinunterbeugte, um ihn zu streicheln, und dann in der Eisdiele verschwand.

Lizzie gab Cat ihr Geld zurück. „Hab es nicht gebraucht“, sagte sie. „Der nette Mann hat alles bezahlt.“

Emma steckte mit der Nase in ihrer Waffel, und auf ihrer Wange und ihren Fingern klebte Schokoladensoße.

„War das nicht nett von ihm?“ Dabei sah Cat Polly an. „Warum hat er das wohl gemacht, Lizzie?“

„Weil er Polly gernhat“, antwortete sie, „und weil er sie beeindrucken will.“

Cat grinste. „Hast du schon mal überlegt, Detektivin zu werden?“

Lizzie schüttelte kichernd den Kopf.

„Er war einfach dankbar wegen Rummy“, sagte Polly, „das ist alles.“

„Der hat dich ja mit ganz verliebten Augen angeguckt“, sagte Emma und sah von ihrem Eis auf. „Genau wie sein Eis.“

Cat lachte herzhaft und laut. „‚Ganz verliebte Augen‘“, wiederholte sie. „Ich glaube, ich weiß, was du meinst. Wie ist dein Pistazieneis, Pol?“

Polly starrte sie an wie die Kinder aus dem Roman *Kuckuckskinder* und tauchte ihren Löffel in das Bananensplit. Dann nahm sie einen großen Klumpen Eis und schob ihn in den Mund, wobei sie Cat immer noch ansah.

Cat lachte in sich hinein und nahm ihren Löffel. Sie kannte Polly gut genug, um zu erkennen, dass Owen Capello mit seinem Eis und seinem Hund großen Eindruck auf ihre Freundin gemacht hatte. Cat hoffte, dass Polly ihr nicht allzu böse sein würde, wenn sie entdeckte, dass sie nicht ihre eigene Nummer auf den Zettel gekritzelt hatte, sondern Pollys.

Auf dem Rückweg vom Strand schlenderte der Captain vor ihnen her. Er hielt eine zusammengerollte Zeitung unter den Arm geklemmt. Die Kinder und die Hunde waren jetzt merklich ruhiger; Cat und Polly – und der Strand – hatten sie müde gemacht. Cat glaubte daher, dass sie sie für ein paar Minuten den kompetenten Händen von Polly überlassen konnte.

„Ich bin gleich zurück", sagte sie und gab Polly die Leinen der Westies. Dann rannte sie los und tippte dem Captain auf die Schulter.

„Hi, Captain. Ich bin Cat – erinnern Sie sich, die von dem Hunde- und Welpenpicknick?"

„Oh ja, ich erinnere mich an Sie und Ihren Bekannten", nickte er und blinzelte gegen die Sonne. „Elsies Freundin."

„Ja, das ist richtig. Ich wollte nur wissen, wie es Paris geht. Besser?"

Das Lächeln des Captains fiel in sich zusammen, und Cat spürte, wie sich seine ganze Haltung veränderte. „Es geht ihr viel schlechter. Ich habe sie heute gar nicht nach draußen bekommen. Nur um eine Zeitung zu holen, habe ich gesagt, aber sie lief weg und versteckte sich in der Waschmaschine, bis ich wegging. Ich weiß nicht, was ich machen soll."

„Lassen Sie mich überlegen", sagte Cat und legte ihm eine Hand auf den Arm. „Ich kann mich ein bisschen umhören und ein paar Online-Foren besuchen."

Der Captain seufzte und legte seine Hand auf die ihre. „Das würden Sie tun?"

„Selbstverständlich. Ich bin zwar nur eine Hundeausführerin, aber ich kann nicht zusehen, wenn es irgendwelchen Tieren – besonders Hunden – schlecht geht. Wenn es etwas gibt, womit ich Paris helfen kann, dann will ich es finden."

„Gott segne Sie", sagte der Captain.

„Ich melde mich, sobald ich kann.“ Damit drückte sie seine Hand und lief schnell zu den anderen zurück.

„Worum ging es?“, fragte Polly.

„Ich habe nur versucht zu helfen“, antwortete Cat mit einem Achselzucken.

„Oh.“ Polly musste ein Lächeln unterdrücken. „Das ist ja ganz was Neues bei dir.“

Cat verdrehte die Augen und hielt mit den anderen am Zebrastreifen an.

10. Kapitel

Polly war wie betäubt gewesen, und Cat hatte triumphiert, dass sie ihre ersten Babysittingpflichten überlebt hatten. Henry hatte nur einmal sehr geschrien, und zwar, als sie zu Frankies Haus zurückgegangen waren und Cat für alle etwas zu essen gemacht hatte. Weder Kinder noch Hunde waren ins Meer gefallen, und Emma und Lizzie waren glücklich eingeschlafen. Vorher hatte Emma die Schlafenszeit noch dadurch hinausgezögert, dass sie auf dem Weg nach oben ins Schlafzimmer unbedingt zwei Stufen hinauf- und eine Stufe herunterlaufen wollte. Aber als Frankie kurz vor Mitternacht zurückkam, fast zu erschöpft, um noch zu sprechen, wusste Cat, dass es nicht damit getan sein würde, wenn sie Olaf ausführte und sich gelegentlich um die Kinder kümmerte.

Der Sommer in Fairview erwies sich als herrlich. Ein dunstiger Mai wandelte sich in einen warmen, frischen Juni, und durch die bevorstehenden Sommerferien ging es bei „Leinen los“ lebhafter zu. Cat hatte einige Anfragen, Hunde auszuführen, während die Familien in Urlaub waren, und obwohl sie keinen Auftrag ablehnen wollte, musste sie sich doch daran erinnern, dass ihr „Unternehmen“ nur aus anderthalb Personen bestand und dass es für sie noch nicht möglich war, sich länger als ein paar Tage als Einzige um die Hunde zu kümmern.

Polly hatte nur noch ein paar Monate bis zu ihrem Examen, und während sie im Haus mit der Wiederholung des Stoffes beschäftigt war, verbrachte Cat die meiste Zeit draußen, wobei sie oft dreimal am Tag Hunde ausführte. Nie hätte sie sich vorstellen können, einmal einen Job zu haben, bei dem Sonnenbrand ein Berufsrisiko sein würde.

„Aua, aua!"

„Halt still, es wirkt nicht, wenn du mich die Lotion nicht auftragen lässt." Polly kniete auf dem Sofa und verteilte kühlende Aloe-vera-Lotion auf Cats Nacken und Schultern. „Dieses Zeug soll schmerzlindernd sein. Du verhältst dich aber nicht gerade so, als ob es den Schmerz lindern würde."

„Es lindert ja, aber es brennt auch."

„Deine Haut ist ziemlich gerötet."

„Wie sehr?" Sie wusste, dass sie ein T-Shirt statt eines Tops hätte tragen sollen. Aber es war so ein schöner warmer Tag gewesen mit keiner Wolke am Himmel, und sie hatte es gern, wenn die Luft an ihre Haut kam. Natürlich war das genau die Kombination, die das alles verursacht hatte.

„Hmm." Polly versuchte, etwas Nettes zu sagen.

„Wie ein riesiger Hummer", sagte eine andere Stimme.

„Danke, Joe", Cat zuckte zusammen. „Ich staune immer wieder über deine Fähigkeit, einem Mädchen das Gefühl zu geben, etwas ganz Besonderes zu sein."

„Das ist eines meiner vielen Talente." Er schlenderte in die Küche, und Cat hörte, wie er die Kühlschranktür aufmachte. „Das sieht aber auch wirklich schlimm aus."

„Sagt der Mann, der schon braun wird, wenn er nur in die Sonne guckt. Wie kommt das, obwohl du doch so helle Haare hast?"

„Noch eins von meinen vielen Talenten", rief er aus der Küche. „Bin eben ein talentierter Kerl."

„Wir dachten, wir könnten etwas trinken gehen", sagte Polly.

„Ich glaube nicht, dass Hummer-Cat im Biergarten sitzen sollte."

„Wir wollten ja auch nicht draußen sitzen. Und wenn du glaubst, dass ich mich mit diesem Spitznamen anfreunden werde, hast du dich geschnitten."

Joe erschien an der Tür und grinste. „Klingt aber irgendwie gut."

„Nein", antwortete Cat und zeigte anklagend mit dem Finger auf ihn.

„Kommst du, Joey? Wir wollen einen Abend zum Stressabbauen haben. Prüfungen, Hunde, die Schwierigkeiten der Nachbarn."

Joe Augen verengten sich zu Schlitzen. „Du versuchst immer noch, diese Mama zu retten?"

„Ich versuche nicht, sie zu *retten*, ich möchte einfach helfen."

„Du kannst nicht allen helfen, Cat." Da war wieder dieser gereizte Unterton. Cat hatte das Gefühl, von ihrem alten Mathelehrer eine Standpauke zu kriegen, obwohl Joe *viel* netter anzusehen war. „Irgendwann", fuhr er fort, „wird dein Gehirn gar keinen Platz mehr haben, und du wirst so damit beschäftigt sein, anderen Leuten zu helfen, dass du dich selbst vernachlässigst. Du wirst dich nicht mehr waschen, nicht mehr essen. Und schließlich wirst du auch das Gefühl für deine Kleidung verlieren und nur noch diesen einen schwarzweiß gemusterten Einteiler tragen, mit dem du die Straße entlangrennst und nach neuen Aufgaben für deinen Kreuzzug suchst."

Cat und Polly sahen ihn an. Polly hatte mitten im Auftragen der Lotion innegehalten, und Cat spürte, wie die kalte Flüssigkeit langsam ihren Rücken herunterlief.

„Hört sich an, als hättest du darüber viel zu lange nachgedacht", sagte Cat.

„Ist nur eine Beobachtung. Du wirst dich in die Wichtigtuerin der Stadt verwandeln, und die Leute werden die Straßenseite wechseln, wenn sie dich sehen."

„Du glaubst also, ich sollte aufhören, anderen Leuten zu helfen?"

„Ich glaube, du solltest aufhören, dich einzumischen."

Cat starrte ihn an und spürte plötzlich eine Kälte, die nichts mit der Lotion zu tun hatte. War es wirklich das, was alle von ihr dachten? Es stimmte, dass sie auf ihren Hundespaziergängen viele neue Leute kennenlernte und dass sie beim Ausführen ihrer Tiere etwas über die Besitzer in Erfahrung brachte. Aber einmischen? Ihr war zwar bewusst, dass sie das bis zu einem gewissen Grad gemacht hatte, als sie glaubte, Jessica und Mark seien zusammen, aber sie war nicht zu weit gegangen, und alles war am Ende gut geworden.

Mehr als gut. Sie spürte einen leichten Schauder, als sie an den Kuss dachte.

„Bist du okay?", fragte Polly. „Ich bin fast fertig."

Mark hatte sich seitdem nicht oft blicken lassen, und ihre wenigen SMS waren recht flüchtig gewesen. Er war sehr damit beschäftigt, Verbesserungen in sein Manuskript einzuarbeiten, und fuhr deshalb immer wieder nach London. Aber die letzten paar Male hatte er Chips mitgenommen, sodass Cat nicht einmal Zeit mit seinem Hund verbringen konnte.

Joe saß auf dem Sofa und fing an, ein Käsetoast zu verschlingen.

„Ich dachte, wir würden im Pub essen."

Joe schüttelte den Kopf. „Ich kann nicht mitkommen. Bin mit einem Auftrag im Hintertreffen und muss den ganzen Abend daran arbeiten."

„Macht's denn wenigstens Spaß?", fragte Cat. Sie würde sich nichts aus dem machen, was er vorhin gesagt hatte. Wenn er das *wirklich* dachte, dann würde sie seine Meinung unkommentiert stehen lassen und einfach weitermachen.

„Ein neues Logo für ein Schuhgeschäft in Fairhaven. Ist ein guter Auftrag, aber vom Kreativen her nicht besonders anspruchsvoll."

„Also kein Cartoon?" Cat dachte zurück an ihr Gespräch mit Phil bei dem Hundepicknick und fragte sich, ob er sich wohl mit Joe in Verbindung gesetzt hatte.

„Nein", murmelte Joe mit vollem Mund. „So ein Glück hatte ich nicht."

Cat zuckte die Achseln und fuhr vor Schmerz zusammen, als ihre angespannte Haut aufsprang. In diesem Moment ertönte die Klingel laut durch das Wohnzimmer, und Polly ging zur Haustür.

Joe sah Cat unverwandt an, und sie blickte nach unten auf ihr Knie und nahm ein paar Tierhaare weg. Rötliche Haare. Sie fragte sich, wie Shed mit dem heißen Wetter zurechtkam, und dachte daran, wie er auf Marks Mauer entlanggetrottet war und so gar nicht wie der ihr vertraute kompakte unbewegliche Ball ausgesehen hatte. Als Polly kurz darauf Frankie ins Wohnzimmer führte, waren alle Gedanken an die Katze vergessen.

„Frankie, ist irgendetwas nicht in Ordnung?" Cat stand auf und legte ihr eine Hand auf den Arm. Frankie trug eine schwarze Hose und ein schwarzes T-Shirt mit der roten Aufschrift *Spatz*, ihr Gesicht war gerötet und aufgedunsen, und ihr langes Haar hing lose herunter, wobei einige Strähnen an ihren mit Mascara beschmierten Wangen hafteten. „Bitte setz dich doch. Möchtest du etwas trinken?"

Frankie schüttelte den Kopf, schniefte vernehmlich und hockte sich auf die Kante des Sofas, auf dem Joe saß. Sie sah ihn an, und Joe hob eine Hand zum Gruß. „Ich … ich kann nicht lange bleiben", sagte sie, „ich habe Lizzie bei den anderen gelassen und muss schnell wieder zurück. Aber ich …" Sie holte tief Luft, schloss die Augen, und dann schien ihr ganzer Körper zu beben. Sie öffnete die Augen wieder und setzte sich gerade hin. „Die haben mich heute gefeuert", sagte sie. „Die wollten, dass ich ihnen das T-Shirt zurückgebe, aber ich hab gesagt, dass ich nicht nur im BH zurücklaufen werde."

„Oh Gott!", sagte Polly. „Es tut mir so leid, Frankie."

„Was ist passiert?“, fragte Cat. „Was haben die gemacht?“

„Henry ging es heute Morgen nicht gut, und deswegen bin ich mit ihm zum Arzt. Ich rief bei der Arbeit an und sagte, dass ich später kommen würde – und auch, warum. Und da haben sie geantwortet, wenn ich später käme, dann bräuchte ich überhaupt nicht mehr aufzutauchen. Ich habe gedacht, das sei ein Witz.“

„Wie können die dich feuern, wenn dein Sohn krank ist? Ist denn jetzt wieder alles in Ordnung mit ihm?“

Frankie nickte. „Er hat sich ein Virus eingefangen. In ein paar Tagen müsste es besser sein. Aber ich werde nicht meine Kinder vernachlässigen, wenn sie krank sind oder irgendwas brauchen. Ich mach doch den Job nur deswegen, damit ich die Kinder versorgen kann. Es ist alles totale Scheiße.“

Polly wurde durch den Kraftausdruck etwas aus der Fassung gebracht, aber Cat gefiel es, dass Frankie wütend war – Wut war produktiv, Jammern nicht.

„Also gut“, sagte sie, „was willst du jetzt machen? Einen neuen Job suchen? Fragen, ob du deinen alten Job wiederkriegen kannst?“

„Da werde ich nie wieder hingehen, nicht für eine Million Pfund. Ich werde mir einen neuen Job suchen, aber … ich habe darüber nachgedacht, was ihr gesagt habt. Vor ein paar Wochen.“

Polly und Cat tauschten Blicke. Polly trommelte mit den Fingern an ihre Lippen. „Über den Dachboden?“

Frankie nickte. „So voller Gerümpel bringt der Dachboden nichts. Ich denke, wir könnten mit einem Mieter zurechtkommen, solange – solange er mit uns zurechtkommt.“

„Ihr seid so eine reizende Familie“, sagte Polly voller Wärme. „Wenn die Mieter grundsätzlich Verständnis dafür haben, dass euer Leben immer ein bisschen hektisch ist, dann wird sich bestimmt jemand finden.“

„Und wer würde nicht gern in der Primrose Terrace wohnen

wollen?“ Cat hob die Hände zur Decke empor. „Allein dieses Haus hier bietet ihnen alles, was nötig ist: Hundespaziergänge, eine tierärztliche Betreuung und Kritzeleien.“

Frankie runzelte die Stirn, aber auf ihren Lippen deutete sich ein schwaches Lächeln an. Sie strich sich eine Haarsträhne aus den Augen. „Kritzeleien?“

„Ich bin Illustrator“, sagte Joe und aß seelenruhig sein Sandwich auf.

„Machst du Kinderbücher?“

Er schüttelte den Kopf. „Markenmanagement, Websites, Logos. So was in der Art.“

„Er wollte mir einen Hunde-Cartoon für das Logo von ‚Leinen los‘ machen“, erklärte Cat Frankie.

„Ich habe damit angefangen“, seufzte Joe, „aber im Moment habe ich sehr viel um die Ohren mit Kunden, die zahlen.“

„Du weißt doch, dass ich dich bezahlen will – aber du hast gesagt, du wollest das nicht.“ Cat sah ihn verblüfft an.

„Stimmt, ich will das auch nicht. Als Nächstes werde ich deinen Cartoon machen, und zwar umsonst, aber ich muss erst diesen Auftrag fertig kriegen. Wann habe ich denn schon mal Nein zu dir gesagt, Cat?“

„Oh, ich erinnere mich da an ein oder zwei Gelegenheiten …“

Frankie sah von einem zum anderen und zog die Augenbrauen hoch. „Gott, wie lange seid ihr beide denn schon verheiratet?“ Sie schniefte vernehmlich, dann lächelte sie.

Polly lachte laut. „Verstehst du jetzt, was ich hier durchmachen muss?“

„Aber noch mal zu dem Zimmer“, sagte Cat schnell. „Wann sollen wir anfangen?“

Es war ein heller, sonniger Tag, da war sich Cat sicher, zumindest jenseits dieses fensterlosen Treppenabsatzes, auf dem ein voller Wäschekorb mit einem Haufen bunter Kleidungsstücke und einem kleinen Cockerspaniel obendrauf stand. Das Kinderzimmer hinter ihnen, dessen Tür halb geöffnet war, sah aus wie ein rosa Palast: rosa Bettzeug, die Wände wie Zuckerwatte und dunkelrosa Vorhänge, die noch zugezogen waren und den Raum dadurch in ein fuchsiafarbiges Licht tauchten.

Unten schlief Henry in seinem Kinderwagen. Frankie hatte ihn nicht wecken wollen, nachdem sie Emma in den Kindergarten gebracht hatte. Sie stand mit Polly und Cat auf dem Treppenabsatz, und alle sahen die schmale Treppe hinauf, die zu der geschlossenen Tür des Dachbodens führte. Zumindest hatte derjenige, der den Umbau gemacht hatte, eine richtige Treppe eingebaut. Cat hatte schon befürchtet, man müsse auf einer hölzernen Stufenleiter erst einmal eine ganze Ladung von Kisten herunterschleppen und die Möbel dann hinaufwuchten.

„Da oben ist also der Raum“, sagte Polly.

„Das“, sagte Frankie mit einem Seufzer, „ist er. Seid ihr ganz sicher, dass ihr dabei helfen wollt?“

Cat verschränkte die Arme und nickte. „Selbstverständlich.“ Auf dem Treppenabsatz war es nicht nur dunkel, sondern auch stickig, und sie spürte, wie sich Schweißperlen am Bund ihrer Shorts bildeten. Ihr Sonnenbrand war dabei abzuklingen, die Haut schälte sich und begann zu jucken. „Deswegen sind wir hier, und wir ziehen das auch durch.“

„Gut“, antwortete Frankie. „Aber sagt nicht, ich hätte euch nicht gewarnt.“ Sie lächelte etwas gequält und stieg die Stufen hinauf. Olaf sprang aus dem Waschkorb und folgte ihr nach oben. Seine Pfoten klickten auf den Holzstufen.

Frankie öffnete die Tür, Staub wirbelte auf und tanzte im Licht, das durch das Dachfenster fiel. „Oh mein Gott!“ Dann schloss sie die Tür.

Olaf bellte.

„Was?“, fragte Polly mit Angst in ihrer Stimme. „Was ist das?“

„Eine Leiche?“, fragte Cat. „Eine Rattenfamilie, Mäuse, Spatzen?“

Frankie starrte sie mit offenem Mund an.

„Hast du entdeckt, dass ihr schon einen Bewohner habt, nur eben einen, von dem ihr nichts wusstet?“ Cat ging die Stufen hinauf, an Frankie vorbei und öffnete die Tür. Olaf stand im Eingang und wedelte mit dem Schwanz.

„Oh“, sagte Cat, als sie die Herausforderung sah, die sie erwartete. „Okay. Ich sehe, was du meinst.“

„Was ist es?“, fragte Polly. „Ich sterbe hier fast vor Neugier.“

„Es ist … eine Schatzkammer.“

„Es ist ein Scheißloch“, korrigierte Frankie sie.

„Jeder hat eben eine andere Perspektive auf die Dinge.“

Cat sah eine Unmenge von aufeinandergestapelten Kisten, die fast bis zu der abgeschrägten Decke hinaufreichten. Es gab Bananenkartons mit Büchern, eine alte Stehlampe, der der Stecker fehlte, einen Haufen alter kaputter Schirme und etwas, was aussah wie ein Miniatur-Totempfahl. Die Luft war voller Staub, die Körnchen stiegen einem in Nase, Mund und Augen. Cat musste blinzeln. Olaf bellte, rutschte auf etwas aus und nieste dann. Cat nahm ihn hoch, und er drückte seine warme Nase unter ihr Kinn.

Polly kam zu ihnen auf den schmalen Treppenabsatz und schnaufte.

„So“, sagte Frankie, „was machen wir jetzt?“

„Jetzt“, antwortete Cat, „fangen wir an mit der Schatzsuche. Kann Olaf dabei helfen?“

Frankie grinste. „Ich glaube, Olaf wäre ziemlich böse, wenn wir ihn nicht ließen.“

„Also, was ist in Kiste Nummer eins?“

Sie arbeiteten, bis es Zeit wurde, Lizzie und Emma abzuholen. Die Mädchen waren nach der Schule und dem Kindergarten völlig aufgedreht und plapperten in einem fort. Und ihre Begeisterung wuchs noch, als sie die im Wohnzimmer aufeinandergestapelten Kisten sahen: Säuglingskleidung, Krimskrams aus dem Haus von Frankies Mutter, Kerzenleuchter und Teelichthalter in allen möglichen Formen und Größen. Frankie, Polly und Cat hatten die Sachen sortiert und verschiedene Stapel daraus gemacht: Sachen zum Verkaufen, Sachen zum Behalten, Sachen für Wohltätigkeitsorganisationen und Zeug für die Müllkippe.

„Wenn genug davon da ist", sagte Polly, „könntest du die Sachen auf dem Trödelmarkt verkaufen. Einige der Art-déco-Kerzenhalter schnappen dir die Leute bestimmt direkt weg."

„Und sogar kaputte Sachen", fügte Cat hinzu, die gerade eine Kiste mit Handtüchern herunterschleppte. „Die Leute auf Trödelmärkten sind wie Geier. Wenn sie etwas sehen, wovon sie annehmen, dass sie es reparieren und dann mit einem Pfund Aufschlag verkaufen können, dann nehmen sie es."

„Oder du verkaufst es auf eBay. Das ist inzwischen ein riesiger Markt."

„Als ich meinen Job verlor, hatte ich mal ganz kurz daran gedacht, Sachen bei eBay zu verkaufen", sagte Cat.

„Was wolltest du denn verkaufen?", fragte Lizzie. Sie stöberte gerade in einer Kiste mit Weihnachtsdeko.

Cat zuckte mit den Schultern. „So weit war ich noch gar nicht gekommen. Ich hatte aber daran gedacht, langsam durch unser Haus zu gehen und Sachen zu nehmen, die Polly und Joe meiner Meinung nach nicht vermissen würden."

„Hey", warf Polly lachend ein. „Unser Haus ist ziemlich karg bestückt."

„Ja, abgesehen von den Füchsen."

„Füchse?", fragte Lizzie.

„Ich hab's mit Füchsen", gestand Polly. „Ich sammele sie seit dem Moment, als meine Mutter mir einmal einen Stofftierfuchs gekauft hat." Sie lächelte und sah zur Seite. Cat wusste, dass es Polly schwerfiel, über ihre Mutter zu sprechen, die sie verlassen hatte, als sie und Joe noch klein waren. „Jetzt habe ich Ornamente und Bilder, eine Wärmflasche …"

„Auch Vorhänge?", fragte Emma. „Ich habe schöne Vorhänge."

„Ich habe keine Vorhänge", sagte Polly, „aber das ist wirklich eine gute Idee."

„Wo bekommt man denn Fuchsvorhänge?" Cat wischte sich mit dem Unterarm über die staubbedeckte Stirn. „Und überhaupt, wieso willst du die eigentlich?"

Polly ignorierte ihren Einwurf. „Habt ihr den Fuchs gesehen, der hier in der Nähe wohnt? Ich glaube, es gibt hier mehrere, aber einer ist besonders oft zu sehen, er hat ein richtig glänzendes Fell."

Lizzie und Emma schüttelten den Kopf, und Emmas Augen wurden groß.

Unterdessen brachte Frankie einen Krug mit gekühltem Fruchtsaft und fünf Gläser. „Ich habe ihn auf dem Rückweg vom Restaurant gesehen. Er lief die Straße entlang, als es dunkel war, und schnüffelte an den Mülltonnen. Er sieht aber nicht hungrig aus."

„Ist … ist er groß?", flüsterte Emma.

„Ziemlich groß", gab Frankie zu und strich mit der Hand über Emmas langes Haar. „Aber man muss keine Angst vor ihm haben. Wenn er irgendwas ist, dann ist er ein Angsthase. Er würde uns nicht zu nahe kommen."

„Wie … wie ist das mit Olaf? Würde er ihn fressen?"

Frankie ging neben ihrer Tochter in die Hocke. „Nein, mein Schatz, Olaf ist bei uns sicher, und bei Cat und Polly genauso. Außerdem ist Mr. Fuchs nicht an ihm interessiert, und selbst wenn er es wäre, würden wir auf ihn aufpassen, oder?"

„Natürlich!", sagte Lizzie fröhlich. „Außerdem würde Olaf eh nicht in seine Nähe gehen. Er interessiert sich mehr für Schuhe. Guck mal." Sie zeigte auf den kleinen Hund, und alle drehten sich zu ihm um und sahen, wie dieser in einer Kiste mit alten Gummistiefeln und Wanderschuhen saß und ganz zufrieden daran herumknabberte.

„Oh Gott, Olaf!" Frankie hob ihn aus der Kiste, und ein rotweiß gepunkteter Gummistiefel kam mit heraus. Frankie setzte Olaf auf den Boden, und der Welpe steckte mit lebhaft wedelndem Schwanz seinen Kopf in den Stiefel.

Cat lachte, nahm ihr Smartphone heraus und machte einen Schnappschuss. „Das ist wirklich ein allerliebster Spaniel, den ihr da habt. Und ganz sicher vor Füchsen."

„Füchse sind eigentlich wie Hunde", sagte Polly. „Sie gehören zu derselben Familie. Der Hauptunterschied ist, dass sie wild leben, während alle Hunde, die wir kennen, zahm sind."

„Olaf sieht aber nicht wie ein Fuchs aus", wandte Emma ein.

„Welcher Hund sieht einem Fuchs am ähnlichsten?", fragte Lizzie.

Cat saß im Schneidersitz auf dem Boden und ging gedanklich alle Hunderassen durch, die sie mal gesehen hatte.

„Es gibt eine Rasse, die Spitz heißt", sagte Polly. „Sie haben ein dickes Fell, weil sie aus einer Gegend kommen, wo es richtig kalt ist. Meistens sind sie weiß wie Polarfüchse, aber einige sehen aus wie ein Rotfuchs."

„Spitz?", hakte Emma nach. „Hört sich an wie Spatz, Mamas Job, und jetzt hassen wir diese doofen Leute."

„Stimmt", sagte Frankie. „Spatz. Gut gemacht, Emmchen."

„Es gibt einen Papillon", sagte Cat. „Ich habe einen bei unserem Picknick gesehen, am selben Tag, an dem ich euch traf. Sie sind recht klein, kleiner als Olaf, mit einem noch spitzeren Gesicht und großen Ohren. Der, den ich gesehen habe, hieß Paris. Ich will mal sehen, ob ich euch der Hundedame vorstellen kann." Sie hatte nach dem Picknick Elsie nach dem Captain gefragt, und Elsie hatte ihn nur als einen Bekannten abgetan. Aber Cat hatte bemerkt, wie die ältere Frau plötzlich ganz nervös wurde, noch mehr Tee eingoss und die Sofakissen zurechtrückte.

„Sollten wir nicht wieder an die Arbeit gehen?", schlug Polly vor. Sie trank ihren Saft aus, stand auf und klopfte den Staub von ihren Shorts. „Das Zimmer macht sich nicht von selbst sauber."

„Können wir mithelfen?", fragte Emma.

„Solange ihr vorsichtig seid", antwortete Frankie. „Ihr dürft *nichts* die Treppe runtertragen, und wenn ihr nicht wisst, was irgendetwas ist, dann fragt mich, ehe ihr es in die Hand nehmt. Verstanden?"

„Ja!", quiekten beide Mädchen fröhlich. Cat trank auch aus und folgte Olaf die Treppe hinauf. Sie war selbst überrascht, dass ihr trotz der Wärme und dem Staub das Ausräumen Spaß gemacht hatte, aber sie wartete immer noch auf ein geheimes Goldversteck oder eine antike Vase. Damit würde Frankie nicht einmal das Zimmer vermieten müssen, sondern könnte das ganze Haus renovieren, so, wie sie es gern wollte. Außerdem müsste sie sich dann keinen neuen Job suchen und könnte ihre ganze Zeit mit den Kindern verbringen und sie aufwachsen sehen.

„Was ich jetzt brauche", sagte Polly, als sie die Primrose Terrace hinauf zu ihrem Haus schlenderten, „ist eine lange heiße Dusche und ein großes Glas mit kühlem Weißwein."

„Oder Rosé."

„Oder Rosé-Sekt."

„Mmm."

„Ich brauche nämlich mal Abwechslung von der Stoffwiederholung", fügte Polly hinzu. „Diese Pause war echt nötig."

Draußen war es noch warm, und der Himmel bekam langsam eine Farbe von Pfirsichsaft, doch verglichen mit der stickigen Luft in Frankies Dachboden fühlte es sich angenehm kühl und erfrischend an. Die Primrose Terrace zeigte sich in ihrer schönsten Sommerpracht. Die Primeln blühten schon lange nicht mehr, stattdessen war der Rasen saftig grün, und die Fenster der eleganten Häuserkurve reflektierten die sich allmählich nach Westen neigende glühende Sonne.

„Würdest du einen Spitz haben wollen?", fragte Cat. „Wenn du einen Hund haben könntest?"

„Ich weiß nicht, ich habe noch nicht darüber nachgedacht. Eigentlich möchte ich einen großen Hund, einen Schäferhund oder einen Weimaraner. Gott, ich hätte auch gern einen Husky oder einen Bernhardiner, aber ich glaube, man müsste auf einem Bauernhof wohnen, wenn man solchen Tieren gerecht werden wollte. Sie brauchen viel Auslauf, und ich glaube nicht, dass unsere Wohngegend das bieten könnte. Wie ist es mit dir?"

„Ich würde jeden Hund nehmen", antwortete Cat, „außer vielleicht einen Chihuahua."

„Du möchtest kein Handtaschenhündchen?"

„Ich hätte Sorge, dass ich ihn verlieren könnte, unter dem Bett oder im Geschirrspüler. Außerdem glaube ich, dass ich erst mal genug habe von Hunden in Handtaschen."

Polly lachte. „Damit hast du recht." Als sie die Haustür aufschloss, hörte sie jemanden fluchen. Shed schoss zwischen ihren Beinen hindurch, schneller als Cat ihn jemals hatte flitzen sehen, verfiel dann jedoch schnell wieder in ein gemütliches Tempo und schlenderte gemächlich in Richtung der Terrasse.

„Joe?", rief Polly. „Was ist passiert?"

Joe stand am Esstisch und presste eine Handfläche gegen seinen linken Unterarm. Eine Budweiser-Flasche lag auf der Seite, und eine sprudelnde Flüssigkeit lief auf die Papiere, die auf dem Tisch ausgebreitet waren. „Verdammter Scheißkater. Er ist auf den Tisch gesprungen und hat mich elend gekratzt."

„Lass mich mal sehen", sagte Polly. Zuerst wollte er sich achselzuckend abwenden, aber Polly hielt ihn am Arm fest und schob seine Hand weg von der Wunde.

Cat guckte ihr über die Schulter. „Aua, das sieht böse aus."

„Es ist ziemlich tief, Joey. Hast du die Wunde gewaschen?"

Joe schüttelte den Kopf. Polly hatte ihren Befehlston angenommen, und Joe sah so geknickt aus, dass Cat ihre Hand ausstrecken und ihm den blonden Haarschopf verwuscheln wollte.

„Nun komm schon", sagte Polly beruhigend. „Es wird etwas brennen, aber du musst die Wunde säubern, sonst entzündet sie sich, und du müsstest vielleicht sogar eine Tetanusspritze kriegen."

„Ich glaube nicht, dass es *so* schlimm ist."

„Man weiß nie, wo diese Katze vorher gekratzt hat. Bäume oder Teppiche oder ..."

„Oder teure Lederhandtaschen", fiel Cat ein.

„Nun fang du nicht auch noch an", sagte Joe gequält.

„Okay. Spül die Wunde unter dem Heißwasserkran ab – so heiß, wie du es aushältst –, ich hole eben meinen Erste-Hilfe-Kasten."

„Du willst die Wunde mit Tiermedizin versorgen? Ist das nicht etwas daneben?"

„Ich habe hier ein einfaches Antiseptikum, Joey. Nun sei doch nicht so störrisch." Polly verschwand nach oben, und Cat begann damit, die durchweichten Papiere auf dem Tisch in Ordnung zu bringen und zu prüfen, ob einige gerettet werden konnten. Es waren Cartoons, grobe Bleistiftskizzen ohne Farbe oder Schattierungen. Cat drehte einen herum, um zu sehen, was darauf war.

Oben war *Neugieriges Kätzchen* draufgekritzelt, darunter war die Zeichnung einer Katze mit großen Disney-artigen Augen, die um eine Tür herumspähte. Bei den Skizzen war keine Ordnung zu erkennen, sie sahen aus, als hätte Joe bloß etwas ausprobiert: Da war ein Kätzchen, das durch ein Fenster hereinspähte; mit den Hinterläufen machte es tastende Bewegungen, um sich auf einem kippligen Stapel von Kisten zu halten. Dann war da eins, das den Deckel einer großen Pfanne hochhob, wobei für den Betrachter das Innere der Pfanne sichtbar war, nämlich ein sprungbereiter Piranha. Weiter ein Kätzchen, das zu einer Tür schlich, hinter der ein Katzenpaar auf einem Sofa lag; ihre Schwänze waren miteinander verflochten, und zwischen ihnen pulsierte ein Herz.

Hatte die Lokalzeitung Joe schon kontaktiert? Es sah eher wie ein Comicstrip als wie ein Logo aus. Arbeitete er insgeheim daran, weil er es niemandem sagen wollte, bis er die Zusage hatte? Und was würde dem Kätzchen jedes Mal passieren? Gab es ein glückliches Ende, oder würde die Katze – was die Skizzen andeuteten – sterben oder zumindest unglücklich werden? Hätte Shed Joe vorher gekratzt, wären die Cartoons vielleicht eine Form der Rache gewesen, überlegte Cat, aber es war nirgends zu erkennen, dass *Neugieriges Kätzchen* den dicken roten Kater zum Vorbild hatte. Dieses Kätzchen war zweifellos niedlich.

Die Skizzen waren genial, und Cat sah, dass die Idee ein schier unerschöpfliches Potenzial bot: von einfachen Situationen wie etwa, wenn ein großer roter Knopf mit der Aufschrift *Nicht drücken* dann eben gedrückt wurde, bis hin zur Nachstellung von Filmszenen – in denen das Kätzchen eine Bettdecke zurückzieht, unter der ein Pferdeohr knapp sichtbar wird.

„Was machst du da?", fragte Joe ganz nah an ihrem Ohr, und Cat schreckte auf.

„Ich … ich habe etwas aufgeräumt. Da war ja Bier …"

„Schon gut." Er schob die Papiere zusammen und nahm sie in die Hand. Die Kratzwunde war nun gewaschen und leuchtete tiefrot an seinem Arm. „Ich leg sie weg."

„Joe, die sind …"

„Die sind bescheuert", antwortete er und sah sie nicht dabei an.

„Nein! Gott! Nein, Joe, die sind –!"

„Die kommen in den Müll." Er lief mit den Skizzen aus dem Zimmer. Cat plumpste gegen den Tisch. Vielleicht war er doch noch nicht so sehr über Rosalin hinweg, wie Cat angenommen hatte. Wenn er glaubte, diese Skizzen seien Schund, dann war er entweder völlig verblendet oder so tief in Selbstzweifel verfallen, dass es unwahrscheinlich war, dass er je wieder herauskommen würde.

„Joe …" Sie rannte ihm nach, entschlossen, ihn nicht im Elend versinken zu lassen. Dabei spürte sie, wie etwas unter ihrem Schuh knackte. Sie bückte sich und hob einen winzigen Eiffelturm aus Silber auf. Er war an einem Ring, so als ob er für ein Armband oder eine Halskette bestimmt war, und er erinnerte Cat an etwas, das sie schon einmal gesehen hatte. Sie dachte dabei an die kleine ängstliche Hundedame des Captains und an das kleine Eiffelturmamulett, das sie am Halsband getragen hatte. Wie um alles in der Welt war das in ihr Haus gekommen?

11. Kapitel

In der Nacht lag Cat im Bett und wälzte sich unter der Bettdecke hin und her. Es war viel zu heiß, um darunter zu liegen, aber wegtun wollte sie sie auch nicht. Sie fragte sich die ganze Zeit, wie das Halsband-Amulett des Papillon in ihr Haus gekommen sein konnte. Seit dem Hunde- und Welpenpicknick hatte sie Paris nicht mehr gesehen und den Captain nur kurz auf ihrem Rückweg vom Strand. Und obwohl sie in Elsies Haus gewesen war, hatte sie den Garten nicht betreten. Wie konnte es nur hierhergekommen sein? Es sei denn … sie drehte ihr Kopfkissen um und drückte die Stirn hinein. Sie würde nichts sagen können, solange sie nicht sicher war. Es wäre schon schlimm genug, es Joe mitzuteilen, wenn sie Beweise hätte, doch noch schlimmer, solange es nur eine Vermutung war.

Am Morgen erschien Polly mit einem großen Stapel von Lehrbüchern am Esstisch, ein entschuldigendes Lächeln auf den Lippen.

„Lernen?“, fragte Cat, obwohl die Antwort auf der Hand lag.

„Ich muss, Cat, tut mir leid. Ich will ja helfen, aber ich habe eine Menge Stoff zu wiederholen.“

„Okay. Joe?“

In seiner Schweigsamkeit war Joe fast nicht vorhanden, und Cat fragte sich, ob irgendetwas anderes außer der Attacke durch seine Katze und ihrer Entdeckung der Skizzen passiert war.

„Was ist?", fragte er.

„Es ist Samstag. Wir haben gestern einen guten Anfang auf Frankies Dachboden gemacht, aber da sind immer noch Berge von Kisten, und das ist noch nicht alles. Wir müssen sie durchsehen und Sachen aussortieren, und danach müssen wir alles sauber machen, damit der Raum ganz neu ist. Er muss aussehen wie ein Top-Zimmer, um das sich alle Mieter in ganz Fairview reißen, und ich habe gedacht, dass du mit deinem künstlerischen Blick vielleicht helfen wolltest?"

Er schüttelte den Kopf. „Heute nicht, Cat."

„Du schiebst doch nicht deine Verletzung als Entschuldigung vor, oder?" Dabei lächelte sie, aber Joe guckte nicht von seinem Toast auf und sah das Lächeln gar nicht. Polly hatte seinen Arm fachkundig mit einem dünnen Verband versehen, und Cat fragte sich, ob er den Verband lange genug tragen würde, um eine komische Bräunungslinie auf seinem Arm zu bekommen.

„Nein, ich versuche nur, diesen Auftrag fertig zu machen."

„Neugieriges Kätzchen?"

„*Nein*, Cat. Ich habe dir gesagt, dass das Mist ist, ich …"

„Okay, okay." Cat hob abwehrend die Hände in die Höhe. „Ich hab's kapiert. Tut mir leid. Also, dann sind es nur ich, Frankie und die Mädchen. Bis später." Sie würde gleich zu Frankie gehen, aber sie musste vorher noch woandershin.

Die Silver Street verlief parallel zur Primrose Terrace. Aber statt die Häuser zu zählen und zu versuchen herauszubekommen, welches Haus hinten an Elsies Haus angrenzte, hatte sie ihre Nachbarn nach der Adresse des Captains gefragt. Die Silver Street war insgesamt etwas schmaler und besaß nicht die elegant geschwungene Kurve der Primrose Terrace, doch was den

Häusern an Größe fehlte, machten sie durch ihre Bilderbuch-Vorgärten wett. Der Vorgarten des Captains bestand aus einer kleinen rechteckigen, feinsäuberlich gemähten Rasenfläche, die von einem Beet mit Fleißigen Lieschen in Rosa, Violett und Weiß eingefasst war.

„Captain", sagte Cat, als der alte Mann die Tür öffnete. Er trug ein marineblaues T-Shirt und Shorts, die seine dünnen gebräunten Beine betonten. „Wie geht es Ihnen? Kann ich einen Moment reinkommen?"

Er sah sie über den Rand seiner Halbmondbrille an, nickte dann, trat einen Schritt zurück und bat sie herein. Sein Haus war voller Licht. Mit den vielen weißen Wänden und den farbenfrohen Bildern sah es aus wie eine kleine Kunstgalerie. Cat mochte besonders die zahlreichen Seelandschaften, stille Wasser mit Sonnenuntergängen und vertäuten Jachten und Meeresbilder im Sturm. Ein Bild zeigte Fairview Beach mit dem Leuchtturm, der sich stolz auf der Klippe erhob.

„Möchten Sie etwas trinken? Ich habe nicht viel hier, aber ich kann Ihnen einen Pulverkaffee oder ein Glas Wein anbieten."

Es war halb elf. „Nein, vielen Dank, Captain. Ich bin nur gekommen, um mich nach Paris zu erkundigen. Leidet sie immer noch unter dem Wetter?"

Er blieb in der Küche stehen. In seinen Augen war große Traurigkeit, und er schüttelte fast unmerklich den Kopf. „Ich bin nicht sicher, ob ich sie noch lange haben werde. Sie hat sich ganz zurückgezogen, als ob sie niemanden um sich haben könnte – nicht einmal mich. Wenn sie nicht in der Waschmaschine sitzt, dann versteckt sie sich unter den Kissen."

„Oh nein! Es tut mir so leid. Sind Sie sicher?"

„Ich weiß nicht, was ich machen soll. Der Tierarzt hat sie sich noch mal angesehen – mit Ihrer netten Freundin – und hat mir versichert, dass sie nicht krank ist."

„Wo ist sie? Kann ich sie sehen?" Cat wollte noch nichts weiter sagen, solange sie nicht sicher war.

Der Captain nickte und ging voraus ins Wohnzimmer.

Zuerst konnte Cat die kleine Hundedame nirgends entdecken, aber dann fand sie sie; sie lag zusammengerollt wie ein kleiner Ball in einer Sofaecke, halb von einem Kissen bedeckt. Cat kauerte sich nieder, streckte den Arm aus und streichelte sanft Paris' Kopf. Sie hatte erwartet, das Tier würde erschreckt aufspringen oder weglaufen, aber Paris kuschelte sich nur noch tiefer in ihre Ecke und zitterte am ganzen Körper.

„Oh!" Cat schnürte es fast die Kehle zu, aber sie hob Paris hoch und hielt ihren kleinen warmen Körper an ihre Brust. „Nun komm, Paris", sagte sie beruhigend, „komm, du Kleine." Dann gab sie ihr einen Kuss auf das seidige Fell. Das Tier kuschelte sich an sie und drückte den Kopf an Cats Schlüsselbein. Cat konnte den Gedanken nicht ertragen, dass ein so schönes und zartes Wesen eine solche Angst hatte. Sie strich mit der Hand über Paris' Rücken. „Hat sie nicht ein Halsband getragen?"

Der Captain nickte. „Es ist kaputt. Sie geht nur in den Garten, um ihr … Geschäft zu erledigen, und kommt dann sofort wieder rein. Aber gestern ist sie ohne ihr Halsband zurückgekehrt." Er brachte es, und Cat sah sich das dünne rote Gewebe an. Es sah aus, als ob es in zwei Teile zerrissen worden war, und die kleine Schlaufe, an der der winzige Eiffelturm befestigt war, war gerissen. „Ich glaube, sie muss an einem Zweig hängen geblieben sein, aber seit der Zeit will sie gar nicht mehr rausgehen, nicht mal, um … Ich musste ein kleines Katzenklo bereitstellen und …", er holte tief Luft, „ich bin mit meinem Latein am Ende."

„Captain", sagte Cat und stand auf. Sie setzte Paris sanft wieder auf das Sofa und sagte: „Ich habe eine Theorie, aber dazu muss ich noch mehr erfahren."

„Sie glauben, dass Sie vielleicht wissen, was ihr fehlt?"

„Ja, vielleicht. Ich muss erst sicher sein, aber – ich hoffe, dass ich in ein paar Tagen mehr weiß. Kann ich dann zurückkommen?"

„Sie sind jederzeit willkommen, meine liebe junge Frau. Sie und Ihr Freund."

Cat nahm sich vor, dem Captain bei ihrem nächsten Zusammentreffen zu erklären, dass Joe nicht ihr Freund war. Schließlich könnte es sein, dass Joe nun gar nicht mehr mit ihr sprach, geschweige denn sich ihr gegenüber so nett verhielt, dass man ihn für ihren Freund halten konnte.

Während der nächsten paar Tage blieb die Stimmung in der Primrose Terrace Nr. 9 ziemlich mies. Es war ein heißer, schöner Sommer, und obgleich Cat wusste, dass Polly für ihr Examen lernen musste und Joe mit seiner Arbeit unter Druck stand, schien doch all das keine ausreichende Entschuldigung dafür zu sein, dass sie sich die ganze Zeit im Haus verkrochen. Das Lernen hätte auch im Park oder auf dem Tisch im Garten stattfinden können, und Illustrationen konnte man mit Sicherheit besser draußen bei richtigem Sonnenlicht machen. Aber Cat hatte das Gefühl, dass jetzt nicht der Moment war, um beide dazu zu bewegen. Und so verbrachte sie ihre Zeit in Haus Nr. 12, arbeitete sich systematisch durch die Kisten, manchmal nur mit Frankie und Olaf, manchmal aber auch mit Emmas und Lizzies Hilfe, deren Optimismus ansteckend war.

Zwischen diesen Ausflügen in die Düsternis der Dachkammer war Cat damit beschäftigt, die Hunde auszuführen, sodass sie ebenso viel Zeit in der Sonne wie drinnen verbrachte. Elsies Knie war fast verheilt. Dadurch verlor Cat zwar eine zahlende Kundin, gewann im Gegenzug aber eine Freundin, die sie auf ihren Spaziergängen begleitete.

Heute machten Elsie und sie mit Disco und Chalky sowie den beiden Retrievern der Barkers, Alfie und Effie, einen langen Spaziergang zur Strandpromenade. Es war das erste Mal seit ihrer Operation, dass Elsie so weit lief. Sie nahmen sich Zeit und genossen die leichte Meeresbrise, die erfrischend durch die Hitze des Julinachmittags wehte. Cat trug ein leichtes orangefarbenes Kleid, das um ihre Knie herum flatterte, und bequeme goldene Römersandalen.

Alfie und Effie gehörten zu den kräftigsten Hunden, denen Cat je begegnet war. Sie waren sehr liebe Tiere, aber sie nutzten die Spaziergänge, um sich auszutoben. Cat versuchte, sie zu mäßigen, wenigstens bis sie in dem Park waren. Außerdem musste sie sich unbedingt etwas ansehen.

Es gab da eine Reihe von Lädchen direkt am Meer, darunter auch eine kleine Boutique mit erlesenen Sachen. Cat hatte das immer für einen seltsamen Standort gehalten – neben dem Fish-and-Chips-Shop und dem Geschäft mit Strandartikeln (sie verkauften Eimer in der Form einer Burg und billige Plastikschuhe). Da die Boutique ab und an aber auch alte Möbel anbot und sie nur ein knapp bemessenes Budget hatten, um Frankies Dachboden einzurichten, hielt Cat die Augen offen.

„Was hältst du hiervon?", fragte sie und zeigte auf einen Schrank im Schaufenster des Ladens. Das Holz sah ziemlich abgenutzt aus und hatte einen blassgelben Anstrich. Cat hätte sich gut vorstellen können, den Schrank in ihrem eigenen Schlafzimmer im Haus des Verhängnisses zu haben. Nein, Verhängnis war ein zu starkes Wort. Haus des Kummers? Haus des … Elends? All das beschwor Gedanken an alle möglichen Horrorfilme herauf, aber *so* schlimm war die Situation ja nun nicht. Noch nicht.

„Cat?", fragte Elsie. „Hörst du mir überhaupt zu?"

„Ja – natürlich." Sie hatte kein Wort von dem gehört, was ihre Freundin gesagt hatte.

„Es ist ein hübscher Schrank, aber er kostet hundert Pfund. Ich hatte gedacht, Frankie müsse so aufs Geld achten. Bei Argos kriegt man sicher einen für ein Drittel des Preises."

„Aber Argos ist so … unromantisch", wandte Cat ein.

„Das Zimmer soll doch vermietet werden, oder?", sagte Elsie.

Cat nickte.

„Dann muss es schlicht und nett sein. Soll doch der Mieter dem Zimmer seine persönliche Note geben. Aber was am wichtigsten ist: Lass Frankie entscheiden."

„Kommst du – am Samstag?"

„Zu eurer Einrichtungsparty?" Elsie lehnte sich an die niedrige Mauer am Strand. Cat setzte sich zu ihr und ließ die Hunde bei Fuß sitzen. Disco stand auf ihren Hinterläufen und wollte hochgenommen werden. Sie war jetzt fast so groß wie Chalky, aber immer noch voller Energie und nicht geeignet für dünne Kleider und bloße Knie. Aber da Cat nie widerstehen konnte, nahm sie sie hoch und drückte sie an sich.

„Ich denke, ich lass mich mal blicken", sagte Elsie, „obwohl ich nicht gerade wild drauf bin, den ganzen Tag diese Treppe rauf- und runterzustapfen. Wer kommt noch?"

„Frankie und die Mädchen natürlich, und Charles und Boris vom Bed and Breakfast wollen ihren sachkundigen Blick darauf werfen. Das bedeutet hoffentlich, dass sie mithelfen, das Zimmer richtig attraktiv zu machen. Und Mark kommt vielleicht." Cat hatte das leichthin gesagt, aber Elsie stürzte sich geradezu auf den Namen.

„Und wie geht's dem selbstgefälligen Mark?"

„Es geht ihm … gut. Ehrlich gesagt, ist er ziemlich oft unterwegs, aber am Wochenende kommt er laut seiner letzten SMS aus London zurück, und ich hoffe, er kann auch etwas mithelfen."

„Unterwegs?", fragte Elsie mit gerunzelter Stirn. Sie trug ein langes blaues Kleid mit einem türkisfarbenen Blumenmuster. Ihre herabhängenden grünen Ohrringe machten in der Brise ein Geräusch wie ein Miniaturglockenspiel.

„Er lässt sich schwer fassen. Ich meine, wenn er hier ist und bei mir, dann ist es", Cat zitterte unmerklich, „schön. Aber das ist nicht häufig der Fall. Und wenn etwas mit seinem Film nicht klappt, dann ist es meistens noch seltener."

„Du weißt das doch gar nicht", antwortete Elsie. „Aber

warum fragst du ihn nicht einfach?“ Sie legte eine Hand auf Cats Arm. „Lass dich von seinem ausweichenden Verhalten nicht so beeinflussen, lass ihn einfach nicht vage sein. Stelle ihm konkrete Fragen, auf die er dir konkret antworten muss. Ich hatte schon lange keine Beziehung mehr, aber ich weiß sehr wohl, dass Heimlichtuerei jemanden nur eine kurze Zeit interessant macht.“

„Ich werde es rauskriegen“, sagte Cat entschlossen. „Aber du hast recht, ich sollte einfach mit ihm sprechen. Warum ist es im Augenblick so schwierig, überhaupt mit irgendjemand zu sprechen? Dich ausgenommen, Elsie.“ Sie legte ihre Hand auf die der älteren Frau, und Disco leckte ihren Arm.

„Du meinst Joe und Polly?“

Cat gab jedem der Hunde ein Leckerchen und blickte hinaus auf das Meer. Die Ebbe hatte eingesetzt, und der dunkle Sand trocknete schnell, weil die Sonne nach wie vor niederbrannte. „Beide sind so beschäftigt mit Lernen beziehungsweise mit der Arbeit. Aber ich möchte gern, dass sie am Samstag auch kommen. Für mich ist das ein gesellschaftliches Ereignis in der Primrose Terrace, und sie gehören dazu, also …“ Sie zuckte mit den Achseln. „Jessica ist für die nächsten paar Wochen in sonnigere Gefilde verreist, obwohl nur Gott weiß, warum, da wir doch auch hier so viel Sonne haben. Und die Westies sind in Luxushundepensionen außerhalb von Fairview, aber abgesehen davon dürfte es ein volles Haus werden. *Wenn* meine Mitbewohner sich dazu durchringen, aus ihren jeweiligen Löchern hervorzukriechen.“

„Sei nicht zu streng mit ihnen, Cat. Nicht jeder wird dafür bezahlt, dass er in der Sonne spazieren geht.“

„Ich weiß, ich hab nur … Es ist doch *Sommer*. Wir sollten jetzt eigentlich im Gras liegen, die Wolken angucken, am Strand sonnenbaden oder in Biergärten sitzen. Fairview ist ein Urlaubsort, und wir haben wirklich Glück, dass wir hier wohnen.“

„Hast du ihnen das alles auch gesagt?“

„Wenn ich mehr als drei Worte hintereinander sage, würgen die mich genervt ab.“

„Na ja, dann sieh zu, dass sie am Samstag kommen.“

Cat lachte. „Als ob das so leicht wäre.“

„Nun komm, Cat, wenn jemand eine Möglichkeit findet, dann bist du das.“

Disco war unruhig geworden und wollte runter. Cat nahm Elsie bei der Hand und zog sie hoch. Dann gingen sie langsam zurück in Richtung Fairview-Park, und Alfie und Effie konnten es kaum erwarten, wieder zu den weiten Grasflächen zu kommen, wo sie herumrennen und spielen konnten.

Erschöpft und erhitzt zu Hause angekommen, setzte sich Cat auf eine Stufe vor dem Haus und holte ihr Handy heraus. Sie ignorierte das leichte Zittern ihrer Hände, während sie Marks Nummer suchte. Dann drückte sie den Anrufbutton. Da sie davon ausgegangen war, dass die Mailbox sich melden würde, war sie umso überraschter, als er nach dem fünften Klingelton selbst dranging.

„Hallo?“

„Hi, Mark, hier ist Cat.“

„Ich weiß.“ Da war wieder diese Belustigung in seiner Stimme. „Dein Name erschien auf dem Display. Erinnere mich das nächste Mal daran, dass ich ein Foto von dir mache, damit ich dich sehen kann. Was noch besser ist, leg auf und lass uns persönlich miteinander sprechen.“

„Was? – Ach nein, ich wollte eigentlich nur fragen, ob du zu einer Art Aufräum- und Neumöblierungs-Party kommen möchtest, die ich am Samstag in der Nr. 12 organisiere. Ich meine, du musst natürlich nicht, und du bist ja auch gerade erst zurückgekommen, also …“

„Ich komme gern.“

„Wirklich?“ Cat lehnte den Kopf gegen den Türrahmen.

„Na ja, ich bin nicht sicher, ob ich *gern* den Tag damit verbringe, das Haus anderer Leute aufzuräumen, aber es gibt niemand anderes, neben dem ich lieber ins Schwitzen kommen würde."

Wie machte er das nur? Wie kam es, dass er immer so schnell so einen anzüglichen Spruch parat hatte? Cat blickte hinter sich, um zu sehen, ob niemand mitgehört hatte. „Gut, okay. Das ist toll. Wir fangen um elf an, aber komm, wann du willst."

„Schon vermerkt." Er legte auf, und Cat starrte auf ihr Handy und fragte sich zum wiederholten Male, wieso er ihr das Gefühl geben konnte, gleichzeitig begehrt und unbedeutend zu sein.

Cat packte eine Kiste mit Holz- und Fußbodenputzmitteln, Glasreiniger, Putzlappen und einer Kehrschaufel zusammen. All das hatte Frankie bestimmt auch, aber zu viel war besser als zu wenig. Sie band ihr Haar mit einem blau gepunkteten Bandana zusammen, um das Gesicht frei zu haben, und stolperte auf dem Weg zur Haustür über Shed.

„Mach Platz, Shed." Die Katze rollte sich um ihre Beine herum. Cat war sich nicht sicher, ob ihre Theorie stimmte, aber sie war davon überzeugt, dass Shed etwas mit der unglücklichen Verfassung von Paris zu tun hatte. Tyrannisierte der Kater sie? Paris war so ein kleiner Hund, und Shed war so groß. Sie wusste, dass er durch die Gärten schlich. Führte er eine Art Terrorkrieg? Schutzgeldforderung für Haustiere? Wie sonst hätte das Amulett in ihr Haus kommen können?

„Brauchst du Hilfe dabei?" Joe eilte die Treppe herunter und nahm Cat die Kiste ab. Er trug graue Shorts und ein schwarzes T-Shirt und sah ganz entspannt aus. So hatte Cat ihn schon lange nicht mehr erlebt.

„Ich dachte, du kämst heute gar nicht."

„Hab's mir anders überlegt. Du hast Frankie wochenlang geholfen, und ich habe beschlossen, dass es jetzt Zeit ist, dass ich mit einspringe. Wenn du mich noch willst?"

Cat lächelte. „Solange du sicher bist, dass du mit hellem Tageslicht zurechtkommst? Ich will nicht deine Vampirasche mit meiner Kehrschaufel zusammenkehren müssen."

Er lachte. „Brauchst du noch was?"

„Nur meinen Kasten mit dem Putzzeug. Polly übernimmt heute Vormittag eine Schicht beim Tierarzt und hat gesagt, sie werde versuchen, später zu uns zu stoßen."

Auf dem Weg durch die Primrose Terrace trafen sie Emma, die wie ein Wachsoldat am Eingang stand.

„Wer bist du?", fragte sie.

„Ich bin Joe. Wir haben uns vor einiger Zeit im Park getroffen."

„Kommst du, um bei der Schatzsuche mitzuhelfen?"

Joe und Cat lachten. „Nennt Frankie das so?"

Emma nickte. „Sie sagt, dass das alle unsere Probleme löst und dass wir auch einen neuen Freund bekommen, der mit uns und Olaf spielt."

„Okay." Cat spürte, wie sich ihr Magen verkrampfte. Was wäre, wenn nach all dieser Arbeit niemand das Zimmer würde mieten wollen? Oder jemand würde es mieten, käme aber mit der Familie nicht aus, würde komische Leute mitbringen oder würde sich als ein häuslicher Albtraum erweisen? Sie hatte Frankie ja gesagt, dass sie ihr helfen würde, aber was wäre, wenn das noch mehr Probleme schaffte? Es war ihr nicht klar gewesen, wie hoch ihre Erwartungen waren.

„Hey", sagte Joe leise. „Was ist los?" Er setzte die Kiste ab und drehte Cat an den Schultern zu sich herum.

„Nichts."

„Das glaube ich dir nicht. Ich kenne dein Gesicht, wenn du dir Sorgen machst."

Cat blickte ihn an und sah in seinen Augen echte Betroffenheit. Sie spürte plötzlich einen unerwarteten Drang, sich an ihn zu lehnen, sodass er sie fest in den Arm nehmen könnte. Das Verlangen kam wie aus dem Nichts, und sie schob es schnell beiseite. „Ich hab nur – ich hoffe, dass alles klappt."

„Natürlich klappt es“, antwortete er. „Du hast viel zu viel dafür gearbeitet, als dass es nicht klappen könnte.“

„*Ich* habe gar nicht so viel gemacht, sie sind es gewesen.“ Dabei deutete sie auf die Küche, wo Lizzie und Frankie dabei waren, hohe Gläser mit Fruchtsaft zu füllen und Kekse auf einen Teller zu legen.

„Sie würden es nicht machen, wenn es nicht für dich wäre.“ Er streckte eine Hand aus und strich Cat mit einem Finger sanft über eine Wange bis hinunter zum Kinn, als wolle er ihr Gesicht nachzeichnen. Cat erstarrte, und ihr Atem setzte einen Moment aus.

Einen Augenblick sahen sie einander unverwandt an, dann ließ Joe die Hand sinken und steckte sie in die Tasche seiner Shorts. „Was trinken?“, fragte er. Ehe Cat antworten konnte, ging er zu Frankie in die Küche. Cat berührte ihre Wange. In Frankies Wohnzimmer war es heiß, die Sonne schien in breiten Lichtstreifen durch das Fenster.

„Hallo?“, rief eine vertraute Stimme. „Jemand hier?“ Boris trat ins Wohnzimmer und zog den Kopf ein, als ob er erwartete, dass er für den Türrahmen zu groß wäre.

„Hi, Boris!“ Cat nahm ihn kurz in den Arm.

Sein Partner Charles folgte ihm. Er war kleiner und hatte dunkleres Haar als Boris, seine Augen waren unruhig und konnten nirgends lange verweilen. Cat hielt ihn für extrem scheu. Beide waren äußerst elegant gekleidet; in diesem Aufzug ging man nicht mal in den Pub, geschweige denn zum Möbelschleppen. Olaf bellte, sprang aus seinem Körbchen und rannte zu Charles und den beiden Französischen Bulldoggen, die dicht hinter ihm folgten.

„Wir haben Bossy und Dylan mitgebracht. Ich hoffe, Sie haben nichts dagegen?“

„Natürlich nicht“, rief Frankie. „Je mehr, desto fröhlicher.“

Die Hunde begrüßten sich enthusiastisch, und Cat kauerte sich nieder, um die beiden Bulldoggen zu begrüßen. Die eine war schwarz, die andere rehbraun. Beide schienen nur mildes Interesse an ihr zu haben, sie waren längst nicht so ausgelassen wie Olaf oder die Westies. Vielleicht hatten Boris und Charles sie so erzogen, dass sie sich zurückhielten: Modenschau-Doggen eben. Cat gab ihnen aber das Gefühl, dass sie dazugehörten, und richtete sich dann auf.

Joe lehnte an der Wand, eine Hand in der Tasche, und sah sie an.

„Es tut mir leid, Joe. Ich habe gar nicht darüber nachgedacht. Bist du –?“

Er tat es mit einer Handbewegung ab. „Es ist in Ordnung. Ich habe inzwischen akzeptiert, dass da, wo du bist, Hunde auch nicht fern sind.“

Sie drückte seinen Arm. „Ich glaube, dass …“

„Also, Leute“, sagte Frankie. „Vielen Dank, dass ihr alle gekommen seid, und herzlichen Dank an Cat, die diesen ulkigen Ausräumtag organisiert hat. Ich weiß das wirklich sehr zu schätzen.“ Cat lächelte verlegen.

Frankie sah gelöster aus, als Cat sie je erlebt hatte. Sie trug ein T-Shirt aus Bio-Baumwolle und kurze Jeans. Das lange kastanienbraune Haar hatte sie zurückgebunden, wodurch man ihre Sommersprossen gut sehen konnte, die sie noch jünger erscheinen ließen, als sie war. Sie strahlte Energie aus und – so hoffte Cat zumindest – auch Hoffnung. Cat drückte ihr hinter dem Rücken die Daumen.

Frankie nahm Boris und Charles mit zu dem kleinen Abstellraum, wo sie die Möbelstücke, die sie angesammelt hatte, lagerte. Cat hatte Elsies Rat, den alten Schrank zu vergessen und stattdessen das nüchterne Argos-Modell zu nehmen, nicht befolgt, sondern hatte mit dem Geschäftsinhaber einen niedrigeren Preis ausgehandelt, wobei sie noch eine Inzahlungnahme von Frankies alten, aber überraschend wertvollen Kerzenleuchtern vereinbarte. Hinzu kamen ein Nachttisch, eine hübsche Stehlampe und ein ovaler Spiegel, die sie auf dem Dachboden entdeckt hatten und die mit nur wenig Arbeit wieder hergerichtet werden konnten. Das Bett und der Segeltuch-Kleiderschrank mit Reißverschluss – von einem Discount-Möbelladen – sollten im Laufe des Vormittags geliefert werden.

„Was machen wir?", fragte Joe.

Cat zeigte auf die Kiste. „Sauber machen. Hilft noch jemand?"

Emma hob die Hand. Cat hielt ihr ein Staubtuch hin, aber Emma schüttelte den Kopf, nahm den Handstaubsauger und stieg hinauf auf den Dachboden.

Recht bald freundeten Cat und Olaf sich mit Frankies Handstaubsauger an. Der Spaniel jagte ihm hinterher, wobei er beständig bellte und nieste, wenn der Staub um ihn herumwirbelte. Emma, Cat und sogar Joe verbrachten die erste halbe Stunde damit, über die Possen des Hundes zu lachen, und schafften ansonsten nicht viel. Als aber der Holzfußboden erst einmal staubfrei war, fingen sie mit dem Bohnern an. Dabei mussten sie das Fenster öffnen, weil der synthetische Kieferduft ziemlich intensiv war.

„Emma, willst du Olaf kurz runterbringen? Du könntest den anderen bei den Möbeln helfen."

„Warum?", fragte Emma. „Wollt ihr euch heimlich küssen?"

Cat spürte, wie ihre Wangen rot wurden, und Joe drehte sich weg und hustete gegen die Wand. „Nein, überhaupt nicht. Joe und ich – nein –, ich hab nur Sorge, dass die Chemikalien hier zu stark riechen."

Emma zuckte mit den Schultern und sah sie beide mit einem Blick an, der für eine Vierjährige eigentlich viel zu vielsagend war. Dann rief sie Olaf und stapfte nach unten.

Das Schweigen, das eintrat, als Emma sie verlassen hatte, war kaum weniger stickig als die Luft. Cat fing an, in kleinen Kreisbewegungen den Boden zu bohnern, und richtete ihre ganze Energie darauf, die von Möbeln und Kisten hinterlassenen Spuren wegzubekommen – Flecken, die sich über die Jahre hin gebildet hatten.

„Wie geht's mit deiner Arbeit?", fragte sie schließlich. Joe war in der gegenüberliegenden Ecke beschäftigt und schaute nicht auf.

„Gut, danke. Viel zu tun, wofür ich dankbar sein sollte, aber es kann sehr anstrengend sein, wenn es sich lange hinzieht."

„Gönnst du dir eigentlich auch mal Urlaub?"

„Nicht wirklich. Als Alex – als wir noch zu zweit waren, konnte immer der eine gehen, und der andere hielt die Stellung. Jetzt, wo ich allein bin, habe ich noch gar nicht darüber nachgedacht."

„Du brauchst aber auch mal eine richtige Auszeit."

„Ich wette, du hattest auch keine Auszeit, seit du mit deiner Hundesache angefangen hast."

„Meine *Hundesache*?"

„Du weißt doch."

„‚Leinen los'."

„So heißt es." Er grinste, was recht selten vorkam. Das Lächeln ließ Grübchen auf seinen Wangen entstehen, wodurch er unbeschwert aussah, so als ob er mit seiner Arbeit nicht unter Druck stände und sich auch nicht mit den Nachwirkungen seiner Beziehungsenttäuschung herumschlagen müsste. Es war recht heiß in dem Raum, Joe hatte gerötete Wangen, und der Schweiß ließ das Haar an seinen Schläfen dunkler erscheinen. Cat konnte nicht antworten, und plötzlich kam es ihr lächerlich vor, wie sie hier auf Knien vor sich hin schrubbte. Sie stand auf und wollte noch etwas zu trinken holen, ganz egal was. Dann aber hielt sie inne, weil sie Schritte auf der Treppe hörte: Polly erschien in der Tür.

„Hier bin ich", rief sie ganz außer Atem. „Und seht, wen ich gefunden habe."

Sie betrat den Raum, und Mark folgte ihr, lässig wie immer in einem dunkelgrünen T-Shirt und verblichenen Marineshorts, die Sonnenbrille ins Haar geschoben. Er hob grüßend die Hand und Cat fragte sich, ob sie ihn in den Arm nehmen oder ihm die Hand geben sollte. Da beugte er sich aber schon vor und gab ihr einen Kuss auf die Wange.

„Ich hoffe, ich habe nicht zu viel verpasst“, sagte er.

„Oh nein“, erwiderte Joe. „Da ist noch viel zu tun.“

„Kennt ihr beide euch?“, fragte Cat.

„Ich glaube nicht.“

Joe stand auf, wischte sich die Hände an seinen Shorts ab und gab Mark die Hand. Der Raum fühlte sich mit vier Personen plötzlich ziemlich klein an. „Ich bin Joe, Cats Mitbewohner, Pollys Bruder. Du bist Mark?“

„Ja, genau. Viel von mir gehört?“, fragte Mark grinsend.

„So dies und das“, gab Joe zu. „Nett, dass der Name jetzt ein Gesicht kriegt. Wie hast du ihn noch genannt, Cat?“

„Sagt uns, was wir machen können“, sagte Polly schnell und klatschte in die Hände. „Ehe wir alle in der Hitze umkommen.“

„Ja, okay.“ Cat warf ihrer Freundin einen dankbaren Blick zu und verteilte die Arbeit.

Nach einer Weile löste sich die Spannung. Obwohl immer noch etwas Konkurrenzgehabe zwischen Joe und Mark zu spüren war, bei dem Cat und Polly die Augen verdrehten, fing Cat doch langsam an, Spaß zu haben. Der Fußboden glänzte inzwischen, die Wände waren befreit von dem jahrealten Schmutzbelag, und das Fenster war auch bald klar und erlaubte einen Blick auf den blauen Himmel.

Frankie hatte Sandwiches gemacht und rief alle nach unten. Derweil kochte Elsie in der Küche Tee und Kaffee. Cat und die anderen ließen sich dankbar auf das Sofa und die Kissen nieder, die Frankie auf dem Fußboden verteilt hatte, während Boris und Charles eine Art Möbel-Modenschau für sie veranstalteten.

Der alte Schrank und das Nachttischchen erstrahlten nun in einem schönen dunklen Blau, die Griffe und Knöpfe waren silberfarben und sahen aus, als ob sie immer schon zusammengepasst hätten. Die Stehlampe und der Spiegelrahmen waren ebenfalls in mattem Silber gestrichen. Alles war in dem kleinen Garten bereits getrocknet und konnte nun in das fertige Zimmer gebracht werden.

„Und jetzt das i-Tüpfelchen." Frankie zog einen Läufer aus einer riesigen Tragetasche hervor. Er war im selben Dunkelblau wie die Möbel und hatte ein weiß-rotes Bogenmuster. Die Farbzusammenstellung war gewagt, aber Cat war sicher, dass sie perfekt zum Fußboden, den weißen Wänden und den einfachen Möbeln passen würde. „Ta-ta-ta-*ta*!"

„Wow. Wo habt ihr den denn her?"

„Gefunden", sagte Charles. Wir wollten ein paar Sachen für das B&B kaufen, und da haben wir ihn gesehen und fanden auch die dazu passende Farbe. Frankie hatte uns freie Hand gelassen."

„Wie könnte ich anders!", sagte Frankie. „Dieses Zimmer wird einfach toll aussehen. Nach diesem Erfolg werde ich euch vielleicht auch für den Rest des Hauses beauftragen."

„Ach, das ist doch nicht der Rede wert", wehrte Boris ab, aber Cat konnte sehen, dass er sich freute. Plötzlich fiel ihr auf, dass es trotz der vielen Menschen viel zu still im Raum war.

„Wo sind die Hunde?" Erschrocken stand sie auf.

Frankie grinste und deutete auf Olafs Körbchen.

Cat hielt sich die Hand vor den Mund. Olaf und Disco lagen im Körbchen, schnüffelten leise und benutzten sich gegenseitig als Liegekissen. Chalky und die Französischen Bulldoggen lagen dicht an dicht daneben und schliefen; gelegentlich zuckte dem einen oder anderen ein Ohr.

„Huch, was habt ihr denn mit denen gemacht?"

Charles zuckte mit den Achseln. „Die haben zu viel rumgetobt. Es ist einfach allerliebst."

„Ganz entzückend!" Damit kniete sich Cat vor sie hin und machte ein Foto mit ihrem Handy. Sie stellte sich vor, sie hätte einen eigenen Hund, der sich an die anderen anschmiegte. Einen

Cairn-Terrier oder einen Jack Russell, irgendetwas Kleines und Anhängliches. Eines Tages, dachte sie mit einem Seufzer und beobachtete, wie die Tiere schlummerten.

„Sollten wir nicht wieder anfangen?", fragte Joe und trank seinen Tee aus. „Es gibt noch viel zu tun."

Frankie nickte. „Aber lasst mich heute Nachmittag beim Putzen helfen. Ich habe das Gefühl, ich habe mir die Hände noch gar nicht schmutzig gemacht."

„Wie wär's, wenn wir das Bett zusammenbauen würden?", sagte Elsie zu ihr, während sie aus dem Fenster schaute.

„Ist es da?", quiekte Lizzie.

„Ich glaube, ja, mein Schatz, es sei denn, jemand anders in der Primrose Terrace hat auch etwas aus dem Möbelgeschäft bestellt." Elsie schüttelte den Kopf. „Brauchen die wirklich so einen Riesen-Lkw für ein flach gepacktes Bett und einen Segeltuch-Kleiderschrank?"

Vom Fenster aus beobachteten sie, wie ein riesiger Sattelzug mit eingeschalteter Warnblinkanlage und akustischem Signal versuchte, auf der Straße zurückzusetzen, und ruckweise an den geparkten Autos vorbeimanövrierte.

„Oh mein Gott", sagte Boris, „das wird eine Katastrophe."

„Vielleicht muss jemand ihn einweisen?" Mark eilte nach draußen und machte die Haustür zu, damit keiner von den Hunden in die Nähe der Räder kam. Dann versuchte er, mit Gesten und Rufen dem Fahrer zu helfen, dass der Lkw in eine gute Position kam. Cat wurde ganz heiß nur beim Zusehen. Sie lüftete ihr violettes Top, um etwas mehr Luft an ihren Körper zu lassen, und band sich das gepunktete Bandana wieder neu um den Kopf. Schweiß lief ihr in kleinen Rinnsalen zwischen den Schulterblättern herunter, und der Schmutz unter den Fingernägeln machte sich störend bemerkbar. Als Joe sie ansah, blickte sie schnell zur Seite. Cat runzelte die Stirn, sie merkte, dass sie viel zu müde war, um an etwas anderes zu denken als an das Bohnern des Fußbodens und das Herrichten der Möbel. Schnell ging sie nach oben, um dem Fenster seinen letzten Glanz zu verleihen.

„Mama sagt, es ist Zeit für Eis!", rief Lizzie und rannte die Treppe herunter. Cat sah kurz auf. Sie saß auf dem Wohnzimmerfußboden, umgeben von Hunden, und tippte eine Annonce, die man auf Websites schalten oder in der Lokalzeitung unterbringen konnte. Wenn das Zimmer erst einmal fertig war, würde sie noch Fotos beifügen. Boris und Charles waren, nachdem ihre Inneneinrichtung so gut aufgenommen worden war, wieder zu ihren eigenen Gästen zurückgegangen. Für die Verbliebenen kochte Polly Tee.

Elsie, Frankie, Joe und Mark schraubten die Möbel zusammen, und Cat war recht dankbar, woanders zu sein. Es war halb sechs, und sie hatten den ganzen Tag gearbeitet. Sie würde einen Besen fressen, wenn sie nun nach all ihrer Mühe keinen finden würden, der das Zimmer nahm.

„Eis ist eine tolle Idee", sagte Polly.

„Und die Hunde könnten ihren Auslauf gebrauchen", fügte Cat hinzu.

„Wir gehen in die Eisdiele", sagte Lizzie, „weil es da das beste Eis gibt. Elsie hat das gesagt."

Cat sah Polly an, aber die machte ein ausdrucksloses Gesicht. „Weißt du, was, liebe Lizzie, nimm doch Polly mit. Ich muss die Annonce fertig kriegen, sonst ist unsere ganze schwere Arbeit umsonst."

„Okay", sagte Lizzie fröhlich.

„Nein, nein", wiegelte Polly ab, „ich bleibe gern hier." Aber Lizzie fasste sie am Arm und leinte die Hunde an. Cat lächelte in ihren Laptop und sagte nichts, sondern winkte ihnen nur zu, als sie gingen.

Jetzt, da die Hunde und die Mädchen nicht da waren und Henry oben in seinem Bettchen schlief, war es im Wohnzimmer ungewöhnlich still, abgesehen von dem Tippen auf dem Laptop und den Stimmen, dem Lachen und den lauten Geräuschen, die aus dem Obergeschoss zu ihr nach unten drangen. Cat überarbeitete die Annonce, nicht so sehr, weil diese das nötig hatte, sondern eher, weil sie sich von anderen Dingen ablenken wollte. Dabei bemerkte sie Mark gar nicht, bis er vor ihr in die Hocke ging und ihr Kinn anhob, um sie zu küssen.

„Ich habe dich vermisst“, sagte er, „ich habe die ganze Zeit an dich gedacht.“

„Ich auch an dich“, antwortete sie, aber es hörte sich nicht sehr überzeugend an, und zwar hauptsächlich deshalb, weil sie nicht sicher war, dass sie ihm glauben konnte. Wenn er sie wirklich vermisst hatte, hätten sie sich dann nicht jeden zweiten Abend angerufen? So aber gab es nur einen kurzen Anruf und ein paar Flirt-SMS. Sie fand ihn durchaus attraktiv, aber sie wusste immer noch kaum etwas von ihm. Es war, wie Elsie gesagt hatte: Seine Heimlichtuerei fing an, langweilig zu werden.

Er küsste sie erneut, dieses Mal leidenschaftlicher, als hätte er ihre Gedanken gelesen und als wollte er ihr beweisen, dass sie damit unrecht hatte.

Sie erwiderte den Kuss und sagte sich, dass es egal war – was geschehen sollte, würde auch geschehen. Mark löste sich von ihr und küsste sie unterhalb des Ohres. „Wir müssen etwas daran tun“, murmelte er.

„An was?“, fragte Cat und fuhr ihm mit einer Hand durch sein volles Haar.

„Das zwischen uns.“

„Ich habe gedacht, du wolltest mit mir zum Abendessen ausgehen?“

Er setzte sich gerade hin und sah sie an, und sein unbekümmertes Lächeln umspielte wieder seinen Mund. „Wollte ich das, ja?“

Sie nickte.

„Dann machen wir das auch. Nächste Woche.“

„Heißt nächste Woche richtig wie nächste Woche oder wie in drei Monaten?“

„Cat …“, Mark runzelte die Stirn, aber da wurde die Haustür aufgestoßen, und die Mädchen stürmten herein – mit leeren Händen.

„Kein Eis?“, rief Cat.

„Guck mal, wen wir gefunden haben!“, rief Emma, und Cat sah zu, wie erst Polly und dann Rummy mit gespitzten Ohren und lebhaft wedelndem Schwanz hereinkamen. Nach ihnen folgte Owen mit einer großen Kühlbox in der Hand. Er machte die Tür mit dem Hintern zu, grinste Cat breit an und nickte grüßend.

„Der mit den verliebten Augen!“, fügte Lizzie hinzu und klatschte in die Hände. „Wir haben *sooo* viel Eis gekriegt!“

12. Kapitel

Das Dachbodenzimmer war fertig, und Cat fragte sich, ob Polly und Joe böse sein würden, wenn *sie* nach dieser ganzen Arbeit in Nr. 12 einziehen würde. Joe könnte dann wenigstens wieder in Ruhe *Blade Runner* gucken. Die Mansarde sah toll aus, und nicht nur deswegen, weil Cat gerade einen veritablen Zuckerrausch mit Owens Eis erlebte.

„Das“, sagte Owen, „ist ein ganz tolles Zimmer. Ich kann wirklich nicht glauben, dass hier vor ein paar Wochen überall Kisten rumstanden. Es ist besser als das Hotel Meridian an der Strandpromenade.“

„Kann ich dich in meiner Annonce zitieren?“, fragte Cat. „Örtlicher Geschäftsinhaber sagt … Vielleicht könntest du auf dem Nachhauseweg bei uns vorbeikommen, und wir könnten die Annonce fertig machen. Was hältst du davon, Pol?“

„Ich dachte, ich …“ Polly streifte Cat mit einem Seitenblick, der deutlich „lieber nicht“ sagte. „Ich muss noch lernen.“

Cat kaute auf der Unterlippe.

„Aber nicht heute Abend, Schwesterchen“, sagte Joe, „nicht nach dieser ganzen Schufterei. Wir sollten uns allen einen freien Abend zum Feiern gönnen.“

„Unsere Feier war das Eis“, sagte Frankie und legte die

Arme um ihre Töchter. „Ich muss die Kinder noch baden und ins Bett bringen."

Emma konnte die Augen nur mit Mühe offen halten, und Lizzie hatte ein schläfriges Lächeln im Gesicht – und ein paar schmutzige Stellen, vielleicht waren es auch Eisreste. „Und nun, da ich Henry versorgt habe, möchte ich nicht das Risiko eingehen, dass er aufwacht."

Cat warf einen letzten Blick auf die wunderschöne saubere Mansarde und den Läufer mit dem Bogenmuster. Was für ein Kontrast zu der mit Kisten vollgestopften Rumpelkammer, mit der sie angefangen hatten. Cat zog die Tür zu.

Als sie in den wunderschönen Sommerabend hinaustraten, blieb Cat auf der Türschwelle stehen. „Es ist doch jammerschade, dass du nicht zu deiner eigenen Feier kommen kannst."

Frankie schüttelte den Kopf. „Nun sei nicht albern – du hast mehr als alle anderen gearbeitet. Ganz herzlichen Dank, Cat. Ich weiß gar nicht, was ich ohne deine Hilfe gemacht hätte. Ich weiß, es ist noch nicht alles in trockenen Tüchern, und dass ich einen Mieter brauche und auch einen neuen Job und …" Sie strich mit den Händen über ihr Haar und zuckte leicht mit den Achseln. „Aber alles wäre viel schlimmer, wenn ich das nicht hätte. Es ist wie ein Leuchtturm der Hoffnung oben auf unserem rosa Haus – wie das Leuchtfeuer auf dem Leuchtturm."

Cat legte ihr eine Hand auf den Arm. „Ich habe ja gar nicht viel gemacht. Ich habe nur eine Idee zu dir rübergebracht, und du hast mir nicht die Tür vor der Nase zugeschlagen."

„Und ich habe überlegt, wie ich das wiedergutmachen kann."

„Oh?"

„Spielst du Gitarre?"

Cat schüttelte den Kopf. „Nein, leider nicht. Ich glaube, ich habe überhaupt kein musikalisches Talent. An der Uni habe ich in der Schauspielgruppe mitgemacht, sie haben mir aber keine Rolle in irgendeiner musikalischen Produktion gegeben."

„Ich werde dich überzeugen, dass du dich irrst."

„Ich weiß nicht", sagte Cat. „An mir könnte Hopfen und Malz verloren sein."

„Entschuldigung", sagte Owen und sprang auf die oberste Stufe. „Hast du gesagt, du suchst einen Job?"

Frankie nickte langsam, und ihre Augen wurden schmal. „Ja, aber …"

„Was für einen?"

„Ich habe im Spatz gearbeitet, aber irgendwie habe ich da nicht hingepasst. Mit Henry und den Mädchen muss ich alles kurzfristig fallen lassen können, aber die waren dort nicht flexibel. Ich weiß, es ist nicht ideal, aber ich kann für meine Kinder keine Kompromisse machen."

Owen machte eine abwehrende Handbewegung. „Spatz in der Stadt, das Restaurant?"

„Ja, warum redest du so in Rätseln?"

„Das tue ich gar nicht", antwortete Owen und hob die Arme. „Wir sind in der Eisdiele unterbesetzt, und ich weiß nicht, ob du Interesse …"

„Aber ja!", beeilte sich Frankie zu antworten, und Cat musste ein Lachen unterdrücken. „Entschuldigung, dass ich so schroff war, aber ja, das wäre toll. Selbst ein paar Stunden in der Woche würden viel ausmachen."

„Wow, das ging ja einfach." Owen schüttelte Frankie mit einem Grinsen die Hand.

Cat blickte auf Frankies strahlendes Gesicht, dann auf Owens die ganze Zeit fröhliches Gesicht und konnte gerade noch dem Drang widerstehen, jubelnd herumzuspringen. Stattdessen rannte sie die Treppe hinunter und umarmte Polly vor Freude. „Owen hat Frankie einen Job angeboten", flüsterte sie.

„Was?!"

„Sei nicht eifersüchtig. Du wirst ja Tierarzthelferin. Aber es ist nicht einfach, wenn man weiß, dass Frankie bei Owen *und* mit Eis arbeiten wird."

Frankie verabschiedete sich und winkte ihnen zu. „Wir müssen noch einen Termin ausmachen für deine erste Stunde“, rief sie, ehe sie die Tür schloss.

„Erste Stunde?“ Polly runzelte die Stirn. Cat tat ihre Frage mit einem Achselzucken ab, und Owen kam zu ihnen auf die Straße – seine Kühlbox war jetzt leer. Rummy und Disco jagten auf dem Bürgersteig hintereinander her und versuchten, sich in den Schwanz zu beißen.

„Wo ist jetzt also die Feier? Nur, wenn ich willkommen bin, natürlich. Ich habe ja diese Party ziemlich überfallen.“ Er rieb seinen Nacken, und seine schwarzen Locken wippten hoch.

Cat blickte Polly mit einer stummen Frage an, und ihre Freundin lächelte kaum merklich zurück. „Sie findet bei uns statt“, sagte Cat.

„Und kann Rummy mitkommen? Ich meine, du bist Hundesitterin, deswegen habe ich das angenommen, aber …“

„Schon okay“, meinte Joe.

„Im Ernst?“, Cat hatte viel lauter gefragt als beabsichtigt.

Joe verdrehte die Augen. „Nun mach nicht so eine große Sache draus. Ich muss nur gucken, ob Shed zu Hause ist, und dann …“ Er wies mit der Hand auf die Straße und ging los.

Elsie hakte sich bei Cat unter, und Mark fasste Tritt auf der anderen Seite. „Ich muss gehen“, sagte er. „Chips ist zu Hause, und ich habe Jessica versprochen, sie über mein Drehbuch und alle Widrigkeiten in London auf dem Laufenden zu halten.“

„Ist sie zurück?“, fragte Cat wie nebenbei und versuchte, das Ziehen in ihrem Magen zu ignorieren. Er zog also Jessica einem Abend mit ihr und ihren Freunden vor.

„Sie ist gestern Abend zurückgekommen“, antwortete Mark. „Aber die Westies holt sie erst morgen von der Hundepension ab, sodass …“

Sie würden also einen Abend ohne die Hunde haben. Nur sie beide, an einem schwülen Sommerabend, in Jessicas schönem Garten …

„Natürlich. Aber wenn du nicht bald einen Tisch für uns reservierst, werde ich das selbst tun müssen.“ Sie lächelte schelmisch und hoffte dabei, dass ihre Unsicherheit nicht auffallen würde.

„Das werde ich tun“, sagte er und flüsterte ihr dann ins Ohr: „Aber ich habe es in der Tat gern, wenn eine Frau die Initiative ergreift.“

„Hast du deshalb so hoffnungslos versagt, das zu organisieren?“

Er lachte und drückte ihr einen Kuss auf die Lippen. Dabei stolperte sie über einen losen Pflasterstein und brachte Elsie aus dem Gleichgewicht.

„Du meine Güte!“, sagte die ältere Frau. „Das muss ich ja wohl nicht unbedingt mitmachen.“ Inzwischen hatten sie die Nr. 10 erreicht, und während Elsie sich von Owen und Polly verabschiedete, zog Mark Cat beiseite und küsste sie erneut, wobei er sie um die Taille fasste.

„Es tut mir leid, dass ich nicht mitkommen kann“, sagte er leise. „Das nächste Mal.“

„Jessica ist nicht die Einzige, die etwas über deinen Film hören will, weißt du. Ich bin *wirklich* interessiert, obwohl ich nicht zum inneren Kreis der Berühmtheiten gehöre.“ Kaum hatte sie das gesagt, wurde ihr klar, dass sich das ziemlich beleidigt angehört hatte. Aber Mark ergriff ihre Hand, drückte sie und küsste Cat auf einen Mundwinkel.

„Ich werde für uns an einem wirklich besonderen Ort reservieren, und dann werde ich dir alles darüber berichten.“

„Und ich werde über das Warten noch alt und grau werden!“, rief sie ihm nach. Sie hörte ihn lachen, als er die Primrose Terrace entlangschlenderte.

„Ich bin fix und fertig“, sagte Elsie. „Wir gehen rein.“

Cat beugte sich hinunter, um sich von Disco und Chalky zu verabschieden. Dabei drückte sie ihre Nase auf das von der Sonne erwärmte Fell der Tiere.

„Bist du okay?", fragte Elsie.

Cat spürte die Bedeutungsschwere in dem Ton ihrer Freundin und war nicht sicher, ob sie Elsie ansehen konnte. Sie nickte.

„Lass dich nicht von ihm täuschen, Cat. Ich weiß, er ist verführerisch mit seinem attraktiven Aussehen, seinem Traumjob und seinem Charme, aber denk an die Zeit, als du ihn kennengelernt hast, da warst du besorgt darüber, er könnte Jessicas Herz brechen. Sei jetzt, wo es sich um dich selbst handelt, genauso vorsichtig und achtsam. Ich bin immer da, und du hast auch Polly und Joe, wenn irgendetwas schiefläuft. Aber das Wichtigste ist: Lass dir nicht das Herz brechen. Das hört sich schrecklich misstrauisch an, ich weiß. Aber … einige Menschen sind es wert, und andere sollte man schnell wieder ziehen lassen."

„Ich weiß", antwortete Cat, „und ich nehme die Sache auch nicht zu ernst. Im Moment gucke ich einfach, wie sich die Dinge entwickeln."

„Nun, sieh nur zu, dass man dich nicht aufs Glatteis führt."

„Ich würde mich, ehrlich gesagt, an jeder Stelle wohlfühlen, die weit genug von den Treppenstufen unserer Haustür entfernt ist."

„Pah! Nun – geh und feiere schön. Nach der ganzen Plackerei hast du dir das verdient."

Cat lehnte sich gegen den Türrahmen und blickte gedankenverloren ins Wohnzimmer. Sie hörte, wie Polly und Owen sich in der Küche unterhielten und wie Joe Chips in eine Schüssel auf dem Tisch schüttelte. Rummy saß ihm zu Füßen und blickte ihn mit seinem kantigen Gesicht erwartungsvoll an.

„Die Chips sind nicht für dich", sagte Joe, setzte sich hin und kraulte dem Hund die Ohren. „Und lass dir bloß nicht einfallen, auf den Schoß zu wollen, denn wenn meine Katze dich kriegt, dann bist du erledigt. Es ist nicht die *Cat*-Katze – kurzes braunes Haar, tolles Lächeln –, nicht sie. Sie gehört mir nicht, und sie würde dich mit auf ihr Zimmer nehmen, wenn sie könnte – nein, das hört sich irgendwie falsch an." Er runzelte die Stirn und rieb sich die Augen.

Cat war ganz versteinert, während sie ihn beobachtete, wie er mit dem Hund sprach, als ob er ihm gehörte. Sie wollte ihn nicht unterbrechen und wünschte sich, er möge noch einmal sagen, dass sie ein tolles Lächeln hatte, nur damit sie glauben konnte, dass er diese Worte wirklich gesagt hatte.

„Ich rede von meinem Kater Shed", fuhr Joe fort. „Rotes Fell, brummig, nicht das umgänglichste Haustier, nicht so hübsch wie die *andere* Cat. Ich habe Shed nur bekommen, weil …"

„Ist Weißwein okay? Er war im Kühlschrank." Owen und Polly brachten die Flasche und vier Gläser ins Zimmer. Joe richtete sich wieder auf und ließ seine Hand über den Rand des Sofas herunterhängen. Rummy machte es sich zu seinen Füßen bequem, und Polly lächelte ihrem Bruder kurz zu und verstrubbelte ihm das Haar. „Alles in Ordnung?", fragte sie.

Joe nickte, und Cats Verwirrung wurde noch größer. Sie erinnerte sich an Pollys Satz beim Picknick, nämlich dass es falsch sei, zu behaupten, dass Joe keine Hunde mochte.

„Wo ist Cat?", wollte Owen wissen.

„Sie ist wahrscheinlich unter der Dusche und will sich umziehen", antwortete Polly. „Ihre Sachen waren ziemlich schmutzig."

Cat blickte an sich herunter und sah, dass ihr Top und ihre Shorts verdreckt und ihre Finger schwarz waren, und dachte, dass sie tatsächlich die Erwartung ihrer Freundin erfüllen sollte. Leise ging sie die Treppe hinauf und gönnte sich eine lange Dusche.

In einem blauen Kleid im Stil der Fünfziger mit schwarzem Punktmuster und mit noch feuchtem Haar fühlte Cat sich wie neugeboren. Inzwischen verspürte sie einen ziemlichen Hunger. Im Wohnzimmer war niemand. Die Fenster standen weit offen und ließen frische Luft und den Geruch von gegrilltem Fleisch herein.

„Oh Gott“, sagte sie, „müssen wir dieses Barbecue irgendwo suchen?“

„Das ist eine gute Idee“, rief Joe von der Küche aus. „Warum fängst du mit der Suche nicht in unserem Garten an?“

Cat starrte ihn mit offenem Mund an. „Wir haben einen Grill? Wieso haben wir das so lange nicht gemacht? Der Sommer war doch bisher nicht groß verregnet.“ Cat schlängelte sich an Joe vorbei und ging zur Hintertür. Auf einem silberfarbenen Gasgrill brieten Würstchen und Hähnchenkebabs. Rummy lag daneben und hob alle paar Sekunden den Kopf, um zu schnüffeln – auch Cat nahm den Grillduft in sich auf.

„Weil ich viel zu tun hatte mit Lernen und weil Joe grundsätzlich faul ist und sich nicht dazu bequemen konnte, den Grill aus dem Schuppen zu holen.“ Polly und Owen saßen in dem kleinen Garten am Tisch und hatten die Köpfe zusammengesteckt.

„Jetzt habe ich es aber gemacht, oder?“ Joe reichte Cat ein Glas Wein. Er schwang eine Grillzange, und Cat fand, dass er unglaublich sexy aussah, aber wahrscheinlich glaubte sie das nur, weil sie solch einen Hunger hatte.

Cat verlegte sich darauf, eher den Grill als Joe anzuhimmeln, und nahm einen großen Schluck Wein. „Das ist ja besser als alle Schätze auf Frankies Dachboden zusammen. Es ist einfach perfekt, vielen Dank.“ Zufriedenheit kam über sie wie eine sanfte Welle. Sie hatte das Gefühl, dass sie hierhergehörte, in diesen kleinen Garten mit ihrer besten Freundin und mit Joe und Owen (den sie, da war sie recht sicher, bald häufiger hier antreffen würde).

Sie hatte Frankie geholfen – sicher würde sich jetzt jemand finden, der die Mansarde nahm –, und sie hatte genügend Hunde, mit denen sie spazieren gehen konnte, um sich über Wasser zu halten. Außerdem würde Mark sie nun wirklich zum Abendessen ausführen, und wenn nicht, dann würde halt *sie ihn* ausführen. In dem Augenblick gab es nicht viel, das sie hätte ändern wollen.

„Erde an Cat?“, fragte Joe. „Bist du okay, du bist so weit weg.“

„Ich bin okay“, nickte sie. „Mehr als okay. Ich bin …“ Sie suchte nach einer Möglichkeit, all ihre Gedanken in einen einzigen Satz hineinzupressen, fand aber keine. Sie machte ein paar Schritte auf ihn zu, schlang die Arme um ihn und lehnte den Kopf an seine Schulter. Sie spürte, dass er ganz still wurde. Vielleicht war ihr früherer, irrationaler Gedanke doch nicht so irrational gewesen. „Ich wollte das schon den ganzen Tag machen“, sagte sie und musste einfach weitersprechen.

„Warum?“, fragte er leise.

Sie sah an ihm hoch. „Weil du mir so sehr geholfen hast. Die Vermietung des Dachbodens war doch in Wirklichkeit deine Idee. Und ebenso das Hundepicknick. Und du hast das alles toleriert, meine Ideen, meine Störungen und meine … meine Hunde. Du bist mir ein guter Freund geworden, Joe.“

Er holte tief Atem und lächelte. „Ja, na ja, du bist die meiste Zeit auch nicht so übel. Auf jeden Fall hast du es geschafft, dass es weniger langweilig ist.“

Cat lachte. „Ich nehme das mal als Kompliment.“

„Das ist aber auch das einzige, das du kriegen wirst. Oh, die Würstchen brennen an.“ Er klopfte ihr leicht auf die Schulter, und sie löste sich von ihm und dachte, dass er vorhin viel schmeichelhaftere Komplimente gemacht hatte, als er glaubte, sie könnte ihn nicht hören.

„Darf Rummy Würstchen haben?“, fragte Joe.

Owen runzelte die Stirn und blickte Rummy an. Der Hund stellte sich vor sein Herrchen. „Ja, mach nur“, antwortete Owen. „Aber nur eins. Ich will seine Diät nicht durcheinanderbringen.“

„Sagt der Mann, der eine Eisdiele betreibt“, sagte Polly lachend.

„Eis bringt Sonne in jedes Leben.“ Dabei hob Owen beschwörend die Arme zum Himmel.

„Da bin ich ganz deiner Meinung“, sagte Cat und hob ihr Glas. Die Ruhe des Abends wurde durch ein lautes Kreischen unterbrochen: Shed rannte an der hinteren Mauer entlang, sprang in den kleinen Garten und verschwand im Haus, ohne auch nur anzuhalten, um den Geruch des Grillfleisches aufzunehmen.

„Was sollte das denn?“, fragte Owen.

„Oh, der macht nur was nach Katzenart“, sagte Joe und tat die Sache mit einer Handbewegung ab.

Cat schloss die Augen. Sie konnte es nicht weiter hinausschieben: „Was das angeht“, sagte sie, „ich glaube, dass er einen der hiesigen Hunde eingeschüchtert hat.“ Sie hielt inne und wartete, ob Joe sich wieder so entspannt äußern würde. Sie war sich nämlich nicht sicher, ob sie an so einem schönen Abend mit Joes gereizter Art zurechtkommen würde.

„Was meinst du damit?“ Sein Gesichtsausdruck war eher neugierig als verärgert, und Cat lief ins Haus und kam mit ihrem einzigen Beweisstück zurück – dem Eiffelturmamulett.

Es war nach Mitternacht, als sie sich schließlich von den Plastikstühlen erhoben, um ins Haus zu gehen. Sie hatten gar nicht richtig gemerkt, dass es immer dunkler und kälter geworden war.

„Also, Zeit, ins Bett zu gehen?“, fragte Polly und streckte sich.

„Wenn die Nacht es will, dann muss es so sein“, intonierte Owen mit tiefer, dramatischer Stimme. „Außerdem ist es längst über Rummys Schlafenszeit hinaus.“

„Aber nicht über deine?“, fragte Polly.

Cat tastete nach den Gläsern und wollte sie vom Tisch nehmen, aber Joe legte eine Hand auf ihren Arm. „Lass sie stehen bis morgen. Es passiert ihnen nichts während der Nacht.“

„Was ist mit Shed?“

„Er kann im Dunkeln besser sehen als wir. Er wird die Gläser nicht umstoßen.“

„Hast du wirklich nichts gegen … das mit Paris?"

„Natürlich habe ich das", antwortete er und wartete an der Hintertür, um Cat zuerst hereinzulassen. „Ich habe etwas dagegen, dass meine Katze einen armen kleinen Hund zusammenhaut. Aber bin ich deswegen sauer, dass du es mir erzählt hast? Nein, ich bin froh, dass du es getan hast."

„Ich weiß, was wir tun können, damit er nicht in den Garten des Captains geht."

„Tigerkacke oder so was", sagte Owen. „Meine Mutter hasste es, wenn die Katzen ihr Geschäft in unserem Gemüsebeet machten. Um den kleinen Katzendreck zu vermeiden, holte sie Großkatzen-Dreck vom Gartencenter. Davor haben die wohl Angst, glaube ich."

„Da mache ich mich schlau. Danke, Owen. Es war schön, dich näher kennenzulernen. Ich freue mich, dass du heute Abend hier warst."

„Ich auch, und ich werde – äh …" Er drehte sich zu Polly und breitete die Arme aus zu einer albernen, aber – wie Cat dachte – nervösen Geste. „Wir sehen uns bald wieder?"

Polly grinste und gab ihm einen Kuss auf die Wange. Sie waren ungefähr gleich groß, nur dass Owens Locken ihn größer erscheinen ließen. Cat stellte sich vor, dass ihre Babys strahlend blaue Augen haben würden, etwa wie in einem Science-Fiction-Film.

„Aber klar." Polly begleitete ihn zur Tür.

Cat legte Joe eine Hand auf die Brust und hielt ihn zurück. „Gib ihnen einen Moment."

Joe verdrehte die Augen. „Ist es nicht Zeit fürs Bett?"

„Lass sie sich gute Nacht sagen."

Er nickte. Joe sah müde aus, in seinen Augenwinkeln waren Fältchen zu sehen. „Cat?"

„Ja?" Sie musste schlucken.

„Wenn du zum Captain gehst, kann ich dann mitkommen? Ich möchte mich entschuldigen."

Cat atmete hörbar aus und sah lächelnd zu ihm auf. „Natürlich. Das wäre toll." Die Haustür fiel ins Schloss, und Polly lehnte sich mit geschlossenen Augen dagegen. „Nacht, Joe", sagte Cat.

„Gute Nacht."

„Ob der Captain uns hiermit reinlässt?" Joe hielt Cat die Packungen mit Löwendung hin und grinste. Auf der Vorderseite war ein männlicher Löwe zu sehen, aber auf den ersten Blick sahen die Packungen aus, als hätte Joe sie in einem Scherzartikel-Laden gekauft.

„Der Mann in dem Geschäft sagte, dass es wirkt. Er ist ein großer Naturliebhaber und hat die gesamte Blaumeisenpopulation von Fairview regelmäßig in seinem Garten. Der Captain will nicht, dass Paris sich fürchtet, deswegen glaube ich, dass er alles ausprobieren wird."

„Okay, aber du gehst voran."

Der Captain begrüßte Cat und empfing auch Joe mit einem herzlichen Händedruck. Er führte sie beide ins Wohnzimmer und verschwand in der Küche, um für alle Tee zu kochen. Cat wischte ihre schweißigen Hände an ihrem Rock ab und hoffte, er möge ihnen verzeihen, dass die Katze, die seinem Hund Angst eingejagt hatte, ihnen gehörte.

Sie setzte sich auf das Sofa neben das zusammengerollte Pelzbündel und streckte die Hand aus. Aber Paris hob den Kopf und bellte, sprang auf und setzte sich auf Cats Knie, wobei sie aufgeregt jaulte.

Joe blickte sie mit seinen blauen Augen unverwandt an. „*Das* ist dein depressiver Hund? Cat, ehrlich, was ist hier los?"

Cat starrte Joe an. „Ich habe keine Ahnung", sagte sie, gerade als der Captain mit drei Tassen Tee hereinkam, wobei er etwas Tee verschüttete, als er das Tablett auf den Tisch stellte.

„Das ist eine Überraschung, nicht wahr?", kicherte der Captain, wobei er auf Paris deutete.

„Nicht zu fassen. Sie scheint ein völlig anderer Hund zu sein. Wir sind gekommen, um zu helfen, aber …“ Cat fehlten die Worte.

Der Captain beugte sich vor, die Ellbogen auf den Knien, sein Gesichtsausdruck geheimnisvoll verschwörerisch. „Ich habe den Bösewicht erwischt, in flagranti sozusagen.“

„Den Bösewicht?“ Cat ließ die Packungen mit Löwendung hinter ihrem Rücken verschwinden. Aus dem Augenwinkel beobachtete sie, wie Joe versuchte, ernst zu bleiben.

„Eine *Katze*! Ein riesiger wilder Kater hat meine Paris in Angst und Schrecken versetzt! Ich würde mich nicht wundern, wenn er das auch mit einigen anderen Haustieren gemacht hat.“

Cat schloss die Augen. „Captain, es tut uns wirklich leid, aber …“

„Es war eher ein Panther als eine Katze. Fast genauso groß, mit schwarzem seidigem Fell und gelben Augen.“

„Eine *schwarze* Katze?“ Cat sah ihn entgeistert an.

„Ja, warum? Sie sehen aus, als ob Sie durch irgendetwas aus der Fassung gebracht worden wären. Ist der Tee nicht gut? Ich habe die Milch kontrolliert, sie müsste noch gut sein.“

„Nein, nein, das ist es nicht, es ist – wir haben gedacht, dass – ich meine …“

„Was Cat sagen will, Captain, ist, dass wir dachten, dass es meine Katze war, die Ihrem Hund zugesetzt hat. Sehen Sie, ich habe einen Kater. Er ist groß, hat rotes Fell, nicht immer die allerbeste Laune, und …“

„Wir haben das in unserem Haus gefunden.“ Cat holte das Amulett aus ihrer Tasche und hielt es dem Captain hin. Sie hatte Paris auch ein neues Halsband gekauft, eins in schönem Königsblau.

Er legte die Sachen auf den Tisch. „Danke, dass Sie es gefunden haben, und danke für das schöne neue Halsband. Sehr großzügig von Ihnen. Paris – Paris ist eine wundervolle Stadt.“ Er sprach gedankenverloren, und Joe blickte Cat stirnrunzelnd an.

Sie zuckte mit den Achseln. „Rotes Fell, sagen Sie?“, fragte der Captain schließlich.

„Ja“, sagte Joe. „Er ist ein ziemlicher Rabauke.“

„Er ist eine Pussy, im doppelten Wortsinn: eine Mieze und ein Angsthase.“

„Wie bitte?“

„Ich habe ihn ganz zufrieden über die Mauern schleichen sehen“, sagte der Captain. „Und ich habe beide gesehen, ihn und den Panther. Ihr Kater, muss ich leider sagen, hat nicht die geringste Chance. Er rennt miauend weg, die Ohren zurückgelegt, die ganze Strecke.“

Joe lehnte sich zurück und verschränkte die Arme. „Einen Moment mal …“

„Wie kam denn dann das Amulett in unser Haus?“, fragte Cat.

Der Captain zuckte mit den Achseln. „Ich bin sicher, dass es der Panther war, der meiner Paris das Halsband abgerissen hat. Vielleicht hat es sich in einer Klaue Ihres Katers verheddert, oder der Panther hat mit ihm gekämpft. Keine Ahnung, aber es war auf keinen Fall Ihr Kater, der meiner Paris so zugesetzt hat, so viel ist sicher.“

„Und Paris geht es jetzt ja viel besser“, sagte Cat. Der kleine Hund lief auf dem Sofa hin und her und schnüffelte.

Der Captain lachte in sich hinein und rieb sich die Hände.

„Wir haben Ihnen vorsichtshalber Löwendung mitgebracht“, hielt Cat die Packungen hoch, „um die Katzen daran zu hindern, in Ihren Garten zu kommen.“

„Löwendung ist schön und gut, und danke für Ihre Freundlichkeit, aber ich kann garantieren, dass der Panther nicht zurückkommt. Ich habe ihn erschossen.“

„Sie haben ihn *getötet*?“, sagte Joe, ganz entsetzt.

Das Kichern des Captains verstärkte sich zu lautem Lachen. „Guter Gott, junge Dame, Ihr Freund mag ja wohlerzogen sein, aber er hat keinen besonders guten Realitätssinn, oder? Erst dachte er, meine Paris hätte Angst vor Spinnen, und nun das. Nein, natürlich habe ich ihn nicht getötet. Ich habe etwas viel Besseres." Er erhob sich schwerfällig und verließ das Zimmer.

Joe verdrehte genervt die Augen, und Cat unterdrückte ein Lachen.

„Nein", sagte der Captain, „wir brauchen keinen Löwendung, und man muss auch den Bösewicht nicht töten, wenn man dies hier hat." Er fuchtelte mit einer großen leuchtenden Wasserpistole mit einem rosa Abzug herum. Cat konnte sich erinnern, dass sie als Kind auch so eine gehabt hatte. Und mit einem Mal war der Gedanke, dass der Captain mit seiner Halbmondbrille an der Hintertür lauerte und mit der Super Soaker in der Hand Katzen von der Mauer jagte, zu viel für sie. Sie brach in lautes Gelächter aus, und Paris fing an zu bellen, die Ohren aufgerichtet, gespannt darauf, was passieren würde.

Am Abend nahmen Cat und Polly Jessicas Westies und Olaf mit zum Park. Die Sonne näherte sich den Baumwipfeln, und in der stillen Luft war der Gesang einer Drossel zu hören. Valentino, Coco und Dior schienen erfreut zu sein, Cat wiederzusehen, und die Freude beruhte auf Gegenseitigkeit. Cat hatte die Tiere vermisst. Und obgleich ihre Hundepension sicher ausgezeichnet gewesen war, waren sie bestimmt lieber wieder bei Jessica und in dem Park, in dem sie herumtollen konnten.

Cat berichtete Polly von ihrem und Joes Besuch beim Captain, und Polly musste über die Vorstellung von dem alten Mann mit einer riesigen Wasserpistole fast genauso laut lachen wie Cat.

„Ihr habt es zusammen herausbekommen", sagte Polly, „und ein weiterer Bewohner von Fairview und sein Hund sind glücklich."

Cat grinste und beugte sich hinunter, um die Westies von der Leine loszumachen. Olaf tanzte bellend im Kreis herum, und Cat ließ auch ihn los. Mit Erleichterung sah sie, dass er in der

Nähe der anderen Hunde blieb, die an der Baumreihe entlangliefen. „Es ist ein herrlicher Sommer", sinnierte Cat, wobei sie die Hunde immer im Auge behielt. „Ich könnte mir nicht vorstellen, wo ich den Sommer lieber verbringen würde als hier. Wie geht's Owen?"

Polly zuckte mit den Achseln. „Ich habe seit dem Barbecue noch nicht wieder mit ihm gesprochen."

„Aber das wirst du doch noch?"

„Wenn ich erst mal die Prüfungen hinter mir habe."

„Pol."

„Sag nichts, Cat. Ich muss mich wirklich darauf konzentrieren und darf mich von nichts ablenken lassen. Besonders jetzt nicht, wo ich so kurz davor stehe."

„Aber du hast dich doch so gut mit ihm verstanden."

Polly lächelte kurz. „Habe ich auch. Aber er weiß, dass ich lernen muss, und … ich werde sehen, was wird, wenn ich frei bin. Frei!" Sie riss die Arme hoch und blickte zum Himmel. „Ich kann es kaum erwarten."

„Ich auch nicht." Sie ergriff Pollys Hand. „Dann können wir mindestens einen Monat lang feiern."

„Oh!" Polly drehte sich unvermittelt zu ihr. „Habe ich dir eigentlich gesagt, dass Leyla, mit der ich zusammen arbeite, an Frankies Zimmer interessiert ist? Ich hatte es ihr gegenüber erwähnt, und sie meinte, sie würde schon lange nach etwas suchen. Ich habe ihr auch schon von Frankie und ihrem Leben erzählt."

„Das sind ja tolle Neuigkeiten, Frankie wird begeistert sein!" Cat und Polly schlugen freudig die Fäuste aneinander. Dann ging Cat mit großen Schritten in die Richtung, wo die Hunde waren. Sie hatte Leyla noch nicht kennengelernt, aber Polly hatte sie früher schon einmal erwähnt. Und Cat konnte sich nicht vorstellen, dass jemand, der sein ganzes Leben der Betreuung von Tieren gewidmet hat, nicht wunderbar sein sollte – sie brauchte nur ihre beste Freundin anzusehen, um das zu erkennen. Sie rief die Hunde zurück und lockte sie mit der Leckerchentüte. Als ihr Handy klingelte, gab sie Polly die Leinen.

„Hallo?“

„Ich hole dich nächsten Mittwoch um sieben ab.“

Cat grinste. „Wo gehst du mit mir hin?“

„Abwarten“, ließ sich Mark vernehmen. „Aber ich hoffe, es wird dich dafür entschädigen, dass ich so lange gebraucht habe, meinen Hintern hochzukriegen. Obwohl“, – Cat hörte das Lächeln in seiner Stimme – „die besten Dinge sind immer die, für die sich das Warten lohnt.“

„Versuchst du gerade, mir klarzumachen, dass *du* das Beste bist?“

„Wie ich schon sagte, abwarten.“

Cat legte die Hand auf ihre Wange. „So viel, worauf man sich freuen kann“, trällerte sie.

„Du kannst mir ruhig glauben.“ Sie hörte, wie er auflegte, und steckte ihr Handy wieder in die Tasche.

„Wer war das?“ Polly hatte die Hunde wieder angeleint, und sie guckten nach oben auf Cats Tüte mit den Leckerchen. „Oh, du brauchst es mir gar nicht zu sagen, ich kann es an deinem Grinsen sehen. Er hat also endlich beschlossen, mit dir auszugehen?“

„Hat er.“ Cat beugte sich hinunter, um die Tiere zu streicheln und ihnen ein Leckerchen zu geben. „Ihr seid so brav. Besonders du, Olaf. Lizzie und Emma werden richtig stolz auf euch sein, dass ihr zurückgekommen seid, als wir euch riefen.“

„Details? Oh nein, du brauchst nichts zu erzählen“, sagte Polly wieder, „es gibt ja keine. Nun, wohin er dich auch mitnimmt, es wird bestimmt toll. Ich freue mich für dich, Cat. Obwohl er so rumgetrödelt hat, scheint er doch nett zu sein, und obendrein sieht er auch noch super aus.“

„Ja, beides stimmt“, sagte Cat mit einem Lächeln. Obwohl sie sich freute, endlich einen Termin in ihrem Kalender zu haben, fühlte sie sich irgendwie unbehaglich. Er sah tatsächlich sehr gut aus und war immer nett zu ihr gewesen, und ganz sicher war er in der Lage, jemandem mit seinem Charme alles zu entlocken, was er wollte. Aber irgendwie war er für sie noch immer unerreichbar, so als ob er hinter Glas wäre oder unter Wasser schwimmen würde. Man wurde mit ihm nicht warm, wie das etwa bei Owen war, und er war auch nicht so geradeheraus wie Joe. Sie fragte sich, ob sie nach dem Date eine größere Nähe zu ihm verspüren würde.

Ihr neues Leben in Fairview, ihr Job als Hundeausführerin und ihre neuen Freundschaften, all das lief bestens. Erwartete sie vielleicht zu viel, wenn sie sich wünschte, zusätzlich zu alldem auch noch den Mann ihrer Träume zu finden? Auf dem Rückweg zur Primrose Terrace – die Hunde spürten, dass es nach Hause ging – versuchte Cat, nicht mehr an Mark zu denken. Sie hoffte aber, er würde ihr beweisen, dass es sich lohnte, auf ihn zu warten.

REGENMÄNTEL UND GOLDEN RETRIEVER

TEIL 3

13. Kapitel

Es war seit langer Zeit ihr erstes Date, und Cat war so nervös, dass sie sich zu nichts entscheiden konnte. Sie stand vor dem Spiegel, ordnete ihre Kurzhaarfrisur, zerzauste sie wieder, glättete sie und zerzauste sie erneut.

Ihre Aufregung hatte teilweise mit der langen Pause zu tun – sie war nun fast zwei Jahre allein –, und sie hatte sich in ihrem Leben als Single ein bisschen zu gut eingerichtet. Anfangs waren Daniel und sie glücklich miteinander gewesen, aber Cat hatte nie die vorbehaltlose Liebe für ihn aufbringen können, die er zweifellos für sie empfand. Manchmal fragte sie sich, ob sie nach etwas suchte, das es gar nicht gab, und ob sie bei Daniel hätte bleiben und darauf warten sollen, dass aus ihrer Zuneigung Liebe wurde. Aber der romantischere Teil ihres Hirns war sicher, dass es da noch mehr gab, jemanden, in den sie sich wirklich verlieben konnte. War der heutige Abend etwa der Anfang davon?

Zum größten Teil lag ihre nervliche Anspannung allerdings an Mark und nicht an dem Umstand, dass sie überhaupt ein Date hatte. Allein wenn sie an ihn dachte, durchrieselte sie ein Schauer. Dieser Abend war der Höhepunkt nach Wochen von Fantasien und Ausweichmanövern, von Flirts und Andeutungen und von einem Kuss im Frühsommer auf den Stufen vor dem Haus.

Zu diesem Anlass trug sie ihr schönstes Kleid: tiefrot, mit enger Taille, ausladendem Rock und U-Boot-Ausschnitt. Ihre Sandalen hatten eine blassgoldene Farbe und einen kleinen Absatz. Das Rot ihrer Zehennägel passte zu dem Ton ihres Kleids. Fairview lag unter dem Zauber einer Sonne, die die Luft flirren ließ; an einem Tag wie diesem schien ein Winter unmöglich – wie etwas, das die Südküste nie besuchte. Cat konnte sich keine Szenerie vorstellen, die diese noch übertraf – und doch war sie bei aller Vorfreude auch etwas ängstlich.

Sie hatte noch nie jemanden kennengelernt, der im Flirten so gut war wie Mark. Er konnte ihr das Gefühl vermitteln, sie sei die einzige Frau auf der Welt, und war imstande, seinen Charme quasi auf Knopfdruck einzuschalten. Und obwohl er schon gleich zu Beginn ihrer Bekanntschaft versprochen hatte, sie zum Essen auszuführen, hatte es Monate gedauert, ihn darauf festzulegen. Ihr früherer Termin für das Abendessen war verschoben worden, weil er nach London musste; sein letztes Drehbuch befand sich im frühen Produktionsstadium. Cat hatte genug davon, dass er sich geheimnisumwittert gab und sich nicht festlegen lassen wollte. Sie wollte ihn jetzt richtig kennenlernen.

„Cat", rief Joe unten an der Treppe. „Es ist Viertel nach sieben. Kommt er nicht um halb acht? Bist du immer noch unter der Dusche?"

Cat schmunzelte. „Ich bin fast fertig!", rief sie. „Aber danke!"

An Joe gab es nichts Geheimnisumwittertes. Er war verlässlich, ehrlich (manchmal etwas zu ehrlich) und geradeheraus; Qualitäten, die Cat allmählich genauso attraktiv fand wie den Mann selbst. Sie waren dabei, ein ungezwungenes freundschaftliches Verhältnis aufzubauen, das jetzt offensichtlich auch Terminerinnerungspflichten mit einschloss.

Sie tupfte sich Parfum hinter die Ohren, überprüfte den Inhalt ihrer roten Abendhandtasche und ging nach unten; dort hatte sie sofort die Aufmerksamkeit aller.

„Wow.“ Polly sah von ihren Lernnotizen auf, und ihre angekaute Filzstiftkappe fiel auf den Tisch. Sie hatte bald ihre letzten Prüfungen. Dann musste sie bis Ende September warten und danach – Cat war da sehr zuversichtlich – würde sie eine voll qualifizierte Tierarzthelferin sein. Ende des Monats würde sie ihre beste Freundin also wieder für sich haben, und sie konnte es kaum erwarten.

„Cat Palmer“, sagte Polly, „du siehst einfach toll aus.“

Cat lächelte nervös. „Danke. Ich habe gedacht, ich geb mir mal Mühe.“

„Der wird von den Socken sein“, versicherte Polly ihr.

„Im Sommer wird er wohl keine Socken tragen“, sagte Joe. „Er gehört wahrscheinlich zu denen, die feine Schuhe ohne Socken tragen. Ich wette darauf.“

„Joey.“ Polly schlug ihrem Bruder auf den Arm, und Shed, ausgestreckt auf Joes Schoß, schielte mit einem Auge schläfrig nach oben.

„Sorry“, sagte Joe. „Du siehst fantastisch aus, Cat. Ich habe nur – ich hoffe nur, dass er dich gut behandelt, das ist alles.“

Polly sagte lachend: „Du bist nicht ihr Papa.“

„Nein“, gab Joe zu, „aber das heißt noch lange nicht, dass ich nicht auf sie aufpassen kann. Ich würde immer auf dich aufpassen.“

„Wow.“ Polly packte ihren Bruder bei den Schultern und zog ihn zu sich. Joe verdrehte die Augen und ertrug die Umarmung für drei Sekunden; dann machte er sich achselzuckend frei.

„Danke, Joe“, konnte Cat gerade noch sagen. Sein Kommentar drang allmählich in ihr Gehirn durch und mischte sich mit ihren eigenen Befürchtungen, aber dann klingelte es an der Tür, und sie fuhr auf. Ihr wurde bewusst, dass sie keine Zeit mehr hatte, um sich Sorgen zu machen.

Cat strich mit beiden Händen ihr Kleid glatt, drehte sich von ihren Freunden weg und öffnete die Tür.

„Hallo“, sagte Mark und strahlte über das ganze Gesicht.

Cats Anspannung wurde von einem Gefühl des Verlangens verdrängt.

Mark trug ein edles weißes Hemd, bei dem die zwei oberen Knöpfe offen waren, dunkle Jeans und dunkelblaue Schuhe. Cat konnte keine Socken sehen, die Knöchel aber auch nicht. Sein dunkelbraunes Haar hatte er sich erst kürzlich schneiden lassen, aber es war immer noch lang genug, um auf attraktive Weise zerzaust zu wirken. Mit seinen braunen Augen fing er ihren Blick ein.

„Hi", sagte Cat.

„Ich bin gekommen, um dich zu einem Spaziergang abzuholen, wenn das okay ist?" Dabei hob Mark die Augenbrauen.

„Zu einem Spaziergang? Ich dachte, wir gehen zum Abendessen aus."

„Es wird ein kurzer Spaziergang mit der Inhaberin von ‚Leinen los', vor unserem Dinner. Ich bin die ganze Zeit schon eifersüchtig gewesen auf alle diese Hunde – jetzt bin ich mal dran."

„Ah, nun gut. Aber ich habe nicht die richtigen Schuhe an …"

„Nein", stimmte Mark zu, wobei er sie bewundernd ansah, „so toll, wie du aussiehst, würdest du damit nicht wandern wollen. Du siehst wirklich atemberaubend aus. Es ist nur eine kurze Strecke, versprochen. Sollen wir?" Er bot ihr seinen Arm, und Cat drehte sich noch einmal zum Wohnzimmer um, winkte Polly und Joe zu, nahm dann Marks Arm und schloss die Tür hinter sich. Sie gingen die kurze Entfernung von Nr. 9 zu Nr. 4, und Mark schloss seinen Audi auf.

„So", sagte er. „Das war's schon mit dem Laufen. Obwohl, wenn wir uns beide anständig aufführen, denke ich …"

„Was?", fragte Cat und sank in den warmen Beifahrersitz.

„Nun", sagte er, „du gibst deinen Hunden Leckerchen, nicht?" Er grinste wieder schalkhaft und ließ den Motor an.

„Kleine Kauknochen", antwortete Cat. „Ich würde sie aber

nicht als Vorspeise empfehlen. Ich habe einmal einen probiert, und er war abscheulich.“ Sie spürte eine Trockenheit im Mund. Sie war nicht im Mark-Modus, nicht bereit, seine schnellen Kommentare und Andeutungen zu parieren.

„Das ist nicht ganz das, was ich meinte“, sagte Mark leichthin.

„Oh.“ Cat schloss die Augen, als ihr die wahre Bedeutung dämmerte. Sie spürte, wie es ihr warm den Rücken bis zum Nacken hinauflief. Die nervliche Anspannung brachte ihre Gedanken durcheinander, und sie fühlte sich irgendwie unbeholfen. „Wohin fahren wir?“, fragte sie, wobei sie hoffte, dass der Themenwechsel ihr eine Atempause verschaffen würde.

„Das wirst du schon früh genug erfahren.“ Mark fuhr von der Bordsteinkante. So wie alles an ihm war auch sein Fahrstil sicher. Er fuhr erst nicht übermäßig schnell, aber als sie die breiten Straßen von Fairview und die ausgedehnten Außenbezirke von Fairhaven hinter sich gelassen hatten und auf die Fernstraße kamen, gab er richtig Gas. Sie fuhren in östlicher Richtung, und Cat musste an Mark vorbeisehen, um die Sonne zu beobachten, die eindrucksvoll über dem Wasser strahlte und bald untergehen würde.

Er war ihr so nah, sein Oberschenkel berührte den Schalthebel, und Cat wünschte sich, sie könnte hinüberreichen und wie beiläufig ihre Hand auf sein Knie legen. Aber ihre Handflächen waren feucht, und vermutlich würde sie zu fest zupacken oder das Bein ganz verfehlen und … Sie verdrängte den peinlichen Gedanken. „Du wolltest also nicht in Fairview bleiben?“, fragte sie.

„Ich sagte ja, dass ich dich zu etwas ganz Besonderem mitnehmen würde“, antwortete Mark. „Nicht dass Fairview nicht schön wäre, aber – ich schulde dir etwas anderes, weil es bei mir so lange gedauert hat.“

„Bin schon ganz gespannt“, sagte sie. „Ich kenne die Gegend um Fairhaven herum nämlich nicht besonders gut.“ Damit war sie auf der sicheren Seite. Sie lehnte sich an die Kopfstütze.

„Ich auch nicht, aber ich hatte Hilfe. Jemand, den wir beide kennen und der viel von exzellenten Speisen versteht."

Cat richtete sich auf und blickte aus dem Fenster, wobei sie ihr Gesicht von ihm abgewandt hielt. Jessica. Hatte er dieser Frau eigentlich alles anvertraut?

„Der Vorschlag kam von Jessica?", fragte sie, wobei sie sich vergeblich um Unbefangenheit bemühte. „Dann muss es gut sein."

„Wir werden es herausfinden." Mark bemerkte ihr Unbehagen entweder nicht, oder er ignorierte es. Er setzte den rechten Blinker und bog in eine schmale, kurvenreiche Straße ein. Danach fuhr er zwischen zwei Bäumen hindurch auf eine Kiesauffahrt. Sie waren hier immer noch ziemlich hoch oben, und das niedrige Gebäude, vor dem sie parkten, erhob sich stolz auf einem Berghang, als wäre es aus dem Felsen herausgehauen. Mark half Cat aus dem Wagen, und sie gingen auf den Eingang zu. Dem Schild über der Tür konnte man entnehmen, dass man Highcroft Manor and Vineyard erreicht hatte. Weit hinter dem Gebäude sah Cat regelmäßig angeordnete Reihen von Weinstöcken, die sich sanft bis hinab zum Meer erstreckten. Die Strahlen der goldenen Sonne hoben die Reben in scharfen Konturen hervor.

„Wenn das Essen so gut ist wie die Aussicht ...", murmelte Cat.

„Wie deine Gesellschaft an diesem Abend sein wird, weißt du ja schon", sagte Mark im Ton seines altbekannten Selbstbewusstseins. Er legte ihr eine Hand auf den Rücken und führte Cat durch die Tür.

Sie wurden von einer elegant gekleideten Dame mit streng zusammengebundenem Pferdeschwanz begrüßt. Mark nannte seinen Namen, und sie führte sie in einen großen quadratischen Raum mit einer Bar in der Mitte. Die vom Boden bis zur Decke reichenden Fenster ließen einen ungehinderten Blick auf die Landschaft zu. Der Teppich war cremefarben, die Tische und

Stühle aus dunklem Holz passten zur Bar, die Beleuchtung war gedimmt. Alles in dem Raum strahlte Luxus aus. Man wähnte sich eher in Südfrankreich als hoch auf einem Berg mit Blick auf den Ärmelkanal.

Mark hatte für sie einen Tisch am Fenster reserviert. Er rückte Cat den Stuhl zurecht und nahm dann ihr gegenüber Platz, als der Geschäftsführer des Restaurants ihnen die Speisekarte reichte.

„Das ist ja sehr beeindruckend", flüsterte Cat und fühlte sich irgendwie fehl am Platze und underdressed, obwohl sie sich bei der Wahl der Kleidung so viel Mühe gegeben hatte. Das Restaurant war voll, aber es herrschte eine angenehme, ruhige und kultivierte Atmosphäre. Cat spürte, wie ihre nervliche Anspannung noch gesteigert wurde, als sie die Weinkarte bekam, die so lang war wie ihr Arm und hauptsächlich französische Einträge aufwies. „Ich weiß gar nichts über Wein."

„Lass mich einen aussuchen", beruhigte Mark sie. „Konzentriere du dich auf die Speisen."

„Oh, in Ordnung", sagte Cat. Sie spürte etwas wie Missmut darüber aufkommen, dass er die Führung übernahm, dass er sie zu einem Ort gebracht hatte, wo sie ihre Wahl nicht selbst treffen konnte. Aber war das denn eigentlich seine Schuld? Es war Jessica, die den Ort vorgeschlagen hatte, aber die Erinnerung daran machte es nicht besser. Flüchtig überflog sie die Speisekarte und erschrak fast über Beschreibungen wie *scharf angebratene handgeerntete Muscheln, Rote Bete mit Nüssen, Meeresalgen und Schokolade*.

„Das hier ist mir ziemlich fremd", flüsterte sie. „Ich weiß gar nicht, wo ich anfangen soll."

Sie gab sich Mühe, sich ihre Gereiztheit nicht anmerken zu lassen, aber Mark sah plötzlich auf, und ein leichtes Stirnrunzeln erschien auf seinem Gesicht. „Wir brauchen nur das zu nehmen, was wir vom Aussehen und von den Zutaten her kennen und mögen. Rote Bete mit Schokolade?"

Cat verzog das Gesicht.

„Du hast noch nie Kuchen aus Schokolade und Roter Bete gegessen?"

Cat schüttelte den Kopf. „Du etwa?"

„Nein", antwortete Mark mit einem Grinsen. „Es hört sich auch abscheulich an. Jessica hat sich hier wirklich selbst übertroffen", sagte er und überflog erneut die Speisekarte. „Eins der Gerichte sieht so aus, als ob es ein Steak sein könnte, wenn man die Fantasiebeigaben ignoriert. Magst du Steak?"

Cat lächelte und entspannte sich ein wenig. Marks unbekümmerte gute Laune fing an, ihre Verkrampftheit zu lockern. „Ich liebe Steaks. Und ich denke, dass diese Vorspeise eigentlich Pastete und Toast ist, obwohl es hier heißt *Galantine de canard mit Crostini in Bio-Öl und Champagner-Konfitüre*."

„Welch eine Verschwendung von Champagner." Mark schüttelte den Kopf. „Aber wenigstens konnten wir diese beiden Gänge entziffern. Lassen wir den Pudding und nehmen das, was am wenigsten Sinn ergibt."

„Und der Wein?" Cat hielt die Weinkarte hoch.

„Wir könnten zum Ausgleich für die Konfitüre nur Champagner nehmen."

„Aber du musst noch fahren."

„Ein Glas darf ich."

„Nein, warte!" Aber Mark hatte bereits den Kellner gerufen, und Cat wollte ihn nicht anzischen, um den Kellner zu stoppen, also konzentrierte sie sich auf die orange glühende Sonne, die immer weiter am Horizont hinabsank. Würde sie in einer Gegend mit einer solch wunderbaren Aussicht wohnen, dann würde sie sich glatt vom Leben zurückziehen. Ja, sie würde in einem Sessel sitzen, langsam mit der Polsterung eins werden und den stets wechselnden Anblick des Meeres, den Himmel, die Wolken, die Sonne, die Vögel und die vorbeifahrenden Boote beobachten.

„Cat?"

„Sorry." Sie wandte sich ihm zu und lächelte. Das Licht im Restaurant war weiter gedimmt worden, eine Kerze in einem mattierten silbernen Kerzenleuchter flackerte zwischen ihnen, und Mark sah sie mit seinen dunklen Augen lächelnd an. Cat spürte Schmetterlinge im Bauch.

„Wenn ich gewusst hätte, dass es hier so pompös sein würde, hätte ich dich woandershin mitgenommen."

„Es ist wirklich beeindruckend hier. Und die Aussicht ist überwältigend."

„Ich hatte etwas Besonderes gesucht, nicht aber etwas … Unverständliches."

Cat schüttelte den Kopf. „Das Essen wird bestimmt köstlich sein, selbst wenn die Beschreibungen ein bisschen übertrieben sind. Mark, du hast mich in ein wunderbares Restaurant mitgenommen. Du musst dich für nichts entschuldigen." Sie hatte das Gefühl, dass sich nach ihrer anfänglichen Befangenheit und inneren Unruhe jetzt etwas ändern könnte. Er hatte sich entschuldigt – bis zu diesem Moment hatte sie ihn nie anders als völlig selbstsicher erlebt –, vielleicht konnte sie nun über seine charmante Flapsigkeit hinaus etwas über ihn erfahren und mehr das Eigentliche seines Wesens kennenlernen? *Das* war es, auf das sie immer gewartet hatte, und sie war nicht bereit, diese Chance ungenutzt vorübergehen zu lassen. „Erzähl mir von deinen Filmen. Ich will alles wissen."

„Alles?" Er hob eine Augenbraue. „Aber nichts über Katastrophen."

„Doch, besonders die Katastrophen."

Sie hörte, abgesehen von dem Augenblick, als der Kellner ihnen den Champagner brachte, aufmerksam zu. Mark erzählte ihr vom Schreiben der Drehbücher, von den Schwierigkeiten, jemanden zu finden, der sie umsetzte, von den Dreharbeiten, von Differenzen in Bezug auf die künstlerische Gestaltung und albtraumartigen Drehorten. Seine Filme hörten sich an wie die düsteren englischen Horrorfilme, die spätabends auf BBC 2 liefen, die Cat aber nie zu Ende schaute, weil sie den Gedanken nicht ertragen konnte, danach allein ins Bett zu gehen. Es waren zwar keine Hollywood-Slasherfilme voll von glamourösen Leuten und zu viel unrealistischem Blut, aber es gab doch dunkle Ecken in düsteren Anwesen, Dinge, die da lauerten, wo sie nicht hingehörten, und Szenarien am Rande des Möglichen.

Seit ihrem ersten Treffen war Mark ausgeglichen und selbstsicher gewesen, aber jetzt war er selbstkritisch und erzählte Cat von den Fehlern, die er gemacht hatte, vom Aufeinanderprallen unterschiedlicher Persönlichkeiten, davon, wie er eine Hauptdarstellerin wütend gemacht hatte, als er sie mit der Make-up-Assistentin verwechselte. Damit brachte er Cat zum Lachen, wobei er sich ganz auf sie zu konzentrieren schien. Das Flackern des Kerzenlichtes hob die Konturen seiner Kinnpartie hervor. Diese wirkte immer noch selbstgefällig, aber jetzt schien diese Selbstgefälligkeit irgendwie gerechtfertigt zu sein.

Als die leeren Teller – auf denen ausgezeichnete Pastete mit Toast angerichtet gewesen war – abgeräumt wurden, füllte Mark ihr Glas wieder auf.

„Das ist eine total andere Welt“, sagte Cat. „Es scheint mir kaum möglich, all die unterschiedlichen Elemente unter einen Hut zu bekommen, um sicherzustellen, dass alles funktioniert und der Film fertig wird. Und dann verschlingt man den Film in anderthalb Stunden und vergisst ihn danach wieder.“

„Oder auch nicht“, wandte Mark ein. „Wie alles Kreative bleiben einige Filme lange im Gedächtnis der Leute. Das ist es, was ich versuche: einen Film zu machen, der einigen Leuten wirklich etwas bedeutet.“

„Weißt du, du siehst gar nicht wie ein Horrorfilm-Autor aus.“

„Und wie sollte ein Horrorfilm-Autor aussehen?“ Mark verengte die Augen zu Schlitzen, und Cat sah, dass er fasziniert war und wissen wollte, was sie von ihm dachte.

„Schmuddelig", antwortete Cat. „Du bist so kultiviert und so … ungezwungen. Du trägst kein Marilyn-Manson-T-Shirt, hockst nicht in dunklen Ecken, schreibst nicht verrückt vor dich hin und guckst dir nicht zum zehnten Mal Hammer-Horrorfilme an."

„Woher willst du wissen, dass ich das nicht mache? Genau das mache ich nämlich, wenn ich schreibe."

„Komm schon, Mark."

„Hast du dich mal näher mit Horror-Autoren befasst?"

Cat schüttelte den Kopf. „Denkst du, ich hätte mich auf den heutigen Abend etwas vorbereiten sollen?"

Mark lachte. „Es hätte mich schon berührt und vielleicht auch etwas verunsichert, wenn du es getan hättest. Aber du solltest mal ein paar berühmte Horror-Autoren googeln. Sam Raimi, berühmt wegen der *Tanz-der-Teufel*-Serie, könnte für einen freundlich-unauffälligen Geschäftsmann durchgehen. Und wenn du auf kultiviert aus bist, dann guck dir ein Foto von Wes Craven an."

„Die *Scream*-Serie?"

„Und *A Nightmare on Elm Street*. Freundliches Lächeln, gute Anzüge. Man muss nicht wie ein Freak aussehen, wenn man über freakige Sachen schreiben will. Aber wenn ich mitten in einer Geschichte bin, dann bin ich wirklich davon besessen und vergesse alles um mich herum. Es ist gut, dass ich Chips habe, die mich daran erinnert, dass es Zeit zum Essen ist, sonst würde ich langsam verhungern."

„Und da wir gerade über Stereotypen reden", fuhr er fort. „Wie ist es mit dir? Du bist doch keine typische Hundesitterin. Ich denke dabei eher an Frauen mittleren Alters mit Fleece-Kleidung, einem ziemlich unordentlichen Pferdeschwanz und No-Name-Sportschuhen, Frauen, die sich mit keinem Wesen unterhalten können, das weniger als vier Beine hat. So bist du ganz und gar nicht."

„So versuche ich aber langsam zu werden", sagte Cat. „Gib

mir noch ein paar Jahre Zeit …" Dabei lächelte sie schelmisch. „Möchtest du jetzt gehen?"

Er lächelte ebenfalls und schüttelte langsam den Kopf.

„Okay", fuhr sie fort, „so kann ich also darüber hinwegkommen, dass du nicht so aussiehst" – Mark verdrehte die Augen –, „aber wie ist die Handlung in deinem neuesten Film? Der, den du gerade in Arbeit hast?"

Mark blickte auf die Tischplatte und spielte mit seinem Löffel. „Es geht um einen Mann, der von London in eine ländliche Gegend zieht, um näher bei seiner Mutter zu sein, die in einem Pflegeheim im Sterben liegt. Er muss kurzfristig etwas mieten, was aber viel zu groß für ihn ist. Er ist an diesem fremden Ort und fasst allen Mut zusammen, um seiner Mutter gegenüberzutreten in Bezug auf dieses große Geheimnis aus den Zeiten seiner Kindheit, und er spürt, dass er in diesem Haus nicht allein ist."

„Wow. Das hört sich … creepy an. Und ganz anders als bei deinen letzten beiden. Nicht so farblos."

Mark nickte. „Ich habe gedacht, nachdem der letzte Film so schiefgelaufen ist – ich meine, jeder fährt ab auf einen Film, der auf einem düsteren, heruntergekommenen Anwesen spielt. Das ist nicht mehr originell, die Kameraführung hat mir das auch gezeigt. Ich wollte die Szenerie viel heller haben, um zu sehen, ob ich immer noch eine Düsternis würde erschaffen können, die diesen Mann umgibt. Er ist von alldem auf dem falschen Fuß erwischt worden, schlägt sich mit seiner Vergangenheit und mit Familiengeheimnissen herum und wechselt von seinem bisherigen Leben in ein Riesenhaus, in dem er – wie er annimmt – ganz allein ist. Es ist anders, aber ich weiß, es kann funktionieren. Und ich bin damit nicht der Einzige, der Produzent interessiert sich auch dafür, also …" Er zuckte mit den Achseln, aber Cat sah das Leuchten in seinen Augen und die Rötung auf seinen Wangen. Sie sah, wie viel ihm an dem Projekt lag.

„Hört sich genial an – so richtig gruselig. Schon wenn ich mir das vorstelle, läuft es mir direkt kalt den Rücken runter. Hast du dich von Fairview und deinem Haus in der Primrose Terrace inspirieren lassen?"

„Nicht ursprünglich." Seine Augen verengten sich. „Ich habe damit angefangen, ehe ich hierherzog, aber plötzlich stelle ich fest, dass ich in einem Haus wohne, das viel zu groß für mich ist, weit weg von London …"

„Das Leben, das die Kunst imitiert."

„Sieht so aus", sagte Mark und nahm einen Schluck Wasser.

„Kommen auch Hunde drin vor?", fragte Cat.

„Ist das das Einzige, was dein Interesse daran wecken würde?" Er lachte.

„Nein, natürlich nicht. Aber ich habe mir die vielen verschiedenen Möglichkeiten vorgestellt, wie man einen Hund in einen Horrorfilm kriegt. Vielleicht nicht in der Handlung, von der du mir gerade erzählt hast; aber ein Hund könnte beim Buddeln im Garten die erste Leiche finden, oder er könnte wie der Hund in der *Morgendämmerung der Toten*, nach dem Chips genannt wurde, ein Rettungshund sein. Oder", Cat wurde immer lebhafter und fuchtelte mit den Armen herum, „man könnte Zombie-Hunde haben. Hat man das schon mal gemacht? Zombie-Hunde wären schnell und klein, sie würden den Leuten an die Knöchel gehen und sie beißen und würden alle vor sich her jagen. Außerdem wäre es besonders Furcht einflößend deshalb, weil Hunde normalerweise so liebenswert sind. Nun ja", Cat verzog das Gesicht, „der Zombie-Hund wäre wohl kaum liebenswert. Ich glaube, ich würde das doch nicht mögen."

„Also keine Zombie-Hunde", sagte Mark. „Kapiert."

„Aber vielleicht könnte der Mann einen Hund haben, einen Kameraden, der auch spüren würde, dass etwas in dem Haus nicht stimmt. Das würde ihm beweisen, dass er nicht den Verstand verliert. Es könnte dem Ganzen mehr Glaubwürdigkeit verleihen."

Mark blickte sie gedankenverloren an. „Du sprichst da etwas Interessantes an."

„Oh, ich weiß nicht – vergiss es. Aber ich würde gern deine Filme sehen."

Er lachte.

„Was?"

„Das hast du gerade so gesagt, als ob dir jemand eine Pistole an den Kopf hält."

„Habe ich nicht!", protestierte Cat. „Ich würde gern deine Filme sehen, es ist nur ... vielleicht nicht im Dunkeln. Horrorfilme anzugucken, ehe ich ins Bett gehe – darin bin ich nicht gut."

„Selbst dann nicht, wenn du nicht allein bist?", fragte Mark und lehnte sich in seinem Stuhl zurück.

In ihrem Inneren brodelte es, aber Cat hielt seinem Blick stand.

Ihre Steaks kamen, und sie speisten in einer irgendwie aufgeladenen Schweigsamkeit, bis Mark fragte, wie „Leinen los" so laufe, ob Polly ihre Prüfungen hinter sich habe und wie Frankie mit ihrer Mieterin zurechtkomme. Leyla hatte die Mansarde gefallen, und sie wollte irgendwann in der Woche einziehen.

Cat freute sich, dass sie Frankie und ihren Kindern hatte helfen können. Sie war dabei, sich in das Leben in der Primrose Terrace gut einzufügen. Doch im Hinterkopf machte sich eine quälende Stimme bemerkbar, die fragte, ob es klug sei, eine Beziehung mit einem der Nachbarn einzugehen. Immer wieder sagte sie der Stimme, sie solle verschwinden, weil es ohnehin schwierig sei, Leute kennenzulernen. Außerdem konnte man Entscheidungen über Beziehungen nicht darauf gründen, wie peinlich es sein könnte, wenn alles schiefgehen sollte.

Mark füllte erneut ihr Glas, und Cat nippte an dem perlenden Getränk. Sie genoss den Geschmack des ausgezeichneten Champagners.

„Und nun", sagte Mark, „Dessert?"

„Nehmen wir eins, das wir nicht entziffern können.“

Beide fanden die Antwort zur gleichen Zeit: *Lemon Posset mit Karamellhonig-Waffel und Granatapfel-Schaum.* Cat beobachtete Mark, wie er die Bestellung mit gleichmütigem Gesichtsausdruck aufgab. Als der Kellner gegangen war und sie es geschafft hatte, nicht in Gelächter auszubrechen, ergriff Mark ihre Hand.

Die Sonne bildete nur noch eine dünne goldglänzende Linie zwischen Himmel und Meer, und Cat konnte sich und Mark im Fenster reflektiert sehen.

„Cat“, sagte er, und etwas war in seiner Stimme, bei dem sie den Atem anhalten musste. „Es tut mir leid, dass ich so lange gebraucht habe, um bis hierher zu kommen.“

Cat schüttelte den Kopf. „Du warst sehr beschäftigt. Ist schon okay.“

„Ist es nicht. Ich wurde immer abgelenkt, von dem Umzug, von dem neuen Film. Aber ich will nicht, dass du denkst, du wärst nur ein Nebengedanke gewesen. Das bist du nicht.“

„Okay.“ Cat musste schlucken. „Danke. Ja, ich habe mich schon gefragt, ob wir uns für immer aus dem Weg gehen würden. Aber das hier ist – das ist einfach toll. Dich kennenzulernen. Jedenfalls ein wenig.“

„Das ist keine einmalige Angelegenheit“, sagte Mark. „Zumindest will ich nicht, dass es das ist. Aber was denkst *du*? Es war doch wohl keine totale Katastrophe, oder?“ Er streichelte ihre Hand mit dem Daumen.

„Überhaupt nicht“, antwortete sie. „Trotz der Drohung mit Roter Bete und Meeresalgen finde ich es schön hier.“

Die Kerze warf die Schatten seiner Wimpern auf seine Wangen, und seine Haut wirkte dunkel gegenüber seinem frischen weißen Hemd. Cat zitterte leicht und ordnete ihre Serviette auf den Knien.

„Frierst du?“

„Nein, alles in Ordnung. Wie geht es Chips?“

„Es geht ihr gut“, antwortete Mark. „Ich habe sie heute Nachmittag auf einen extra langen Spaziergang durch den Park und hinauf auf die Klippen mitgenommen, sodass sie hoffentlich müde ist und mich nicht allzu viel vermisst. Du hast eine Katze, nicht? Wie heißt sie?“

„Shed. Ihm geht es gut. Er ist aber eigentlich nicht mein Kater, sondern der von Joe. Ich hätte eine so brummige rote Katze nicht als Haustier ausgesucht.“

„Was mich immer ein bisschen irritiert hat, ist, dass du keinen eigenen Hund hast.“

Cat lächelte kurz. Sie wollte nichts sagen, was Mark gegen Joe einnehmen würde. Wenn alles weiter in die richtige Richtung ging, wollte sie, dass die beiden Freunde würden. „Das würde mit Shed nicht so gut gehen, weil er nur menschliche Gesellschaft erträgt. Aber es mangelt mir ja nicht an Hunde-Gesellschaft. Die Retriever der Barkers sind wunderbar – ganz anders als die Schnauzer oder die Westies. Sie sind stark und freuen sich immer auf lange Spaziergänge. Daneben sind sie aber sehr anhänglich und verspielt. Irgendwie fühle ich mich sicherer, wenn ich mit ihnen gehe.“

„Ich glaube nicht, dass ich die Barkers kenne.“

„Sie wohnen in der Nr. 6. Sie sind etwa Mitte vierzig, glaube ich. Ihre Kinder sind erwachsen und stehen schon auf eigenen Beinen, und Will und Juliette haben gute, anspruchsvolle Jobs. Juliette arbeitet an einigen Tagen zu Hause, aber wenn sie im Büro ist, nehme ich Alfie und Effie. Will surft gern. Offensichtlich ist hier Surfen recht beliebt.“

„Also ich bin noch nie gesurft“, sagte Mark.

„Willst du es mal versuchen?“

„Oh, ich bin für alles offen.“

Cat blickte ein wenig skeptisch drein. „Alles? Sogar für Kugelfisch oder an Stellen baden, wo Haie sind?“

„Klar.“ Mark zuckte mit den Achseln. „Warum diese Angst vor dem Meer?“

„Kam mir gerade so in den Sinn. Nein, ich liebe das Meer. Ich nehme mal an, wenn deine Leidenschaft Horrorfilme sind, dann bist du nicht besonders leicht zu erschrecken."

„Mich erschrecken andere Dinge", antwortete Mark. „Unvorhergesehene Dinge."

„Als da wären?", fragte Cat. Und weil es so gut lief und weil sie versuchen wollte, mit Mark in Bezug auf Neckereien gleichzuziehen und dabei auch noch etwas mehr aus ihm herauszukriegen, fügte sie hinzu: „Denn wenn man sagt, dass man Bindungsangst hat, gehört das nicht zu den unvorhergesehenen Dingen."

Mark grinste schelmisch. „*Das* weiß ich. Du tust mir unrecht, das wollte ich gar nicht sagen. Ich habe keine Angst, Bindungen einzugehen. Ich hatte schon einmal eine längere Beziehung." Sein Lächeln verschwand langsam, aber er hielt Cats Blick stand.

„Wie lange bist du schon Single?", fragte sie ruhig.

Er mied ihren Blick. „Etwa ein Jahr."

„Und wie lange wart ihr zusammen?"

„Sechs Jahre", antwortete Mark. „Dass ich hierhergezogen bin, war – ist – auch teilweise darauf zurückzuführen. Wieder etwas Freiraum bekommen, neu anfangen."

„Sechs Jahre sind eine lange Zeit", meinte Cat und dachte dabei an das Foto der Frau an Marks Kühlschrank. Aber wenn sie sich getrennt hatten …

„Sie muss dir viel bedeutet haben."

„Das hat sie", sagte Mark. „Man kann nicht mit jemandem so lange zusammen sein und dann überhaupt nichts fühlen, wenn die Beziehung endet. Aber es war eben zu Ende, und man kommt darüber hinweg. So ist das Leben. Und heute Abend – mit dir –, das ist der schönste Moment, den ich seit Langem hatte."

Er nahm ihre Hand erneut, und Cat wollte gerade antworten, aber in dem Moment kam der Kellner mit den Desserts. Cat blickte auf das blassgelbe Blancmanger, das mit einem Klecks rosa Schaum und mit goldbraunem Zucker verziert war. Sie tauchte ihren Löffel hinein und führte ihn an die Lippen. Ihre Augen wurden ganz groß, als sie sich die Süßspeise auf der Zunge zergehen ließ. „Wow", sagte sie leise, „unidentifizierbare Speisen sind ja köstlich."

Nachdem Mark es strikt abgelehnt hatte, dass sie sich an der Rechnung beteiligte, rückten sie schließlich die Stühle vom Tisch. Inzwischen war das Restaurant fast leer geworden. Die drei Gänge und der Kaffee hatten den Champagner – sie hatten fast eine ganze Flasche getrunken – etwas neutralisiert, aber Cat spürte immer noch eine warme, diffuse Röte auf ihren Wangen.

Sie traten hinaus in die nächtliche Brise, und Mark legte ihr einen Arm um die Taille. Er öffnete ihr die Autotür, aber ehe sie Zeit hatte einzusteigen, nahm er ihr Gesicht in beide Hände, zog sie zu sich und küsste sie. Es fühlte sich wunderbar an, ihr ganzer Körper kribbelte, als ihre Lippen sich trafen und sie das Flüstern der Brise wahrnahm, die von den Bergen herüberwehte. Sie schlang die Arme um ihn und spürte den Kontrast zwischen seiner Körperwärme und der Gänsehaut auf ihren Armen.

Auf der Heimfahrt sagten sie nichts. Cat war immer noch atemlos von dem Kuss und der Vorahnung dessen, was geschehen könnte, wenn sie die Primrose Terrace wieder erreichten. Die Lichter der Stadt flimmerten in der Dunkelheit, während der Audi leise surrend bergab nach Fairhaven fuhr, dann die vertrauteren Straßen von Fairview erreichte und schließlich vor Marks Haus anhielt. Er lehnte sich herüber, küsste sie wieder und liebkoste mit den Fingern ihren Nacken.

„Möchtest du mit hereinkommen?", fragte er.

„Ja." Cat wartete auf Marks selbstgefälliges, charmantes Grinsen, aber er nickte nur, stieg aus und öffnete ihr die Tür.

Sie kamen oben an den Eingangsstufen an, ehe er sie noch einmal küsste und sie unter der sanft leuchtenden Hängelaterne über der Haustür in die Arme schloss. Cat ließ es bereitwillig zu. Sie hatte sich schon fast völlig an ihn verloren, als eine vertraute Stimme zu ihnen heraufrief:

„Cat, sind Sie das?“ Abrupt löste sie sich von Mark und drehte sich um. Nach einigem Blinzeln erkannte sie Juliette Barker. Sie hatte sich die schwarzen Korkenzieherlocken aus dem Gesicht gestrichen und die Hände vor dem Leib zusammengepresst. Sie trug einen cremefarbenen Hosenanzug, der bei der Straßenbeleuchtung fast pfirsichfarben wirkte. Einen schrecklichen Augenblick lang dachte Cat, man würde ihr wegen Küssens in der Öffentlichkeit eine Standpauke halten.

„Juliette. Hi. Wie geht es Ihnen?“

Juliette nickte und lächelte kurz. „Gut, gut. Entschuldigen Sie, dass ich störe. Aber könnten Sie morgen Effie und Alfie ausführen? Will hatte mir gesagt, dass er den ganzen Tag zu Hause sein würde, und ich habe im Büro eine Reihe von wichtigen Konferenzen arrangiert. Aber jetzt muss er offensichtlich zu irgendeinem Surf-Treffen. Wie auch immer, er kann die Hunde nicht nehmen und ich auch nicht. Sind Sie zu Hause? Ich wollte zu Ihnen kommen, aber ich guckte gerade hierher und …“ Dabei wies sie mit der Hand auf die beiden, wie sie auf der Treppe standen und gerade geknutscht hatten.

„Nat… – natürlich kann ich das machen“, sagte Cat. Mark ließ seine Finger an Cats Rücken hinaufgleiten, und sie versuchte, sich ihm zu entwinden. „Und wann?“

„Elf Uhr? Sie werden inzwischen um die Möbel herumrennen, und ich …“ Sie seufzte und zwickte sich am Nasenrücken. „Entschuldigung, das ist unglaublich unhöflich von mir; ich sehe, dass Sie dabei sind …“

„Kein Problem“, erwiderte Cat kurz, denn sie wollte nicht in eine Diskussion mit ihrer Nachbarin darüber eintreten, was sie gerade oder gerade nicht vorhatte. „Die beiden sind so liebe Hunde, und manchmal ist es eben so, dass man Dinge nicht mit der Arbeitszeit vereinbaren kann.“ Sie lächelte, und Juliette schien sich etwas zu entspannen.

„Wunderbar, danke." Sie blickte zwischen beiden hin und her. „Sie sind Mark, nicht wahr?"

„Bekenne mich schuldig im Sinne der Anklage", scherzte Mark und hielt seine Hand hoch in einem bewegungslosen Gruß. „Freue mich, Sie kennenzulernen."

„Surfen Sie gern?"

„Nie versucht", gab Mark zu. „Ihr Mann, Will, surft gerne?"

„Viel zu viel", sagte Juliette. „Na ja, vielleicht ist das unfair. Er hat Spaß daran auf Kosten von fast allem anderen. Ich weiß ja, dass es ein schönes Hobby ist; es hält ihn fit, er bekommt viel frische Luft – aber er scheint wie besessen davon. Irgendwie ist das nicht gesund."

„Ich bin auch oft wie besessen", sagte Mark. „Aber nicht vom Surfen, sondern von meiner Arbeit – dem Schreiben."

„Und Joe, mein Mitbewohner", fügte Cat hinzu, „ist pingelig mit sehr vielen Dingen. So etwa Füße auf dem Tisch, Sprechverbot, wenn Filme laufen, Hunde im Haus …", fügte sie leise hinzu. „Ich glaube, das ist eigentlich nur bei Männern so."

„Will war früher auch besessen von seiner Arbeit", sagte Juliette wehmütig. „Aber jetzt nicht mehr. Heute sind es Dinge wie neue Neoprenanzüge, die Optimierung des Surfbretts, Wellenreiten – als ob die Wellen nicht jeden Tag und jede Stunde kämen. Er hat angefangen, in einer neuen Sprache zu sprechen – jetzt geht es immer um ‚schmoren lassen' oder, nein, was war es noch? Ich bin ziemlich sicher, irgendwas mit ‚schmoren'; ich weiß es aber nicht mehr." Sie seufzte und schüttelte den Kopf; eine Locke löste sich und fiel über ihr Gesicht.

Mark und Cat wechselten einen Blick.

„Sorry", sagte Juliette und schüttelte den Kopf. „Ich wollte nicht – und ich störe Sie immer noch. Ich lasse Sie jetzt in Ruhe."

„Nein, Juliette", antwortete Cat, „Sie sollen nicht gehen, es ist aber nur …"

„Vielen Dank dafür, dass Sie morgen mit den Hunden gehen,

Cat. Einen schönen Abend noch." Mit einem kurzen Lächeln drehte sie sich um, und ihre Pumps klackten, während sie die paar Meter zurück zur Nr. 6 ging.

Cat beobachtete, wie sie wegging. Die Verlegenheit darüber, dass sie unterbrochen worden waren, schwand, als Mark wieder die Arme um ihre Taille schlang. Aber als sie sich zu ihm umdrehte, bemerkte sie einen Wagen, der weiter oben an der Straße parkte, und ihr Magen meldete sich plötzlich aus einem ganz anderen Grund.

„Nun", sagte Mark leise und liebkoste mit den Lippen ihren Nacken. „Kommst du mit rein? Ich glaube nicht, dass du noch irgendetwas vorbereiten musst für das Ausführen von Juliettes Hunden, oder?"

Cat schloss die Augen. Die Art, wie er sie berührte, wie er schmeckte, seine Vertrauen einflößende Sicherheit, seine dunklen Augen, all das war so verlockend. „Ich – ich kann nicht", sagte sie stotternd. Damit drückte sie ihre Handflächen gegen seine Brust. Er zuckte kaum merklich zusammen und versuchte, sie näher an sich zu ziehen, aber Cat sträubte sich. „Es gibt nichts, was ich lieber täte, als sofort mit reinzukommen. Aber ich kann nicht."

„Warum nicht?" Er lächelte zwar, doch auf seinem Gesicht erschien ein Anflug von Unsicherheit. „Ist es wegen Juliette?"

„Nein, nein, das nicht. Es ist … der rote Renault, der vor der Nr. 9 parkt. Der mit dem Aufkleber an der Stoßstange mit der Aufschrift *Der größte Erfinder der Welt*. Das ist das Auto meiner Eltern." Sie seufzte und lehnte den Kopf an seine Brust. Das war ein Fehler, denn es fühlte sich so gut an und machte ihr die Entscheidung noch schwerer. „Sie sind bestimmt hier für einen Überraschungsbesuch, und – je nachdem, wie lange sie schon da sind – es könnte sein, dass Joe und Polly kaum mehr ‚gerettet' werden können."

„Dann ist es ja gar nicht nötig hinzugehen – wenn es sowieso zu spät ist, um sie zu retten."

„Es tut mir so leid“, sagte Cat leise und schmiegte sich an ihn zu einem letzten, herrlichen Kuss. „Wenn ich genau wüsste, dass ich damit durchkäme, würde ich bleiben.“ Nur widerstrebend verließ sie Mark, der auf der obersten Stufe stand und ihr nachblickte. Nichts in seinem Gesicht verriet etwas, weder Frust noch eine Andeutung von Enttäuschung. Sie erreichte die Nr. 9 und kramte in ihrer Tasche nach dem Schlüssel. Dann stieß sie die Haustür auf, ging hinein und erblickte ein heilloses Durcheinander.

14. Kapitel

Cats Mutter und Vater saßen dicht gedrängt auf dem kleineren der beiden Sofas. Shed lag ausgestreckt da, den Kopf auf Mums und die Hinterläufe auf Dads Schoß, und schnarchte. Trotz des Wetters trug ihr Vater, Peter, wie üblich seine Angelweste über einem kurzärmeligen Hemd. Delia, ihre Mutter, hatte ihre Sonnenbrille in ihr braunes Haar zurückgeschoben, wodurch ihre kurz geschnittene Frisur etwas durcheinandergeraten war. Polly saß den beiden gegenüber, die Hände fest ineinander verschränkt, und Joe hockte auf einer Sofa-Armlehne, als wollte er zu erkennen geben, dass er nicht lange bleiben werde. Wahrscheinlich saß er schon einige Stunden so da, und sein Hintern wurde allmählich gefühllos. Genau das geschah, wenn Cats Eltern anwesend waren – man konnte nicht entkommen.

„Cat", sagte Joe und stand auf, als sie hereinkam. Sie konnte die Erleichterung in seiner Stimme deutlich hören und warf ihm einen entschuldigenden Blick zu. „Wie war's?"

„Catherine, Liebes." Ihre Mutter streckte die Arme zu ihr hoch, als ob Cat ein Kleinkind wäre, das auf den Arm wollte. Shed ließ sich überhaupt nicht stören. „Es ist so schön, dich zu sehen." Cat beugte sich vor und nahm ihre Mum in den Arm. Dabei roch sie ebenso deren übermäßig stark aufgetragenes

Parfum wie den muffigen Werkstattgeruch bei ihrem Vater, der ihn wie eine Dunstwolke umgab.

„Euch auch", sagte Cat, „aber ihr hättest mich vorher anrufen können, dass ihr kommt. Ich hatte Pläne für heute Abend." Sie lächelte dünn und verschränkte die Arme.

Ihre Eltern tauschten einen vorwitzigen Blick. „Wir wollten dich überraschen", sagte Mum.

„Wir hatten ja keine Ahnung, dass du ein *Date* hast", fügte ihr Dad hinzu. „Konnten es kaum glauben! Joe und Polly waren in deiner Abwesenheit die perfekten Gastgeber. Wie viele Details kriegen wir?"

„So gut wie keine", antwortete Cat etwas kurz angebunden. Dabei verkniff sie sich die Information, dass das Potenzial für pikanten Klatsch noch viel größer gewesen wäre, wenn sie nicht aufgetaucht wären und ihr damit den Abend verdorben hätten.

„Ach, komm schon, Cat", sagte Polly, stand auf und nahm ihre Freundin in die Arme. „Wir sind alle so gespannt darauf, wie es war."

„Und ich bin sicher, dass alle hier genug gehört haben von meiner tragbaren Sämaschine", fügte ihr Dad hinzu.

Sie blickte Joe und Polly an und dachte, dass ein wahreres Wort vermutlich noch nie gesprochen worden war. Sie konnte Mark wiedersehen, wann immer sie wollte – und sie hoffte, dass da noch nicht alles verloren war –, aber ihre Freunde würden diesen Abend nie zurückbekommen.

„Also gut", sagte sie schließlich, verdrehte die Augen dabei und ließ sich auf das Sofa fallen. „Ist noch etwas Tee in der Kanne?"

Cat gab die Höhepunkte ihres Abends – bewusst bereinigt – wieder, wobei sie das prachtvolle Lokal, die köstlichen Speisen und die wunderschöne Aussicht von der Berghöhe besonders hervorhob. Die Unterhaltungen und ihre komplizierten Gefühle für Mark umging sie. Ihre Eltern schienen zufrieden, hauptsächlich deshalb, weil ihr Dad als begeisterter Gärtner es nicht fassen konnte, dass er noch nie einen der Weinberge entlang der Südküste besucht hatte, und weil ihre Mum Genaues über jede Geschmackskomponente und jede Zutat der Speisen, die Cat genossen hatte, hören wollte.

„Nun", sagte Delia, als Cats Bericht versiegt war und Shed durch die Katzenklappe nach draußen verschwunden war, „wir wollen euch nicht aufhalten. Wir wohnen in dem Bed and Breakfast die Straße weiter rauf. Nettes Paar, beide Männer, zwei Hunde. Eine perfekte kleine Alternativfamilie. Das Zimmer hat den Luxus eines englischen Cottage mit silberfarbenen Tapeten – klingt schrecklich, aber es erfüllt seinen Zweck."

„Ihr bleibt?" Cat schaffte es gerade noch, dass ihre Stimme nicht in lautes Quieken umschlug.

„Nur ein paar Tage, Liebes", versicherte ihr Dad. „Wir dachten, es wäre einfacher, als direkt wieder zurückzufahren. Morgen laden wir euch zum Essen ein. Es gibt ja viel zu erzählen, wir wollen alles über die Hunde und Mark hören."

„Und wir möchten auch ein paar von deinen neuen Bekannten mit ihren Hunden kennenlernen."

Cat brachte sie zur Tür und ließ es zu, dass ihre Eltern sie abwechselnd mit ihren Umarmungen fast erdrückten, in denen sie, wie Cat zugeben musste, einfach unschlagbar waren. Cat winkte ihnen noch nach, bis sie die Stufen bei Boris und Charles hinaufgegangen waren.

Es war fast ein Uhr nachts, und während Cat einfach nur müde war, sahen Polly und Joe aus, als ob auch der letzte Rest von Lebenskraft aus ihnen herausgesaugt worden wäre.

„Es tut mir so leid", sagte Cat und ließ sich auf das Sofa fallen. „Wann sind die beiden denn hier aufgeschlagen?"

„Etwa eine halbe Stunde nachdem du weggegangen bist", antwortete Polly und grinste dabei. Im Laufe der Jahre hatte Polly Cats überschwängliche, exzentrische Eltern bei mehreren Gelegenheiten getroffen, daher kannte sie ihre Affenliebe für ihr einziges Kind bereits. Cat wusste, dass Polly ihre Eltern trotzdem mochte, obwohl sie nicht sicher war, wie willkommen ihr Überraschungsbesuch gewesen war, da sie sich ja mitten in ihrer Prüfungsvorbereitung befand. Joe allerdings sah richtig verstört aus.

„Ihr habt sie also den ganzen Abend hiergehabt?“, fragte Cat, und ihre Stimme war jetzt nur noch ein Flüstern.

Joe nickte und fuhr sich mit der Hand über das Gesicht. „Um fair zu sein, sie haben Kuchen mitgebracht, mit Zitrone beträufelt. Und hausgemachte Würstchen in Blätterteig und Pasteten mit Käse und Zwiebeln. Wir brauchten also nicht zu kochen, aber ich muss jetzt einen Marathon laufen, um all die Kohlenhydrate wieder loszuwerden.“

„Meine Mum ist eine großartige Köchin.“

„Warum kriegen wir von dir keine hausgemachten Würstchen in Blätterteig?“

„Weil ich auf diesem Gebiet nur dilettiere“, sagte Cat. „Ich bin längst nicht so gut wie Mum. Aber ich werde es mal versuchen, wenn ihr wollt, nur nicht jetzt. Jetzt gehe ich nämlich ins Bett.“

Sie schleppten sich alle hinauf in die erste Etage, und Joe ging schnurstracks auf sein Schlafzimmer in der Mansarde zu.

„Warum bleiben sie?“, fragte Polly und hielt vor der Badezimmertür an. „Brighton ist doch nicht weit.“

„Weil es unvorstellbar ist, dass meine Eltern zum Essen rausgehen, ohne wenigstens zwei Flaschen Wein zu trinken. Wenn sie nach Brighton zurückfahren würden, müsste einer von ihnen das Fahren übernehmen.“

„So kann ich also davon ausgehen, dass du morgen Abend nicht nüchtern bist?“

Cat schloss die Augen. Sie fühlte sich ganz zerschlagen, und der Gedanke an das Abendessen mit ihren Eltern, das – zwar lustig – sich sehr lange hinziehen würde, war nicht so ganz angenehm, besonders auch deswegen nicht, weil sie so hereingeplatzt waren und ihr den Abend mit Mark verdorben hatten.

Außerdem würde dabei ziemlich gebechert werden. Wenn sie den Wagen nicht gesehen und nicht das Richtige getan hätte – nämlich ihre Mitbewohner zu retten –, wo wäre sie jetzt? Das Date war nach einem holprigen Start ganz gut gelaufen. Cat hatte das Gefühl, Mark nun viel besser zu kennen. Allmählich begann sie, ihn als eine wirkliche Person zu sehen und nicht nur diese strahlende, grenzenlos selbstsichere Fassade. Und sie wollte, dass diese Entwicklung auch weiterging. Während in ihrem Inneren das Bild seiner dunklen Augen und seiner Lippen, die den ihren so nahe waren, tanzte, wünschte sie Polly eine gute Nacht und ging mit einem dankbaren Gefühl ins Bett.

„Das also ist Alfie, und das ist Effie.“ Delia zeigte nacheinander auf die Hunde. „Alfie hat ein eher lockiges Fell, während Effie glatt ist“, sagte sie mit Blick auf die beiden ausgelassenen Retriever.

„Ja“, sagte Cat, wobei sie einem Paar Windhunde, die ihr entgegenkamen, ausweichen musste. Sie hatte nicht damit gerechnet, dass ihre Eltern sie tatsächlich bei einem der Spaziergänge mit den Hunden begleiten würden. Niemand anders hatte einen „Nimm deine Eltern mit zur Arbeit“-Tag zu bewältigen. Außerdem waren die Sandalen ihrer Mama alles andere als ideal für einen Spaziergang, besonders im Hinblick darauf, dass die beiden Retriever, wie Cat inzwischen wusste, auf keinen Fall irgendjemandem zuliebe langsamer laufen würden.

Ihre Eltern eilten mit Mühe hinter ihr her, während sie in einem weiten Bogen den Park umrundete, damit die Hunde sich warm laufen konnten, ehe sie sie von der Leine losmachte. Die Liste ihrer „Leinen los“-Kunden war angewachsen, und seither hatte sie unterschiedliche Methoden für das Ausführen der Hunde ausprobiert. So wusste sie inzwischen, dass man Alfie und Effie am besten allein ausführte. Zusätzlich noch Jessicas Westies oder Elsies Zwergschnauzer dabeizuhaben, hätte sie überfordert, weil Alfie und Effie sehr groß waren und voller

Energie steckten. Dieser Spaziergang jetzt war nicht eingeplant gewesen. Es war der, um den Juliette gebeten hatte, als Cat versuchte, Mark auf der Treppe vor dem Haus zu küssen.

„Es geht dir also gut?", schnaufte ihr Dad. Er musste fast im Joggingtempo laufen, um mit ihr Schritt zu halten. „Du scheinst ja ein Talent dafür zu haben, muss ich sagen."

Cat lachte. „Fürs Laufen? Ich habe mittlerweile viel Übung darin."

„Du hast eine gute Kontrolle über die Hunde", präzisierte Peter. „Ich sehe, dass sie dich mögen und respektieren."

„Es sind großartige, freundliche Hunde", sagte Cat und beugte sich herunter zu Effie, um sie zu streicheln. Die Retriever hatten so etwas Robustes und Verlässliches an sich. Mit ihren großen braunen Augen und ihren beschwingten Bewegungen waren sie völlig anders als die lebhaft herumspringenden, vorwitzigen Westies.

„Und die gehören deiner Nachbarin?", fragte Delia, die zur Seite springen musste, als ein Fußball auf sie zuflog. Ein kleiner blonder Junge rannte herbei, um den Ball zurückzuholen, und entschuldigte sich mehrmals laut.

„Es sind Will und Juliette Barker, sie wohnen in der Nr. 6, nur ein paar Häuser weiter. Sie sind jetzt schon eine ganze Weile meine Kunden, aber …" Cat dachte daran, wie verärgert Juliette war, als sie von Wills Surfleidenschaft sprach. „Aber es könnte sein, dass ich bald noch ein bisschen öfter mit ihnen rausgehen muss. Nicht dass ich mich beklage, natürlich. Es ist nur … Ich bin nicht sicher, ob zwischen den beiden alles so rosig ist, und ich sehe es nicht gern, wenn Leute irgendwie aus dem Gleichgewicht gebracht werden."

„Nein, Liebes, das konntest du noch nie." Peter nahm dabei Cat kurz in den Arm und streckte dann die Hand aus, weil er die Hundeleinen nehmen wollte. „Lass es mich mal probieren, ja?" Cat gab sie ihm und beobachtete, wie er sich gerade hinstellte, den Arm steif an der Seite hielt und dann wie jemand losstolzierte, der Nordic Walking versuchen wollte. Alfie sah kurz zu seinem neuen, unvertrauten Hundeführer auf, bellte einmal und lief dann weiter.

Cat lachte, und Delia hakte sich bei ihrer Tochter ein. „Es macht dir doch nichts aus, dass wir unangemeldet gekommen sind, oder?“

„Es ist schön, euch wiederzusehen“, antwortete Cat, „aber wenn ihr vorher angerufen hättet, wäre ich zu Hause gewesen und hätte euch nicht mit Polly und Joe alleingelassen.“

„Aber die sind doch so nett!“

„Das weiß ich“, antwortete Cat spitz.

„Ah.“ Delia sah sie von der Seite an. „Du meinst, dass wir ihnen zur Last gefallen sind?“

Cat zuckte mit den Schultern. „Sie haben sich bestimmt gefreut, es ist nur – sie haben ihren ganzen Abend mit euch verbracht.“

„Ich weiß. Dein Papa und ich – wir lassen uns immer so mitreißen. Sie waren so nett – also dieser Joe ist wirklich ein toller Kerl. Hast du nie daran gedacht, dass du vielleicht ...?“

„Mum!“

„Sorry, sorry, natürlich. Du hast ja den Neuen, diesen Mark. Ich kann es gar nicht erwarten, mehr über ihn zu erfahren.“

Cat hatte das Gefühl, dass sie sich innerlich zunehmend verschloss – wie eine Blume, die ihre Blütenblätter bei Dunkelheit zusammenfaltet. „Er ist nett, aber – es ist noch zu früh, um etwas zu sagen. Gestern Abend war unser erstes richtiges Date. Er ist charmant und einfach toll, und er weiß immer das Richtige zu sagen. Ich fühle mich zu ihm hingezogen, das ist wahr.“

„Aber? Nun komm, Catherine. Ich weiß doch immer, wann hinter deinen großen braunen Augen ein ‚Aber‘ lauert.“

Cat seufzte und beobachtete dabei, wie ein Weimaraner mühelos über die Rasenfläche rannte; sein silbernes Fell glänzte in der Sonne. „Er ist etwas *zu* glatt. Selbst nach dem Abendessen mit ihm und als wir richtig ins Gespräch kamen, schien er immer noch irgendwie unerreichbar – nicht physisch, aber es war nicht der *eigentliche* Mark."

„Lohnen sich noch ein paar Dates, um das rauszukriegen?"

Cat vergegenwärtigte sich nochmals den Kuss und die Art, wie ihr ganzer Körper auf seine Berührung ansprach. Wann immer sie mit ihm zusammen war, hatte sie das Gefühl, dass er irgendwie Macht über sie hatte. Und sobald sie wieder für sich war, kamen Zweifel in ihr hoch. „Ja, ich glaube, schon. Nur um zu gucken, was passiert."

„Wenn er toll und charmant ist, dann geh doch einfach mal mit ihm ins Bett. Und dann zieh weiter. Jeder, den wir kennenlernen, spielt eine bestimmte Rolle in unserem Leben. Vielleicht ist seine Rolle die des harmlosen Vergnügens?"

„Mum! Ich kann nicht glauben, dass du das gerade gesagt hast."

„Oh, ich denke, das kannst du." Delia tätschelte Cats Hand. Dabei bimmelten die Armbänder, die von ihrem Handgelenk bis fast zum Ellbogen ihren Arm bedeckten. „Wie ist dieser Coffeeshop?" Dabei deutete sie auf das Pavillon-Café.

„Es ist nett, aber der Kuchen ist nicht so gut wie deiner."

„Nehmen wir doch einen Kaffee und irgendein Stückchen Kuchen, oder?"

„Was haben die Hunde vor?", rief ihr Vater. Alfie und Effie hatten vor Peter angehalten und drückten ihre Nase beunruhigend gegen seinen Schritt.

„Sie wissen, dass es Zeit ist, frei rumzulaufen – sie wollen von der Leine." Cat machte sie von den Leinen los, und die beiden Hunde rannten davon in Richtung der Bäume. Ganz anders als bei ihrem ersten, nicht sehr erfolgreichen Gang Monate zuvor fühlte Cat sich jetzt überhaupt nicht nervös. Sie wusste, dass Alfie und Effie zurückkommen würden, wenn sie sie rief. Inzwischen war sie ziemlich selbstsicher, was den Umgang mit den Hunden betraf, und lernte jeden Tag mehr über das

Temperament der verschiedenen Rassen und auch über das der individuellen Hunde, die sie ausführte.

Der Park war voll von Familien, die picknickten oder spielten. Es wimmelte in ganz Fairview von Urlaubern, die die Sonne und das Meer genossen. Cat fühlte sich hier richtig zu Hause. Während sie ihre Eltern hinüber zum Pavillon-Café führte, hatte sie das Gefühl, dass sie nun etwas in ihrem Leben gefunden hatte, worauf auch ihre Eltern stolz sein konnten. Ihre Mum und ihr Dad waren beide unkonventionell – Mum gestaltete Grußkarten, die sie verkaufte, und ihr Dad erfand immer neue Werkzeuge und züchtete zudem Gemüse und Blumen, mit denen er an Wettbewerben und Ausstellungen teilnahm. Beide hatten beruflich einen längeren, eher konventionellen Werdegang hinter sich, ehe sie sich mit Leidenschaft ihren Interessengebieten zugewandt hatten.

Ihr Vater war im Versicherungswesen tätig gewesen, hatte den Job aber irgendwann an den Nagel gehängt, um sich auf seine Erfindungen und auf seinen Kleingarten zu konzentrieren. Cat erinnerte sich noch gut an die Streitereien, als er Delia sagte, was er vorhatte. Cats Mutter hatte schließlich jedoch gesehen, wie glücklich ihn die Veränderung machte und wie auch ihr Verhältnis zueinander dadurch bereichert wurde. Delia hatte als Sekretärin in der Rechtsabteilung einer Firma gearbeitet. Wenn man ihren Geschichten darüber Glauben schenken konnte, so war eigentlich sie es gewesen, die die Firma geleitet hatte, ehe sie sich vor einigen Jahren entschloss, die Stelle zugunsten ihrer kreativen Vorlieben aufzugeben.

Soweit Cat wusste, waren die beiden, die in ihrer kleinen Doppelhaushälfte am Rande von Brighton wohnten, richtig glücklich. Und Cat hoffte, dass ihre Eltern den Berufswechsel ihrer Tochter ähnlich positiv sehen würden, selbst wenn sie ihn deutlich früher vollzogen hatte als ihre Eltern seinerzeit.

Sie machten es sich an einem Tisch auf der Veranda bequem,

und Delia und Peter studierten die Speisekarte. „Heidelbeer-Muffins“, sagte Delia. „Das ist genau das, was ich möchte.“

„Und ich nehme den Kuchen mit den drei Schokoladensorten“, fügte Peter hinzu. „Was möchtest du, Liebes?“

Cat dachte an das köstliche Posset, das sie am Abend zuvor im Restaurant gegessen hatte, und fragte sich, ob sie jetzt von Süßem überhaupt nicht mehr loskommen würde. „Für mich ein getoastetes Rosinenbrötchen, bitte.“

„Ist das alles?“, fragte ihr Dad. „Ich nehme mal an, dass du dir deinen Appetit für das Abendessen aufhebst. Clever gedacht, Catherine. Wir können dich ja nicht mehr so verwöhnen, nun, da du weiter weg wohnst. Lass nur Platz fürs Abendessen.“

Cat verdrehte die Augen und grinste, während Peter hineinging, um die Bestellung aufzugeben. Wie gerufen, rannten Alfie und Effie über den Rasen auf sie zu.

Nach ihrem zweiten Spaziergang an dem Tag brachte sie die Westies zurück zu Jessicas prächtigem Haus am Ende der Primrose Terrace und ging langsam die Straße hinauf, wobei sie im Vorbeigehen unwillkürlich auf das Bed and Breakfast blickte. Ihre Eltern waren an dem Nachmittag zum Leuchtturm gegangen, und da Cat einen weiteren Spaziergang geplant hatte, war sie nicht mitgekommen. Jetzt hatte sie ein paar Stunden Freizeit, ehe sie mit ihren Eltern ins Zentrum von Fairhaven gehen würde. Wolken waren aufgezogen, und die strahlende Augustsonne versteckte sich dahinter, wodurch auch die Wärme verflogen war.

Cat stieg die Stufen zur Nr. 10 hinauf und klopfte an die Tür. Elsie öffnete und führte sie herein. „Tee? Ich habe Earl Grey oder auch Lapsang Souchong.“

„Lapsang, bitte.“

„Kekse?“

Cat schüttelte den Kopf. „Mum und Dad nehmen mich heute Abend mit zum Essen. Da muss ich ein bisschen Platz lassen.“

„Begrüße sie doch eben, ich bin gleich zurück.“ Elsie ging,

um Tee zu kochen, und Cat trat ins Wohnzimmer und kniete sich hin, als Disco und Chalky freudig auf sie zukamen. Disco war jetzt körperlich fast ausgewachsen, doch was alles andere anging, war sie immer noch ein Welpe. Sie konnte es gar nicht abwarten, ihre Pfoten auf Cats Schultern zu legen und ihr in überschwänglicher Freude übers Gesicht zu lecken. Chalky wartete geduldig hinter ihr – seine Augen wurden von seinen buschigen Augenbrauen bedeckt – und schmiegte sich dann sanft in Cats offene Arme.

„Komm her, Schätzchen." Cat hielt den älteren Hund fest in den Armen. Chalky war der Veteran aller Hunde, die sie kannte. Sie würde es vor niemandem zugeben, aber sie schaute zu ihm auf. Sie betrachtete ihn als die Stimme der Vernunft – selbst wenn diese Stimme auf Bellen und Jaulen reduziert war. Irgendwie schien er immer zu wissen, ob sie die richtige Entscheidung fällte oder nicht, und das zeigte er ihr, indem er sie ansah oder seine feuchte Nase gegen ihre Hand drückte. Sie wünschte, sie könnte ihn ganz formell Mark vorstellen und dann beobachten, was er machen würde.

Chalky schnaubte laut, drehte sich um und kuschelte sich dann in sein Körbchen unter dem Fenster. Disco sprang aufs Sofa und bellte Cat freudig an.

„Disco, lass es!" Elsie stellte das Teetablett auf den Tisch und setzte sich neben Disco. Der junge Hund sprang auf Elsies Schoß und schob ihren langen grauen Rock hoch. „Wenn du dich nicht benimmst, musst du runter." Disco blickte traurig auf und machte es sich dann neben ihr auf dem Sofa bequem, den Kopf auf die Pfoten gelehnt.

Cat nahm eine Tasse Tee und setzte sich ihrer Freundin gegenüber.

„Also", sagte Elsie, „anscheinend ist viel passiert, seit ich dich das letzte Mal gesehen habe. Einmal dein Date mit Mark, und dann sind deine Eltern gekommen. Sind sie nur heute da?"

Cat schüttelte den Kopf. „Sie kamen ganz unerwartet, während ich mit Mark ausgegangen war. Ich weiß nicht, ob Joe mir das je verzeihen wird."

Elsie kicherte. „Der Junge wird dir alles verzeihen, da bin ich sicher."

„Was? Weil er die ganze Zeit mit mir zusammenwohnen muss? Das macht ihn bestimmt nur noch ungeduldiger, nicht andersrum."

„Er hat dich gern. Das ist offensichtlich."

Cat spürte, wie sich ihre Schultern entspannten. Elsies Haus war ein sicherer Hafen, voller menschlicher und tierischer Wärme, und sie fühlte sich jedes Mal ruhiger, wenn sie hier war. „Ich glaube, er ist fast über Rosalin hinweg."

„Ich glaube, dass du damit recht hast", antwortete Elsie und lächelte sie an. „Nun erzähl mir aber von deinem Date mit Mark. Hat es sich gelohnt zu warten?"

„Ich glaube, schon", sagte Cat etwas verhalten.

„Nun sei doch nicht so zurückhaltend!", sagte Elsie. „Ich bin so gespannt."

Cat verdrehte die Augen und erzählte ihr dann ausführlicher von dem Abend, als sie es bei ihren Eltern oder Joe und Polly getan hatte. Das eher misslungene Ende, das zuerst von Juliette und dann von ihren Eltern herbeigeführt worden war, sparte sie dabei jedoch aus.

„Wirst du ihn wiedersehen?"

„Ich möchte schon. Und ich denke, dass es ihm genauso geht. Wenn meine Eltern wieder abgereist sind – sie sind nur noch bis morgen hier –, dann könnten wir da weitermachen, wo wir aufgehört haben."

„Oh? Ich verstehe. Ich glaube, es lief besser, als du verraten willst."

„Es lief ... ganz gut, und dann kam Juliette und fragte, ob ich heute Morgen Alfie und Effie ausführen würde."

„Hat sie an Marks Tür geklopft?"

„Nein, wir waren noch nicht ganz im Haus."

„Ah." Elsie presste die Lippen zusammen, und Cat konnte sehen, dass sie sich ein Lachen kaum verkneifen konnte. „Typisch Juliette. Sie ist eher nicht so der zurückhaltende Typ."

„Dasselbe könnte man von Mark sagen", antwortete Cat und dachte dabei an den wohligen Schauer, den sein Kuss hervorgerufen hatte. „Aber Juliette hatte etwas vor. Sie entschuldigte sich zwar für die Störung, aber besonders peinlich schien sie ihr nicht gewesen zu sein. Ich glaube nicht, dass ich auf irgendjemanden zugegangen wäre, der so … beschäftigt war, nicht einmal bei Polly oder Joe." Sie verdrängte achselzuckend die unangenehme Vorstellung, sie hätte Joe eng umschlungen mit jemandem gesehen.

Elsie beugte sich vor und füllte nochmals Tee ein. Disco döste vor sich hin, sah dann kurz auf und hob ein Ohr. „Noch ist nicht Zeit fürs Abendessen", sagte Elsie ruhig. „Juliette ist in letzter Zeit ein bisschen zerfahren. Ich habe ein paarmal beim Vorbeigehen an ihrem Haus einige weniger freundliche Unterhaltungen zwischen ihr und Will mitgehört, die sie auf der Treppe führten. Es scheint, dass diese Treppen ein Ort für alle möglichen Treffen sein können." Dabei sah sie Cat vielsagend an. „Einige Leute scheinen zu vergessen, dass man ja tatsächlich auch *ins Haus* gehen kann."

„Mark und ich haben uns von der Situation etwas mitreißen lassen", sagte Cat zu ihrer Verteidigung. „Das ist alles. Hast du eigentlich gehört, worum es bei ihrem Streit ging? Juliette schien ziemlich verärgert darüber zu sein, dass Will seine Surf-Bekannten sehen und die Hunde zu Hause lassen wollte. Deswegen habe ich den zusätzlichen Auftrag bekommen."

„Ich sehe ihn in letzter Zeit tatsächlich nicht oft ohne sein Surfbrett", gab Elsie zu.

„Arbeitet er denn gar nicht? Als ich sie das erste Mal als Kunden hatte, hieß es, der Hauptgrund sei der, dass sie beide den ganzen Tag berufstätig seien. Zwar arbeitete Juliette ein paar Tage in der Woche zu Hause, aber während der übrigen Zeit waren die Hunde allein. Sie haben nicht erwähnt, dass sich irgendetwas daran geändert hätte, aber wenn ich darüber nachdenke, kann ich mich nicht erinnern, Will das letzte Mal in einem Anzug gesehen zu haben."

„Du hast es nicht gewusst?" Elsie sah überrascht aus.

„Was gewusst?"

„Er hat seinen Job aufgegeben. Ich kenne nicht alle Einzelheiten, aber Juliette hat es mir in groben Zügen erzählt. Er hatte die Nase voll von den langen Arbeitszeiten, dem Stress und der ganzen Belastung. Sie sagte es nicht ausdrücklich, aber ich konnte sehen, dass sie mit seiner Entscheidung nicht einverstanden war."

„Wow." Cat lehnte sich auf dem Sofa zurück. „Wenn sie die Einzige ist, die das Geld nach Hause bringt, dann kann ich verstehen, dass sie wütend ist."

„Der Heftigkeit der Auseinandersetzungen nach zu urteilen ist sie mehr als nur wütend. So eine Entscheidung bringt Veränderungen mit sich", sagte Elsie. „Besonders wenn die Entscheidung nicht von ihnen beiden gemeinsam getroffen worden ist."

Cat nickte und dachte dabei zurück an die schwierige Wegstrecke, die ihre Eltern hatten zurücklegen müssen, als ihr Vater etwas Ähnliches gemacht hatte. „Vielleicht versteht Juliette nicht ganz, warum Will das gemacht hat, oder er weigert sich, es ihr zu erklären? Vielleicht ist sie wütend auf ihn, weil er seinen Job aufgegeben hat, aber statt sich damit auseinanderzusetzen, richtet sie ihre ganze Wut auf das Surfen."

„Es könnte alle möglichen Gründe für all das geben, aber was ich sagen möchte, ist, Cat, du solltest dich besser da nicht einmischen. Deine … Neugier würde dort nicht gut ankommen. Es ist bestimmt gut, dass du die Verhältnisse kennst, aber halte möglichst Abstand, sonst könntest du in ein Fettnäpfchen treten. Geh mit Alfie und Effie raus, bleib höflich und freundlich, aber wenn einer von ihnen versucht, dich auf seine Seite zu ziehen, dann halte dich zurück. Lass sie machen, was immer sie machen wollen."

Das war ein guter Ratschlag von ihrer Freundin – wie immer. Denn Cat neigte tatsächlich dazu, Probleme lösen zu wollen, für die sie gar nicht zuständig war. So wie in diesem Fall. Das Zerbrechen einer Beziehung war wirklich nichts, in das sie hineingezogen werden wollte; außerdem kannte sie sich damit auch kaum aus. Sie hatte genug Probleme damit, ihr eigenes Liebesleben zu ordnen.

Zum zweiten Mal in Folge war Cat dabei, sich für ein Abendessen fertig zu machen. Sie war sicher, dass es diesmal weniger exklusiv und ohne Champagner zugehen würde, dafür eher deftig – mit gutem Essen und freundlicher Bedienung. Das waren die Lokale, in die ihre Eltern gern gingen und die sie irgendwie immer fanden. Obwohl es noch August war, schien sich das Wetter zu ändern. Cat wählte deshalb ein schwarzes Maxikleid mit einem violetten Muster am Saum und einem breiten Gürtel in derselben Farbe.

Als sie den Kleiderschrank zumachte, trat sie beim Rückwärtsgehen halb auf ihre secondhand gekaufte Gitarre und fuhr bei dem Klang erschrocken auf. Sie hatte das Instrument in der vorhergehenden Woche erstanden und sollte in den nächsten Tagen ihre erste Unterrichtsstunde von Frankie bekommen. Sie war nicht sicher, ob sie musikalisches Talent hatte, aber Frankie hatte darauf bestanden, es auszuprobieren, weil sie sich für ihre Hilfe erkenntlich zeigen wollte. So freute Cat sich darauf, etwas Neues auszuprobieren. Vielleicht würde sie versuchen, etwas Passendes für Weihnachten zu lernen. Selbst sie müsste doch in der Lage sein, bis dahin ein paar Töne richtig hinzukriegen. Jetzt aber hatte sie keine Zeit, das Instrument aufzuheben und darauf zu schrammeln. Ihr blieb noch eine Viertelstunde, bis ihre Eltern kamen, und nun hatte sich auch noch jemand ins Badezimmer geschlichen, ohne dass sie es gemerkt hatte.

Cat wartete, bis sie hörte, wie die Dusche abgestellt wurde und dann die Badezimmertür aufging. Sie rannte zum Treppenabsatz und stieß fast mit Joe zusammen, der, abgesehen von einem Handtuch um die Hüften, nackt war.

Er legte die Hände auf ihre Schulter. „Wo brennt's denn?"

Sein blondes Haar war nass und zerzaust, seine Wangen waren gerötet.

„S-sorry, ich muss mich schnell fertig machen. Ich wollte dich nicht anrempeln."

„Es ist ja nichts passiert, und pardon, dass ich vor dir so rumspringe."

„Warst du laufen?"

Er nickte. „Ich habe gedacht, dass ich das kühlere Wetter ausnutzen sollte. Gehst du aus? Du lässt uns doch hoffentlich nicht wieder mit deinen Eltern allein, oder?" Er lächelte.

Sie boxte ihn spielerisch in die Seite. „Nein, sie gehen mit mir zum Abendessen aus. Aber wenn ich sie frage, wärest du sicher mehr als willkommen."

„Nein danke. Ich habe da einen thailändischen Imbiss im Blick, wo ich was holen will, und dann eine Staffel *Grey's Anatomy*."

„*Grey's Anatomy*?", murmelte Cat und fragte sich, ob es wohl zu spät wäre, ihren Eltern abzusagen. „Du siehst *Grey's* gern?"

„Wer sieht Meredith und McDreamy nicht gern?"

„Guckt Polly mit?"

Joe schüttelte den Kopf. Er sah mit seinem Handtuch und seinem tropfnassen Haar wie jemand aus, der für Diät-Cola wirbt. Cat dachte, dass er wahrscheinlich keine Ahnung hatte, wie attraktiv er war – das totale Gegenteil von Marks übermäßiger Selbstsicherheit. In mancherlei Hinsicht machte ihn das noch attraktiver. „Polly hilft Leyla beim Umzug in Frankies Haus."

„Das ist heute Abend?", fragte Cat überrascht.

„Ja. Ich habe Leyla ein- oder zweimal getroffen. Ich glaube, sie war für Polly während ihrer Fachausbildung so etwas wie eine Mentorin. Sie scheint sehr nett zu sein. Freundlich, vielleicht ein bisschen scheu. Ich weiß zwar nicht, was sie so für häusliche Gewohnheiten hat, aber allem Anschein nach ist sie die ideale Mieterin. Das Ganze ist eine Erfolgsstory, die dir zu verdanken ist."

Cat spürte, wie es ihr innerlich warm wurde. Sie machte sich bewusst, dass es mit ihrem Plan wirklich geklappt hatte und dass Frankie jetzt eine sehr nette Mieterin in ihrer Mansarde hatte, die eine finanzielle Unterstützung bedeutete und Frankie die Chance gab, mehr Zeit mit ihrer kleinen Familie zu verbringen. „Oh mein Gott", sagte sie und hielt ihre Hände zusammengepresst vor sich, „das sind ja fantastische Neuigkeiten! Aber ich sollte ihnen eigentlich helfen. Ja, das sollte ich machen – und danach komme ich und feiere mit dir und McDreamy."

„Nein, das solltest du nicht", wandte Joe ein. „Polly kann bei Frankie alles regeln. Geh du ruhig und genieß die Zeit mit deinen Eltern. Sie sind wohl keine typischen Eltern – man hat mit ihnen auf jeden Fall mehr Spaß als mit unserem Vater."

Cat nickte. „Es sind gute Eltern, und ich habe Glück, dass ich sie habe. Das wird heute Abend keine Tortur, aber *Grey's Anatomy* für was auch immer zu verpassen, fühlt sich irgendwie falsch an."

„Ich werde wahrscheinlich noch immer gucken, wenn du zurückkommst. Du kannst dann ja später mitgucken. Wie auch immer, sind die nicht bald hier? Ich sollte dich nicht vom Fertigmachen abhalten." Er huschte an ihr vorbei und ging schnell die zweite Treppe nach oben. Cat beobachtete dabei seinen Rücken und spürte, wie sie sich erneut von dem Bruder ihrer besten Freundin angezogen fühlte. Zumal er die Krankenhausserie, die zu ihren liebsten gehörte, ebenfalls mochte und das auch noch zugab.

15. Kapitel

Als Cat und ihre Eltern das Restaurant verließen – ein italienisches Bistro im Zentrum von Fairhaven, das Cat vorher noch gar nicht bemerkt hatte, das aber genau die richtige Mischung aus gutem Essen und fröhlicher Atmosphäre bot –, erfasste sie ein schneidender Wind wie ein Messer. Es war August, also angeblich die beste Zeit des Sommers, aber es lag eine beißende Kälte in der Luft. Während des Abendessens hatte sie Gesprächsfetzen von anderen Familien aufgeschnappt, die hier Urlaub machten und sich auf einige Tage an der See freuten. Nun fragte sie sich, ob diese nicht vielleicht ihre Pläne ändern würden oder ob sie mit stoischer Gelassenheit in ihren Windjacken frieren und Sand in die Augen bekommen würden. Englische Urlauber neigten zu letzterer Option. Der Sommer hatte früh begonnen und war wunderbar gewesen, deshalb musste man wohl einen frühen Übergang in den Herbst als Ausgleich dafür betrachten.

„Alles in Ordnung, Liebes?“ Cats Vater drückte sie enger an sich; dabei stolperte sie und wünschte, sie hätte flache Schuhe an. Der Weg zurück nach Fairview und in die Primrose Terrace dauerte etwa zwanzig Minuten, und die doch beträchtlichen Mengen an Chianti mit dem obligatorischen Limoncello zum Schluss machten das Laufen nicht gerade leichter.

„Ja, vielen Dank. Ein schöner Abend." Cat lehnte sich beim Gehen an ihn.

„Ich meinte das, worüber wir gesprochen haben, unsere Entscheidung. Ich weiß, dass das ein Schock für dich ist."

Es war tatsächlich ein Schock, und Cat versuchte, nicht darüber nachzudenken. Ihr Vater hatte andere Ideen.

„Ich denke, das ist ein toller Plan", sagte sie dann, „so aufregend. Aber – was ist mit eurem Kleingarten? Mit euren Pflanzen? Was passiert damit, wenn ihr mindestens ein Jahr lang durch Kanada reist?"

„Aha", antwortete Peter, offensichtlich auf diese Frage vorbereitet. „Jimmy, der den angrenzenden Garten hat, wird das übernehmen. Im Winter ist ja weniger zu tun, und je nachdem, was passiert, hat er, während er den Garten versorgt, das Anrecht auf alle Pflanzen und die gesamte Ernte. Ich könnte den Garten in keinen besseren Händen lassen."

„Und euer Haus?", fragte Cat.

„Wir werden es vermieten, Liebes", mischte ihre Mutter sich schnell ein. „Wir verkaufen es ja nicht. Ich weiß, es hört sich etwas verlogen an, sich darüber zu beklagen, dass du nur eine Stunde weit weg gezogen bist, während wir dabei sind, einen ganz anderen Kontinent zu besuchen, aber wir bleiben ja in Verbindung. Es gibt E-Mail und Skype, und wir schicken dir alle Fotos. Du könntest ja auch ein paar Wochen mit uns verbringen, aber vielleicht möchtest du das nicht so gern, wenn es für dich gerade hier so gut läuft. Dein neues kleines Unternehmen, all die prächtigen Hunde, dein neuer Freund und all deine netten Bekannten. Wir sind so stolz auf dich, Catherine, dass du auf eigenen Füßen stehst. Selbstständig zu sein gibt dir viel Freiheit, und du hast es selbst in die Hand genommen, dir das zu suchen, was du wirklicht tun möchtest."

„Und jetzt, da du nicht mit deinem guten alten Dad zusammen bist", fügte er hinzu und berührte mit den Daumen seine Brust, „gibt es auch kein Problem mit Hunden."

Cat nickte. Bei ihnen zu Hause hatte es nie einen Hund gegeben, da ihr Vater allergisch auf Hundehaare reagierte. Holzstaub und Erde und alle möglichen anderen Reizstoffe waren okay, aber eben keine Hundehaare. „Ich liebe Hunde", sagte sie seufzend und merkte sofort, dass sie sich richtig beschwipst anhörte. Sie hatte gehofft, durch die kalte Luft einen klaren Kopf zu bekommen, um besser nachvollziehen zu können, warum ihre fröhlichen Eltern, die sonst bodenständig zu Hause blieben, plötzlich nach Kanada fliegen, sich ein Wohnmobil kaufen und durch die Rocky Mountains fahren wollten. Aber sie fühlte sich jetzt sogar noch benebelter als in dem Augenblick, als sie das Restaurant verlassen hatten.

„Ich weiß, Liebes", sagte Peter. „Du hast ein Herz aus Gold, das ist dein Problem."

„Wann ist das denn je ein Problem gewesen?", schimpfte Delia und schüttelte den Kopf.

„Gold ist zerbrechlich. Es ist so leicht, Gold zu brechen."

Cat blickte zu ihrem Vater, der mit übertrieben ernstem Ton gesprochen und die Stirn gerunzelt hatte. Dann brach sie in schallendes Gelächter aus. „Gold ist nicht zerbrechlich", sagte sie dann. „Nicht so empfindlich wie Glas oder Papier oder Zuckerwatte."

„Ich muss dich darauf hinweisen, dass die Spannkraft von Papier …"

„Peter", warnte Delia ihn. „Jetzt nicht so was. Es ist nicht nötig, einen schönen Abend mit physikalischen Anekdoten zu verderben." Dabei nickte sie ganz energisch und ging einen Schritt schneller.

Cat und ihr Dad verdrehten die Augen in verschwörerischem Einvernehmen, und Cat bemühte sich, mit dem Kichern aufzuhören. Sie hatte den Abend wirklich genossen, auch wenn ihre Eltern in puncto Alkohol einen schlechten Einfluss auf sie hatten. Wenigstens aber war ihr erster Hundespaziergang am folgenden Tag erst nach dem Mittagessen angesetzt. So würde sie ihren Rotweinrausch ausschlafen können.

Stunden schienen vergangen zu sein, als sie in die Primrose Terrace einbogen. Es war so spät geworden, dass die Sonne vollständig untergegangen war. Als sie die Häuserreihe entlanggingen, starrte Cat auf die Hausnummern, die mit den hohen Zahlen anfingen und bei der Nr. 1 – Jessicas Haus – endeten. In dem Mansardenfenster von Nr. 12 brannte Licht, und Cat stellte sich Leyla vor, wie sie sich nach und nach einlebte und das schöne Zimmer mit einigen persönlichen Dingen und vielleicht mit einem Kuscheltier – schließlich liebte sie Tiere – zu ihrem ganz eigenen Wohnraum machte.

Sie erreichten die Nr. 9, und Cat sah an der Fassade hoch. „Ich gehe mit euch noch zum Bed and Breakfast", sagte sie. Zu Hause war das Licht im Wohnzimmer an, und Cat wusste, dass Joe sich *Grey's Anatomy* anguckte. Sie war hin und her gerissen zwischen dem Wunsch, zu ihm zu gehen, und der Variante, sich direkt in ihr Zimmer zu schleichen. Auf keinen Fall wollte sie, dass er sie in dem beschwipsten Zustand sah. Vielleicht würden ein paar Stufen mehr sie etwas nüchterner machen, selbst wenn es für ihre Beine schwieriger würde. Vor ihnen wurde eine Autotür geöffnet, und Juliette und Will stiegen aus ihrem silberfarbenen Passat aus.

„Ich kann das einfach nicht fassen, Will", sagte Juliette erregt. „Ich habe dir vor Wochen von der Dinnerparty erzählt. Es geht um einen wirklich wichtigen Partner."

„Es ist Keiths Geburtstag. Ich werde ihn nicht enttäuschen, und du solltest das auch nicht. Zu dem Essen mit dem Kunden kann auch mal jemand anders gehen, nicht immer du." Will war Mitte vierzig, hatte kurzes dunkelblondes Haar und einen Bauchansatz, den er, wie Cat jetzt wusste, mit dem Surfen loszuwerden versuchte. Er hatte ein freundliches Gesicht und warme grüne Augen, die immer zu lächeln schienen. Nur jetzt nicht.

„In diesem Fall aber muss ich es machen, und zwar aus Gründen, die du nicht verstehst." Juliette holte einige Tragetaschen aus dem Kofferraum und schlug die Klappe zu. „So musst du mich also bei Keith entschuldigen, und ich mache die Sache mit dem Dinner allein. Wieder mal." Dann durchwühlte Juliette ihre Tasche nach dem Schlüssel.

„Nun komm schon, Jules", sagte Will. „Sag denen ab, nur dieses eine Mal."

Sie schüttelte den Kopf und presste die Lippen zusammen. „Ich kann nicht, ich muss ..." Dabei bemerkte sie Cat, die, weil sie nicht unmittelbar in ihren Streit hatte hineinlaufen wollen, ihren Schritt verlangsamt hatte; ihre Eltern, die hinter ihr waren, hatten sich dem Tempo angepasst.

„Hi, Juliette", sagte Cat. „Will."

„Oh, Cat", antwortete Juliette, „vielen Dank, dass Sie Alfie und Effie heute genommen haben. Als ich nach Hause kam, waren sie zufrieden müde. Sie müssen also bei Ihnen einen guten Auslauf gehabt haben."

„Ja, den hatten sie. Das sind übrigens meine Eltern. Will und Juliette." Alle schüttelten sich die Hand, danach standen sie etwas verlegen auf dem Bürgersteig. Die kühle Abendluft ließ sie frösteln, aber niemand wollte durch Beendigung des spontanen Plausches unhöflich erscheinen.

„Mum und Dad waren heute mit dabei, als ich mit Alfie und Effie spazieren war", sagte Cat.

„Fairview ist richtig schön", sagte Delia und bekräftigte dies mit einem begeisterten Nicken. „So hell und fröhlich, und nicht so ... hektisch wie Brighton. Die Strände sind wunderbar. Wir waren heute beim Leuchtturm, und ein Teil des Strandes war fast menschenleer – und das im August!" Sie lachte dabei, und Juliette auch.

„Das Wasser ist zu gefährlich", sagte Will, „besonders um diese Klippen herum. Wegen der Strömung und der gegenläufigen Flutwellen ist es nicht mal zum Paddeln geeignet, deshalb halten Familien sich fern. Und wo die Klippen ausgewaschen sind, ist es sehr viel schwieriger, runter zum Strand zu kommen."

„Sie wissen ja viel über die Küste", sagte Peter. „Ich mag das, wenn man sich auf seinem Gebiet auskennt. Wir planen eine Reise nach Kanada. Ich habe lange vor dem Computer gesessen, um zu sehen, wo wir den Winter verbringen können, wo das Eis trügerisch ist oder wo man ganz besonders wachsam bei der Beobachtung von Bären sein muss!"

„Das hört sich ja nach einer tollen Reise an", sagte Juliette, stellte ihre Taschen auf den Boden und zog ihren Mantel enger um die Schultern.

„Ein einmaliger Urlaub", sagte Delia, „und dafür ist es nie zu spät."

„Nie zu spät, um seinem Herzen zu folgen", fügte Peter hinzu, und Cat zuckte zusammen.

Juliette bedachte Cat mit einem kurzen, scharfen Blick, und Cat war um einen Gesichtsausdruck bemüht, der nahelegte, dass sie nur zufällig so reagierte und dass sie nicht mit ihren Eltern über sie gesprochen hatte; aber in ihrem beschwipsten Zustand hatte sie keine Ahnung, welches Gesicht sie gemacht hatte.

„Ich denke, unsere nächste Reise wird nach Australien gehen", sagte Will, und seine Augen leuchteten. „Unser Sohn ist dort im Rahmen eines freiwilligen ökologischen Jahres, und es wäre toll, dahin zu fliegen und ihn dort zu treffen."

„Ein paar Wellen anzutreffen", fügte Juliette mit einem dünnen Lächeln hinzu.

„Schatz, an so was hatte ich nicht gedacht."

„Das wäre ja mal was anderes", sagte Juliette in gereiztem Ton, dann aber straffte sie ihren Rücken wieder und lächelte. „Entschuldigung, aber es war ein langer Tag, und es fällt nicht so leicht, sich vorzustellen, alles hinter sich zu lassen und um die Welt zu fliegen, wenn man hier so viele Verpflichtungen hat. Ich will aber kein Spielverderber sein."

„War nett, Sie kennenzulernen", unterbrach Will sie, und sein Lächeln war plötzlich verschwunden. „Man sieht sich, Cat." Er nahm die Schlüssel aus Juliettes Hand, schloss die Tür auf und ging hinein, ohne Juliette anzusehen.

Cat biss sich auf die Unterlippe und wollte gerade gute Nacht sagen, um von der angespannten Atmosphäre loszukommen, als ihr Vater sich noch einmal an Juliette wandte.

„Wissen Sie", sagte Peter, „ich habe über die Jahre hin gelernt, dass die beruflichen Verpflichtungen einen schier erdrücken können, und dann wird das Urteilsvermögen getrübt. Manchmal ist es sinnvoll, einen Schritt zurückzugehen, um aus der trüben Wolke herauszutreten."

Juliette starrte Peter einen Moment lang an, und ihrem Gesichtsausdruck war nichts zu entnehmen. „Nun", sagte sie dann, „meine Wolke ist eine ziemlich stürmische, und ich bin nicht sicher, ob ich ihr im Augenblick entkommen kann. Es war nett, Sie kennenzulernen, aber ich sollte mich um die Hunde kümmern." Sie gab Delia und Peter wieder die Hand und sagte, zu Cat gewandt: „Nächste Woche, normale Zeit?"

„Klar. Bis dahin."

Cat ging mit ihren Eltern bis zu dem Bed and Breakfast, ohne dass gesprochen wurde. Unten an der Treppe umarmten sie Cat.

„Probleme im Paradies", sagte Peter und deutete die Straße hinauf.

Cat nickte. „Aber das ist nicht unsere Sache."

„Du hast dich aber doch etwas eingemischt", sagte Delia zu ihrem Mann. „Wir kennen diese Leute nicht, und Juliette schien schon gereizt, ehe du deine Weisheit verkünden musstest."

Cat hörte aus den Worten ihrer Eltern ihre eigenen Gedanken heraus, aber sie wollte nicht mit hineingezogen werden. Nicht dieses Mal. „Ich möchte von euch sprechen", platzte sie heraus. „Ich denke, was ihr macht, ist unglaublich. Es ist nur nicht das – das, was ich erwartet habe. Aber ich möchte, dass ihr glücklich seid."

„Ich weiß, Liebes", sagte ihr Vater. „Und wir werden uns jetzt häufiger sehen, hoffe ich. Und zu Weihnachten. Wir können ein tolles Weihnachtsfest haben, ehe wir abreisen."

„Eine festliche Verabschiedungsfeier", ergänzte Cat.

„Genau. Auf Wiedersehen, Catherine", sagte Delia und drückte sie noch einmal. „Pass auf dich auf und lass uns wissen, wie es mit Mark weitergeht, ja?"

„Klar", antwortete Cat. Sie wartete, bis sie hineingegangen waren, und ging dann nach Hause.

Da sie sich nun nicht mehr an ihren Vater anlehnen konnte, fühlte Cat sich etwas unsicher auf den Füßen. Und weil sie sich darauf konzentrieren musste, einen Fuß vor den anderen zu setzen, bemerkte sie Mark erst, als er ganz nah vor ihr stand. Er hatte Chips an der Leine und hielt mit der anderen Hand das Handy ans Ohr.

Cat schnappte nach Luft, und er drehte sich um. Sie sah etwas wie Irritation oder Verärgerung über sein Gesicht huschen. Er hatte den Kragen seiner Lederjacke wegen der plötzlichen Kälte hochgeschlagen, und sein ganzer Körper schien steif und verspannt zu sein. Dann blickte er von ihr weg, sagte etwas in das Handy und legte auf.

„Hi", sagte sie. „Wie geht's dir?"

„Gut. Und dir?"

Cat nickte, und weil so gar keine Wärme in seinen Augen war, spürte sie, wie ihr Mund trocken wurde. „G… gut, danke. Ich war mit meinen Eltern essen." Chips schmiegte zur Begrüßung ihre Nase in Cats Hand, und Cat streichelte die seidenweichen Ohren der Collie-Hündin.

„Ah, die berühmt-berüchtigten Eltern." Er lächelte etwas gezwungen. „Sieht so aus, als ob du einen schönen Abend hattest. Sorry, aber ich muss Chips reinbringen."

„Klar", antwortete Cat. Sie beugte sich zu ihm hin in der Hoffnung auf – wenigstens – einen Kuss auf die Wange. Aber er ließ sie stehen und ging die Treppe zu seiner Haustür hinauf. Chips sprang neben ihm her.

Ein paar Augenblicke starrte Cat auf seine Haustür, nachdem sie sich geschlossen hatte. Diese Begegnung war so anders gewesen als die Zärtlichkeiten am Abend zuvor, dass Cat es nicht fassen konnte. Und beides hatte sich vor dieser Tür abgespielt? Lag da vielleicht irgendetwas in der Luft? Hatte der plötzliche arktische Kälteeinbruch eine Welle schlechter Laune mit sich gebracht? Zuerst Juliette und Will, und jetzt Mark. Sie hatte ihn noch nie so kalt, so unaufmerksam erlebt. Und es passte gar nicht zu dem vorangegangenen Abend, an dem sie den Eindruck hatte, dass sie sich endlich näherkommen würden.

Mit wachsender Unruhe stolperte sie die Primrose Terrace entlang. Als sie an dem Haus von Will und Juliette vorbeikam, hörte sie, wie eine Tür zuschlug und wie die Hunde aufgeregt bellten. Sie seufzte bei der Vorstellung, dass ihr Streit noch zugenommen hatte, nachdem sie einmal im Haus waren. Sie wartete nicht darauf, auch noch laute Stimmen zu hören, sondern ging schnell weiter und steckte schließlich mit einem dankbaren Gefühl ihren Schlüssel in die Tür von Nr. 9.

„Ist das meine Schwester oder meine Cat-Mitbewohnerin?", rief Joe, als Cat die Tür hinter sich schloss. Sie hängte ihren Mantel auf, schleuderte ihre Schuhe weg und ging ins Wohnzimmer, wo sie sich auf das Sofa ihm gegenüber fallen ließ.

„Sehr lustig. Wie du siehst, bin ich's." Dabei breitete sie genervt die Arme aus.

Im Zimmer stand noch der aromatische Duft des Thai-Gerichts, und das einzige Licht kam von dem Fernsehgerät in der Ecke. Wann immer Joe fernsah oder sich einen Film anguckte, machte er das sehr aufmerksam. Er trug ein helles T-Shirt mit einem kaum zu erkennenden Logo und ausgebleichte graue Shorts. Er drückte die Pausetaste und sah sie mit seinen blauen Augen an. „War es ein schöner Abend mit deinen Eltern?"

Sie nickte. „Ja, war gut, danke. Wir waren bei dem Italiener im Zentrum. Trattoria Rustica." Sie stolperte leicht über den Namen und biss sich dann auf die Unterlippe.

Joe nickte und sah sie prüfend an. „Ich bin ein- oder zweimal da gewesen. Sie machen gute Linguine mit Meeresfrüchten."

„Ich hatte Fleischbällchen. Wie ist *Grey's*?" Sie blickte auf den Bildschirm. „Welche Folge guckst du dir gerade an?"

„Das Ende von Staffel vier."

Cat machte große Augen. „Mit den Kerzen oben auf dem Berg?"

Joe lächelte. „So weit bin ich noch nicht gekommen, aber ja, doch."

„Das ist das Allerromantischste." Cat stand auf und setzte sich auf das andere Sofa neben Joe. „Ach, geh doch noch mal an den Anfang. Ich bin auch ganz still. Versprochen."

Joe lachte. „Willst du erst was trinken?"

„Aber keinen Wein mehr. Ich hatte schon zu viel davon."

„Kaffee?"

Sie lehnte ihren Kopf zurück. „Kaffee wäre gut. Danke, Joe."

Sie schloss die Augen und hörte, wie er in der Küche das Wasser im Kessel zum Kochen brachte und wie die Tassen sachte klirrten. Joe mochte *Grey's Anatomy*. Er kochte Kaffee für sie. Er war gradlinig. Okay, er hatte nicht immer die beste Laune, aber jeder hatte ein Recht auf Höhen und Tiefen. Und wenn ihm etwas an ihr nicht passte, dann sagte er es. Er würde nicht versuchen, sie für eine Nacht ins Bett zu kriegen, und in der nächsten Nacht so tun, als wäre sie eine Fremde. Nun, Joe hatte nie versucht –

„Mit Milch. Zwei Zuckerwürfel."

Joe machte Platz auf dem Tisch, legte die Lokalzeitung auf das Sofakissen und stellte die Kaffeetassen ab. Als er sich neben sie setzte, rutschte Cat durch sein Gewicht etwas zu ihm hin.

„Tschuldigung", nuschelte sie und rückte wieder von ihm ab.

„Du bist ganz schön beschwipst", sagte Joe.

„Ja, danke, Sherlock. Das habe ich auch schon gemerkt."

Joe grinste sie an, und Cat fühlte sich plötzlich lächerlich. „Vielleicht sollte ich ins Bett gehen."

„Ich habe dir doch Kaffee gemacht, und wir sind fast da, wo es spannend wird. Vier Staffeln ein einziges Hin und Her, und jetzt ist endlich der Moment, wo Meredith und McDreamy zusammenkommen. Du kannst jetzt nicht schlafen, nun komm schon." Er langte über sie hinweg und drückte „Play" auf der Fernbedienung. Cat konzentrierte sich auf den Bildschirm mit den Szenen, die sie fast auswendig kannte. Sie war sich ganz deutlich dessen bewusst, dass Joe neben ihr saß und dass ihre Schultern sich berührten. Außerdem hatte sie das Gefühl, dass seine Augen die ganze Zeit auf sie gerichtet waren, was aber absurd war, weil es ja gerade *diese Folge* war und er unmöglich etwas anderes machen konnte, als auf den Bildschirm zu schauen.

Am Ende, nach dem typisch amerikanischen, übertrieben romantischen Schluss spürte Cat einen Kloß in der Kehle.

„Nun", sagte Joe und schaltete die DVD aus, wodurch das Zimmer fast ganz im Dunkeln lag. „Das war's. Meredith und McDreamy glücklich und zufrieden bis an ihr Lebensende."

„Außer dass wir beide wissen, dass sie es nicht sind", korrigierte Cat. „Weil dann alles wieder kaputtgeht, und dann …" Sie brachte es nicht fertig, zu sagen, was am Ende passierte, weil das einen zu sehr aufwühlen würde.

„Aber jetzt in diesem Augenblick sind sie glücklich, wenn ich keine weitere DVD einlege."

„Man kann aber den Augenblick nicht für immer einfrieren." Cat nippte an ihrem Kaffee. Er war lauwarm, tat aber gut gegen den Weingeschmack, den sie immer noch in der Kehle spürte.

„Ist es nicht das, was Erinnerungen ausmacht?", sagte Joe und wandte sich ihr zu. Cat spürte seinen Atem auf ihrem Gesicht.

„Ja, aber – man kann nicht das ganze Leben in einer Erinnerung verbringen. Man muss vorwärtsgehen. Ich denke, dass du das ganz be…bewundernswert machst. Ups!"

Joe langte hinter sich und machte die Lampe an. Cat blinzelte und rieb sich die Augen.

„Was mache ich bewundernswert?", fragte er.

„Dass du Abstand von Rosalin gewinnst. Du scheinst in letzter Zeit viel fröhlicher und unbeschwerter zu sein." Sie hatte eigentlich gar nicht so direkt sein wollen, aber jetzt war es zu spät.

Er verengte die Augen zu Schlitzen. „Tatsächlich? Hast du mich so genau beobachtet?"

Cat zuckte mit den Schultern. „Ich wohne ja mit dir zusammen. Ich bin deine *Cat-Mitbewohnerin*. Da ist das eigentlich unvermeidlich. Du bist jetzt nur noch mäßig brummig." Da klingelte Cats Handy mit einem kurzen, fröhlichen Ton. Sie drückte den Anruf weg und richtete ihre Aufmerksamkeit wieder auf Joe.

„Ich mag es gern, wie taktvoll du bist, wenn du beschwipst bist."

„Ist Ehrlichkeit nicht am besten?"

Joe sah kurz weg und blickte sie dann wieder an. „Klar. Selbst wenn du es am Morgen bereuen wirst, dass du dein Inneres so offengelegt hast. Also, wenn wir schon dabei sind, ehrlich zu sein, und du dich nicht hinter einem Schutzpanzer versteckst: Wie geht es mit dir und Mark?"

Cat seufzte vernehmlich und schloss die Augen. „Weiß der Geier. Gestern, nach unserem Date, wollte er, dass ich mit reinkomme. Er war aufmerksam, charmant und einfach nett. Aber als ich ihn heute Abend auf dem Nachhauseweg zufällig traf, konnte er nicht schnell genug von mir wegkommen. Ich verstehe ihn nicht." Sie schüttelte dabei den Kopf. „Ich steh auf ihn, aber ich komme nicht richtig an ihn ran. Wie ist es mit dir bei ihm?"

„Ich kenne ihn kaum", antwortete Joe. „Aber er scheint irgendwie …" Er kratzte an seiner Wange und suchte nach einer Antwort. „Aalglatt."

„Wie Ölschlick?"

Joe lachte. „Das hast *du* gesagt, nicht ich."

„Sag mir, was ich machen soll", meinte Cat und seufzte wieder. „Nun komm, Joe, du weißt immer, was am besten ist. Sag mir, was ich tun soll."

„Das ist eine ganz schöne Verantwortung, die du mir da aufbürdest."

Cat streckte die Arme aus und fasste seine Hände. Joe zuckte erst überrascht zurück, ließ es dann aber zu. „Es sind so gute Hände", sagte sie. „Deine Hände sind dein Talent. Sie sind ruhig und warm und halten Dinge fest. Sie *müssen* ganz einfach wissen, was ich in Bezug auf Mark machen soll."

„Ich denke, du gibst ihnen Kräfte, die sie nicht haben", sagte Joe. „Und ich weiß auch nicht, ob ich die geeignete Person für diese Fragen bin. Rosalin war sozusagen ein Verkehrsunfall."

„Inwiefern?"

Joe lachte, aber humorlos. „Weil sie mit meinem besten Freund auf und davon ist. Ich dachte, Polly hätte dir das erzählt? Und sie hat etwas mitgenommen, was mir wirklich wichtig war."

„Dein Herz?"

„Oh Gott, Cat", Joe verdrehte die Augen. „Nun sei doch nicht so albern rührselig. Nein, nicht mein Herz, obwohl sie das schon verletzt hat. Nein." Er sah sie an. „Sie hat etwas anderes mitgenommen. Etwas, von dem ich dir schon hätte erzählen sollen. Sieh mal, Cat …" Er seufzte, und sein Blick fiel auf ihre Hände, die sich immer noch festhielten. „Das über mich und Hunde …"

Cat stockte der Atem. Sie wusste jetzt, dass er dabei war, ihr etwas ganz Wichtiges zu erzählen. „Du und Hunde", murmelte sie. Und dann wandte sie sich ab, weil sie ein Gähnen nicht unterdrücken konnte.

Joe ließ ihre Hände los. „Ein andermal. Nicht jetzt."

„Warum nicht jetzt?" Sie beugte sich nach vorn und wollte

seine Hand wieder ergreifen, verfehlte sie aber und landete mit der Hand auf seinem Oberschenkel.

„Weil es jetzt Zeit ist, dass du ins Bett gehst. Nun komm. Der Kaffee wirkt nicht, aber der Schlaf wird dir guttun."

„Ich möchte aber, dass du mir alles über dich und Hunde erzählst. Ich *liebe* Hunde."

„Das weiß ich."

„Also, was ist?"

„Nichts. Wirklich. Nun komm."

Er stand auf und streckte ihr die Hände entgegen. Cat ergriff sie und ließ sich von ihm hochziehen. Sie blickten sich an, und es berührte sie zu sehen, wie viel Wärme in seinen Augen war; Wärme, die aus seinem Inneren kam. Sie holte tief Luft.

„Bist du okay, Cat?", fragte er leise.

Sie musste schlucken und nickte dann – unfähig, irgendetwas Vernünftiges zu sagen. Sie war sich nicht sicher, ob es vielleicht wieder taktlos sein würde, aber es konnte sogar auch zu weit in die entgegengesetzte Richtung gehen.

„Meine Eltern ziehen nach Kanada", platzte es stattdessen aus ihr heraus.

„*Was?*"

„Na ja, sie ziehen nicht hin, aber sie reisen ein Jahr lang mit einem Wohnmobil herum. Vielleicht sogar länger."

„Wow." Joe schüttelte bedächtig den Kopf. „Das ist ja ne große Sache. Wie geht es dir damit?"

Cat zuckte mit den Schultern. „Ich weiß nicht recht. Irgendwie unheimlich. Sie sind glücklich, und das ist gut. Aber ich habe es immer für selbstverständlich gehalten, dass sie in meiner Nähe sind. Auch wenn ich hierhergezogen bin, sind sie doch immer noch nahe."

„Um auf der Matte zu stehen, wenn du es am wenigsten erwartest?", sagte Joe lächelnd.

„Genau." Sie lächelte jetzt auch und fühlte sich sofort

wohler. Wie kam es nur, dass sie sich besser fühlte, wenn Joe einfach nur da war?

„Du wirst es schaffen“, sagte er ruhig. „Sie werden mit dir in Verbindung bleiben, und außerdem hast du ja jetzt uns. Ich werde dir Wein und Limoncello förmlich aufdrängen, wenn du dich einsam fühlst.“

„Das ist ein sehr nettes Angebot“, sagte sie flüsternd.

„Nach oben?“

„Ich spüle das nur eben noch und hole mir etwas Wasser. Vielleicht auch Toast.“

„Willst du, dass ich das mache?“

„So betrunken bin ich nun doch nicht“, sagte sie. „Jedenfalls glaube ich das. Mir ist nur so ein bisschen schwummerig.“

„Du bist reizend, wenn es dir schwummerig ist.“ Joe grinste.

„Aber nicht, wenn mir nicht so ist?“, antwortete sie und verschränkte die Arme.

„Das habe ich nicht gesagt. Reg dich doch nicht auf, nur weil ich dir ein Kompliment gemacht habe.“ Er nahm ihr die Kaffeetasse ab und ging in die Küche.

„*Ich* wollte spülen!“

„Du warst zu langsam.“

„Wie würde es dir gefallen, wenn ich sagen würde, dass du richtig sexy warst, als du wütend warst?“ Dabei lehnte sie sich an den Türrahmen. „Das ist kein Kompliment.“

„Du hast mich aber noch nie richtig wütend erlebt.“

„Aber ein bisschen wütend schon.“

„Und du dachtest, dass ich sexy bin?“ Joe ließ den Kaltwasserhahn laufen und füllte ein Pint-Glas.

„Es war nur ein Beispiel. Ich sage nicht, dass es stimmt.“

„Aber – stimmt es?“ Er stellte das Glas mit dem Wasser ab und drehte sich zu ihr um.

„Joe, das ist nicht der Punkt.“

„Stimmt es?“ Er kam einen Schritt näher.

„Ich gehe ins Bett.“ Cat drehte sich zu schnell um und

stolperte. Sie streckte die Hände aus, und nur der Esstisch verhinderte, dass sie fiel. Sie verknackste sich das Handgelenk, als sie mit ihrem ganzen Gewicht gegen den Tisch stieß. „Aua!"

„Cat?" Joe machte das große Licht an, und dann waren seine Hände an ihrer Taille. Er richtete Cat auf und drehte ihr Gesicht zu sich. „Alles in Ordnung?"

„Alles okay", murmelte sie. „Es ist nichts."

Sachte nahm er ihre Hand. „Dein Handgelenk?" Er ließ seine Finger auf ihrer Handfläche und dann an ihrem Arm entlanggleiten. Seine Berührung war leicht und ließ ein seltsames Gefühl aufkommen, ein Gefühl, das ihr beschwipstes Gehirn nicht ganz einordnen konnte, das aber das Brennen in ihrem Handgelenk in den Hintergrund treten ließ.

„Ich bin nur etwas hart aufgeschlagen. Es wird wieder. Ehrlich."

„Bist du sicher?"

„Ja, bin ich." Sie entzog ihm ihren Arm. Sie brauchte jetzt Zeit für sich, musste ihre Gedanken beruhigen, sonst würde sie überhaupt nicht schlafen können. „Aber danke für den Kaffee und für die Romanze."

Joe runzelte die Stirn, und Cat zeigte auf das Fernsehgerät.

„Ah", sagte er dann. „Meredith und McDreamy."

„Und wenn sie nicht gestorben sind … Gute Nacht, Joe."

Sie wartete, bis sie hörte, wie er den ersten Treppenabsatz erreicht hatte und dann zu seinem Zimmer hinaufging. Dann drückte sie fest auf ihr Handgelenk, ging zurück zum Sofa und zog das Exemplar der *Fairhaven Press* hervor, das Joe vorher auf das Kissen gelegt hatte. Er hatte es beiläufig gemacht, aber sie hatte in dem grellen Licht des Bildschirms bemerkt, dass ein Stück Papier mit Joes verräterischen Bleistiftzeichnungen darin steckte.

Sie setzte sich und betrachtete das Blatt. Als ihr klar wurde, worum es sich dabei handelte, bekam sie ein flaues Gefühl in der Magengegend. Es war ein weiterer Cartoon über das *Neu-*

gierige Kätzchen, gezeichnet auf einem Fetzen Papier, und es glich den Skizzen, die Joe ihr aus der Hand gerissen hatte, als er sah, wie sie sich die Zeichnungen anguckte. Er hatte es in ein Exemplar der Zeitung geschoben. Hieß das, dass er für die Zeitung arbeitete und feststellen wollte, wie seine Zeichnungen zu dem übrigen Inhalt passten? Wieso hatte er niemandem etwas davon gesagt?

In dieser Geschichte stand nun das niedliche, zweifellos weibliche *Neugierige Kätzchen* unten an einer Treppe und blickte voller Tatendrang nach oben auf eine geschlossene Tür. Hinter der Tür befand sich, nur für den Betrachter sichtbar, ein Zimmer, das mit allerhand Kram vollgestopft war, der auf das arme Kätzchen herunterstürzen würde, sobald es die Tür öffnete. Cat konnte Kisten, eine Lampe, eine Gitarre und – in der Ecke – einen sehr schön gezeichneten Hund, einen Cockerspaniel, erkennen.

Die Schmetterlinge in ihrem Bauch flatterten plötzlich schneller. Das *Neugierige Kätzchen* trug ein gepunktetes Kopftuch, und neben dem Kätzchen stand eine Kiste mit Putzmitteln. Eine Gitarre war da, und Frankie gab dem Kätzchen Gitarrenunterricht. Der Cockerspaniel sah aus wie Frankies Hund, Olaf. Da war also eine neugierige Katze, die ein gepunktetes Kopftuch trug und Türen öffnen wollte. Cat hatte Frankie dazu überredet, die Dachbodentür zu öffnen – sie hatte ihr helfen wollen, und Joe hatte ursprünglich gesagt, sie mische sich nur ein.

Cat lehnte sich zurück und rieb sich den Kopf. Zeichnete Joe tatsächlich einen Cartoon über sie? Benutzte er ihre Neugier für seine eigenen künstlerischen Zwecke? Das *musste* sie sein, wie sie Frankies Dachboden öffnete, wie sie alle Kisten durchwühlte und wie sie den Dachboden in ein bewohnbares Zimmer verwandelte. Es war ein Erfolg gewesen – Joe hatte es am Abend selbst gesagt –, aber hier schilderte Joe das Ganze als katastrophales Szenario. Der ganze Kram würde das Kätzchen die

Treppe hinunterstürzen lassen und mit dem Kätzchen auch Olaf, den sie und Joe gefunden hatten, wie er im Park herumlief – die Begebenheit, die sie überhaupt erst zu Frankie geführt hatte.

Ihre Neugier ging also wieder mal mit ihr durch? – Hatte Joe sie so gesehen?

Sie versuchte, sich die anderen Cartoons, die sie gesehen hatte, zu vergegenwärtigen. Was machte das Kätzchen in diesen Zeichnungen? Konnte man ihr irgendeine davon direkt zuordnen? Sie konnte sich nicht erinnern, ihr vernebeltes Gehirn ließ sie diese jüngsten Gedächtnisinhalte nicht so deutlich erkennen, wie sie es gern gehabt hätte. Voller Frust warf sie die Zeitung durchs Zimmer, wobei sie fast erwartete, dass noch mehr Cartoons zum Vorschein kamen. Dann holte sie sie wieder und blätterte sie ganz durch, aber das war das einzige *Neugierige Kätzchen*, das sie finden konnte. Sie steckte die Zeichnung wieder in die Zeitung und legte alles in die Sofaecke.

So viel zu Joes Gradlinigkeit.

Cat war wahnsinnig müde und fühlte hinter den Augen einen dumpfen Kopfschmerz heraufziehen, weshalb sie ihr Handgelenk für eine Weile ganz vergessen hatte. Als sie sich beim Aufstehen abstützte, schoss ein heftiger Schmerz durch ihre Hand, und sie schrie auf. Sie ließ sich wieder auf das Sofa fallen, bedeckte die Augen mit den Händen und war nahe daran zu schluchzen.

Wie war es bloß zugegangen, dass sich dieser Tag so gewandelt hatte. Vormittags, als sie mit ihren Eltern im Park gewesen war, hatte sie sich noch richtig gut gefühlt, und nun ging es ihr so elend. Der Wein hatte offensichtlich nicht geholfen, aber sie hatte ja auch keine Ahnung davon gehabt, dass ihre Eltern in Kürze auf die andere Seite der Welt reisen würden; dann war da noch Marks plötzliche Kälte, und schließlich hatte sie diese Cartoons hier entdeckt. Mark war ihr nicht so nahe, wie sie gedacht hatte, und Joe verbarg etwas vor ihr. Wie hatte sie die beiden nur so schlecht einschätzen können?

Das Geräusch der Haustür ließ sie zusammenfahren. Als sie aufsah, erblickte sie Polly, die im Türrahmen stand. Sie trug Jeans und ein T-Shirt mit einer Eule darauf. Ihre ruhigen blauen Augen blickten besorgt.

„Cat?“, sagte sie. „Was ist los?“

Der vertraute Anblick, die Freundlichkeit in ihren Augen, all das überwältigte Cat. Sie schluchzte laut los, und sofort nahm Polly sie in die Arme. Cat schlang ebenfalls ihre Arme um die schlanke Gestalt ihrer besten Freundin, und dabei fielen Tränen auf deren langes blondes Haar.

Als sie mitten in der Nacht aufwachte, wusste Cat nicht, was mehr schmerzte: ihr Kopf oder ihr Handgelenk. Hätte sie doch das Glas Wasser getrunken, ehe sie ins Bett gegangen war. Hätte sie doch nur ein paar tiefgefrorene Erbsen auf ihr Handgelenk getan, um die Schwellung abklingen zu lassen. Hätte sie doch Mark nicht auf dem Nachhauseweg getroffen. Oder hätte sie sich nicht von ihrer Neugier hinreißen lassen, die Zeitung durchzublättern. Bei dem Gedanken daran musste sie trotz allem lächeln: Ihre Neugier hatte zu der Entdeckung geführt, dass Joe einen Cartoon über ihre Neugier zeichnete. Sie wusste, dass er darüber lachen würde, wenn sie ihm erzählte, wie sie das herausgefunden hatte; aber sie würde es ihm nicht erzählen. Sie hatte es nicht einmal Polly erzählt.

Ihre Freundin hatte sie nach ihrem betrunkenen Ausbruch getröstet, und Cat hatte ihr erzählt, was sich mit Mark abgespielt hatte, und auch, was ihre Eltern planten. Weil Polly Cat so gut kannte, war sie sicher, die Nachricht von ihren Eltern habe Cat am meisten aus der Fassung gebracht; das mit Mark hielt sie für nicht mehr als ein vorübergehendes Tief, und vermutlich war die Geschichte leicht zu erklären. Cat wollte sich selbst gegenüber – oder auch gegenüber ihrer besten Freundin –

nicht eingestehen, dass ihr Joes Geheimnis mehr zusetzte als alles andere.

Angesichts der Tatsache, dass sie Polly nicht alles gesagt hatte, fragte sie sich, wie es eigentlich um ihre Freundschaft bestellt war. Sie wohnte seit Januar in dem Haus, und obwohl sie mit dieser Wohnregelung glücklicher war als mit jeder anderen und die räumliche Nähe zu Polly genoss, merkte sie, dass sie ihre beste Freundin doch noch nicht richtig kannte.

Bis jetzt hatte sie nie das Gefühl gehabt, dass sie mit ihr über etwas nicht würde sprechen können – jetzt ging es allerdings um Joe. Aber war Polly ihr gegenüber denn auch immer offen? Hatte ihre Freundin seit dem Barbecue Owen wiedergesehen? Sie waren immer so gut miteinander ausgekommen, aber Polly hatte Cat eigentlich noch nie etwas anvertraut. Wie war es ihr bei den Prüfungen wirklich zumute? Was dachte ihre Freundin über Rosalin? Was war das eigentlich mit Joe und den Hunden? Sowohl er als auch Polly hatten angedeutet, dass es seinerseits nicht die reine Abneigung war, die Cat daran hinderte, einen eigenen Hund zu haben – schließlich war Joe in einem unbeobachteten Moment richtig freundlich mit Rummy, Owens Foxterrier, umgegangen. Es gab also etwas, was beide ihr nicht erzählen wollten; und das bereitete ihr Unbehagen.

Cat hatte einen Kater, und sie war etwas durcheinander. Sie war ja *wirklich* neugierig – deshalb konnte sie auch nicht über Joe herfallen, weil er das dachte – aber gestern Abend hatte sie eine viel größere Nähe zu ihm verspürt als je zuvor. Das hatte einerseits mit *Grey's Anatomy* zu tun gehabt, aber auch damit, dass sie sich ihm gegenüber geöffnet hatte, was Mark anging, und dass sie über Rosalin gesprochen hatten. Aber die Entdeckung seines neuen Projekts hatte sie einfach umgehauen. Wenn er sie als Modell benutzte, warum musste er dann ihre Neugier in den Mittelpunkt stellen? Kam ihm ihre Neugier immer sofort in den Sinn, wenn er an sie dachte?

Und sie hatte keinen Schimmer, wie sich das mit Mark weiterentwickeln würde.

Cat hatte keine Lust, Joe oder Mark zu begegnen. Und als sie sich umdrehte und unbedingt noch einmal einschlafen wollte, dachte sie an Juliette und Will und ihr Zusammentreffen mit ihnen am Abend zuvor. Sie schienen so unglücklich, so zerstritten zu sein, als ob sie zwei Fremde wären, die zur gleichen Zeit zufällig mit Cat und ihren Eltern im Gespräch waren. Sie wusste wohl, dass Elsie sie davor gewarnt hatte, sich einzumischen – aber wäre es nicht eher hilfreich als unangebracht, wenn sie es schaffte, dass die beiden einfach miteinander redeten, dass Will seiner Frau erklärte, warum er seinen Job aufgegeben hatte und so viel Zeit mit Surfen verbrachte? Sie würden ja jederzeit Nein sagen können.

Diese Gedanken erleichterten Cat etwas, und bald fiel sie in einen tiefen, traumlosen Schlaf und bekam nichts mit von dem Wind, der heftig gegen die Fensterscheibe schlug.

16. Kapitel

Aus Cats guten Absichten wurde nichts, denn obgleich sie Will und Juliette helfen wollte, sagte eine Stimme in ihr, dass sie diese Leute sich selbst überlassen sollte. Sie kannte sie ja gar nicht gut, außerdem waren die Dinge nie so einfach, wie sie schienen. Und was sollte sie auch sagen? *Ich sehe, dass Ihre Ehe in Schwierigkeiten ist, und ich will helfen? Ich bin sicher, dass es einen tiefer liegenden Grund dafür gibt, dass Ihr Mann plötzlich nicht mehr verantwortungsbewusst handelt? Meine Eltern sind zufriedener denn je, und Sie müssen Will eine Chance geben?*

Juliette war immer nett zu ihr gewesen, und Cat wollte nicht das Risiko eingehen, sie zu verärgern. Also ging sie weiterhin mit Alfie und Effie aus und sagte nichts. Genauso machte sie es mit Joe; sie versuchte, sich in seiner Gegenwart ganz normal zu verhalten, und erwähnte mit keinem Wort, dass sie wusste, dass er einen Cartoon darüber zeichnete, wie katastrophal sie war. Auch an Mark hatte sie jeden Gedanken zurückgestellt. Es war schon ein paar Tage her, dass er sie auf der Treppe vor dem Haus fast völlig ignoriert hatte, und nun gab es nicht eine einzige SMS oder einen Anruf von dem Mann, der bis vor Kurzem so aufmerksam gewesen war – geschweige denn, dass er sich hätte blicken lassen.

Wehmütig schaute sie an seinem Haus hoch, gerade als Jessica vorbeistolzierte. Wegen des kalten Wetters, das gar nicht zur Jahreszeit passte, hatte sie ihre Jacke eng um sich gezogen und trug knielange Stiefel aus weichem braunem Leder.

Cat selbst hatte ihre Sommerbekleidung gegen eine Dreiviertelhose, einen gestreiften Pulli mit U-Boot-Ausschnitt und einen Baumwollschal, der ihren Hals warm hielt, eingetauscht.

„Er ist nach London gefahren", sagte Jessica. „Hat er Ihnen das nicht gesagt?"

Cat schüttelte den Kopf und spürte eine plötzliche Kälte wie einen Stich. „Nein, hat er nicht. Hat er Chips mitgenommen?"

Jessica nickte. „Er wusste noch nicht genau, wie lange er bleiben würde, deshalb hat er sie mitgenommen. Er war aber gar nicht glücklich, als er aufbrach. Ich frage mich, ob es mit seinem Film nicht geklappt hat. Dabei hatte es doch zuerst so gut ausgesehen."

Cat biss sich auf die Unterlippe. „Oh, ich hoffe, dass es das nicht ist – er schien mir so zuversichtlich deswegen zu sein." Wenn das stimmte, würde es seine Distanziertheit an jenem Abend erklären. Trotzdem hätte sie sich über eine SMS vor seiner Abreise gefreut. Und dann schoss ihr eine Erinnerung in den Sinn. Sie war mit Joe im Gespräch auf dem Sofa gewesen, als ihr Handy geklingelt hatte. Sie hatte den Anruf weggedrückt, ohne zu gucken, wer es gewesen war und ob er eine Nachricht hinterlassen hatte. Und auch später hatte sie nicht nachgeschaut, weil sie so verzweifelt gewesen war in Bezug auf Mark. Sie hatte nicht mal in Erwägung gezogen, ihm ihrerseits eine Nachricht zukommen zu lassen. Angst überkam sie, und ihr Magen meldete sich unangenehm. Aber sie widerstand dem Impuls, ihr Smartphone sofort zur Hand zu nehmen.

„Vielleicht muss er sich an jemandes Schulter ausweinen, wenn er zurückkommt", sagte Jessica und strich mit ihrer manikürten Hand über Cats Arm. „Und ich denke, dass Ihre Schulter genau passend ist. Übrigens, hübscher Pulli. Versuchen

Sie, den Sonnenschein zurückzulocken? Ich habe das ziemlich aufgegeben." Sie strich sich das blonde Haar hinter die Schulter und schenkte Cat ein warmes, freundliches Lächeln.

„Die Sonne ist vielleicht nicht für immer weg", sagte Cat. „Wenn wir alle daran glauben. Wir drücken die Daumen."

„Ich wünschte, ich hätte Ihren Optimismus."

Cat lachte. „Im Moment fühle ich mich gar nicht so optimistisch. Danke, dass Sie mir das von Mark erzählt haben."

Jessica runzelte die Stirn. „Aber selbstverständlich. Ich hätte aber gedacht, dass er Ihnen eh schon davon berichtet hat. Ich muss jetzt weg – nehmen Sie morgen meine Lieblinge wieder?"

Cat nickte und sah ihr nach. Dann nahm sie ihr Handy aus der Tasche und rief die Kurzmitteilungen auf. Tatsächlich, eine von Mark! Sie lautete:

Sorry wegen vorhin. Ich muss nach London, vielleicht für ein paar Wochen. Shit happens. Bleiben in Verbindung. M.

Cat schloss die Augen. Es war eine gewisse Entschuldigung, erklärte sein Verhalten aber nicht völlig. Und er hatte sich auch nicht wieder gemeldet, keine Folge-SMS oder ein Anruf mit einer Erklärung, warum er nach London musste. Sie tippte eine Antwort:

Habe ich gerade erst gesehen! Hoffe, alles ist okay. Ruf an, wenn du kannst. Cat. XX

Sie ging zurück zu Nr. 9. Mark hatte kurzfristig nach London fahren müssen. Mit seinem Film gab es Probleme, was natürlich sehr schlimm war, daher war das vielleicht der einzige Grund für seine Kälte ihr gegenüber. War sie zu übereilt gewesen mit ihren Schlussfolgerungen? Einen schlechten Tag hatte ja jeder mal, oder? Mark würde also ein paar Wochen weg sein, und wenn er zurückkäme, würde Cat den Stier mutig bei den Hörnern fassen. Sie würde damit aufhören, alle möglichen Leute zu fragen, was sie von ihm dachten, und würde stattdessen – genauestens – herausfinden, was sie selbst von ihm dachte.

Trotz des miserablen Augusts und trotz der beißenden Winde und heftigen Regenfälle blieben Fairhaven und das malerische an der Küste gelegene Fairview ein beliebtes Urlaubsziel. Familien trotzten tapfer dem Wetter, um ihre Urlaubs- und Ferienzeit voll auszuschöpfen. Der Strand war sehr belebt, den Kindern machten ein paar Schauer überhaupt nichts, denn beim Schwimmen wurden sie ja sowieso nass. Die Eltern saßen unter bunten Sonnenschirmen, die nun als Regendach fungierten. Das Pavillon-Café war wie immer gut besucht, die Picknicks und die Kricket-Partien gingen weiter (wenn auch mit etwas weniger Begeisterung), und das Zentrum von Fairhaven war rappelvoll mit Menschen, die shoppten und ein Café nach dem anderen aufsuchten. Die Stimmung im Ort war so beschwingt wie immer, und Cat hätte am liebsten allen wegen ihrer Ausdauer applaudiert.

Polly wechselte ständig zwischen Stoffwiederholung und Prüfungen. Am letzten Augusttag ging sie früh aus dem Haus, um ihre Abschlussprüfung zu machen. Cat umarmte sie, als sie ging, und versuchte, ihre eigene Anspannung zu verscheuchen. Sie überlegte, ob sie sich, da sie einen freien Tag hatte, was ungewöhnlich war, auch unter die Urlauber mischen sollte, beispielsweise ins Stadtzentrum gehen und in den Boutiquen stöbern.

Als sie dann aber von zu Hause aufbrach, steuerte sie unbewusst direkt auf das Haus der Barkers zu; der Stadtbummel war vergessen. Und ehe sie noch die Chance hatte, zu prüfen, was sie da eigentlich machte, war sie schon die Treppe von Nr. 6 hinaufgegangen und klopfte an der Tür. Sie erwartete, dass Juliette aufmachen würde, aber nur, weil sie normalerweise mit ihr verhandelte. Daher war sie etwas verdutzt, als Will die Tür öffnete. Er sah sie mit seinen grünen Augen an und lächelte.

„Hi, Cat, wie geht's?“ Er trug ein hellgelbes T-Shirt und Shorts mit ausgefranstem Saum. Darunter guckte ein glänzender schwarzer Neoprenanzug hervor, hauteng bis zu den Handgelenken und Fußknöcheln. Es sah ein wenig merkwürdig aus. „Ich dachte, Sie würden Alfie und Effie heute nicht ausführen."

„Das tue ich auch nicht", antwortete Cat. „Ich bin, hm …" Sie schaute um sich, als ob von irgendwoher eine Inspiration kommen könnte, und erblickte dann die Leinen der Retriever, die neben der Haustür hingen. „Ich dachte, ich guck mal, ob sie okay sind."

„Wie, okay?" Will stand breitbeinig da und verschränkte die Arme. Übte er dauernd für seinen Sport? Sie konnte es nicht ändern, aber alles, was ihr über ihn in den Sinn kam, hatte mit einem Surfbrett zu tun. Schlief er vielleicht sogar in seinem Neoprenanzug?

„Das letzte Mal, als ich die Hunde ausführte, schienen sie ein bisschen … übellaunig miteinander zu sein. Es war, als ob sie irgendetwas untereinander klären müssten." Oh Gott, wo sollte das bloß hinführen? Sie konnte doch Will und Juliette nicht dadurch helfen, dass sie Hunde als Metaphern benutzte.

„Ach wirklich? Da scheint aber jetzt alles in Ordnung zu sein." Will deutete auf das Wohnzimmer, und Cat trat einen Schritt vor und spähte durch den Eingang. Die beiden Retriever lagen zusammengerollt nebeneinander in einem Korb, ein Knäuel aus schlafenden Pfoten und Schwänzen.

„Oh", sagte Cat. „Dann habe ich mich geirrt. Entschuldigung, dass ich Sie belästigt habe."

„Sie haben mich nicht belästigt", sagte Will, „obwohl ich mich frage, ob Sie wirklich deswegen hergekommen sind. Denn ‚übellaunig' klingt eher nach Jules und mir und nicht nach unseren Hunden."

Cat überlegte kurz, ob sie seine Bemerkung durch ein Lachen abtun und so versuchen sollte, dem Ganzen zu entrinnen. Doch irgendwie gelang es ihr nicht. Ihre Schultern sackten nach unten. „Tut mir leid. Aber ich hatte bemerkt, dass es an dem Abend etwas … schwierig zwischen Ihnen war. Und es geht mich ja auch wirklich nichts an, aber ich …" Was konnte sie jetzt sagen? Dass sie sich sozusagen berufsmäßig einmischte?

„Ich habe davon gehört, was Sie für Frankie und die netten Mädchen getan haben", sagte Will.

„Ja, wirklich?"

Will nickte. „Neuigkeiten sprechen sich hier schnell herum. Hat man über uns geredet? Hier in der Primrose Terrace?"

Cat schüttelte den Kopf. „Nein. Eigentlich nicht. Ich meine, Elsie und ich haben vielleicht mal erwähnt, dass …"

„Dass wir uns nicht so dezent verhalten haben, wie wir es hätten tun können?" Dabei lächelte er etwas gezwungen.

„Es war dumm von mir zu kommen", sagte Cat. „Es geht mich nichts an."

„Hören Sie, ich will gleich zu der kleinen Bucht runter und ein bisschen üben. Haben Sie Lust mitzukommen?"

„Zum Surfen? Ich bin noch nie gesurft."

„Nein. Sie können sich um Alfie und Effie kümmern. An diesem Strandabschnitt dürfen sie nämlich laufen. Ich hatte vor, sie zu Hause zu lassen und später mit ihnen zu gehen, aber so würde ich gleich zwei Fliegen mit einer Klappe schlagen." Er nahm seine Schlüssel vom Tisch, pfiff den Hunden zu, die sich flink voneinander lösten und angelaufen kamen, und kam zu Cat, die vor der Tür auf der obersten Stufe stand. „Und dann können Sie mir sagen, warum Sie wirklich zu mir gekommen sind. Abgemacht?"

Cat hatte ohnehin nichts Wichtiges in der Stadt zu erledigen. „Abgemacht", antwortete sie.

Sie und Will saßen in dem weichen Sand der Bucht und beobachteten Alfie und Effie, die nahe am Wasser spielten. Es war noch früh, und weil dieser Bereich des Strandes meistens menschenleer war, hatten sie die Gelegenheit ergriffen und die Hunde eine Zeit lang von der Leine gelassen. Cat trug enge Jeans und unter ihrem blauen Parka einen roten Pulli mit Zopfmuster. Am nächsten Tag begann der September, genau genommen war also eigentlich noch Sommer, aber Cat hatte das Gefühl, dass sie jedes zusätzliche Kleidungsstück gebrauchen konnte.

Noch nie zuvor hatte sie die Wellen so hoch gesehen. Die kleineren Hunde hatte sie oft in diesen Bereich gebracht, wo sie in dem seichten Wasser spielen konnten.

„Ich habe gar nicht geglaubt, dass es so aussehen kann“, sagte Cat und deutete dabei auf den Wellengang.

„Dieser Strandabschnitt hier ist nicht immer zum Surfen geeignet, aber wenn es gut ist, dann ist dieser Bereich einer der besten.“

„Und die Hunde stören dann nicht?“

Will zuckte mit den Schultern und drückte die Zehen tiefer in den Sand. „Eigentlich nicht. Und meistens sind die Leute recht rücksichtsvoll. Die Surfer hier sind wie eine kleine Gemeinschaft. Wir helfen uns gegenseitig und passen aufeinander auf. Ich denke, das hat zum Teil damit zu tun, wie gefährlich es hier sein kann. Aber im Grunde sind alle entspannt und freundlich. Wenn fremde Surfer auftauchen, dann leinen wir Alfie und Effie natürlich wieder an.“

„Ich halte Sie nur auf“, sagte Cat. Wills Surfbrett war immer noch an der Gepäckreling des Passats befestigt, der auf dem Parkplatz stand. „Wollen Sie die Gelegenheit nicht nutzen?“

„Natürlich, aber …“ Er blickte Cat prüfend an, und es schien, als ob er dabei war, Verschiedenes gegeneinander abzuwägen. „Ich glaube, Sie wollten mir etwas sagen. Über Juliette und mich. Über die Tatsache, dass wir nicht so gut miteinander zurechtkommen, wie wir eigentlich könnten. Man muss nicht Einstein sein, um das rauszukriegen, oder?“

Cat blickte hinaus aufs Meer und blinzelte. „Oh nein, bestimmt nicht. Was ich meine, ist … Jede Beziehung hat ihre Höhen und Tiefen, oder?“ Dabei kam ihr eher Joe als Mark in den Sinn, und sie schob den Gedanken schnell weg. „Es geht mich nichts an.“

„Oh doch. Nämlich dann, wenn wir mit unseren Auseinandersetzungen die ganze Straße nicht zur Ruhe kommen lassen", sagte Will und seufzte. „Wir haben neulich über meine Entscheidung gestritten, meinen Job aufzugeben."

„Ich hatte davon gehört", sagte Cat leise. „Mein Vater hat etwas Ähnliches gemacht. Er hat im Versicherungswesen gearbeitet, und eines Tages hat er den Job hingeschmissen und angefangen, seine Zeit in einem Kleingarten zu verbringen und komische Gartenapparate zu erfinden. So hat er zum Beispiel Sachen wie …" Sie schüttelte den Kopf. „So einen Hut mit Gießkanne, damit man die Hände frei hat, wenn man gießt. Und dann hat er noch an einer tragbaren rotierenden Sämaschine gebastelt."

„Ein innovativer Monty Don?", lachte Will.

„So was in der Art. Er wird nie die Gartenwelt revolutionieren, aber er hat Spaß daran. Er ist glücklich. Und … nach anfänglichen Bedenken ist meine Mum es auch. Und jetzt – Sie haben es neulich abends gehört – packen sie ihre Sachen und reisen durch Kanada in einem verdammten Wohnmobil!" Sie lachte dabei. „Sie hatten beide ganz klar überschaubare Jobs, aber jetzt … Sie liefern den Beweis, dass es nicht immer ein geregelter Arbeitstag sein muss. Ich glaube allerdings, dass ich *Ihnen* das nicht zu sagen brauche."

„Es hat mich sehr berührt, dass Sie sich die Mühe gemacht haben, zu kommen und mit uns zu sprechen – nun, genauer mit mir. Es hört sich aber so an, als ob Ihre Eltern jetzt damit durch sind. Bei mir ist es so, dass ich den Job nicht ganz aufgegeben habe, ich habe mir nur eine Auszeit bis Ende des Jahres genommen. Mein Job in London bedeutete lange Arbeitszeiten und dazwischen eine lange Fahrt als Pendler. Manchmal bin ich in London geblieben und habe Jules tagelang nicht gesehen. Es war stressig, ein ungeheurer Druck, von dem ich geglaubt hatte, dass ich damit zurechtkäme."

„Und dann starb mein Freund, Thom", fuhr er fort. „Ich hatte jahrelang mit ihm zusammengearbeitet, und er war immer ein fröhlicher Mensch. *Immer*. Selbst wenn im Geschäft irgendwas danebenging oder wenn er seinen Geburtstag damit verbrachte, auf einen Computerbildschirm zu starren. Nichts machte ihm jemals etwas aus."

„Was ist passiert?", fragte Cat leise.

Will zuckte mit den Schultern und blickte auf die Wellen. „Er hatte einen Herzinfarkt. Er war siebenundvierzig. Ich bin ein Jahr davon entfernt, und ich – ich habe gedacht, scheiß drauf. Mach dich frei von diesem Druck. Und das Surfen ist wie eine Befreiung; ich habe mich noch nie so frei gefühlt. Plötzlich konnte ich mich vielen Dingen öffnen, was ich jahrelang überhaupt nicht kannte. Ich habe weiß Gott versucht, Jules dazu zu bringen, das mit mir zusammen zu machen."

„Sie hat keine Lust dazu?"

„Es ist fast so, als ob sie das Surfen als das Böse schlechthin ansieht, das mich von ihr weggelockt hat. Dabei bin ich jeden Abend zu Hause, ich koche auch öfter, gebe mir Mühe. Ihre Reaktion darauf ist, dass sie noch mehr Zeit im Büro verbringt. Ich habe das alles gemacht, weil ich sie liebe und sie vermisse, aber ich weiß nicht, wie ich an sie herankommen kann."

„Hat sie Sorge wegen der ... finanziellen Auswirkungen?"

Will seufzte und stützte den Kopf auf die verschränkten Arme. „Ich glaube, nicht. Wir haben genügend gespart, wir waren immer vorsichtig, und ich habe ihr gesagt, dass es nur bis zum Ende des Jahres so ist. Ich habe schon meine Fühler nach etwas ausgestreckt, was näher an unserem Haus ist. Unsere Kinder sind erwachsen, Alex ist nach Australien gegangen, und Corrine ist auf der Uni. Ich dachte, jetzt wäre es an der Zeit, dass Juliette und ich Zeit miteinander verbringen, aber sie glaubt, dass jetzt die ideale Gelegenheit ist, um sich auf ihre Karriere zu konzentrieren."

„Hört sich recht kompliziert an." Nun, da Cat Näheres darüber wusste, glaubte sie, dass Elsie recht hatte. Sie hatte weder die nötige Erfahrung, noch verstand sie genug von diesen

Dingen, um ihnen helfen zu können. „Haben Sie mit Juliette darüber gesprochen, *richtig* gesprochen, meine ich?"

Will schüttelte den Kopf und pfiff seinen Hunden, als ein großer hellblauer Kleinbus auf den Parkplatz fuhr. Ein Mann und eine Frau stiegen aus, beide bereits in Neoprenanzügen. Will winkte ihnen zu, und das Paar kam herüber.

„Das sind Harvey und Zara", sagte Will. „Sie wohnen so ziemlich in diesem Kleinbus und verfolgen die Wellen rund um die Küste. Dieses Fahrzeug ist eine wahre Schatzkiste für einen Surfer. Was immer Sie sich ausleihen wollen – sie haben es. Harvey, Zara!" Will stand auf und begrüßte die beiden mit Handschlag. Cat erhob sich ebenfalls, um das Paar zu begrüßen.

„Nett, Sie kennenzulernen, Cat", sagte Harvey. Er hatte einen struppigen rötlich-blonden Bart, und sein Gesicht war wettergegerbt und sommersprossig. Zara war zierlich, mit tiefschwarzem Haar und einer Haut wie Porzellan, der die Sonne nichts anzuhaben schien. Ihre großen Augen waren dunkelgrau.

„Sie sollten mal die Wellen versuchen", fügte Harvey hinzu, als Will ihnen erklärt hatte, dass Cat Hunde ausführte und noch nie gesurft war.

„Was für einen Hund haben Sie?", fragte Zara, und ihre Augen leuchteten auf.

„Oh, ich habe noch keinen eigenen. Es ist etwas kompliziert."

„Nun, dann müssen Sie Paddlepuss kennenlernen." Sie drehte sich um und rief in Richtung des Kleinbusses: „Paddlepuss?"

Cat sah, wie ein kleiner rehbrauner Mops hinten aus dem Kleinbus sprang und so schnell auf die Gruppe zurannte, wie seine kurzen Beine ihn tragen konnten. Er wedelte mit seinem winzigen gelockten Schwanz, und Cat kniete nieder, ließ ihn ihre Arme lecken und kraulte das kurze Fell zwischen seinen Ohren.

„Oh mein Gott", flüsterte sie, „er ist ja ganz entzückend. Warum Paddlepuss?"

„Er ist nur gut bei kleinen Wellen", sagte Harvey und grinste. „Noch kein echter Surfer."

„Es ist ein Surfausdruck", sagte Zara, als Cat die Stirn runzelte. „Für jemanden, der im seichten Gewässer bleibt. Paddlepuss liebt die Wellen, aber er wird mit diesen kleinen Beinchen nie allzu tief ins Wasser gehen können." Dabei blickte sie zu ihm nach unten, und Cat sah die große Zuneigung in Zaras Augen. Sie fühlte einen Stich von Neid.

„Ein toller Name." Cat lachte, als der Mops in kleinen Kreisen umhertanzte und dann schnüffelnd zu Alfie und Effie ging, die ganz in der Nähe standen und immer noch von ihrer Rennerei keuchten.

„Wenn Sie es einmal versuchen möchten", sagte Harvey und deutete auf das Wasser, „dann können wir Sie dafür ausrüsten. Sagen Sie einfach Bescheid."

„Danke", sagte Cat und leinte die Retriever an. „Mache ich."

„Die scheinen recht nett zu sein", sagte sie zu Will, als Harvey und Zara gingen, um ihre Surfbretter zu holen. Paddlepuss trottete hinter ihnen her. „Und welch ein allerliebster Hund."

„Sie sind wirklich sehr nett. Und wie gesagt, jeder hilft dem anderen – das zeigt sich allein daran, wie man sich begrüßt."

„Ja, das merke ich", bestätigte Cat. „So lassen Sie mich Ihnen helfen."

„Bitte?"

„Lassen Sie mich für eine Nacht nach Alfie und Effie sehen. Ich wohne nur drei Häuser weiter,und ich könnte regelmäßig gucken, ob sie okay sind, und mit ihnen spazieren gehen. Gehen Sie mit Juliette irgendwohin, ohne Surfen und ohne dienstliche Anrufe und ohne Ihre Hunde. Nur Sie beide. Sprechen Sie richtig mit ihr. Wenn sie besser versteht, wie viel Ihnen das alles bedeutet, dann wird sie eher bereit sein, es zu akzeptieren."

„Und das würden Sie wirklich tun?“

„Sehr gern. Für mich ist es eine Kleinigkeit, und für Sie könnte es viel ausmachen.“

„Gott, Cat …“ Will fuhr sich mit der Hand über das Haar, „das wäre wunderbar. Vielen Dank. Alles, was ich nun noch tun muss, ist, Juliette davon zu überzeugen, ihr Smartphone zu Hause zu lassen und mit mir zu kommen.“

Cat verließ Will, der sein Surfbrett vom Wagen schnallte, und ging mit Alfie und Effie die kleine Bucht entlang. Sie hielt bei Capellos Eisdiele. Trotz des kälteren Wetters hatten sie immer noch ihre längeren Öffnungszeiten. Cat konnte Frankie durch das Fenster sehen. Da sie die Hunde nicht allein lassen wollte, winkte sie ihr zu, und ihre Bekannte kam heraus, um sie zu begrüßen.

„Cat“, sagte sie, „schön, dich zu sehen. Und diese Burschen!“ Dabei drückte sie jeden der Retriever an sich. „Wie geht's denn so?“

„Kann mich nicht beklagen“, antwortete Cat. „Aber wie geht es den Mädchen? Hat sich Leyla schon etwas eingewöhnt?“

„Oh, Cat, Leyla ist wunderbar!“ Frankie schüttelte den Kopf, als ob sie es immer noch nicht glauben könnte. „Sie ist freundlich und höflich, sehr sauber und ganz toll mit den Kindern. Sie hat auch schon auf die Kinder aufgepasst, wobei heute eine der Mütter von Lizzies Freundinnen alle vier hat – einschließlich Olaf. Owen ist sehr flexibel in Bezug auf meine Arbeitszeit, und die Mädchen kommen immer noch nicht darüber hinweg, dass ich in einer Eisdiele arbeite.“

„Du strahlst ja richtig“, bemerkte Cat lachend.

„Dazu habe ich auch allen Grund. Und hauptsächlich habe ich das dir zu verdanken.“

Cat tat den letzten Satz mit einer Handbewegung ab. „Ich habe nur ein Samenkorn gepflanzt, das ist alles.“

„Du hast dafür gesorgt, dass ich meinen Hintern hochkriege, und ich habe Owen – und Leyla – durch dich und Polly kennengelernt. Du ahnst gar nicht, wie sehr du mir geholfen hast."

„Ich helfe gern", antwortete Cat. „Wirklich. Aber ich wollte dich etwas anderes fragen. Wir wollen heute Abend bei uns auf Polly anstoßen. Sie macht nämlich gerade jetzt ihre letzte Prüfung. Es wäre schön, wenn du auch kommen könntest."

„Das würde ich gern. Aber da ich den ganzen Tag von den Kindern weg bin, möchte ich doch den Abend mit ihnen verbringen. Darf ich das auf ein anderes Mal verschieben?"

„Aber natürlich."

„Wie ist es mit Owen?", fragte Frankie und hob die Augenbrauen. „Er würde sicher gern kommen und Polly gratulieren."

„Spricht er oft von ihr? Ich habe keine Ahnung, ob sie überhaupt Zeit miteinander verbracht haben, seit er an dem Tag bei uns war."

„Oh ja, er hat viel von ihr gesprochen", antwortete Frankie. „Direkt danach. Es war immer ‚Polly hier, Polly da', ‚Polly liebt Pistazieneis' und ‚hast du ihre Haarfarbe gesehen' und ‚ist Polly nicht eine der nettesten Personen, die du je getroffen hast?' Dabei ist er in der Eisdiele buchstäblich herumgesprungen. Aber in letzter Zeit – wie ich höre – nicht mehr so viel. Ihr Name taucht in den Unterhaltungen gar nicht mehr auf, und Owens gute Laune ist auch dahin."

„Er war also von ihr angetan?"

„Das ist noch untertrieben, würde ich sagen."

„Ich *weiß*, dass sie es auch war", sagte Cat und verschränkte die Arme. „Ich weiß es. Und ich weiß, dass Polly übergewissenhaft ist, wenn es sich um Dinge wie Lernen handelt. Aber wenn sie vorhat, ihren Traummann auf seine Chance warten zu lassen, bis sich alles genau richtig anfühlt, dann wird sie ihn verlieren."

„Vielleicht meldet sie sich ja wieder bei ihm, wenn sie ihre Prüfungen hinter sich hat?"

„Wenn er heute Abend kommt, dann braucht sie das gar nicht."

Frankie grinste schelmisch. „Bist du sicher, dass das klug ist? Ich meine, wenn sie sich zwischenzeitlich gar nicht gesehen haben?"

Cat zuckte die Schultern und fragte sich, ob das nicht doch etwas zu weit ging. Aber andererseits – das Leben war kurz, wie die Geschichte mit Wills Freund bewiesen hatte, und wenn man seine Träume nicht selbst in die Tat umsetzte, wie ihre Eltern das taten, nun – wofür waren denn gute Freunde da?

„Ist Owen da?"

Frankie schüttelte den Kopf. „Er ist mit Rummy bei einem Lieferanten."

„Kann ich dir Einzelheiten über den Abend erzählen und dich bitten, sie an ihn weiterzuleiten?"

Frankie ergriff Cats Hand und schüttelte sie. „Betrachte mich als deine Mitverschwörerin. Und dann spendiere ich dir einen Kaffee und ein Eis. Welche Sorte möchtest du?"

„Hast du Vanille?"

„Cat, wir sind eine Eisdiele. Was glaubst du denn!?", antwortete sie mit einem Lachen.

Polly war oben im Bad, und Cat stellte Schüsseln mit Snacks und den Mini-Würstchen in Blätterteig hin, die sie am Nachmittag zubereitet hatte. Ihre übermütige Stimmung vom Nachmittag, in der sie Owen eingeladen hatte, war einem leichten Übelkeitsgefühl gewichen, besonders als Owen ihr per SMS enthusiastisch zugesagt hatte. Sie hätte Polly wirklich fragen sollen.

„Warum bist du so nervös?", fragte Joe. „Es sind doch nur ein paar Freunde, und wenn du nicht versehentlich Cayennepfeffer in die Snacks getan hast, werden sie bestimmt lecker sein."

„Ich bin gar nicht nervös, es ist nur – ich möchte nur, dass es

Polly gefällt. Sie sah ziemlich erschöpft aus, als sie nach Hause kam."

„Sie wird sich schon freuen", antwortete Joe. „Es ist ja keine wilde Party."

Nein, aber ich habe Owen eingeladen, dachte Cat. Sie konnte sich jetzt schon die Enttäuschung in Joes Augen vorstellen, wenn er herausbekam, dass sie sich mal wieder eingemischt hatte. Sie musste schlucken, nahm die Schüsseln mit den Oliven und den Chips und ging, um Gläser zu holen. Sie duckte sich gerade noch rechtzeitig, sodass sie nicht mit dem Kopf gegen die Schranktür stieß, die sie offen gelassen hatte.

„Cat, Cat." Joe legte die Hände auf ihre Schultern. „Lass es langsam gehen. Alles ist in Ordnung."

Sie drehte sich um und blickte ihn an. Dann strich sie das blaue Wollkleid glatt, das sie inzwischen angezogen hatte. „Ich weiß nicht."

„Es wird ganz toll werden", sagte Joe beruhigend und blickte sie unverwandt an. „Würde ich dich denn belügen?"

Nein, dachte Cat, aber du hast etwas vor mir verheimlicht. Das aber sagte sie nicht. „Man kann die Zukunft nicht vorhersagen", antwortete sie stattdessen. Und wie zum Beweis der Richtigkeit dieser Aussage schoss Shed durch die Katzenklappe ins Wohnzimmer und sprang auf den Kaffeetisch. Popcorn verbreitete sich überall auf dem Teppich.

„Scheiße!", quiekte Cat. „Nun guck dir das an!"

Gelassen ging Joe zum Schrank unter der Treppe und holte den Staubsauger heraus. Cat sah, wie er alles wegsaugte und dann die Schüssel aus der großen Packung, die Cat gekauft hatte, auffüllte und wieder auf den Tisch stellte.

„Tatata-ta!" Er grinste schelmisch und breitete die Arme aus.

„Ich habe Owen eingeladen", brachte sie überstürzt heraus. „Und Polly weiß nichts davon."

Joe ließ die Arme sinken, und sein Lächeln verschwand. „*Was* hast du?"

„Ich hatte gedacht, dass sie ihn bestimmt sehen möchte."

„Und du hast nicht daran gedacht, dass du Polly zuerst danach hättest fragen sollen? Weißt du wenigstens, ob sie Zeit miteinander verbracht haben? Vielleicht hatten sie ein paar Dates und haben sich dann aber entschlossen, dass alles vorbei ist."

„Wenn das so gewesen wäre, dann hätte sie mir das schon gesagt. Und er hätte nicht so bereitwillig zugesagt." Dabei verschränkte sie herausfordernd die Arme.

„Aber es könnte doch sein, dass Polly ihn gar nicht hierhaben will", gab Joe zu bedenken.

„Weißt du das denn? Hat Polly dir das anvertraut?"

Joe presste die Lippen aufeinander und schüttelte den Kopf. Beide starrten sich an, und Verärgerung knisterte zwischen ihnen – Joes Verärgerung war frisch entfacht, aber Cats Verärgerung war alt und hatte sich irgendwie verbraucht. Es war der Groll, der mit dem *Neugierigen Kätzchen* zu tun hatte, aber sie hatte Angst davor, Joe jetzt damit zu konfrontieren. Die Haustürklingel rettete sie beide.

Cat öffnete die Tür.

„Guck mal, wen ich gefunden habe!" Elsie ließ Owen den Vortritt. Er hatte eine Flasche Champagner in der Hand und sah in seinem rot-weiß karierten Hemd und einer Jeans frisch und attraktiv aus. Er begrüßte Cat und ging ins Wohnzimmer. Elsie streckte die Arme aus und drückte ihre Freundin an sich. „Was ist los?", fragte sie. „Du bist ja steif wie ein Brett."

„Polly weiß nicht, dass Owen kommt", flüsterte sie ihrer Freundin ins Ohr.

„Oh, Cat." Elsie seufzte resigniert, und Cats Herz begann schneller zu schlagen.

Wenigstens ließ Joe sich seinen Ärger nicht anmerken. Er lachte mit Owen und kümmerte sich um die Getränke.

„Es wird alles okay sein", sagte Cat leise zu Elsie.

Elsie sah nicht gerade überzeugt aus, ging aber trotzdem ins

Wohnzimmer und ließ Cat, die den Kopf in die Hände gestützt hatte, im Flur zurück. Shed saß unter dem Garderobenständer neben dem Heizkörper und sah zu ihr auf. Cat kauerte sich zu ihm hin.

„Shed", sagte sie und kraulte seine Ohren. „Was zum Teufel habe ich bloß gemacht?" Shed schnurrte und schloss voller Zufriedenheit die Augen. „Wenigstens du weißt zu schätzen, was ich hier mache."

„Cat?", sagte Polly. „Was ist hier los? Ich habe Stimmen gehört."

Cat schnellte hoch und sah ihre Freundin an. Pollys Haar war noch nass vom Bad, und sie trug eine Jogginghose und einen rosa Kapuzenpullover.

„Das ... das trägst du?", fragte Cat.

Polly lachte. „Wieso denn nicht? Ich bin so erleichtert, dass die Prüfungen vorbei sind, die nächsten paar Tage werde ich ganz ruhig und entspannt verbringen, herumbummeln und kein schlechtes Gewissen haben, nicht jede Minute des Tages Prüfungsstoff zu wiederholen."

„Es ... es ist nur, dass ich womöglich eine Minifeier für dich organisiert habe."

„Was hast du? Jetzt?"

Cat nickte und spürte den Kloß in der Kehle.

„Nun, das ist okay", sagte Polly und kam die Treppe herunter. „Wer ist alles hier?"

„Elsie", gestand Cat und blickte in Richtung des Wohnzimmers.

„Das ist toll", sagte Polly grinsend. „Wir können eine Flasche Wein aufmachen."

Als ob er auf das Stichwort gewartet hatte, steckte Owen seinen Kopf durch die Tür, schenkte Polly sein schönstes Lächeln und hielt eine Flasche Champagner hoch. „Ich glaube, das verdient etwas Besseres als nur Wein. Es ist schön, dich wiederzusehen, Polly. Es ist schon viel zu lange her."

Zum zweiten Mal in zehn Minuten beobachtete Cat, wie ein paar blaue Augen plötzlich ihr Lächeln und ihre Wärme verloren und sich in Verärgerung verhärteten. Der Ärger konzentrierte sich nur auf sie. „O…Owen“, stotterte Polly, „ich wusste nicht, dass du auch kommen würdest.“

„Das wusstest du nicht?“ Owen blieb der Mund offen stehen, und Cat war sicher, dass es nur ihrer Fantasie zuzuschreiben war, dass seine Locken etwas an Glanz verloren. „Ich dachte, Cat hätte gesagt …“

„Cat hat mir nichts davon erzählt.“ Pollys Lächeln war breit, aber ohne jeden Humor.

„Es tut mir sehr leid“, murmelte Owen. „Vielleicht sollte ich besser gehen.“

„Oh nein, geh nicht.“ Polly eilte an Cat vorbei, hakte sich bei Owen unter und führte ihn wieder zurück ins Wohnzimmer. „Du bist jetzt hier, und es wäre schön, wenn wir etwas nachholen könnten. Mit Cat kann ich später darüber sprechen.“

Cat blieb im Eingang und konzentrierte sich auf das Gefühl, wie sich ihr Inneres zusammenkrampfte. Sie sah, wie Joe sie beobachtete. Ob es Verärgerung oder Enttäuschung war, was in seinem Gesichtsausdruck lag, konnte sie nicht ausmachen, aber sie wollte es auch gar nicht wissen.

Sie wandte sich der Haustür zu und fragte sich, ob ihre Freunde ihr verzeihen würden, dass sie diese Katastrophe geplant hatte und sie nun mit der Situation alleinließ. Das war wieder ein perfektes Szenario für Joes Cartoon vom *Neugierigen Kätzchen*, dachte sie mit Bitterkeit. Als ob klar wäre, dass sie nun Hilfe brauchte, klopfte es plötzlich laut an der Tür. Es war Cat gleich, wer es war – es war auf jeden Fall eine Ablenkung. Sie öffnete die Tür und blickte erleichtert in das sehr schöne, aber sehr verärgerte Gesicht von Juliette.

„Cat“, sagte sie. „Auf ein Wort, wenn ich darf?“

„N…natürlich, aber wir haben hier ein paar Freunde.“

„Kein Problem, es dauert nicht lange. Ich bin nur gekommen,

um Ihnen zu sagen, dass Sie sich heraushalten sollen. Ich kann es mir wegen Alfie und Effie nicht leisten, Sie zu verlieren, sonst würde ich unsere Vereinbarung über das Ausführen der Hunde auflösen. Aber meine Ehe geht Sie *überhaupt* nichts an. Ich weiß, dass ich mit Ihnen über das Surfen gesprochen habe, und ich weiß, dass Sie vielleicht einiges ... mitbekommen haben. Aber das gibt Ihnen nicht das Recht zu dem Versuch, unsere Beziehung zu reparieren. Was auch immer Sie zu Will gesagt haben, können Sie vergessen. Haben wir uns verstanden?"

Cat öffnete den Mund, brachte aber kein Wort heraus. Sie konnte die atmosphärische Veränderung wahrnehmen, wusste, dass jeder im Wohnzimmer gespannt zuhörte, und dachte, dass dies wenigstens die Aufmerksamkeit von ihrem Fauxpas mit Owen ablenken würde.

„Na...natürlich, Juliette. Es tut mir so leid. Es stand mir nicht zu, das zu tun."

„Nein, in der Tat! Denken Sie in Zukunft daran." Juliette drehte sich auf dem Absatz ihrer blauen Lackleder-Pumps um, schritt die Treppe hinunter und verschwand in ihrem Haus.

Cat schloss die Tür und drückte ihre Stirn dagegen.

„Wow", flüsterte Joe, der ihr gefolgt war. „Welcher Partytrick kommt als Nächstes?"

Cat lachte ohne jede Fröhlichkeit und drehte sich zu ihm um. Sie wusste, dass ihr gleich die Tränen laufen würden, aber sie konnte rein gar nichts daran machen. Sie war an allem komplett selbst schuld. „Warte, bis du die Würstchen in Blätterteig probiert hast", sagte sie. „Die werden die Katastrophe so richtig komplettieren."

„Wunderbar", antwortete Joe leise, drückte ihren Arm und schenkte ihr ein wohlwollendes Lächeln. Die ersten Tränen liefen ihr über die Wange. „Ich kann es kaum erwarten."

17. Kapitel

Nach der Unterbrechung durch Juliette trat bei der kleinen Gruppe, die zum Feiern zusammengekommen war, schnell wieder Entspannung ein. Cats Würstchen in Blätterteig kamen gut an und wurden von allen gelobt. Und Owens Champagner setzte dem Abend das dringend benötigte und sehr willkommene i-Tüpfelchen auf. Cat fühlte sich teilweise bestätigt, als Owen und Polly sich bald nebeneinander auf das Sofa setzten und für den größten Teil des Abends auch dort blieben. Während sie sich mit Joe und Pollys Kollegin Leyla über die Eisdiele unterhielten und darüber, ob Owen seine Karte erweitern sollte, um im Geschäft zu bleiben, wenn es mal ruhig war, trieb Elsie Cat in die Enge.

Cat hatte versucht, sich ziemlich herauszuhalten. Sie kümmerte sich um leere Gläser und Krümel auf dem Teppich und wirkte insgesamt wie die schweigsame Gastgeberin, da sie es nicht riskieren wollte, noch irgendjemanden aufzuregen. Aber die ganze Zeit wusste sie, dass sie Elsie nicht den ganzen Abend würde aus dem Weg gehen können.

„Cat, was hast du dir dabei gedacht?"

„Gedacht, wobei?", fragte Cat und stellte eine neue Schüssel mit Oliven auf den Esstisch. „Ich habe Owen eingeladen, und ich habe versucht, die Probleme von Juliette und Will zu lösen –

meinst du das, oder meinst du, was ich ganz generell denke?"

Elsie atmete hörbar aus und schüttelte den Kopf. „Es gibt Leute, die bei der Bewältigung ihrer Probleme keine Hilfe wollen. Sie wollen in Ruhe gelassen werden und allein damit zurechtkommen. Und du kennst sie doch kaum. Ich bin überrascht, dass er dein Hilfsangebot angenommen hatte."

„Will war sehr nett", antwortete Cat. „Ich hatte eigentlich noch nie richtig mit ihm gesprochen, seit wir das Hundeausführen vereinbart hatten. Aber er war freundlich und zugänglich und hat mir erklärt, warum er sich entschlossen hat, seinen Job aufzugeben. Sein Verhalten ist sehr gut nachvollziehbar – er hat jemanden verloren, der ihm nahestand, und nun will er mehr aus seinem Leben machen und mehr aus seiner Zeit zusammen mit Juliette. Aber das kann sie nicht verstehen. Sie glaubt, dass er schwach ist oder sogar verantwortungslos."

„Aber du hast ihre Seite nicht gehört", wandte Elsie ein und setzte sich auf einen der Esszimmerstühle. „Du hast nicht genügend Informationen, um alles zu verstehen, und du solltest es auch gar nicht versuchen. Das geht nur die beiden etwas an."

„Aber gerade dabei wollte ich ja helfen. Ich sagte Will, er solle mit Juliette an einem Abend ausgehen, während ich mich um Alfie und Effie kümmern würde. Ich dachte, die beiden könnten sich mal von der Arbeit und von ihrer Routine lösen und alles besprechen."

Elsie blickte Cat an, und um ihre Lippen spielte ein wissendes Lächeln. „Das war ja auch eine ausgezeichnete Idee. Und wenn Will clever genug gewesen wäre, das vorzuschlagen, ohne dich dabei zu erwähnen, dann wäre er vielleicht damit durchgekommen."

Cat lehnte sich an den Tisch. „Was meinst du damit?"

„Stell dir vor, Mark würde dich morgen besuchen und sagen: ‚Jessica hat vorgeschlagen, dass ich dich zu einem romantischen Wochenende mitnehme.' Wärst du dann erfreut oder verwirrt oder auch verärgert, dass er eure Beziehung mit Jessica diskutiert hat?"

Cat versuchte, bei dem Gedanken nicht kribbelig zu werden. „Das ist wirklich ein gutes Argument." Dabei seufzte sie. „Nun, es hat keinen Zweck, über das, was passiert ist, zu jammern. Ich hab's verbockt und habe dabei noch Glück, dass ich sie nicht als Kunden verloren habe, obwohl Juliette sich das durchaus noch anders überlegen könnte."

„Ich sehe beide Seiten", sagte Elsie. „Ich kann ihren Standpunkt verstehen, aber andererseits hat sie dich auch gebeten, kurzfristig ihre Hunde zu nehmen, und war dabei nicht sehr diskret, was die Gründe angeht. Wenn du beide etwas besser kennen würdest, dann wäre sie von deinem freundlichen Hilfsangebot vielleicht sogar berührt gewesen."

„Ja, aber Polly kennt mich besser als jeder andere, und sie ist nicht sehr berührt."

Dabei blickten sie auf Polly und Owen, die sich eng zusammengequetscht einen Sitz eines dreiteiligen Sofas teilten. Owen schaute Polly auf eine Weise an, die Cat ganz weiche Knie machte, und Pollys anfangs verärgerter Gesichtsausdruck war einem strahlenden Dauerlächeln gewichen. Joe saß ihnen gegenüber und redete angeregt, während Leyla Shed streichelte, der zu der Gruppe zurückgekommen war und so tat, als sei er das liebste Haustier auf dem Planeten. Cat fühlte sich auf einmal ziemlich verlassen.

„Sie wird dir verzeihen. Du hattest schließlich vollkommen recht."

„Aber es war nicht meine Sache, oder? Ich mache viel zu viele Sachen, ohne nachzudenken und ohne zu fragen. Der heutige Abend ist ein erstklassiges Beispiel dafür."

Elsie strich ihr über den Arm. „Sei nicht so hart mit dir. Deine Absichten sind ja immer gut. Du musst nur deine Schlachtfelder etwas sorgfältiger aussuchen."

Cat brachte ein Lächeln zustande. „Du bist wirklich eine weise Eule, Elsie Willows."

„Geht's auch ohne Eule? Dank dir trotzdem."

„Sorry. Kann ich's gutmachen mit noch einem Würstchen in Blätterteig?"

„Ich bin bis oben hin voll, aber die sind köstlich. Du solltest öfter kochen, sodass du Friedensangebote zur Hand hast, die du jedem austeilen kannst, den du verärgert hast. Dann können sie gar nicht anders, als dir zu verzeihen."

„Glaubst du?"

Elsie nickte. „Das Herz ist bei allen mit dem Magen verbunden. Gutes Essen gewinnt also immer."

Cat fragte sich, bei wem sie mit dem Wiedergutmachen anfangen sollte.

Nachdem Elsie und Leyla gegangen waren, kam sich Cat wie das fünfte Rad am Wagen vor. Sie räumte weg, was sie konnte, und ging auf Zehenspitzen zum Eingang in der Hoffnung, dass sie entkommen konnte, ohne dass irgendjemand etwas merkte.

„Cat?" Es war Joe. „Wo willst du hin?"

„Ich bin ziemlich fertig", antwortete sie. „Ich glaube, ich gehe gleich ins Bett." Dabei deutete sie auf die Treppe für den Fall, dass er vergessen hatte, wo ihr Schlafzimmer war.

Joe blickte sich um. Polly und Owen waren ins Gespräch vertieft. Joe folgte Cat und ging mit ihr nach oben, wo er vor ihrer Schlafzimmertür hielt.

„Das hast du gut gemacht", sagte Joe.

Cat lachte. „Wohl kaum. Es sei denn, meine Absicht wäre es gewesen, jeden in einem Radius von hundert Metern zu vergraulen."

„Mich hast du nicht vergrault. Und deine Ahnung über Polly und Owen war genau richtig. Vielleicht brauchte sie diesen Schubs."

„Ich hatte nicht vor, mich in Bezug auf Pollys Zuneigung durch Owen ersetzen zu lassen."

„Nun komm schon. Dazu wird es nicht kommen“, flüsterte Joe. „Du hast dir für diesen Abend viel einfallen lassen, und Polly wird das zu schätzen wissen.“

„Jetzt muss ich aber ins Bett.“ Er war so liebenswürdig, so hilfsbereit, und seine sonst übliche Gereiztheit war nur eine blasse Erinnerung. Sie fragte sich, warum das so war, aber alles, was ihr dazu einfiel, war, dass er in Bezug auf den Cartoon ein schlechtes Gewissen hatte. Cat, das katastrophale, neugierige Kätzchen. Sie schüttelte den Kopf.

„Hey“, sagte Joe leise, „mach dir darüber keine Sorgen.“ Er legte ihr einen Arm um die Schulter und zog Cat an sich. Zuerst sträubte sie sich etwas, aber seine Berührung war so tröstlich. Wenn sie ganz ehrlich war, dann war sie mehr als tröstlich. Sie lehnte den Kopf an seine Brust, schloss die Augen und atmete den schwachen Duft seines herben Aftershave ein. Sie konnte seine Atemzüge hören, ruhig und ebenmäßig, aber vielleicht mit einer Spur von emotionaler Anspannung. Er hatte seine Hand auf ihre Schulter gelegt, und seine Finger ruhten leicht auf ihrer Haut. Sie wollte, dass er die Finger bewegte, sie an ihrem Nacken bis in ihr Haar hochgleiten ließ.

Ihre verstohlenen Umarmungen wurden in letzter Zeit häufiger, und jetzt – vielleicht war es nur ihrer Fantasie zuzuschreiben – war so etwas wie eine stille Aufladung zwischen ihnen, eine elektrische Spannung, die sie immer schwerer ignorieren konnte. Aber er war eben Joe, ihr Mitbewohner und der Bruder ihrer besten Freundin, der Zeichner eines geheimen Cartoons über ihre Neigung, sich einzumischen – und nicht darüber, wie sie die Hunde ausführte, was sie in einem günstigeren Licht erscheinen lassen würde. Joe war jemand, der sein Missfallen gegen Cat Palmer gleich serienmäßig zum Ausdruck brachte, und offensichtlich war es so stark, dass er diese Seite von ihr in seiner Arbeit unsterblich machen wollte.

Und er war nicht Mark.

Sie drückte ihn auch und lächelte kurz. „Danke.“ Es klang

etwas sarkastisch, was gar nicht ihre Absicht war.

„Kein Problem“, sagte Joe etwas steif. „Gute Nacht.“

Sie beobachtete, wie er oben auf dem zweiten Treppenabsatz verschwand, und ging dann in ihr Zimmer. Verzweifelt versuchte sie, die Ereignisse des Abends aus ihrer Erinnerung zu verbannen, um am Morgen neu anzufangen.

Am nächsten Tag ging Cat früh aus dem Haus und war froh, dass sie Valentino, Coco und Dior, Jessicas Westies, auszuführen hatte. Als Jessica die Tür öffnete, nahm Cat sie ganz spontan in den Arm, womit sie die bekannte Autorin etwas überrumpelte.

„Wofür war das dann?“, fragte Jessica lachend, drückte Cat bis auf Armeslänge von sich und sah sie an.

„Ich weiß es gar nicht genau“, gab Cat zu. „Dafür, dass Sie nicht böse auf mich sind.“

„Warum sollte ich?“

„Ich bin in letzter Zeit ziemlich gut darin, alle möglichen Leute wütend zu machen. Jetzt freue ich mich darauf, Ihre Hunde auszuführen, frische Luft zu bekommen und etwas nachdenken zu können.“

„Kommen Sie doch nächste Woche mal zum Kaffee“, sagte Jessica. „Ich habe noch ein paar Termine, aber wenn ich erst mal mein Buch an den Verleger geschickt und den Kopf frei habe, dann sollten wir den Vormittag damit verbringen, die Welt in Ordnung zu bringen.“

„Das wäre toll!“, sagte Cat. „Danke.“ Sie beugte sich nach unten, um die Westies anzuleinen, und breitete die Arme aus, als die Tiere auf sie zuliefen, sie ableckten, beschnüffelten und mit dem Schwanz wedelten. Die Kleinen überschütteten sie vorbehaltlos mit ihrer liebevollen Zuneigung. Sie war nicht sicher, ob es überhaupt möglich war, einen Hund zu verärgern (vielleicht mit Ausnahme von Chalky). Das war vielleicht einer der Gründe, warum sie diese Tiere so liebte.

Wegen der Kälte eingehüllt in eine Jacke mit Pepitamuster und breitem Gürtel stiefelte Cat in den Fairview-Park, während die Westies um ihre Beine herumsprangen. Sie versuchte, den Kopf freizubekommen, kehrte gedanklich aber immer wieder zu ihren Sorgen zurück: Pollys Verärgerung, Joes Cartoon, Juliettes Zorn über ihre Einmischung und Marks Abwesenheit. Es fühlte sich so an, als habe sie auf ganzer Linie versagt. Sie blieb mit den drei Westies so lange draußen, wie sie konnte, ließ sie frei laufen, verwöhnte sie mit Leckerchen und gab ihrem Bedürfnis nach Streicheleinheiten und Unterhaltung gern nach. Überhaupt sprach sie mit all ihren Hunden und war überzeugt davon, dass sie sie verstanden.

Als sie den Rückweg in die Primrose Terrace einschlug, sah sie Mr. Jasper. Er schlurfte auf dem Rundweg, der um den Park herumführte, entlang und teilte Handzettel aus, auf dem Gesicht ein selbstzufriedenes Lächeln. Cat ging in eine andere Richtung, da sie ihm nicht begegnen wollte, aber schon einen Augenblick später tippte ihr jemand auf die Schulter.

„Es ist gut, zu sehen, dass Sie heute nur drei Hunde haben", sagte er. „Da handeln Sie ja wenigstens einmal verantwortungsvoll."

Cat drehte sich herum und biss die Zähne zusammen. „Es freut mich, dass Sie das gutheißen", antwortete sie. „Auch wenn Sie das nicht das Geringste angeht."

„Nein", sagte er und wippte dabei auf dem Absatz hin und her. „Nein, das tut es tatsächlich nicht. Aber *ein bisschen* Einfluss habe ich dann doch."

„Womit?", fragte Cat. „Ihr Protest war vor vielen Wochen, und nichts ist dabei herausgekommen. Ich habe keinerlei Plakate oder Ähnliches gesehen, und in der Zeitung stand auch nichts."

„Oh, warten Sie nur", antwortete Mr. Jasper mit blitzenden Augen. „Sie werden schon sehen."

Cat durchfuhr eine leichte Besorgnis. Sie konnte den Gedanken nicht ertragen, dass dieser Mann womöglich ihr Geschäft bedrohte; nicht zusätzlich zu all den anderen Problemen. „Hören Sie, Mr. Jasper, können wir nicht darüber sprechen, einander zuhören und zu einer Art Waffenstillstand kommen? Wenn Sie die Hunde kennenlernen würden, dann …“

„Es tut mir leid, junge Dame, ich muss gehen. Dinge erledigen, Leute treffen.“ Er lächelte zuckersüß, starrte die Westies an und eilte den Weg hinunter in Richtung des Pavillon-Cafés. Cat beobachtete ihn dabei, und ihre Augen verengten sich zu Schlitzen. Sie war entschlossen, herauszubekommen, ob er tatsächlich etwas vorhatte oder ob dies nur ein weiterer Versuch gewesen war, sie einzuschüchtern.

Dunklere Wolken zogen sich über ihr zusammen, und Cat brachte die Westies nach Hause. Dabei benutzte sie ihren Schlüssel, um Jessica nicht zu stören. Die Hunde rannten zu ihrem Korb bei den Fenstertüren, die auf Jessicas wunderbaren Garten hinausgingen, und kuschelten sich hinein.

Cat schob die Hände in die Taschen, während sie die Straße weiter hinaufging. Die Grasstreifen waren immer noch saftig grün, aber Cat war bewusst, dass der Sommer eigentlich vorbei war. Noch etwas, was ihr Elend verstärkte.

Das alles sah ihr gar nicht ähnlich. Normalerweise machte sie das Beste aus einer Situation, so schlecht sie auch sein mochte, aber jetzt setzte ihr alles zu. Sie hatte Fehler gemacht und war richtig von der Rolle. Nachdenklich ging sie an dem Bed and Breakfast vorbei, wo sie Bossy hinter einem der Fenster sitzen sah. Sein bemerkenswert zerknittertes Bulldoggengesicht verschaffte ihr einen kurzen Augenblick der Belustigung. Sie winkte dem Hund zu, er aber blieb stocksteif sitzen, als ob er eine teure, kostbare Statue wäre.

Daneben war Marks Haus. Cat blickte hoch zu den Fenstern, und ihr Herzschlag beschleunigte sich, als sie sah, dass im Wohnzimmer Licht brannte. Ein rascher Blick bestätigte ihr, dass der Audi auf der Straße geparkt war. Mark war zurück? Sie überprüfte ihre Kurznachrichten, da sie auf keinen Fall voreilige Schlüsse ziehen wollte, aber da war keine.

Toll! Er war zurück und hatte ihr nichts davon gesagt. Sie ging weiter, und der Wind peitschte ihr in die Augen.

Sie war fast beim Haus der Barkers angelangt, als sie hinter sich Schritte hörte. Trotzdem ging sie weiter, bis eine Hand sie fest an der Schulter fasste.

„Cat Palmer, hältst du bitte kurz an?"

Sie drehte sich um und sah Mark. Mark in seinem weichen braunen Wollpullover, mit seinen verstrubbelten Haaren und diesen dunklen, amüsierten Augen. Er sah müde und wohl auch etwas blass aus, aber das konnte an der fehlenden Sonne liegen.

„Du bist zurück", stellte sie nüchtern fest.

„Seit einer halben Stunde. Bin zurück und bleibe auch."

„Für immer?"

„Jedenfalls für die nächste Zeit."

„Was ist mit deinem Film? Jessica erzählte mir, dass etwas schiefgelaufen ist und dass …"

„Sprechen wir nicht über meinen Film."

„Aber an dem Abend, als du gingst, warst du so abweisend."

„Abweisend?" Er runzelte die Stirn.

„Mir gegenüber. Du hast mich kaum begrüßt und tatest so, als ob ich eine Fremde wäre. Das war am Tag nach unserem Date. Soweit ich verstanden habe, hattest du schlechte Nachrichten bekommen, aber trotzdem."

„Ich habe überhaupt nicht nachgedacht", antwortete er und strich ihr über den Arm. „Ich war zerstreut, ich hatte gerade ein Mist-Telefongespräch hinter mir. Es tut mir leid. Lass es mich jetzt wiedergutmachen."

Sie starrte ihn an und fragte sich, ob sie ihm glauben konnte.

„Nun komm", fuhr er fort. „Ich will hören, wie es dir ergangen ist. Ich möchte in Fairview eintauchen, in alles, was es anzubieten hat. Das betrifft hauptsächlich dich, Cat – für den Fall, dass du im Zweifel warst." Dabei grinste er schelmisch, aber

Cat konnte kein Lächeln aufbringen.

„Was ist los? Ich hatte mich darauf verlassen, dass du mich aufmuntern würdest. Bist du wirklich so böse auf mich?"

„Sorry", antwortete Cat und seufzte. „Es hat nicht nur mit dir zu tun – eigentlich überhaupt nicht mit dir."

„Was ist es dann?"

„Eine lange Geschichte. In Wirklichkeit mehrere Geschichten. Viele kleine Geschichten, die darin ihren Höhepunkt finden, dass ich ein Idiot bin."

„Halt dein Selbstmitleid nicht um meinetwillen zurück, bitte."

Cat blickte ihn stirnrunzelnd an, aber um ihre Lippen spielte doch so etwas wie ein Lächeln.

Mark nahm ihre Hand. „Komm mit rein und erzähl."

Cat blickte auf ihr Haus, wo Polly, die ihre Prüfungen nun hinter sich hatte, vielleicht wartete, um sie auf die Sache mit Owen anzusprechen. Oder vielleicht wartete Joe darauf, freundlich zu ihr zu sein, während er die nächste Idee für das *Neugierige Kätzchen* entwickelte: wie es kopfüber in einen Bottich mit Wasser fiel oder sich die Finger verbrannte. Haus Nr. 9 war kompliziert, aber war Mark das nicht auch?

„Komm, Cat", sagte Mark sanft. „Die letzten Wochen waren schwierig für mich, und ich weiß, wir können uns gegenseitig aufmuntern. Und Chips brennt darauf, dich wiederzusehen. Komm und begrüße sie wenigstens."

Cat sah ihn aus schmalen Augen an. Sie musste ihm diesen Wunsch ganz einfach erfüllen – er wusste schon, womit er sie kriegen konnte.

„Okay", sagte sie. „Geh voran."

Marks Wohnzimmer war spärlich eingerichtet und wirkte mit den schwarzen Ledersofas und dem riesigen Fernseher vor einer grell-weißen Wand etwas seelenlos. Aber es gab Tee und irgendwelche raffinierten Kaffeebohnen mit Schokoladenumhüllung. Chips hatte sie sehr freudig begrüßt, und jetzt, da sie im Warmen war und Marks ungeteilte Aufmerksamkeit hatte, musste Cat sich eingestehen, dass es ihr besser ging.

„Du bist großzügiger, als dir guttut", sagte Mark, als Cat ihm ihre problematischen Geschichten erzählt hatte, einschließlich der Tatsache, dass sie und Joe nicht mehr so gut miteinander auskamen. Die Sache mit den Cartoons erwähnte sie allerdings nicht. „Du verbringst zu viel Zeit damit, an andere zu denken, und denkst nicht genug an dich selbst."

„Ich glaube nicht, dass das ganz stimmt." Cat war aufgestanden, um Mark direkt gegenüberzustehen und ihm in die dunklen Augen zu blicken. „Ich hasse es, wenn Leute unglücklich sind, ich hasse Unzufriedenheit und Sorgen und deshalb … tappe ich herum und konzentriere mich auf das, was ich erreichen will, bedenke dabei aber nicht die Konsequenzen, die sich unbeabsichtigt daraus ergeben." War das nicht genau das, was Alison über sie gesagt hatte? Hatte sie nicht vollkommen recht gehabt? Cat schloss die Augen. „Ach!"

Mark legte ihr einen Finger unters Kinn und hob ihren Kopf leicht an. „Kein Ach. Du hast mir erzählt, was passiert ist, und jetzt müssen wir eine Möglichkeit finden, es zu vergessen."

„Wie war es denn in London?", fragte Cat und öffnete die Augen. „Was geschieht mit deinem Film?"

„Er ist sozusagen in der Warteschleife", antwortete Mark. „Es ist noch nicht der Schlussvorhang, aber eine längere Pause, als ich geplant hatte. Aber sprechen wir nicht davon. Vergiss die Traurigkeit einfach."

„Was schlägst du vor, wie wir das machen sollen? Sind das nicht die letzten der Schokoladenbohnen?" Sie hielt die Schüssel mit dem Rest der Kaffeebohnen hoch.

Mark lächelte sie an und schüttelte den Kopf. „Du, Cat Palmer."

„Ich was?" Sie lächelte ebenfalls.

„So können wir es vergessen – indem wir uns auf dich konzentrieren."

„Aber ich bin ja selbst die Ursache für meine Traurigkeit, wie können wir also mich gebrauchen, um zu vergessen?"

„Nun sei nicht so kompliziert", antwortete Mark, beugte sich zu ihr und küsste sie. Obwohl sie gewusst hatte, dass es geschehen würde, fuhr der Wonneschauder seiner Berührung wie ein Blitz durch sie hindurch. Sie ließ den Kuss zu, der Erinnerungen wachrief an den Kuss auf seiner Treppe, als es noch viel wärmer gewesen war. Seine Berührung war so sanft und so verlockend wie die Sommerbrise, die sie beide damals eingehüllt hatte.

War es wirklich so einfach und leicht? Ein ganzer Monat, ohne dass man miteinander gesprochen hatte, und dann direkt dort anschließen, wo sie aufgehört hatten? Doch als Mark den Kuss intensivierte, spürte sie, wie alles von ihr abfiel, wie all ihre Sorgen verschwanden und seine Gegenwart und sein Verlangen die Oberhand gewannen. Ja, sagte sie sich entschieden, während er seine Arme um sie schlang und sie an sich zog – ja, es war tatsächlich so einfach und leicht. Schließlich machten sie nur da weiter, wo sie das letzte Mal unterbrochen worden waren.

Es wurde schon dunkel, als Cat Mark im Eingang den letzten Kuss gab – dieses Mal von Nachbarn unbeobachtet. Der sanfte orangefarbene Schimmer einer Straßenlaterne schlich sich verstohlen durch die dekorative Bleiverglasung und ließ Mark in einem milden Licht erscheinen.

„Wann werde ich dich wiedersehen?", fragte er.

„Wann willst du mich wiedersehen?"

„Jetzt. Morgen, übermorgen und den Tag danach."

„An einem der Tage könnte es klappen", antwortete Cat und tat so, als ob sie überlegte. Mark verdrehte die Augen und küsste sie erneut, während er sie an sich zog. Cat löste sich aus seiner Umarmung und bückte sich, um Chips zu streicheln, die ebenfalls zu der kleinen Abschiedsszene gekommen war. Cat sah

Mark an, der in Jeans und offenem Hemd im Flur stand, und dann – sie lächelte in sich hinein – trat sie hinaus in die Nacht und schloss die Haustür sanft hinter sich zu.

Ihr Haar war noch nass von der Dusche, und sie spürte die Kälte an ihrem Kopf. Sie zog ihren Mantel eng um sich und schlenderte zurück zu ihrem Haus, zu Polly und Joe und zu all den kleinen Sorgen, die sie hinter sich gelassen hatte.

Sie sollte in Hochstimmung sein, dass sie den nächsten Schritt mit Mark getan hatte und dass er sie nun, da sie zusammen im Bett gewesen waren, nicht würde vergessen wollen. Eigentlich sollte sie jauchzend vor Freude die Primrose Terrace entlangspringen. Und sie konnte nicht leugnen, dass der Sex mit Mark tatsächlich so unglaublich gewesen war, wie sie ihn sich vorgestellt hatte; dass er Spaß gemacht hatte und gleichzeitig sehr intensiv gewesen war. Nichts war peinlich gewesen, nach den Monaten, in denen das Verlangen sich gesteigert hatte. Seine Sicherheit war ansteckend, und sie schienen *wirklich* zueinanderzufinden. Der bloße Gedanke daran raubte ihr den Atem.

Sie blickte an dem Haus der Barkers hinauf und hatte den Eindruck, dass sich die Gardine leicht bewegte. Sie seufzte. Verdunkelten etwa ihre anderen Sorgen ihr Glück mit Mark? War sie nun chronisch niedergeschlagen? Mark war toll und aufmerksam, sexy und charmant und ihr – trotz ihrer früheren Bedenken – wirklich zugetan. Wieso hatte sie das Gefühl, dass irgendetwas komisch war?

Während sie versuchte, ihre Bedenken abzuschütteln, ging sie die Stufen zu Nr. 9 hinauf, schloss die Haustür auf und trat in einen Lichtschein hinein, der aus dem Wohnzimmer in den Flur flutete. Von dort kam auch das laute Gelächter. Joe und Polly lachten über etwas, das sie im Fernsehen sahen. Shed lag ausgestreckt zwischen ihnen und hatte die Augen geschlossen. Sie blickten auf, als Cat hereinkam.

„Cat“, rief Polly enthusiastisch, „wo warst du? Wir wollen uns etwas zum Abendessen bestellen.“

„Ihr habt auf mich gewartet?"

„Natürlich."

„Und ihr seid mir nicht böse?" Sie sah Joe an, und er erwiderte ihren Blick mit seinen blauen Augen, die zu Schlitzen verengt waren.

„Nein", Polly seufzte, „nein, ich nicht." Sie stand auf und drückte Cat fest an sich. „Gestern Abend war ich schon ein bisschen sauer, aber nur, weil ich so müde war und auch überrascht. Owen und ich, wir … haben uns gern, und ich denke, ich war in dieser Hinsicht ein ziemlicher Feigling. Aber du hast mir den richtigen Anstoß gegeben. Wenn ich die Wahl gehabt hätte, dann hätte ich nicht gerade meine Jogginghose angehabt, aber ich hatte eine tolle Zeit und möchte mich deshalb bei dir bedanken und mich entschuldigen."

Cat spürte, dass sie vor Erleichterung besser durchatmen konnte. „Oh, Polly. Es gibt nichts, wofür du dich entschuldigen müsstest. Ich habe mir solche Sorgen gemacht."

„Du dumme Cat", murmelte Polly und trat einen Schritt zurück. „Hey, du hast ja ganz nasse Haare. Regnet es? Ich hab es gar nicht gehört."

Cat drehte sich um, als würde es auf dieses Stichwort hin vielleicht anfangen zu regnen und ihr damit das perfekte Alibi verschaffen.

„Nein", sagte sie gedehnt, „es regnet nicht."

Polly und Joe sahen sie beide an und warteten auf das Ende ihres Satzes. „Ich … hmm, Mark ist zurück, und so habe ich …"

„Cat!", quiekte Polly. „Im Ernst?"

„Ihr seid zusammen schwimmen gegangen?", fragte Joe, und der Sarkasmus in seiner Stimme war nicht zu überhören.

Cat versuchte, ihn anzulächeln, aber er sah ganz niedergeschlagen aus und mied ihren Blick. Völlig unerwartet krampfte sich ihr Magen zusammen, und sie wusste nicht, was sie sagen sollte. „Etwas in der Art", murmelte sie und ließ sich auf das Sofa ihnen gegenüber fallen.

„Mit Mark und dir ist es jetzt also etwas Ernstes? Nach all der Zeit.“ Polly schüttelte den Kopf. „Ich freue mich so für dich, *so sehr*!“

„Ich mich auch“, antwortete Cat. Sie wusste aber, dass das nicht ganz überzeugend klang. Es war halt eine große Veränderung, sagte sie sich. Da brauchte es etwas Zeit, um sich daran zu gewöhnen, das war alles.

„Das ist toll“, sagte Joe, und seine Stimme klang genauso wenig enthusiastisch wie Cats. Er fuhr sich mit der Hand durchs Haar. „Und“, fügte er seufzend hinzu, „vielleicht wird es den Schlag etwas mildern.“

„Was für einen Schlag?“ Cat sah, dass Polly und Joe Blicke wechselten, und in ihrem Magen rumorte es noch unangenehmer. „Was ist los? Was ist passiert?“

Joe nahm einen Handzettel vom Esstisch, kam zu ihr und hockte sich vor sie hin. Sie vermied es bewusst, auf das Stück Papier zu gucken, und sah stattdessen ihn an, sein dickes, verstrubbeltes blondes Haar, die Bräune seiner Haut und die vereinzelten Sommersprossen, die sich während des Sommers darauf gebildet hatten. Seine blauen Augen blickten sie mit unverhüllter Traurigkeit an. Ihr Blick fiel auf seinen Mund, sein Kinn, die hellblonden Bartstoppeln.

Sie holte tief Luft und langte nach dem Papier. Joe ließ es ihr, wandte aber den Blick nicht von ihr ab.

„Was ist das?“, fragte sie wieder. Sie wollte, dass er es ihr sagte und sie damit gleichzeitig davor schützte.

Er blickte zu Boden, und Cat las den Text einmal, zweimal, dreimal.

Es blieben ihr nur Bruchstücke im Sinn.

Benachrichtigung vom Gemeinderat von Fairhaven … aufgrund von Petitionen … Sitzung hat entschieden … Fairview-Bucht … Hunde … nicht mehr gestattet … von 9 Uhr morgens bis 6 Uhr abends … ganzjährig.

„W…was?“, Cat sah ungläubig auf. „Soll das ein Witz sein?“

Joe schüttelte den Kopf. Polly blickte verärgert drein.

„Hunde dürfen nicht mehr in der Bucht laufen? Wieso haben wir davon nichts erfahren? Wieso hatten wir keine Gelegenheit, Einspruch dagegen zu erheben?“ Sie dachte zurück an Mr. Jaspers Worte im Park, und ihr wurde klar, dass es *das* war, was er gemeint hatte. Es war keine leere Drohung gewesen. Es war real, etwas, das einem das Herz brach.

„Offensichtlich hat Mr. Jasper all das klammheimlich veranlasst“, sagte Polly, „obwohl ich nicht weiß, wie er damit so weit kommen konnte, ohne dass es jemand bemerkt hat.“

„Es ist schrecklich“, sagte Cat. „Das sind genau dieselben Zeiten wie am Hauptstrand, demnach können wir die Hunde während des Tages nirgendwo mehr mit hinnehmen. Dabei sind sie so gern am Strand und im Wasser. Im Winter ist es in den erlaubten Zeiten schon dunkel, und man kann im Dunkeln die Hunde nicht mit an den Strand nehmen.“

„Ich weiß, Cat“, antwortete Polly. „Es tut mir so leid.“

Cat merkte, wie Ärger in ihr aufstieg, ihre Hände umklammerten das Papier ganz fest. Joe legte seine Hand auf die ihre, und Cat spürte einen Funken, den sie aber nicht wahrhaben wollte. Sie zuckte zusammen und zog ihre Hand weg. Sie blickte ihn mit einer wortlosen Entschuldigung an, doch er lehnte sich zurück und strich sich mit der Hand über sein Gesicht.

„Sorry, Joe“, sagte sie leise. „Aber ich kann einfach nicht glauben, dass er so weit gehen würde beziehungsweise dass der Gemeinderat solch eine Vorschrift überhaupt in Erwägung ziehen würde.“ Sie las den Handzettel noch einmal und zwang sich, alles genau aufzunehmen. „Die Gemeinderatssitzung ist am 1. Oktober“, fuhr sie fort. „Das ist ja recht bald. Gott, Disco und Chalky *lieben* die kleine Bucht.“

„Es ist wirklich Mist“, sagte Joe, „aber Cat, da ist immer noch der Park, und wir können nicht viel daran ändern.“

„Wirklich nicht?“, antwortete Cat, und versuchte, die Mutlosigkeit in ihrer Stimme zu bezwingen. Sie dachte an Alfie und Effie, wie sie in den Wellen gespielt hatten, daran, dass Zara gesagt hatte, dass Paddlepuss so gern im Wasser war, an den Satz von Will, dass alle Surfer füreinander da seien. Mit Hundebesitzern war das genauso – sie brauchte sich ja nur an ihr Hunde- und Welpenpicknick zu erinnern. „Wirklich nicht?“, fragte sie erneut und wedelte mit dem Handzettel hin und her. Plötzlich leuchteten ihre Augen auf: Sie hatte eine Idee, wenn auch eine noch unausgereifte.

„Nein“, sagte Polly. „Ich meine, was könnten wir denn tun?“

„Warte mal einen Moment, Schwesterchen“, schaltete Joe sich ein, „ich kenne diesen Blick in Cats Augen.“

„Was?“, fragte Polly. „Woran denkt ihr, Cat? Joey?“

„Es gibt etwas, was wir machen können“, sagte Cat dann. „Ich meine, wir können zwar nicht garantieren, dass es Erfolg hat, aber wir haben einen Monat Zeit, um dem Gemeinderat klarzumachen, dass wir nicht wollen, dass Mr. Jasper für ganz Fairview spricht.“

„Aber was, Cat? Was willst du machen?“

„Ich werde das machen, was ich am besten kann“, antwortete sie mit einem schelmischen Grinsen. „Ich werde mich einmischen.“

18. Kapitel

Cat hatte eine Mission und nur einen Monat Zeit, um diese zu erfüllen. Sie ging mit Feuereifer an die Sache, zutiefst davon überzeugt, dass das, was sie vorhatte, das Richtige für Fairview war.

Wäre sie, als sie zu Beginn des Jahres in die Primrose Terrace gezogen war, auch so engagiert gewesen? Sie hatte Hunde schon immer gerngehabt, aber sie waren nie ein Teil ihres Lebens gewesen, so wie jetzt. Als Hundesitterin war sie inzwischen ein Teil der Gesellschaft und würde sich gegen alles wehren, was die Gesellschaft bedrohte.

Sie verfasste eine Online-Petition, schrieb Briefe an den Gemeinderat und an die *Fairhaven Press*, richtete ein Twitter-Konto unter @Hunde-in-der-Bucht und eine Facebook-Seite ein. Sie bat Kunden und Bekannte um Hilfe und ließ die Nachricht überall in Fairview verbreiten. Jessica, die genauso empört war wie Cat, hatte ihren Einfluss geltend gemacht und in den lokalen Radiosendern darüber gesprochen. Außerdem leitete sie die Kampagne an ihre vielen Fans weiter.

So hatte Cat in kurzer Zeit etwas in Bewegung gesetzt. Sie hatte ein Treffen mit einem örtlichen Ratsmitglied gehabt, der es eine Stunde vermieden hatte, ihr in die Augen zu schauen, und ihr nur vage, unzureichende Antworten gegeben hatte, doch mithilfe einiger E-Mails, die sie diesem Gespräch folgen ließ, hatte sie die Ratsmitglieder überzeugt, jemanden zu der Veranstaltung zu schicken, die sie organisierte.

Mehr als alles andere hatte sie Hunde in der Bucht ausgeführt. Sie hatte mit möglichst vielen Menschen gesprochen, hatte Flyer mit Petitionslinks und der E-Mail-Adresse des Gemeinderats verteilt. Und zog sie einmal ohne Hunde los, ging sie zum Hauptstrand von Fairview, um dort denjenigen, die hundelos waren, deutlich zu machen, dass die Angelegenheit auch für sie wichtig war. Sie bat die Leute, sie in ihrer Überzeugung zu unterstützen, dass Hunde dasselbe Recht auf einen Strand hatten wie Menschen.

Doch sie benötigte einen stärkeren Anreiz für ihr großes Finale als nur den Strand und eine Vielzahl unterschiedlicher Hunde, insbesondere wenn sie mehr erreichen wollte, als zu den bereits Bekehrten zu predigen – daher musste sie mit Will sprechen.

Sie hatte Alfie und Effie zwar weiterhin ausgeführt, doch ihre Gespräche mit Juliette waren seither immer nur kurz und geschäftsmäßig gewesen, und Will hatte sie überhaupt nicht mehr zu Gesicht bekommen. Sie fragte sich, ob er vielleicht allein weggegangen war und ob ihr Hilfsangebot vielleicht sogar dazu geführt hatte, dass sie sich weiter auseinanderlebten.

Sie rief Juliette an und fragte, ob sie beide Zeit für sie hätten. Zuerst reagierte Juliette skeptisch, war aber dann bereit, Cat zuzuhören, denn Cat betonte, bei dem Gespräch werde es nicht um das persönliche Verhältnis zwischen Juliette und Will gehen.

Cat setzte sich auf das breite cremefarbene Sofa der Barkers und streichelte Alfies gelocktes Fell, während der Retriever, den Kopf auf ihrem Schoß, ruhig vor sich hin döste. Cat bemerkte, dass das Paar nicht zusammensaß, sondern ein Sofapolster zwischen ihnen unbesetzt blieb. Sie nahm es zur Kenntnis, wusste es aber zu ignorieren.

„Worum geht es?“, fragte Juliette, die Jeans und eine taillierte rote Hemdbluse trug. Sie machte einen gelassenen Eindruck und sah wie immer tadellos aus, aber in ihren Augen war ein Feuer, vor dem Cat sich hütete, besonders nach ihrem letzten Zusammentreffen. „Erhöhen Sie Ihre Gebühren?"

Cat schüttelte den Kopf und musste schlucken. „Nein, nichts dergleichen. Juliette, Will, ich weiß nicht, ob Sie die Mitteilung gesehen haben, dass Hunde nicht mehr in die Bucht dürfen?"

Juliettes Augen verengten sich, und Will nickte. „Ja", sagte er. „Das wird alles kaputt machen. Ich meine, viele von meinen ...", dabei blickte er seine Frau an, „Surfkameraden haben Hunde. Sie haben Paddlepuss ja kennengelernt. Es geht dort unten immer alles recht entspannt zu, und die Stelle gehört nicht gerade zu den Hauptzielen von Familien. Von daher trifft es die Hundebesitzer recht hart."

„Es ist einfach nur lächerlich", sagte Juliette. „Hat es irgendetwas zu tun mit diesen Leuten, die bei Ihrer Veranstaltung waren? Mit dem kleinen pummeligen Mann und dem Minnie-Mouse-Mädchen?"

Cat musste ein Lachen unterdrücken. Die Vorstellung, Alison schüchterte als Minnie Mouse in Disneyland kleine Kinder ein, war einfach zu komisch. Sie nickte. „Ich bin sicher, dass die beiden dahinterstecken, und wir – meine Mitbewohner, Polly und Joe, und ich – glauben, dass es unfair ist, eine solche Entscheidung zu fällen, ohne uns die Gelegenheit zu geben, unseren Standpunkt zu vertreten. Daher", sagte sie mit einem Seufzer, „auch wenn es mir leidtut, dass ich Sie um einen Gefallen bitten muss, aber könnten Sie mir vielleicht helfen?"

„Was können wir tun?", fragte Will und breitete die Arme weit aus – eine Geste, die zu seinem freundlichen, warmen Lächeln passte.

„Ich habe mich gefragt, ob Sie sich nicht vielleicht an meinem großen Finale beteiligen würden. Sie und Ihre Surffreunde?"

„Und was soll dabei geschehen?", fragte Juliette mit einer gewissen Schärfe in der Stimme. „Wie können die überhaupt dabei helfen?"

Cat beugte sich auf dem Sofa vor. Alfie machte einen Moment lang ein Auge auf, kuschelte sich dann noch enger auf Cats Schoß und schlief wieder ein. „Lassen Sie es mich erklären“, antwortete sie, wobei sie die aufwallende Erregung bei dem Gedanken an das letzten Stadium ihres Planes nicht ganz zurückhalten konnte. Sie hatte die Hoffnung, ihr Plan möge Erfolg haben, damit die Hunde weiterhin in der Bucht laufen konnten. Aber vielleicht ergab sich daraus ganz nebenbei, dass Will und Juliette wieder zueinanderfanden, ohne dass die beiden es merkten.

Am letzten Tag im September wachte Cat von dem Regen auf, der gegen Marks Schlafzimmerfenster schlug. Sie schloss die Augen wieder und kuschelte sich an seinen Rücken. Dabei vergaß sie für ein paar glückliche Momente, welch ein Tag heute war.

Mark stöhnte und drehte sich um. Er schlang die Arme um Cat und drückte das Gesicht in ihren Nacken.

„Wir stehen heute gar nicht auf“, sagte er, während seine Lippen ihre Haut kitzelten. „Das Wetter gibt uns frei.“

„Sehr verführerisch“, antwortete Cat, „aber Hundeausführer sind gegen das Wetter immun. Und ich habe gesehen, wie du mit Chips im Regen spazieren warst. Dabei hast du so sexy und verstrubbelt wie ein gequälter Held ausgesehen.“ Sie wandte sich ihm zu.

„Wie ein gequälter Held?“

Sie nickte.

„Ich bin überrascht, dass du das gemerkt hast. Soweit ich mich erinnere, hattest du alle Hände voll zu tun mit mehreren überdrehten Hunden und einem erschreckten Eichhörnchen.“

„Du hast mich damals gerettet, und ich wäre recht undankbar gewesen, wenn ich mir nicht die Zeit genommen hätte, meinen Retter zu betrachten. Warum haben wir so lange dafür gebraucht?“

„Wofür?“, fragte Mark und runzelte die Stirn. „Um die Hunde von dem Eichhörnchen wegzukriegen?“

„Vielleicht um hierzu zu kommen?“ Dabei küsste sie ihn.

„Ah“, sagte er leise. „Die besten Dinge sind die, auf die man warten muss. Wenn wir es eher gemacht hätten, dann wäre es vielleicht nicht so gut gewesen.“

„Eine etwas verquere Logik“, murmelte Cat. „Aber ich lasse sie für den Augenblick durchgehen.“

Während sie ihren Protest gegen das drohende Hundeverbot in Gang gesetzt hatte, war sie auch durch Mark in Atem gehalten worden. Er blieb seinem Versprechen treu und machte keine Anstalten, Fairview zu verlassen oder auch nur für ein paar Tage nach London zu entwischen. Er war aufmerksam, und es machte Spaß, mit ihm zusammen zu sein. Und obgleich sie immer mehr Zeit gemeinsam verbrachten, verlor er nichts von seiner – kontrollierten – Leidenschaft. Cat genoss es, mehr an ihm zu entdecken, obwohl ein Teil von ihr sich noch immer sorgte, er könnte ihr etwas verbergen und dass sie nicht ganz an ihn herankomme.

Sie verstand, dass er sich mit Streitereien in Bezug auf den Film herumschlagen musste – und auch, dass er, wenn sein Handy klingelte, manchmal in ein anderes Zimmer verschwinden und die Tür schließen musste und sie mit Chips und ihren Gedanken längere Zeit allein ließ. Es war sein Leben, seine Leidenschaft, und sie sollte ihm das nicht missgönnen.

Ihre Zeit aufzuteilen zwischen der Primrose Terrace Nr. 4 und Nr. 9 war nicht sonderlich kompliziert. Sie hatte nur ein schlechtes Gewissen im Hinblick auf Polly, weil diese jetzt wieder mehr Freiraum hatte und sie nicht so viel Zeit mit ihr verbringen konnte. Aber sie hoffte, dass Polly so mit Owen beschäftigt war, dass sie das gar nicht richtig bemerkte.

„Wenigstens haben die Hunde und die Surfer nichts gegen den Regen“, murmelte Mark.

Cats Herz setzte einmal aus, dann richtete sie sich vor

Schreck kerzengerade auf. „Scheiße! Das ist ja heute! Wie konnte ich das nur vergessen? Du musst aufhören, mich dauernd abzulenken."

„Wenn du willst, könnte ich dich auch noch länger ablenken. Es fängt ja erst in einigen Stunden an."

„Aber ich muss noch alles organisieren", antwortete Cat. „Ich muss sicherstellen, dass alles an seinem Platz ist."

Mark rollte sich auf den Rücken, schloss für einen Moment die Augen und stand dann auf. „Na, dann komm. Ich mache uns Frühstück, und schon sind wir fertig für alles, was der Tag uns vor die Füße wirft."

„Uns?"

„Ich bin dir heute auf Gedeih und Verderb ausgeliefert und Chips auch. Der Tag ist für dich wichtig – und für Chips –, und so ist er es auch für mich."

Cat grinste, sprang aus dem Bett und gab ihm einen langen Kuss. „Danke", sagte sie. „Du bist praktisch perfekt."

Mark reagierte auf ihre sentimentale Anwandlung dadurch, dass er sie hochhob und wieder auf das Bett legte. Cat hatte nicht die Absicht zu protestieren.

Als sie die Bucht erreicht hatten, war der Regen in ein leichtes Nieseln übergegangen, und Cat hatte den Eindruck, dass sich die Wolken in der Ferne auflockerten. Sie hatte einen wattierten Parka über einer Fleecejacke an und Leggings, darunter trug sie ihren Badeanzug. Mark trug eine schwarze Regenjacke, einen Pullover und Jeans. Cat war nicht sicher, ob er – obwohl sie ihn wenigstens fünfmal daran erinnert hatte – seine Badehose angezogen hatte.

Harvey und Zara waren schon da. Ihr „Grotto"-Fahrzeug stand auf dem Parkplatz, die hinteren Türen waren zum Strand hin geöffnet.

„Wie sind die Wellen?", fragte Cat, während sie auf sie zulief.

Harvey zuckte mit den Schultern und strich sich über seinen

langen, struppigen Bart. „Nicht schlecht. Nicht gerade gewaltig, aber auch kein Reinfall."

„Wahrscheinlich sogar besser für Anfänger", fügte Zara hinzu. Ihre schwarz-seidene Pagenkopffrisur war nach hinten angeklatscht, und Cat fragte sich, warum jemand, der die meiste Zeit im Wasser verbrachte, so viel Eyeliner brauchte. Er musste ganz besonders wasserfest sein.

„Das ist dann also perfekt." Cat nickte bekräftigend.

„Glauben Sie, dass es funktionieren wird?", fragte Harvey. „Dieses Gemisch aus Surfen und Hundeausführen?"

„Ich weiß nicht", antwortete Cat. „Aber ich hoffe es. Die Petition hat inzwischen über viertausend Unterschriften bekommen, Jessica Heybourne hat mitgeholfen, sie zu verbreiten. Trotzdem glaube ich, dass wir etwas Besonderes brauchen, etwas, das alle anspricht, nicht nur Hundebesitzer; etwas, das zeigt, dass wir alle zusammen am Strand Spaß haben können. Surfen ist sehr beliebt, und daneben wollen wir ja auch noch paddeln und ein Barbecue veranstalten oder eben einfach Zeit hier unten verbringen – hier ist es wirklich so schön!"

„Sie wollen also möglichst viele Leute hier zusammenbringen?"

„So viele Leute und so viele Hunde wie möglich. Ich habe dafür gesorgt, dass ein Mitglied des Gemeinderats kommt und auch jemand von der *Fairhaven Press*, und das Fairhaven FM-Radio ist auch dabei. Ich will richtig Furore machen und ihnen zeigen, dass wir mit ihrem Ansinnen gar nicht glücklich sind."

„Hört sich überzeugend an", sagte Harvey bewundernd. „Aber wir surfen ja eh gern, und wir lieben Paddlepuss." Der Mops schnüffelte an ihren Füßen und lief um Chips herum, entweder weil er nervös war oder weil er Chips bewunderte, das war schwer zu sagen.

Cat und Mark verließen die Surfer, die ihren Kleinbus bereit machten, und fingen an, die Plakate zu entrollen, die Cat angefertigt hatte. *Nein zu dem Hundeverbot an der Bucht! Hunde und Surfer, vereinigt euch! Hunde am Meer für immer!* Sie steckten die Plakate in den Sand und suchten dann einen Bereich aus, wo sie Einweggrills, Kühlboxen und Thermosflaschen hinstellten.

Die Nächsten, die eintrudelten, waren Joe und Polly. Sie brachten Verpflegung und Pappteller mit. Joe trug ein zusammengerolltes Plakat unter dem Arm. Mark und Joe begrüßten einander mit Handschlag und beäugten sich wachsam. Cat beobachtete das mit einem mulmigen Gefühl in der Magengegend. Dann entrollte Joe sein Plakat. Die Schönheit der Gestaltung ließ ihr den Atem stocken.

Den unteren Rand bespülte eine Welle, die am Ende anstieg und auf der ein Hund auf einem Surfbrett ritt. Er trug eine Sonnenbrille und hatte ein breites Surfergrinsen im Gesicht. Darüber stand in fetten farbigen Lettern: *Lasst surfende Hunde die perfekte Welle reiten!*

„Joe, das ist einfach unglaublich!“, rief Cat und war so aufgeregt, dass ihr Hitze ins Gesicht schoss. „Hoffentlich übersteht das Plakat das Wetter, denn ich möchte es auf Dauer unbedingt behalten.“ Joe, der zum Schutz gegen die Kälte eine Cargohose, Shorts und einen blauen Kapuzenpullover von Animal trug, zuckte die Schultern mit einem schelmischen Grinsen. „Ich habe wasserfeste Stifte verwendet, so wird es hoffentlich halten.“

„Das“, sagte Polly und schwang die Thermosflaschen hin und her, „wird ganz toll werden. Ein Hunde- und Surfer-Sit-in. Ich hoffe, dass der Gemeinderat sieht, wie wichtig uns das ist.“

„Sie haben mir versprochen, dass sie kommen“, sagte Cat, „und auch Phil von der *Fairhaven Press*. Er bringt seine Labradoodles mit.“

Sie blickte Joe an, aber er sah weg.

„Wer kommt noch?“, fragte Polly.

„Alle Leute von uns“, sagte Harvey, der zu ihnen getreten war. „Wir verpassen nie eine Party – besonders nicht, wenn sie für einen guten Zweck ist.“

„Und Menschen ohne Hunde werden hoffentlich auch kommen und versuchen wollen, mit uns zu surfen und uns zu unterstützen“, meinte Cat. „Harvey und Zara haben Neoprenanzüge und Surfbretter in ihrem Kleinbus, die man sich ausleihen kann. Und einige Surfer haben sich bereit erklärt, den Leuten zu zeigen, wie man es macht.“

„Kann ich es versuchen?“, fragte Elsie, als sie über den Sand näher gekommen war.

„Ja natürlich, wenn du willst“, antwortete Cat mit einem Lächeln. „Und Sie auch, Captain.“ Sie umarmte beide und kauerte sich dann nieder, um die Zwergschnauzer zu begrüßen. Disco stand auf ihren Hinterläufen und rieb ihre Nase an Cats Wange, während Chalky die Gelegenheit nutzte, um sich in den Sand zu legen, den Kopf auf die Pfoten gestützt. „Aber du musst das nicht machen, Chalky“, sagte sie und streichelte den älteren Hund liebevoll. „Von uns aus brauchst du nicht die perfekte Welle zu reiten, versprochen.“

Paris trottete auf sie zu, und Cat spürte eine Welle der Zuneigung zu dem kleinen Hund, der bei ihrem ersten Aufeinandertreffen so furchtsam gewesen war wie eine Maus. Jetzt aber stolzierte der Papillon mit den auffallenden Ohren um die kleine Gruppe herum und erwartete von jedem Einzelnen Streicheleinheiten.

„Meine kleine Pariser Lady“, sagte der Captain und lachte in sich hinein. Er trug eine blaue Mütze mit einem Anker darauf und schien bester Laune zu sein – ob nun wegen der Veranstaltung oder weil er in Elsies Gesellschaft war, konnte Cat nicht genau sagen.

„Was bedeutet es, eine Welle zu reiten?“, fragte Mark und füllte Plastikbecher mit Tee, die er dann verteilte. „Ich habe vom Surfen keine Ahnung.“

Harvey grinste lakonisch in seinen Bart. „Ich glaube, Sie haben sich gerade freiwillig gemeldet, unser erstes Versuchskaninchen zu sein“, sagte er. „Kommen Sie, wir wollen Sie entsprechend ausrüsten.“

„Oh nein", wehrte Mark ab und lächelte Harvey an. „Ich bin ganz zufrieden. Vielleicht später."

„Keine Ausflüchte. Nun kommen Sie, Kumpel, das ist was ganz Tolles."

„Ich glaube, Cat braucht mich", sagte Mark und versuchte wegzugehen.

Cat gab ihm einen Kuss auf die Wange. „Ich brauche dich, um mit gutem Beispiel voranzugehen. Wenn Mr. Selbstsicher sich weigert, dann wird auch niemand sonst es wagen."

Mark warf ihr einen schmerzverzerrten Blick zu und ließ sich dann zu dem Kleinbus bringen.

„Okay", sagte Cat zufrieden und rieb sich die Hände. „Die Show kann beginnen."

Bis zum Mittag hatte sich die gesamte Bucht mit Menschen gefüllt, Menschen, die umherliefen, picknickten oder Freunde trafen. Und die ganze Zeit gingen Hunde und Surfer ins Wasser, die Vierbeiner rannten Bällen hinterher, die Zweibeiner jagten Wellen.

Harvey hatte sogar einen trainierten Surferhund aufgespürt, der an verschiedenen Orten im Land an Wettbewerben teilnahm. Bodhi, ein Jack Russell, machte in seiner Hundeschwimmweste auf seinem eigenen Miniatursurfbrett Wellenreiten. Jessica trug einen glänzend blauen Neoprenanzug, und um ihre Füße spielten ihre Westies. Sie war im Gespräch mit dem lokalen Fernsehsender, wobei sie lebhaft gestikulierte; man sah, dass ihr Interviewer von ihr fasziniert war.

Will und Juliette kamen mit Alfie und Effie, und Cat wurde zusehends nervöser. Die beiden schienen sich aber gelöst zu unterhalten, und Juliette sah in ihrer Caprihose, den Gummisandalen und der weit geschnittenen orangen Bluse sehr schön und ganz entspannt aus.

Cat winkte ihnen zu. Die Retriever zerrten an der Leine und wollten losgemacht werden, um zusammen mit den anderen Hunden herumzutoben. Cat wusste, dass ein großer Hundekampf eine Katastrophe werden würde. So hatte sie im Zuge der Vorbereitung der Veranstaltung die Hundebesitzer dringend gebeten, ihre Hunde angeleint zu lassen, und sie vertraute darauf, dass sich alle verantwortungsbewusst verhalten würden. Schließlich wollte niemand Pollys Dienste in Anspruch nehmen müssen.

„Meine Güte, Cat“, sagte Juliette und ließ ihren Blick über die Bucht schweifen, „Sie wissen aber wirklich, wie man eine Veranstaltung aufzieht.“

Cat lächelte geschmeichelt. „Ich glaube, vielen Leuten liegt das genauso am Herzen wie mir. Vielen Dank, dass Sie gekommen sind. Drüben in der Nähe des Parkplatzes gibt es gleich etwas zu essen. Und Harvey und Zara leihen jedem eine Surfausrüstung, der es versuchen will. Bis jetzt scheint es allen Spaß zu machen. Die Hauptsache ist, dass es gut besucht ist und dass der Mann vom Gemeinderat da drüben sehen kann, dass wir alle miteinander zurechtkommen und wie wichtig es uns ist.“ Sie deutete in die Richtung, wo ein Mann in weißem Hemd und dunkler Hose, groß und dünn wie eine Bohnenstange, etwas auf einem iPad notierte.

„Gut“, sagte Will und nickte. „Wo brauchen Sie mich?“

„Also“, antwortete Cat, „Mark wird gerade von Harvey ins Surfen eingewiesen.“ Sie zeigte in die Richtung, wo Mark, der natürlich auch in einem schwarzen Neoprenanzug sexy aussah, mit ausgestreckten Armen auf einem Surfbrett am Strand stand. „Und ich habe überlegt, ob Sie nicht einigen der anderen, die warten, zeigen könnten, wie es geht? Ich will nämlich, dass die Leute bleiben, sodass es hier so lebhaft zugeht wie möglich; und wenn sie die Gelegenheit haben, es mit dem Surfen zu versuchen …“

„Oh!“ Wills Augen wurden ganz groß. „Ich habe noch nie jemanden so richtig *unterrichtet*.“

„Es muss ja kein richtiger Unterricht sein, nur ein bisschen

Spaß, nur zeigen, wie man auf dem Bauch wellenreitet. Sie sind ein so warmherziger und freundlicher Mensch, und ich habe das Gefühl, dass Harvey für einige von den Interessenten etwas zu streng sein könnte."

„Okay", meinte Will und fuhr sich mit der Hand durchs Haar. „Klar, ich will es versuchen."

„Toll!", antwortete Cat und klatschte begeistert in die Hände. „Dann wollen wir Sie jetzt den neuen Rekruten vorstellen."

Während Will mit einer Gruppe von lernwilligen Teenagern sprach, nahm Cat die Gelegenheit wahr, ihre Petition zu verteilen und den Leuten dafür zu danken, dass sie gekommen waren. Sie ging auf Mr. „Bohnenstange" zu, der unverwandt auf sein Display blickte, während ihm seine Brille auf die Nase gerutscht war.

„Also", fragte sie, „was denken Sie?"

Er sah sie an und runzelte die angegrauten Augenbrauen. „Sie haben da wirklich etwas auf die Beine gestellt", antwortete er. „Und ich habe die Briefe gesammelt, die wir während des letzten Monats bekommen haben – es sind über zweihundert."

„Und über viertausend Unterschriften", fügt Cat hinzu, und ihr Herzschlag wurde schneller. „Die meisten online, doch von heute kommen auch noch einige." Sie bewegte ihr Klemmbrett hin und her. „Es wäre wirklich verrückt, Hunde daran zu hindern, an diesen Strand zu kommen, können Sie das nicht sehen?" Sie zeigte in Richtung des Wassers, wo Hunde und Kinder fröhlich im flachen Gewässer spielten; Paddlepuss, Disco und Valentino unter ihnen.

„Morgen wird darüber entschieden."

„Und all das ist unser Beweis dafür. Haben wir nicht genug getan? Was hat die Opposition aufzubieten, verglichen mit unserem Protest?" Dabei dachte sie an Mr. Jasper und Alison und schauderte etwas bei dem Gedanken.

Mr. „Bohnenstange" blickte auf sein iPad und seufzte. Dann

sah er mit müdem Gesichtsausdruck wieder auf. „Ich muss das bis morgen früh alles zusammenstellen."

Cat presste die Hände gegeneinander. „Aber Sie nehmen doch alles mit zum Ausschuss, nicht wahr?"

„Ich kann das nicht ignorieren", antwortete er mit einem Kopfschütteln.

Sie nickte und versuchte, gelassen zu bleiben, doch ihre innere Erregung überwältigte sie, und sie umarmte ihn. „Danke", sagte sie und gab ihm einen Kuss auf die Wange, „danke dafür, dass Sie gekommen sind. Das bedeutet vielen Leuten in Fairview sehr viel."

Mr. „Bohnenstange" starrte sie an und blinzelte, dann brachte er ein schnelles, verlegenes Lächeln zustande. „Ich muss jetzt gehen und das alles aufschreiben."

„Nehmen Sie doch zuerst ein heißes Würstchen", bot Cat an. „Die sind köstlich. Und kommen Sie bitte noch einmal zu mir, ehe Sie gehen – ich habe noch weitere fünfzig Unterschriften für Sie!" Sie deutete in Richtung des Barbecue, rannte dann voller Hochstimmung weg und überlegte, wem sie es zuerst erzählen sollte – denn jeder hier hatte sich für diese Sache so ins Zeug gelegt.

Sie erblickte Phil von der *Fairhaven Press*. Er hatte sein Notebook in der Hand, und seine Labradoodles sprangen neben ihm her, während er mit einer jungen Frau sprach, die ein Baby in einem Halteband auf dem Rücken trug. Da legte sich eine Hand auf ihren Arm, und sie drehte sich schnell um.

„Joe."

„Hey." Er schien etwas angespannt, und sein Lächeln wirkte nicht ganz echt.

„Was ist los?", fragte sie.

„Nichts. Ich bin nur gekommen, um zu sehen, wie es so läuft. Beim Barbecue ist viel los, und der Strand ist rammelvoll. Du hast es mal wieder geschafft." Dabei blickte er hinter sich.

„*Wir* haben es geschafft. Gerade habe ich mit dem Mann

vom Gemeinderat gesprochen, und ihm ist klar geworden, wie viele Leute wollen, dass die Hunde bleiben. Er nimmt die Petition mit in den Ausschuss. Er kann zwar nichts versprechen, aber ich habe den Eindruck, dass wir genug getan haben, um Mr. Jasper mit seinen eigenen Waffen zu schlagen!" Sie legte eine Hand auf seinen Arm und erwartete, dass Joe freudig mit ihr abklatschen oder sie umarmen würde – oder zumindest fröhlich grinsen.

„Das ist toll", sagte er stattdessen etwas tonlos. „Hör mal, kann ich dich kurz sprechen? Du bist ... du bist momentan ja nicht so oft zu Hause."

„Ja, natürlich." Sie runzelte die Stirn. „Gib mir zehn Minuten. Jessica kann nicht den ganzen Tag bleiben, und sie hat sich hier sehr eingebracht. Ich bin sicher, dass wir das alles ohne sie nicht hätten schaffen können, deshalb muss ich ihr die gute Nachricht überbringen." Sie drückte Joes Arm, ignorierte die Schmetterlinge, die in ihrem Bauch anfingen zu flattern, und ging, um ihre Freundin zu finden.

Nachdem sie mit Jessica geredet hatte, wurde sie von dem Rundfunksender angesprochen und merkte recht bald, dass es gar nicht leicht war, ein Interview zu geben, wenn man einen ganz trockenen Mund hatte. Warum wollte Joe sie sprechen? Während des letzten Monats war sie gut darin gewesen, ihre Gefühle zu ignorieren. Sie hatte stattdessen ein Verhältnis mit Mark angefangen und sich in der Protestveranstaltung engagiert. Nun war sie mit der Aussicht konfrontiert, sich ihnen stellen zu müssen.

Sie ging zu Juliette hinüber. Ihre Nachbarin beobachtete, wie Will einer Gruppe von Leuten zeigte, wie man aus der Hocke aufstand, während ihre Surfbretter noch sicher auf dem Trockenen lagen.

„Ich hatte ja keine Ahnung", sagte Juliette zu Cat, als diese näher gekommen war. „Ich meine, wie sollte ich auch? Ich habe einfach abgeblockt, mich geweigert, die Veränderung anzuerkennen."

„Die Veränderung von Will?", fragte Cat leise.

Juliette nickte und verschränkte die Arme. „Ich war verärgert. Zum Teil deshalb, weil Will seine weitreichende Entscheidung ohne mich getroffen hatte, zum Teil aber auch, weil es eine so mutige Entscheidung war. Ich hatte das Gefühl, dass ich plötzlich allein war, als Alex und Corrine anfingen, ihr eigenes Leben zu leben. Ich glaube, alle Eltern kennen dieses Gefühl. Aber ich dachte, dass Will und ich das zusammen durchstehen würden, dass wir in diesem neuen, ungewohnten Leben ohne unsere Kinder füreinander da sein könnten. Und dann warf er seinen Job hin, einfach so. Ich war … – es hört sich verrückt an –, ich hatte eine solche Angst, dass er mich verlassen würde. Und so hat das Surfen auf mich gewirkt, so als ob er mich verlässt."

„Aber warum sind Sie nicht mit ihm gegangen? Warum haben Sie nicht zugelassen, dass er Ihnen das alles zeigt?", fragte Cat und wies mit der Hand auf den Strand.

„Einfach weil ich Angst hatte. Weil ich ihm zeigen wollte, dass er nicht einfach so abhauen und mich in unserem bisherigen Leben zurücklassen kann. Deshalb die Abwehrreaktion. Es war nicht eigentlich das Surfen, es war nur, dass er plötzlich etwas anderes hatte, auf das er sich konzentrierte – etwas, das wir nicht gemeinsam machten. Ich dachte, wenn ich mich weigere, das zu akzeptieren, dann würde er es schließlich aufgeben und zurückkommen, würde wieder einen Job finden, und alles wäre so wie früher."

„Und jetzt?"

Juliette lachte leise. „Er wird es nie aufgeben. Sie brauchen ihn nur anzusehen." Will lächelte und unterhielt sich ganz angeregt mit seinen neuen Schülern. „Und warum sollte er auch?"

„Eine Veränderung ist immer schwer", sagte Cat, „jede Veränderung. Aber …" Dabei dachte sie an ihre Eltern und deren

Pläne, daran, wie aufgeregt sie war, weil sie so weit weggingen. „Manchmal muss man es akzeptieren und die Leute einfach tun lassen, was sie für richtig halten. Man muss die Dinge mit anderen Augen sehen. Wenn Sie Will nicht zurückholen können, dann folgen Sie ihm doch einfach."

Juliette lachte lauter. „Was, Surfen versuchen?"

„Warum nicht? Jeder versucht es. Geben Sie mir fünf Minuten, um unsere Petition abzugeben und die Truppen zusammenzutrommeln, dann fangen wir damit an."

Als sie die Bewegungen am Strand einübten, war Cat in Hochstimmung und hatte das Gefühl, wenn sie erst einmal im Wasser wäre, mit den wallenden, brechenden Wogen unter sich, würde sie aufrecht stehen und auf den Wellen reiten können. Wills Gruppe bestand aus Juliette, Cat, Joe, Polly und Mark. Und recht bald hatte er sie dazu gebracht, dass sie fröhlich lachten und aufmerksam zuhörten. Cat konnte an den Gesichtern von Joe und Mark ablesen, dass sie ihr Können als ziemlich gut einschätzten.

„Den Teil habe ich schon mit Harvey gemacht", sagte Mark.

„Du bist jetzt also Experte darin?", schoss Joe zurück.

„Das würde ich nicht sagen", antwortete Mark mit einem Grinsen, sprang von seinem Surfbrett, legte seinen Arm um Cat und küsste sie auf die Wange. „Wir sind doch alle Anfänger, oder?" Joe erwiderte darauf nichts.

Cat gab Mark rasch einen Kuss, obwohl Joe in der Nähe war: Joe, mit dem sie immer noch nicht gesprochen hatte. Sie wünschte, dass sich alle auf das Surfen konzentrierten, damit sie das Gespräch mit Joe, um das er sie gebeten hatte, nochmals aufschieben konnte.

Als sie ins Wasser gingen, hatte Cat trotz des Neoprenanzugs den Eindruck, dass die Wellen direkt von Alaska kamen, so kalt fühlte es sich an. Nun sahen sich alle der Realität gegenüber. Einer Realität, die bedeutete, dass man sich die Eleganz beim

Surfen schwer erarbeiten musste. Stunde um Stunde brachte man im eiskalten Meer zu, wobei man seine Glieder und Weichteile in hautenge Anzüge zwängen musste, wenigstens hunderttausend Mal vom Brett fiel und salziges, mit Meeresalgen durchsetztes Wasser in Augen, Ohren und Mund bekam.

Sie konnten sich gerade mal so auf den Surfbrettern halten, wenn sie auf dem Bauch liegen blieben. Alles andere war unmöglich. Taktvollerweise hatte Will mit seinem Können nicht geprotzt, sondern hatte sie alle einzeln angeleitet.

Cat, die ungefähr zum hundertsten Mal im Wasser gelandet war, lächelte, als sie Will beobachtete, wie er Juliette beim Aufstehen im flachen Wasser half. Juliette konnte ihre tolle Figur in einem roten Neoprenanzug so richtig zur Geltung bringen. Will ergriff ihre Hände ganz fest und begleitete seine Frau ins Wasser. Juliette lachte.

„Was grinst du so?“, fragte Polly und schnappte nach Luft, als sie durchs Wasser auf Cat zuwatete. Sie sah genauso erfroren aus, wie Cat sich selbst fühlte, und rieb sich das Wasser aus den Augen, während ihr Surfbrett lustig hinter ihr schaukelte. „Guck mal, Cat, genau wie Hunde. Wir sind an unseren Surfbrettern festgemacht. Es läuft recht gut, nicht?“

„Ich finde auch“, antwortete Cat. „Und schau mal.“ Sie nickte verstohlen in Richtung der Barkers, und Polly folgte ihrem Blick.

„Hast du das alles *geplant*?“, flüsterte Polly.

„So ungefähr. Ich meine, nicht richtig geplant, aber …“ Sie zuckte mit den Schultern. „Es ist ein erfreulicher Nebeneffekt der heutigen Veranstaltung.“

„Cat, du verschlagene kleine …“ Polly sprang vorwärts, fasste Cat an den Armen und zog sie unter Wasser.

Cat konnte gerade noch kreischen, dann bekam sie Wasser in den Mund. Sie schoss – so schnell sie konnte – wieder nach oben und rieb sich die Augen. „S-so unnötig“, stieß sie hervor.

Polly grinste. „Das macht wirklich Spaß.“

„Was, mich wie einen Apfel einzutauchen?"

„Nein, Dummchen. Das hier. Surfen. Es ist so schade, dass Owen nicht kommen konnte. Er sagte, er würde versuchen, von den Lieferanten rechtzeitig wegzukommen, aber ich vermute, er wurde aufgehalten."

„Vielleicht kommt er ja noch", antwortete Cat. „Wir können noch einige Stunden lang surfen üben, ehe es dunkel wird. Allerdings glaube ich nicht, dass sich irgendjemand von uns in der nächsten Zukunft für die Landesmeisterschaft anmelden wird." Die Profis waren weiter draußen auf dem Meer, schaukelten auf den Wellen und warteten auf die perfekte Welle, auf der sie reiten konnten. Bodhi sah von seinem Surfbrett für Jack Russells zu und verwies sie alle auf die Plätze, als Cat und ihre Paddlepuss-Kameraden einige Sekunden hin und her schwankten, ehe sie wieder ins Wasser plumpsten.

Außer einem.

„Abgesehen von meinem vermaledeiten Bruder", sagte Polly, genervt seufzend. „Glaubst du, er wurde bei der Geburt vertauscht und ist eigentlich Australier? Oder war unsere Mutter ein halber Seehund?"

„Können Seehunde surfen?", fragte Cat.

„Du weißt, was ich meine. Wie auch immer, es ist verdammt ärgerlich. Er wird sich damit endlos vor uns brüsten – oder eher vor mir, denn du bist ja kaum noch zu Hause."

Sie beobachteten, wie Joe, der auf dem Surfbrett gelegen hatte, mit einem geschickten kleinen Sprung und ausgebreiteten Armen in die Hocke ging, wobei er leicht hin und her schwankte. Er hatte die Lippen zu einem resoluten und dabei erheiterten Lächeln zusammengepresst. Alles in allem sehr eindrucksvoll.

„Das ist ja erstaunlich, Joe!", rief Will, der immer noch bei Juliette war und sie mit fester Hand stützte, als sie von ihrem Surfbrett zu ihm hin taumelte. Joe grüßte kurz und schaffte es sogar sich aufzurichten, als er auf den Strand zuhielt.

„Wie macht er das nur?“, fragte Polly, und ihrer Stimme war deutlich Neid anzumerken.

„Starke Oberschenkel“, sagte Cat. Als ihre beste Freundin ihr einen neugierigen Blick zuwarf, fügte sie zur Erläuterung hinzu: „Er läuft viel. Das muss dazu beitragen.“

„Oh ja. Noch ein Versuch? Ich kriege Hunger.“

„Da wette ich drauf. Mark“, rief sie, „wir kommen gleich. Willst du mal eine Pause machen?“

„Gott“, sagte Mark, indem er rittlings auf seinem Surfbrett zu ihnen paddelte, „ich dachte, du würdest nie fragen. Ich bin wohl nicht der geborene Surfer, so viel dürfte jetzt klar sein.“ Er warf einen raschen Blick auf Joe und wandte sich dann mit einem Grinsen wieder Cat zu. „Ich glaube, es gibt bessere Möglichkeiten, sich zu amüsieren.“

„Allein schon der Versuch hat aber Spaß gemacht.“ Cat winkte Frankie zu, die mit Henry im Kinderwagen herunter zum Wasser kam. Emma und Lizzie hielten ihre Schuhe in den Händen und rannten herunter, um zu paddeln. Olaf bellte aufgeregt die Surfer an, die außerhalb seiner Reichweite im Wasser waren. „Guck mal, wie viele Leute gekommen sind.“ Sie nahm den Anblick des ganzen Strandes in sich auf, während die Sonne scheu anfing, sich zu zeigen und den Sand zu erleuchten.

„Ich denke, wir alle wissen, dass wir das dir zu verdanken haben“, sagte Mark, der an Cats Seite kam und sich mit einem Kuss voller Wassertropfen nach unten beugte. „Es ist wirklich ein Triumph.“

„Nur eine Ausschusssitzung“, sagte sie und drückte beide Daumen. „Und über viertausend Unterschriften.“ Cat lächelte so triumphierend wie möglich, aber sie wusste, dass ihr Erfolg noch nicht garantiert war. Wenigstens konnte sie mit Fug und Recht behaupten, alles Erdenkliche versucht zu haben.

Dankbar für das Mindestmaß an Privatsphäre schälte sich Cat in dem winzigen Umkleideraum des Kleinbusses von Harvey und Zara aus ihrem Neoprenanzug und ihrem durchnässten Badeanzug. Sie fror und war froh, dass sie ausreichend warme Kleidung mitgebracht hatte. Harvey, Frankie und Elsie waren wieder beim Barbecue, und Polly und Mark sorgten für mehr heiße Würstchen, Burger, Sardinen und Gemüse-Kebabs.

Cat hörte, wie die Leute sich draußen unterhielten und lachten und wie die Hunde in unterschiedlichen Tonlagen bellten, Alfie, Effie und Chips tiefer und länger, Olaf und Paris und gelegentlich auch Disco höher und schriller. Cat konnte sich diesen Strand nicht ohne Hunde vorstellen, konnte sich nicht ausmalen, ohne die Hunde zum Wasser zu gehen – abgesehen von frühmorgens und spätabends. Hunde brauchten wie Menschen Abwechslung und Vielfalt, und wenn Cat mit ihnen auf den Fairview-Park beschränkt sein würde, wüsste sie nicht, was sie machen sollte. Sie hoffte nur, dass sie genug getan hatten.

Da hörte sie, wie sich jemand draußen vor dem Kleinbus räusperte. „Bin gleich da", rief sie, wickelte sich in ein großes Badetuch und genoss die Wärme und Behaglichkeit. Ihre Glieder waren von der Anstrengung des Surfens erschöpft, und ihr Kopf schien sich immer noch im Rhythmus der Wellen leicht auf- und abzubewegen.

„Cat?"

Ein Schauder überlief sie. Es war Joe. „Es dauert nicht lange", sagte sie. „Ziehe mich nur eben an."

„Kann ich reinkommen?"

Cat bekam Panik. „Ich bin nicht angezogen, habe nur das Handtuch um."

„Das ist okay."

„Vielleicht für dich …" Cat zuckte zusammen, aber die Schiebetür des Kleinbusses öffnete sich, Joe sprang herein und schloss die Tür hinter sich.

„Joe!", kreischte Cat und hielt die Arme eng um sich. „Ich bin halb nackt."

„Dann sind wir ja auf Augenhöhe." Sein Neoprenanzug war bis zur Taille heruntergezogen, und sein durchtrainierter Körper, noch nass vom Meer, kam bestens zur Geltung.

„Ich glaube, ich bin noch immer im Nachteil", murmelte sie, wobei sie vergeblich versuchte, ihren Blick abzuwenden.

Seine blauen Augen strahlten noch von der körperlichen Betätigung, die er ganz offensichtlich genossen hatte. Mussten Polly und Cat befürchten, Joe an den Ruf der Wellen zu verlieren? Streng genommen konnte Cat ihn gar nicht verlieren, weil sie ja nie zu Hause war. Sie war die ganze Zeit mit Mark zusammen. Mark ...

„Nun im Ernst, Joe, was war es, das du ...?"

„Ich muss dir etwas sagen."

„Etwas, das nicht warten kann, bis ich angezogen und aus dem engen Kleinbus raus bin?"

„Ich habe es schon früher versucht. Ich wollte dich unter vier Augen sprechen."

„Dann also heute Abend?"

Joe schüttelte den Kopf. „Nein, da ist es viel zu unruhig. Das geht Tag und Nacht immer so weiter, ob es nun hier ist oder bei uns zu Hause. Und ich will nur – du bist ja überhaupt nicht mehr da, ich kriege dich nie allein zu fassen."

„Warum willst du mit mir allein sprechen?" Er stand jetzt sehr nahe bei ihr, sodass sie sich fast berührten. Sein unverwandter Blick übte eine eigenartige Faszination auf sie aus ...

„Ich wollte dich etwas fragen."

„Oh, ja?" Cat hielt ihr Badetuch enger um sich. Eigentlich war der Raum hier viel zu klein, als dass man eine vernünftige Unterhaltung darin hätte führen können.

„Und es ist eine ziemlich ... persönliche Sache. Etwas, das ich schon früher hätte fragen sollen."

„Okay", brachte Cat mit Mühe hervor, es hörte sich wie ein Krächzen an. „W-was ist es?"

Joe blickte nach unten, hob den Kopf dann wieder und ergriff unvermutet Cats Hand. Sie klammerte sich mit der anderen Hand verzweifelt an das Handtuch.

„Ich habe mit Phil von der *Fairhaven Press* gesprochen, und er hat mich gebeten, einen Comicstrip zu machen. Zunächst für drei Monate und dann, wenn alles gut geht, langfristig."

Cat hätte nun Erleichterung darüber spüren müssen, dass er endlich mit ihr über den Cartoon sprechen würde, aber wegen all der anderen Gedanken, die ihr durch den Kopf jagten, schien gar kein Raum für Erleichterung zu sein. „Das ist toll", sagte sie. „Großartige Neuigkeiten, Joe. Ich freue mich für dich."

„Es ist wirklich fantastisch, etwas, das ich machen wollte, solange ich denken kann. Es ist nur, diese Idee, die ich habe …" Er fuhr sich mit der freien Hand über sein feuchtes Haar und schaute einen Augenblick zur Seite. „Es ist … nun, du selbst bist es nicht – aber es betrifft dich. Sozusagen."

„Neugieriges Kätzchen", sagte Cat.

Joe wurde ganz still. „Woher weißt du das?"

„Ich habe einige deiner Skizzen gesehen."

„Ich weiß, aber … wieso?"

„Da gibt es eine ziemlich vielsagende Skizze von einer Katze, die dabei ist, die Tür zu einer Bodenkammer zu öffnen, und dabei fällt eine ganze Menge Müll auf sie drauf."

„Scheiße", murmelte Joe. „Das solltest du gar nicht sehen, du solltest davon so lange nichts erfahren, bis …"

„Bis was?"

„Bis ich die Zusage haben würde. Ich mache mich nicht über dich lustig, Cat, ich will, dass du das weißt. Es ist nur, dass etwas von deinem … etwas, was du …" Er verstummte und schüttelte den Kopf.

„Ich bin ein tolles Thema für einen katastrophalen Cartoon? Ich bin so lächerlich, dass es sich lohnt, meine Erlebnisse festzuhalten?" Cat spürte, wie Verärgerung in ihr hochwallte, heiß und stechend.

„Nein!“, sagte Joe mit Nachdruck. „Ganz und gar nicht. Das denke ich wirklich nicht.“

„Und was denkst du dann *wirklich*? Denn wie der Volksmund sagt, verbrennen sich neugierige Katzen die Tatzen, und das hört sich für mich nicht gerade wie eine positive Aussage über jemanden an.“

„Du willst ja gar nicht wissen, wie ich dich sehe“, sagte er, und seine Stimme wurde leiser.

„Doch, das will ich durchaus. Natürlich will ich das. Ich war ziemlich verletzt von dem, was ich sah, und ich habe darauf gewartet … nun, eine Zeit lang habe ich darauf gewartet, dass du kommen und mit mir darüber sprechen würdest.“

„Es tut mir leid“, sagte er. „Das hätte nicht passieren dürfen. Es ist nur, du inspirierst mich, Cat. Mehr als irgendjemand anders, den ich kenne.“

„Ich *inspiriere* dich?“

„Ja, tatsächlich“, antwortete er mit einem kurzen schiefen Lächeln. „Wie eine Muse oder so. Du hast so viel Energie und Leidenschaft. Es kann zwar sein, dass dir nicht immer alles gelingt, aber du hast das größte Herz von allen Menschen, die ich kenne. Und du kannst mich zum Lachen bringen. All das ist das *Neugierige Kätzchen*. Das Kätzchen ist ziemlich genau wie du.“

„Oh“, sagte Cat, ihr Ärger verflog und wich Verständnis, wich den Gefühlen, die schon die ganze Zeit irgendwo in ihr vorhanden waren, auch wenn sie sie nicht so klar benennen konnte; Gefühle, die mehr ins Bewusstsein gerückt wurden, als sie zusammen *Grey's Anatomy* angesehen hatten und als er ihr, die Arme um sie gelegt, beruhigende Sicherheit gegeben hatte. „Oh, gut. Nun.“ Sie wollte wegsehen, wollte den Blickkontakt nicht fortführen, wollte einen Moment für sich, um sich zu finden. Doch das war in der gegenwärtigen Situation nicht gerade einfach.

„Cat.“ Joe berührte mit der Hand ihr Gesicht und strich ihr mit dem Daumen über die Wange. „Da ist noch etwas.“

Cat versuchte trotz ihres Herzklopfens, klar zu denken. „Was ist es?“, flüsterte sie.

„Ich weiß, es ist wirklich schlechtes Timing, aber ich muss gehen …“

„Cat?“ Die zweite Stimme kam von außen vor der Tür. Aber sie war vernehmlich und unverkennbar die Stimme von Mark. „Bist du immer noch da drin?“ Cat und Joe sahen sich mit weit geöffneten Augen an. Joe ließ sie los und begann, den Neoprenanzug hochzuziehen, gerade als Mark die Schiebetür des Kleinbusses aufmachte.

Cat und Joe erstarrten. Joe hatte den Anzug über einen Arm hochgezogen, und Cat stand da eingehüllt in ihr Badetuch. Marks eben noch entspannter Gesichtsausdruck verwandelte sich in eine Maske aus stummem Schreck – alles in einem einzigen entsetzlichen Augenblick. Gleichzeitig raste Paddlepuss heran – klein, aufgeregt und durchnässt vom Meereswasser –, bekam Cats Handtuch zu fassen und zog daran. Sie war schnell, aber nicht schnell genug, und das Handtuch fiel hinunter, ehe ihr klar wurde, was geschehen war. Sie schrie auf und zog es – so schnell sie konnte – wieder hoch.

Hastig wickelte sie es sich erneut um und versuchte, den schockierten Blicken ihrer Freunde am Strand zu entgehen. Dann warf sie Joe einen kurzen entschuldigenden Blick zu, drängte ihn sanft nach draußen und zog die Tür des Kleinbusses zu.

Cat saß am Wasser, und die Gischt kühlte wohltuend ihr Gesicht. Sie streichelte Chalky, der wie ein kleiner pelziger Leibwächter neben ihr lag. Sie hatte die flehentlichen Bitten von Elsie, Polly und Juliette ignoriert und war, nachdem sie vollständig angezogen aus dem Kleinbus gesprungen war, zum Ende der Bucht geeilt, wobei es ihr sehr recht war, dass nur Chalky ihr gefolgt war. Chalky, der ihr immer ein Trost war, ohne den sie verloren gewesen wäre.

„Was soll ich jetzt machen?“, fragte sie und kraulte das Tier zwischen den Ohren. „Was um alles in der Welt soll ich jetzt machen?“

Chalky schnaubte laut und ließ ein kurzes Bellen vernehmen.

„Ich weiß“, flüsterte sie. „Alles Mist, nicht wahr?“

Sie hatte weder Mark noch Joe gesehen, seit sie den Kleinbus verlassen hatte, aber sie war auch mit gesenktem Kopf gelaufen und wollte lieber ihre Gedanken ordnen als auf einen von ihnen treffen. Alles sollte ja eigentlich klar sein. Sie war jetzt mit Mark zusammen, und was in dem Kleinbus geschehen war, das war ein Missverständnis gewesen – Mark würde ihr doch wohl glauben, wenn sie ihm alles erklärte?

Außer dass Joe deutlich gemacht hatte, dass seinen Vorstellungen zufolge etwas geschehen sollte. Er hatte sie seine Muse genannt, hatte sanft und zart ihr Gesicht berührt.

Sie legte den Kopf auf ihre verschränkten Arme und lauschte dem rhythmischen Rauschen der Wellen. Der Protest, das Surfen und die Sorgen ihrer Nachbarn waren jetzt nur noch entfernte, flüchtige Gedanken in ihrem Hinterkopf.

Cat schloss die Augen und versuchte, den Kopf frei zu bekommen, aber sie konnte nicht aufhören, daran zu denken, wie Joe sie berührt hatte, wie er sie mit seinen blauen Augen angesehen hatte, wie ihr ganzer Körper starr geworden war, in voller Erwartung dessen, was er als Nächstes sagen würde. Nein, es war gar nichts klar, und Cat hatte ausnahmsweise mal überhaupt keine Idee, wie sie die Situation lösen könnte.

LAMETTA
UND TERRIER

TEIL 4

19. Kapitel

Cat fror, war etwas durcheinander und musste auf jeden Fall einiges erklären. Als sie, den Mantel eng um den Körper gerafft, von der Fairview-Bucht zurück zur Primrose Terrace ging, wünschte sie, sie hätte Chalky immer noch neben sich, Chalky, der ihr Mut machen könnte.

Eigentlich war der Tag so gut verlaufen. Mit der Unterstützung, die sie erfahren hatte, hatten sich ihre Sorgen allmählich verflüchtigt. Wahrscheinlich würden sie Erfolg haben mit ihrer Kampagne, und außerdem hatte das Surfen Spaß gemacht. Jetzt hingegen war eine Sorge zurückgekommen und hatte sich fest vor ihr aufgebaut.

Die Bäume, die die Straße säumten, wurden vom Wind geschüttelt, und Cat hüllte sich enger in ihren Mantel. Ihr Haar war noch feucht vom Meerwasser, und sie spürte die Kälte am Kopf. Der Herbst war wirklich und wahrhaftig im Anmarsch. Sie liebte diese Jahreszeit. Sie liebte den Trubel rund um Halloween und das Feuerwerk am 5. November, wenn die Leute das winterliche Grau mit glitzernder Festlichkeit, Farben und Lichtern auslöschten.

Es würde ihr erstes Weihnachten in der Primrose Terrace sein, und obwohl sie an dem Tag selbst mit ihren Eltern in Brighton zusammen sein würde, hatte sie sich darauf gefreut, in die festliche Atmosphäre einzutauchen und mit Mark, Polly und Joe das Haus zu dekorieren und Partys zu planen. Sie wollte das Jahr feiern, das so viel Veränderung für sie alle mit sich gebracht hatte.

Als Cat in die Primrose Terrace einbog, schauderte sie bei dem Gedanken daran, wie nah Joe bei ihr gestanden hatte und wie seine blauen Augen, die von der Freude am Surfen leuchteten, sie unverwandt angesehen hatten. Sie hatte ja versucht, die Gefühle zu ignorieren, die in ihr hochkamen, Gefühle, die ihr sagten, dass sie aufgeregt war, weil sie wollte, dass sie Joe etwas bedeutete – *wirklich* etwas bedeutete.

Und dann hatte Joe ihr genau das zu verstehen gegeben. Er hatte die Sache mit dem Cartoon zugegeben und ihr gesagt, sie sei seine Inspiration. Er hatte ihre Wange gestreichelt, und sein Gesichtsausdruck hatte all die unausgesprochenen Fragen beantwortet.

Aber Cat war jetzt mit Mark zusammen. Schließlich hatte sie den nächsten Schritt mit ihm gewagt. Er war zwar ab und an noch immer etwas sonderbar, so als ob er gerade außer Reichweite schwebte, aber sie lernte allmählich zu akzeptieren, dass das zu seinem Wesen gehörte. Seit dem Moment aber, als Joe in den Kleinbus gekommen war, hatte sie mehr nachgedacht, als sie eigentlich verkraften konnte, und sie war sich mit ihrer Entscheidung immer noch nicht sicher.

Es hatte wirklich lange gedauert, bis sie mit Mark dahin gekommen war, wo sie nun stand. Konnte sie das aufgrund eines kurzen Gesprächs und eines zarten Blickes einfach über Bord werfen? Cat versuchte, die verstohlenen Umarmungen zu vergessen, die Augenblicke, die sie während der letzten paar Monate mit Joe geteilt hatte, auch die Tatsache, dass ihr Herz schneller schlug, wenn sie sich das warme Lächeln wieder vergegenwärtigte, das kleine Fältchen um seine blauen Augen zauberte.

Sie war erleichtert und gleichzeitig verängstigt, als sie Marks Audi draußen vor dem Haus stehen sah. Er war zur Bucht gefahren, um die Plakate und die Verpflegung für das Barbecue abzuholen. Nun wusste sie also, dass er wieder zu Hause war.

Sie versuchte, den Kloß im Hals hinunterzuschlucken, stieg die Stufen von Haus Nr. 4 hinauf und klingelte. Sie hörte den Widerhall im Innern des Hauses und dann schnelle Schritte den Flur entlang. Aufgeregt biss sie sich auf die Unterlippe und wartete darauf, dass die Tür geöffnet wurde.

Chips rannte geradewegs auf sie zu und drückte ihre Nase an ihre Beine. Sie streichelte die seidigen Ohren des Hundes, konnte aber ihre Augen nicht von Mark abwenden. Er trug noch die Sachen, die er am Strand angehabt hatte, und sein dunkles Haar, das langsam trocknete, hing ihm zerzaust ums Gesicht. Aber sein Gesichtsausdruck war düsterer, als sie es je bei ihm gesehen hatte. Er presste die Lippen aufeinander, und in seinen braunen Augen lag kalte Distanziertheit, bei der ihr Inneres sich zusammenzog. Doch sie sagte sich, dass sie nichts Verkehrtes getan hatte. Sie musste nur dafür sorgen, dass Mark das auch glaubte.

„Kann ich reinkommen?“, fragte sie und legte ihre Hand auf Chips’ weichen Kopf.

Mark sagte für einen Moment nichts, dann aber ließ er sie mit einer Handbewegung eintreten.

Cat hockte sich auf die Lehne des Ledersofas und verschränkte die Arme. Mark stand im Eingang.

„Frierst du?“ Da war eine gewisse Schärfe in seiner Stimme, aber Cat hörte auch Enttäuschung heraus. Sie hatte es in der letzten Zeit zwar geschafft, auf die eine oder andere Weise sehr viele Leute zu enttäuschen, aber sie hatte sich nicht vorstellen können, dass ihr das auch bei Mark würde passieren können.

„Nein, ist okay, danke. Komm und setz dich.“ Sie klopfte leicht auf das Sofa neben sich.

Mark zögerte, als dauere es eine Weile, ehe die Worte, die

ihren Mund verließen, ihn auch erreichten. Aber dann setzte er sich zu ihr. Cat war sich des Abstandes zwischen ihnen bewusst – Hände und Knie berührten sich nicht.

„Ich will dir erklären, was in dem Bus geschehen ist."

Mark nickte. „Dann mal los. Bin ganz Ohr."

„Gut." Sie musste schlucken. Chips lag unter dem Fenster auf dem Boden, und sie wünschte, sie könnte ihren Kopf an das warme Fell des Collies drücken. „Was du gesehen hast – es ist nichts passiert. Nichts ist passiert, und nichts wird passieren. Joe wollte mit mir sprechen, weil ... ich gar nicht mehr zu Hause bin. In Haus Nr. 9. Ich bin nur immer hier."

„Musste er sich ausgerechnet den Moment aussuchen, wo du nackt warst, um mit dir zu sprechen?", fragte Mark spitz.

„Nein, natürlich nicht. Das war ein Versehen. Er wollte nur mit mir über etwas reden."

„Und worüber?" Mark hatte die Hände vor dem Körper zusammengepresst, die Ellbogen auf den Knien. Cat war wieder einmal fasziniert, wie attraktiv er war: das dunkle verstrubbelte Haar, die ausgeprägte Kinnpartie. Aber ohne seinen üblichen Charme, ohne die blitzende Belustigung in seinen Augen, war er eine ganz andere Person. Vor ihrem geistigen Auge tauchte ein Bild von Joe auf, der sie mit wirklichem Mitgefühl ansah, aber sie schob es beiseite.

Das war jetzt der schwierige Teil.

Cat wollte nicht, und sie wusste, dass sie nichts falsch gemacht hatte. Aber die Wahrheit über Joes Cartoon würde Mark wohl kaum beruhigen.

Sie strich mit den Fingern über ihre Jeans. „Er hatte ein Jobangebot bekommen, ein neues Projekt für die Lokalzeitung. Es ist ein Comicstrip, und er ... wollte eine Idee verwirklichen, die irgendwie etwas mit mir zu tun hat."

„Mit dir zu tun? Was soll das heißen?"

Cat sah auf den Fußboden. „Seine Idee ist eine Figur, die *Neugieriges Kätzchen* heißt. Es ist eine Katze, die in alle möglichen Schwierigkeiten gerät, weil sie so neugierig ist." Dabei dachte sie an die Skizzen, die sie gesehen hatte. „Sie macht einen Kasten mit einem gefährlichen Inhalt auf oder versucht, durch ein Fenster zu sehen, und fällt dabei von einer provisorischen Leiter; so was in der Art."

„Und das sollst du sein, weil ...?"

„Weil ich neugierig bin, Mark. Ich mache solche dummen Sachen. Manchmal klappt es, so wie bei Frankie und ihrer Bodenkammer; und manchmal nehme ich einen Welpen mit in den Kindergarten – und dann gibt es eine spektakuläre Fehlzündung."

„Was du also sagen willst", meinte Mark und drehte sich direkt zu ihr hin, wobei sein Knie das ihre berührte, „ist, dass Joe einen Cartoon gezeichnet hat, der sich über dich lustig macht? Und er hat nicht darüber nachgedacht, dass du ein Problem damit haben könntest?" Er lachte. „Ist der wirklich so?"

Cat zuckte mit den Schultern und spürte, dass er langsam auftaute. Natürlich war es das, was sie sagen wollte, aber sie hatte nie beabsichtigt, Joe als den Bösen erscheinen zu lassen. „Er wollte sich vergewissern, ob ich damit einverstanden wäre", sagte sie. „Erst war ich etwas sauer, aber ist es denn wirklich so schlecht, wenn jemand einen als Thema für seine Arbeit nimmt? Nimmst du nicht auch Leute, die du kennst, als Vorlage für deine Filmcharaktere?"

Mark schüttelte den Kopf und tat ihren Themenwechsel mit einer unwilligen Handbewegung ab. „Darüber wollte er mit dir reden? Hinten in dem Kleinbus, und ihr beide wart halb nackt?" Er blickte sie unverwandt an, und Cat spürte die aufkommende Röte in ihren Wangen. Aber auch Verärgerung durchfuhr sie – warum machte er alles so kompliziert?

„Das war überhaupt nicht beabsichtigt. Ich war dabei, mich umzuziehen, und er – er war gerade mit Surfen fertig."

„Oh ja", antwortete Mark mit Bitterkeit in der Stimme, „der Starsurfer."

„Mark, nun mach aber mal halblang!“

„Halblang?“, schoss er zurück. „Ich mache die Tür auf und finde dich und deinen Mitbewohner, der ganz offensichtlich in dich verknallt ist, ihr seid fast nackt und nur Zentimeter voneinander entfernt, und du willst, dass ich glaube, das sei nur eine *Unterhaltung* gewesen? Wieso musste er denn ausgerechnet zu diesem Zeitpunkt mit dir reden? War es nur Inspiration, die er von dir wollte, oder mehr? Oder vielleicht hattet ihr sogar vereinbart, euch dort zu treffen, damit ihr euch eingehend unterhalten könnt?“

„Natürlich nicht“, entgegnete Cat, lauter als beabsichtigt. „Joe wollte mit mir sprechen, aber es war einfach der falsche Zeitpunkt. Der absolut falsche.“ Sie wagte es, den Arm auszustrecken und seine Hand zu nehmen. Er wich nicht zurück, aber er verschränkte seine Finger auch nicht mit ihren. „Zwischen Joe und mir ist nie etwas gelaufen. Ich möchte mit dir zusammen sein. Hat der vergangene Monat das nicht bewiesen?“

Mark sah aus dem Fenster, und seine dunklen Augenbrauen zogen sich zusammen. „Es war demütigend, Cat, dich so vorzufinden. Ich weiß, dass ihr euch immer gut verstanden habt …“

„Er ist mein Mitbewohner.“

„Und es hat mich völlig überrumpelt. Du verstehst sicher, warum mich das aufgebracht hat?“ Er wandte sich ihr wieder zu und drückte ihre Hand.

Cat empfand einen flüchtigen Widerstand, bevor sie seine Hand auch drückte. Sie war erleichtert darüber, dass die Konfrontation vorbei war, aber es war nicht der befreiende Donnerschlag, auf den sie gehofft hatte, nicht das tiefe Gefühl von Zufriedenheit, das ihr gesagt hätte, dass sie sich richtig entschieden hatte: dass sie zu Mark gehörte. „Natürlich kann ich das verstehen“, antwortete sie, „und es tut mir auch leid. Es war ein Missverständnis – natürlich ist mir klar, nach was das ausgesehen hat –, aber Joe und ich sind nur Freunde. Ich verbringe wahnsinnig gern Zeit mit dir und mit Chips. Wir haben ja gerade erst angefangen, uns kennenzulernen, und ich möchte nicht, dass es vorbei ist.“ Sie wagte es, näher an ihn heranzurücken, und nun sah sie ein Aufflackern in seinen Augen – das war der Mark, den sie kannte.

„Das will ich auch nicht.“ Er zog sie an sich und schloss sie in die Arme. „Ich will dich nicht verlieren, Cat. Ich habe … ich will dich einfach nicht verlieren. Bleib heute Nacht hier.“ Mark drückte sie auf Armeslänge zurück und schenkte ihr sein wärmstes Lächeln. „Geh nicht nach Hause.“ Er strich ihr mit der Hand über die Wange, legte die Hände um ihr Kinn und küsste sie.

Cat erwiderte seine Berührung und sagte sich, dass sie die richtige Entscheidung getroffen hatte und dass sie Glück hatte, dass Mark sie verstand. Er war sexy und charmant *und* bereit zu verzeihen; es machte Spaß, mit ihm zusammen zu sein.

Aber ihr Gespräch mit Joe war noch nicht zu Ende geführt, und sie kam gedanklich einfach nicht davon los. Wenn sie alles andere ignorierte, was geschehen war, dann waren sie einfach gute Freunde, und sie konnte die Dinge so nicht stehen lassen. Sie müsste ihm eigentlich böse sein – er hatte sie in dem Kleinbus in die Enge getrieben, sie in eine Situation gebracht, wegen der sie sich nun bei Mark entschuldigen musste –, aber ihre Gedanken kreisten ausschließlich darum, dass sie die Freundschaft mit Joe nicht aufgeben wollte. Sie musste ganz einfach reinen Tisch machen. Sie würde das morgen als Erstes tun.

Cat schloss die Haustür auf und stand unten an der Treppe; sie lauschte. Es war der Tag nach dem Protest, der 1. Oktober, und Cat hatte keine Ahnung, wie lange das Grillen am Strand am letzten Abend noch gegangen war. Sie wusste nur, dass Polly heute arbeitete, und hoffte, es möge sich eine Gelegenheit ergeben, mit Joe allein zu sprechen.

„Hallo?“, rief sie.

Alles blieb still. Nicht einmal Shed kam aus dem Wohnzimmer geschlichen.

Sie ging die Stufen hinauf, trat in ihr Zimmer und warf den Mantel aufs Bett. Ihr Blick fiel auf die Frisierkommode und dann auf den Cartoon *Tolle Tölenspaziergänge*, den Joe für sie gezeichnet hatte, als sie vor Monaten Namen für das Hundeausführen gesucht hatten.

Sie zeichnete den Cartoon-Hund mit dem Finger nach und musste wieder daran denken, wie nah Joe ihr gewesen war. Ihr Ärger war verflogen und Gefühlen gewichen, die sie sich nicht eingestehen wollte. Wie sehr hatte sie doch auf seine nächsten Worte gewartet.

Sie schloss die Augen und versuchte, die Gedanken fortzuscheuchen, bis ein lauter Knall sie in die Wirklichkeit zurückholte. Als Nächstes hörte sie Schritte vor ihrem Zimmer. Vorsichtig spähte sie nach draußen auf den Treppenabsatz und erblickte einen großen schwarzen Koffer, der unten an der Treppe stand, die zu Joes Schlafzimmer im Dachgeschoss führte. Sie trat aus dem Zimmer und hob den Koffer hoch. Er war schwer.

Dann hörte sie, wie jemand die Treppe herunterkam und leise fluchte. Vorsichtig folgte sie dem Geräusch und stand schließlich im Eingang zum Wohnzimmer. Von dort aus beobachtete sie, wie Joe Papiere auf dem Esstisch durchwühlte. Er hatte einen roten Kapuzenpulli über die Schulter geworfen, und seine starken, gebräunten Arme hoben sich von dem weißen T-Shirt ab. Sie atmete tief, und Joe drehte sich um. Als er sie sah, weiteten sich seine Augen.

„Cat." Er räusperte sich.

„Hi."

„Ich habe dich noch nicht zurückerwartet."

„Ich wohne immer noch hier", antwortete sie leise.

„Ich weiß", sagte Joe. „Aber nach gestern habe ich gedacht, dass du bei ihm bleiben würdest. Es tut mir leid, wenn ich dich in Schwierigkeiten gebracht habe. Ich hätte daran denken müssen, welchen Eindruck das machen würde."

„Ja, ich hatte einiges zu erklären", erwiderte Cat. „Es war nicht gerade meine beste oder glücklichste Stunde."

Joe seufzte. „Tut mir leid. Aber alles in Ordnung mit ihm? Mark, meine ich?"

Cat nickte und presste die Lippen aufeinander. Sie sah, dass Joe seinen Pass in der Hand hielt. „Du willst ins Ausland? Ich habe den Koffer gesehen."

„Da ist dieser Kurs, in Portland. Illustration, Grafikdesign, der ganze Kram. Ich wollte das schon lange machen, aber es war immer alles ausgebucht. Ich stand auf einer Warteliste."

„Und jetzt hat sich auf wundersame Weise ein freier Platz aufgetan?"

Sie hatte es ruhig gesagt, war aber erschrocken über den Zynismus in ihrer Stimme.

„Ich habe es vor ein paar Wochen erfahren." Er ließ ihr die Möglichkeit, den Satz zu vollenden. *Und du warst nicht hier, damit ich es dir hätte sagen können.*

„Gut. Wow. Gratuliere. Wie lange geht der Kurs?"

„Drei Wochen, aber vielleicht nehme ich mir noch etwas Zeit ... Ich wollte schon immer mal in den Teil Amerikas. Wahrscheinlich fahre ich noch die Küste runter bis nach San Francisco."

„Wie lange bist du dann weg?", flüsterte Cat.

Joe zuckte mit den Schultern. „Weihnachten bin ich zurück. Dein erstes Weihnachten in der Primrose Terrace. Ich – ich wollte es dir gestern sagen."

„Aha."

„Die von der Zeitung machen einen Probelauf meines Cartoons bis Weihnachten. Wenn sie zufrieden sind, wird er im neuen Jahr regelmäßig erscheinen. Ich wollte mein Können gern auf den neuesten Stand bringen, und dieser Kurs ..."

„Du musst mir das nicht erklären."

„Aber ich habe das Gefühl, dass ich das muss." Joe legte ihr eine Hand auf den Arm, und die Berührung durchzuckte sie wie ein elektrischer Schlag. „Nach dem, was ich gestern gesagt habe, und dann ... dies. Es war geplant, Cat, ich muss einfach gehen und das machen. Ich laufe nicht davon."

„Ich würde es dir nicht übelnehmen, wenn du es tätest."

„Warum? Weil ich Scheiße gebaut habe?"

„Nein – das habe ich nicht gemeint", antwortete Cat eilig. „Ich möchte nicht, dass irgendetwas zwischen uns steht."

Joe drückte ihren Arm. „Das möchte ich auch nicht. Aber etwas Abstand wird uns guttun."

„Außerdem hört es sich wie eine tolle Gelegenheit an."

„Es wird mich beruflich ganz nach vorne bringen."

„Du warst immer schon ganz vorne, Joe. Du bist irre gut in dem, was du machst – deine Cartoons, deine Plakate." Sie war selbst überrascht, dass sie dabei grinste, und er erwiderte ihr Lächeln. Die Spannung zwischen ihnen verschwand. „Außerdem hast du mir in diesem Jahr sehr geholfen, du bist immer da gewesen. Du bist einfach ein großartiger Mensch."

„Du selbst bist auch nicht so übel", sagte er leise und suchte mit seinen blauen Augen ihren Blick. „Und es tut mir leid, dass ich die nächsten paar Wochen nicht hier bin. Aber ich denke jetzt, vielleicht brauchst du keinen – nicht dass du überhaupt jemals jemanden *brauchtest*, aber ..." Seine Worte verloren sich, und beide wandten ihren Blick ab.

„Und die ganze Sache mit dem *Neugierigen Kätzchen*?", fragte sie hastig. „Ich habe wirklich nichts dagegen. Ich würde dich nie davon abhalten, deinen Traum zu verwirklichen, besonders nicht aufgrund von Nichtigkeiten oder wegen eines albernen Missverständnisses."

„Danke. Das bedeutet mir viel. Ich hoffe, dass du jetzt weißt, dass ich mich nicht über dich lustig mache."

Cat blickte zu Boden.

„Ich meine es ernst, Cat. Du hast der Primrose Terrace deinen Stempel aufgedrückt, du hast so vielen Leuten geholfen. Deine Neugier, deine Beharrlichkeit – ohne dich wäre dieser Ort nicht derselbe."

„Jeder hätte seine Ruhe, meinst du?" Sie lächelte ihn reumütig an.

„Ja, vielleicht. Aber ohne dich hätten die ihr Potenzial nicht gesehen. Frankie, die Barkers, Polly und Owen. Du verbreitest eine gute Atmosphäre, positives Denken. So wie ein leibhaftiger Weihnachtsmann." Dabei lachte er. „Ich wette, dass du Weihnachten gernhast, oder?"

Cat seufzte. „Ja, ich habe Weihnachten schon gern, aber …" Sie wollte nicht, dass man ihr ihre Traurigkeit anmerkte: Ihre Eltern würde kommende Weihnachten England verlassen und nach Kanada fliegen; sie würde beide sehr vermissen. Und hier war Joe, der auch wegging. Sie hatte sich schon fast mit dem Gedanken versöhnt, dass ihre Eltern so weit entfernt sein würden, aber bei dem Versuch, sich das Haus ohne Joes Gegenwart vorzustellen, hatte sie eine seelische Blockade. Wie konnte sie sich auf Weihnachten freuen, wenn Joe nicht da war?

Ihr Handy klingelte. Mit einem entschuldigenden Blick in Richtung Joe nahm sie das Gespräch entgegen.

„Hallo?"

„Miss Palmer? Hier ist Mr. Cawson vom Gemeinderat."

„Oh!" Cat drückte verstohlen die Daumen. „Ja? W…wie ist es gelaufen?"

„Leider wurde die heutige Sitzung abgesagt. Einige haben sich entschuldigt, und so hatten wir nicht die für die Beschlussfähigkeit notwendige Anzahl von Leuten."

„Oh", wiederholte sie. „Ja, gut. Was passiert jetzt?" Sie machte Joe eine vielsagende Grimasse.

„Ihre Angelegenheit kommt auf die nächste Tagesordnung."

„Wann ist die Sitzung?"

„Am Ende des Monats. Ich verspreche Ihnen, dass ich Sie von dem Ergebnis in Kenntnis setzen werde."

„Okay", antwortete Cat vorsichtig. „Ist noch etwas anderes passiert? Seit gestern Nachmittag?" Sie dachte daran, wie Mr. Jasper wohl auf ihren Protest reagiert hatte, und sie wusste, dass er keine Ruhe geben würde, wenn man ihm freie Hand ließ. „Kamen nicht noch mehr Einwände von der Gegenpartei?"

„Ich kann das zum gegenwärtigen Zeitpunkt nicht sagen", antwortete Mr. Cawson. „Ich werde Sie natürlich über den Fortgang informieren."

„Aber Sie müssen uns doch eine Chance geben für …" Cat ließ frustriert den Kopf hängen, als aufgelegt wurde.

„Was ist passiert?", fragte Joe.

„Keine Entscheidung über Hunde in der Bucht bis zum Ende des Monats."

„Scheiße. Das tut mir leid. Aber dass ihr gewinnt, ist damit nicht weniger wahrscheinlich, oder?"

„Ich weiß nicht", gab Cat zu. „Er wollte nicht sagen, ob sie noch irgendetwas anderes von Mr. Jasper gehört haben. Mist. Was ist, wenn er von unserem Protest gehört hat und wieder zum Gemeinderat gegangen ist? Er hat jetzt noch einen weiteren Monat, um seine Argumente zu untermauern. Was passiert, wenn er tatsächlich genug unternommen hat?"

„Hat er nicht. Nicht nach dem, was du gestern erreicht hast."

„Da bin ich mir nicht so sicher."

„Das klappt schon", sagte Joe zuversichtlich. „Es wird ein frühes Weihnachtsgeschenk."

„Dann möchte ich mit allen entweder feiern – oder Trübsal blasen. Mit dir und Polly und Jessica und Elsie." Sie hielt es nicht für angebracht, Marks Namen an dieser Stelle zu erwähnen. „Aber vielleicht bist du dann gar nicht hier."

„Ich komme ja zurück. Und dann haben wir ein tolles Weihnachten."

„Du scheinst mir nicht gerade der Weihnachtstyp zu sein", sagte Cat lächelnd.

Joe sah sie mit gespieltem Entsetzen an. „Wie kannst du so etwas sagen? Du hast ja keine Ahnung!"

„Also, was gefällt dir an Weihnachten am besten?"

„Viel zu viel essen und trinken, alberne Hüte tragen und nutzlose Geschenke bekommen. Ach ja, und Weihnachtsfilme schauen und außerdem nichts zu tun zu haben, außer mich mit Leuten zu verkriechen, die ich mag." Er hielt ihrem Blick stand, und in Cats Magen rumorte es, was nicht gerade hilfreich war. Was Joe gesagt hatte, hörte sich perfekt an.

„Wann geht dein Flug?", fragte sie.

„Morgen ganz früh. Ich fahre heute Abend schon nach Heathrow."

„Okay." Cat nickte. „Nun, ich muss." Dabei deutete sie nach hinten.

„Natürlich. Geh nur, führe Hunde aus und hab Spaß dabei. Bis recht bald."

„Klar", antwortete Cat, und sie spürte den Kloß in der Kehle. „Bis bald, Joe. Ich hoffe, es wird schön dort."

Sie standen einander gegenüber, unsicher, was sie als Nächstes tun sollten, und Cat hörte Joe flüstern „verdammt". Dann ging er auf sie zu und zog sie an sich. Cat schloss die Augen, schlang die Arme um seine Taille und hörte seinen Herzschlag. Für ein paar Minuten überließ sie sich dem Gefühl, wie gut seine Nähe tat. Sie war so erleichtert, dass sie rechtzeitig nach Hause gekommen war, nicht erst am nächsten Tag, nur um zu entdecken, dass Joe schon abgereist war.

Es würde ja nur vorübergehend sein, sagte Cat sich, als sie sich voneinander lösten, doch der Kloß in ihrem Hals war immer noch spürbar. In ein paar Wochen würde Joe zurück sein, seinen Platz auf dem Sofa wieder einnehmen und sich auf ein faules Weihnachtsfest mit ihnen allen freuen, ein Fest, bei dem man sich so richtig etwas gönnen konnte.

Warum fühlte es sich dann so an, als würde sie ins Bodenlose fallen?

„Ich möchte etwas für Weihnachten machen“, sagte Cat später, als sie und Mark sich auf dem Sofa einen alten Horrorfilm ansahen.

„Was zum Beispiel?“ Er wandte sich ihr zu und strich ihr das Haar aus der Stirn. „Ich dachte, wir könnten einen Truthahn holen, Winterschlaf halten und dann einen langen Spaziergang mit Chips machen – ein ruhiger Tag, nur wir drei.“

Cat schüttelte den Kopf. „Meine Eltern fliegen kurz nach Weihnachten nach Kanada, deswegen muss ich die Feiertage mit ihnen verbringen. Ich meinte aber auch nicht den eigentlichen Tag, ich meinte die Vorweihnachtszeit. Etwas, bei dem alle in der Primrose Terrace mitmachen können.“

Mark lehnte sich zurück und verschränkte die Arme. „An was dachtest du? Doch nicht noch ein Protest?“

„Nein, nein, nein. Nun, es sei denn, wir kriegen schlechte Nachrichten vom Gemeinderat. Ich dachte an etwas Lustiges, etwas, das zu Weihnachten passt.“

„Warum?“

„Warum nicht? Glaubst du nicht auch, dass dieser Ort der beste ist, an dem du je gewohnt hast? Alle hier, Jessica, Frankie und ihre Kinder, die Barkers, Boris und Charles, alle sind so nett. Warum können wir nicht irgendetwas machen, du und ich, Polly und … und Elsie. Ich werde darüber nachdenken.“ Sie nahm einen Schluck Wein und streichelte mit dem bloßen Fuß Chips’ weiches Fell.

„Weihnachten ist hektisch genug. Reicht es nicht, Geschenke organisieren zu müssen und mit der Familie zu essen?“

„Hast du denn Familienangehörige, die du sehen willst?“, fragte Cat.

Mark schüttelte den Kopf. „Eigentlich nicht.“

„Deine Eltern?“ Cat wurde klar, dass sie nur sehr wenig über Marks Familie wusste.

„Wir haben kein besonders enges Verhältnis“, antwortete er. „Sie wohnen jetzt in Spanien und leben ihr eigenes Leben.“

„Oh, das ist traurig. Warum ist das so?“

„Eigentlich gibt es keinen richtigen Grund. Sie wollten nach Spanien, und ich lebte mein Leben hier. Es funktioniert gut.“

„Aber willst du sie denn gar nicht mal besuchen? Spanien ist doch nicht so weit.“ Cat spürte ein gewisses Unbehagen bei dem Gedanken, dass ihr das mit ihren eigenen Eltern so gehen könnte. Was wäre, wenn ihnen Kanada so gut gefiel, dass sie sich für einen dauerhaften Aufenthalt dort entscheiden würden? Oder – sie verscheuchte den Gedanken, aber er kam nur stärker zurück und setzte sich in ihrem Kopf fest – *oh ja*, hörte sie sich sagen, *ich kannte mal Joe Sinclair, den berühmten Illustrator. Er wohnt jetzt in Portland und lebt dort sein eigenes Leben.* Cat nahm noch einen kräftigen Schluck Wein.

„Mir macht das nichts aus“, antwortete Mark. „Ich habe hier genügend zu tun und ich habe sie Anfang des Jahres gesehen. Ich würde Weihnachten viel lieber mit dir verbringen.“ Er legte ihr einen Arm um die Taille und zog sie an sich. „Aber nur mit dir, nicht mit der ganzen Straße. Ich bin sicher, dass Jessica irgendeine Art von Party organisieren wird. Daher glaube ich nicht, dass du dir noch über etwas anderes Gedanken zu machen brauchst.“

„Nun, ich könnte mit Jessica sprechen und herausbekommen, ob wir etwas zusammen planen können. Wir könnten die Hunde einbeziehen – fast jeder hier hat einen Hund, sie sollten auch dabei sein.“

Mark lachte leise. „Du bist ziemlich zielstrebig, wenn du etwas willst.“ Er küsste sie auf die Stirn.

„Magst du mich nicht gerade deswegen?“ Cat grinste.

„Zum Teil“, gab Mark zu. „Es gibt auch noch andere Gründe.“ Seine Lippen wanderten weiter nach unten, und er küsste ihre Nase, ihre Wangen und dann ihre Lippen. „Eine ganze Menge von anderen Gründen.“

„Gut“, sagte Cat, erwiderte seine Küsse und entwand sich ihm dann. „Finde ich auch. Aber jetzt brauche ich einen Stift und Papier. Ich will definitiv etwas für die Primrose Terrace organisieren. Das soll das bisher schönste Weihnachten hier werden.“ Sie sprang auf, und ehe Mark Zeit hatte, ihre Meinung zu ändern, ging sie, um einen Block zu suchen.

20. Kapitel

Zwei Tage vor Halloween, Cat ging gerade mit Jessicas Westies spazieren, klingelte ihr Handy. Es war der Tag, an dem die Ratssitzung wiederholt wurde. Cat hatte Coco, Dior und Valentino auf einen extralangen Spaziergang mitgenommen, um sich abzulenken. Mr. Cawson hatte gesagt, er werde sie anrufen, sobald die Entscheidung gefallen war.

Sie zog ihr Handy aus der Tasche und setzte sich auf eine Bank am Rande des Fairview-Parks. Die Kälte kroch sofort durch ihre Tunika. Die Westies kamen zu ihr heran, und Dior setzte sich auf ihre Füße und wärmte ihre Zehen durch ihre Stiefel hindurch.

„Hallo?"

„Miss Palmer? Cawson hier, vom Gemeinderat."

„Hi, Mr. Cawson", piepste Cat nervös. „Wie geht's?"

„Gut, danke. Ich rufe an, um Ihnen die Entscheidung der Ausschusssitzung mitzuteilen."

Cat schloss die Augen. „Die Sache ist also durchgekommen?"

„Ja, in der Tat."

„Das ist … gut. Hat Mr. Jasper noch irgendetwas anderes unternommen, um zu erreichen, dass das Verbot durchgesetzt wurde, ehe …?"

„Nicht mehr nach Ihrem großartigen Einsatz. Das war wirklich eine schlagkräftige Kampagne, die, wie ich zu meiner Freude sagen kann, erfolgreich war. Mit dem Gewicht der öffentlichen Meinung haben unsere Ratsmitglieder zugestimmt, dass Hunde weiterhin in der Bucht laufen dürfen."

Cat öffnete die Augen wieder und unterdrückte den Drang, Mr. Cawson mit einem freudigen Aufschrei zu antworten. Sie beugte sich zu den Westies und streichelte sie. Dann sagte sie: „Das sind unglaubliche Neuigkeiten. Ich danke Ihnen ganz herzlich."

„Mir müssen Sie nicht danken – es war ganz allein Ihr harter Einsatz, der den Ausschuss zu dieser Entscheidung bewogen hat."

„Wow", sagte Cat, „werden Sie das öffentlich machen? Ich kann auch dabei helfen, aber …"

„Ja, wir werden Aushänge machen, die dafür sorgen, dass die Bewohner von Fairview die Entscheidung erfahren. Es war sehr schön, mit Ihnen zusammenzuarbeiten, Miss Palmer."

„Das kann ich nur herzlich erwidern, Mr. Cawson."

Sie wartete, bis er aufgelegt hatte, und kniete sich dann auf die Betonfläche nieder. Abwechselnd nahm sie Coco, Valentino und Dior in die Arme, ließ sich das Gesicht ablecken und hatte nichts dagegen, dass ihr flaschengrüner Mantel mit Hundehaaren bedeckt wurde. „Ihr habt euren Strand", sagte sie. „Er gehört euch. Für immer. Was sagt ihr dazu?" Mit Tränen in den Augen nahm sie die Schönheit des Fairview-Parks in sich auf – all die alten Bäume, die fast kahl waren, da der Winter herannahte. Dazwischen führten einige Leute ihre Hunde aus und tobten mit ihren Lieblingen herum. Cat war glücklich, hier leben zu dürfen.

Sie brachte die Westies zurück zu Jessica und konnte es kaum erwarten, ihr die gute Nachricht zu überbringen.

„Es wäre nicht ohne Ihre Hilfe geschehen", sagte Cat. „Wir

hätten die Sache gar nicht so weit verbreiten können und hätten auch nicht so viele Unterschriften bekommen. Die Kampagne wäre vielleicht verloren gewesen, ehe sie richtig angefangen hätte."

„Das glaube ich für keinen Moment", sagte Jessica. „Sie sind die treibende Kraft hinter allem, was in Fairview mit Hunden zu tun hat. Sie sind hierhergekommen und haben gezaubert. Sie sind unglaublich, Cat."

„Nun, ich ..." Cat strich mit den Händen über die Vorderseite ihres Mantels. „Ich bin nicht sicher, aber ich habe überlegt, ob ich etwas mit Ihnen besprechen könnte. Ich habe nämlich daran gedacht, irgendetwas Weihnachtliches zu veranstalten, an dem alle in der Primrose Terrace sich beteiligen können. Und Sie sind immer so kontaktfreudig und gehen auf Menschen zu. Mark dachte, dass Sie vielleicht eine Party organisieren werden."

„Hat er das gesagt?" Jessica lächelte und strich sich das lange blonde Haar über die Schulter.

„Wenn Sie – ich habe mich gefragt, ob wir das nicht mit irgendetwas verbinden könnten? Könnten wir uns irgendwann darüber unterhalten?" Dior stand mit seinen Vorderläufen auf Cats Beinen, und sie beugte sich herunter, um ihn an den Ohren zu kraulen.

„Heute Abend", antwortete Jessica und klatschte in die Hände. „Kommen Sie doch heute Abend vorbei. Wir können ein Gläschen Wein trinken, und es gibt ein paar Snacks. Und dabei können wir brainstormen – wie bei einem Weihnachtskomitee. Wer ist noch dabei?"

„Wie?"

„Wer könnte noch in dem Komitee dabei sein? Ich bin nicht sicher, ob das so richtig Marks Ding ist."

„Ich kann fragen", erwiderte Cat, glaubte aber, dass Jessica wohl recht hatte. Sie konnte sich nicht vorstellen, dass er sich für Lametta und Mince Pies begeistern würde, nicht einmal an dem Tag selbst. „Und ich wollte auch mit Polly sprechen."

„Bringen Sie sie mit und auch jeden anderen, der sich beteiligen will. Sieben Uhr. Ich muss jetzt weg, aber wir sehen uns.“ Sie gab Cat einen flüchtigen Kuss auf die Wange. „Ich denke, wenn Sie und ich vorangehen, werden wir mit dem, was wir uns ausdenken, eh nicht zu bremsen sein.“

„Das hoffe ich auch“, sagte Cat.

Cat schlug den Weg Richtung Tierarztpraxis ein. Bei ihnen würde niemand zu Hause sein, und Mark war die letzten paar Tage ausschließlich mit Papierkram beschäftigt. Sie wollte nicht still danebensitzen und darauf warten, dass er sie bemerkte. Außerdem war Polly von Anfang an eine große Stütze bei „Leinen los“ gewesen, und Cat wollte ihr die guten Neuigkeiten mitteilen.

Sie stieß die Tür zu dem nüchtern weißen Rezeptionsbereich auf. Dort hatte man offenbar beschlossen, dass es Ende Oktober für Dekorationen noch zu früh war.

„Macht Polly schon Mittagspause?“, fragte sie die Sprechstundenhilfe.

„Seit ungefähr zehn Minuten, glaube ich. Nehmen Sie doch Platz, und ich sage ihr, dass Sie hier sind.“

Sie setzte sich neben eine Frau mit kurzem feuerrotem Haar, die eine Barbour-Jacke trug und neben sich einen kleinen Hund mit hellem Fell an der Leine hielt. Ein Cairn Terrier, glaubte Cat.

„Der ist ja süß, darf ich ihn streicheln?“

„Aber natürlich“, antwortete die Frau.

Cat beugte sich herunter und ließ ihre Hände über den struppigen Rücken des Hundes gleiten. Er drehte sich zu ihr und schnüffelte an ihren Stiefeln. „Wie heißt er denn?“

„Bisto“, sagte sie. „Eins von meinen Kindern kam mit dem Namen. Er gefällt mir für ihn – er ist mutig und stämmig, der Name passt zu ihm. Aber die Kinder sind viel zu sehr versessen auf Namen, die mit Nahrungsmitteln zu tun haben. Sie versuchen, den Welpen von unserer Nachbarin Namen wie Popcorn und Curry zu geben."

„Ihre Nachbarin hat gerade Welpen?", fragte Cat.

„Ja, ganz unerwartet, die Arme. Ihre kleine Mischlingshündin hatte es geschafft, sich mit einem anderen Hund einzulassen. Und so sind fünf gesunde Welpen da, gerade geboren."

„Und was will sie mit ihnen machen?", fragte Cat, und ihre Augen wurden ganz groß.

„Na ja, sie ist neunundachtzig und möchte nicht noch mehr Hunde. Ich habe mit der netten Polly hier gesprochen, und sie will einen Aushang machen und sehen, was sie sonst noch tun kann. Es sind niedliche Welpen, hell und braun, etwas ungepflegt, aber ganz süß. Meiner Meinung nach sollten Hunde keinesfalls nur Weihnachtsgeschenke sein, aber diese sollen ihre Mutter Mitte Dezember verlassen, und ich bin sicher, dass man sich um sie reißen wird. Hier." Sie nahm einen Zettel aus der Tasche, kritzelte schnell etwas darauf und gab ihn Cat. „Wenn Sie interessiert sind, dann rufen Sie mich einfach an, und ich stelle Sie einander vor."

„Ja, das mache ich", sagte Cat. „Vielen Dank." Dann las sie die Einzelheiten auf dem Zettel: *Fünf Mischlingswelpen, drei Rüden, zwei Hündinnen, ab 20. Dezember abzugeben.* Darunter standen ein Name und eine Telefonnummer.

Cat starrte immer noch auf die Notiz, als Polly erschien. Sie hatte ihr langes blondes Haar nach hinten gebunden, und unter ihrem Dufflecoat trug sie den typischen dunkelgrünen Kittel der Tierarzthelferin.

„Cat", sagte sie mit einem Grinsen. „Wie geht's dir?"

„Ich wollte dich zum Mittagessen abholen. Ich habe Neuigkeiten."

Polly schaute hinter sich. „Ich kann nicht. Ich habe nur eine halbe Stunde, dann muss ich zurück sein. Ich wollte mir gerade ein Sandwich holen."

„Okay, wie wäre es dann mit heute Abend?"

„Ich habe gedacht, du wärest bei Mark. Owen kommt vorbei."

„Ah." Cat grinste. „Hättet ihr beide Lust, zu Jessica zu kommen? Ihr könntet uns helfen, an einem Plan für Weihnachten in der Primrose Terrace mitzuarbeiten."

„Wieso brauchen wir einen Plan?" Polly hörte sich etwas vorsichtig an, aber Cat sah die Begeisterung in ihren Augen.

„Um das kommende Weihnachtsfest zum bisher schönsten überhaupt zu machen. Bist du dabei?"

„Ich muss erst abklären, ob Owen was dagegen hat."

„Toll! Also um sieben?"

„Aber, Cat, ich muss Owen erst fragen."

„Wann hat Owen denn jemals zu irgendetwas Nein gesagt?"

Polly verdrehte die Augen, und Cat kehrte beschwingt zurück in die Primrose Terrace.

„Du weißt, dass du willkommen bist", sagte Cat, als sie Mark von der Küche ins Wohnzimmer folgte. „Je mehr Mitdenker da sind, desto besser."

„Ich bin nicht sicher, ob mein Kopf schon auf Weihnachten eingestellt ist. Es ist ja nicht mal November." Er setzte sich und kritzelte etwas auf einen gedruckten Brief. Er war immer noch mit seinem Papierkram beschäftigt.

„November ist ja in zwei Tagen, und die Geschäfte sind schon voll von Weihnachtssachen." Cat guckte ihm über die Schulter, konnte aber nur einen Teil des Logos sehen – etwas mit *Rechtsanwälte*.

„Das ist nicht unbedingt gut." Er lächelte kurz und wandte sich wieder seiner Arbeit zu.

„Ich sehe, dass ich hier etwas gegen Ebenezer Scrooge tun muss", sagte Cat. „Weihnachten ist dafür die beste Zeit." Sie versuchte vergeblich, die Stimme in ihrem Inneren zu ignorieren, die sie daran erinnerte, wie sehr Joe Weihnachten liebte und dass er die schöne Vorstellung entworfen hatte, gemütlich vor der Kälte geschützt mit Menschen zusammenzusitzen, die ihm etwas bedeuteten. Sie setzte sich neben Mark aufs Sofa, streckte ihre Hand aus und fuhr damit durch sein Haar. Dabei stieß sie mit dem Fingernagel unbeabsichtigt auf seine Kopfhaut. Er drehte den Kopf weg und sah sie gereizt an.

„Hör mal, Cat." Seine Züge entspannten sich wieder. „Es tut mir leid, ich bin – gerade ziemlich beschäftigt. Aber ich bin sehr gespannt auf deine Ideen. Also du, Jessica und Polly, ihr drei?"

Cat nickte. „Owen auch, glaube ich. Und Elsie, weil es ganz unmöglich wäre, irgendwas Lohnendes ohne ihr Engagement zu machen."

„Hört sich so an, als ob du jeden dabeihast, den du brauchst – ich würde sicher eh nur im Weg stehen."

„Oh nein", antwortete Cat und schüttelte den Kopf; ihr Ton war aber ohne Überzeugungskraft. „Natürlich würdest du das nicht." Es war nicht Marks Abwesenheit, die ihr Kopfzerbrechen machte, vielmehr dachte Cat an das, was ihr seit Tagen im Kopf herumspukte: Sie wusste, dass Joe alles für sie – und besser als sie alle – hätte organisieren können und schließlich mit einem perfekten Plan angekommen wäre, und sie wusste nicht, wie sie ohne sein kreatives Engagement zurechtkommen würden. Dabei vermied sie es, zu lange über die Tatsache nachzudenken, dass er noch nicht zurück war oder wie schmerzlich sie seine Abwesenheit beschäftigte. Shed war bestimmt genauso traurig.

„Ich muss gehen, sonst komme ich zu spät." Sie gab Mark einen Kuss auf die Wange, rannte zur Tür und drehte sich noch einmal um, aber er war schon wieder ganz in seine Papiere, sein Drehbuch oder irgendwelche Verträge vertieft. In dem Gefühl der Erleichterung darüber, dass er etwas gefunden zu haben schien, das lohnender als Weihnachten war, trat sie in den kalten Abend hinaus.

Cat, Elsie, Polly und Owen saßen rund um den großen Tisch in Jessicas luxuriöser Küche. Die Fensterfront bot einen herrlichen Blick auf den hinter dem Haus gelegenen Garten: Weiß leuchtende Lichterketten, die an den Zweigen einer Esche angebracht waren, verliehen der Dunkelheit eine zauberhafte Note. Mit mattem Licht, rotem Glühwein und einer nach Zimt duftenden Kerze hatte Jessica sie sofort in eine festliche Stimmung versetzt. Um den Effekt zu vervollständigen, hatte sie auch das Weihnachtsalbum von Michael Bublé aufgelegt.

„Also", sagte Elsie, „Weihnachten in der Primrose Terrace. Welche Möglichkeiten haben wir?"

„Ich gebe eine Party", sagte Jessica. „Die im Frühjahr war ein großer Erfolg. Ich kann mir nicht vorstellen, es nur bei einer Party zu belassen."

„Das war aber auch wirklich eine tolle Party", sagte Polly mit einem wohligen Seufzer. „Ich hatte so viel Spaß."

„Ich auch", antwortete Jessica mit einem Lächeln. „Ich hoffe, dass Ihr wunderbarer Bruder sich beeilt und rechtzeitig zu dieser Party aus Amerika zurück ist. Es hört sich an, als ob er dort viel zu viel Spaß hat."

„Hört sich an?", fragte Polly mit einem Stirnrunzeln.

Cat musste nach Luft schnappen und starrte Jessica an.

Jessica sah Polly mit einem katzenhaften Grinsen an. „Ich bin dabei, meine Website und meine ganze Marke umzugestalten. Ein neues Erscheinungsbild für das neue Jahr. Und wie Sie von mir wissen, unterstütze ich gerne lokale Unternehmen. Ich habe eine E-Mail an Magic Mouse Designs geschickt und erfuhr dann von Joe, dass er in Portland ist. Er hat mir ein paar Fotos zukommen lassen – die sehen einfach toll aus."

„Er hat Ihnen Fotos geschickt?", fragte Polly. „Ich habe nur zwei bekommen."

Jessica sagte – und es klang so, als ob sie sich damit brüstete: „Wir treffen uns, wenn er zurück ist, aber für den Moment funktioniert auch unsere E-Mail-Korrespondenz ganz gut. Ich denke, er kann sich vorstellen, wie meine Website aussehen soll."

Cat kritzelte einen Weihnachtsbaum auf ihren Notizblock und versuchte, nicht an die E-Mails zu denken, in denen Jessica mit Joe flirtete.

„Nun, ich …" Polly schüttelte den Kopf. „Es ist fantastisch, dass Sie ihn gefragt haben. Er wird so sehr damit beschäftigt sein, dass er gar nicht weiß, wo ihm der Kopf steht!"

„Ich werde auch für Mistelzweige sorgen", sagte Jessica. „Ein wesentliches Element auf jeder Weihnachtsparty. Und Joe wird sich großartig unter dem Mistelzweig machen."

„Ich werde ihm erzählen, dass Sie das gesagt haben", meinte Polly lachend. „Er wird sich bestimmt geschmeichelt fühlen."

„Ich hoffe, dass er mehr als nur geschmeichelt sein wird", antwortete Jessica und strich mit ihren manikürten Fingernägeln über den Stiel ihres Weinglases.

Cat spürte, wie ihre Wangen brannten und ihr Mund trocken wurde.

„Also", sagte Owen und rieb sich die Hände. „Was denkst du, Cat? Du hattest ja vor, irgendetwas zu machen, was zu Jessicas Party passt."

Cat musste schlucken, nickte und sah auf ihre Notizen. „Ich dachte daran, irgendeine Art von Spiel, vielleicht auch Gewinnspiel, zu organisieren, an dem alle in der Primrose Terrace teilnehmen können. In Büros wird gewichtelt, und es gibt Weihnachtsbüfetts, und in Familien werden zu Weihnachten immer Spiele gemacht – zum Beispiel Scharaden oder Ratespiele. Ich habe an ein Ratespiel gedacht, bin aber nicht sicher, ob das die ganze Straße, so wie ich mir das vorstelle, zusammenbringen kann."

„Wie wär's mit einer Schatzsuche?", schlug Owen vor. „Die Leute suchen überall in Fairview, das Thema hat mit Weihnachten zu tun, und die Preise werden auf Jessicas Party vergeben."

Sie dachten über den Vorschlag nach; Polly kaute an ihrem Stift. „Aber wenn jeder wüsste, dass das Spiel auf der Party endet, wäre dann der Zweck nicht verfehlt?"

„Außerdem wird es von nun an bis Weihnachten auch immer kälter", fügte Elsie hinzu, „ich bin also nicht sicher, ob das alle mitmachen können."

„Stimmt", räumte Owen ein. „Vielleicht ist das auch eher etwas für den Sommer."

„Irgendwas mit Gewinnen wäre aber doch gut", warf Polly ein. „So würden die Leute sich etwas anstrengen."

„Vielleicht irgendetwas, was beurteilt werden kann, und dann gibt es auf der Party die Preise?" Jessica ging zum Schrank und holte ein Kästchen mit Hundekuchen heraus. Sie schüttelte es, und daraufhin trippelten die drei Westies, dann Owens Foxterrier Rummy, Disco und schließlich Chalky aus dem Hunderaum herein, wo sie gespielt hatten. Sie kauerte sich hin – ihr graues Kaschmir-Schultertuch streifte dabei über den Fußboden – und gab den Hunden die Leckerchen.

„Ich habe Preisspiele gern", sagte Owen. „Sollen die Hunde dabei gewinnen?"

Cat nickte. „Irgendwie will ich die Hunde mit einbeziehen. Hier in der Straße werden doch viele Hunde gehalten. Außer …" Sie sah Polly an. „Wir haben keinen."

„Nein", sagte Polly, „aber das bedeutet, dass wir die Preisrichter sein könnten. Besonders, weil du die Hundeausführerin hier bist."

Cat musste daran denken, wie ausdrücklich Joe darauf bestanden hatte, dass im Haus keine Hunde sein sollten, und sie dachte an die Andeutungen von Joe und Polly seit dem Frühjahr, dass die Gründe dafür kompliziert seien. Die Einzelheiten hatte sie immer noch nicht ergründen können, hatte die Situation aber inzwischen akzeptiert. Der Zettel, den die Frau in der Tierarztpraxis ihr gegeben hatte, steckte immer noch in ihrer Manteltasche, aber sie hatte ja die Hunde ihrer Kunden, mit denen sie jeden Tag Zeit verbringen konnte. Vielleicht war es ihr einfach nicht vergönnt, einen eigenen Hund zu haben.

„Also, etwas für die Hunde", sagte Elsie, „und etwas anderes für die Menschen."

„Etwas Begeisterndes und Kreatives, das Spaß macht", fügte Cat hinzu. „Es gibt in dieser Straße eine ganze Menge an Kreativität – Boris und Charles sind super elegant mit ihrem Bed and Breakfast, Frankie und ihre Mädchen basteln immer irgendetwas, und wir sind ja auch noch da."

„Klar", sagte Polly. „Denk nur mal an das Plakat, das Joe für deine Veranstaltung entworfen hat."

„Eben." Cat konnte es sich genau vorstellen, wenn sie die Augen schloss. Es lag zusammengerollt unter ihrem Bett und war in Reichweite, wann immer sie es anschauen wollte. „Irgendetwas speziell für Weihnachten."

„Vielleicht Baumschmuck?", fragte Elsie.

„Gut", antwortete Cat, „aber ich denke, es müsste etwas Größeres sein."

„Weihnachtsbäume?", schlug Owen vor. „Die Leute machen viel her mit ihren Bäumen."

Cat nickte. „Das hört sich toll an, aber …" Sie runzelte die Stirn und dachte nach. „Irgendetwas, was noch größer ist. Etwas, an dem wir alle Spaß haben könnten, ohne dass man bei jedem ins Haus latschen müsste. Vielleicht …" Sie starrte aus dem Fenster und sah draußen die glitzernden Lichterketten in der Esche und die kleine Tischgruppe, die sich in den Scheiben spiegelte. Schließlich drehte sie sich um – mit offenem Mund, und Jessica blickte sie an.

„Weihnachtsbeleuchtung!", platzte es gleichzeitig aus beiden hervor.

Jessicas Lächeln war voller Triumph.

„Lichter?", fragte Polly. „An den Bäumen? Ist das nicht dasselbe wie Dekoration?"

Cat schüttelte den Kopf, ließ sich auf den Boden nieder, zog

Disco an sich und hob den kleinen Zwergschnauzer hoch. Disco bearbeitete mit den Pfoten ihr Kleid und leckte an ihrer Wange.

„Nicht an den Bäumen, sondern an den Häusern. Die Primrose Terrace ist eine der schönsten Straßen, die ich je gesehen habe, schöner als die, in denen ich bisher gewohnt habe. Alle Häuser haben ihren eigenen Charakter. Wir könnten also einen Lichterwettbewerb haben. Sehen, wer sein Haus am schönsten dekorieren kann."

Owen richtete sich auf. „Jeder könnte entscheiden, ob er es edel will, mit nur ein paar Farben, oder das ganze Programm mit Rentieren und dem Weihnachtsmann, der an einer Seite des Hauses hochklettert. Man muss dabei sowohl taktisch als auch kreativ denken."

„Dann könntest du der Schiedsrichter sein", sagte Elsie. „Denn du wohnst nicht in der Primrose Terrace."

„Machst du Witze? Ich bleib doch nicht außen vor. Ich will bei Haus Nr. 9 helfen, wenn", dabei wandte er sich Polly zu und nahm ihre Hand, „wenn du mich haben willst?"

Polly grinste, und über ihre blassen Wangen huschte eine flüchtige Röte. „Natürlich will ich."

Cat verbarg ihr Lächeln in Discos Fell. Der junge Hund bellte kurz, sprang herunter und lief dann voller Freude zu Chalky, der sich, nachdem er sein Leckerchen gehabt hatte, neben Jessicas Weinvitrine auf den Boden legte.

„Dann müssen wir jemand anderes als Schiedsrichter finden", sagte Jessica. „Es muss jemand sein, der nicht mit der Primrose Terrace verbunden ist. Vielleicht jemand von der *Fairhaven Press*?"

„Um einen Weihnachtsbeleuchtungswettbewerb zu beurteilen?", fragte Owen zweifelnd.

„Warum nicht?", gab Jessica zurück. „Ich habe genügend Interviews mit denen gemacht, ich bin sicher, wenn ich sie kontaktieren würde, könnten sie einen Reporter freistellen." Sie ging hinaus und kam mit der aktuellen Zeitung zurück. „Ich sehe mal nach, wen ich finden kann."

Cat musste schlucken und guckte ganz angespannt auf die Zeitung. „Wir könnten Phil fragen", sagte sie dann. „Mit ihm hatte ich bei den Hundeveranstaltungen und dem Protest zu tun. Ich denke, dass er es gern machen würde."

„Oh ja, natürlich!", rief Jessica. „Natürlich würde er. Dumm, dass ich an ihn nicht gedacht habe."

Jessica legte die Zeitung beiseite. „Gut. Überlegen wir jetzt mal die Details und wie die Hunde mit von der Partie sein könnten."

„Hunde und Beleuchtung sind keine gute Mischung", sagte Elsie. „Sie könnten daran knabbern."

„Nein. Sie haben recht, wir brauchen etwas, was direkt mit Hunden zu tun hat."

Während sie alle nachdachten, trat Stille ein. Die einzigen Geräusche waren der leise Gesang von Michael Bublé, das gelegentliche Knistern der Kerze und das Schnüffeln der Hunde. Cat war durch die Zeitung, die sie ganz nah vor sich hatte, von dem Gespräch abgelenkt. Donnerstag war der Tag, an dem das *Neugierige Kätzchen* veröffentlicht wurde. Sie wusste nicht, ob Joe den ganzen Stapel von Cartoons vorgelegt hatte, sodass sie während seiner Abwesenheit erscheinen konnten, oder ob er sie der Zeitung aus Amerika zukommen lassen würde. Auf jeden Fall waren in den letzten drei Wochen seine Cartoons erschienen. Bisher waren es Schlussversionen von Skizzen, die Cat schon gesehen hatte – das Kätzchen, das dabei ist, den Deckel von einer Pfanne zu heben, in der ein Piranha liegt, oder wie es vor einem Fenster in einer Kiste wühlt. Inzwischen freute Cat sich auf die Zeichnungen und spürte die Verbindung mit Joe, obwohl er Hunderte von Meilen entfernt war.

Bei der ganzen Freude über das Ergebnis des Protests und über die Planung eines Weihnachtsprogramms hatte sie noch gar nicht auf den Cartoon vom heutigen Tage geguckt. Polly hatte das bestimmt schon gemacht. Oft erwähnte sie in Cats Beisein, wie stolz sie auf ihren Bruder sei und wie gut er in den Staaten vorankomme. Das bedeutete, dass er mit ihr in Verbindung stand. Cat konnte nicht erwarten, dass er auch sie kontaktierte, besonders nicht seit der Protestveranstaltung, aber sie konnte nicht leugnen, dass sie ihn vermisste und dass das *Neugierige Kätzchen* ganz wesentlich zu ihrer Woche gehörte. Der Affront, den sie anfangs durch den Cartoon empfunden hatte, war inzwischen der Spannung gewichen, mit der sie die Tage zählte, bis ein neuer Cartoon erschien.

„Christkind mit Hund?“, fragte Polly. „Wir könnten allen etwas kaufen, und das Christkind verteilt es auf der Party.“

„Soll das eine Person sein, die als Hund verkleidet ist, und dieser als das Christkind?“, fragte Elsie und nahm einen Schluck Wein.

Polly seufzte. „Okay, das hört sich ein bisschen sonderbar an. Vielleicht doch nicht.“

„Oder irgendeine Hundeschau oder Hundeparade“, sagte Owen. „Vielleicht eine Hundemodenschau. Oder quälen wir die Tiere damit?“

„Warum sollte das eine Qual sein?“, fragte Jessica und taxierte ihre Westies, die sich gutmütig auf dem Küchenfußboden balgten.

„Man könnte sie verkleiden, mit bestimmten Trachten.“

„Das macht nichts“, sagte Elsie, „nicht wenn es sich nur um ein paar Stunden handelt.“

„Valentino liebt seine kleine Schottenmusterjacke“, sagte Jessica.

„Das ist klar“, sagte Polly lachend. „Er heißt ja auch Valentino.“

„Wir könnten doch einen Schritt weitergehen.“ Owen beugte sich vor. „Wie wäre es mit einem Maskenkostüm? Ein Wettbewerb mit Weihnachtsbeleuchtung für die Häuser und ein Maskenkostüm-Wettbewerb für die Hunde. Alles könnte auf der

Party beurteilt werden – wenn Sie einverstanden sind, Jessica, dass Hunde dabei sind?"

Jessica nippte an ihrem Wein und dachte nach. Cat erinnerte sich daran, wie schön und elegant jeder auf ihrer Frühlingsparty gewesen war.

„Wir könnten den Maskenkostüm-Wettbewerb auch am frühen Nachmittag veranstalten", sagte Cat. „Dann könnten wir danach zur Party kommen, wo die Beleuchtungen beurteilt werden. So könnten die Hunde alle nach Hause gebracht und von ihrer Verkleidung befreit werden, und die Erwachsenen könnten Spaß haben, ohne befürchten zu müssen, dass ihre Tiere irgendetwas anrichten."

„Das gefällt mir", sagte Owen und deutete mit der Hand auf Cat. „Du hast immer diesen Sinn fürs Praktische."

„Besten Dank", antwortete Cat mit einem schelmischen Grinsen. „Wir haben ja alle irgendwie gute Ideen."

„Auf das ausgezeichnete Weihnachtskomitee", sagte Elsie und hob ihr Glas. Sie stießen alle an, und Jessica öffnete eine neue Flasche Wein, während die Musik nahtlos von Michael Bublé über Weihnachtslieder bis zu *Last Christmas* überging. Polly summte mit und bewegte sich im Rhythmus der Musik.

Jessica beugte sich über den Tisch, und ihr langes blondes Haar fiel über ihr Gesicht. „In zwei Tagen ist November, deshalb müssen wir alle benachrichtigen. Man kann nicht erwarten, dass sie ihre Sache gut machen, wenn sie nicht genügend Vorbereitungszeit haben."

„Was denkst du, was du und Mark machen wollen?", fragte Elsie.

„Ich wohne ja immer noch in Haus Nr. 9", antwortete Cat. „Und ich bin nicht sicher, ob Mark sich für irgendeine dieser Sachen interessiert. Er muss ein bisschen geschubst werden."

„Dann mach das." Elsie drückte sie am Arm. „Wenn es irgendjemand kann, dann bist du das. Und wenn Owen Polly hilft und Joe dann wahrscheinlich auch zurück ist, bist du frei für Mr. Charmeur."

„Mr. Charmeur, der Horror-Autor", fügte Jessica hinzu. „Am Ende könntet ihr das unheimlichste Haus der ganzen Straße haben."

„Das könnte lustig werden." Cat lachte. „Ich werde ihn daran erinnern, dass Weihnachten ist und nicht Halloween."

„Ich denke, man sollte den Leuten Ideen geben", sagte Jessica, „sie zu Kreativität anregen, zu irgendetwas Grandiosem. Wir könnten mal ein paar Beispielbilder zur Anregung im Internet suchen." Sie stand auf, nahm ihr Weinglas und ging voran aus dem Zimmer. Cat blieb zurück, wartete, bis Elsie, Polly und Owen ihr gefolgt waren, und schnappte sich die aktuelle *Fairhaven Press*.

Die Cartoons waren gewöhnlich auf Seite dreißig neben den Denksportaufgaben und gegenüber von den Leserbriefen. Sie überlegte, wie viele Leute die Cartoons wohl bewundert oder darüber gelacht haben mochten. Dabei verspürte sie ein seltsames Gefühl von Stolz. Nicht darüber, dass sie in gewisser Weise daran beteiligt war, sondern einfach wegen Joe. Sie schlug die richtige Seite auf und glättete das Papier.

Da war das *Neugierige Kätzchen* – große Augen, selbstsichere Haltung, ein Surfbrett unter dem Arm und hinter dem Kätzchen die heranbrandenden Wellen des Meeres. Cat musste unwillkürlich ausatmen, und Röte stieg ihr ins Gesicht. Dann blickte sie auf die nächste Zeichnung. Darin lief das Kätzchen auf einen Kleinbus zu, auf dessen Seite in Joes schwungvoll gerundeter Schrift *Surfbude* zu lesen war.

Cat spürte ein Pochen bis zum Hals.

Das dritte Bild zeigte das *Neugierige Kätzchen*, wie es mit einem breiten Lächeln anfing, die Schiebetür des Kleinbusses zu öffnen; dann in dem vierten und letzten Bild war die Tür ganz offen, und im Innern war ein riesiger Hai mit einem entsetzten Gesichtsausdruck, dessen Neoprenanzug bis zur Mitte seines Schwanzes heruntergezogen war.

Cat musste laut und herzlich lachen. Es bestand kein Zweifel daran, dass sich das Bild darauf bezog, wie Mark Cat und Joe zusammen in dem Kleinbus angetroffen hatte, doch Joe hatte die Situation zu einem lustigen Cartoon verfremdet. Der Betrachter würde Vergnügen finden an dem wechselseitigen Erschrecken des Kätzchens und des Hais, die sich begegneten, ohne dass ihnen die Bedeutung der Situation bewusst war.

Nur sie und Joe würden das Gemeinte verstehen, und natürlich Mark. Sie fragte sich, was er wohl denken mochte, wenn er den Cartoon sah. Ob sie sich wohl wieder verteidigen müsste? Oder hatte ihre Erklärung genügt?

Cat strich mit den Fingern über das Papier und nahm die Details von Joes Zeichnungen begierig in sich auf, so etwa den Charakter, den er seinen Tieren verlieh, die Details des Kleinbusses und des Surfbretts und die heranbrandenden Wellen. Daher hörte sie nicht, dass Polly hereinkam.

„Kommst du, Cat?“, fragte sie, und ihre Augen leuchteten bei dem gedämpften Licht in der Küche. Sie blickte nach unten auf das, was Cat sich gerade ansah, und lächelte freundlich.

„Erinnert dich das an etwas?“

Cat zuckte zusammen. Sie hatte Polly nie vollständig erklärt, was an jenem Tag in dem Kleinbus geschehen war, aber einige Leute, darunter auch Polly, hatten gesehen, wie sie den Strand entlang weggelaufen war, nachdem Mark die Autotür geöffnet hatte. Sie fragte sich, ob Joe es ihr im Vertrauen vielleicht erzählt hatte. Polly musste ihre Verwirrung bemerkt haben, denn sie präzisierte jetzt:

„Am Tag, an dem der Protest war. Diese beengte Umkleidemöglichkeit hinten in Harveys Kleinbus.“

„Ja“, antwortete Cat zögernd. „Da – äh – steckt etwas mehr dahinter, glaube ich.“

„Tut es das?“

„Joe kam an dem Tag zu mir, als ich mich gerade umzog. Er

sprach mit mir über das *Neugierige Kätzchen* und ... über die Inspiration dazu."

„Du meinst seine glücklose Mitbewohnerin?", antwortete Polly mit schelmischem Grinsen.

„Genau." Cat sah ihre beste Freundin prüfend an und fragte sich, ob diese irgendetwas ahnte. Es schien aber, dass Joe seiner Schwester gegenüber nichts gesagt und seine Herzensangelegenheiten für sich behalten hatte. „Und es könnte sein, dass er ..." Sie fragte sich, was sie sagen sollte, ob sie überhaupt ein Recht dazu hatte, Polly etwas über Joes Gefühle zu sagen.

„Dass er was?", fragte Polly und trommelte mit den Fingern über den Cartoon.

„Na ja, Mark fand uns darin zusammen, und er ..."

„Kam zu bestimmten Schlüssen?"

Cat zuckte zusammen.

Polly wurde ganz still und hatte auch aufgehört zu trommeln. „Er *kam* zu bestimmten Schlüssen, nicht? Da ist nichts ... oh mein Gott!"

„Was?"

„Joe hat seinen Flug verschoben. Sein Kurs fing erst vorige Woche an, aber in letzter Minute hat er umgebucht auf zwei Tage nach dem Protest und meinte, er müsse noch etwas recherchieren. Jetzt ist mir klar, wieso er immer *dich* in seinen E-Mails erwähnt und immer fragt, wie *du* so zurechtkommst. Er fragt auch nach Shed und nach Owen, aber in *jeder* E-Mail erwähnt er *dich*." Polly rieb sich den Arm und blickte nach draußen über Jessicas dunkel gewordenen Garten, in dem die Lichterketten noch glitzerten. „Er vermisst dich, Cat."

Cat wurde plötzlich von der Angst erfasst, Polly könnte ihr vorwerfen, sie habe Joe zu einer überhasteten Abreise gezwungen. Sie hatte ihn bestimmt nicht dazu veranlasst, auf keinen Fall war das ihre Absicht gewesen. Sie hatte sich nur nicht eingestehen wollen, dass auch sie für ihn Gefühle hegte. Diese Gefühle waren jetzt, wo er weg war, stärker geworden, und sie konnte niemandem sagen, wie sehr sie ihn vermisste. „Wenn ich ihn verletzt habe …“

„Nein“, beeilte sich Polly zu antworten. „Ich meine, es sei denn, dass du …?“

Cat schüttelte den Kopf. „Ich war mit Mark zusammen.“ Nicht *ich bin mit Mark zusammen*, dachte sie und schloss die Augen.

„Oh, Joey“, sagte Polly zu sich selbst – und dann zu Cat: „Er hat sich in dich verliebt. Und ich denke, nach Rosalin, nach allem, was er mit ihr durchgemacht hat, muss er gedacht haben … dass es das Beste wäre wegzugehen. Um Abstand zu gewinnen.“

„Ich habe das nie gewollt“, flüsterte Cat.

Polly schüttelte den Kopf. „Du bist jetzt mit Mark zusammen, und ich freue mich für dich, Cat. Ich möchte, dass du glücklich bist, und ich möchte, dass Joey glücklich ist, aber manchmal passen die Dinge eben nicht so gut zusammen, wie man es sich erhofft. Er hat die Entscheidung gefällt, wegzugehen, um sich zu schützen. Ich wünschte nur, er hätte es mir gesagt. Aber sieh mal“, sagte sie und war dabei um einen unbeschwerten Ton bemüht, „er hat eine tolle Zeit dort, und wenn das, was Jessica gesagt hat, stimmt, dann hat er wenigstens Ablenkung, sodass er nicht mehr an all das denkt.“ Polly umarmte sie, und Cat nahm das leichte Parfum ihrer Freundin wahr, wobei sie versuchte, nicht an Jessica zu denken: an ihre Verführungskunst, ihren Glamour und ihre überbordende Selbstsicherheit.

Sie wünschte, Polly gegenüber ehrlich zugeben zu können, wie sie sich wirklich fühlte, aber sie wusste, dass sie zuallererst sich selbst gegenüber ehrlich sein musste. Erst dann durfte sie Entscheidungen treffen. Sie musste sich darüber klar werden, was sie wollte.

Cat blickte wieder auf den Cartoon, auf den Hai, dem man in seinem Neoprenanzug den Schock ansah. Sie musste lächeln und hörte zuerst das Klingeln in ihrer Tasche gar nicht.

„Cat“, sagte Polly, „dein Handy.“

Cat nahm es heraus, sah stirnrunzelnd auf das Display und nahm ab. „Mum? Was ist? Ist irgendetwas passiert?“

„Gar nichts, Liebes“, flötete ihre Mutter. „Im Gegenteil. Alles geht hier zügig voran. Ein paar Entscheidungen werden uns aus der Hand genommen, und, nun, es läuft alles darauf hinaus, dass wir schon in vierzehn Tagen nach Kanada gehen und nicht erst im Januar.“

„In *vierzehn Tagen*?“, kreischte Cat. „Was? Warum? Was ist denn dann mit Weihnachten?“

„Besuch uns doch am nächsten Samstag, Catherine, und wir feiern Weihnachten schon eher.“

„Ja, gut, aber ...“ Cat rieb sich die Stirn.

„Kein Aber. Es gibt wirklich nichts, worüber man sich Sorgen machen müsste.“

„Ich habe die Geschenke für euch ja noch gar nicht. Ich bin nicht darauf vorbereitet. Ich wollte noch so vieles machen!“ Sie merkte selbst die Panik in ihrer Stimme und musste schlucken.

„Du musst gar nichts machen, Liebes.“ Ihr Vater war jetzt am Telefon. „Bring einfach dich selbst mit.“

„Aber ihr geht wirklich? In zwei Wochen?“

„Es ist Zeit, dass deine Mutter und ich jetzt unser Abenteuer bekommen. Mach dir keine Sorgen. Wir erklären dir alles, wenn wir uns sehen. Viele Grüße an dich und an deinen Freund.“

„Pass auf dich auf, Liebling“, rief ihre Mutter, und dann wurde aufgelegt.

Cat starrte Polly mit Tränen in den Augen an.

„Meine Güte!“, sagte Polly. „Das meiste habe ich gehört.“

Cat nickte und zwang sich zu einem Lächeln. „Gehen wir und sehen uns die Weihnachtsbeleuchtung an“, sagte sie dann. Sie stand vom Tisch auf, hakte sich bei ihrer Freundin unter, warf noch einen Blick auf Joes Cartoon und ging aus dem Zimmer.

21. Kapitel

Cat saß auf dem sehr weichen Sofa ihrer Eltern und stieß mit ihnen an. Es war nachmittags um halb drei, aber es war ihr Weihnachtsabend, und dazu gehörten Prosecco und ein Abendessen. Cat freute sich sehr für die beiden und war ganz aufgeregt, weil sie dieses Abenteuer vor sich hatten, aber sie fühlte sich auch irgendwie alleingelassen. Ihre Eltern waren immer in ihrer Nähe gewesen, nur eine Stunde entfernt, außer in der Zeit, als sie auf der Uni war. Sie hatte ihr eigenes Leben gelebt, und seit sie in die Primrose Terrace eingezogen war, hatte sie ihre Eltern einige Monate nicht gesehen, doch für sie war es selbstverständlich gewesen, dass sie immer nach Brighton zurückkommen und an ihre Tür klopfen konnte.

Aufgrund der ursprünglich für Januar geplanten Abreise hatte sie den Gedanken daran erst einmal verdrängen können und sich auf Näherliegendes wie etwa Mark, Hundeproteste oder Mitbewohner konzentriert. Jetzt aber kam dieser Tag plötzlich wahnsinnig schnell auf sie zu, sodass Cat die letzte Woche damit verbracht hatte, möglichst alles zu planen und dafür zu sorgen, dass sie alle Geschenke bereitliegen hatte. Außerdem war sie damit beschäftigt gewesen, alle in der Primrose Terrace über die Weihnachtsbeleuchtung und den Wettbewerb mit der Hundeverkleidung zu informieren. Sie war erschöpft.

„Prost", sagte ihr Vater. „Auf die neuen Abenteuer, die vor uns allen liegen."

„Darauf trinke ich", fügte Delia hinzu.

„Ich auch." Cat hob ihr Glas und nahm einen Schluck.

Es war Anfang November, kurz nach dem Guy-Fawkes-Feuerwerk. Die Luft war rauchgeschwängert, und der Wind trieb die Blätter vor sich her. Aber im Wohnzimmer ihrer Eltern war Weihnachten bereits angekommen. Überall an der Wand waren Karten aufgereiht. Die meisten hatte ihre Mutter entworfen, einige hatten Freunde zeitiger geschickt, nachdem sie von der Planänderung erfahren hatten. Papiergirlanden schmückten die Spiegel und die Kaminsimse. Ein künstlicher Weihnachtsbaum nahm eine Ecke des Zimmers ein; an seinen Zweigen wechselten sich verschiedene Farben der Glasfaserbeleuchtung ab – erst blau, dann rot, danach gelb, gold, rosa und grün. Im Zimmer duftete es nach Kiefernzapfen und Putenbraten, und im Hintergrund dudelten leise Weihnachtslieder. Es war wie in der Geschenkeecke in einem Kaufhaus an einem grauen Novembertag.

„Also, dieser Wohnwagen", sagte Cat, „ist der wirklich fahrtüchtig? Und ihr müsst ihn unbedingt eher abholen?"

Peter nickte. „Er ist gut in Schuss. Und der Besitzer zieht selbst um, deshalb muss er ihn vor Ende November loswerden. Ich glaube nicht, dass wir ein anderes Angebot wie dieses bekommen, also haben wir uns das sofort gesichert. Wir holen das Wohnmobil in Vancouver ab, und dann können wir losfahren!" Er reckte den Arm zur Decke wie Superman, und Cats Mutter grinste.

„Ihr könnt's nicht abwarten", sagte Cat leise.

„Es ist ein Traum, der in Erfüllung geht", antwortete Delia. „Wir reden schon seit Jahren davon, aber irgendwie haben wir nie geglaubt, dass es wirklich geht. Einfach packen und reisen. Aber dann kam der Punkt, an dem wir uns fragten – warum eigentlich nicht? Was sollte uns aufhalten? Wir beißen einfach in den sprichwörtlichen sauren Apfel."

„Genau so wird der Putenbraten sein, wenn wir nicht nachgucken.“ Ihr Vater drückte Cats Schulter, als er aus dem Zimmer ging.

Cat sah gedankenverloren in ihr Glas.

„Ist das alles okay für dich, Schatz?“ Delia wechselte das Sofa und zwängte sich neben Cat, wobei der weiche Stoff ihres langen roten Kleides über Cats bloße Beine strich. Cat trug ein kurzes blaues Kleid zu Lederstiefeln und Silberschmuck. Das schien trotz des Anlasses plötzlich alles ein wenig übertrieben. „Du scheinst nicht ganz glücklich zu sein.“

„Ich versuche nur, das alles zu realisieren“, antwortete Cat. „Dass ihr schon nächste Woche geht.“

Cats Mum rieb ihr in kleinen Kreisbewegungen über den Rücken, als wäre sie ein Baby, das ein Bäuerchen machen muss. „Aber du weißt doch schon eine ganze Weile, dass wir gehen würden. Es ist nur einige Wochen früher. Du hast doch Polly und Mark. Und all deine Freunde in Fairview.“

„Das weiß ich“, antwortete Cat. „Aber ihr seid so weit weg.“

„Die Technik bringt alles näher zusammen“, antwortete Delia und hielt dabei ihr iPad hoch. „Wir können über Facetime chatten und dir Fotos von uns schicken. Entfernung zählt nicht, wenn man diese Hilfsmittel hat.“

Cat nickte und dachte dabei, dass sie von Joe nichts gehört hatte, seit er abgereist war. Das war jetzt über einen Monat her, und nur das *Neugierige Kätzchen* erinnerte sie daran, dass es ihn gab. Das und ihre Gedanken. Im Cartoon für diese Woche ging das *Neugierige Kätzchen* mit einem Picknickkorb in der Pfote zum Strand. Es kam an einem Pfeil vorbei, auf dem *Die kleine Bucht* stand. Als das Kätzchen angekommen war, entdeckte es, dass der Strand voll war von Hunden aller möglichen Größen und Rassen. Es war unnötig, darauf hinzuweisen, dass das Kätzchen umgekehrt und in die Gegenrichtung gelaufen war. Cat wusste, dass Joe die Mitteilung bekommen hatte, dass ihr Protest erfolgreich gewesen war.

Eine Notiz unter dem Comicstrip informierte über die Entscheidung des Gemeinderats, dass Hunde weiterhin in der Bucht laufen durften.

Wollte Joe ihr dadurch mitteilen, dass er an sie dachte? Oder war dieser letzte Cartoon ein Auftrag der Zeitung, um die Nachricht über die Ratsentscheidung weiter zu verbreiten? Sie wünschte, sie könnte jetzt mit ihm sprechen. Polly würde ihr bestimmt seine E-Mail-Adresse geben, aber sie wusste andererseits auch, dass er etwas Abstand brauchte, was sie respektieren musste.

„Der Putenbraten sieht köstlich aus." Ihr Vater kam zurück und füllte ihre Gläser neu. „Du musst viel davon mit nach Hause nehmen. Wir haben genug, um eine kleine Armee zu verköstigen, und wir können nichts mitnehmen."

„Es ist schade, dass Mark heute nicht kommen konnte", sagte Delia sanft. „Es wäre nett gewesen, ihn kennenzulernen."

„Ich weiß", sagte Cat, „aber er hat bis Weihnachten viel um die Ohren. Ich glaube, dass er wirklich sehr große Anstrengungen für seinen Film unternimmt. Das Projekt ist auf Eis gelegt worden, aber er möchte unbedingt damit weitermachen."

„Ein vielbeschäftigter Mann also", sagte Peter anerkennend. „Es ist gut, dass er ehrgeizig ist."

„Oh ja", antwortete Cat. „Er ist mit Herz und Seele dabei."

Ihre Eltern wechselten Blicke, und Cat nahm noch einen Schluck Prosecco. Sie hatte Mark gebeten, heute mitzukommen, aber er hatte darauf beharrt, dass er die Zeit nicht erübrigen könne. Seit der ersten Sitzung des Weihnachtskomitees hatte sie ihn kaum gesehen. Er war ganz von seinen Filmverhandlungen in Anspruch genommen, und Cat hatte ihn nicht gedrängt, weil sie versuchte, erst mit ihrem eigenen Gedankenchaos zurechtzukommen. Sie hatte auch nicht erwartet, dass er kommen würde. Nicht ein einziges Mal hatte sie sich die Situation vorstellen können, wie sie zu viert ein vorgezogenes Weihnachten miteinander verbringen würden. In ihrem Kopf gab es nur sie und Mum und Dad.

Cat war sich darüber im Klaren, dass ihre Beziehung relativ jung war und dass es schon eine größere Sache ist, wenn man die Eltern des Partners kennenlernt. Aber Mark wusste auch, dass wahrscheinlich ein Jahr vergehen würde, ehe er wieder die Gelegenheit dazu bekäme, wenn er Peter und Delia jetzt nicht kennenlernte.

Er hatte auch wenig Interesse an dem Weihnachtsbeleuchtungswettbewerb gezeigt und sich geweigert, Chips irgendetwas anderes anzuziehen als ihr übliches Halsband mit Leine. Cat verstand, dass nicht jeder Hundebesitzer sich dabei wohlfühlte, seinen Hund zu verkleiden, und natürlich respektierte sie das. Aber jeder sonst in der Primrose Terrace beteiligte sich zumindest am Beleuchtungswettbewerb.

Sie war das alles immer wieder durchgegangen. Erwartete sie zu viel von ihm? Schließlich hatte er ihr bei dem Protest geholfen, war sogar begeistert davon gewesen, bis Joe ihm auf den Wellen die Schau gestohlen und später Probleme bereitet hatte.

Es war nicht so, dass Mark nicht aufmerksam war; wenn sie zusammen waren, konnte er ihr das Gefühl geben, sie sei die einzige Person auf der ganzen Welt, und zwar in einem Maße, dass es manchmal schwindelerregend anmutete. War er aber in seine Arbeit vertieft, entweder in Fairview oder in London, kam es Cat so vor, als existierte sie gar nicht für ihn. Sie hatte dann das Gefühl, als hätte er sie in ein sauberes Abteil seines Lebens gesteckt, aus dem sie keine Möglichkeit hatte, sich zu befreien. Irgendwie ließ er sie in solchen Momenten nicht an seinem *ganzen* Leben teilhaben.

Von sich aus sprach er mit ihr weder über seine Filme noch über seine Familie, nur wenn sie keine Ruhe gab. Er erwartete von ihr nur, dass sie da war, um mit ihm eine Mahlzeit einzunehmen, einen Film anzusehen oder mit ihm zu schlafen. Das war zwar schön, aber war es auch genug? Sollten sie nicht am ganzen Leben des jeweils anderen interessiert sein, sollte der eine nicht den anderen fordern, zusammen Neues zu entdecken?

„Alles okay, Liebes?", fragte Peter. „Du bist furchtbar still."
„Es ist okay", antwortete Cat. „Ich bin nur müde. Sollen wir die Geschenke aufmachen?"
„Ein guter Vorschlag." Delia kniete sich auf den Teppich, zog schön eingepackte Päckchen unter dem Weihnachtsbaum hervor und verteilte sie. Cat hockte sich neben ihre Mum auf den Fußboden. Die Gedanken an Mark schob sie erst einmal beiseite.
Ihre Eltern hatten ihr ein neues Parfum und ein wunderschönes Tagebuch mit Ledereinband geschenkt; in einer Ecke des Umschlags war das Bild eines kleinen Hundes eingeprägt.
„Für den Fall, dass du über deine Hundegroßtaten schreiben willst", sagte ihr Vater schmunzelnd. „Dieses Jahr ist von ganz besonderer Bedeutung für dich. Nicht jeder ist mutig genug, um ein eigenes Unternehmen zu starten, und es ist auch nicht leicht, es erfolgreich zu betreiben. Unterschätze bloß nicht, was du erreicht hast."
„Danke, Dad." Cat atmete den angenehmen Ledergeruch ein und strich mit der Hand über den weichen Einband und den eingeprägten Hund. „Das Tagebuch ist toll!" Als Kind hatte sie immer in Tagebücher geschrieben. Es waren solche mit Schloss und Schlüssel gewesen, die einem das Gefühl gaben, dass die eigenen Geheimnisse die bedeutendsten in der ganzen Welt waren. Aber nun schrieb sie schon viele Jahre ihre Gedanken nicht mehr nieder. Die Tagebuchseiten waren zu unberührt, zu weiß. Sie fragte sich, was sie überhaupt hineinschreiben könnte, um dem Tagebuch gerecht zu werden.
Sie lehnte sich zurück und zog einen Beutel heraus, den sie unter dem Kaffeetisch verstaut hatte, getrennt von den anderen Geschenken, den praktischen Dingen, die sie für die Reise ihrer Eltern besorgt hatte. Eine Wärmflasche, Hüttenschuhe und eine Schlafbrille für ihre Mutter sowie eine imposante Campingleuchte für ihren Vater. „Ich wollte etwas für euch tun, euch etwas geben, was euch an mich erinnert – an hier."

Delia lachte. „Wir werden doch wohl kaum unsere einzige Tochter vergessen!"

Cat hielt ihnen das getrennt gehaltene Geschenk hin, Delia nahm es und reichte es weiter an Peter, sodass sie zusammen das Goldpapier aufmachen konnten.

Cat sah zu, wie sie es auspackten, und fragte sich, ob es nicht vielleicht ein selbstverliebtes Geschenk war. Sie hatte nicht so viel Zeit gehabt, wie sie hätte haben wollen, um es zusammenzustellen. Es war also noch nicht perfekt, aber sie hoffte, dass es ihnen gefallen würde.

„Oh, Catherine!", rief Delia und blickte gebannt auf den vorderen Einbanddeckel des Fotoalbums. „Das ist ja unglaublich!"

„Da sind ein paar Familienfotos drin, einige sind aus früheren Jahren, und einige sind neuer."

„Du hast ja Texte zu den Bildern geschrieben." Peter rückte näher an Delia heran, sodass sie sie zusammen ansehen konnten. „Was ist das hier? *Peter Palmer und sein weltberühmter Gießkannenhut.* Höre ich da eine Spur von Ironie heraus?" Er grinste schelmisch.

„Kein bisschen." Cat lächelte auch.

„Oh, guck mal", sagte Delia, „da sieht man ja einige von dir in der Primrose Terrace."

„Ja, ich dachte, ihr würdet vielleicht ein paar sehen wollen. Es tut mir leid, dass ich euch gar nicht mal zu Besuch eingeladen habe."

Cat beobachtete ihre Eltern, die jedes Foto genau ansahen. Eins war von ihr, Polly und Joe bei dem Hunde- und Welpenpicknick, Chips saß dabei zu ihren Füßen. Ein Bild mit Polly und Cat auf dem Sofa in Haus Nr. 9, Shed lag dabei mit ausgestreckten Beinen auf dem Schoß von beiden. Dann einige Bilder von Cat im Park, die Zwergschnauzer zu ihren Füßen. Das Foto hatte Elsie gemacht, damit Cat es bei Twitter und Facebook einstellen konnte. Ein weiteres Foto zeigte Cat und Mark in der

Bucht – hinter ihnen die Wellen des Meeres – am Morgen des Protestes.

„Seht ihr beide zusammen nicht entzückend aus?", fragte Delia. Cat ging davon aus, dass Mum sie und Mark meinte, sah aber dann, dass ihre Mutter auf ein Bild mit ihr und Joe an dem Abend von Jessicas Frühlingsparty zeigte. Es war ein Selfie-Schnappschuss, den Joe gemacht hatte, als sie darauf warteten, dass Polly fertig wurde. Cat trug ihren schwarzen Flapper-Dress und Joe seinen blauen Anzug, ein entwaffnendes Lächeln im Gesicht.

Cat dachte zurück an die Veränderung, die an dem Abend in ihm vorgegangen war. Es war das erste Mal seit ihrem Einzug in Primrose Terrace gewesen, dass er aus seinem Schneckenhaus herausgekommen war. Und schließlich hatte er ihr sogar das Selbstvertrauen gegeben, mit Menschen über „Leinen los" zu sprechen.

„Das war wirklich ein schöner Abend", gestand Cat. „Und Jessica organisiert für Weihnachten wieder eine Party. Das sind immer glänzende Veranstaltungen."

Ihre Mutter nickte. „Joe hat sich toll in Schale geworfen, nicht? Schlicht und elegant."

Cat kauerte sich hin und nahm ihr Tagebuch in die Hand. Sie drückte ihre Wange an das kühle Leder, wobei sie versuchte, ihre Mum nicht anzusehen.

Nachdem Cat mehr gegessen und getrunken hatte, als sie es rein physisch für möglich gehalten hätte, brachte ihre Mutter den Schokoladenbaumkuchen ins Wohnzimmer für den Fall, dass irgendjemand – kleiner Scherz! – noch Hunger hatte. Dann sahen sie sich *Buddy – Der Weihnachtself* an, den Lieblingsweihnachtsfilm ihres Vaters. Die Gardinen waren noch nicht zugezogen, und Cat wurde durch das knallende Feuerwerk und die hellen Lichter abgelenkt. Während auf dem Bildschirm Weihnachten in New York zu sehen war, machte Cat es sich auf dem Sofa gemütlich und war gedanklich bei ihrem Weihnachtsfest in der Primrose Terrace. Würde sie den Tag mit Mark verbringen? Es war ganz klar, dass er sie nur für sich wollte, während sie Veranstaltungen organisierte, an denen sich alle Bewohner beteiligten. Und was war mit Polly und Joe? Sie wohnte bei ihnen. Polly war ihre beste Freundin. Nun, da sie erst einmal ihre Eltern nicht mehr sah, sollte sie da nicht wenigstens einen Teil des Tages mit ihr verbringen? Sie fragte sich, was Joe jetzt gerade machte, welche Tageszeit es in Portland war, ob sein Kurs immer noch stattfand oder ob er umherreiste, um Neues zu entdecken.

Sie blickte auf ihre Eltern, die es sich auf dem Sofa gemütlich gemacht hatten. Beide lachten leise über Will Ferrell und tauschten Blicke, die, wie jeder auch von Weitem sehen konnte, voller Verliebtheit waren. Der eine fühlte sich in der Gesellschaft des anderen völlig geborgen. Jeder ließ den anderen an allem teilhaben, an seinen geheimsten Gedanken und Ängsten. Ja, sie stritten sich auch – ihre Mum hatte nicht hinter dem Berg gehalten, wenn sie bei wichtigen Dingen anderer Meinung war als ihr Dad –, aber sie standen es durch, fochten es aus, und dadurch wurden sie gemeinsam stärker als zuvor.

Bei Mark hatte Cat ein solches Gefühl nicht. Sie waren natürlich noch nicht so lange zusammen, aber Cat kannte ihn immerhin schon etwa zehn Monate, und doch hatte sie das Empfinden, dass sie sich in gewisser Hinsicht immer noch fremd waren. Sie hatte ihm nicht gesagt, wie besorgt sie war, dass ihre Eltern so weit weg sein würden, weil sie nicht glaubte, dass er das verstehen würde. Sie wusste nur, dass er zu seinen Eltern keine enge Beziehung hatte. Sie kannte keinerlei Details, daher blieb sie ihm gegenüber ähnlich vage.

Kaum waren sie sich etwas nähergekommen, als sie sich auch schon wieder voneinander entfernt hatten. Sie wusste wohl, dass das genauso ihre Schuld war wie seine, aber er hatte nie etwas diesbezüglich erwähnt oder sich bemüht, mehr Zeit mit ihr zu verbringen. Sie hatte nicht das Gefühl der inneren Nähe zu Mark, das ihre Eltern zueinander offensichtlich hatten. Sie fand ihn attraktiv, spürte aber keine Kameradschaft oder Freundschaft. Und Verlangen ohne Freundschaft war in ihren Augen keine echte Beziehung.

Sie nahm ihr Weinglas, wandte sich von dem *Weihnachtself*-Film ab und blickte hinaus in die dunkle Novembernacht, wo die hellen Feuerstöße die festliche Stimmung des gemütlichen Wohnzimmers noch unterstrichen. Cat ließ ihre Gedanken in eine Richtung wandern, die sie sich bisher verboten hatte.

Joe hatte keinen Hund, das war also ein strittiger Punkt. Aber es bestand kein Zweifel daran, dass er sich an dem Wettbewerb für die Weihnachtsbeleuchtung beteiligen würde. Sie wäre nicht überrascht, wenn Polly ihn schon mit E-Mails darüber informiert und er sich etwas dazu ausgedacht hätte, während er seine Fertigkeit im Zeichnen verfeinerte. Und Joe wäre – auch nur als Freund – mit ihr zu ihren Eltern gegangen, weil er gewusst hätte, wie wichtig es für sie war.

Vielleicht hätte er mit ihr über das gestritten, was sie mitbringen sollten, vielleicht würden sie aneinandergeraten über die Frage, wie man die Fassade ihres Hauses dekorieren sollte, aber nie würde er etwas unter den Teppich kehren und alles nur ihr überlassen. Es würde ihn durchaus etwas angehen, und er würde ihr auch sagen, wie er darüber dachte.

Cat schreckte auf, als ihr Vater laut auflachte, über das, was gerade auf dem Bildschirm passierte. Ihre Mutter schlug ihm auf den Arm, wobei ihr Gesicht sich in eine Maske gespielter Missbilligung verwandelte. Er küsste sie lange auf die Wange. Cat bekam kaum etwas vom Rest des Films mit und merkte nur daran, dass die DVD wieder das Menü zeigte, dass der Film zu Ende war. Ihre Eltern waren eingeschlafen, und der Kopf ihrer Mum ruhte auf der Schulter ihres Dads. Dieser schnarchte leicht.

Cat beugte sich vor, nahm die Fernbedienung und schaltete

den DVD-Spieler aus. Das Fernsehgerät zeigte wieder einen der Freeview-Kanäle, und Cat wollte gerade ausschalten, als sie eine vertraute Stimme hörte. Sie sah hin, und ihr blieb fast die Luft weg, als sie McDreamy auf Meredith zugehen sah, die, umgeben von Kerzen, oben auf einem Berg stand.

Das Ende von *Grey's Anatomy*, Staffel vier, wenn Meredith nach endlosen Komplikationen, verpassten Gelegenheiten und Missverständnissen McDreamy mit einer großen romantischen Geste zeigt, wie sehr sie ihn liebt.

Sie sank zurück ins Sofa, und Merediths Worte verflüchtigten sich ins Nichts, während gleichzeitig ihre und Joes Worte von jenem Abend im August in ihr Bewusstsein rückten. Worte über Rosalin und Mark und darüber, dass, wenn sie nicht gestorben sind … *du bist reizend, wenn dir schwummrig ist.*

Wie gebannt sah Cat auf den Bildschirm und umfasste fest ihr Weinglas, während ihr Magen aufgewühlt wurde von einer Mischung aus Angst und erregter Anspannung. Sie hatte eine Entscheidung getroffen, und sie wusste, dass es die richtige war. Selbst wenn sie ihre Chance bei Joe verpasst haben sollte, konnte sie diese Beziehung nicht mehr fortführen, wenn ihr Herz einem anderen gehörte. Dieses eine Mal musste sie auf ihr Herz hören.

Am Morgen hatte Cat einen klareren Kopf als erwartet und trat aus dem vorgezogenen Weihnachten hinaus in den kalten, hellen Tag.

„Nun denn“, sagte ihr Vater. Er stand neben Delia am Eingang des Hauses. „Wir sehen uns in ein paar Monaten wieder.“

Cat nickte, holte tief Luft und drückte ihren Dad, so fest sie konnte. „Ich wünsche euch eine ganz wunderbare Zeit“, sagte sie und lehnte dabei den Kopf an seine Schulter. „Und meldet euch. Ich will alles wissen.“

„Das zu sagen ist gefährlich“, sagte Delia und umarmte ihre Tochter ebenfalls. „Wir mailen dir so häufig, dass du fürs Gassigehen oder für romantische Stunden gar keine Zeit hast, wenn du so etwas sagst."

„Ich werde schon alles dazwischenkriegen", antwortete Cat.

„Pass auf dich auf, Schatz." Ihrer Mutter traten die Tränen in die Augen, und sie machte sich nicht die Mühe, sie wegzuwischen. „Mach alles so weiter. Lebe dein Leben. Wir sind so stolz auf dich."

Ihr Dad schloss sie noch einmal in die Arme und nickte nachdrücklich zur Bestätigung. „Ja, wir sind stolz auf dich, Liebling. Wir könnten nicht noch stolzer sein."

„Danke", antwortete Cat leise. „Ja, ich mache das. Und ich bin auch auf euch sehr stolz. Darauf, dass ihr eure Träume verwirklicht und dass ihr so mutig seid."

„Ich bezweifle, dass wir mutig sein werden, wenn wir einem dieser Grizzlybären begegnen." Peter lachte leise in sich hinein.

„Wahrscheinlich werdet ihr euch sogar mit ihm anfreunden", sagte Cat lachend, wobei sie sich ein paar Tränen von den Wangen wischte. Dann legte sie ihren Beutel hinten in den klapprigen Fiesta, den Joe und Polly gemeinsam benutzten und den Cat sich für die Fahrt nach Brighton ausgeliehen hatte.

„Fröhliche Weihnachten, Catherine", sagte ihre Mum.

„Auch euch fröhliche Weihnachten." Cat drückte sie beide noch einmal, setzte sich dann ins Auto und fuhr los. Sie winkte ihren Eltern im Rückspiegel zu, sah, wie sie immer kleiner wurden und schließlich, als sie um die Ecke fuhr, nicht mehr zu sehen waren.

Das Wohnzimmer von Primrose Terrace Nr. 9 sah aus wie die Beleuchtungsabteilung des John-Lewis-Kaufhauses nach einem Erdbeben. Polly und Owen standen mitten in dem Chaos, und Rummy lag auf dem Fußboden, den Kopf auf die Pfoten gelegt, so als ob er schon mehrmals zurechtgewiesen worden wäre. Shed war nirgends zu sehen.

„Ist das der Angriff der Killer Lights?“, fragte Cat. „Ihr seht nämlich aus, als ob ihr in Schwierigkeiten wäret.“

„Cat, wie war Weihnachten?“

„Sehr schön“, antwortete sie, „aber auch traurig. So ist es halt. Sie sind weg, nach Kanada, unheimlich lange.“ Sie spürte wieder den Kloß im Hals und schluckte ihn weg. Sie musste stark sein, besonders für das, was sie jetzt tun wollte.

„Oh, Cat.“ Polly breitete die Arme aus und wollte ihre Freundin umarmen, aber dabei kamen Lichterketten mit, sodass sie aussah wie ein Monster, das mit dekorativem Seetang umgeben ist.

Cat musste laut lachen. „Ist das alles für euer Haus?“

Owen nickte. „Wir wussten nicht genau, welche Farben wir nehmen sollten, deshalb haben wir uns überlegt, wir probieren alle aus und sehen dann, welche Kombination am besten ist.“

„Wow.“ Cat nickte anerkennend. „Ich bin von eurer Hingabe ganz beeindruckt.“

„Ich bin ein Kerl, der starke Konkurrenz liebt. Und jetzt kannst du helfen – du hast ja gerade Weihnachten gehabt, deswegen erwarte ich mal, dass du in Festlichkeiten so richtig drin bist.“

Cat lächelte Owen zu und dachte zum tausendsten Mal, was für ein perfekter Mann er für ihre beste Freundin war.

„Ich werde auch helfen, aber ich muss erst noch was anderes erledigen. Macht schon mal weiter. Vielleicht habt ihr euch bis nächstes Weihnachten aus den Lichterketten befreit, wenn ihr bis dahin kräftig daran arbeitet.“

Owen und Polly starrten sie an, und Cat ging wieder zurück nach draußen in die Sonne. Dabei rumorte es gehörig in ihrem Magen.

Mark öffnete die Tür. Er hatte seine Lederjacke an und Chips’ Leine in der Hand.

„Hallo“, sagte er und beugte sich vor, um sie zu küssen. „Du bist früher zurück.“

„Mum und Dad hatten noch einiges zu tun", antwortete Cat, „und ich musste zurück."

„War es schön mit deinen Eltern? Hast du sie gut verabschiedet?"

Cat nickte. „Es war ruhig, aber schön. So richtig weihnachtlich. Und – behalte deine Jacke ruhig an."

Mark, dabei, seine Jacke wieder auszuziehen, hielt inne und sah sie fragend an.

„Du gehst mit Chips raus? Ich komme mit."

„Bist du sicher?"

Cat nickte. „Ich könnte ein bisschen frische Luft gebrauchen."

Die Bäume im Fairview-Park waren fast alle kahl, und der Boden war mit Laub bedeckt. George hatte bunte Lichterketten an der Markise des Pavillon-Cafés befestigt, und innen hingen große goldene Sterne von der Decke.

Cat und Mark gingen im Gleichschritt nebeneinander, grüßten andere Leute, die ihre Hunde ausführten, und warfen Chips einen Tennisball zu. Die Collie-Hündin wurde nie müde, wegzurennen und Herrchen den Ball wiederzubringen.

Cat dachte daran, wie sie Mark zum ersten Mal getroffen hatte; das war nicht weit von der Stelle entfernt, an der sie jetzt waren. Sie dachte daran, wie sie sein selbstbewusstes Auftreten beeindruckt hatte, wie sehr sie von der Aura des Geheimnisvollen eingenommen gewesen war, die ihn umgab. Inzwischen war ihr eine Sache jedoch klar geworden: Obwohl sie sich zu Mark hingezogen fühlte, wollte sie nicht mit jemandem zusammen sein, der zwar charmant war, zu dem sie aber keine echte Nähe spürte. Sie wollte Nähe, aber es war nicht fair, darauf zu warten, dass diese Nähe sich einstellte; sie wollte nicht auf etwas warten, von dem sie nicht wusste, ob es jemals kommen würde, wenn ihr Herz nicht bei der Sache war.

Sie steckte die Hände in die Taschen ihrer dunkelgrünen Jacke und richtete ihren Blick auf sein starkes, attraktives Profil.

Dann schloss sie für einen Moment die Augen und blieb stehen.

„Mark", sagte sie.

„Cat." Er lächelte und hob eine Augenbraue. „Warum gehen wir nicht weiter?"

Sie befanden sich unter einer Reihe von Platanen am Rande des Parks. Cat entdeckte eine Bank und setzte sich.

Mark starrte sie einen Augenblick lang an, wobei sich sein Adamsapfel ruckartig auf und ab bewegte. Dann setzte er sich neben sie.

„Ich muss mit dir sprechen", sagte sie hastig, und eine Erinnerung an einige Wochen zuvor durchfuhr sie, die Erinnerung an ihre Entschuldigung, an ihren Versuch, ihre Beziehung zu retten, obwohl Joe bereits da immer mehr Platz in ihren Gedanken eingenommen hatte.

„Oh nein", sagte Mark leichthin, „diese schicksalsschweren Worte! Es tut mir leid, Cat, aber ich werde Chips nicht als Frankenstein verkleiden. Nicht einmal meine Vorliebe für Horrorfilme kann mich dazu bringen, dass mein Bordercollie wie ein ausgestopftes Spielzeugtier aussieht."

Cat schüttelte den Kopf. „Das verstehe ich völlig. Es ist aber nicht das."

Marks Lächeln wurde etwas schwächer. „Du willst Weihnachten nicht mit mir verbringen? Du hast dich dazu entschlossen, mit deinen Eltern nach Kanada zu gehen und die Primrose Terrace zu verlassen? Du nimmst den Erfolg von ‚Leinen los' mit nach London und …"

„Nein! Mark, hör damit auf. Bitte. Es ist so schon schwer genug."

Sie ballte die Fäuste und sah, wie Marks Lächeln verschwand und die Belustigung in seinen Augen einer Härte Platz machte, die Cat nur einmal zuvor gesehen hatte.

„Was ist denn so schwer?"

„Ich – ich glaube, wir sollten es beenden", sagte Cat und holte tief Luft. „Das mit uns beenden."

Mark starrte sie an und merkte kaum, dass Chips angelaufen kam und den Tennisball vor seine Füße legte. Dankbar für einen Grund, sich abzuwenden, nahm Cat den Ball auf und warf ihn weg, so weit sie konnte.

„Darf ich fragen, warum?", sagte Mark schließlich. „Warum gerade jetzt?"

Cat seufzte. „Weil ich glaube, dass es nicht funktioniert. Ich meine – wir kommen gut miteinander zurecht, und du bist toll, du bist großartig und lustig und smart und sexy, und …"

„Wo ist dann das Problem?"

„Ich habe das Gefühl, das reicht nicht. Nicht für mich."

Mark wandte sich ab und warf einen kurzen Blick über den Park. Cat beobachtete ihn.

„Ist es, weil ich nicht mit zu deinen Eltern gekommen bin?"

„Nein. Zum Teil ja. Ich meine – ich will einfach mehr. Mehr als Spaß, und genau das ist es, wie es sich mit dir anfühlt, Mark. Es fühlt sich an, als ob alles immer nur Spaß ist."

Mark ließ ein ungläubiges Lachen hören. „Ich habe noch nie erlebt, dass irgendjemand sich darüber beklagt hat, weil er Spaß mit mir hatte."

Cat schüttelte wieder den Kopf. „Nein", sagte sie leise. „Vielleicht irre ich mich auch. Vielleicht werde ich es einmal bereuen, aber so empfinde ich es, und ich glaube, es wäre nicht fair von mir zu …"

„Oh, erspar mir dein Mitleid. Du glaubst, es wäre nicht fair von dir weiterzumachen? Ist es das? Tiefer in die Klischeekiste kannst du wohl nicht greifen, oder?"

Cat holte – ganz erschrocken – tief Luft. „Sorry. Aber ich dachte, ich sollte es erklären."

„Du willst mit mir Schluss machen, das ist alles, was ich wissen muss." Er stand auf und wandte sich von ihr ab.

Cat stand ebenfalls auf und verschränkte die Arme. „Es tut mir leid."

„Das muss es nicht." Er ging weiter und pfiff nach Chips.

Cat bekam ganz weiche Knie. Er hatte nicht versucht, sie umzustimmen. Er hatte keine Einwände erhoben, ihr nicht gesagt, wie gern er sie hatte oder dass die Beziehung ihm überhaupt etwas bedeutete. Vielleicht war Ärger die einzige Möglichkeit für ihn, damit umzugehen; aber all das bestärkte sie in der Überzeugung, dass sie recht hatte, dass seine Gefühle für sie nur oberflächlich waren. Cat beobachtete, wie er ein paar Schritte ging, sich niederbeugte, um Chips zu streicheln, dann den Ball warf und sich umdrehte.

Er kam auf sie zu, und Cat spürte ihr Herzklopfen. Kam er zurück, um sich zu entschuldigen oder um eine überzeugendere Erklärung zu bekommen?

„Mark …?“, setzte sie an.

„Ich weiß, was es ist“, sagte er. „Es ist wegen dir und Joe. Das ist der wahre Grund, warum du das machst.“

Cat erstarrte und war unfähig zu sprechen, so als ob jemand Leim über sie gegossen hätte.

„Du bist schon die ganze Zeit an ihm interessiert, und nun hast du beschlossen, dass ihr eine Chance verdient habt. Du ziehst ihn mir vor.“

„Das stimmt nicht.“

„Du hast uns beide zum Narren gehalten, und jetzt gibst du mich auf, weil er dir ein buntes Plakat gemalt und auf einem Surfbrett posiert hat? Er zeichnet Cartoons für seinen Lebensunterhalt, verdammt noch mal. Er kritzelt auf Papier. Ich mache Filme.“

„Es ist wirklich nicht …“

„Glaubst du, er könnte dich so befriedigen wie ich?“

„Mark …“, versuchte sie es erneut.

„Im Ernst, Cat. Der Kerl ist nur ein Werkzeug. Du hast mir die ganze Zeit etwas vorgemacht, und jetzt kommst du zu dieser verblendeten Schlussfolgerung.“ Er stand jetzt ganz nah bei ihr und starrte auf sie hinab.

Cat musste schlucken, und dann spürte sie, wie Ärger in ihr hochkam.

„Bei dieser Entscheidung geht es um mich, Mark. Nicht um Joe. Es geht darum, was *ich* von einer Beziehung will und was *mich* glücklich macht. Es tut mir leid, dass es mit uns nicht geklappt hat, und ich verstehe, dass du wütend bist. Aber es gibt keinen Grund, mich oder irgendjemanden anders anzugreifen." Sie legte ihm eine Hand auf den Arm, aber er wich zurück. „Es tut mir leid, Mark. Ich wollte dich nie verletzen."

„Das hast du nicht. Mach dir keine schlaflosen Nächte deswegen – ich jedenfalls werde das nicht tun."

Damit drehte Mark sich um und schritt auf den Ausgang des Parks zu. Chips holte ihn ein und trottete dann mit fröhlich wedelndem Schwanz neben ihm her. Cat setzte sich wieder auf die Bank und zitterte am ganzen Körper. Eine Mischung aus Erleichterung und Schuldgefühlen überwältigte sie.

So hart es auch war, sie hatte richtig gehandelt. Und Marks Verärgerung war zu verstehen. Aber zwischen ihr und Joe war nichts geschehen, er war nur in ihren Gedanken gewesen, und deshalb war die Verärgerung nicht fair, weder ihr noch Joe gegenüber.

Sie rappelte sich auf und fühlte sich ganz durcheinander und zerfahren, unfähig, sich auf irgendetwas zu konzentrieren. So machte sie sich ganz langsam auf den Weg in die Primrose Terrace. Was sie jetzt brauchte, waren Polly und Owen, ihre Freunde, ein warmes Wohnzimmer, eine Tasse Tee und eine geistlose Aufgabe, nämlich Weihnachtslichterketten zu entwirren. Sie hatte sich den Bewohnern der Primrose Terrace gegenüber verpflichtet, und das war genau das, was jetzt half, um sich von ihren eigenen Sorgen abzulenken. Sie würde sie nicht enttäuschen.

22. Kapitel

Als Cat nach Hause kam, erstrahlte die Hausfront in einem rosa und blauen Lichtermeer wie in einem Disney-Film. Owen hing weit vorgebeugt aus dem Fenster von Joes Schlafzimmer und ließ eine weitere Lichterkette zu Polly hinunter, die mit ausgebreiteten Armen auf der obersten Stufe stand.

„Oh mein Gott!“, sagte Cat. „Wollt ihr das ganze Haus in Lichterketten einwickeln? Gibt es irgendeine Strategie dahinter?“

„Wir probieren einiges aus“, rief Owen nach unten. „Das ist noch nicht die endgültige Version.“

„Owen, vorsichtig!“, rief Polly. „Geh wieder rein!“

Owen salutierte kurz und verschwand wieder hinter dem Fenster. Shed schlich zur Haustür heraus und schmiegte seinen weichen Körper abwechselnd an die Beine der beiden Freundinnen. Cat nahm ihn auf den Arm. „Warum kannst du nicht einfach ein kleiner Hund sein?“, fragte sie. „Hmm?“

Shed schnurrte und stieß mit der Stirn an ihr Kinn.

„Es ist gerade nicht leicht für ihn“, sagte Polly. „Er versucht, sich daran zu gewöhnen, dass Rummy hier ist. Ich bin echt beeindruckt, wie er damit zurechtkommt.“

„Bisher noch keine Kämpfe?“

„Ein kleines Zusammentreffen mit Miauen und Wimmern“,

antwortete Polly, „aber das war's. Owen will heute Abend beide nebeneinandersetzen und sehen, ob sie sich miteinander anfreunden können."

Cat lächelte trotz allem über diese Idee. „Tiermediation?"

„Er ist zuversichtlich. – Hast du übrigens getan, was du tun musstest?"

Cat sah Polly an, und ihre Freundin hatte wieder diesen starren Blick wie die Kinder in dem Film *Das Dorf der Verdammten*. „Ja, das habe ich", antwortete sie, dann versagte ihre Stimme. Stattdessen nickte sie heftig.

„Willst du darüber reden?"

Cat setzte Shed auf den Boden, ging hinein und zog ihre Jacke aus. Polly folgte ihr, und auch Owen kam schnell die Treppe herunter. „Ich muss das nur noch schnell anschließen, dann …" Er blickte auf, sah in ihre Gesichter und ging einen Schritt zurück. „Vielleicht muss ich nach einigen der Sternlichter schauen, die wir geholt haben. Mal gucken, was wir damit machen können."

Polly lächelte ihm zärtlich zu und wandte sich Cat wieder zu. „Was ist passiert?"

Cat hockte sich auf eine Armlehne des Sofas. „Ich habe mich von Mark getrennt."

Polly riss die Augen auf. „Was? Warum?"

„Weil es mit ihm nicht klappt. Weil es sich nicht richtig anfühlte, weil …" Sie zuckte mit den Schultern. „Es war mir nicht genug mit ihm. Wir hatten keine innere Verbindung. Ich hatte das Gefühl, dass keiner den anderen wirklich an sich heranlässt. Es ist genauso meine Schuld wie seine – wahrscheinlich eher meine, aber … es ist, wie es ist. Aus und vorbei."

„Oh, Cat!" Polly kniete sich vor sie hin und legte ihre Hände auf Cats Knie. „Das tut mir leid. Und du glaubst nicht, dass ihr euch mit der Zeit besser hättet kennenlernen können, dass er dir dann hätte genügen können?"

Cat drehte sich um und sah aus dem Fenster. „Ich glaube

nicht", antwortete sie leise. „Nicht, wie ich es empfunden habe. Darum …" Sie schob die Hände tief in die Taschen ihrer Jacke, fischte den Zettel mit den Details über die Welpen heraus, den sie in der Tierarztpraxis bekommen hatte, und warf ihn auf den Kaffeetisch.

„Oh Gott", sagte Polly seufzend. „Das ist so ein Mist, Cat. Es ist passiert, egal durch wessen Entscheidung, aber es ist nicht schön. Es tut mir leid. Und ausgerechnet nach dem Abschied von deinen Eltern. Wirst du denn zurechtkommen?"

„Das werde ich", antwortete sie. Dabei stand ihr Marks Verärgerung wieder vor Augen, und sie spürte erneut eine aufwallende Schuld. „Ich fühle mich im Moment ziemlich beschissen, aber ich habe es gewagt. Ich habe mit ihm Schluss gemacht, und es war die richtige Entscheidung."

„Was hast du jetzt vor?", fragte Polly, und ihre blauen Augen waren immer noch ganz groß. „Willst du dich fürchterlich besaufen? Oder willst du dir ein paar ausrangierte Teller besorgen und im Hof zerdeppern? Dich unter dem Federbett verstecken und heulen? Bei einigen dieser Dinge kann ich dir helfen. Oder …?" Sie sah hinter sich.

„Oder?", fragte Cat und verengte die Augen zu Schlitzen.

„Oder dich in Weihnachten reinknien. Owen ist …"

„Aua!" Ein lauter Knall, und das Licht an der Decke ging aus.

„Owen?", kreischte Polly. „Bist du okay?"

„Alles in Ordnung. Ich bin nur über den Spannungsschutzschalter gestolpert, das ist alles."

Polly drückte eine Hand gegen ihre Brust. „Mist."

„Weihnachten!", sagte Cat. „Owen braucht jede Hilfe."

„Das stimmt!"

Cat stand auf und zog Polly hoch. Die beiden Freundinnen sahen einander dankbar an, manche Dinge mussten nicht ausgesprochen werden. Cat wusste nicht, was sie ohne Polly hätte machen sollen.

„Okay!“ Cat hielt ihre Faust hin, und Polly schlug mit ihrer Faust leicht dagegen. „Machen wir das. Stürzen wir uns in Weihnachten.“

November und Dezember wurden immer kälter. Die Wettervorhersage drohte Schnee an, aber zumindest gab es keinen Regen. Die Bewohner der Primrose Terrace waren eifrig beschäftigt mit ihrer Weihnachtsbeleuchtung. Cat verbrachte jetzt mehr Zeit als sonst damit, aus den Fenstern zu sehen, obwohl sie eine bessere Entschuldigung als die meisten hatte, die Straße hoch und runter zu laufen. Sie freute sich, welche Mühe sich die Leute gaben.

Frankie, Emma und Lizzie brachten – mit Leylas Hilfe – Lichterketten mit Tiermotiven an. Sie hatten Ketten mit singvogelförmigen Lichtern, die vom Dach herunterhingen, und an der Hausfront Lichter mit Eseln, Schafen und Kühen, die eigentlich für eine Krippenbeleuchtung gedacht waren. Boris und Charles hatten bisher eleganten weißen und goldenen Schmuck angebracht, der zu dem Weihnachtsbaum passte, der im Fenster zur Straße hin stand. Ab und zu hatten sie Hilfe von Bossy und Dylan.

Die Barkers, erst kürzlich zurück aus einem dreiwöchigen Urlaub, den sie bei ihrem Sohn in Australien verbracht hatten, schickten sich zu Cats Schrecken an, einen Schlitten auf dem Dach anzubringen und den Weihnachtsmann am Schornstein hinaufklettern zu lassen. Sie hatten gerade erst angefangen, und Cat war gespannt darauf, wie weit sie damit gehen würden. Jessicas Haus war auffallend schmucklos, aber sie hatte Cat gesagt, sie habe alles detailliert geplant und werde erst in letzter Minute damit herausrücken. Elsie, die eine schlimme Erkältung hatte, bekam Hilfe vom Captain. Als Cat vorbeikam, um ihr eine selbst gekochte Suppe zu bringen, hatte sie ihre Nachbarn am Kaffeetisch angetroffen; Elsie und der Captain waren mit der Arbeit an einem Diagramm beschäftigt, das sie jedoch schnell vor ihr versteckten.

Fast alle waren mit großem Eifer bei der Sache. Das Haus von Cat und Polly war wieder abgeschmückt; die vielen Lichterketten waren in Joes Büro gelagert, und sie dachten nun darüber nach, was am spektakulärsten aussehen könnte.

Die Weihnachtsbeleuchtung an Haus Nr. 4 glänzte durch Abwesenheit, was Cat nicht im Geringsten überraschte. Es blieb beharrlich „weihnachtsfrei". Und der Audi war, wie Cat feststellte, seit einigen Tagen nicht draußen geparkt. Seit sie ihre Beziehung beendet hatte, hatte Mark sich nicht mehr gemeldet, wofür sie dankbar war.

Im Laufe der Wochen hatte sie sich mit ihrer Entscheidung abgefunden. Sie vermisste zwar gewisse Dinge aus ihrer gemeinsamen Zeit – sie konnte nicht leugnen, dass sie zusammen Spaß gehabt hatten –, aber in ihrem Inneren war keine tiefe Traurigkeit, kein Schmerz. Ihr Herzschlag wurde nicht schneller, wenn sie an ihn dachte, sie hatte nur ein Gefühl von Traurigkeit und Schuld, als hätte sie ihn schlecht behandelt und als hätte sie die Entscheidung schon früher treffen sollen.

Es war am zweiten Donnerstag im Dezember, und Cat – sie trug eine verblichene Jeans und einen schwarzen Pullover mit U-Boot-Ausschnitt – wartete darauf, dass die *Fairhaven Press* durch den Türbriefkasten flatterte.

Wann immer Cat an Joe dachte, spürte sie in der Brust ein seltsames schwaches Stechen, das – und da war sie sich sicher – nicht normal war. Er war nun schon über zwei Monate fort. Ein dreiwöchiger Kurs, aber sein Fernbleiben dauerte jetzt schon zweimal so lange. Was wäre, wenn es ihm so gut gefiel, dass er beschlossen hatte, längere Zeit dort zu bleiben, so wie ihre Eltern? Heutzutage konnten selbst Illustrationen aus der Ferne erledigt werden – er hatte das mit dem *Neugierigen Kätzchen* ja bewiesen.

„Was hast du vor?", fragte Polly, die im Schlafanzug ins Wohnzimmer schlenderte. Am vorangegangenen Wochenende hatten sie beide einen sehr schönen Sonntag zusammen verbracht. Sie hatten das Haus dekoriert. Ein riesiger Weihnachtsbaum – viel zu groß für das Zimmer – war in eine Ecke gezwängt worden, und die bunten Lichter daran waren so eingestellt, dass sie langsam zwischen gedimmt und hell aufleuchtend wechselten. Weiß glänzendes Lametta schmückte fast jede freie Fläche – wie Schnee – und hing in breiten Streifen über den Türrahmen. Polly hatte im Internet einen Sensor gefunden, bei dem Schlittenglocken erklangen, sobald jemand über die Schwelle zum Wohnzimmer trat. Sie bimmelten jetzt gerade, und Cat musste lachen.

„Nicht viel." Cat nippte an ihrem Kaffee und versuchte, ihre Sitzposition zu ändern, ohne Shed zu verdrängen, der ihr schlafend die Füße wärmte. Owens „ernstes Gespräch" mit den Tieren war zu Cats und Pollys Überraschung gut verlaufen, und Shed und Rummy verbrachten jetzt die meiste Zeit damit, wie Boxer im Ring einander etwas unsicher zu umkreisen. „Ich hole nachher die Westies ab", fuhr Cat fort, „und nehme auch Disco und Chalky mit, weil Elsie noch ziemlich angeschlagen ist."

„Beleuchtungstreffen später?", fragte Polly. „Ich habe den Tag frei. Dann könnte Owen vorbeikommen, und wir könnten anschauen, was wir bisher ausprobiert haben und was noch zu tun ist. Dann werden wir ja sehen, ob wir uns zu einer Entscheidung durchringen können."

„Hört sich gut an", sagte Cat mit einem Grinsen. Während der letzten Wochen hatten sie fast alle Abende zusammen verbracht, da Polly ihre Prüfung bestanden hatte und nicht mehr lernen musste. Hin und wieder verschwand sie, um Owen auf der anderen Seite von Fairview zu besuchen, aber meistens waren die drei zusammen. Zum ersten Mal seit ihrem Umzug in die Primrose Terrace konnte Cat mehr Zeit mit ihrer besten Freundin verbringen, und sie hatte nichts dagegen, dass auch deren neuer Freund dabei war.

„Oh, da ist ja die Zeitung." Polly ging zurück in den Flur, holte *The Fairhaven Press* aus dem Briefkasten und legte die

Zeitung vor Cat hin. Cat blickte ihre Freundin an, sah ihr nach, wie sie in die Küche ging, und blätterte – plötzlich recht nervös – die Zeitung durch.

Sie suchte den ihr vertrauten Titel und sah sich dann den Cartoon an, wobei sie sich nacheinander auf jedes einzelne Bild konzentrierte.

Das erste zeigte das *Neugierige Kätzchen*, wie es im Bett schlief, während der Weihnachtsmann mit seinem Schlitten auf dem Dach landete. Auf dem zweiten war der Weihnachtmann im Schlafzimmer des Kätzchens zu sehen. Er stand neben dem Weihnachtsstrumpf am Kamin und hielt den Sack umgekehrt. Er bekam einen erschreckten Gesichtsausdruck, als er sah, dass der Sack leer war. Auf dem dritten Bild war gerade noch das Bein des Weihnachtsmanns zu sehen, der durch den Schornstein nach oben verschwand. Das *Neugierige Kätzchen* hatte ein Auge offen und sah ihm nach.

Cat musste lachen. Das war genau das, was sie auch machen würde. Als Kind hatte sie ihren Strumpf nie unberührt bis zum Weihnachtsmorgen hängen lassen können. Und in diesem Cartoon sah das Kätzchen zur Unzeit in den Strumpf und war enttäuscht, weil keine Geschenke darin waren.

Dann sah sie sich das letzte Bild an. Der Weihnachtsmann war auf dem Dach und lief mit dem gefüllten Sack wieder auf den Schornstein zu, während unten die Augen des Kätzchens weit aufgerissen und traurig waren, als es in seinen leeren Weihnachtsstrumpf blickte. Aber Cat spürte heftiges Herzklopfen, denn zuoberst in dem jetzt gefüllten Sack des Weihnachtsmanns lag ein winziges Modellhaus, ein Miniaturpuppenhaus. Das war als solches nicht von Bedeutung – Cat war sicher, dass viele Kinder gerne ein Puppenhaus in ihren Weihnachtsstrümpfen würden finden wollen –, aber dieses hatte ein Mansardenfenster und die Nr. 9 an der Haustür.

War das jetzt nur ein freundlicher heimwärts gerichteter Gruß, oder bedeutete es, dass er zurückkommen wollte?

Polly saß ihr gegenüber und blies auf ihren heißen Kaffee.

Cat gab dem Drang, ihre Freundin zu fragen, nicht nach. Polly glaubte nämlich offenbar nicht, dass Cat einen Grund hatte, an Joes Aktivitäten besonders interessiert zu sein. Und Cat wiederum wusste, dass sie nicht noch länger Gleichgültigkeit vortäuschen konnte. Natürlich wollte sie ihrer besten Freundin alles erzählen, aber sie hatte keine Ahnung, ob Joe immer noch so empfand oder ob er überhaupt vorhatte, in die Primrose Terrace zurückzukommen. Sie blickte wieder auf den Cartoon und suchte nach weiteren Hinweisen, wissend, dass sie nicht vorhanden waren. Würde er Weihnachten wieder nach Hause kommen, oder hielt ihn dort zu viel zurück – etwa komplizierte Gefühle oder die Schönheit von Portland?

„Okay", sagte Cat, „ich gehe jetzt besser mit den Hunden raus."

„Weißt du, als was Elsie Disco und Chalky verkleiden will?", fragte Polly.

„Nein", antwortete Cat, dankbar für die Ablenkung. „Oder Jessicas Westies. Oder die Retriever der Barkers. Keiner sagt was."

„Ich würde gern wissen, ob Shed wohl als Lassie gehen möchte. Das wäre lustig, eine Katze als berühmter Hund verkleidet."

„*Noch lustiger* wäre es, wenn man Shed in ein Zimmer voll von richtigen Hunden setzen würde. Ich glaube nicht, dass sie alle so entgegenkommend wie Rummy wären." Cat stand auf und grinste.

„Na ja", fuhr Polly fort, „vielleicht doch keine gute Idee."

„Nun komm, Chalky", sagte Cat, „so kalt ist es nun auch wieder nicht, und guck mal – die Sonne scheint!" Sie zeigte nach oben zum Himmel, der die wässrige, blassblaue Farbe eines Wintertages hatte. Chalky schnüffelte und blieb stehen. Cat kauerte sich hin, wobei das Leder ihrer Stiefel knarrte. „Komm,

Schatz, es dauert nicht lange, und wir holen die Westies." Sie kraulte das weiche Fell unter seinem Kinn, stand auf und ging langsam auf Nr. 1 zu, wobei sie hoffte, dass Chalky etwas munterer würde.

Jessica öffnete und gab Cat einen Kuss auf die Wange. Sie trug eine schwarze Hose und einen roséfarbenen Pulli, der unglaublich weich aussah. Sie hatte ihr blondes Haar nach hinten gebunden und sah auch ohne Make-up toll aus.

„Entschuldigen Sie diesen Aufzug", sagte sie, „bin gerade im Arbeitsmodus."

Cat musterte kritisch ihre eigenen Sachen, ihre dunkelgrüne Wolljacke, den groben Schal, die Jeans und den Pulli und dachte, dass sie auch in einer Million Jahre nicht so elegant aussehen würde wie Jessica in ihrem Arbeitsmodus. „Geht alles gut?"

„Oh ja!" Jessica klatschte in die Hände. „Ich habe über ein paar fantastische neue Rezepte nachgedacht. Einige will ich für die Party ausprobieren, und dann habe ich immer noch Zeit für die Planung der Weihnachtsbeleuchtung. Ich werde Sie nicht enttäuschen."

„Irgendwie hoffe ich, dass Sie das doch tun werden. Dann haben wir größere Gewinnchancen."

Beide lachten, und Jessica rief ihre Hunde: „Coco, Valentino, Dior! Es geht los! Sehen Sie, Cat", sagte sie, und ihr Gesichtsausdruck wurde plötzlich ernst. „Ich würde Ihnen gern etwas sagen, wegen Ihnen und Mark."

„Oh?" Cat spürte, wie sich ihr die Kehle zuschnürte. Jessica und Mark waren gut befreundet, sie hatte ihm überhaupt erst von Fairview erzählt. Daher war Cat nicht überrascht, dass Mark sich ihr anvertraut hatte. Von Cat wussten das nur Polly, Owen und Elsie, und sie hatte plötzlich das Gefühl, dass ihre Freundschaft mit Jessica bedroht war. „Worum geht es?"

Jessica schenkte ihr ein mitfühlendes Lächeln. „Er hat mir erzählt, was passiert ist. Er war aufgebracht, verständlicherweise. Sie sind einfach toll, ein richtiger Glücksgriff – ich glaube, dass ihm das erst klar wurde, als Sie die Beziehung beendet haben. Und ich glaube auch, dass er tief im Innern weiß – es aber nicht zugibt –, dass er Sie unfair behandelt hat und Ihnen nicht die Schuld dafür geben kann, dass Sie sich von ihm getrennt haben."

Cat runzelte die Stirn. „Unfair?"

Jessica nickte. „Er hat so viel Zeit mit Sarah verbracht." Sie beugte sich vor und machte die Leinen an den kristallbesetzten Halsbändern der Hunde fest.

„Sarah?"

„Sarah. Seine Frau."

Cat versuchte vergeblich zu schlucken. „Mark hat eine *Frau*?"

Jessica starrte sie an. „Oh mein Gott, hat er Ihnen das nie gesagt?"

„Mark ist *verheiratet*?" Ihre Stimme hörte sich in der stillkalten Luft ungewöhnlich laut an.

Jessica berührte Cat am Arm. „Nun ja, sie führen so eine On-and-off-Beziehung, aber – das ist ja schrecklich, Cat. Sie haben das wirklich nicht gewusst?"

Cat schüttelte den Kopf und dachte an die Schuldgefühle, die sie hatte, weil sie etwas für Joe empfand. „Und er hat sie immer noch gesehen?"

Jessica nickte langsam. „Aber nach dem, was er mir gesagt hat, ist ihre Beziehung immer turbulent gewesen. Ich glaube, dass er während der letzten beiden Monate, in denen er mit Ihnen zusammen war, ihr nur mal in einem Streitfall geholfen hat."

„Sie *glauben* das?"

Jessica senkte den Blick. „Da gibt es einen lang anhaltenden Streit mit ihren Nachbarn in London. Sie wohnt jetzt allein in dem Haus, aber Mark war noch da, als der Streit anfing. Er hat sie unterstützt, Vermittlungstermine besucht, und als das nicht klappte, hatte er sich um Rechtsbeistand gekümmert. Ich – Cat, ich habe ehrlich geglaubt, dass Sie das wussten. Ich habe gedacht, dass Sie mit ihm Schluss gemacht haben, weil Ihnen klar geworden war, dass er Sarah nicht wirklich losgelassen hat."

Cat starrte auf den Fußboden und dachte dabei an die Schriftstücke, die er manchmal studiert hatte. „Also die ganzen Fahrten nach London, die Anrufe? Und ich dachte, er arbeitet an seinem Film."

„Das hat er ja auch, obwohl das in letzter Zeit ins Stocken geraten ist. Ich denke, dass er jetzt an etwas anderem arbeitet."

Keine Treffen mit Produzenten über Skype, keine Telefonate. Alles betraf nur Sarah. „Aber warum –?" Sie schreckte zusammen. Dann kauerte sie sich hin, um Disco und Chalky zu streicheln und ihre warmen Körper an sich zu drücken. Chalky presste seine Nasenspitze an ihr Kinn. Verärgerung kam in Cat hoch. „Glauben Sie, er hat mehr gemacht, als ihr nur zu helfen?"

„Möchten Sie reinkommen?", lud Jessica sie ein. „Kommen Sie und trinken Sie eine Tasse Tee mit mir. Bringen Sie Chalky und Disco mit."

Cat schüttelte den Kopf. Sie stand auf. Ein Gefühl der Entrüstung durchfuhr sie, obwohl sie und Mark nicht mehr zusammen waren. „Glauben Sie, dass er jedes Mal, wenn er zurück nach London fuhr, bei ihr war? Dass sie immer noch zusammen waren? Er hat mich hier auf Sparflamme gehalten, und dann ist er zurück zu seiner Frau, immer wenn er in London war."

Cat dachte an das Foto der eleganten Frau, das sie an Marks Kühlschrank gesehen hatte. Weiter dachte sie an die Monate, in denen sie einander ausgewichen waren, daran, wie lange es gedauert hatte, bis Mark sie zum Essen eingeladen hatte, und an seine spontanen Fahrten nach London, bei denen er Fairview – und sie – jedes Mal im Nu zu vergessen schien.

„Er hat sie nie aufgegeben, oder?", sagte sie langsam. „Er hat nie aufgehört, sie zu lieben."

Jessica schloss die Augen und seufzte fast unhörbar.

Cat wusste, dass sie recht hatte.

Abgesehen von der Kälte war es ein schöner Dezembertag. Bis Weihnachten waren es noch genau zwei Wochen, und die Hunde genossen den Park, ohne dass Regen von der Seite kam oder ein heftiger Wirbelwind über die Rasenflächen fegte. Cat ließ sie frei laufen und war dankbar für die Zeit, die sie mit ihren Gedanken allein sein konnte. Chalky lief zehn Meter, setzte sich dann hin und blickte über die weite Grasfläche. Cat kauerte sich neben ihn. „Hey", flüsterte sie, „was ist los, alter Junge? Hast du heute keine Lust rumzurennen? Willst du nach Hause und unter die Bettdecke kriechen?" Sie schlang die Arme um ihn und lauschte auf seinen Atem, der schnell und etwas ungleichmäßig war.

„Bist du okay, Chalky?" Sie blickte auf ihn hinunter, und der Zwergschnauzer senkte den Kopf auf ihr Knie. „Ja?" Sie streichelte seine Ohren. „Bist du auch auf Mark böse? Denkst du wie ich, dass er ein Scheißkerl ist?"

Wie konnte sie sich nur so geirrt haben? Während der ganzen Dauer ihrer Beziehung hatte Mark Zeit mit seiner Frau verbracht und ihr gegenüber das nie erwähnt, obwohl er Jessica alles erzählt hatte. Er hatte ihr nicht einmal gesagt, dass er eine Frau hatte – Ex hin oder her. Im Gegenteil, er hatte ihr erzählt, er wäre seit fast einem Jahr Single. Allein schon das bewies, dass es etwas in ihrer Beziehung gab, das er vor ihr verbergen wollte.

Cat fragte sich, ob sie vielleicht überreagiert hatte, schließlich war sie nun nicht mehr mit ihm zusammen. Aber es fühlte sich doch wie eine ernste Sache an. Es befleckte die Erinnerungen an ihre gemeinsame Zeit. Sie fühlte sich ausgenutzt. Nach allem, was Jessica gesagt hatte, hörte es sich nicht so an, als ob er vorgehabt hatte, sich endgültig von Sarah zu trennen. Im Gegenteil, seit er Cat kennengelernt hatte, war er auf Nummer sicher gegangen, im Vertrauen darauf, dass diese zwei Teile seines Lebens sich nie überlappen würden. Hatte er also beide Frauen an der Nase herumgeführt?

Cat war so etwas wie Marks Urlaubsflirt gewesen, eine Frau, die ihn bei Laune hielt, wenn er nicht in London war. Ein Trostpreis, wenn es Schwierigkeiten mit Sarah gab. Sie dachte zurück an ihre ersten Treffen, an das Flirten, daran, wie aufgeregt sie gewesen war, als sie ihn auf Jessicas Party gesehen hatte. Sie dachte an ihr erstes wunderbares Date. Sie war ein bisschen wie betäubt, während ihre Gedanken hin und her sprangen, sodass sie nicht sicher war, ob sie eher empört oder erleichtert sein sollte.

Cat setzte sich auf den kalten Kies, und Chalky kletterte auf ihren Schoß.

Wenigstens hatte sie nun den Beweis, dass sie die richtige Entscheidung getroffen hatte. Es wäre so viel schlimmer gewesen, wenn sie bei Mark geblieben wäre und es rausgefunden hätte, während sie zusammen waren. Aber es schmerzte doch, dass er sie die ganze Zeit so gründlich getäuscht hatte. Sie hatte ihre Beziehung beendet, nachdem sie wusste, dass ihre Gefühle nicht ausreichten. Aber hätte er, wenn er die Gelegenheit gehabt hätte, weiterhin Zeit mit ihr verbracht und mit ihr geschlafen und wäre immer dann nach London zurückgefahren, wenn Sarah mit den Fingern geschnippt und ihn zurückgewollt hätte?

„Was für ein Arschloch", murmelte sie in Chalkys Fell hinein. „Kannst du das fassen?" Seit einem Monat hatte sie nicht mit Mark gesprochen, und sie war es gewesen, die die Beziehung beendet hatte, doch immer noch begleitete sie ein Gefühl der Entrüstung. Cat wartete darauf, dass Tränen fließen würden, aber es kamen keine. Trotz ihrer Wut wusste sie, dass er ihr Herz nicht besaß. Kalte Winterluft pfiff durch ihre Kleidung, und sie fror.

Die Westies und Disco rannten über die Rasenfläche auf sie zu. Coco legte seine Vorderpfoten auf ihre Schulter, und Disco versuchte, auf Chalkys Rücken zu klettern. Cat war rundum von Hunden umgeben, und die Wärme und Anhänglichkeit der Tiere brachten ein Lächeln auf ihre Lippen. Sie teilte Leckerchen aus und leinte die Kleinen an. Sie hielt auch Chalky ein Leckerchen hin, aber er drehte den Kopf weg. Cat runzelte die Stirn, strich mit der Hand über sein Fell und berührte seine Nase.

„Vielleicht hast du dich bei Elsies Erkältung angesteckt", sagte sie leise. „Sollen wir dich nach Hause bringen?"

Chalky sah sie mit ernsten Augen an.

Behutsam nahm sie ihn von ihrem Schoß, leinte ihn an und stand auf. Er blieb still stehen, so als ob er auf Anweisungen wartete. Cat fing an, sich Sorgen zu machen. Polly arbeitete heute nicht, aber die Tierarztpraxis war nicht weit. Sie ging langsam los, Coco, Valentino und Disco sprangen vor ihr herum, und Dior lief neben Chalky her. Cat nahm den Weg um die Seite des Parks herum, die Hunde immer im Blick.

Plötzlich straffte sich die Leine, und Cat schrie auf, als Chalky auf dem Betonboden zusammenbrach. Sie kniete nieder, Dior fing an zu bellen – und dann die anderen Hunde auch. Disco wimmerte und jaulte abwechselnd. Cat hielt ihre Hand vor Chalkys Schnauze. Seine Atmung war flach und unregelmäßig.

Hastig tastete sie nach dem Handy, zog es schließlich aus der Tasche und wählte Pollys Nummer. Es klingelte lange, bis irgendwann die Mailbox dranging. Sie legte auf und suchte im Adressregister, ob sie die Nummer des Tierarztes darin gespeichert hatte, aber das war nicht der Fall.

„Chalky", flüsterte sie, „komm. Mach das bitte nicht." Sie unterdrückte ein Schluchzen und sah sich im Park um. Sie war zu weit weg, um George im Pavillon-Café auf sich aufmerksam machen zu können, und sie wollte Chalky auch nicht eine Minute alleinlassen.

Sie legte die Arme unter den alten Hund und versuchte, ihn hochzuheben. Er war schwer. Ein Zittern ging durch seinen

Körper, und Cat fluchte leise, weil sie ihm mit ihrer Ungeschicklichkeit nicht wehtun wollte. „Scheiße, scheiße, scheiße."

„Hallo, Miss Palmer. Ein bisschen kalt, um hier zu sitzen, oder?" Sie blickte auf und sah Mr. Jasper mit seinem besten falschen Lächeln auf sie zukommen.

Cat schob ihren Stolz beiseite und war bereit, alles zu machen, was er sagte, wenn er ihr nur helfen würde. „Mr. Jasper, bitte helfen Sie mir. Chalky ist zusammengebrochen, und ich weiß nicht, was ich machen soll."

Sein falsches Lächeln verschwand, und er kam eilig auf sie zu. Er kniete sich hin und legte seine Hand auf den geschwächten Hund.

„Ich muss ihn zum Tierarzt bringen. Und ich glaube nicht, dass ich das allein schaffe."

„Okay, okay. Machen Sie sich keine Sorgen. Es ist nicht weit." Mr. Jasper legte seinen Mantel ab und breitete ihn auf dem Boden aus. Dann hob er Chalky vorsichtig hoch und legte ihn auf den Mantel. Er hüllte den Hund darin ein, nahm ihn in die Arme, schwankte leicht, bis er sein Gleichgewicht hatte, und stapfte los. Cat guckte schnell nach den anderen Hunden, beugte sich nieder, streichelte alle nacheinander und folgte Mr. Jasper, der mit großen Schritten auf den Ausgang des Parks zuhielt, sein Gesicht rot vor Anstrengung.

Sie waren alle traurig. Die Hunde wimmerten und blieben Cat auf den Fersen, als ob sie gar nicht ohne sie sein könnten. Cat hielt mühsam Schritt mit Mr. Jasper, das Atmen fiel ihr schwer. Sie versuchte, nicht daran zu denken, dass Chalky vielleicht nie wieder die Augen öffnen würde. Ihr kam Disco in den Sinn, die allein in Elsies Haus spielen müsste, und Elsie, die ohne ihren geliebten alten Wächter wäre.

Schließlich erreichten sie die Tierarztpraxis, und Mr. Jasper ging auf die Rezeption zu, Chalky immer noch in seinen Armen. Einen Moment später kamen ein Mann mit grauem Haar und einsetzender Stirnglatze sowie Pollys Freundin Leyla eilig aus einem Raum hinter der Rezeption nach vorn. Cat beobachtete benommen, wie sie Chalky wegbrachten, eine Pfote und auch der Schwanz hingen schlaff und unbeweglich über Mr. Jaspers Mantel herab.

Mr. Jasper wischte sich den Schweiß von der Stirn, und seine dunklen Augen waren weit aufgerissen.

„Ich danke Ihnen so sehr!“, brachte Cat heraus. „Ich weiß nicht, was ich ohne Ihre Hilfe gemacht hätte.“

Zaghaft strich er über ihren Arm. „Er ist jetzt gut versorgt. Sie werden alles tun, was sie können.“

Cat wandte sich ab, weil eine starke Gefühlswallung in ihr hochstieg.

„Was brauchen Sie?“, fragte Mr. Jasper. „Wem gehören diese Hunde?“

Coco, Dior, Valentino und Disco hatten sich etwas unsicher um ihre Füße herum versammelt. „Die Westies gehören Jessica Heybourne, aber Disco ist Chalkys ...“

„Ich bringe sie zurück zu ihr. Bleiben Sie bei Disco und rufen Sie jemanden an, den Sie hierhaben möchten. Bleiben Sie nicht allein hier.“

Cat nickte – sie war ganz betäubt –, während Mr. Jasper die Leinen der Westies nahm. Er sah ihren zweifelnden Blick und lächelte kurz verlegen. „Machen Sie sich keine Sorgen. Ich verspreche, dass ich sie sicher zurückbringe. Wir haben zwar unsere Differenzen, Miss Palmer, aber ich bin kein Monster.“

„Danke“, war alles, was Cat herausbringen konnte.

Mr. Jasper ging auf die Anmeldung zu, während Cat auf einen der harten Wartezimmerstühle sank und Disco auf den Schoß nahm. Der junge Hund wimmerte; er spürte, dass nicht alles in Ordnung war und dass Chalky nicht bei ihnen war.

„Könnten Sie dieser jungen Dame eine Tasse Tee bringen?“, hörte sie Mr. Jasper fragen, und dann sagte er beim Hinausgehen, zu ihr gewandt: „Rufen Sie jemanden an.“ Ehe sie antworten konnte, war er mit Coco, Dior und Valentino verschwunden.

Einen Moment später bekam sie eine Tasse Tee in die Hand gedrückt, und dann – es schien ihr, als ob nur Sekunden vergangen waren – war er kalt, als sie einen Schluck nahm. Disco saß unruhig auf ihrem Schoß und wimmerte leise in ihre Jacke hinein. Nach und nach nahm Cat das Gewicht des Hundes auf ihrem Schoß wahr, sie spürte die unangenehme Kälte des fast leeren, weihnachtlich geschmückten Warteraums und sah ein älteres Ehepaar mit einem Katzenkorb vor den Füßen, das sie mitleidig anblickte.

Sie musste jemanden anrufen. Sie sollte eigentlich Elsie anrufen, aber sie wollte ihr das, was passiert war, nicht am Telefon sagen, und die Praxis verlassen wollte sie auch nicht, denn möglicherweise erfuhr sie ja bald etwas über Chalky. Sie stellte die Teetasse auf den Boden und wählte Pollys Nummer.

„Hi, Cat." Polly hörte sich munter und fröhlich an.

„P-Polly", stotterte Cat, „es ist was mit Chalky. Ich bin – ich bin beim Tierarzt. Kannst du Elsie herbringen?"

„Was!?", flüsterte Polly. „Was ist passiert?"

„Ich weiß es nicht. Wir waren im Park, und plötzlich brach er zusammen. Er sah dabei so …" Die Worte blieben ihr im Hals stecken.

„Ich komme und bringe Elsie mit. Bist du okay, Cat?"

Cat konnte nur ein gemurmeltes „mhmm" herausbringen und beendete schnell das Gespräch.

23. Kapitel

Um Cat herum kamen und gingen die Leute. Jedes Mal, wenn die Haustür aufging, wehte beißende Kälte herein und ließ die Silberfoliengirlanden rascheln. Cat blickte unverwandt auf die Tür, durch die Chalky weggetragen worden war. Sie wünschte sich mit jeder Faser ihres Körpers, dass ein lächelnder Tierarzt erscheinen und ihr sagen würde, dass es nur blinder Alarm gewesen sei, oder – noch besser – dass Chalky angetrottet käme und Cat mit seinen dunklen Augen unter den buschigen Augenbrauen angucken würde. Sie atmete tief ein und aus und versuchte, ihren Befürchtungen keinen Raum zu geben. Dabei hielt sie sich an Disco fest, der ihr Trost und Wärme vermittelte.

Aber dann wurde die Eingangstür aufgestoßen, und Polly stürmte in ihrem grünen OP-Kittel herein. Hinter ihr kam Elsie in einer dunkelgrauen Jacke, das Gesicht ganz blass. Und danach kam Joe.

Joe! Er war wieder in Fairview!

Cat starrte ihn an: Sein blondes Haar, das etwas länger und weniger gepflegt aussah als bei seiner Abreise; seine Haut – gebräunter, als man es im Dezember erwarten konnte; sein Kinn mit struppigen Bartstoppeln, und um seine Augen hatten sich kleine Fältchen gegraben. Er trug einen hellgrauen Kapuzenpulli, dessen Farbe an alten Schnee erinnerte. Cats Herz krampfte sich zusammen, und Tränen traten ihr in die Augen. Sie atmete tief ein und bemühte sich um Fassung.

„Cat." Polly kauerte sich vor sie hin. „Wie geht es ihm?"

Elsie setzte sich neben Cat und legte ihr eine Hand auf die Schulter. Disco sprang von Cats Schoß und legte sich auf Elsies. Cat durchrieselte ein Schauer, weil plötzlich die Wärme fehlte. Sie schüttelte den Kopf. „Es ist noch niemand herausgekommen, ich weiß also noch nichts."

„Du hast das Richtige getan", sagte Elsie mit fester Stimme. „Dass du ihn hierhergebracht hast."

Cat wandte sich ihrer Freundin zu und nahm die stoische Ruhe in ihrer Stimme wahr – aber auch den unter der Oberfläche liegenden Schmerz. „Es war Mr. Jasper", flüsterte sie. „Er hat mir geholfen und Chalky getragen. Es tut mir so leid, Elsie. Ich hätte ihn nie mitnehmen dürfen – ich ..."

„Schhh, Mädchen", sagte Elsie mit Wärme und drückte Cats Schulter. „Du hast dich wunderbar verhalten."

„Ich schau mal, was ich herausfinden kann." Polly stand auf und eilte in den Behandlungsraum.

„Es ging ihm gut." Cat blickte Joe an und wandte sich dann Elsie wieder zu. „Er war etwas still, aber sonst okay. Dann aber wollte er das Leckerchen nicht und schien sich doch nicht ganz so wohlzufühlen. So habe ich gedacht, ich bringe ihn am besten hierher. Gelaufen ist er gut, ich bin aber auch sehr langsam gegangen. Und dann brach er plötzlich einfach zusammen." Sie bedeckte ihr Gesicht mit den Händen, beugte sich nach vorn und drückte die Ellbogen auf die Knie.

„Hey", sagte Joe, der plötzlich neben ihr war. „Hey, komm. Mehr hättest du nicht tun können." Seine sanfte, beruhigende Stimme gab ihr augenblicklich Trost. Cat nickte, richtete sich aber nicht auf. Sie wünschte, sie könnte sich in dem Dunkel ihrer Hände, in die sie ihr Gesicht gepresst hatte, verstecken und Joe für immer zuhören.

Doch dann ging die Tür auf, und ein Mann räusperte sich,

ehe er sprach: „Mrs. Willows? Chalky ist Ihr Hund, nicht wahr?“

„Ja, das stimmt.“

Cat bemerkte das Zittern in der Stimme der älteren Frau. Sie richtete sich auf und sah den großen Tierarzt blinzelnd an.

„Wie geht es ihm?“, fragte Elsie.

„Er ist sehr krank“, sagte der Arzt. „Er leidet an einer akuten Pankreatitis. Das heißt, seine Bauchspeicheldrüse ist entzündet und arbeitet nicht richtig.“

„Oh mein Gott“, murmelte Cat. „Wird er denn wieder gesund werden?“

Der Tierarzt lächelte, aber zögernd. „Das kann ich jetzt leider noch nicht sagen. Er muss hierbleiben, und wir dürfen ihm für den Moment keine Nahrung und kein Wasser geben. Erst nach einer Weile fangen wir behutsam damit wieder an. Dadurch kann sich die Bauchspeicheldrüse langsam erholen. Wenn das während der nächsten zweiundsiebzig Stunden gut funktioniert und wenn man seine Ernährung etwas umstellt, dann hat er eine Chance, sich gut zu erholen.“

„Aber vielleicht erholt er sich auch nicht?“, fragte Elsie mit banger Stimme.

„Wir müssen wirklich abwarten und sehen, wie die Behandlung anschlägt. Zum jetzigen Zeitpunkt kann ich noch nichts garantieren.“

Elsie seufzte und drückte ihr Gesicht in Discos Nacken. „Ich verstehe. Ich kann ihn jetzt wohl nicht sehen?“

Der Tierarzt schüttelte den Kopf. „Jetzt leider nicht. Wir rufen Sie gleich morgen früh an, um Sie über den Verlauf zu informieren. Und ich kann Ihnen versichern, dass er hier in besten Händen ist. Sie sollten nach Hause gehen und sich etwas ausruhen.“

Elsie nickte, und Cat sah, dass ihre Hände zitterten. Der Tierarzt verließ sie, und einen Augenblick später kam Polly aus dem Behandlungsraum. „Hat er es euch gesagt?“

Cat nickte. „Hört sich schlimm an, aber er – er kann sich noch immer erholen."

„Wir tun alles, was wir können", sagte Polly. „Elsie, wir kümmern uns um ihn für dich."

„Ich weiß, meine Liebe", antwortete Elsie. „Ich weiß."

„Ich bringe dich zurück." Joe stand auf und wartete, während Elsie Disco auf den Boden setzte und die Praxis verließ. Wie immer hielt sie den Kopf hoch erhoben.

Cat stand mit Mühe auf, ihre Glieder waren vom stundenlangen Stillsitzen ganz steif geworden. Sie umarmte Polly. „Danke", flüsterte sie.

Sie konnte gar nicht glauben, wie gefasst Elsie war, wie sehr sie sich zusammennahm.

„Du solltest auch nach Hause gehen, Cat", sagte Polly. „Du siehst erschöpft aus. Ich bleibe hier bei ihm."

Cat kletterte auf den Rücksitz des Fiesta und sank ins Polster. Auf dem Heimweg sprach niemand, und als Joe vor Elsies Haus hielt, stieg sie schnell aus.

„Elsie", Cat tastete nach dem Türgriff und folgte ihr. „Lass mich mit reinkommen, ich mach dir etwas zu essen."

Elsie umarmte Cat. Das tat sie nur selten. Gewöhnlich klopfte sie jemandem nur leicht auf die Schulter oder drückte ihm rasch den Arm. Cat war überrascht. „Ich will einfach nur rein und mich ganz still verhalten, Cat. Du warst wunderbar heute, wie du dich um meinen alten Jungen gekümmert hast. Es gibt niemanden, bei dem ich ihn lieber gehabt hätte, und wenn er überlebt, wenn er es schafft, dann ist das dir zu verdanken."

„Du solltest jetzt aber nicht allein sein", sagte Cat.

„Das bin ich nicht." Elsie lächelte, zu Disco gewandt, die immer noch still und unsicher zu den Füßen von ihrem Frauchen saß.

„Bist du sicher, dass ich nicht …?"

„Morgen", sagte Elsie. „Komm morgen zu mir." Sie drückte

ihren Arm – es war die vertraute Geste, die ein Lächeln bei Cat hervorrief. Sie blickte der älteren Frau nach, wie sie die Treppe hinaufstieg und ins Haus ging. Ihr Alter war ihr jetzt deutlich anzumerken.

„Komm“, sagte Joe. „Lass Elsie auf ihre Art damit umgehen. Du stehst noch unter Schock und du frierst.“

„Du bist zurück“, sagte Cat leise.

Er lächelte kurz und sah müde aus. „Ja, das bin ich.“

„Es ist nicht gerade die Heimkehr, die man sich wünscht.“ Cat presste die Hände unter ihre Ellbogen und versuchte, nicht zu zittern.

„Alles gut, Cat. Ich habe keine Ballons und Partyknaller erwartet. Komm einfach rein, damit dir warm wird.“

„Hast du eine schöne Zeit gehabt?“

Joe nickte und nahm ihren Arm, und trotz allem spürte sie, wie bei seiner Berührung ein Funke übersprang. Sie ließ Joe auf der Treppe von Nr. 9 vorausgehen und nahm seine Gegenwart ganz in sich auf. Trotz ihrer Anspannung und Erschöpfung durchfuhr sie bei seiner Nähe ein Glücksgefühl, das ihr bewusst machte, wie sehr sie ihn vermisst hatte.

Er sah sie an. „Was?“

„Ach nichts“, murmelte sie.

„Du starrst mich ja richtig an.“

„Ich freue mich, dass du zurück bist.“

Er runzelte die Stirn und stand ihr nun genau gegenüber. Ganz langsam machte er die Knöpfe ihrer Jacke auf. Er sah sie dabei nicht an, sondern konzentrierte sich auf seine Finger, als wäre das die schwierigste Sache der Welt. Cat stockte der Atem. Er streifte ihr die Jacke über die Schultern und ging mit ihr zum Sofa. Ganz behutsam ließ er sie Platz nehmen.

„Du zitterst ja“, sagte er ruhig.

„Mir geht es gut.“ Cat musste schlucken und wartete darauf, dass ihr Herzschlag sich wieder beruhigte. „Chalky ist derjenige, der beim Tierarzt auf dem OP-Tisch liegt.“ Sie schloss die

Augen, und ihre Gefühle wechselten zwischen Freude über Joes Rückkehr und Verzweiflung über Chalkys Zustand.

„Hey", sagte Joe beruhigend. „Hey, es ist alles okay. Der Tierarzt kümmert sich um ihn, Polly ist da und Leyla auch. Du musst dich jetzt einfach ausruhen, sie machen das schon." Cat spürte, wie Wärme sie umgab. Erst jetzt merkte sie, dass Joe ihr eine Decke um die Schultern gelegt hatte. Sie wandte sich zu ihm um und blickte ihm direkt in seine ernsten blauen Augen.

Sie holte tief Atem und zitterte dabei. „Joe."

„Möchtest du Tee?" Er schenkte ihr ein kurzes Lächeln und ging in die Küche. Cat zog die Decke enger um sich, legte die Beine hoch und schloss die Augen.

Joe war zurück. Chalky war krank, sehr, sehr krank, aber *ganz bestimmt* würde er sich erholen. Jetzt, da Joe wieder da war, musste einfach alles in Ordnung kommen.

Sie wurde geweckt von einer kalten, feuchten Nase, die gegen ihre Wange drückte, und einen Augenblick lang dachte sie, es wäre Chalky. Sie öffnete die Augen. Shed saß laut schnurrend neben ihr auf dem Sofa, und sein Gesicht war ganz nah an ihrem. Künstliches Licht leuchtete, und Cat sah, dass es hinter dem Regenbogenglühen des Weihnachtsbaums schon winterlich dunkel war.

„Wie geht es dir?" Joe saß ihr gegenüber auf dem Sofa. Auf dem Tisch stand eine leere Bierflasche, und auf den Knien hatte er eine Zeitschrift.

„Ich glaube, ganz gut." Cat rieb sich die Stirn und richtete sich auf. „Wie spät ist es?"

„Es ist fast fünf Uhr nachmittags. Jedenfalls in Fairview. Ich habe keine Ahnung, wie spät es in meinem Kopf ist." Er beugte sich vor, legte die Zeitschrift weg und stützte die Ellenbogen auf die Knie.

„Übler Jetlag?"

Joe nickte. „Als wäre ich mit einem Bus zusammengestoßen. Aber das geht vorüber."

„Aber deine Reise war so gut, wie du erwartet hast?"

„Ja, es war toll, danke. Genau das, was ich gebraucht habe."

„Der Kurs?"

„Ja, und auch die Auszeit. Ein Urlaub weg von hier, weg von allem." Er runzelte die Stirn und schüttelte schnell den Kopf. „Nun, wie geht es dir wirklich?"

Cat mochte ihn nicht ansehen. Sie fühlte sich völlig erledigt, und in ihr tobte ein Gefühlschaos. Die Neuigkeiten über Marks Frau wurden durch Chalkys Zustand und durch Joes Rückkehr in den Hintergrund gedrängt. Sie seufzte.

„Das habe ich mir gedacht", sagte Joe leise. „Aber du musst versuchen, dir keine Sorgen zu machen, und wenn es auch nur für ein paar Stunden ist."

„Was ist, wenn es meine Schuld ist?" Cat streichelte Sheds flaumiges rötliches Fell. „Was, wenn ich es eher bemerkt hätte, wenn ich ihn früher zum Tierarzt gebracht hätte. Ich war so vertieft in … ich …" Sie konnte kaum glauben, dass Jessica die Bombe am Morgen desselben Tages hatte platzen lassen – jetzt, wo das Ganze komplett unbedeutend geworden war. „Was ist, wenn Chalky stirbt?"

„Hör mir zu", sagte Joe ruhig und setzte sich neben sie. „Du hast alles getan. Du hast dich um Chalky gekümmert, hast ihn wie deinen eigenen Hund behandelt, hast ihn geliebt. Du warst die beste Hundesitterin und beste Freundin, die dieser allerliebste alte Hund sich nur wünschen konnte. Der Tierarzt glaubt, dass er durchkommt, und ich kenne Chalky, er ist ein starker Typ und er ist zäh. Ich bin sicher, dass er es schafft. Aber", fuhr er fort, und seine Stimme wurde leiser, „wenn es Zeit für ihn ist, zu gehen, wenn er das jetzt nicht überlebt, dann wirst du auch damit fertigwerden, glaube mir. Du hast mich und Polly und Disco. Elsie und du, ihr werdet euch umeinander kümmern. Es wird hart, und du wirst dich durchbeißen. Vielleicht wird es schwer für dich werden, mit anderen Hunden rauszugehen, weil du immer an ihn erinnert wirst. Aber Chalky wird immer Teil deines Lebens bleiben, und du wirst immer deine Erinnerungen an ihn haben."

Cat starrte Joe an, und Tränen traten ihr in die Augen. Er lächelte nicht, aber sein Gesicht war voller Mitgefühl, und seine Worte machten sie ganz benommen.

„Du kennst das", murmelte sie. „Du weißt, wie das ist."

Joe holte tief Atem und nickte kaum merklich. „Ja, ich weiß es."

Cat erschrak, als ihr plötzlich alles klar wurde. „Du hattest einen Hund!", flüsterte sie. „Und du hast ihn verloren. Deshalb wolltest du nicht, dass ich ..." Sie musste schlucken. „Erzähl mir davon."

Joe fuhr sich mit der Hand durchs Haar. „Ich hatte einen schokoladenbraunen Labrador, er hieß Truffle. Ich – wir bekamen ihn als Welpen, das war vor etwas mehr als drei Jahren. War ein verrückter Kerl. Ein riesiges Tier, mit jedem gut Freund. Er hat nie in seinem Leben an einem Schuh geknabbert, aber hat die Post geholt und in seinem Körbchen versteckt. Konnte kilometerweit laufen. Und ein Hund für zu Hause, wenn man gemütlich in Pantoffeln am Kamin sitzen wollte."

Cat bemühte sich, alles richtig in sich aufzunehmen. Joe hatte ja überhaupt keinen Hass auf Hunde! Er hatte einen Hund gehabt, einen, den er offensichtlich sehr geliebt hatte. Und die ganze Zeit hatte Cat keine Ahnung davon gehabt! „Was ist passiert?"

„Rosalin hat ihn mitgenommen. Ich habe gekämpft. Ich habe um Truffle mehr als um irgendetwas anderes gekämpft, um ihn bei mir zu behalten. Kann man das Sorgerecht für einen Hund bekommen? Ich weiß es nicht, aber ich ..."

Er rieb sich das Kinn, und Cat sah den Schmerz in seinen Augen, sah, wie schwer es ihm fiel, ihr das zu erzählen. Aber er blickte sie dabei unverwandt an. „Am Ende konnte ich nicht mehr, ich war so", er schüttelte den Kopf, „... nach all dem, was die beiden gemacht haben, konnte – konnte ich die wütenden Telefonate nicht mehr aushalten. Ich habe ihnen Truffle überlassen, habe ihn aufgegeben."

„Oh mein Gott, Joe!" Cat dachte daran, wie verwirrt sie gewesen war, als Joe bei dem Hundepicknick so lieb mit Chips umgegangen war. Sie erinnerte sich, wie Joe und Polly um den heißen Brei herumgeredet hatten, wie sie versucht hatten, ihr etwas mitzuteilen, es aber nicht schafften. Ihr fielen die Leine und der Tennisball ein, die sie im Schrank unter der Treppe gefunden hatte. „Du hast einen Hund gehabt und mir nie davon erzählt." Sie sagte das ohne Vorwurf in der Stimme, sie fühlte sich nur sehr durcheinander.

„Es tut mir so leid", sagte er. „Ich war so down nach alldem. Und dann kamst du. Du hast mich aufgeheitert, du warst warmherzig, lustig und liebenswürdig. Aber das Hundeausführen brachte alles wieder nach oben. Ich habe – habe einfach gewusst, dass du, wenn du das mit Truffle rauskriegtest, versuchen würdest, es irgendwie hinzubiegen. Du hättest einen Plan entwickelt, wie ich ihn zurückbekommen könnte, oder du hättest mir einen neuen Hund geschenkt. Doch ich wollte mich damit nicht befassen, ich wollte versuchen, alles zu vergessen. Ich war noch immer zu sehr verletzt."

„Es hat dir das Herz gebrochen", sagte Cat.

Joe nickte und zuckte mit den Schultern. „Und deshalb habe ich Polly gebeten, auch nichts zu sagen."

„Weil ich mich immer einmische", meinte Cat. „Und ich hätte es nur schlimmer gemacht." Sie schloss die Augen und dachte an all die Gelegenheiten, bei denen sie mit irgendeinem hirnrissigen Plan angekommen war; dachte daran, wie Joe diese Pläne immer hinterfragt hatte, ihr immer geraten hatte, das große Ganze zu sehen und die Konsequenzen ihrer Handlungen zu bedenken. Natürlich hatte er ihr nichts davon erzählt, es wäre viel zu riskant gewesen, ihr das anzuvertrauen …

„Aber du hast immer gute Absichten. Denk nur daran, was mit Frankie, mit den Barkers oder mit der Bucht passiert ist.

Ich vertraue dir, Cat, aber zu der Zeit musste ich versuchen, erst einmal Abstand zu der ganzen Sache zu gewinnen. Und dann, als ich mich besser fühlte, war das – dann erschien es mir so schwer, dir davon zu erzählen, nachdem ich es so lange vor dir verheimlicht hatte. Es fand sich nie der richtige Zeitpunkt. Polly ging es ebenso. Sie hasste mich dafür, dass ich von ihr verlangt hatte, es dir nicht zu erzählen. Aber ich wollte einfach ganz neu anfangen."

„Mit einem großen mürrischen Kater?"

Joe lächelte. „Shed war sozusagen eine Rebellion gegen alles, was geschehen war. Er schien damals der ideale Kamerad für mich zu sein – brummig und mit ausgefahrenen Krallen. Mit der Zeit ist er mir aber richtig ans Herz gewachsen."

„Mir auch", gab Cat zu und streichelte Shed, der immer noch zusammengerollt neben ihr lag. „Ich glaube, er wird ebenso wie sein Herrchen immer umgänglicher." „Wow", fuhr sie flüsternd fort. „Joe Sinclair, ein Hundeliebhaber."

„Und gelegentlich ein Idiot. Es tut mir so leid, Cat, dass ich das vor dir verheimlicht habe."

Cat versuchte, den Blick abzuwenden, befürchtete aber, sie sei womöglich für immer in Joes blauen Augen verloren. „Ich glaube, ich verstehe langsam: Je neugieriger ich bin, desto mehr verheimlichen die Leute vor mir." Dabei dachte sie an Mark und das Geheimnis, das er ihr gegenüber die ganze Zeit gehütet hatte.

Joe zuckte zusammen. „Cat, das ist wirklich nicht …"

„Ich bin nicht böse deswegen."

„Bist du nicht?"

„Du liebst Hunde", fuhr sie fort, und ihre Stimme zitterte dabei. „Es gibt ja keine Regel, die besagt, dass man, wenn man bei jemandem einzieht, alles über denjenigen erfahren muss. Und außerdem hast du es mir ja jetzt gesagt. Du hast mir so sehr geholfen, Joe, mit dem Hundepicknick und mit dem Protest. Und jetzt, wo ich weiß, dass du über den Verlust deines eigenen

Hundes hinwegkommen musstest, während ich in deiner Gegenwart nur von Hunden und nichts anderem gesprochen habe, finde ich deine Unterstützung noch viel bewundernswerter."

„Nun ja", er lächelte schief, „deine Ideen waren ehrgeizig, und du brauchtest Hilfe. Abgesehen davon hab ja nicht nur ich dir geholfen. Da waren Polly, Elsie, Jessica – die meisten Projekte haben wir doch gemeinsam umgesetzt."

„Das stimmt", antwortete Cat ruhig, aber in ihrem Magen rumorte es plötzlich ganz unbehaglich. „Jessica sagte, sie habe sich mit dir in Verbindung gesetzt, als du weg warst. Ging es um einen neuen Auftrag?"

„Ja", antwortete Joe und runzelte leicht die Stirn. „Sie will ein ganz neues Design für ihre Website, das Marketing und für ihr persönliches Briefpapier. Es ist ein großer Auftrag, und sie will unbedingt, dass ich das mache."

„Du hast ja die letzten Wochen damit zugebracht, dein Können noch zu verfeinern."

„Das habe ich. Sie redet ziemlich viel, zumindest in den E-Mails."

„Sie ist eine temperamentvolle Person", gab Cat zu, plötzlich etwas mutlos.

„Nun, ich kenne sie nicht so gut", sagte Joe, blickte sie scharf an und sah dann zur Seite. „Aber ich will später bei ihr vorbeischauen, um meine Entwürfe mit ihr zu besprechen."

Cat fragte sich, ob es noch etwas anderes gab, über das Jessica womöglich mit ihm sprechen wollte. Dabei dachte sie daran, dass Jessica betont hatte, sie wolle für die Party Mistelzweige besorgen, aber vielleicht war das ja gar nicht nötig. Joe hatte sie schließlich auch schon bei der letzten Party geküsst, und wenn sie bei der Neugestaltung der Marke Jessica Heybourne weiterhin eng zusammenarbeiten würden, dann …

„Sollen wir etwas essen?", fragte Joe und unterbrach sie in ihren Gedanken. „Ich komme um vor Hunger."

Cat wurde jetzt erst bewusst, dass sie gar kein Mittagessen

gehabt hatte. Ihr Magen knurrte, jetzt, da der Schock über Chalkys Zustand durch Joes Gegenwart nachließ. „Wie wäre es mit einem Thai-Gericht vom Lieferservice? Und dann finden wir bestimmt einen Film, der uns ablenkt."

„Guter Plan", antwortete Joe. „Ich hole die Bestellkarte."

Als Cat aufwachte, war es abgesehen von den wechselnden Lichtern am Weihnachtsbaum dunkel im Zimmer. Ihr Nacken war steif, und die rechte Seite ihres Körpers fühlte sich warm an. Dicht neben sich hörte sie Atemgeräusche. Sie blinzelte ein paarmal. Als sich ihre Augen an die Dunkelheit gewöhnt hatten, merkte sie, dass sie sich immer noch im Wohnzimmer befand.

Der Fernseher lief nicht mehr, aber das rote Lämpchen des DVD-Spielers leuchtete noch. Sie schreckte zusammen, als sie die Haustür klappen hörte. Und dann war das Wohnzimmer plötzlich hell erleuchtet. Cat versuchte, sich aufzurichten, aber ihre Glieder fühlten sich schwer und träge an. Sie blickte Polly an, wie sie ihren Mantel auszog, unter dem sie noch ihren grünen OP-Kittel trug.

„Wie spät ist es?", fragte Cat, und jetzt schreckte Polly zusammen.

„Scheiße! Sorry, Cat, ich hatte keine Ahnung, dass du hier drin bist. Ich dachte, du wärst im Bett." Pollys Augen wurden ganz groß, als sie die vor ihr liegende Szene allmählich aufnahm. Es war eine Szene, die Cat in ihrem schläfrigen Zustand gar nicht ganz begriffen hatte. Sie lag vollständig angezogen auf dem Sofa, und Joe, der noch schlief, lag neben ihr mit dem Kopf auf ihrer Schulter. Beide waren mit einer Decke zugedeckt. Cat spürte ein unwillkürliches Prickeln.

„Hat sich mein Bruder … um dich gekümmert?", fragte Polly, und ihre Augen verengten sich leicht zu Schlitzen.

Cat konnte nur nicken. „Wir haben uns *Robin Hood* angeguckt, aber ich glaube, mit Joes Jetlag und … Wir müssen einfach eingeschlafen sein. Wie spät ist es?", fragte sie noch mal.

„Kurz nach sechs", antwortete Polly, und die Schlittenglocken bimmelten, als sie ins Zimmer trat und sich auf das Sofa gegenüber setzte.

„Morgens?", kreischte Cat. Joe rührte sich neben ihr, stöhnte und öffnete die Augen.

„Morgen, du Jetsetter", sagte Polly.

„Hmm?" Joe hob den Kopf von Cats Schulter und richtete sich schnell auf, wobei die Decke verrutschte. Kalte Luft war plötzlich um sie herum, nachdem die Wärme von Joes Körper verschwunden war. Er starrte erst Cat an, dann seine Schwester. Er sah so verwirrt aus, wie Cat sich fühlte. „Was ist los? Ich habe Schlittenglocken gehört. Es ist doch nicht Weihnachten, oder?"

„Ich bin in der Praxis geblieben", sagte Polly. „Ich – ich konnte Chalky nicht alleinlassen. Ich wollte bei ihm bleiben und sehen, ob er …" Ihre Stimme verfiel in ein Flüstern. „Ob er es durch die Nacht schafft."

Cat gefror das Blut in den Adern, und sie hörte, wie Joe tief Atem holte. Sie starrten Polly an.

„Und – und – hat er es geschafft?"

Chalky lebte zwar, aber er war noch nicht über den Berg.

Cat begleitete Elsie zum Tierarzt, sooft diese hingehen wollte, doch sie selbst tat sich schwer damit, den normalerweise so anhänglichen Zwergschnauzer so schwach und reaktionsarm zu sehen. Sie mochte sich gar nicht vorstellen, wie Elsie damit fertigwurde. Polly machte Extraschichten und sah nach ihm, so oft es ging. Häufig hatte sie, wenn sie nach Hause kam, Sorgenfalten auf der Stirn, die nicht weichen wollten.

Cat ging manchmal mit Elsie und Disco in den Park. Trotz der bitteren Kälte liefen sie langsam unter dem grauen winterlichen Himmel dahin. Sie redeten nicht viel, stattdessen warfen sie Disco Stöckchen und lachten über ihre Kapriolen. Cats und Elsies Unbeschwertheit war gezwungen, aber ihre Liebe zu dem jungen Hund und ihre Freude an ihm wurden dabei stärker, weil ihnen bewusst wurde, dass auch Disco Chalkys andauernde Abwesenheit fühlte.

Während ein Teil ihres Lebens in der Schwebe war, hatte Weihnachten überall in Fairview Einzug gehalten. Weihnachtsbäume und Lichterketten leuchteten aus jedem Haus, aus den Geschäften und Cafés drang festliche Musik, die Schulkinder auf der Straße fingen an, laut und unmelodisch zu singen; und Carol Singers klopften an die Haustüren und ließen „Silent Night" und „We Wish You a Merry Christmas" erklingen. Cat konnte gar nicht anders, als sich von der Fröhlichkeit und der Begeisterung der Weihnachtszeit mitreißen zu lassen.

Polly und Owen waren immer zusammen. Der Eisfachmann gehörte jetzt sozusagen zum festen Inventar der Nr. 9. Und wann immer er kam, brachte er verschiedene Beleuchtungen mit, probierte neue Kombinationen aus und durchsuchte das Netz nach weiteren Inspirationen. Er und Joe verbrachten Stunden vor dem großen Computer in Joes Büro auf der Suche nach dem perfekten Bild, während Polly und Cat unten ein Auge auf Shed und auf Rummy warfen, die einen vorläufigen Waffenstillstand ausgehandelt zu haben schienen.

Und natürlich war da Joe. Joe, der wieder in der Primrose Terrace wohnte, an seinem angestammten Platz, und der wieder seine Winterkapuzenpullis trug. Sie hatten zu einem angenehm gleichmäßigen Rhythmus zurückgefunden, so als ob er nie weg gewesen wäre, als ob er sie nie in einem mit Surfbrettern angefüllten Kleinbus seine Muse genannt hätte. Cat wusste, dass er viel Zeit mit Jessica verbrachte, hatte sie doch die Entwürfe in den Skizzenbüchern auf dem Kaffeetisch gesehen, von denen die meisten so eindrucksvoll und glamourös waren wie Jessica selbst. Cat versuchte, nicht zu viel hineinzuinterpretieren, aber sie konnte es Joe nicht verdenken, wenn er sich entschlossen hätte, einen Schritt weiterzugehen.

„Die sind gut, nicht? Wahrscheinlich einige seiner besten",

sagte Polly und brachte eine Flasche Wein und zwei Gläser ins Wohnzimmer, als Cat einen der Notizblöcke durchblätterte.

Cat nickte. „Dieser Kurs war offenbar eine gute Investition. Ich wette, Jessica ist ganz hingerissen."

„Entdecke ich da eine Spur von Sarkasmus, Cat Palmer?" Polly füllte ein Weinglas und gab es ihr.

„Natürlich nicht", beeilte sich Cat zu antworten. „Jessica wird aufrichtig begeistert sein über das, was Joe gemacht hat."

Polly zog die Beine an und machte es sich gemütlich. „Ich glaube, Joe könnte auch hässliches Gekritzel abgeben, und Jessica wäre hingerissen. Sie ist von dem Mann geblendet, nicht von seiner Arbeit, obwohl seine Entwürfe natürlich unglaublich toll sind."

„Du glaubst wirklich, sie hat sich in ihn verguckt?" Cat stockte der Atem.

„Erinnerst du dich nicht an unser erstes Weihnachtstreffen? Wie sie da vor Entzücken fast geschnurrt hat? Ich würde wirklich *gern* die E-Mails sehen, die zwischen ihnen hin- und hergegangen sind, während er in den Staaten war."

Cat zuckte zusammen. Sie konnte sich gar nichts Schrecklicheres vorstellen. „Und was denkt Joe? Hat er mit dir darüber gesprochen?" Ihre Stimme hörte sich wie ein Quieken an, und Polly musterte sie scharf.

„Oh, du meinst, nach dem, was bei dem Protest passiert ist? Wie er zu dir steht?"

„Was er da zu mir gesagt hat, über den Cartoon, es schien so, als ob …" Cat zuckte mit den Schultern. „Er hat ja nun seine Auszeit gehabt. Das ist toll. Wenn er weitergekommen ist, meine ich. Das ist doch das Wichtigste."

Schweigen trat zwischen ihnen ein, und obwohl Cat sich immer noch auf Joes Skizzenbuch konzentrierte, spürte sie, dass Pollys starrer Blick wie ein Gewicht auf ihr lastete. „Ich will nicht spekulieren", sagte Polly schließlich, „und ich kann dir versichern, dass er mir gegenüber nichts darüber gesagt hat.

Aber ich glaube nicht, dass Jessicas Begeisterung von seiner Seite groß erwidert wird. Oder Joe wahrt aus geschäftlichen Gründen eine professionelle Distanz zu ihr."

„Du weißt also wirklich nicht, was in ihm vorgeht?"

„Gefühle verschwinden nicht so einfach", sagte Polly, und sie sprach im Flüsterton weiter, „selbst wenn man versucht, sie auszuschalten, indem man einen ganzen Ozean dazwischenlegt. Es ist gut, dass du dir Gedanken über ihn machst, Cat, aber das Ganze ist nicht deine Schuld. Du kannst nichts dafür, dass Joe tiefere Gefühle für dich hat. Vielleicht ist er schon auf dem Weg, darüber hinwegzukommen, vielleicht arbeitet er noch daran, aber irgendwann wird er es schaffen. So halb und halb wünsche ich mir, er würde mit mir sprechen, aber dann …" Sie nahm einen Schluck aus ihrem Weinglas. „Es könnte auch ziemlich komisch werden."

„Zwischen allen Stühlen zu sitzen?", fragte Cat.

Polly nickte. „Mein Bruder hat meine beste Freundin gern. Meine beste Freundin ist nicht interessiert, und wir wohnen alle im selben Haus. Überhaupt nicht kompliziert! Aber es wäre noch schlimmer, wenn *du ihn* gernhättest. Dann säße ich wirklich zwischen den Stühlen."

Sie lachte, und Cat versuchte es auch, aber ihr Lachen ging irgendwie daneben. Pollys Lachen verging plötzlich, und ihr Lächeln war auch verschwunden. Sie runzelte die Stirn.

„Cat?"

„Ja, Polly?" Cat seufzte und saß mit hängenden Schultern da.

„Du magst ihn doch nicht, oder? Nicht auf *diese* Weise?"

Cat hielt ihrem Blick stand und nahm einen kräftigen Schluck Wein. „Ich wollte es dir immer schon sagen, aber ich wusste, es würde alles noch komplizierter machen. Damit, dass ich hier wohne, wie sich die Dinge … entwickelt haben. Es ist nicht gerade einfach."

Polly umfasste ihr Glas, als befürchtete sie, es könnte ihr aus den Händen springen und aus dem Fenster fliegen. „Seit – seit wann?"

„Seit dem Tag. In dem Kleinbus. Ich meine, es muss schon vorher angefangen haben, aber ich war mit Mark zusammen, und ich – ich wollte es selbst nicht glauben. Dann sagte Joe das, was er sagte, und mir wurde klar, dass ich mich deshalb über den Cartoon geärgert hatte, weil ich nicht wollte, dass er in mir eine unglückselige Person sieht, die sich ständig einmischt. Ich wollte, dass er mich mag. Also dass er mich richtig gernhat. Er sagte mir, dass das so sei, und dann ging er nach Amerika. Ich wusste zu der Zeit schon, dass es mit Mark nicht klappen würde. Wir haben noch eine Weile weitergemacht, aber im Grunde war mir klar, dass ich ihn nicht länger hinhalten durfte." Sie lachte. „Eigentlich ziemlich ironisch, wenn man bedenkt, was er die ganze Zeit getan hat."

„Dann magst du Joe also wirklich?"

„Ja, das tue ich", bekannte Cat und blickte zur Tür, weil sie wusste, dass Joe und Owen irgendwo im Haus waren und an der Beleuchtung herumbastelten. „Ja, ich mag ihn sehr. Aber wenn er sich nicht mehr für mich interessiert, wenn er Gefühle für Jessica hat … Ich – ich weiß nicht, was ich machen soll."

Im Frühjahr hatte sie sich Sorgen darüber gemacht, dass Mark vielleicht Gefühle für Jessica hegte, und nun begann es sich für sie irgendwie bedrohlich abzuzeichnen, dass zwischen Jessica und Joe etwas laufen könnte. Cats erste Befürchtung hatte sich als unbegründet erwiesen – es war ganz einfach Jessicas Glamour und Selbstsicherheit, die die bei ihr vorhandene Unsicherheit verstärkten –, aber dieses Mal war sie sich nicht so sicher.

„Ich hätte nie gedacht, dass du …", begann Polly. „Mein lieber Schwan. Wirst du es ihm sagen?"

Cat blickte auf den Tisch. „*Irgendetwas muss* ich machen. Aber ich weiß nicht, was."

„Wäre es denn zu radikal, mit ihm zu sprechen?" Polly lächelte sie freundlich an.

„Es ist nur … jetzt noch nicht", antwortete Cat. „Jetzt direkt – das wäre irgendwie zu schwierig."

„Dann singe es ihm doch“, sagte Polly.

„Bist du übergeschnappt, Pol?“

„Bin ich nicht! Ich habe gehört, wie du auf deiner Gitarre geübt hast, und Joey auch. Er hat dir neulich sogar ein Kompliment gemacht.“

„Hat er das?“, fragte Cat mit einem Stirnrunzeln. Sie hatte längst nicht so viele Unterrichtsstunden bei Frankie gehabt, wie sie sich vorgenommen hatte. Und die Information, dass Joe sie hatte üben hören, und das auch noch kommentiert hatte, war für sie nicht gerade angenehm. „Es war hoffentlich nicht ironisch gemeint?“

„Ich glaube, seine genauen Worte waren ‚sie kann mir jederzeit ein Ständchen bringen‘“, sagte Polly und lachte dabei.

„Ich kann doch nur eine halbe Melodie spielen!“ Aber Cat spürte, wie sich angesichts des Kompliments – wie unwahrscheinlich es auch schien – ihre Wangen röteten. Sie hatte ein Weihnachtslied eingeübt und fragte sich, ob sie Mut genug hätte, es zu versuchen. „Außerdem bin ich nicht sicher, ob das das richtige Mittel wäre, um meine Gefühle für Joe zum Ausdruck zu bringen.“

„Warum nicht?“, fragte Polly. „Warum nimmst du nicht deine Weihnachtsstimmung und zeigst Joe mit einer großen Geste, was du für ihn empfindest?“

„Meinst du das im Ernst? Du, Polly Sinclair, denkst wirklich, ich sollte deinem Bruder ein Ständchen bringen? Was ist aber, wenn sich zwischen ihm und Jessica etwas angebahnt hat und er nichts mehr für mich empfindet?“

„Cat.“ Polly beugte sich mit einem Seufzer auf dem Sofa nach vorn. „Immer hast du diese tollen Ideen, wenn es um andere Leute geht, hast Pläne, um ihnen zu Hilfe zu kommen und ihnen das Leben zu erleichtern. Dabei schlägst du jedes Mal alle Warnungen in den Wind und ziehst es einfach durch. Und meistens funktioniert es ja auch. Warum nimmst du nicht ein einziges Mal deinen eigenen Rat an?“ Sie hob die Augenbrauen, und Cat sah ihre Freundin an. Ihr Herz schlug heftig, und sie fragte sich, ob sie den Mut hatte, Pollys Vorschlag zu folgen.

Wortlos tranken sie den Wein aus, bis Jubel aus dem Stockwerk über ihnen sie nach oben lockte.

„Was ist los?“, fragte Polly und stieß die Tür zu Joes Büro auf. Cat war unmittelbar hinter ihr.

„Kommt und guckt euch das an“, rief Owen begeistert, lief auf Polly zu und zog sie vor den Computerbildschirm. Joe grinste schelmisch und winkte Cat zu sich, die innerlich einen kleinen Freudentanz aufführte. „Wir haben“, fuhr Owen fort, „die ultimative Beleuchtung gefunden. Kein anderer hat eine Chance zu gewinnen. Was haltet ihr davon?“

Cat und Polly folgten Owen an Joes Schreibtisch, und Joe maximierte das Fenster auf seinem Bildschirm.

Beiden blieb der Mund offen stehen.

24. Kapitel

Es war zwei Tage vor Weihnachten, und im ganzen Haus rührte sich niemand. Shed lag lang ausgestreckt auf dem Sofa und bekam nichts von dem mit, was sich um ihn herum abspielte, und Rummy schlummerte unter dem Fenster. Cat sah zu ihm hinüber und dachte an Chalky, der sich ganz langsam erholte. Polly hatte ihr erklärt, dass seine Bauchspeicheldrüse sich zwar beruhigt hatte, dass er sich aufgrund seines Alters aber nur sehr langsam erholen würde – und das nicht ohne Gefahr. Zwei Tage zuvor hatte Cat ihn beim Tierarzt gesehen. Da wirkte er noch schwach, und Cats Hoffnung, dass er schließlich doch nach Hause kommen und Weihnachten mit Elsie und Disco verbringen könnte, schien rettungslos optimistisch zu sein.

Sie wandte den Blick von Rummy ab und schüttelte den Kopf darüber, wie es im Wohnzimmer aussah. Überall waren Lichterketten verstreut, Joe und Owen hatten offensichtlich vor, ihre Teilnahme an dem Wettbewerb in eine militärische Operation zu verwandeln. Cat hatte sich sogar gefragt, ob sie überhaupt gewinnen konnten, da sie ja zum Komitee gehörten, das die Veranstaltung geplant hatte. Aber Phil von der *Fairhaven Press* hatte versprochen, unparteiisch zu urteilen. Also mussten sie nun ihr Bestes geben. Cat konnte sich kaum an eine Zeit erinnern, als keine Lichterketten überall auf den Teppichen lagen und nur darauf warteten, dass man auf sie trat.

„Wir bringen die am Dach und an den Fensterbänken an“, sagte Joe zum hundertsten Mal und hielt dabei die weiße Eiszapfen-Beleuchtung hoch.

„Und diese hier kommen an die Wände.“ Owen legte die arktischen Geschöpfe zusammen – einen Eisbären und ein Rentier sowie einen Pinguin. Cat vermied es, die beiden darauf hinzuweisen, dass Pinguine in Wahrheit nur in der Antarktis lebten. Das Material, mit dem man die Beleuchtung am Haus befestigen konnte, türmte sich in einer Ecke des Zimmers auf. Die ganze Front sollte mit einem Netz aus Schneeflockenbeleuchtung überzogen werden, bei der verschiedene Farben wechselten. Wenn das klappte, wäre das wirklich spektakulär. Aber es schien so, als sei immer noch viel zu tun, um alles für den Abend fertig zu haben.

„Wie sollen wir das alles befestigen?“, fragte Polly. „Wie wollen wir die Lichterketten am Dach anbringen? Wir haben doch keine Leiter.“

„Ich mache das von meinem Schlafzimmerfenster aus“, sagte Joe.

Polly sah ihn skeptisch an. „Das reicht aber nicht für die ganze Länge.“

„Aber sicher“, antwortete Joe. „Du kannst mich an den Füßen festhalten, während ich draußen baumle.“ Er nahm die Eiszapfenbeleuchtung und ging grinsend nach oben.

„Nein, Joey.“ Polly ging ihm hinterher. „Nun sei mal ernst.“

„Ich bin todernst.“

„Komm“, sagte Owen, während Cat wehmütig Joes entschwindender Gestalt nachblickte. „Du kannst mir mit den Tieren helfen. Das ist in Bodennähe, also viel sicherer.“

„Gut!“ Cat folgte ihm nach draußen und versuchte, ihre Angst um Joe zu vertreiben, der sich weit aus dem Fenster des Obergeschosses lehnte.

Sie war froh, dass zwischen ihnen keine verlegene Spannung herrschte, aber gewisse Themen mieden sie. Sie sprachen zum Beispiel nicht darüber, was mit Mark geschehen war oder ob die Reise Joe eine Atempause verschafft hatte, um seine Gefühle für sie zu ordnen. Kein Wort auch darüber, ob sein laufendes Projekt mit Jessica Fortschritte machte. Cat hatte über Pollys Idee immer wieder nachgegrübelt, während sie eigentlich versuchte, sich auf Weihnachten zu konzentrieren. Aber Weihnachten machte sie glücklich, und wenn sie glücklich war, dachte sie an Joe.

Draußen war es bitterkalt. Der Himmel war bedeckt und leicht rosa, woraus Cat schloss, dass es Schnee geben würde. Ob sie für ihren Wettbewerb sogar ein Winterwunderland hätten? Würden richtige Schneeflocken an den künstlichen vorbeischweben? Oder würden sie auf sich warten lassen, um ihnen später eine weiße Weihnacht zu bescheren? Der Bürgersteig war eisglatt, und Cats Finger waren bald gerötet und fühlten sich taub an. Aber gemeinsam mit Owen brachte sie den Pinguin und den Eisbär an der Hausfront an, ehe sie die elektrischen Leitungen prüften und sich vergewisserten, dass alles sicher war. Dann liefen sie zu der Verlängerungsschnur.

„Leute“, rief Joe nach unten, und Cat sah nach oben, wie er sich aus dem Fenster lehnte und ihnen zuwinkte. Die Eiszapfenreihe lief an der unteren Seite des Daches entlang und hing hübsch in geschwungenen Bögen nach unten.

„Wie hast du das gemacht?“, fragte Cat.

Joe breitete die Arme weit aus. „Ich bin ein Genie. Wir müssen bloß noch die Schneeflocken entwirren, und dann können wir sie anmachen und den ganzen Effekt sehen – wenigstens bei Tage.“

Owen applaudierte, und Cat machte mit. Sie beobachtete, wie Joe sich aus dem Fenster lehnte – viel zu weit hinunter. Sie biss sich auf die Unterlippe, gab aber dem Drang nicht nach, ihm zuzurufen, er solle vorsichtig sein.

„Gut“, meinte Owen, „zu den Schneeflocken. Die sind im Wohnzimmer.“

Cat sah immer noch zu Joe hin, während sie die Stufen zum Eingang hinaufging. Da verlor sie den Halt, rutschte unglücklich aus und vertrat sich den Fuß. Sie schrie auf und hielt sich an der Wand fest.

„Bist du okay?“, fragte Owen besorgt und eilte zu ihr.

„Ja, bin okay“, sagte sie und zuckte zusammen. „Ich hab mir nur den Knöchel etwas verknackst, das ist alles.“

„Komm und setz dich.“ Owen stützte sie am Ellbogen und führte sie langsam ins Haus. Cat ließ sich auf das Sofa fallen und presste die Lippen zusammen vor Schmerz. Rummy war durch die Unruhe aufgewacht, trottete hinüber und setzte sich neben sie.

„Danke, Rummy“, murmelte Cat. Owen verschwand nach oben, und Cat machte den Reißverschluss ihres langen Lederstiefels auf, zog ihn langsam aus und schloss die Augen wegen der Schmerzen, die durch ihren Knöchel schossen. Sie rollte das Bein ihrer Jeans auf, dann kam die Socke, deren grobes Wollgewebe an ihrer zarten Haut kratzte.

„Cat!“, rief Polly „Was hast du gemacht?“

„Ich bin gestolpert.“ Cat sah auf und dann wieder weg. Ihre Wangen brannten, als Polly und Joe Owen ins Wohnzimmer folgten. Polly trug ihre Erste-Hilfe-Tasche. Sie war genauso umsichtig in Hinblick auf die menschliche Gesundheit, wie wenn es um die der Tiere ging. „Es geht mir gut“, sagte Cat und blickte nach unten auf ihren Knöchel, der deutlich dicker war. Die Schwellung nahm zu.

„Und du glaubst, es sei gefährlich, sich aus dem Fenster zu lehnen“, sagte Joe leise. Er ging in die Küche und kam zurück mit einem Beutel tiefgefrorener Erbsen, eingewickelt in ein Geschirrtuch. „Bereit?“ Er blickte Cat prüfend an, und sie nickte.

Joe kauerte sich neben sie und legte eine Hand unter ihr Bein, um es zu stützen. Dann drückte er den Erbsenbeutel an ihren Knöchel und beobachtete aufmerksam ihr Gesicht. In dem Maße, wie ihr Knöchel kühler wurde und der Verstauchungsschmerz nachließ, spürte sie, dass es ihr im Innern ganz heiß wurde. Seine Finger auf ihrer bloßen Haut waren eine willkommene Ablenkung, und die Art, wie er sie ansah, berauschte sie geradezu.

„Besser?", fragte er.

„Viel besser."

Sie sah, wie er schluckte und sein Adamsapfel sich auf und ab bewegte. „Ich hoffe, du hattest nicht vor, heute Abend Stöckelschuhe zu tragen."

Cat hatte viel Zeit mit der Planung des perfekten Outfits verbracht, aber in diesem Moment erschien ihr Jessicas Party als die unwichtigste Sache der Welt. Sie schüttelte den Kopf.

„Ich kann flache Schuhe tragen. Ich weiß sowieso nicht, wo meine Lackschuhe sind."

„Nun", sagte Polly, beugte sich nach vorn und sah auf Cats Fuß. „Wir müssen das bandagieren, sonst wirst du nicht viel weiter gehen können als bis zum Sofa."

Cat lehnte sich zurück, während Polly ihr den Verband anlegte, und bedankte sich bei Owen, der ihr ein Glas Wasser und Schmerztabletten brachte. Joe hielt immer noch den Beutel mit den Erbsen und wich nicht von Cats Seite. Rummy legte seinen Kopf auf Joes Schoß, und er streichelte den Hund etwas zerstreut. Wann immer Cat Joe ansah, hatte er den Blick auf sie gerichtet; sie lächelte ihm kurz zu, wandte ihre Augen dann aber schnell wieder ab.

„Gut", sagte Polly und blickte vom einen zum anderen, wobei sie ein Lächeln unterdrückte, „du bist fertig. Bleib hier liegen, halt das Bein hoch und lass die Erbsen drauf. Wir müssen jetzt das Haus fertig machen, und dann müssen wir zu Jessica wegen des Hundeverkleidungswettbewerbs. Owen, hast du Rummys Outfit bereit?"

Owen salutierte. „Yes, Ma'am."

Polly kicherte. „Sorry. Ich will nur die Situation in die Hand nehmen. Es gibt so viel zu tun, und wir haben nicht viel Zeit."

„Gar nicht zu sprechen von einer, die sich idiotisch ungeschickt benommen hat", meinte Cat niedergeschlagen.

„Genau", sagte Polly zu ihr mit einem Grinsen. „Also, Joey, du kannst entweder da sitzen bleiben und meiner besten Freundin den ganzen Tag schöne Augen machen, oder du kannst mitkommen und uns helfen, damit wir den Wettbewerb gewinnen. Was ist also?"

Joe schaute seine Schwester sprachlos an, warf Cat einen schnellen, etwas verlegenen Blick zu, stand auf und eilte aus dem Wohnzimmer. Polly sah ihm schmunzelnd hinterher. Als er außer Sichtweite war, beugte sie sich zu Cat hinunter. „Ich hoffe, du hast deine Gitarre gestimmt", flüsterte sie ihr zu.

Cats Knöchel tat weh und pochte gnadenlos, trotz der Schmerztabletten. Aber da sie von Joe auf der Straße gestützt wurde, hatte sie das Gefühl, dass es das fast wert war. Sie lehnte sich an ihn und schaute auf Rummy hinunter, der in seinem Superman-Kostüm, komplett mit rotem Cape, prächtig aussah. Während sie so gingen, kamen Emma und Lizzie angerannt.

„Cat! Joe! Polly! Guckt mal!"

Cat drehte sich um und winkte Frankie zu, die Henry im Kinderwagen schob. Olaf saß im Körbchen darunter. Cat konnte nicht erkennen, als was Olaf verkleidet war.

„Warum gehst du in einem Weihnachtsstrumpf?", fragte Emma und zeigte auf Cats Bein.

Joe und Owen hatten gefunden, dass Cat – dem Anlass entsprechend – wegen der Kälte statt eines Schuhs einen riesigen Weihnachtsstrumpf tragen sollte. Außerdem hatten sie ein goldenes Geschenkband um das Bein gebunden.

„Cat war ungeschickt und ist hingefallen", sagte Joe und lächelte Emma belustigt zu. „Sie hat einen Verband am Bein, und wir dachten, er sollte so weihnachtlich wie möglich aussehen."

„Na ja", antwortete Emma. „Sieht aber komisch aus."

„Und der Weihnachtsmann kann auch keine Geschenke reintun, wenn dein Fuß drin ist", fügte Lizzie hinzu.

„Ich hoffe doch, dass ich das vor Heiligabend los bin."

„Da wär ich mir nicht so sicher", sagte Joe ernst.

„Und warum trägst du nicht zwei?", fragte Lizzie. „Ein Strumpf allein sieht komisch aus."

„Und du läufst damit auch ganz komisch", meinte Emma.

„Hey", sagte Cat lachend, „ihr solltet lieber etwas dazu sagen, was die Hunde tragen, nicht, was ich trage."

„Du würdest den Schönheitswettbewerb gewinnen", meinte Lizzie.

Cat lächelte. „Wenn ich mir euch so angucke, dann hätte ich keine Chance." Die Mädchen trugen lange Partykleider unter ihren Jacken, und im Haar hatten sie dünne Strähnen von perlglänzendem Lametta. „Als was ist Olaf verkleidet?"

Da Cat hinken musste und nur langsam vorankam, hatte Frankie sie schnell eingeholt. Olaf wollte unbedingt Rummy begrüßen und sprang aus dem Körbchen. Cat sah nun das Outfit des Cockerspaniels und brach in Gelächter aus. Damit war sie nicht allein.

„Natürlich!", rief Joe und schüttelte den Kopf. „Als was könnte Olaf auch sonst kommen als als Olaf?" Der kleine Hund hatte ein perfektes Schneemann-Outfit an und sah der Disney-Figur, der er seinen Namen verdankte, absolut ähnlich.

Frankie verengte die Augen zu Schlitzen. „Ihr habt *Die Eiskönigin – Völlig unverfroren* gesehen?"

Joes Lachen hörte abrupt auf. „Ich musste."

„Oh ja", sagte Polly, „wir haben dich festgehalten."

„Haben dich ans Sofa gebunden", fügte Cat hinzu.

„Man braucht sich nicht zu schämen, wenn man die *Eiskönigin* mag", sagte Owen. „Mögen nicht alle diesen Film?"

„Ich sage ja nicht, dass ich ihn nicht gern gesehen habe, sondern nur, dass ich ihn sehen *musste*."

Polly und Cat sahen sich an. „Er liebte ihn“, riefen sie im Chor.

„Diese Lichterketten sehen wirklich spektakulär aus.“ Frankie blickte nach oben, als sie daran vorbeigingen. „Ich kann es gar nicht erwarten, bis es dunkel wird und wir die ganze Straße erleuchtet sehen.“

„Es sieht so aus, als ob vielleicht auch Schnee dazukommt“, fügte Owen hinzu.

„Schnee!“, quiekten die Mädchen und liefen mit hocherhobenen Armen die Straße entlang.

„Genau richtig für Weihnachten“, sagte Polly verträumt. Owen schlang die Arme um sie und zog Polly an sich. Cat war sich nicht sicher, ob es Einbildung war, aber drückte Joe ihren Arm gerade ein wenig fester?

Jessicas Haus war erfüllt von Weihnachtsjubel und vom Gebell und Schnüffeln der Hunde. Ihre Dekoration innen war schlicht, aber elegant: weiße Lichter, rotes Lametta, glitzernde Sterne, ein echter Weihnachtsbaum mit silbernen und roten Kugeln. Die Außenbeleuchtung war schwierig zu erkennen. Es gab keine auffälligen Formen, nur Ketten mit lauter winzigen Lichtern. Da sie noch nicht eingeschaltet waren, konnte man unmöglich wissen, wie das Ganze aussah. Jessica hatte ja etwas Eindrucksvolles „angedroht“, und Cat war ganz gespannt darauf, was es sein würde.

Cat sah weitere Hundekostüme, die von ihren Namensvettern inspiriert waren. Die Französischen Bulldoggen von Boris und Charles waren angezogen als Bob Dylan und Bruce Springsteen, beide trugen Lederjacken, Bossy hatte eine Sonnenbrille auf und Dylan eine winzige, ganz allerliebste flache Kappe. Beide trugen Miniaturgitarren, die mit Klettverschlüssen befestigt waren.

Da waren ein paar Borderterrier, die, wie Cat glaubte, Huey und Harry hießen. Sie trugen Kostüme, in denen sie aussahen, als würden sie von Dinosauriern gefressen: Die geöffneten

Mäuler waren so gestaltet, als ob Hundeköpfe herausschauten, und lange Schwänze schleiften über den Boden. Cat ließ Joes Arm los und humpelte langsam durch das Zimmer. Sie begrüßte alle, die sie kannte, gratulierte ihnen zu ihren jeweiligen Leistungen und beugte sich hinunter, um die Hunde zu streicheln …

Jessica erschien; sie trug einen schwarzen Jumpsuit und dazu High Heels. Ihre drei Westies liefen um ihre Füße herum, als wüssten sie, dass sie jetzt etwas vorführen sollten. Cat hatte eine Art von Modenschau-Outfit erwartet, aber die West Highland Terrier waren zu ihren Wurzeln zurückgekehrt und erschienen in voller schottischer Aufmachung mit kleinem Kilt und Barett; Coco, Dior und Valentino trugen jeder ein unterschiedliches Schottenmuster.

„Bedeuten die unterschiedlichen Schottenmuster etwas?", fragte Cat.

„Einfach, dass sie großartige individuelle Hunde sind", antwortete Jessica und strahlte dabei. „Was haben Sie denn bloß gemacht?"

„Ich hatte einen idiotischen Unfall auf einer Treppenstufe."

„Party-Outfit?"

„Ein modifiziertes", bestätigte Cat, und es war ihr klar, dass sie an dem Abend, was den Glamour-Wettbewerb anging, gegen Jessica keine Chance hatte. Ihre Befürchtungen wurden noch verstärkt, als Jessica ihr einen flüchtigen Kuss auf die Wange hauchte, nachdem sie Joe, der mit Owen sprach, entdeckt hatte. Jessica ging zu ihm hinüber und umarmte ihn in so heißblütiger Weise, wie Cat es noch nicht gesehen hatte. Sie wandte sich ab, fest entschlossen, keinen Frust zu schieben. Sie entschied, dass sie ihre Gitarre doch nicht stimmen würde.

Alle standen mal hier, mal da und warteten auf Phil von der *Fairhaven Press*. Er hatte zugesagt, dass er bei beiden Wettbewerben den Preisrichter spielen würde. Cat kannte ja die meisten Bewohner der Primrose Terrace und war daher nicht ganz unparteiisch.

Als die Haustür aufging, spürte Cat den eisigen Luftzug. Elsie und der Captain kamen mit ihren Hunden herein – und dann traten Cat die Tränen in die Augen.

„Chalky!", rief Cat mit hoher Stimme und humpelte, so schnell sie konnte, um die Neuankömmlinge zu begrüßen. Paris sah in der kleinen Weihnachtsmannverkleidung großartig aus, und Disco trug ein Outfit mit silbernen Stoffstreifen, das sie wie einen wandelnden Glitzerball aussehen ließ – aber Cat war geradezu überwältigt von der Tatsache, dass Chalky auch da war. Er hatte die Praxis verlassen können und war eindeutig auf dem Weg der Besserung. Er war nicht verkleidet, sondern eingehüllt in eine große Fleecedecke und wurde von dem Captain die Treppe hoch und über die Schwelle getragen. Der Captain setzte den alten Hund in eine kleine Karre, die Elsie mitgebracht hatte.

Cat ließ sich auf die Knie nieder, beachtete den Schmerz in ihrem Knöchel nicht und umarmte den alten Hund. Er hob den Kopf, sah sie unter seinen buschigen Augenbrauen an, streckte die Pfote aus und berührte ihren Arm. Durch ihre Tränen hindurch lächelte Cat Elsie an. Die ältere Frau erwiderte das Lächeln, und ihre Augen leuchteten vor innerer Bewegung.

„Wir können nicht lange bleiben", sagte sie. „Es sieht so aus, als ob es bald schneien würde, und ich kann nicht riskieren, dass Chalky sich erkältet."

„Es ist so wunderbar, ihn zu sehen", sagte Cat mit Wärme. „Er ist zurück in der Primrose Terrace, da, wo er hingehört. Hallo, Chalky. Fröhliche Weihnachten, mein Schatz." Dabei gab sie ihm einen Kuss auf die Nase.

Sie hatte gar nicht gemerkt, dass Phil angekommen war, und schreckte auf, als Jessica mit einem Glöckchen klingelte und um Aufmerksamkeit bat, was alle Hunde für einen Moment ganz wild machte.

„Also, meine Damen und Herren", begann Phil. „Das ist der erste Teil der Weihnachtsshow der Primrose Terrace, und ich bitte alle an dem Wettbewerb teilnehmenden Hunde – und natürlich ihre Besitzer –, einen Rundgang durch diesen Raum zu machen, damit ich – und jeder andere auch – die Kostüme gut sehen kann. Danach gebe ich die Gewinner bekannt. Es gibt zwei Preise, einen für die Mühe, die das Kostüm gekostet hat, und einen für den Einfallsreichtum. Sind Sie einverstanden damit, das Startsignal zu geben?", fragte er eine Frau mit einem Chihuahua, der wie ein Plumpudding verkleidet war.

Cat setzte sich auf den Boden neben Chalkys Karre und sah, während sie mit einer Hand sanft sein weiches Fell streichelte, mit Freude zu, wie die verkleideten Hunde nacheinander durch den Raum paradierten. Polly und Owen waren dabei, Rummy bereit zu machen, wobei sie wie stolze Eltern geschäftig um ihn herumscharwenzelten. Joe sah Cat nirgends. Sie zwang sich dazu, den Gedanken nicht zu vertiefen, ob Jessica wohl auch abwesend war.

Alle Hunde sahen großartig aus, ein jeder Besitzer hatte sich mächtig ins Zeug gelegt. Der Lichterwettbewerb war zwar auf die Primrose Terrace beschränkt, aber es waren viele Leute hier, die Cat nicht kannte oder die sie nur anderswo in Fairview gesehen hatte. Jessicas Einfluss und vielleicht auch der „Leinen los"-Protest hatten überall Interesse an dem Wettbewerb geweckt.

Am Ende vergab Phil den „Mühe-Preis" an einen Cockapoo, der als Meerjungfrau verkleidet war. Der Hund hatte einen von Hand hergestellten Schwanz aus einzelnen glänzenden Schuppen, und das wellige rotbraune Fell eignete sich perfekt für den Eindruck der langen, fließenden Locken. Cat war mit der Wahl einverstanden und musste dann stark gegen den Impuls ankämpfen, Phil zu umarmen, als er den „Einfallsreichtum-Preis" Disco zuerkannte.

„Disco verkleidet als eine Discokugel", sagte er und überreichte Elsie einen Fresskorb mit Hundeleckerchen, „das ist einfach super. Es wäre möglicherweise nur noch übertroffen worden, wenn sie als ein Salt-and-Vinegar-Chip aus den Neunzigern verkleidet gewesen wäre."

„Das hatte ich tatsächlich überlegt", sagte Elsie und übergab den Korb dem Captain.

„Oh, und …" – Phil klopfte der älteren Frau auf die Schulter – „dieser Preis ist für den Gemeinschaftsgeist der Weihnachtszeit. Auch die, die nicht an dem Wettbewerb beteiligt waren, wollten wie alle Bewohner der Primrose Terrace zum Ausdruck bringen, was für ein besonderer und liebenswerter Hund Chalky ist, und wollten sagen, wie glücklich sie sind, dass er es geschafft hat. Das nun ist von allen." Phil langte nach hinten und hob ein luxuriöses Hundebett hoch, für das alle zusammengelegt hatten. Es hatte die Form eines Miniatur-Chesterfield-Sofas mit einem Fellfutter, damit der Hund bequem liegen konnte.

Elsie entfuhr ein kleiner Aufschrei, und dann hielt sie die Hände an die Wangen gepresst. „Also wirklich, ihr Lieben!", sagte sie. „Das wäre doch nicht nötig gewesen. Aber er wird es lieben, das weiß ich." Sie umarmte Phil und ging dann zu jedem, um sich zu bedanken.

„Cat, du lahme Ente." Sie umarmte sie. „Ich habe das Gefühl, dass du dahintersteckst."

„Es waren wir alle", antwortete Cat. „Ich wusste, dass wir erst jetzt würden sicher sein können. Zuvor haben wir alle gehofft, und ich habe gedacht, wenn wir fest an seine Genesung glauben, dann könnte das etwas helfen. Wir sind so froh, dass er wieder da ist. Die Primrose Terrace wäre ohne ihn nicht dasselbe."

„Ich weiß", murmelte Elsie. „Das weiß ich mehr als alles andere. Aber ich sollte ihn jetzt besser zurückbringen."

„Ich nehme das, wenn Sie einverstanden sind." Phil hielt das Mini-Chesterfield hoch. „Es gibt eine kleine Pause bis zur Party und dem anderen Wettbewerb."

„Ich komme am ersten Weihnachtstag rüber", versprach Cat. „Vielleicht auch morgen schon. Ich möchte doch sehen, wie

Chalky mit seinem neuen Thron zurechtkommt."

„Komm." Der Captain bot Elsie den Arm. „Bringen wir den alten Chalky zurück."

Cat sah sie weggehen, und die anderen Mitbewerber folgten ihnen nach und nach. Plötzlich kam Unruhe an der Haustür auf, ein lautes Kreischen und Freudenrufe, und dann bemerkte sie Joe neben sich und sog sein dezentes Aftershave ein.

„Es schneit", sagte er ruhig.

„Ein perfektes Winterwunderland." Cat schaute nach draußen und sah, wie dicke Flocken sachte auf den Boden fielen.

„Sie können sehr gern hierbleiben", sagte Jessica und legte ihre Hand auf Joes Arm, „wenn das einfacher ist, als zurückzugehen und später wiederzukommen."

„Oh nein", wandte Owen ein. „Wir müssen die Beleuchtung einschalten."

„Und uns umziehen", ergänzte Polly.

„Und ich kann sie immer noch huckepack nehmen, wenn es für geschwollene Knöchel draußen zu gefährlich ist", sagte Joe grinsend. Cats Inneres tanzte einen kleinen Shimmy. „Also, auf geht's!"

Den Blick zum Himmel gerichtet, gingen sie langsam zurück zur Nr. 9. Sie ließen die Schneeflocken auf der Zunge zergehen und spürten sie auf den Wimpern. Die Kälte trug dazu bei, dass Cats Knöchel etwas betäubt wurde, und als sie zu Hause angekommen waren, spürte sie den Schmerz kaum noch. Sie ging in die Küche, um Tee zu kochen, wobei sie das Drängen der anderen, sie solle sich doch setzen, ignorierte. Auf keinen Fall wollte sie, dass ein verstauchter Knöchel sie zum Nichtstun verurteilte.

„Ich muss mal kurz weg", hörte sie Joe zu Polly sagen.

„Was?", fragte Owen. „Bei dem Wetter?"

„Es ist nicht weit. Bin gleich zurück."

„Wo gehst du hin?", fragte Cat und überlegte, ob er nun doch noch zu Jessica ging, um sich die ruhige Zeit zwischen der Verkleidungsparade und der Party zunutze zu machen. „Es schneit jetzt stärker."

„Bin schnell zurück. Versprochen. Aber wartet nicht auf mich – geht zur Party, wir treffen uns dort."

Sie beobachteten, wie er den Reißverschluss seiner schwarzen Jacke zumachte, die Schlüssel für den Fiesta nahm und das Haus verließ. Und dann sagte Polly, als ob sie Cats Unruhe spürte: „Wir pfeifen auf den Tee, wir machen eine Flasche Prosecco auf. Schließlich ist das eine Weihnachtsparty."

Polly sah umwerfend aus. Sie hatte ihr langes blondes Haar in locker-federnde Locken gestylt und trug ein bodenlanges Kleid in der Farbe des Mitternachtshimmels. Im Stoff waren dezente silberne Glitzersteinchen eingenäht. Owen, der einen schwarzen Anzug und ein weißes Hemd trug, konnte kaum seinen Blick von ihr wenden. Cat konnte ihn gut verstehen. Selbst Rummy, nun nicht mehr in seinem Superman-Outfit und nicht einmal zur zweiten Party eingeladen, sah schick aus.

Cat hingegen hatte das Gefühl, nicht passend angezogen zu sein. Wegen ihres Verbandes und der Notwendigkeit, flache Schuhe zu tragen, hatte sie das kurze kupferrote Kleid, das sie ursprünglich vorgesehen hatte, nicht genommen und sich für eine schwarze Hose mit weiten Beinen und ein dunkelrosa Paillettenoberteil mit freiem Rücken entschieden. Den bandagierten Fuß hatte sie in cremefarbene Pumps gezwängt, die aber unter ihrer Hose sowieso größtenteils versteckt waren.

„Du siehst toll aus, Cat", sagte Polly.

Cat machte ein etwas missmutiges Gesicht. „Es ist nicht das, was ich mir vorgestellt habe, als ich heute Morgen aufgewacht bin."

„Ich muss Polly recht geben", meinte Owen und füllte ihre Gläser erneut. „Und einen Schritt weitergehen, nämlich von ‚toll' zu ‚überwältigend'."

Cat lachte. „Danke dir. Ich weiß aber, wer das am besten aussehende Paar auf der Party sein wird – ihr seid die Belles of the ball." Sie hob ihr Glas, und Polly und Owen sahen einander lächelnd an; es war, als ginge ein Blick reinen Glücks vom einen zum anderen.

„Sollten wir anfangen", fragte Cat, „oder auf Joe warten? Wisst ihr, wohin er gegangen ist?"

Polly schüttelte den Kopf und kaute auf der Unterlippe. „Ich weiß es nicht", sagte sie leise. „Aber er hat ja gesagt, dass wir uns auf der Party treffen, wir müssen uns also keine Gedanken machen."

Owen sah durch die Gardine nach draußen. „Der Schnee ist ziemlich unerbittlich."

„Ich bin sicher, dass er sich melden wird", sagte Polly. „Kommt, wir müssen unsere Lichterketten einschalten und uns beeilen."

„Also", sagte Owen und kauerte sich vor das Sofa, wo Shed und Rummy regungslos wie Buchstützen jeweils an einem Ende saßen. „Ich hoffe, dass ihr euch auch wirklich so fühlt und nicht nur so tut, bis wir das Haus verlassen. Ich will keine Störung, kein Kabbeln von euch beiden, verstanden?" Er verstrubbelte Rummys Fell und streichelte dann Shed lange und gründlich, bis der mit geschlossenen Augen laut schnurrte.

„Das ist ja wunderbar", flüsterte Polly.

„Vielleicht bedeutet das ja", fügte Cat hinzu, „dass wir irgendwann im nächsten Jahr Familienzuwachs haben können." Cat hatte Polly erzählt, dass sie von Truffle wusste, und hatte dann mehr als eine halbe Stunde versucht, Polly davon abzuhalten, sich zu entschuldigen, weil sie es vor ihr geheim gehalten hatte. Doch jetzt war es öffentlich bekannt: Die Primrose Terrace Nr. 9 war ein Haushalt von Hundeliebhabern.

„Vielleicht." Polly drückte ihren Arm. „Aber jetzt müssen wir los."

Cat humpelte in die Eingangsdiele und warf einen Blick auf ihre Gitarre, die gegen die Wand gelehnt war – in ihrer Hülle sicher vor dem Schnee. Sie wandte sich ab.

Polly verengte die Augen zu Schlitzen und starrte sie mit dem bekannten Sinclair-Starren an. „Du nimmst sie nicht mit?“

„Es passt irgendwie nicht“, antwortete Cat ruhig.

„Es ist doch Weihnachten. Natürlich passt das.“ Sie nahm die Gitarre hoch und wuchtete sie über die Schulter, wobei sie einen Moment lang unsicher auf den Beinen war.

„Gib sie mir“, sagte Cat. „Ich habe flache Schuhe an. Aber ich mache es *nicht*, es sei denn …“

„Es sei denn, das Timing stimmt“, antwortete Polly. „Hab schon verstanden.“ Sie gab Cat die Gitarre mit einem Grinsen zurück.

„Ihr geht jetzt nach draußen, und ich drücke den Schalter.“ Damit öffnete Owen die Haustür. In kürzester Zeit waren ihre Haare und Mäntel mit Schneeflocken bedeckt. Auch auf den Dächern, den Autos und dem Bürgersteig lag bereits eine dünne Schicht.

Die Primrose Terrace entlang waren schon viele Lichterketten an: Frankies Dekoration mit dem Tierthema, wo die Singvögel wunderschön über die Seiten des Hauses herabhingen; Boris’ und Charles’ Lichterketten in Weiß und Gold, die mit gedämpfter Eleganz leuchteten; und Elsies Haus, das in einem schiffsähnlichen Muster erstrahlte, wobei unten, um das Meer darzustellen, blaue Lichter waren und oben am Dach entlang Sterne. Das musste, wie Cat annahm, der Einfluss des Captains gewesen sein.

Jessicas Haus lag noch im Dunkeln – bis auf die Fenster, die einladend leuchteten.

„Wir brauchen jetzt einen Countdown“, rief Polly.

„Es ist so schade, dass Joe nicht hier ist, um das alles zu sehen“, sagte Cat.

„Er wird es sehen, wenn er wiederkommt. Wir können an dem schlechten Timing meines Bruders nichts ändern.“

„Also!“, rief Owen.

Cat hielt den Atem an.

„Drei. Zwei. Eins!“

Er legte den Schalter um, und ihr Haus erstrahlte: Unten entlang die Wintermenagerie; vom Dach und von den Fensterbänken die weißen Eiszapfen, und die zarten pulsierenden Schneeflocken schimmerten abwechselnd in Blau, Rosa, Grün und Gelb.

„Wow“, machte Polly leise.

„Das ist atemberaubend“, sagte Cat.

Owen schloss die Tür und ging vorsichtig die Treppe hinunter. „Die Mühe hat sich gelohnt!“

„Guckt euch die Primrose Terrace an“, rief Cat. „Ich meine, guckt unser Haus an, aber auch die ganze Straße.“ Sie nahmen sich einen Moment Zeit, eng beieinanderstehend, und betrachteten das Glitzern und das magische Farbenspiel der Lichter gegen die Dunkelheit des Winters. Um sie herum war es ruhig, der Schnee dämpfte alle Geräusche; all das trug zu dem magischen Effekt bei. Cat ließ atemlos die Schönheit ihrer kleinen Straße auf sich wirken. Nur Joe fehlte.

„Wann will Phil seine Beurteilung abgeben?“, fragte Polly.

„In ein paar Stunden“, antwortete Cat und löste sich aus ihrer Träumerei. „Und es könnte sein, dass wir diese Zeit brauchen, um bei unseren verschiedenen Behinderungen zu Jessicas Haus zu kommen.“ Polly hatte ihre Kleidung um schöne marineblaue High Heels ergänzt, und Cat ahnte, dass es auch bei gutem Wetter tückisch sein konnte, darin zu laufen, erst recht aber, wenn ein paar Zentimeter Schnee lagen. „Wir gehen jetzt besser. Zieh deine Kapuze hoch, Polly, sonst sind deine Locken hin.“

Sie kamen bei Jessicas Haus an und traten aus der winterlichen Szene in das Leuchten und die Fröhlichkeit einer Weihnachtsparty, wo eine Woge von Wärme und Lachen sie umgab.

Cat widerstand mit Mühe dem Drang, die Gitarre hinaus in den Schnee zu werfen, wo sie in viele Einzelteile zerschellt wäre.

Von all den Dingen, die sie seit ihrem Einzug in die Primrose Terrace heraufbeschworen hatte, war dies jetzt die verrückteste Idee überhaupt. Es gab keine Möglichkeit, Joe auf dieser Party ein Ständchen zu bringen, nicht einmal wenn sie sicher gewesen wäre, dass er noch Gefühle für sie hatte. Lautlos verwünschte sie Pollys Glauben an sie und versteckte die Gitarre heimlich im Dielenschrank, wo Jessica die zusätzlichen Hundeleinen aufbewahrte. Dann ging sie zu ihren Freunden zurück.

25. Kapitel

Jessica begrüßte sie in einem Traum von einem weißen Kleid. Cat war sich ziemlich sicher, dass es tatsächlich von Valentino war. Sie hatte ihre blonden Locken geglättet und sah gepflegt und glamourös aus – eigentlich wie ein Schneeleopard.

„Ein großartiges Outfit“, sagte Jessica und umarmte sie. „Sie sehen wirklich hervorragend aus, und niemand würde vermuten, dass Sie einen Verband anhaben und humpeln.“

„Na, spätestens dann, wenn ich mich von der Stelle rühre, wird man es merken“, sagte Cat lächelnd.

„Aber diesmal kein Huckepack von Joe? Ich muss sagen, ich war fast versucht, *meinen* Knöchel zu verstauchen.“ Dabei blickte Jessica zur Tür und runzelte leicht die Stirn über ihren gepflegten Augenbrauen.

Cat lachte etwas gekünstelt. „Er wird bald hier sein. Er ist nicht … nach der Kostümparade noch mal zurückgekommen wegen irgendwas, oder?“

„Nein“, antwortete Jessica und wandte sich Cat wieder zu. „Hat er gesagt, dass er das wollte?“

Cat schüttelte den Kopf. „Warum ist Ihr Haus nicht erleuchtet? Haben Sie den Rest der Straße gesehen?“

Jessica lächelte etwas maliziös. „Die anderen Häuser sind eindrucksvoll. Ist Ihres jetzt auch an?“

Cat nickte.

„Ich dachte", fuhr Jessica mit Bedacht fort, „da wir alle für die Beurteilung nach draußen gehen müssen, könnte ich warten, bis alle da sind; dann könnte ich meine Beleuchtung einschalten."

„Aha", sagte Cat, „Sie hoffen auf einen besonderen Effekt?"

„Oh, den garantiere ich." Dabei tippte sie mit dem Finger an die Seite ihrer Nase. „Nun kommen Sie und lassen Sie sich einen Drink geben, jeder von Ihnen. Meine neu kreierten Kanapees werden herumgereicht, und ich würde gern wissen, was Sie darüber denken. Die mit Speck und Plumpudding sind meine persönlichen Favoriten, aber Sie müssen für sich selbst entscheiden."

Polly stand der Schrecken ins Gesicht geschrieben, aber Owen rieb sich die Hände. „Hört sich doch köstlich an."

„Ja", warf Polly ein, „aber du magst ja auch Retticheis."

„Ich verspreche dir, wenn du es einmal probiert hast, wirst du auch ganz begeistert sein."

„Dann musst du mich also zu dem Hotel mitnehmen", sagte Polly und lehnte sich an ihn.

„Mach ich. Ich nehme dich übers Wochenende mit. Es wird unglaublich romantisch, und du wirst es nicht einmal merken, wenn ich mich mal wegschleiche, um mit dem Koch zu sprechen, damit ich bald mein eigenes Retticheis machen kann." Er gab ihr einen Kuss auf die Nase.

„Ich bezweifle, dass Fairview dafür schon bereit ist."

„Ich glaube, dass Fairview für alles bereit ist", sagte Owen und war ganz ernst bei der Sache.

„Für fast alles", fügte Cat hinzu und dachte an ihre Gitarre.

„Ah, Miss Palmer?" Cat drehte sich zu der Stimme um. Sie bemühte sich, beim Anblick von Mr. Jasper nicht nach Luft zu schnappen. Er trug einen leuchtend bordeauxroten Anzug, ein weißes Hemd und – eigens zu Weihnachten – eine Fliege.

„Mr. Jasper! Wie geht es Ihnen?"

„Gut, danke, sehr gut. Wie geht es – äh – Chalky? Ist er okay?"

Cat lächelte, und ein Glücksgefühl durchströmte sie. „Es geht ihm jetzt viel besser, zum Glück, aber es stand eine Zeit lang auf der Kippe, und ich weiß wirklich nicht, was geschehen wäre, wenn Sie an dem Tag nicht da gewesen wären. Ich habe versucht, Sie zu erreichen, um es Ihnen zu sagen, aber ich hatte kein Glück. Ich danke Ihnen nochmals." Sie umarmte ihn, und Mr. Jasper, zuerst steif und widerstrebend, klopfte ihr freundlich auf die Schulter. „Es ist schön, Sie hier zu sehen."

„Miss Heybourne hat mich eingeladen, nachdem ich ihr die Highland Terrier zurückgebracht hatte. Es sind sehr liebe Tiere", sagte er, etwas unsicher.

Cat lachte. „Die meisten Hunde sind das. Vielleicht haben Sie nur ein paar schlechte Erfahrungen gemacht – einschließlich meines ersten Hundespaziergangs."

Mr. Jasper nickte ernst. „Ich bin nicht sicher, ob irgendjemand mit dem Eichhörnchen hätte rechnen können. Aber Sie – Sie scheinen so viel zu tun, so viel für die Allgemeinheit. Mit den ... Wettbewerben und so."

Cat nagte auf der Unterlippe. „Und mit der Bucht?"

Mr. Jaspers Mund zuckte etwas, als ob er überlegte, was er sagen sollte. „Es war eine faire Entscheidung. Die Leute haben immer noch den Hauptstrand für sich."

„Menschen und Hunde können miteinander leben, wissen Sie", sagte Cat leichthin. „Sie tun es seit Tausenden von Jahren. Und meistens klappt das Zusammenleben sehr gut."

Mr. Jasper blickte zu Boden. „Sie sind ja auch gar nicht so schlimm."

„Sehen Sie?" Cat strich ihm über den Arm. „Und Sie sind jetzt ein Held bei den Hundeliebhabern. Sie haben sich komplett neu erfunden."

„Das würde ich nicht sagen. Aber meine Mutter ist gestorben."

„Oh, Mr. Jasper, das tut mir sehr leid."

Er tat ihre Beileidsbekundung mit einer Handbewegung ab. „Sehen Sie, sie hielt nicht so viel von Hunden. Nein, das ist eine Untertreibung. Sie hat mich in dem Glauben erzogen, dass Hunde etwas Böses seien, unerwünschte Schädlinge, und ich habe den Anschein aufrechterhalten, solange sie lebte. Jetzt aber habe ich Chalky kennengelernt und auch diese kleinen weißen Terrier."

Cat nickte. „Ich freue mich so, dass die Kleinen dazu beigetragen haben, Ihre Meinung zu ändern", sagte sie leise. „Vielleicht können Sie sogar Alison überzeugen."

„Oh, Alison wird sich nicht überzeugen lassen. Ihrer Meinung nach sind Hunde schmutzig und gefährlich. Diese Auffassung wird sich sehr wahrscheinlich nicht ändern. Aber ehrlich gesagt, denke ich, dass sie sich hauptsächlich deshalb eingemischt hat, um Ihnen eins auszuwischen, es ging vermutlich gar nicht in erster Linie um das Hundeausführen. Und dafür, dass sie eine so zierliche Person ist, kann sie ziemlich viel Gift versprühen. Nehmen Sie es sich nicht so zu Herzen."

„Nein, tue ich auch nicht", sagte Cat. Wenn Alisons Giftigkeit nicht gewesen wäre, dann hätte sie ja nie mit dem Hundeausführen begonnen.

Coco erschien zu ihren Füßen, bellte Mr. Jasper an und legte seine Pfoten auf seine bordeauxfarbige Hose.

Cat lachte. „Er erinnert sich an Sie. Das ist nun ein glücklicher Hund – und sehen Sie, Mistelzweige!" Sie zeigte nach oben, wo Jessica einen großen Zweig mit vielen kleinen Blättern und weißen Beeren an den Leuchter in der Mitte des Eingangsflurs gehängt hatte. Sie gab ihm ein Küsschen auf die Wange. „Fröhliche Weihnachten, Mr. Jasper."

„Terry, bitte", sagte er freundlich und beugte sich zaghaft nach unten, um Coco den Kopf zu tätscheln. „Fröhliche Weihnachten, Cat."

Cat verabschiedete sich von ihm und humpelte von dannen.

Sie war auf der Suche nach einem exotischen Kanapee – und wenn möglich nach einem Stuhl. Ihr Knöchel fing wieder an zu pochen, und bald würde die Beurteilung beginnen. Jessicas elegantes, geräumiges Wohnzimmer war voll von Menschen, und auf keinem war ein noch so schmaler Sitzplatz frei. Sie drehte sich langsam um, suchte nach einem Platz und traf direkt auf Mark.

Sie trat einen Schritt zurück, verlagerte ihr ganzes Gewicht auf den schlimmen Knöchel und fiel fast hin. Mark fasste sie am Arm. „Langsam, langsam."

Cat wartete darauf, von seiner Anziehungskraft abermals in Bann gezogen zu werden, aber nichts geschah. Er trug seine übliche Kleidung, einen eleganten schwarzen Anzug und ein schwarzes Hemd. Er schien zwar entspannt und selbstsicher wie immer zu sein, aber in seinem Gesicht zeigte sich nicht einmal die Andeutung eines Lächelns.

„Wie geht es dir?", fragte er kühl.

„Gut, danke. Und dir?"

Mark nickte. „Ganz gut."

„Ich habe nicht gedacht, dass du hier sein würdest." Es war dumm, so etwas zu sagen, aber Cat hatte gar nicht in Erwägung gezogen, dass sie ihn an dem Abend hier treffen könnte.

„Ich würde keine von Jessicas Partys missen wollen. Wir sind gut befreundet."

„Natürlich", antwortete Cat und verwünschte sich innerlich.

Mark wandte seinen Blick ab und schaute sich im Raum um, so als ob Cat die am wenigsten interessante Person wäre. Sie wurde innerlich wütend und wollte der Situation entkommen, ahnte aber, dass ihre Flucht unglücklich langsam und mühevoll ausfallen würde.

„Hör zu, ich müsste …"

„Ich hoffe, dass es zwischen uns keine unguten Gefühle gibt", sagte Mark plötzlich und wandte sich ihr wieder voll zu. „Wir haben ein paar Dinge gesagt, und auf beiden Seiten war

Verärgerung, aber du musst zugeben, dass unser Zusammensein gut war, Cat." Er ließ seine Hand auf ihrem Arm nach oben gleiten, aber Cat tat das mit einem Schulterzucken ab.

„Wir hatten Spaß", gab sie zu. „Aber es ist nicht ..."

„Du musst dich nicht entschuldigen. Wir machen alle Fehler. Wenn du später ...", er beugte sich zu ihr, drückte seine Lippen an ihren Nacken, ehe er ihr ins Ohr flüsterte, „wieder zu mir zurückkommen und Chips fröhliche Weihnachten wünschen möchtest ..."

Cat zuckte zusammen und wich zurück. „Nein."

Mark lächelte leicht verwirrt. „Nein?"

Cat schüttelte den Kopf. „Nein, Mark. Ich habe mich entschieden, und ich bereue die Entscheidung nicht. Wieso dachtest du, dass ich es mir anders überlegt hätte?"

„Wenn man sich wiedersieht, kommen manchmal alte Gefühle hoch. Ich bin noch genauso unwiderstehlich wie immer." Damit grinste er breit.

Cat verschränkte die Arme. „Und noch genauso verheiratet?

Sein Grinsen verschwand.

„Vergiss nicht, dass ich auch mit Jessica befreundet bin", fuhr Cat fort und musste schlucken. „Du bist ganz unglaublich, weißt du das?"

„Das sagt mir jeder."

„Die ganze Zeit, in der wir zusammen waren, hast du Sarah gesehen, hast versucht, eure Ehe zu retten, hast mich zappeln lassen wie einen armseligen Fisch an der Angel ..." Sie runzelte die Stirn und wünschte, sie hätte eine schlagfertigere Beleidigung hinbekommen. „Und dann, als wir unsere Beziehung beendet haben, hast du mir vorgeworfen, ich hätte dasselbe getan."

Mark zuckte mit den Schultern. „So lernt man sich kennen. Wie geht's übrigens Joe? Ich habe ihn heute Abend noch gar nicht in seinem Top-Man-Anzug herumstolzieren sehen."

Cat verdrehte die Augen. „Meine Güte, Mark, ist das deine einzige Sorge? Ich leugne nicht, dass wir Spaß hatten, aber ein attraktives Aussehen und Charme bringen dich nur begrenzt weiter."

„Bei dir haben sie mich aber recht weit gebracht."

„Sarah hingegen hast du damit nicht ganz überzeugt, oder? Jedenfalls hast du ja offensichtlich die Notwendigkeit empfunden, dich parallel mit mir zu amüsieren."

Marks Lächeln war jetzt vollständig verschwunden, und Verärgerung flammte in seinen Augen auf.

„Fröhliche Weihnachten, Mark", sagte sie, drehte sich auf ihrem unverletzten Fuß um und humpelte zurück in die Eingangsdiele. Sie schaute zurück und sah, dass Mark immer noch an derselben Stelle stand. Sein Witz und sein Charme waren erloschen, wenn auch nur für den Moment.

Cat fühlte eine überwältigende Erleichterung, als die Weihnachtsmusik eine Pause machte und Jessica alle bat, nach draußen zu gehen. Es war Zeit für das Glanzstück.

Wenn überhaupt, dann war der Schneefall noch dichter geworden. Sie schlurften alle nach draußen, jeder hüllte sich in seinen Mantel und griff nach Mütze und Schal. Dann stand die ganze Festgemeinde dicht gedrängt auf dem Bürgersteig und blickte auf die glitzernden und funkelnden Häuserfronten.

Cat fand Owen und Polly und hakte sich bei ihrer besten Freundin unter. Sie beobachtete, wie die Schneeflocken auf dem Kragen ihres Mantels und auf Owens dichten Locken niedergingen.

„Alles in Ordnung?", flüsterte Polly. „Du beißt die Zähne so zusammen."

Cat nickte. „Ich bin mit Mark zusammengetroffen."

„Bist du okay?"

„Ja, bin ich. Es war tatsächlich eine Erleichterung, als ich ihm gesagt habe, dass ich von Sarah weiß und dass mir klar geworden ist, dass das, was wir zusammen hatten, nicht von Dauer sein konnte. Es war richtig erlösend."

„Die Vergangenheit ruhen lassen?"

„So etwas in der Art."

„Also", rief Phil aus. Er stand neben Jessica auf der obersten Stufe von Nr. 1. „Ich bin mehrere Male die Primrose Terrace auf und ab gegangen und habe die großen Anstrengungen von allen bewundert. Ich bin sicher, dass es an der ganzen Südküste keine schönere und weihnachtlichere Straße gibt. Bewohner der Primrose Terrace, Sie haben sich selbst übertroffen, und es fällt mir schwer, eine Beurteilung abzugeben. Aber ein Haus gibt es, das seine Dekoration erst noch präsentieren muss. Ich möchte Sie daher alle bitten, bei dem Countdown für Jessicas Einschalten mitzumachen. Sind Sie bereit?"

„Ja!", riefen alle im Chor, während es weiter schneite.

Phil zählte: „Fünf, vier, drei, zwei ... EINS!"

Jessica drückte den Knopf, und die Front von Nr. 1 war erleuchtet.

Allen blieb vor Überraschung die Luft weg, und es gab einen einzelnen Aufschrei.

„Heiliges Kanonenrohr", murmelte jemand.

„Wie hat sie das bloß gemacht?"

„Verdammt", brachte Owen heraus, wie hypnotisiert. „Das war's wohl mit unseren Schneeflocken."

Jessicas Beitrag war eher eine Lasershow als eine Weihnachtsbeleuchtung. Die winzigen Lichter, die ihr Haus bedeckten, begannen mit kleinen Quadraten in Rot und Grün, die wie ein Schachbrett aussahen. Dann jagten die Farben einander von links nach rechts; danach flammte das ganze Haus in Grün, Rot und schließlich in Weiß auf. Kleine Schneeflocken kamen und schienen auf den Boden zu fallen; es wirkte hypnotisch gegen den wirklichen Schnee. Jeder stand da in atemlosem Staunen, die vor Kälte gefühllosen Zehen und kalten Nasen waren vergessen, während alle zusahen, wie die fallenden Schneeflocken sich in eine eindrucksvolle Show von Farben wandelten, von Gold über Silber bis hin zu Violett. Die LED-Lichter machten die Front von Jessicas Haus zu einem bewegten Bild, auf dem das eine Farbmuster das nächste ablöste.

„Wow“, murmelte Polly, als die Lichter in Weiß auf blauem Hintergrund zu funkeln begannen wie Sterne am Nachthimmel.

Doch dann gab es einen lauten Knall, und das Haus wurde dunkel. Cat blinzelte, rieb sich die Augen und wischte geschmolzene Schneeflocken von ihren Wangen.

„Was ist passiert?“, fragte Owen.

Cat sah sich um und versuchte, Jessica, Phil oder auch Polly zu entdecken. Sie sah aber niemanden, weil alle Lichter ausgegangen waren. Und nicht nur Jessicas Beleuchtung, sondern auch die anderen in der ganzen Straße. In keinem der Fenster brannte mehr Licht, und selbst die Straßenlampen waren erloschen. Die Primrose Terrace lag in völliger Dunkelheit.

Ein Murmeln erhob sich in der Menge, das nach und nach lauter wurde.

„Was ist passiert?“

„Gehörte das zu der Show?“

„Charles, bist du hier? Ich sehe nichts!“

„Leute!“, rief eine Stimme, lauter als die anderen. „Leute! Ich bin's, Phil.“ Cat wandte sich dahin, woher die Stimme kam, und sah, dass er versuchte, mit der Taschenlampe seines Smartphones sein Gesicht zu erleuchten. „Wir scheinen einen technischen Defekt zu haben. Jeder sollte einfach aus der Kälte zurück in Jessicas Haus gehen, während wir versuchen, mehr darüber herauszufinden. Das wäre fantastisch.“

„Aber es ist dunkel“, sagte Polly.

„Kerzen!“, rief Jessica. „Ich habe viele Kerzen.“

Nach einem Abend, erfüllt mit hell funkelnden Lichtern, fühlten sich die nächsten zwanzig Minuten für Cats Empfinden so an, als ob sie in einem schwarzen Loch leben würden. So schnell wie ihr pochender Knöchel und der rutschige Schnee es erlaubten, folgte sie ihren Freunden zurück ins Haus und half Jessica, Polly, Owen, Boris und Charles, Kerzen zusammenzutragen. Sie erleuchteten damit das Erdgeschoss des Hauses, während andere Gäste, die mit den Verhältnissen im Haus nicht so vertraut waren, unsicher herumtasteten aus Angst, sie könnten im Dunkeln Gegenstände umstoßen.

„Was hast du gemacht?“, fragte Cat.

Jessica schüttelte den Kopf. „Ich wusste wohl, dass meine Beleuchtung recht stark war“, sagte sie, „aber ich glaubte, dass die Verlängerungsschnur das aushalten würde. Offenbar nicht.“

„Sind das nicht LEDs? Die sollen doch geringen Energieverbrauch haben.“

„Vielleicht ist es aber auch die ganze Straße? Vielleicht haben wir alle zusammen zu viel Strom verbraucht, und meine Beleuchtung war nur der Tropfen, der das Fass zum Überlaufen gebracht hat? Phil ist weggegangen, um das zu untersuchen.“

„Es sieht aber trotzdem schön aus, nicht?“, sagte Cat, zündete ihre letzte Kerze an und stand auf. Sie nahm die sanfte, romantische Schönheit von Jessicas Haus, das von flackernden Lichtern erfüllt war, in sich auf und besonders die eleganten Dekorationen und das Funkeln der Partygarderobe. Valentino und Dior rannten zu ihrer Besitzerin, und Cat beugte sich nieder, um die Kleinen zu streicheln und ihr verfrorenes Gesicht in ihr warmes Fell zu drücken. „Habt ihr Spaß?“, fragte sie. Valentino leckte ihr Kinn, und Dior ließ ein Stück angefressenes Speckkanapee und eins mit Plumpudding vor ihre Füße fallen. „Natürlich habt ihr Spaß. Es ist ja auch ein Abenteuer, nicht?“

„Aber“, sagte Jessica und stemmte die Hände in die Hüften, „wir haben keine Musik.“

Cat dachte wieder an ihre Gitarre und wie idiotisch es gewesen war zu glauben, sie würde sie zum Einsatz bringen. Sie hatte so vielversprechende Pläne für den Tag gehabt. Ein Höhepunkt hätte sein können, mit großer romantischer Geste Joe wissen zu lassen – ganz im Sinne von Polly –, welche Gefühle sie für ihn hegte. Aber sie hatte sich verletzt und ihr Party-Outfit mit einem nicht gerade eleganten Humpeln ruiniert. Dann war Joe auch noch verschwunden und möglicherweise irgendwo im Schnee gestrandet. Und jetzt war auch noch die ganze Straße ins Dunkel getaucht worden.

„Cat", sprach Owen sie an, „was ist mit deiner Gitarre? Hast du sie nicht mitgebracht?"

Cats Magen meldete sich unangenehm. „Oh nein, das war ein Fehler."

„Du hast sie in den Schrank in der Eingangsdiele getan. Wir können sie bestimmt im Dunkeln finden."

„Und wir könnten alle mitsingen", fügte Jessica hinzu und klatschte in die Hände. „Sie müssten nicht allein singen, sondern nur den Anstoß geben. Welche Lieder können Sie spielen?"

„Oh, nicht sehr viele." Sie warf Polly einen ängstlichen Blick zu, und Polly zuckte hilflos mit den Schultern, wobei ihre weit geöffneten Augen eine stumme Entschuldigung ausdrückten. „Sehen Sie, ich glaube wirklich nicht, dass ich ..."

„Ach kommen Sie, Cat", ermunterte Jessica sie mit einem warmen Lächeln. „Wir haben kein Licht, alles ist ein bisschen lahm. Singen wäre perfekt."

Owen nickte zustimmend. „Es wäre wie ein geselliges Lagerfeuer. Flackerndes Feuer, eine Gitarre, Lieder singen."

„Ich habe eine ganze Menge Glühwein", ergänzte Jessica. „Er ist bestimmt noch warm, obwohl die Heizplatten ausgegangen sind. Was meinen Sie, Cat?"

Cat versuchte, den Kloß im Hals loszuwerden. Was sollte sie sagen? Dass sie nur ein Lied kannte und dass sie dieses Lied für nur eine Person eingeübt hatte? Dass sie sich ein perfektes Umfeld vorgestellt hatte, wo sie Joe ein Ständchen bringen konnte, um ihm ihre Gefühle zu zeigen, während alle Partygäste in Bewunderung zusahen?

Sie konnte es nicht tun. Es gab nicht genug Licht, um ihre Fingerpositionen für die Akkorde zu überprüfen – doch das müsste sie machen, zumindest am Anfang. Außerdem wusste sie tief im Innern, dass sie nicht das Selbstvertrauen hatte, vor ihren Freunden zu singen, geschweige denn vor allen Partygästen. Und all das war sowieso sinnlos, weil das Lied für Joe war – und Joe war nicht da. Er war verschwunden, ohne jemandem zu sagen, wohin. Womöglich hatte er seine eigene romantische Geste für Jessica geplant und war auf dem Weg zu ihr im Schnee stecken geblieben.

Jessica deutete Cats panisches Schweigen als Zustimmung und schritt in die Eingangsdiele. „Ich hole Ihre Gitarre", trällerte sie.

„Nein!" Cat torkelte nach vorn, verpasste aber Jessica um ein paar Zentimeter. Sie humpelte ihr nach, zuckte zusammen, als Schmerzen durch ihren Knöchel schossen, und rutschte auf dem geschmolzenen Schnee aus, den die Leute an ihren Schuhen mit hereingebracht hatten. In dem unruhig flackernden Licht entdeckte sie Jessica inmitten der anderen Gäste in der geräumigen Diele, die Hausherrin kam auf sie zu mit der Gitarre in der Hand. „Jessica, bitte lassen Sie es."

Sie streckte ihre Hand aus und nahm die Gitarre.

„Ich kann das nicht." Polly und Owen waren Cat in die Diele gefolgt, und ein paar andere waren auch neugierig geworden, sodass ihr nun sehr viel Aufmerksamkeit zuteilwurde.

„Aber Sie haben sie doch extra mitgebracht", sagte Jessica, „Sie müssen nur etwas mehr Selbstvertrauen entwickeln; alle werden begeistert sein."

„Ich kenne nur ein Lied", antwortete Cat im Flüsterton angesichts der großen Anzahl von Gästen.

Jessica runzelte die Stirn. „Na ja, das ist okay. Wir können das Lied ja singen, und dann werden wir die Gitarre wahrscheinlich nicht mehr brauchen und können einfach was anderes singen. Welches Lied ist es denn?"

Cat blickte zu Boden. „*All I want for Christmas*", murmelte sie.

„Das Lied, das Mariah Carey singt."

„*All I want for Christmas?*“, fragte Jessica. „Dieses rührselige Lied?“

Cat spürte, wie ihre Wangen sich röteten, und war froh, dass es dunkel war. Sie nickte.

„Warum?“, fragte Owen. „Ich meine, jedem das Seine, aber wenn du vorhattest, hier auf der Party zu singen, dann …“

„Aber das hatte ich ja gar nicht vor“, beeilte sich Cat zu sagen. „Ich meine, ich hatte es vor, aber nicht – nicht als Teil eines großen Weihnachtssingens.“

„Nun, als was denn dann?“, fragte Jessica.

Cat blickte auf die schattenhaften Gesichter um sie herum, sah, wie Owen und Jessica die Stirn runzelten, und blickte auf Polly, ihre beste Freundin, wobei ihr bewusst war, dass diese für das Durcheinander zum Teil verantwortlich war.

„Es tut mir leid“, sagte Cat zu Polly, „ich weiß gar nicht, warum ich gedacht habe, dass ich es machen könnte. Es ist einfach unmöglich.“

„Du bist wunderbar, Cat.“ Polly umarmte sie. „Ich weiß, dir fehlt das Selbstvertrauen für so etwas, aber es wäre ganz toll gewesen. Es tut mir leid, dass es nichts geworden ist.“

„Kann mir jemand mal sagen, was eigentlich los ist?“, wollte Owen wissen.

Jessica hob die Hand. „Das würde ich auch gern wissen.“

Cat blickte in die Runde und sah lauter Gestalten, die sie nur halb erkennen konnte, einige von ihnen hatten sich ihr zugewandt. Boris und Charles schauten sie ganz gespannt an, und Juliette und Will taten zwar so, als ob sie in ein Gespräch vertieft seien, guckten zwischendurch aber verstohlen zu ihr herüber.

„Cat wollte jemandem ein Ständchen bringen“, begann Polly und blickte Cat dabei an. „Sie wollte das Lied ‚*All I want for Christmas is you*‘ singen, und zwar für eine ganz bestimmte Person. Bedauerlicherweise ist diese Person aber nicht anwesend.“

„Mark?“, fragte Jessica, und die Furchen auf ihrer Stirn vertieften sich.

„Ah!“ Owen schlug sich mit der Hand an die Stirn. „Natürlich!“

„Wieso ‚natürlich‘?“, fragte Jessica. „Wer?“

„Nicht Mark“, sagte Cat und schüttelte den Kopf. „Auf keinen Fall Mark. Es ist …“

„Es ist jemand, bei dem du es unheimlich toll fändest, wenn du ihn unter dem Mistelzweig treffen würdest“, sagte Polly.

Cat glaubte nicht, dass jetzt die beste Zeit für kryptische Andeutungen war, aber Jessica brauchte nur einen Moment, um das Rätsel zu lösen.

„Joe?“, brachte Jessica heraus und kreischte geradezu. „Sie wollen Mariah Carey für Joe singen?“

Cat widerstand dem Impuls, sich da zu verstecken, wo der Schein der Kerzen sie nicht finden konnte. Sie hörte einen der Westies in einem anderen Raum bellen.

„Ja.“ Sie sagte das flüsternd, aber durchaus vernehmlich. „Ja, das war mein verrückter Plan.“

„Sie und Joe sind …“ Jessica presste die Hände vor sich zusammen.

„N-nein. Was ich meine, ist, ich hatte gehofft …“

„Sie empfinden etwas für Joe?“, fragte Jessica wieder, und ihre Stimme übertönte alle anderen.

Cat schloss die Augen und spürte plötzlich, wie ein eisiger Luftzug um ihre Schultern strich, wobei die Kerzenflammen unruhig zu flackern begannen. „Ja“, sagte sie, „ich empfinde etwas für ihn. Schon sehr lange. Es tut mir leid, Jessica, denn ich weiß, dass Sie ihn auch mögen. Ich habe nie gewollt, dass sich die Dinge so entwickeln, und wenn etwas zwischen Ihnen und ihm …“

Jessica schüttelte den Kopf. „Zwischen uns ist nichts, das Flirten war nur auf meiner Seite. Ich gratuliere Ihren zu Ihrem guten Geschmack, aber ich bin nicht so scharf auf ihn, dass ich für ihn meine ganze Würde aufs Spiel setzen würde, indem ich für ihn singe. Sie müssen ihn wirklich sehr gernhaben.“

„Sehr, sehr gern“, gab Cat zu.

„Sie, Cat Palmer, empfinden *wirklich* etwas für Joe Sinclair? Und Sie wollten ihm heute Abend hier ein Ständchen bringen?“ Jessicas Augen waren weit geöffnet, und sie lächelte in freudiger Erwartung.

Cat guckte Polly etwas böse an, die aber grinste nur zurück. „Ja, Jessica. Ja zu allem, was gesagt wurde – außer dass ich nicht kann. Wirklich nicht, was …?“

„Lieben Sie ihn?“, fragte Jessica leise.

Polly blieb der Mund offen stehen, und Owen blickte zu Boden. Jessica hingegen sah Cat geradewegs in die Augen und wartete.

Cat musste schlucken und hatte das Gefühl, dass es in ihrem ganzen Körper kribbelte – bis hinunter zu den Fingern, zu ihrem pochenden Knöchel, bis hin zu den Zehen.

„Ja“, sagte sie dann, und ihre Stimme klang jetzt überraschend klar. „Ja, ich liebe Joe Sinclair, und ich hatte vor, ihm mit einem Lied von Mariah Carey ein Ständchen zu bringen – sicher eher schlecht als recht –, und wollte sehen, ob auch er noch immer Gefühle für mich hat. Aber es ist alles schiefgelaufen, und er ist ja nicht einmal hier, und ich …“

In diesem Augenblick ging die Beleuchtung flackernd an, jeder blinzelte und murmelte etwas. Cats Freunde waren wieder im strahlenden Partylicht zu sehen. Sie sah, dass Pollys Wangen glühten, dass Owen die Augenbrauen gehoben hatte und dass Jessica nicht nur glücklich aussah, sondern geradezu triumphierend.

„Was …?“, flüsterte Cat.

„Ja“, sagte eine Stimme hinter ihr. Eine Stimme, die sie nur allzu gut kannte, eine Stimme, bei der sie zu atmen vergaß.

Langsam drehte sie sich um und blickte genau in ein Paar blaue Augen unter feuchtem blondem Haar und auf Schneeflocken, die auf einer schwarzen Jacke schmolzen.

„Joe“, bekam sie gerade noch heraus; das Kribbeln wurde stärker, Tränen brannten in ihren Augenwinkeln. „Joe, ich …“

„Ja", sagte er. „Ja, ich fühle genau wie du."

Cat hatte das Gefühl, als ob der Raum um sie herum größer und weiter wurde. Sie sah, dass alle anderen langsam wegdrifteten und nur sie und Joe und die Kerzen zurückließen, die immer noch flackerten, obwohl das Licht wieder da war.

„Ich habe etwas für dich", sagte er. „Aber zuerst, denke ich, hast du etwas für mich?" Er hob eine Augenbraue, auf seinen Lippen war ein Lächeln, und er deutete auf die Gitarre, die Cat immer noch in der Hand hielt.

Sie blickte auf das Instrument und fragte sich, wie sie das jetzt machen sollte, da sie ja kaum sprechen konnte. Ganz langsam hob sie die Gitarre hoch, legte ihre Finger auf das Griffbrett und fand den richtigen Akkord. Sie vergewisserte sich erst noch mal, ob sie auch allein waren, spielte zaghaft die erste Note und öffnete dann den Mund, wobei ihre Stimme sich grell und zittrig anhörte – gar nicht für diese Aufgabe geeignet.

Aber sie blickte Joe unverwandt an, und er hielt ihrem Blick stand; er zeigte keinerlei Verlegenheit oder Scham, in seinem Gesicht war nur das tiefe Gefühl, das sie schon so oft gesehen hatte. Jetzt wusste sie, dass dieses Gefühl nur ihr galt, und das gab ihr das Selbstvertrauen, das Lied durch die erste Strophe und den Refrain zu singen, ehe ihre Finger abglitten. Ihre Stimme geriet bei der letzten Zeile ins Stocken, und die Worte kamen nur noch flüsternd heraus.

„Alles, was ich zu Weihnachten will, bist du, Joe." Damit lehnte sie die Gitarre an die Wand und ging einen Schritt auf ihn zu.

„Das", sagte Joe, „das war etwas ganz Besonderes. Du bist die unglaublichste, verrückteste, leidenschaftlichste Person, die ich je kennengelernt habe, und ich liebe dich. Fröhliche Weihnachten, Cat."

Cat lächelte und konnte noch gar nicht glauben, was gerade passierte. „Es war hoffnungslos. Aber es scheint, dass mein Weihnachtswunsch sich schließlich doch noch erfüllt."

„Sprichst du von mir? Oder von diesem Typen?“

Joe fasste in seine Jacke und zog eine ihr vertraute türkisfarbene Handtasche hervor, eine, die Cat seit dem Frühjahr nicht mehr benutzt hatte. Die Tasche war jetzt mit Lametta an den Griffen geschmückt. Er hielt ihr die Tasche hin, und als Cat sie nahm, guckte eine kleine schwarze Nase heraus, und dann kamen ein struppiges weißes und karamellfarbenes Fell und zwei große dunkle Augen zum Vorschein.

Cat stand der Mund offen. Sie zog den Welpen aus der Tasche und drückte ihn an sich. „Ein Welpe“, sagte sie flüsternd, und Tränen rannen über ihre Wangen; der kleine warme Körper schmiegte sich an sie, und ein leises Fiepen drang an ihr Ohr.

Joe lächelte etwas verlegen. „Ich fand den Zettel auf dem Kaffeetisch, als ich aus Amerika zurückgekommen war. Ich habe dann telefoniert, und die Frau hatte nur noch einen einzigen Welpen. Ich sollte ihn morgen abholen, aber als das Wetter so schlecht wurde, habe ich vereinbart, dass ich heute Abend komme. Ich dachte, da Shed so gut mit Rummy …“ Er zog die Jacke aus und hängte sie über das Treppengeländer. Unter der Jacke trug er einen taillierten dunkelgrauen Anzug und ein weißes Hemd, das am Kragen offen stand. „Er hat noch keinen Namen.“

Cat starrte auf den Welpen, dann auf Joe, und sie hatte das Gefühl, ihr Herz würde zerspringen vor Liebe zu dem Mann, der vor ihr stand, und zu dem winzigen Geschöpf, das sie gegen ihre Brust gedrückt hielt.

„Mistletoe“, flüsterte sie.

Joe blickte nach oben zu dem Büschel, das von dem Kronleuchter herabhing. „Das ist eine tolle Idee.“ Er trat einen Schritt vor und küsste sie, sodass ihr der Atem wegblieb. Seine Haut fühlte sich kühl auf ihrer an, aber seine Leidenschaftlichkeit, die Gewissheit seiner Gefühle wärmten sie, und mit jeder Faser ihres Körpers wusste Cat, dass es das war, was sie wollte. Das war das Richtige. Sie und Joe, der Welpe inmitten ihrer Umarmung. Geschmolzene Schneeflocken tropften aus Joes Haar auf Cats Gesicht und mischten sich mit ihren Freudentränen.

„Joe", sagte sie und löste sich ein wenig. „Joe Sinclair."

„Ja, Cat Palmer?"

„Ich meinte den Welpen."

„Du willst den Welpen küssen?"

Sie musste grinsen. „Ich meinte den Namen für den Welpen. Mistletoe."

„Oh." Er lächelte sie an und lachte dann. „Du willst ihn Mistletoe nennen?"

„Denkst du nicht, dass das ein toller Name ist? Möchtest du nicht immer an diesen Augenblick erinnert werden?"

„Sag es noch einmal." Er streichelte das flaumige Welpenfell.

„Mistletoe", wiederholte Cat flüsternd, schaute zu ihm auf und konnte immer noch nicht recht glauben, dass ihr perfekter Weihnachtstraum trotz aller Hindernisse gerade in Erfüllung ging.

„Weißt du was?", sagte Joe. „Ich glaube, das ist eine tolle Idee."

Er küsste sie wieder.

Weihnachten in der Primrose Terrace

Cat konnte nicht mehr schlafen.

Sie blickte auf ihren Wecker und sah, dass es erst siebzehn nach fünf war, aber es war der Weihnachtsmorgen, ihr erster in der Primrose Terrace, und sie konnte sich auf viel mehr freuen als je zuvor. Sie schlug die Bettdecke zurück und tapste zum Fenster. Draußen war es dunkel, aber der frisch gefallene Schnee leuchtete hell im Schein der Straßenlaternen. Alles sah aus wie mit einem mattweißen Zuckerguss überzogen. Cat grinste, hopste ins Badezimmer und tänzelte auf den kalten Fliesen.

Über ihr schlief Joe in seinem Schlafzimmer im Dachgeschoss, und unten lag Mistletoe in seinem Körbchen. Sie kannte ihn gerade erst vierundzwanzig Stunden, aber der kleine Hund hatte schon so viel Persönlichkeit wie die anderen Hunde, die sie kannte und liebte. Joe hatte einen Welpenlaufstall gekauft, als er Mistletoe abholte. Und während Cat unbedingt gewollt hatte, dass der Welpe in ihrem Schlafzimmer schlief, wusste sie, dass sie ihn so erziehen musste, dass er der glücklichste und gesündeste Hund in der ganzen Primrose Terrace werden würde. Sie musste ihm Regeln beibringen und Grenzen aufzeigen.

Sie wusch sich das Gesicht, eilte zurück in ihr Schlafzimmer, um einen dicken Wollpullover zu holen, und ging auf Zehenspitzen nach unten ins Wohnzimmer. Der Klang der Schlittenglocken erfüllte den Raum, als sie über die Schwelle trat.

Sie schaltete das Licht ein, und da waren die Strümpfe, die neben dem Fernsehgerät hingen. Jedes Haushaltsmitglied – einschließlich des semi-permanenten „Inventars“ Owen – hatte sich einverstanden erklärt, für jemand anders einen Strumpf zu füllen. Das hatte automatisch bedeutet, dass sie Joes und er ihren Strumpf füllte. Gerade jetzt aber war sie nicht an Strümpfen interessiert. Sie schlich auf Zehenspitzen zu dem Welpenlaufstall und kauerte sich neben Shed, der ruhig schlummerte, die Nase an den Stäben des Laufstalls.

„Hast du unseren Neuzugang eingeschüchtert?“, flüsterte sie und streichelte ihn. Aber die Sorge hatte sie nicht, im Gegenteil. Sie dachte, dass der Kater Mistletoe vielleicht sogar beschützen würde, als ob er sagen wollte: *Bleib bei mir, Kleines, ich werde dich mit allem vertraut machen.* Rummy war ein Versuchslauf gewesen; der Foxterrier und der rotbraune Kater hatten etwas Zeit gebraucht, um sich aneinander zu gewöhnen. Jetzt aber lag Rummy zusammengerollt auf ihrem Sofa, und als sie Mistletoe ins Haus gebracht hatten, war Shed sehr interessiert und überhaupt nicht aggressiv gewesen. Dieser Heiligabend, dachte Cat, als sie vor dem Laufstall saß, war einer der merkwürdigsten, den sie je erlebt hatte. Aber wenn sie daran und an den ersten Weihnachtstag dachte, musste sie lächeln, als sie durch die Stäbe blickte.

Mistletoe schlief, zusammengerollt auf der Decke in der Hundebox im hinteren Bereich des Laufstalls. Sie wusste, dass der Welpe in der ersten Zeit nur kurz schlafen und ziemlich viel Zeit brauchen würde, um zur Ruhe zu kommen, so wie sie das am Abend der Party und am letzten Abend erlebt hatten. Aber Cat war auf alles vorbereitet – sie hatte ja lange genug gewartet. Sie ließ Mistletoe weiter schlummern, machte die Kaffeemaschine an und gab Shed, der nun ganz wach war, sein Frühstück.

„Du bist ein stilles Wasser, nicht? Als ich hier eingezogen bin, warst du grantiger als ein Hund, den eine Wespe in die Schnauze gestochen hat, und nun bist du mit zweien gut Freund."

Shed miaute, und Cat nickte zustimmend.

Mit dem Kaffee in der Hand zog sie die Wohnzimmergardinen auf, machte das große Licht aus und die Weihnachtsbaumbeleuchtung an. Sie setzte sich auf das Sofa, schlug die Beine übereinander, drückte ihre Füße gegen Rummys warmes Fell, hörte sein schwaches Schnarchen und blickte hinaus in die winterliche Dunkelheit. Die Stille und die Schönheit des Anblicks ließen ihren Körper wohlig erschauern.

Heiligabend war ziemlich hektisch gewesen, mit Supermarkteinkäufen in letzter Minute, und alles war besonders kompliziert, kalt und feucht gewesen – wegen des Schnees und ihres nur langsam heilenden Knöchels. Dann waren alle in verschiedene Ecken des Hauses verschwunden, um Geschenke zu verpacken, und Cat hatte sich in die Küche verzogen, um eine herzhafte Hackfleischroulade und eine mit Hackfleisch gefüllte Pastete zuzubereiten.

Es war ihr erster Tag mit Joe zusammen. Sie hatten sich kaum gesehen, hatten sich nur kurze Augenblicke an den Händen gehalten und sich geküsst, wenn sie sich im Flur oder in den Gängen des Supermarkts begegnet waren. Beide konnten es fast nicht glauben, dass sie nach all dieser Zeit wirklich zueinandergefunden hatten.

Für Cat fühlte es sich so an: Sie war dort angekommen, wo sie immer hatte sein wollen. Sie war einen langen, steinigen Weg gegangen, hatte Umwege und Fehler in Kauf nehmen müssen, hatte Kehrtwendungen machen, sich entschuldigen und neu überlegen müssen, aber schließlich hatte sie zu Joe gefunden. Sie dachte zurück an den Abend auf der Party, an seinen leidenschaftlichen Kuss, daran, dass sie in seinen Armen Verlangen, Liebe und das Gefühl des Ganzseins gespürt hatte. Die Erinnerung daran hüllte sie ein wie ein kostbarer Umhang, und sie schloss die Augen. Beim Klang der Schlittenglocken öffnete sie sie wieder.

Joe stand im Türrahmen. Er trug ein weißes T-Shirt und Boxershorts, sein blondes Haar war zerzaust, und seine Augen sahen müde aus. Für Cat sah er schöner aus als je zuvor.

„Fröhliche Weihnachten, Joe", sagte sie leise.

Er tappte zu ihr und kniete sich vor sie hin. „Fröhliche Weihnachten, Cat." Er legte die Hände auf ihre Knie, und sie beugte sich vor, küsste ihn und schlang die Arme um seinen Nacken. Sie sahen sich an; sein Lächeln war ansteckend, und alles an ihm erfüllte ihre Sinne.

„In der Kanne ist Kaffee", sagte sie.

Er nickte und ging in die Küche. Auf dem Weg dahin kauerte er sich beim Welpenlaufstall nieder. „Wie geht's unserer immergrünen Pflanze?"

„Schläft."

„Bestimmt hat er nicht gemerkt, dass es Weihnachten ist."

Cat ließ Rummy schlafen und ging hinüber zu dem anderen Sofa, sodass sie neben Joe sitzen konnte. Als er mit dem Kaffee zurückkam, drehte sie sich zu ihm hin, legte die Beine über seine und küsste ihn wieder.

„Wir sollten auf die anderen warten, oder?"

„Ich bin nicht sicher, dass das ein Teamsport ist", antwortete Joe und zog sie näher an sich.

Cat lachte. „Wir sollten aber doch warten, um die Weihnachtsstrümpfe aufzumachen."

„Ja, gern." Er stand auf und zog sie hoch. „Aber nicht hier."

Viele Male zuvor hatten sie sich in diesem Zimmer gegenübergestanden. Jetzt aber war alles anders. Ihre Hände von seiner Hand umschlossen, küsste sie Joe, ließ ihre Lippen auf den seinen verweilen und ließ das Gefühl seiner Nähe ihren Körper durchströmen. Dann folgte sie ihm wortlos in die Diele und hinauf in sein Schlafzimmer. Draußen begann der Weihnachtssonnenaufgang langsam den Horizont zu erhellen.

Später setzten sie sich auf Joes Bett und – sicher, dass Owen und Polly nichts dagegen haben würden – machten ihre Weihnachtsstrümpfe auf und beobachteten, wie die Wintersonne den Schnee wie einen Diamantteppich glitzern ließ. Cats Strumpf enthielt Schokolade, Obst, eine niedliche dunkelviolette Welpenleine mit dazugehörigem Halsband, Hüttenschuhe mit Pudelstickerei, eine Miniflasche Limoncello und ein Buch mit modernen Melodien für Gitarre. Jedes Geschenk hatte Joe mit Sorgfalt ausgesucht. Cat hoffte, dass die Künstlerstifte, die neuen Kopfhörer zum Joggen, die iPad-Lautsprecher und die Orangenschokolade, Geschenke, die sie ihm ausgesucht hatte, genauso gut ankamen. Joes Gesichtsausdruck konnte sie entnehmen, dass sie es nicht schlecht getroffen hatte.

Cat merkte, dass ganz unten in ihrem Strumpf immer noch etwas lag. Sie zog die Stirn kraus und holte eine winzige Modellzeichnung der Primrose Terrace Nr. 9 hervor.

Sie starrte Joe an, und er lächelte sie an. „Von dem Cartoon", sagte er.

„Ich weiß", flüsterte Cat. „Ich sah sie und dachte damals, es bedeutet, dass du nach Hause kommen würdest. Na ja, ich hoffte es mehr, als dass ich es dachte."

„Er sollte genau an dem Tag erscheinen, an dem ich zurückgekommen bin. Ich wusste nicht, ob du den Cartoon sehen würdest oder ob – nun, es ging alles ein bisschen verrückt zu an dem Tag."

„Ja, mit Chalky", bestätigte Cat. „Ich liebe deine Cartoons. Jeden Donnerstag habe ich auf die Zeitung gewartet. Und dann erschien der mit dem Strand, mit dem Hai."

Joe zuckte zusammen. „Das war wohl ein bisschen zu dick aufgetragen, oder? Ich wusste damals nicht – von dir und Mark. Ich hatte nicht gedacht, dass du mit ihm Schluss machen würdest. Ich hoffte es zwar, aber …" Er schüttelte den Kopf. „Es sollte eine Entschuldigung sein, eine ziemlich dämliche, wie ich zugeben muss. Ich wusste wirklich nicht recht, wie ich sagen sollte, was ich eigentlich sagen wollte."

„Mir hat es gefallen", sagte Cat und rückte näher zu ihm, die kleine Modellzeichnung fest in der Hand. „Es brauchte etwas Zeit, aber ich bin glücklich, dass wir angekommen sind."

„Ich glaube, es hätte sich gar nicht besser entwickeln können." Joe legte einen Arm um sie. „Dieses Weihnachten ist einfach perfekt. Aber ich habe noch mehr für dich als nur Sachen für den Strumpf."

„Ich auch", antwortete sie flüsternd.

Sie war deshalb viel nervöser als wegen irgendetwas anderem an diesem ersten Weihnachtstag. Sie hatte nämlich Geschenke gekauft, ehe sie sicher sein konnte, dass sie und Joe zusammenkommen würden, und machte sich Sorgen darüber, dass die Geschenke übertrieben sein könnten. Mit Herzklopfen beobachtete sie, wie er den neuen Kapuzenpulli auspackte, den sie ihm gekauft hatte. Er war hellblau, und auf der Vorderseite stand EARTH. Das E und das H waren weiß, das ART in der Mitte gelb, wobei ein Malerpinsel die Farben über die Buchstaben verteilte.

„Zu kitschig?", fragte Cat, als Joe darauf starrte.

Er schüttelte den Kopf. „Ich finde ihn toll. Und das hier ist für dich, es ist aber nicht nur von mir, sondern von uns allen." Damit reichte er Cat einen kleinen roten Umschlag.

Cat nahm ihn stirnrunzelnd entgegen. Sie öffnete den Umschlag und nahm eine Klappkarte heraus. Darauf war eine wunderschöne Zeichnung – dieses Mal in Farbe – des *Neugierigen Kätzchens*. Das Kätzchen ging auf Zehenspitzen auf einen Knopf zu, auf dem „Drücken" stand, daneben ein weihnachtlich erleuchtetes Haus. Auf der Rückseite der Karte war ein gut aussehender Kater unter einem Mistelzweigbündel und hatte einen kleinen Welpen im Arm.

„Ich habe aber den Stromausfall nicht verursacht", sagte sie lachend. „Und du hast dich als unglaublich scharfen Kater gezeichnet."

„Künstlerische Freiheit", sagte Joe, „in beiden Fällen."

„Es ist einfach perfekt. Und wenn du erst mal berühmt bist,

dann ist das eine Menge Geld wert. Ich bewahre es besser gut auf."

„Mach sie auf", sagte er leise.

Sie tat es. In der Karte lag noch ein Umschlag mit einem Gutschein. Cat las, was da stand, war aber nicht in der Lage, alles richtig aufzunehmen.

„Ist das ein Scherz?", fragte sie ungläubig.

„Nein." Joe schüttelte den Kopf. „Und du kannst mitnehmen, wen du willst. Polly oder Elsie oder Jessica. Mistletoe aber vielleicht nicht."

„Aber das ist Wahnsinn!", sagte Cat. „Das ist derartig übertrieben, dass ich nicht weiß, was ich denken soll."

Joe zuckte mit den Schultern. „Ich hatte eine tolle Zeit in Amerika. Ich war einfach mal an einem ganz anderen Ort, hab eine neue Sicht auf die Dinge bekommen. Du hast ein anstrengendes Jahr hinter dir und hattest viel um die Ohren, und ich dachte, du könntest vielleicht auch mal eine Auszeit gebrauchen. Und diese Form der Auszeit schien mir genau das Richtige für dich zu sein. Du liebst Weihnachten – du scheinst auch Schnee gernzuhaben – und du liebst Hunde."

„Es ist einfach verrückt", murmelte Cat. „Auf Hundeschlitten eine Nordlicht-Tour durch Norwegen machen. Das hast du ausgesucht? Für mich?"

„Fröhliche Weihnachten, Cat."

„Würdest du mitkommen? Ich meine – wenn – ich glaube, Polly hätte nichts dagegen."

Cat lehnte sich zurück in die Kissen und starrte ungläubig auf die Tickets. Sie und Joe würden also nach Norwegen fahren, würden sich von einem Rudel wunderschöner starker Huskys durch den Schnee ziehen lassen, und sie würden aufblicken zu einer der spektakulärsten Sehenswürdigkeiten, die die Welt zu bieten hatte. Sie wusste gar nicht, was sie sagen sollte.

„Du musst mich nicht unbedingt mitnehmen, weißt du",

sagte Joe, „ich habe das nicht besorgt, um selbst auch mitzukommen."

„Aber du würdest mich doch begleiten, oder?"

„Natürlich, ich fühle mich sehr geehrt."

„Müssen wir in einem Iglu schlafen und einander mit unserem Körper wärmen, damit wir nicht erfrieren?" Dabei drückte sie seinen Oberschenkel.

„Ich glaube, die Iglus sind luxuriös", antwortete Joe, rückte näher an sie heran und küsste ihren Nacken. „Es gibt auch eine Heizung darin. Aber wir könnten ja immer so tun, als ob nicht."

„Das ist eine sehr gute Idee", murmelte Cat. „Mach weiter, ich habe noch nicht genug. Das lässt sich nicht gerade mit einer Reise nach Norwegen vergleichen, aber ..." Sie langte auf der Bettseite nach unten und reichte ihm noch ein Geschenk, verpackt in Goldpapier mit einer glitzernden roten Schleife.

Joe legte es auf seinen Schoß und packte es langsam aus; dabei zog er konzentriert die Brauen zusammen. Als er sah, was es war, flüsterte er ganz leise etwas, was Cat nicht ganz verstand.

Es war ein DIN-A3-Notizbuch. Die Seiten waren frisch und unberührt weiß, und ein winziges *Neugieriges Kätzchen*, das auf einem Stapel Kisten balancierte und versuchte, in ein Fenster zu sehen, war in der unteren Ecke zusammen mit den Initialen *JS* eingeprägt. Zu dieser Idee hatte sie das Geschenk ihrer Eltern inspiriert, und in der Innenstadt von Fairhaven hatte sie jemanden gefunden, der die Prägung aufbringen konnte.

Joe starrte sie an, als hätte er sie nie zuvor gesehen. „Cat, das ist ..."

Sie zuckte, plötzlich etwas verlegen, mit den Schultern. „Es ist eigentlich etwas geschummelt. Meine Eltern haben mir so eins geschenkt, daher kam die Idee dazu. Ich dachte mir, es würde perfekt für dich sein. Guck mal auf die erste Seite."

Joe öffnete den vorderen Einbanddeckel und las die Worte, die Cat geschrieben hatte.

Für Joe, der über meine Neugier hinausblicken kann und der – trotz allem – Hunde liebt. Ich hoffe, dass du immer eine Inspiration findest und dass du dieses Buch mit deinen wunderbaren Skizzen füllen kannst. Ich danke dir dafür, dass du meine *Inspiration warst und bist. Fröhliche Weihnachten, ich liebe dich. Cat xx*

„Du bist unglaublich“, flüsterte er und nahm ihre Hand.

„Vielleicht wäre das was für deinen nächsten Cartoon – der unglaubliche Grüne Leguan oder Ähnliches.“

„Bring mich nicht in Versuchung. Du bist viel zu verführerisch, Cat Palmer. Ich habe Glück, dass ich dem jetzt nachgeben kann.“

Als Cat und Joe schließlich nach unten kamen, saßen Polly und Owen mit übereinandergeschlagenen Beinen auf dem Fußboden und beobachteten Mistletoe, der gerade einen Karton zerkaute, in dem einmal eine Weihnachtslichterkette, gestaltet wie Schneeflocken, gewesen war. Pappfetzen lagen wie nach einem Schneesturm auf dem Teppich herum.

„Fröhliche Weihnachten“, sagte Joe, und die Schlittenglocken ertönten. Rummy tapste aus der Küche herein und inspizierte sofort Mistletoe. Cat folgte ihm und nagte am Winkel ihrer Unterlippe, als die Hunde sich vorsichtig beschnüffelten. Mistletoe fiepte leise. Cat kauerte sich hin und streichelte seinen kleinen Körper, und er drückte sich an ihren kuscheligen Pullover.

„Du wirst dich an Rummy gewöhnen“, flüsterte Cat. „Er ist ein ruhiger Vertreter. Und warte, bis du Olaf und Disco kennenlernst; und Chalky kann dir Dinge beibringen – er weiß alles. Musst du raus? Ich wette, ja.“

Während Polly und Owen Rührei zubereiteten, zog Cat ihre Stiefel an und nahm Mistletoe mit in den schneebedeckten Hof. Ein Rotkehlchen hüpfte auf dem Zaun entlang, wobei etwas Schnee nach unten fiel, und trällerte sein fröhliches melodisches Lied. Obwohl ihr Welpe noch so klein war, wusste sie, dass er trotz der Kälte auch ein Weilchen draußen sein konnte. Mistletoe ging zwei Schritte, versank bis zum Bauch im Schnee und fing an, Schnee zu fressen.

„Nein, nein, nein", warnte Cat ihn sanft, „mach dein Geschäft, Kleiner. Friss das nicht." Sie versuchte, ihn dazu zu ermuntern und ihn dazu zu bringen, nicht von dem Schnee zu fressen, schließlich aber gab sie auf und brachte ihn zurück zu dem Hundeklo in seinem Laufstall.

„Hat er Schnee nicht gerne?", fragte Polly und setzte eine Kanne mit frischem Kaffee auf den Esstisch.

„Doch, aber nicht so, wie wir das wollen."

Sie frühstückten gemeinsam und bedankten sich jeweils für die Weihnachtsgeschenke.

„Wir kümmern uns um ‚Leinen los', während du weg bist", versprach Polly, und Cat umarmte sie und Owen und dankte ihnen für die Tickets nach Norwegen.

„Du hast nichts dagegen, wenn ich Joe mitnehme?"

„Nein, fahrt nur, wir wünschen euch einen romantischen Trip. Außerdem bin ich nicht sicher, ob es vernünftig ist, Owen und Joe mit der neuen Menagerie zu betrauen. Einer von uns wird hier definitiv gebraucht."

„Ich glaube nicht, dass das fair ist", protestierte Owen.

„Oh, du weißt genau, dass es fair ist." Polly drückte lachend seine Hand, während es Owen gelang, ganz geknickt auszusehen.

„Jetzt müssen wir aber den Truthahn reinschieben, wenn wir noch vor Mitternacht essen wollen."

Während Cat und Polly das Weihnachtsessen vorbereiteten, versuchten Joe und Owen, das Wohnzimmer „welpensicher" zu machen, sodass Mistletoe alles gefahrlos erkunden konnte.

„Weihnachtsbeleuchtung?", fragte Joe.

„Die wird er kaputt machen", antwortete Owen. „Wir befestigen das Netzkabel mit Klebestreifen an der Wand, sodass er nicht dran kann. Und vielleicht sollten wir auch das Lametta, das am Fenster hängt, woanders hinbringen."

„Wir haben schon einen Teil davon verloren", sagte Joe. „Wir haben ihn gerade noch fassen können, ehe er es verschlucken konnte. Ich hatte ganz vergessen, was es heißt, einen Welpen zu haben. Eine verdammt harte Nummer."

„Ja, ist ein Fulltime-Job", bestätigte Owen.

„Militärische Präzision ist dabei gefragt."

Cat und Polly hörten von der Küche aus zu, grinsten, und Polly verdrehte die Augen.

„Weißt du, was?", sagte Cat. „Wenn ich nie wieder ein Weihnachtsgeschenk bekommen sollte, dann ist mir das egal. Ich habe alles, was ich mir je hätte erträumen können. Ich wohne bei euch, du bist glücklich mit Owen, ich habe Joe, und wir alle haben Mistletoe. Ich habe meinen perfekten Job und die Primrose Terrace. Es ist wie in einem Traum."

„Du hast aber auch viel Arbeit damit gehabt", warf Polly ein, „sogar mit mir und Owen."

Cat schlug sie zum Spaß auf den Arm. „Na ja, du brauchtest einen Schubs."

„Ja, den brauchte ich", stimmte Polly zu. „Und du hättest dich auch in schlechtere Leute verlieben können als in Joey. Er ist eine Nervensäge, aber ganz nett, wenn er will."

„Mmm", machte Cat, und das Lächeln kam automatisch wieder in ihr Gesicht.

„Aber", sagte Polly, während sie Pastinaken klein schnitt und Cat Miniwürstchen in durchwachsenen Speck einrollte, „es bedeutet auch, dass wir uns keine pikanten Details erzählen können, weil ich auf keinen Fall etwas über das Liebesleben meines Bruders hören will."

Cat lachte und spürte, wie ihr die Röte in die Wangen stieg. „Das ist nur fair", sagte sie. „Also müsste ich mich wahrscheinlich entschuldigen."

„Blah, blah, blah.“ Polly hielt sich die Ohren zu, und Pastinakenschalen flogen durch die Luft.

„Sorry!“ Cat guckte ins Wohnzimmer, aber Joe und Owen hockten am Fenster und untersuchten irgendetwas, was ein Ziel der Zerstörung durch den Welpen sein könnte.

„Würstchen im Schlafrock fertig?“, fragte Polly, um das Thema zu wechseln.

„Das letzte ist fertig ... jetzt.“

Der Truthahn kam in den Backofen. Das Gemüse war vorbereitet, nun mussten sie nur noch darauf warten, dass alles durchgarte.

„Denkst du, dass Joe und Owen Hilfe brauchen?“, fragte Polly.

„Warum brauchen Würstchen eigentlich einen Schlafrock?“, antwortete Cat lachend.

Nachdem sie viel zu viel gegessen, Champagner getrunken und den Abend mit Irish Coffee abgerundet hatten, verkündeten Polly und Owen, dass sie jetzt Rummy ausführen wollten. Draußen war es dunkel, aber die Weihnachtsbeleuchtung in der Primrose Terrace funkelte fröhlich – ohne die Gefahr weiterer Kurzschlüsse.

„Ich könnte etwas frische Luft gebrauchen“, sagte Owen, „und Rummy möchte noch mal laufen.“

Cat nickte. Vor dem Essen hatte sie Elsie und den Captain und Chalky, Disco und Paris besucht und war bei Chalky dringeblieben, während die anderen Hunde in den Park geführt wurden. „Ich muss darauf warten, dass Mum und Dad sich melden. Sie müssten in der nächsten halben Stunde über Facetime anrufen.“

„Willst du, dass ich mit den anderen gehe?“, fragte Joe.

Cat schüttelte den Kopf und unterdrückte ein Lachen, als Joe sie mit seiner roten Weihnachtsmannmütze auf dem Kopf ganz ernst anguckte. „Bleib hier“, sagte sie. „Ich möchte, dass du sie kurz begrüßt, wenn – wenn du willst.“

„Ja, mit Vergnügen“, antwortete er.

Es war neun Uhr abends in Fairview und kurz nach Mittag da, wo Cats Eltern in Kanada waren.

Als ihren Eltern klar wurde, was sich hier tat, schrie ihre Mutter vor Freude auf, und Peter strahlte von einem Ohr zum anderen. Durch das Fenster ihres Wohnwagens waren die Berge hinter ihren glücklichen Gesichtern zu sehen.

„Ihr beide“, sagte Delia, „ich habe *immer* gewusst, dass ihr perfekt zusammenpasst. Oh, Joe, ich wünschte, ich könnte dir in die Wange kneifen.“

Joe lachte. „Ich freue mich schon darauf, Mrs. Palmer.“

„Delia! Sei doch nicht so förmlich, Joe. Du gehörst doch praktisch zur Familie.“

„Bist du glücklich, Kleines?“, fragte Peter.

Cat blickte zu Joe. „Nein“, sagte sie, „ich tu nur so, weil Joe neben mir sitzt.“

Sie hörte zu, wie sie sie neckten und mit ihr „schimpften“, weil sie so vorlaut war. Delia und Peter zeigten ihr und Joe die Landschaft um den Wohnwagen herum und gaben ihnen einen dramatischen Bericht darüber, wie sie kürzlich einen Bären gesehen hatten. Cat stellte ihnen Mistletoe vor, der ihnen – oder genauer, ihrem Teppich – seit dem Frühstück zwei Weihnachtsgeschenke beschert hatte.

„Ich bin beeindruckt, dass ihr in eurem Wohnwagen WiFi habt“, sagte Joe.

„Oh nein“, raunte Cat ihm zu. „Falsches Thema.“

„Was?“ Joe runzelte die Stirn. „Ich …“

„Nun“, begann Peter umständlich, „es ist schon eine interessante Einrichtung, Joe. Ich will dir erklären, wie sie funktioniert. Als wir hierherkamen, gab es absolut keine Chance.“

„Fröhliche Weihnachten!“, trällerte Delia. „Alles Liebe für euch beide! Wir machen jetzt besser Schluss, weil unser Essen sonst anbrennt!“ Sie warf ihnen viele Küsschen zu, übertönte ihren Mann, beugte sich vor und beendete den Anruf. Das iPad kehrte zurück zu einem Selfie von Cat und Joe auf dem Sofa, und Joe stand Verwirrung ins Gesicht geschrieben.

„Was war das denn eben?“

„Sei froh, meine Mum hat dich gerettet“, erklärte Cat, „vor einem stundenlangen Vortrag, wie Dad es hinbekommen hat, mitten in den Bergen WiFi im Wohnwagen zu installieren. Wir haben ziemlich Glück gehabt. Das wär’s mit Weihnachten gewesen.“ Sie grinste.

„Das nächste Mal muss ich mich bei ihr bedanken.“ Dabei streichelte Joe Mistletoe, der auf seinem Schoß schlief. „Wir sollten auf die beiden anstoßen.“

„Und ich habe dafür genau das Passende“, sagte Cat, ging in die Küche und kam mit einer kleinen Flasche Limoncello zurück.

„Wo hast du die denn her?“, fragte Joe.

„Jemand, der ganz unglaublich ist, hat es mir geschenkt.“

„Der Weihnachtsmann ist schon ein besonderer Kerl.“

Sie stießen auf Cats Eltern an, und dann kamen Polly und Owen zurück. Ihre Wangen waren rot, und beide waren von ihrem Gang durch den Schnee in guter Stimmung. Und dann fanden sie noch mehr Gründe, um anzustoßen: Pollys neuen Job, Owens Pläne für exotische Eisgeschmacksrichtungen, das *Neugierige Kätzchen* und „Leinen los“. Weiter kamen dazu: neue Bekannte, neue vierbeinige Kameraden und das Leben in der Primrose Terrace. Bald war die Flasche Limoncello leer, und Polly konnte gar nicht aufhören zu kichern.

„Ich denke, es ist Zeit, ins Bett zu gehen“, meinte Owen.

Sie sagten gute Nacht, wünschten einander ein letztes Mal „fröhliche Weihnachten“, und Owen ging mit Polly die Treppe hinauf zu ihrem Zimmer.

„Ich muss noch ein bisschen aufbleiben“, sagte Cat und legte ihre Hand auf Joes Brust. „Ich will noch mal versuchen, mit Mistletoe rauszugehen.“

„Ich komme mit raus“, sagte Joe. „Irgendwie habe ich gehofft, wir könnten die Nacht zusammen verbringen.“

„Oh, hast du das?“ Cat hob eine Augenbraue.

„Ja“, antwortete Joe. „Eigentlich sehr. Ich dachte, wir könnten den ersten Weihnachtstag so beenden, wie wir ihn begonnen haben.“

Cat kicherte. „Bist du betrunken, Joe?“

Joe schüttelte den Kopf. „Nein, nicht betrunken. Vielleicht ist mir ein bisschen schwummrig.“

„Ah. Na ja, du bist reizend, wenn dir schwummrig ist.“

„Reizend genug, um mit nach oben zu gehen?“, fragte Joe.

„Reizend genug“, murmelte Cat und küsste ihn. „Und auch sexy genug.“

„Zuerst aber“, sagte Joe, „Mistletoe. Nicht um darunter zu küssen, wir scheinen das auch ohne den Zweig ganz gut hinzukriegen.“

Sie traten hinaus in die kalte weihnachtliche Nacht und beobachteten den Welpen, wie er ein paar zaghafte Schritte machte und dabei ziemlich einsank; schließlich färbte er aber den Schnee gelb. Cat jauchzte leicht auf, und sie nahmen ihn wieder mit ins Haus. Sie schlug ein wärmendes Handtuch um ihn, gab ihm einen Kuss und hielt ihn Joe hin, damit er ihm gute Nacht sagen sollte. Dann setzte sie ihn wieder in seinen Welpenlaufstall. Er tapste darin herum, schnüffelte kurz in den Ecken und legte sich schließlich auf die Decke in der Box.

„Denkst du, er wird durchschlafen?“, fragte Joe.

Cat schüttelte den Kopf. „Nein, aber das ist okay. Ich gehe nachher noch mal runter.“

Joe sah sie an, und Lachfältchen umgaben seine blauen Augen. „Was ist, wenn du einschläfst?“

„Ich glaube nicht, dass das ein Problem ist.“

Sie legte ihre Hand in seine und ging mit ihm aus dem Wohnzimmer. Als sie die Schwelle zur Diele überschritten, ertönte der Klang der Schlittenglocken. Cat hielt an der Haustür an und öffnete sie dann. Die Kälte zusammen mit frischen Schneeflocken wehte herein.

Sie gingen die Außenstufen hinunter, wobei ihr Knöchel immer noch leicht pochte. Sie zog Joe mit sich, bis sie zu seinem Wagen kamen. Dort drehte Cat sich um und lehnte sich dagegen. Sie schlug die Arme um Joe und blickte die Primrose Terrace entlang, wo die Weihnachtsbeleuchtung immer noch an den meisten Häusern fröhlich glitzerte.

Frankies Tierbilder leuchteten noch, und Cat fragte sich, ob Frankie sich in Ruhe ein Glas Wein gönnte, nachdem die Mädchen – und Olaf – ins Bett gegangen waren, übermüdet von so viel Weihnachtstrubel, und ob Leyla bei ihr oder bei ihrer Familie war. Hatten Charles und Boris Gäste über Weihnachten, oder waren nur Dylan und Bossy da?

Elsie und der Captain schienen richtig zufrieden und glücklich gewesen zu sein, als Cat sie besucht hatte; und sie freute sich so sehr, dass ihre Freundin einen Kameraden hatte, und darüber, dass ihr alter Hund auf dem Wege der Besserung war. Bei Juliette und Will war vielleicht ihre Tochter über Weihnachten zu Besuch gekommen, vielleicht sogar der Sohn aus Australien; beide würden das Haus bestimmt mit ihrem Lachen erfüllen. Sie fragte sich kurz, mit wem Jessica wohl zusammen sein mochte. In Nr. 1 war die Beleuchtung an, die LED-Show war ein gedämpfter Schimmer von Weiß und Blau. Hatte sie vielleicht Besuch von ihrer Familie? Marks Audi stand da, aber sein Haus war dunkel. Vielleicht feierten sie zusammen, Freunde, die ein ruhiges Weihnachtsfest mit ihren Hunden verbrachten.

Cat wohnte sehr gerne hier. Sie hatte sich noch nirgendwo so zu Hause gefühlt, war noch nie so in Hochstimmung gewesen. Und nie war ihre Erwartungshaltung der Zukunft gegenüber so positiv gewesen wie jetzt. Sie war in diesem Moment sicher – während die Lichter funkelten und der Schnee leise fiel –, dass sie der glücklichste Mensch in der ganzen Primrose Terrace war – vielleicht sogar in ganz Fairview. Sie umarmte Joe noch enger, und er erwiderte die liebevolle Geste.

„Danke, dass du mein Weihnachten so perfekt gemacht hast", sagte sie.

„Nicht der Rede wert", antwortete Joe. „Es war leicht. Alles ist leicht mit dir."

„Sogar *Blade Runner* gucken?"

Joe schwieg für einen Moment. „Okay, das vielleicht nicht. Aber sonst alles."

„Weihnachtslichterketten anbringen?"

Joe seufzte. „Also – dabei bist du auch ein bisschen hinderlich. Vielleicht, wenn du keine Knöchel hättest …"

„Dinge weiterbringen ohne Einmischung?"

„Genau. Das ist es." Joe hob sie hoch und legte sie sich über die Schulter. Cat quiekte unwillkürlich.

„Setz mich wieder ab!"

„Nein."

„Joe, hier liegt Schnee, und es ist rutschig, außerdem bist du betrunken."

„Mir ist nur ein bisschen schwummrig", korrigierte Joe und ging zurück zum Haus. „Betrunken? Nein."

Er ging die Stufen zur Haustür hinauf und schloss die Tür auf. Cat war immer noch auf seiner Schulter und wand sich hin und her, weil sie herunterwollte, während Joe nach Mistletoe sah. Shed und Rummy, die auf verschiedenen Sofas schliefen, gab er einen freundlichen Klaps und schaltete dann die Weihnachtsbeleuchtung aus.

„Bitte, Joe", sagte Cat lachend, „lass mich runter."

„Gleich", flüsterte er, „schhh."

Als das Haus innen und außen dunkel war, trug er Cat in die Eingangsdiele.

Die Schlittenglocken klingelten ein letztes Mal und taten kund, dass Weihnachten in der Primrose Terrace jetzt zu Ende ging.

Er trug Cat hinauf in die erste Etage und ließ sie herunter. Dabei strich er ihr das Haar aus der Stirn, während er sie ansah.

Es war dunkel auf dem Treppenabsatz, aber als sie sich daran gewöhnt hatte, sah sie die Intensität in Joes Augen, die Wärme und die Freundlichkeit, die sie nach und nach bezaubert hatten. All dies hatte ihr gezeigt, wie richtig es war, ihn zu lieben. Ihr wurde klar, dass es sogar unvermeidlich gewesen war. Es war nur die Frage, „wann“ es geschehen wäre, nicht „ob“.

Joe machte einen Schritt auf die zweite Treppe und streckte seine Hand aus.

Cat ergriff sie.

Wann freuen Sie sich wie ein Hund und wedeln mit dem Schwanz?
Finden Sie mit diesem Spaß-Quiz heraus, welcher Hunde-Typ Sie tief in Ihrem Innern sind.

Wo würden Sie am liebsten ein romantisches Wochenende verbringen?

A In Courchevel bei einem schicken Ski-Kurzurlaub
B In einem großen alten Manor House auf dem Land
C In einem schönen kleinen Cottage in den Highlands
D Im Lake District bei einem Abenteuerurlaub

Sie halten eine Rede auf der Hochzeit Ihrer Freunde. Welche Note würden Sie Ihrer Rede verleihen?

A Es würde eine Mischung aus viel Gefühl und Humor
B Loyal bis zum Ende, mit jeder Menge Komplimenten
C Kurz und bündig funktioniert immer noch am besten
D Welche gute Rede kommt ohne ein paar Seitenhiebe und Neckereien aus!

Sie langweilen sich auf einer Party. Was würden Sie tun, um etwas mehr Schwung in die Veranstaltung zu bringen?

A Ab auf die Tanzfläche, um den Leuten zu zeigen, wie talentiert ich bin
B Sie erblühen zum Partygänger, der auf alle beruhigend wirkt – wie ein Nachtfalter flattern Sie von einem zum anderen, verströmen Wärme gepaart mit Intelligenz
C Sie suchen sich ein lauschiges Plätzchen mit einem alten Freund
D Sie finden heraus, wo man sonst noch hingehen kann, denn schließlich wollen Sie nicht Ihre Zeit verschwenden

Sie entdecken die Bar. Welchem Getränk können Sie nicht widerstehen?

A Einem roten Burgunder
B An einem schlichten Pint gibt es nichts auszusetzen
C Einem netten schottischen Whisky
D Tequila Slammer, was sonst?

Sie wollen in einen ziemlich vollen Zug einsteigen. Würden Sie:

A Sich vorsichtig an den Fahrgästen vorbeischieben?
B Lächeln und die Leute bitten, etwas Platz zu machen?
C Einfach auf den nächsten Zug warten – Eile, Gedränge und Ärger lohnen sich nicht
D Sich hineinzwängen, denn Platz ist eigentlich immer!

Ihr Freund/Ihre Freundin möchte ein Blind Date für Sie organisieren. Wie reagieren Sie darauf?

A Ich sage zu, aber nur wenn es meinen Ansprüchen gerecht wird
B Hört sich gut an. Wer weiß, was sich daraus alles ergeben kann?
C Niemals – was ist falsch an der traditionellen Methode?
D Okay, solange es nicht ein förmliches Diner ist

Sie haben sich meistens für A entschieden? Sie sind der Spaniel-Typ

Sie sind der coole Typ, der es stilvoll mag und stets darauf bedacht ist, gepflegt in Erscheinung zu treten. Es gelingt Ihnen, selbst die stressigsten Situationen zu meistern, ohne ins Schwitzen zu geraten. Sie sind fröhlich und beschwingt und verströmen eine angeborene Liebenswürdigkeit. Vermutlich haben Sie Ihren ganz eigenen Geschmack – aber wer möchte schon auf die edleren Dinge im Leben verzichten?

Sie haben sich meistens für B entschieden? Sie sind der Retriever-Typ

Sie sind absolut gesellig, temperamentvoll und in jeder Lebenssituation vollkommen entspannt. Das macht Sie zum strahlenden Mittelpunkt jeder Party, und Sie haben kein Problem, immer neue Freunde zu finden. Sie machen nie viel Aufhebens um etwas und halten bei den meisten Ihrer Vorhaben Kurs – aber wirklich in Ihrem Element sind Sie in der freien Natur!

Sie haben sich meistens für C entschieden? Sie sind der Westie-Typ

Sie sind nicht unbedingt ein Herdentier, aber unterschätzen sollte man Sie auch nicht. Sie wissen, was Sie wollen, und können sich behaupten, und obwohl Sie nicht sonderlich abenteuerlustig sind, bewundern die Leute Sie für Ihre Standhaftigkeit – und meistens locken Sie andere in Ihren Wohlfühlbereich, mit Schokolade und einer Kuscheldecke!

Sie haben sich meistens für D entschieden? Sie sind der Terrier-Typ

Sie sind ein echter Wirbelwind, stecken voller Energie und wissen genau, wie Sie die Leute auf Trab halten! Sie sind am liebsten immer in Bewegung (Couch-Potato, was ist das?) und ständig auf der Suche nach neuen Abenteuern und Aktivitäten. Sie versteifen sich auf Ihr Argument und geben nicht gerne nach, aber wenn es darum geht, andere auf die Schippe zu nehmen, können Sie genauso viel vertragen, wie Sie austeilen.

Informationen zu unserem Verlagsprogramm, Anmeldung zum Newsletter und vieles mehr finden Sie unter:

www.harpercollins.de

Band-Nr. 25996
9,99 € (D)
ISBN: 978-3-95649-606-6
400 Seiten
Auch als eBook erhältlich!

Miranda Dickinson
Acht Wochen und ein Leben lang

Plötzlich ist Nell Sullivans Zukunft völlig ungewiss. Als ihre Beziehung zerbricht und sie ihren Job verliert beschließt sie, für acht Wochen zu ihrer Cousine nach San Francisco zu fliegen. Sie fühlt sich so frei wie seit Langem nicht mehr! Hier hat sie endlich Zeit für ihre größte Leidenschaft: Das Backen. Alle reißen sich um ihre Leckereien und mit einem Mal scheint ihr Traum von einem eigenen Diner greifbar – und vielleicht sogar der von einer neuen Liebe?

Band-Nr. 25985
X9,99X € (D)
ISBN: 978-3-95649-633-2
336 Seiten
Auch als eBook erhältlich!

Kristen Proby
Für Happy End gibt's kein Rezept

Alle schwärmen vom *Seduction*, dem Restaurant, das Addie gemeinsam mit ihren Freundinnen führt. Als Tüpfelchen auf dem i fehlt nur noch Live-Musik. Doch kaum dass ein Typ mit Gitarre hereinschneit und sich bewirbt, kippt Addie fast aus ihren High Heels. Jake Knox, der berühmte Rockstar! Seit jeher üben Musiker einen gefährlichen Reiz auf sie aus, stärker als Schuhe und Schokolade zusammen. Und Jake mit seinen grünen Augen und der rauchigen Stimme könnte ihr zum Verhängnis werden …

„Niemand sonst schreibt mit so viel Feuer und Gefühl wie Kristen Proby. Ich bewundere sie!“

Nummer-1-Bestsellerautorin Sylvia Day

Deutsche Erstveröffentlichung

Band-Nr. 25992
9,99 € (D)
ISBN: 978-3-95649-605-9
336 Seiten
Auch als eBook erhältlich!

Candis Terry
Neue Träume in Sunshine Valley

Nach dem Tod seiner Eltern ändert sich für Eishockey-Profi Jordan Kincade alles. Zusammen mit seinen Geschwistern erbt er das Weingut und trägt die Verantwortung für seine kleine Schwester. Zurück in seiner Heimatstadt fühlt er sich, als ob ihm ein Puck in den Magen knallt: Sunshine Creek, seit Generationen im Familienbesitz, steckt in finanziellen Schwierigkeiten. Und dann trifft Jordan ausgerechnet auf Lucy, die nichts mehr mit dem Mauerblümchen von früher gemein hat – und ihm anscheinend nie verziehen hat, was vor Jahren geschah …

Exklusive Neuauflage

Band-Nr. 25987
9,99 € (D)
ISBN: 978-3-95649-653-0
416 Seiten
Auch als eBook erhältlich!

Debbie Macomber
Das Muster der Liebe

Nach ihrem Sieg über den Krebs erfüllt Lydia sich ihren Traum und eröffnet ein Wollgeschäft. In ihrem Strickkurs lernt sie drei Frauen kennen, die – wie Lydia – alle mit einem Schicksalsschlag zu kämpfen haben. Masche für Masche, Faden für Faden arbeiten die vier gemeinsam an einem Zeichen der Hoffnung. Doch noch etwas anderes entsteht während ihrer Treffen zwischen Lachen und Weinen, Reden und Schweigen – das zarte, bunte Muster einer neuen Freundschaft.